HEYNE BÜCHER

Von Victoria Holt
sind unter dem Pseudonym Philippa Carr
als Heyne-Taschenbücher erschienen:

Das Schloß im Meer · Band 01/5006
Geheimnis im Kloster · Band 01/5927
Der springende Löwe · Band 01/5958
Sturmnacht · Band 01/6055
Sarabande · Band 01/6288
Die Dame und der Dandy · Band 01/6557
Die Erbin und der Lord · Band 01/6623
Die venezianische Tochter · Band 01/6683
Im Sturmwind · Band 01/6803
Die Halbschwestern · Band 01/6851
Im Schatten des Zweifels · Band 01/7628
Der Zigeuner und das Mädchen · Band 01/7812

Von Victoria Holt sind als
Heyne-Taschenbücher erschienen:

Die geheime Frau · Band 01/5213
Die Rache der Pharaonen · Band 01/5317
Das Haus der tausend Laternen · Band 01/5404
Die siebente Jungfrau · Band 01/5478
Der Fluch der Opale · Band 01/5644
Die Braut von Pendorric · Band 01/5729
Das Zimmer des roten Traums · Band 01/6461

PHILIPPA CARR
besser bekannt als
VICTORIA HOLT

SOMMERMOND

Roman

WILHELM HEYNE VERLAG
MÜNCHEN

HEYNE ALLGEMEINE REIHE
Nr. 01/7996

Titel der Originalausgabe
MIDSUMMER'S EVE
Aus dem Englischen übersetzt
von Hilde Linnert

2. Auflage

Printed in Germany 1990
Umschlagfoto: IFA Bilderteam/Jakob, München
Umschlaggestaltung: Atelier Ingrid Schütz, München
Gesamtherstellung: Elsnerdruck, Berlin

ISBN 3-453-03698-0

Die Hexe im Wald

Ich war damals noch nicht ganz neun Jahre alt, aber ich werde diese denkwürdige Sonnwendnacht nie vergessen, denn nach diesen Ereignissen war ich nicht mehr das kleine unschuldige Mädchen, das ich bis zu diesem Tag gewesen war.

Mein behagliches Heim, mein sorgloses Leben und meine angebeteten Eltern hatten mich niemals ahnen lassen, daß es solche Dinge gab. Wir lebten friedlich in einem Haus, das beinahe einer Burg glich. Es befand sich seit Generationen im Besitz der Familie Cadorson. In der kornischen Sprache bedeutet das Wort Cador »Krieger«, also muß unser erster Vorfahre ein tapferer Kämpfer gewesen sein. Das konnte ich mir gut vorstellen. Das Haus stand auf einer Klippe, und wir blickten von den Fenstern aus auf das Meer hinab. Als Baumaterial hatte man graue Steine verwendet, die das Gebäude abweisend, fast wie eine Festung wirken ließen. Wahrscheinlich war es einst tatsächlich eine gewesen. Es besaß zwei Türmchen, und ein Rundgang führte an den Zinnen entlang von einem zum anderen. Das Haus wurde allgemein nur Cador genannt. Mein Vater war stolz darauf, und meine Mutter natürlich ebenfalls, obwohl ich manchmal den Eindruck hatte, daß sie sich ein wenig nach ihrem Zuhause auf der anderen Seite Englands, im südöstlichen Zipfel, sehnte. Wir befanden uns im Südwesten, und das hieß, daß jedesmal, wenn wir meine Großeltern besuchten, oder sie zu uns kamen, England in seiner ganzen Breite durchquert werden mußte.

Als ich jünger war, besuchten meine Großeltern uns recht häufig. Jetzt mußten wir zu ihnen reisen, weil sie allmählich alt wurden, vor allem mein Großvater Dickon.

Etwa eine Viertelmeile von Cador entfernt lag die kleine Stadt West Poldorey. Der Fluß, der aus den Hügeln kam und sich in das Meer ergoß, trennte sie von Ost Poldorey. Die beiden Städte waren durch eine Brücke verbunden, die seit fünfhundert Jahren dem Wetter trotzte und aussah, als würde sie noch viele Jahrhunderte überdauern. Die alten Männer kamen gern auf ihr zusammen, beugten sich über die Steinbrüstung und stellten Betrachtungen über das Leben und den Fluß an. Viele von ihnen waren Fischer, und in dem kleinen Hafen lagen immer Boote vor Anker. Ich hielt mich gerne im Hafen auf, wenn die Fischerboote hereinkamen, und beobachtete das Treiben auf dem Kai, das immer vom schrillen Gekreisch der Möwen begleitet war, die dicht über dem Fluß dahinschossen und darauf lauerten, daß Fische in das Wasser zurückgeworfen wurden.

Die Cadors waren seit Generationen Gutsherren, deren stillschweigende Pflicht es war, für das Wohlergehen der beiden Städte und ihrer Umgebung zu sorgen. Daher benahmen sich die Bewohner der Stadt meinem Bruder und mir gegenüber immer respektvoll. Es war ein sehr glückliches, behütetes Leben, bis ich in dieser Sonnwendnacht plötzlich mit einer anderen Seite des Daseins konfrontiert wurde.

Wir besaßen auch ein Familienhaus in London. Dort trafen wir häufig mit meinen Großeltern zusammen, denn für sie war es nicht weit – für uns bedeutete es allerdings eine lange Fahrt. Ich reiste gern. Während wir die engen, gewundenen Straßen entlangfuhren, erzählte uns mein Vater oft Geschichten von Wegelagerern, die die Kutschen anhielten und Geld forderten. Dann rief meine Mutter jedesmal: »Hör auf, Jake, du machst den Kindern Angst.« Das stimmte, aber wie die meisten Kinder mochten wir es, wenn man uns Angst einjagte, während wir uns durch die Anwesenheit unserer Eltern vollkommen sicher fühlen konnten.

Ich liebte beide innig und war davon überzeugt, daß sie die besten Eltern der Welt waren. Allerdings stand mir mein Vater besonders nahe, und das war vermutlich auch umgekehrt der Fall. Jacco war der Liebling meiner Mutter – nicht so sehr, weil er ein Junge war, sondern weil sie wußte, daß mein Vater mich bevorzugte, und einen Ausgleich schaffen wollte.

Mein Vater war einer der beiden aufregendsten Männer, die ich kannte. Der andere war Rolf Hanson. Mein Vater war sehr groß, ein dunkler Typ; er hatte leuchtende, funkelnde Augen, die den Eindruck erweckten, daß ihn das Leben amüsierte, obwohl er manchmal auch ernst sein konnte. Er hatte ein abenteuerliches Leben hinter sich und erzählte oft davon. Er hatte eine Zeitlang bei Zigeunern gelebt; er hatte einen Mann getötet, war zur Strafe nach Australien deportiert worden und sieben Jahre dort geblieben. Meine Mutter war schön; ihr Haar und ihre Augen waren dunkel. Es war kein Wunder, daß auch ich dunkelhaarig war; aber ich hatte von Großmutter Lottie blaue Augen geerbt, die, wie meine Mutter behauptete, von Zeit zu Zeit in der Familie auftraten. Ich vertrug mich gut mit meinem Bruder Jacco, obwohl es gelegentlich zu Meinungsverschiedenheiten kam. Jacco war nach unserem Vater genannt worden und hieß in Wirklichkeit Jake. Als er noch ein Säugling war, hatte man ihn Little Jake gerufen, aber es war unpraktisch, in einer Familie zwei Jakes zu haben, deshalb nannten ihn allmählich alle nur noch Jacco.

Es war herrlich, so nahe am Meer zu leben. An heißen Tagen zogen Jacco und ich Schuhe und Strümpfe aus und planschten in der Grotte unterhalb von Cador herum. Manchmal überredeten wir einen Fischer dazu, uns mitzunehmen, und segelten aus dem Hafen hinaus, die Küste entlang zur Bucht von Plymouth. Manchmal fingen wir Shrimps und kleine Krabben und suchten am Strand nach Halbedelsteinen wie Amethysten und Topasen. Wir sahen oft arme Leute unten am Strand, die Schnecken sammelten, um sie zu kochen, und die manchmal die letzten Fische kauften, für die die Fischer auf den Markt keine zahlungskräftigeren Käufer gefunden hatten. Ich ging gern mit Isaacs, unserem Butler, auf den Markt und hörte zu, wie er um die Fische feilschte. Er war ein sehr stattlicher Herr, und selbst Jacco hatte Respekt vor ihm. Wenn Isaacs die Fische nach Hause brachte, untersuchte Mrs. Penlock, die Köchin, sie genau, und wenn sie ihr nicht gefielen, äußerte sie ihre Mißbilligung unumwunden. Sie war eine streitsüchtige Person. Ich hörte oft, wie sie sich beschwerte: »Haben Sie nichts Besseres gefunden, Mr. Isaacs? Du meine Güte, was soll ich damit nur anfangen? Konnten Sie denn nicht eine ordentliche Scholle oder Heringskönige auftreiben?« Mr. Isaacs besaß allerdings die Fähigkeit, seine Untergebenen jederzeit zum Schweigen zu bringen, indem er streng antwortete: »Gott allein entscheidet, was in das Meer kommt und was aus ihm herausgeholt wird, Mrs. Penlock.« Mrs. Penlock war nämlich sehr abergläubisch und hatte Angst, es sich mit dem lieben Gott zu verderben.

Auf dem Kai bemerkte ich Digory zum ersten Mal. Er war mager und lebhaft, seine Haut war von Wind und Sonne tief gebräunt, sein schwarzes Haar ringelte sich zu dichten Locken, und seine kleinen, dunklen Augen blickten wachsam und listig. Seine Hose war zerrissen, seine Füße nackt. Schlüpfrig wie ein Aal und geschickt wie ein Affe schoß er zwischen den Bottichen und Fischkörben herum.

Er hatte sich verstohlen einem Bottich mit Sardinen genähert, während der Fischer Jack Gort um den Preis eines Seehechtes feilschte und uns den Rücken zukehrte. Ich schnappte nach Luft, denn Digory hatte die Hand in den Bottich gesteckt und mit einer Geschicklichkeit, die nur von jahrelanger Übung herrühren konnte, eine Handvoll Fische herausgeholt und in einen Sack gesteckt.

Ich öffnete den Mund, um Jack Gort auf den Diebstahl aufmerksam zu machen, aber Digory blickte mir geradewegs in die Augen. Er legte den Finger auf die Lippen, als befehle er mir zu schweigen, und seltsamerweise sagte ich tatsächlich kein Wort. Dann holte er beinahe spöttisch noch eine Handvoll Fische heraus und ließ sie im Sack verschwinden. Er grinste mich an, bevor er vom Kai verschwand.

Ich war zu verblüfft, um zu sprechen, und als Jack Gort mit Isaacs handelseins geworden war, sagte ich nichts. Ich beobachtete Jack ängstlich, als er den Bottich musterte, aber er bemerkte offenbar nicht, daß ein Teil seines Vorrats verschwunden war.

Digory war bestimmt der Meinung, daß ich seinem Diebstahl mehr oder weniger Vorschub geleistet hatte, indem ich dazu schwieg, und dadurch bestand von nun an eine besondere Beziehung zwischen uns.

Als ich einige Zeit später im Wald spazierenging, traf ich ihn wieder. Er lag am Ufer und warf Steine in den Fluß.

»Hallo«, grüßte er, als ich mich auf gleicher Höhe mit ihm befand.

Ich wollte hochmütig an ihm vorbeigehen. Arme Menschen sprachen für gewöhnlich nicht so zu einem Angehörigen unserer Familie; aber vielleicht wußte er nicht, wer ich war.

Anscheinend konnte er meine Gedanken lesen, denn er wiederholte: »Hallo, Cadorson-Mädchen.«

»Du kennst mich also?«

»Natürlich kenne ich dich. Alle kennen die Cadorsons. Habe ich dich nicht unten am Fischmarkt gesehen?«

»Ich habe beobachtet, wie du Fische gestohlen hast«, stellte ich fest.

»Klar hast du das gesehen.«

»Stehlen ist Unrecht. Man wird dich dafür bestrafen.«

»Mich nicht. Ich bin schlau.«

»Dann warte, bis du in den Himmel kommst. Dort ist alles aufgezeichnet.«

»Ich bin zu schlau für sie«, wiederholte er.

»Nicht für die Engel.«
Er sah mich überrascht an, griff nach einem Stein und warf ihn in den Fluß. »Ich wette, daß du nicht so weit werfen kannst.«
Ich bewies ihm, daß ich es konnte, worauf er wieder nach einem Stein griff; einige Sekunden später standen wir nebeneinander und warfen Steine ins Wasser.
Plötzlich wandte er sich zu mir. »Ich habe nicht gestohlen. Die Fische im Meer gehören allen. Sie gehören dem, der sie sich nimmt.«
»Warum fischst du sie dir dann nicht selbst, so wie Jake Gort?«
»Warum sollte ich es tun, wenn er mir die Arbeit abnimmt?«
»Du bist ein sehr böser Junge.«
Er grinste. »Warum?«
»Weil du Jake Gorts Fische gestohlen hast.«
»Wirst du mich verpetzen?«
Ich zögerte, und er trat näher. »Wage es nur ja nicht.«
»Und wenn ich es doch tue?«
»Kennst du meine Großmutter?«
Ich schüttelte den Kopf.
»Sie würde dich verhexen. Dann würdest du krank werden und sterben.«
»Wer sagt das?«
Er trat noch näher an mich heran, kniff die Augen zusammen und flüsterte: »Weil sie eine...«
»Eine was?«
Er schüttelte den Kopf. »Das sage ich nicht. Sei vorsichtig, sonst geht es dir schlecht, Cadorson-Mädchen.«
Damit sprang er in die Höhe, packte einen Ast und schaukelte einige Sekunden an ihm, so daß er mehr denn je wie ein geschicktes, schlaues Äffchen aussah. Dann ließ er sich auf den Boden fallen und rannte davon.
Ich empfand den unwiderstehlichen Drang, ihm nachzulaufen, und tat es auch. Wir gelangten zu einer Hütte, die

von dichten Büschen umgeben beinahe vollkommen versteckt dalag. Ich war nicht weit hinter ihm. Er lief durch das Gestrüpp zu dem kleinen Haus mit Wänden aus Lehm und einem Strohdach. Die Tür stand offen, und auf der Schwelle saß eine schwarze Katze.
Der Junge drehte sich um und blickte zurück. Er blieb in der Tür stehen und wartete sichtlich darauf, daß ich ihm folgte. Ich zögerte. Er schnitt eine Grimasse und verschwand in der Hütte.
Die Katze blieb auf der Schwelle sitzen, ihre grünen Augen schienen mich bösartig zu mustern.
Ich drehte mich um und lief so schnell ich konnte nach Hause.
Mrs. Penlock bezeichnete Digory immer als »Mutter Ginnys Hexenbrut«. Aus Angst und Verblüffung darüber, daß ich an der Schwelle von Mutter Ginnys verrufenem Haus gestanden und es beinahe betreten hatte, begann ich zu zittern.
Ich dachte viel an den Jungen und erfuhr allmählich mehr über ihn, obwohl es sich bei Mutter Ginny und ihrer Hexenbrut offensichtlich um ein Thema handelte, das nicht für die Ohren junger Mädchen bestimmt war. Wenn ich in die Küche kam, verstummte das Geplauder meist. Für gewöhnlich ging es um junge Mädchen, die ein Kind bekamen, oder um ein kleines Vergehen, das sich jemand hatte zuschulden kommen lassen, oder um Mutter Ginny. Sie hatte ganz allein mit ihrer Katze in dem einsamen Häuschen im Wald gewohnt, bis die Hexenbrut vor einigen Monaten aufgetaucht war. Mrs. Penlock erklärte gerade dem am Küchentisch versammelten Hauspersonal, das die Vormittagserfrischung – heißen Tee und Haferkuchen – zu sich nahm: »Damit hat man den Bock zum Gärtner gemacht. Wer hätte je geglaubt, daß Mutter Ginny eine Familie hat. Ich hätte angenommen, daß sie vom Teufel gezeugt wurde. Diese Hexenbrut ist angeblich ihr Enkel, also muß sie irgendwann einen Ehemann oder zumindest

einen Sohn oder eine Tochter gehabt haben. Und jetzt hat sie diesen Digory.«

Er war offenbar heimlich von heut auf morgen zu ihr gekommen. Angeblich war er zu seiner Großmutter gebracht worden, weil seine Eltern gestorben waren.

Seine Anwesenheit war nicht lange unbemerkt geblieben. Noch bevor ich ihn auf dem Fischmarkt entdeckte, hatten die Leute ihn bemerkt und ihm mißtraut. »Er ist genauso wie seine Großmutter«, meinten sie.

Daraufhin konnte ich nicht genug über Mutter Ginny und ihr Haus herausbekommen.

Ich erfuhr diese Dinge nur allmählich. Leider wußte die Dienerschaft, daß meine Eltern bestimmt nicht damit einverstanden waren, daß sie vor mir über Mutter Ginny sprachen. Deshalb waren sie vorsichtig; aber Mutter Ginny und ihr Enkel lieferten unerschöpflichen Gesprächsstoff, und ich vertand es, nicht aufzufallen. Ich hockte in einer Ecke der Küche, tat manchmal sogar, als schliefe ich, und lauschte den Gesprächen. Wenn ich mich wirklich still verhielt und zu einem Teil der Küche wurde, konnte ich sehr viel aufschnappen.

Mrs. Penlock redete gern. Sie regierte in der Küche mit strenger Ordnung; sie wußte bei jeder Gelegenheit, was sich schickte; sie kannte ihre Rechte und die der anderen; für sie waren die Rechte das Wichtigste; sie wollte auf keinen Fall, daß sie beschnitten oder überschritten wurden; und wehe dem, der verhindern wollte, daß sie bekam, was ihr zustand.

Sie kannte die Gewohnheiten jedes einzelnen Dienstmädchens, und es wäre ihnen schwergefallen, eine Verfehlung vor ihr geheimzuhalten. Sie wußte, wo ihr Platz war, und erwartete das gleiche von allen anderen.

»Mit Mutter Ginny würde ich mich bestimmt nicht anlegen«, verkündete sie. »Dazu ist mir mein Leben zu lieb – und ich meine es genauso, wie ich es sage. Ihr jungen Dinger lacht vielleicht darüber, aber eine Hexe bleibt eine

Hexe. Auch wenn sie euch etwas gibt, um euch aus euren kleinen Schwierigkeiten zu helfen, ist es dumm von euch, euch mit ihr einzulassen. Ich weiß, daß es Menschen gibt, die vollkommen durcheinandergerieten, als sie in der Dunkelheit im Wald unterwegs waren und in die Nähe von Mutter Ginnys Hütte kamen. Sie gingen immerzu im Kreis, wußten nicht, wo sie sich befanden, und ringsum lauerten Kobolde. Natürlich konnte man sie nicht sehen, aber sie lachten die armen Teufel aus. Und die Leute kamen erst dann zu sich, wenn Mutter Ginny den Zauber wieder von ihnen nahm. Da gibt es nichts zu lachen, Hilda. Geh nur mit dem Stallknecht John in den Wald, dann wirst du schon sehen, was dir zustößt. Dann wirst du zu Mutter Ginny laufen, damit sie dir hilft. Ich würde mich um keinen Preis mit jemandem wie Mutter Ginny einlassen, ganz gleich, worum es geht.«

Mutter Ginny war also eine Hexe. Allmählich erfuhr ich mehr über sie. Ihre Kunden suchten sie für gewöhnlich erst nach Einbruch der Dunkelheit auf und niemand erfuhr, was sich dann hinter der Hüttentür abspielte. Wenn die Dienstmädchen an ihrer Hütte vorbeigingen, schlugen sie ein Kreuz, und einige von ihnen nahmen sogar Knoblauch mit, weil er angeblich das Böse abwehren kann. Sobald es dunkelte, wagte sich kaum noch eine von ihnen in die Nähe der Hütte. Und dieser kleine Digory lebte tatsächlich hier! Er und Mutter Ginny interessierten mich immer mehr.

Wenn ich etwas wissen wollte, fragte ich meinen Vater. Wir ritten oft gemeinsam aus. Er war stolz darauf, wie gut ich im Sattel saß, und ich versuchte immer, ihn durch meine Reitkünste zu beeindrucken. Er behandelte mich wie eine Erwachsene, und ich liebte ihn deshalb umso mehr, denn er hörte mir stets geduldig zu und gab mir einleuchtende Antworten.

Es war Herbst, und die Blätter begannen, sich zu verfärben. Viele waren bereits abgefallen und bildeten einen dichten Teppich auf dem Boden. Die Luft war feucht, und obwohl es schon spät am Vormittag war, hing leichter Nebel in der Luft und hüllte die Bäume in ein geheimnisvolles Graublau.

Wir gelangten zu dem ausgetretenen Pfad, der zu Mutter Ginnys Hütte führte, und ich fragte: »Warum haben die Menschen eigentlich Angst vor Mutter Ginny, Papa?«

»Weil sie anders ist als die anderen. Vielen Menschen wäre es am liebsten, wenn wir alle aus dem gleichen Holz geschnitzt wären. Was sie nicht verstehen, macht ihnen Angst.«

»Warum verstehen sie Mutter Ginny nicht?«

»Weil sie sich mit Geheimnissen umgibt.«

»Weißt du, was für Geheimnisse das sind?«

Er schüttelte den Kopf.

»Hast du Angst vor ihr?«

Er lachte laut. »Ich gehöre nicht zu den Menschen, die möchten, daß alle gleich sind. Ich finde, daß die Vielfalt das Leben interessanter macht. Außerdem bin ich selbst etwas ungewöhnlich. Oder kennst du jemanden, der so ist wie ich?«

»Nein, ganz bestimmt nicht. Du bist einmalig. Aber bei dir ist es etwas anderes als bei Mutter Ginny.«

»Warum?«

»Weil du reich und angesehen bist.«

»Damit hast du den Nagel auf den Kopf getroffen. Ich kann es mir leisten, ein Exzentriker zu sein. Ich kann die ausgefallensten Dinge tun, und die Leute werden nicht wagen, mich zur Rede zu stellen.«

»Sie hätten Angst, so etwas zu tun.«

»Weil ihr Wohlergehen bis zu einem gewissen Grad von mir abhängt. Deshalb respektieren sie mich. Von Mutter Ginny sind sie zwar nicht auf die gleiche Weise abhängig, aber sie glauben, daß sie über unbekannte Kräfte verfügt, und fürchten sie.«

»Es ist gut, wenn die Menschen vor einem Angst haben.«

»Vielleicht, wenn man stark ist. Die Armen und die einfachen Menschen müssen sich allerdings davor hüten, gefürchtete zu werden.«

Meine Gedanken kehrten immer wieder zu Mutter Ginny zurück. Alles, was mit ihr in Verbindung stand, faszinierte mich, und dazu gehörte auch Digory. Ich gewöhnte mir an, ihm aufzulauern und mich mit ihm zu unterhalten. Wir saßen am Flußufer, warfen Steine in das Wasser – eine seiner Lieblingsbeschäftigungen – hörten zu, wie sie aufklatschten, und wetteiferten, wer weiter werfen konnte.

Er stellte mir Fragen über das Herrenhaus, »dieses Cador«, wie er es nannte. Ich beschrieb es ihm genau: Die Halle mit dem Refektoriumstisch, auf dem Zinnbecher und -teller standen; das Wappenschild an der Wand zwischen den Waffen; Helme und Hellebarden; das elisabethanische Wappen, die Schwerter und Schilde; das Eßzimmer mit den Gobelins, auf denen der Krieg der Rosen dargestellt war; die schöne Täfelung; der Punschraum, in dem die Männer nach den Mahlzeiten Punsch und Portwein tranken; die Stühle, deren Rücklehnen mit erlesener Queen Anne-Stickerei geschmückt waren; der Raum, in dem König Karl geschlafen hatte, als er vor den Puritanern geflohen war – dieser Raum war etwas ganz Besonderes und durfte nie verändert werden. Ich erzählte Digory, daß ich oft auf das Bett geklettert war, in dem der König gelegen und gelauscht hatte, ob seine Feinde näherkamen; er hatte sich bestimmt gefragt, wie lange es noch dauern würde, bis sie ihn aufstöberten.

Digory hörte mir jedesmal aufmerksam zu. Manchmal rief er: »Sprich weiter, sprich weiter. Erzähl mir noch mehr.«

Damit beflügelte er meine Phantasie, und ich erfand Geschichten, wie der große Cador – der Krieger – den König vor der Gefangennahme gerettet hatte. Doch die Ehrfurcht vor den geschichtlichen Ereignissen, von denen

mir meine Gouvernante Miss Caster berichtet hatte, veranlaßte mich bald, hastig hinzuzufügen: »Aber schließlich haben sie ihn doch noch erwischt.«
Ich erzählte ihm von der Sonnenterrasse, der alten Küche, der Kapelle mit dem Steinboden und dem Sehspalt, durch den die Aussätzigen blicken mußten, weil sie sich wegen ihrer Krankheit nicht in einem Raum mit den Gesunden aufhalten durften.
Der Sehspalt faszinierte ihn. Ich erzählte ihm, daß es noch zwei Gucklöcher im Haus gab. Durch eines konnte man in die Halle schauen und die Besucher in Augenschein nehmen, ohne von ihnen gesehen zu werden. Dieses Guckloch befand sich auf der Sonnenterrasse. Das zweite gab es in einem Raum, der sich oberhalb der Kapelle befand. Die Damen konnten in dem Alkoven sitzen und von dort aus am Gottesdienst teilnehmen, wenn es sich für sie nicht schickte, mit bestimmten Gästen des Hauses zusammenzukommen.
Als Gegenleistung erzählte er mir von seinem Zuhause und bemühte sich dabei vergeblich, mir einzureden, daß es beeindruckender war als das meine. In gewisser Hinsicht hatte er allerdings recht, weil es so seltsam geheimnisumwittert war. Cador war ein prächtiges Haus, doch es gab viele solcher Häuser in England; Digory zufolge gab es auf der ganzen Welt keine zweite solche Hütte wie die von Mutter Ginny.
Digory verfügte über eine angeborene Redegewandtheit, die nicht einmal durch das Fehlen jeglicher Schulbildung beeinträchtigt wurde. Als er das Innere der Hütte schilderte, mußte ich an eine Höhle aus einer anderen Welt denken. Auf den Regalen standen Tiegel und Flaschen mit geheimnisvollen Mixturen, an den Dachsparren hingen getrocknete Kräuter und im Kamin brannte immer ein Feuer, das ganz anders war als alle anderen Feuer: Seine Flammen waren blau und rot, und in ihnen entstanden Bilder; Schlachten wurden ausgetragen; einmal war sogar

der Teufel erschienen – er hatte rote Augen, einen roten Umhang und schwarze Hörner. Am Feuer saß die Katze, die auch keine gewöhnliche Katze war; sie hatte grün-rote Augen, und wenn der Schein des Feuers auf sie fiel, sahen sie aus wie die Augen des Teufels, was bewies, daß sie eines seiner Geschöpfe war. Über dem Feuer hing ein rußgeschwärzter Kessel, in dem es immer brodelte; in dem aufsteigenden Dampf tanzten Geister. Manchmal erkannte Digory das Gesicht eines Menschen, der in der Umgebung wohnte, und das hatte dann eine besondere Bewandtnis. Er entdeckte ständig etwas Neues. Die Hütte hatte zwei Räume, die miteinander in Verbindung standen. In dem hinteren Raum schliefen er und seine Großmutter – sie auf einem niedrigen Bett mit einer roten Decke; die schwarze Katze rollte sich zu ihren Füßen zusammen. Digory lag auf einem Brett, das unterhalb der Decke angebracht war, und das es auch in den Häuschen unserer Arbeiter gab. Hinter der Hütte befand sich ein mit Steinen gepflasterter Hof, und in ihm stand ein Nebengebäude, in dem Mutter Ginny ihre Absude aufbewahrte. Sie waren ihre Haupteinnahmequelle, denn mit ihnen konnte sie vom Schnupfen bis zu Nierensteinen alle Krankheiten heilen. Sie war sehr klug; sie konnte Leuten, die es sich wünschten, zu Kindern verhelfen, und half Leuten, die keine wollten, sie loszuwerden. Sie war genauso klug wie Gott.

»Sie kann kein Gott sein«, erklärte ich Digory. »Sie kann nur eine Göttin sein. Sie ist zwar ziemlich häßlich, aber wahrscheinlich hat es auch häßliche Göttinnen gegeben, wie die Gorgonen, wie Medusa. Stell dir nur vor, daß jemand statt der Haare Schlangen hat. Kann deine Großmutter ihr Haar auch in Schlangen verwandeln?«

»Natürlich.«

Ich war tief beeindruckt und sehnte mich danach, einen Blick in Mutter Ginnys Häuschen zu werfen, obwohl ich mich gleichzeitig davor fürchtete.

In diesem Jahr war die Ernte sehr schlecht ausgefallen. Mein Vater sprach mit meiner Mutter ernst darüber und bemerkte, daß die Pächter den Gürtel enger schnallen müßten. Im vorigen Jahr war die Ernte nicht allzu schlecht gewesen, aber heuer war es wirklich beunruhigend.
Jacco und ich ritten häufig mit Vater über die Ländereien, denn er wollte, daß wir Interesse dafür zeigten.
»Das Wichtigste für einen Grundbesitzer ist, daß er auf seinen Besitz stolz ist«, erklärte er uns. »Man muß dafür sorgen wie für einen Menschen.«
Er hörte seinen Pächtern immer aufmerksam zu. Er hatte selbst ein hartes Leben hinter sich und hatte daher im Gegensatz zu anderen Landedelleuten, die immer im Wohlstand gelebt hatten, Verständnis für die Kümmernisse seiner Schutzbefohlenen.
Auf den schlechten Sommer folgte ein strenger Winter. Am Morgen blühten fast immer Eisblumen auf meinem Fenster. Wir rodelten den Hügel hinunter und liefen auf dem zugefrorenen Fluß Schlittschuh. Die Stürme waren so heftig, daß die Fischer nicht hinausfahren konnten. Beinahe jeden Morgen gingen die Menschen an den Strand hinunter und sammelten Treibholz. Wir mußten Tag und Nacht die Feuer unterhalten, damit das Haus halbwegs warm blieb.
Alle sehnten sich nach dem Frühling.
Und wie froh waren die Menschen, als er endlich ins Land zog, als die Knospen aufbrachen und wir den ersten Kuckuck hörten. An einem Frühlingsmorgen ritt ich mit meinem Vater aus. Ich hatte an diesem Tag keinen Unterricht, und er hatte mir vorgeschlagen, ihn auf seiner Runde zu begleiten.
Wir suchten die Tregorrans auf, wurden in die Küche gebeten und unterhielten uns mit ihnen. Mrs. Tregorran brachte frische Rosinenbrötchen; Vater und ich aßen je eins und tranken selbstgemachten Apfelwein dazu.
Mr. Tregorran war ein mürrischer Mann, und seine Frau

wirkte melancholisch, deshalb war die Stimmung in ihrem Haus immer gedrückt. Mr. Tregorran sprach mit seinem üblichen Pessimismus über die Auswirkungen des Wetters auf die Ernte und das Vieh. Seine Stute Jemima war trächtig, und er hoffte, daß sie ein gesundes Fohlen zur Welt bringen würde, obwohl er es angesichts des strengen Winters bezweifelte.

»Der arme Tregorran«, bemerkte Vater, als wir fortritten. »Aber er genießt sein Unglück so sehr, daß wir ihn vielleicht gar nicht bedauern sollten. Denke nie an die Schattenseiten des Lebens, Annora, sonst läßt das Schicksal sie dich spüren. Jetzt wollen wir als Ausgleich die Cherrys aufsuchen. Ich erledige diese beiden Besuche immer gern hintereinander.«

Mrs. Cherry, die bereits sechs Kinder hatte, war schon wieder in anderen Umständen. Ich kannte sie nicht anders. Sobald sie ein Kind zur Welt gebracht hatte, war das nächste unterwegs. Dennoch war Mrs. Cherry immer guter Dinge. Ihr lautes, dröhnendes Lachen begleitete alle ihre Bemerkungen, ob sie nun komisch waren oder nicht. Ihr kräftiger Körper schüttelte sich vor Lachen, denn sie freute sich über ihre eigenen Witze am meisten. George Cherry, ihr Mann, war klein, reichte seiner Frau gerade über die Schulter, und je dicker sie wurde, desto dünner wurde er. Er stand im Schatten seiner Frau, und auf ihr herzhaftes Gelächter folgte unweigerlich sein unterwürfiges Gekicher.

Kurz nach diesem Besuch traten zwei Katastrophen ein.

Mrs. Cherry hatte die Kühe gemolken. »Ich arbeite gern, bis meine Zeit kommt«, pflegte sie zu sagen. »Ich halte nichts davon, mich zu früh ins Bett zu legen, wie es viele tun.« Deshalb verrichtete sie ihre Arbeit weiter, und als sie vom Kuhstall über den Hof zurückging, erblickte sie ein reiterloses Pferd, das am Haus vorübergaloppierte.

Sie verließ den Hof und trat auf den Weg hinaus. Inzwischen hatte das Pferd kehrtgemacht und kam auf sie zu. Es war die trächtige Stute der Tregorrans, und Mrs. Cherry konnte ihr nicht mehr ausweichen. Das Tier stieß Mrs. Cherry um, und sie fiel in die Hecke.

Auf ihr Geschrei hin kamen die Arbeiter herbeigestürzt. In dieser Nacht brachte sie ein totes Kind zur Welt.

Inzwischen hatte die Stute der Tregorrans versucht, über einen Zaun zu springen, sich dabei ein Bein gebrochen und mußte getötet werden.

Tagelang waren diese Ereignisse das Gesprächsthema der Gegend.

Mutter und ich besuchten Mrs. Cherry, sobald sie sich ein wenig erholt hatte. Seit dem Unglück war etwa eine Woche vergangen. Mrs. Cherrys rundes Gesicht hatte seine blühende Farbe verloren und war von einem Netz feiner Äderchen überzogen. Sie zitterte am ganzen Körper, wenn sie sprach, und fand das Leben offenbar nicht mehr so lustig.

Mutter setzte sich an ihr Bett und versuchte, sie zu trösten. »Sie werden bald wieder gesund werden, Mrs. Cherry, und dann wird das nächste Kind unterwegs sein.«

Mrs. Cherry schüttelte den Kopf. »Davor hätte ich Angst. Es leben Menschen in der Gegend, von denen man nie wissen kann, was sie als nächstes im Schilde führen.«

Mutter blickte sie verständnislos an.

»Sehen Sie, Mylady«, flüsterte Mrs. Cherry verschwörerisch, »ich weiß genau, wie es geschehen ist.«

»Das wissen wir alle«, antwortete Mutter. »Tregorrans Stute ist durchgegangen. Das kommt manchmal vor. Unglücklicherweise war sie trächtig. Der arme Tregorran.«

»Es hat nichts mit dem Pferd zu tun, Mylady. Sie ist schuld daran. Sie wissen schon, wen ich meine.«

»Nein«, antwortete Mutter, »ich weiß es nicht.«

»Ich habe am Tor gestanden, als sie vorbeikam. Sie sagte zu mir: ›Bei Ihnen ist es bald soweit.‹ Ich hatte nie mit ihr sprechen wollen, aber ich wollte nicht unhöflich sein und antwortete, daß sie recht habe. Dann sagte sie zu mir: ›Ich werde Ihnen einen Trank geben, den ich aus Kräutern und allem Guten aus der Erde zubereitet habe. Er wird Ihnen die Geburt erleichtern und kostet so wenig, daß Sie es gar nicht spüren werden.‹ Ich wandte mich ab, denn ich wollte nichts von ihr nehmen. Und da geschah es. Sie murmelte vor sich hin und ging weiter, aber sie hatte mir vorher noch einen Blick zugeworfen. Es war ein ganz sonderbarer Blick gewesen. Damals wußte ich nicht, daß er meinem Kind galt.«

»Sie glauben wirklich, daß Mutter Ginny Sie verwünscht hat?«

»Und ob ich das glaube, Mylady. Und nicht nur ich. Ich habe gehört, daß sie eine kleine Auseinandersetzung mit Jim Tregorran gehabt hat.«

»Oh nein«, widersprach Mutter.

»So ist es aber, Mylady. Ich weiß, daß sie Warzen und solche Dinge heilt, aber wenn es Schwierigkeiten gibt, muß man nicht weit suchen, um zu sehen, von wo sie tatsächlich kommen.«

Mutter war sehr beunruhigt.

Während wir nach Hause gingen, meinte sie: »Hoffentlich kommen die Leute nicht auf die Idee, daß Mutter Ginny daran schuld ist, daß Tregorrans Stute Amok gelaufen und Mrs. Cherry in den Weg geraten ist.«

Vater trat gerade aus dem Haus und mit ihm unser Anwalt Mr. Hanson und dessen Sohn Rolf. Ich freute mich jedesmal sehr, wenn Rolf zu Besuch kam. Ich liebte ihn. Er war so klug und mir gegenüber so aufmerksam. Er mochte mich offensichtlich genauso sehr wie ich ihn und ließ mich nie spüren, wie jung ich noch war. Er war acht Jahre älter als ich, benahm sich aber nie von oben herab, wie es Jacco oft tat, und Jacco war nur zwei Jahre älter als ich.

Rolf war sehr groß und überragte seinen Vater, der etwas stämmig war. Rolf kam nicht oft nach Poldorey, weil er seine Ausbildung beenden mußte. Ich fand, daß er gut aussah, doch Mutter meinte, daß er zwar nicht hübsch war, aber etwas Vornehmes an sich hatte. Für mich war Rolf jedenfalls in jeder Beziehung vollkommen. Sein Vater erzählte uns immer, wie klug Rolf war, und deshalb sprachen wir auch oft über ihn, wenn er nicht anwesend war. Rolf war weitgereist. Er hatte die sogenannte Grand Tour absolviert und konnte faszinierend von Rom, Paris, Venedig und Florenz erzählen. Er liebte Kunstschätze und Kleidung aus vergangenen Jahrhunderten. Stets sammelte er etwas; außerdem interessierte er sich leidenschaftlich für die Vergangenheit.

Ich hörte ihm immer hingerissen zu, war aber nicht sicher, ob mich seine Erzählungen so sehr interessierten, oder ob ich einfach gern mit ihm zusammen war. Vor Jahren hatte ich Mutter einmal erklärt, daß ich später entweder Rolf oder Vater heiraten würde.

Sie hatte sehr ernsthaft geantwortet: »Ich würde mich an deiner Stelle für Rolf entscheiden. Das Gesetz verbietet nämlich, daß man seinen eigenen Vater heiratet; außerdem hat er schon eine Frau. Er wird sich aber bestimmt durch deinen Vorschlag sehr geschmeichelt fühlen, wenn ich ihm davon erzähle.«

Von da an war ich davon überzeugt, daß ich Rolf heiraten würde.

Sobald er mich erblickte, kam er auf mich zu und ergriff meine Hände. Das tat er immer. Dann lehnte er sich zurück und musterte mich, um festzustellen, ob ich seit unserem letzten Zusammensein gewachsen war. Sein Lächeln war warm und liebevoll.

»Es ist so schön, dich wiederzusehen, Rolf«, rief ich. Dann fügte ich schnell hinzu: »Und auch Sie, Mr. Hanson.«

Mr. Hanson lächelte wohlwollend. Er war jedesmal entzückt, wenn man seinen Sohn lobte.

»Wie lange bleibst du?« fragte ich Rolf.

»Nur eine Woche.«

Ich schmollte. »Du solltest öfter kommen.«

»Das würde ich sehr gern tun. Aber du weißt ja, daß ich meine Ausbildung beenden muß. Doch im Juni, um den Mitsommer herum, komme ich auf ein paar Wochen nach Hause.«
»Ob Sie es glauben oder nicht«, meinte Mr. Hanson bewundernd, »er interessiert sich jetzt für die Landwirtschaft. Er wird Sie über alles Mögliche ausfragen, Sir Jake.«
»Das kann er gern tun. Wie geht es im Dorey Manor?«
»Recht gut, recht gut.«
»Wollen wir nicht hineingehen?« fragte meine Mutter. »Sie bleiben doch zum Essen? Ich lasse keine Entschuldigung gelten. Du bist doch auch meiner Meinung, Annora?«
Sie neckte mich immer, weil ich so sehr an Rolf hing.
»Du mußt bleiben«, sagte ich zu Rolf.
»Das ist ein königlicher Befehl«, erwiderte er, »dem ich nur zu gern gehorche.«
Mutter war immer noch über Mrs. Cherrys Bemerkungen empört und berichtete von dem Gespräch.
»Ich habe gehört, daß Tregorran in aller Öffentlichkeit behauptet, daß Mutter Ginny seine Stute verhext hat«, bestätigte Mr. Hanson.
»Abergläubischer Unsinn«, brummte Vater. »Es wird vorübergehen.«
»Hoffentlich«, meinte Rolf. »Es kommt vor, daß sich die Menschen in fieberhafte abergläubische Erregung hineinsteigern. Dann vergessen sie, daß sie zivilisierte Wesen sind und machen die Mächte des Bösen für ihr Unglück verantwortlich.«
»Wenn Tregorran seine Stute ordentlich angebunden hätte, wäre sie nicht davongelaufen«, meinte Vater. »Und Mrs. Cherry könnte auch wissen, daß es unvernünftig ist, sich einem scheuenden Pferd in den Weg zu stellen.«
»Genau«, stimmte Rolf zu. »Die Menschen wissen, daß sie im Unrecht sind, und deshalb sind sie umso mehr bestrebt,

jemand anderem die Schuld zuzuschieben. In diesem Fall ist es das Übernatürliche in Gestalt von Mutter Ginny.«

»Ich weiß«, stimmte Mutter zu, »aber es beunruhigt mich trotzdem.«

»Es wird vorübergehen«, tröstete Vater sie. »Hexenjagden sind schon seit Jahren unmodern. Wie steht es mit dem Mittagessen?«

Während der Mahlzeit sprachen wir wieder über Mutter Ginny. Rolf wußte sehr viel zu diesem Thema.

»Im 17. Jahrhundert gab es eine Zeit, in der das ganze Land von Hexenfurcht besessen war. Überall tauchten teuflische Hexenjäger auf – Männer, deren einzige Aufgabe darin bestand, Hexen ausfindig zu machen.«

»Wie entsetzlich!« rief Mutter. »Zum Glück ist das vorbei.«

»Die Menschen haben sich seither nicht allzu sehr verändert«, widersprach Rolf. »Leider neigen viele von uns dazu, die anderen zu verfolgen. Die Kultur und das zivilisierte Benehmen sind nur eine dünne Tünche, die leicht abbröckelt.«

»Ich bin froh, daß die Menschen jetzt etwas aufgeklärter sind«, meinte Mutter.

»Der Hexenglauben ist schwer auszutreiben«, wiederholte Rolf. »Wenn ein altes Weib wie Mutter Ginny allein in einer Hütte im Wald lebt, erwacht er sofort wieder zum Leben. Vor einigen Jahren sind die Leute in der Sonnwendnacht über das Feuer gesprungen, weil sie glaubten, daß es sie vor Hexen schützt.«

»Das stimmt«, bestätigte Vater. »Ich verbot es ihnen, nachdem beinahe jemand verbrannt war.«

»Die Berichte aus dem 17. Jahrhundert sind grausig«, fügte Rolf hinzu.

»Er interessiert sich seit langem für die alten Bräuche«, mischte sich sein Vater ein, »besonders aber seit vergangenem Jahr. Erzähl ihnen davon, Rolf.«

»Es war in Stonehenge«, begann Rolf. »Ein Student aus

meinem College lebt in der Nähe, und ich habe ihn besucht. Dort wurde eine eindrucksvolle, gespenstische Zeremonie begangen. Ich habe sehr viel über das angebliche Geheimnis der Steine erfahren. Natürlich weiß niemand etwas Genaues, und dadurch wird des Ganze noch aufregender.«

»Er mußte sogar ein besonderes Gewand tragen«, fügte sein Vater hinzu.

»Ja«, bestätigte Rolf. »Eine lange, graue Kutte, in der ich beinahe ausgesehen habe wie ein Inquisitor. Sie ähnelt einer Mönchskutte, doch die Kapuze verdeckt das Gesicht beinahe vollständig.«

»Ich möchte es sehr gern sehen«, sagte ich.

»Komm doch morgen zu uns herüber.«

»Und was ist mit dir, Jacco?« fragte Mutter. »Du wirst das Gewand doch bestimmt auch sehen wollen?«

Jacco wollte die Kutte zwar auch sehen, doch er fuhr am nächsten Tag mit John Gort hinaus. Sie wollten Sardinen fischen. John Gort behauptete, daß große Schwärme draußen waren und daß sie ihre Netze innerhalb weniger Stunden füllen konnten.

»Dann kommst du eben ein anderes Mal, Jacco«, meinte Rolf. »Aber ich komme morgen«, wiederholte ich. »Ich kann es kaum noch erwarten.«

»Ich freue mich schon auf den Nachmittag«, sagte Rolf.

»Sie sollten auch mitkommen, Sir Jake«, schlug Mr. Hanson vor. »Ich möchte Ihnen bei dieser Gelegenheit das neue Wäldchen zeigen, das wir anlegen.«

»Sie haben also schon wieder Land gekauft«, stellte Vater fest. »Sie werden Cador bald Konkurrenz machen.«

»Soweit sind wir noch lange nicht«, widersprach Rolf. »Außerdem können wir es keinesfalls mit Cador aufnehmen. Cador ist einmalig. Wir besitzen nur ein elisabethanisches Herrenhaus.«

»Das ganz entzückend ist«, warf Mutter ein. »Es ist heimeliger als Cador.«

»Man kann sie nicht miteinander vergleichen«, lächelte Rolf. »Wir sind trotzdem mit unserem Häuschen sehr zufrieden.«
»So klein ist es nun auch nicht«, wandte sein Vater ein.
»Wie steht es mit Ihren Fasanen?« erkundigte sich mein Vater.
»Sehr gut. Luke Tregern erweist sich als ausgezeichneter Mann.«
»Es war ein Glück für Sie, daß sie ihn gefunden haben.«
»Das stimmt, es war ein glücklicher Zufall. Er war auf Arbeitssuche, und Rolf, der ein gutes Auge für Menschen hat, wußte sofort, daß Tregern der richtige ist. Er sieht gut aus, ist höflich und vor allem bemüht, gute Arbeit zu leisten. Ständig kommt er mit neuen Ideen daher. Sie dürfen nicht vergessen, daß wir in bezug auf die Jagd Anfänger sind.«
»Sie kommen trotzdem sehr gut voran«, behauptete Vater.
Rolf lächelte mich an.
»Wir sehen uns also morgen.«

Das Haus der Hansons lag am Rand des Waldes, der den Fluß säumte. Sie hatten es vor etwa zehn Jahren in einem völlig verfallenen Zustand gekauft. Der Anwalt und seine Frau – Mrs. Hanson war damals noch am Leben gewesen – hatten begonnen, es nach und nach instandzusetzen; erst als Rolf sich dafür interessierte, ging die Arbeit rascher voran. Jetzt kauften sie immer wieder neue Grundstücke hinzu. Vater hatte einmal scherzhaft bemerkt: »Rolf Hanson möchte Cador übertreffen. Er ist ein ehrgeiziger junger Mann und er versucht das Unmögliche.«
»Er baut das Haus und das Gut zu einem ansehnlichen Besitz aus«, meinte Mutter.
Rolf war zweifellos stolz auf Dorey Manor. Er interessierte sich für alles Mögliche und weckte dadurch auch mein Interesse. Wenn ich mit ihm beisammen war, hatte ich das Gefühl, lebendiger zu sein als sonst.

Er erwartete mich beim Stall. Als er mich vom Pferd hob, hielt er mich einige Augenblicke fest und blickte mich lächelnd an.
»Du wächst«, stellte er fest. »Jedesmal, wenn ich dich sehe, bist du wieder ein Stückchen größer.«
»Willst du damit sagen, daß ich eine Riesin werde?«
»Nein, nur ein schönes, hochgewachsenes Mädchen. Komm jetzt. Ich werde dir zuerst den Wald zeigen.«
»Ich möchte die Kutte sehen.«
»Ich weiß, aber die Vorfreude ist das Schönste. Also zuerst das Wäldchen.«
Dort war Luke Tregern am Werk.
Rolf stellte uns einander vor.
Tregern verbeugte sich vor mir. Er war groß, seine Haut schimmerte olivbraun, seine Haare waren dunkel, und er sah gut aus.
»Guten Tag, Miss Cadorson.«
»Guten Tag«, erwiderte ich.
Seine dunklen Augen betrachteten mich unverwandt.
»Die Bäume sehen gut aus, Sir«, wandte er sich an Rolf. »Sie gedeihen.«
»Das habe ich erwartet«, erwiderte Rolf. »Wir werden uns umsehen.«
Rolf kannte sich mit Bäumen offenbar auch gut aus, denn er hielt mir einen langen Vortrag über den Wald. Doch schließlich meinte er: »Mit diesem Gerede über die Bäume quäle ich dich ja nur; du kannst es nicht erwarten, das Gewand zu sehen. Du bist sehr geduldig.«
»Das bin ich gar nicht. Ich bin sehr gern mit dir zusammen, und der Wald gefällt mir wirklich.«
Er ergriff meinen Arm und führte mich zum Haus. »Du bist das reizendste Mädchen, das ich kenne«, stellte er fest.
Ich war wie berauscht vor Glück.
Dorey Manor war im Vergleich zu Cador klein. Es war im Tudorstil erbaut – schwarze Balken mit weißen Gips-

feldern dazwischen, und jedes Stockwerk sprang über das darunterliegende vor. Es sah malerisch und bezaubernd aus und besaß einen altmodischen Garten mit von Geißblatt überwucherten Lauben und prächtigen Tudorrosen, die bis in den Dezember hinein blühten.

»Komm herein«, forderte mich Rolf auf.

Wir gingen in die Bibliothek – ein langer, getäfelter Raum mit einer Decke mit Hohlkelle. Alle Wände waren mit Büchern zugestellt. Ich warf einen Blick auf die Titel: Recht, Archäologie, alte Religionen, Sitten und Bräuche, Hexerei.

»Wie klug du bist, Rolf!« rief ich.

Er lachte und plötzlich faßte er mich am Kinn und blickte mir in die Augen.

»Habe keine zu gute Meinung von mir, Annora«, sagte er. »Das könnte sehr unklug sein.«

»Warum denn?«

»Weil ich deine Erwartungen vielleicht nicht erfüllen kann.«

»Das ist doch Unsinn«, widersprach ich heftig. »Erzähle mir von der seltsamen Zeremonie.«

»Ich habe mich mit diesen Mysterien nur oberflächlich befaßt. Auf diesem Gebiet bin ich ein Amateur.«

Ich war dennoch davon überzeugt, daß er sehr viel darüber wußte. »Zeig mir die Kutte«, verlangte ich.

»Da ist sie.« Er öffnete eine Lade und nahm sie heraus.

»Zieh sie an«, befahl ich.

Er gehorchte, und mich fröstelte, denn er sah unheimlich aus. Das Gewand war weiß-grau und sah wie eine Mönchskutte aus. Die Kapuze war groß, bedeckte den ganzen Kopf, und er blickte durch die kleine Öffnung an ihrer Vorderseite heraus. Man konnte das Gesicht des Trägers nur sehen, wenn er die Kapuze abstreifte.

»Es macht mir Angst«, gestand ich.

Er schob die Kapuze nach hinten, und ich lachte erleichtert auf.

»So ist es besser, jetzt siehst du wieder aus wie du selbst. Vorher hatte ich den Eindruck, daß ein Fremder vor mir steht.«
»Stell dir die Wirkung vor, wenn mehrere Leute so gekleidet sind und um Mitternacht zwischen den historischen Steinen stehen. Dann bekommst du erst den richtigen Eindruck.«
»Die Kutte erinnert mich an die Inquisitoren, die die sogenannten Ketzer folterten. Miss Caster hat mit mir die spanische Inquisition durchgenommen. Da kann man wirklich Angst bekommen.«
»Genau das will man vermutlich erreichen. Dabei sind diese Kutten nicht so schlimm wie die anderen mit den spitzen Kapuzen und den Augenschlitzen. Bei denen schaudert es selbst mich. Ich werde dir Bilder von ihnen zeigen.«
»Darf ich das Gewand anprobieren?«
»Es ist viel zu groß für dich. Es ist für einen hochgewachsenen Mann gedacht.«
»Ich möchte es trotzdem versuchen.«
Ich zog es an, und es hing bis auf den Fußboden hinunter. Rolf lachte.
»Weißt du, was du fertiggebracht hast? Es sieht nicht mehr furchterregend aus. Du mußt endlich erwachsen werden, Annora.« Er blickte mich zärtlich und zugleich verzweifelt an. »Du brauchst so lange dazu.«
»Ich brauche genauso lange wie jedes andere Mädchen.«
Er legte mir die Hände auf die Schultern. »Es kommt mir so lange vor.«
Ich gab ihm das Gewand zurück, und er legte es wieder in die Schublade.
»Erzähl mir mehr von Stonehenge«, bat ich.
Er ließ mich am Tisch Platz nehmen, holte Bücher von den Regalen und zeigte mir die Bilder. Dazu berichtete er voll Begeisterung über die gigantischen Steine inmitten der Grabhügel aus der Bronzezeit. Ich fand es faszinierend,

außerdem war es wunderbar, mit Rolf an einem Tisch zu sitzen und ihm zuzuhören.

Es war ein sehr glücklicher Nachmittag.

Über die beiden Tragödien wurde viel geredet; die Dienerschaft kannte kein anderes Gesprächsthema. Als ich Digory im Wald traf, sah er mich sehr stolz an.

»Hat deine Großmutter die Stute und Mrs. Cherrys Kind getötet?« fragte ich ihn.

Er schob die Lippen vor und bemühte sich, geheimnisvoll auszusehen. »Sie kann alles, was sie will«, prahlte er.

»Mein Vater findet, daß man nicht so reden darf.«

Als Antwort schwang er sich auf einen Baum hinauf und lachte mich aus. Dann hielt er sich die Zeigefinger an die Stirn, als hätte er Hörner.

Ich mußte immerzu an Mrs. Cherry und an die arme Stute denken und lief so schnell ich konnte nach Hause.

Die Leute sprachen noch eine gute Weile über Mutter Ginny, dann hörte das Gerede auf, und ich dachte auch nicht mehr daran.

Als ich eines Morgens zum Frühstück herunterkam, erkannte ich sofort, daß etwas geschehen war. Meine Eltern waren in ein ernstes Gespräch vertieft.

»Ich muß sofort fahren«, sagte Mutter gerade. »Das siehst du doch ein.«

»Ja, natürlich«, antwortete Vater.

»Ich komme vielleicht schon zu spät. Ich weiß, daß es für dich sehr schwierig ist, gerade jetzt mitzukommen.«

»Du hast doch nicht angenommen, daß ich dich allein fahren lasse?«

»Eigentlich nicht. Aber ich müßte heute abreisen.«

»Warum nicht?«

»Ich bin dir so dankbar, Jake.«

»Was ist geschehen?« fragte ich. »Wovon sprecht ihr?«

»Es geht um deinen Großvater Dickon«, erklärte Mutter. »Er ist sehr krank, und man befürchtet...«

»Willst du damit sagen, daß er im Sterben liegt?«
Mutter wandte sich ab. Sie hing genauso an ihrem Vater wie ich an meinem.
Vater ergriff mich am Arm. »Er ist sehr alt. Es mußte einmal so kommen. Es ist ein Wunder, daß er so lange am Leben geblieben ist. Mutter und ich reisen noch heute ab.«
»Ich begleite euch.«
»Nein, du und Jacco, ihr bleibt da. Wir müssen so schnell wie möglich zu deinen Großeltern.«
»Wir werden euch nicht stören.«
»Nein«, wiederholte er entschieden. »Mutter und ich fahren allein. Wir werden wieder da sein, bevor ihr überhaupt begriffen habt, daß wir fort sind.«
Ich bettelte weiter, aber sie blieben hart. Sie reisten noch am gleichen Tag ab.

Einige Tage nach ihrer Abreise begann es zu regnen – zuerst war es nur ein sanfter Schauer, dann hörte es nicht mehr auf.
»Es nimmt kein Ende«, jammerte Mrs. Penlock. »Es ist, als würde ein Fluch auf uns liegen. Mein Küchengarten ist so naß, daß die Pflanzen ertrinken.«
Die Felder standen unter Wasser, und der Regen fand die Schwachstellen in den Dächern der Katen. Jeden Tag erfuhren wir von einem neuen Unheil.
Dann begannen die Gerüchte.
»Du weißt doch, wer daran schuld ist?« Man flüsterte, man tauschte vielsagende Blicke. »Es kann nur sie sein.«
Jenny Bordons Warzen, die Mutter Ginny ein Jahr zuvor besprochen hatte, kamen wieder. Das Baby der Jennings bekam Keuchhusten, der sich im Handumdrehen verbreitete. Tom Cooper, der sein Dach flickte, fiel von der Leiter und brach sich das Bein.
Sobald in der Gegend ein Unglücksfall eintrat, waren die Menschen davon überzeugt, daß die Quelle des Unheils nicht weit entfernt war.
In den Wirtshäusern, in denen die Männer bei ihrem Ale

saßen, bei den Frauen an den Haustüren oder in den Küchen war Mutter Ginny das Hauptgesprächsthema.
Digory machte das Ganze nur noch schlimmer. Als Jenny Bordon, die sich über ihre neuen Warzen ärgerte, ihm »Mutter Ginnys Hexenbrut« nachrief, streckte er ihr die Zunge heraus, ahmte mit den Zeigefingern Hörner nach und drohte ihr, sie zu verhexen.
»Das kannst du nicht«, rief sie zurück. »Du bist nur die Brut.«
»Meine Großmutter kann es«, erwiderte er.
Die Leute waren seiner Meinung: Sie konnte es und sie hatte es getan. Sie hatte die ganze Gegend mit einem Fluch belegt.
Mir fiel die wachsende Spannung auf, und ich sprach mit Jacco darüber, aber er war so sehr mit seinen eigenen Angelegenheiten beschäftigt, daß er mir kaum zuhörte. Andererseits beunruhigten mich die Äußerungen, die ich aufschnappte, immer mehr. Einer der Männer stellte fest: »Es muß etwas geschehen.«
Ich versuchte, mit Miss Caster darüber zu reden, aber sie ging nicht darauf ein, obwohl sie bestimmt auch die zunehmende Feindseligkeit Mutter Ginny gegenüber bemerkt hatte. Sie glaubte nicht an Hexenkünste, dazu war sie viel zu gebildet, und sie fand, daß der Krieg der Rosen viel wichtiger war als das schlechte Wetter und die diversen Mißgeschicke, die die Gegend heimgesucht hatten.
»Die Menschen sind so zornig, Miss Caster«, sagte ich, ohne locker zu lassen. »Sie sprechen von nichts anderem mehr.«
»Die Leute haben eben nichts Besseres zu tun, doch das gilt nicht für uns. Wir befassen uns jetzt wieder mit dem Tempelgarten, in dem die weißen und die roten Rosen wuchsen.«
»Wenn doch Vater hier wäre. Er würde mit den Leuten sprechen. Ich wüßte auch gern, was in Eversleigh geschieht. Ich kann nicht verstehen, warum meine Eltern mich nicht mitgenommen haben.«

»Deine Eltern wußten schon, was das beste ist.«
Die Wochen vergingen, und von meinen Eltern trafen keine Nachrichten ein. Großvater brauchte sehr lange, um zu sterben. Wahrscheinlich war er sehr krank, denn sonst würden sie nach Hause kommen.
Inzwischen war es Juni geworden. Der Regen hörte auf, und der Sommer brach an. Zuerst begrüßten ihn alle freudig, doch als uns dann die Sonne jeden Morgen aus den Federn holte, sich den ganzen Tag lang keine Wolke am Himmel zeigte, und es immer heißer wurde, begannen die Bauern wieder zu jammern.
Vater pflegte zu sagen: »Die Bauern sind nie zufrieden. Gib ihnen Sonne, und sie verlangen Regen, und wenn der Regen kommt, beschweren sie sich über die Überschwemmungen.« Deshalb war es nur natürlich, daß sie auch jetzt jammerten.
Ich genoß die Wärme, legte mich im Garten in den Schatten, lauschte den Grillen und den Bienen und war wunschlos glücklich. Außerdem war Miss Caster infolge der Hitze etwas träger und verlängerte den Unterricht nie, wie sie es bei kühlem Wetter oft tat. Jacco ging es im Pfarrhaus, in dem Mr. Belling, der Hilfspfarrer, seine schulische Ausbildung übernommen hatte, wahrscheinlich genauso. Wir galoppierten gemeinsam am Strand entlang, ritten in das Moor hinaus, banden unsere Pferde an einen Strauch, lagen im hohen Gras und blickten in die Zinnmine hinunter, in der viele Leute aus der Gegend ihren Lebensunterhalt verdienten. Unsere Gemeinde bestand hauptsächlich aus Bergwerksarbeitern und Fischern sowie aus den Pächtern vom Gut Cador.
Ein Sommertag folgte dem anderen, und die Sonne strahlte immer heißer vom Himmel. Die Menschen wurden gereizt.
»Verschwinden Sie aus meiner Küche, Miss Annora«, fuhr mich Mrs. Penlock an. »Sie stehen mir immerfort im Weg.« Ich bekam auch nie einen Kuchen oder Kekse frisch

aus dem Backofen, wie ich es gewohnt war. Es war ohnehin zu heiß zum Backen.
Ich bedauerte sehr, daß ich aus der Küche verbannt wurde, weil man dort mehr denn je über Mutter Ginny tratschte. Die Sonnwendnacht rückte näher, und mit ihr die Sonnwendfeuer. Rolf hatte einen Collegefreund in Bodmin besucht, der sein Interesse für Antiquitäten teilte, und war jetzt zurückgekehrt. Er erzählte mir begeistert von Steinen, die er im Bodminmoor entdeckt hatte. Ich erwähnte, daß die Leute in unserer Gegend Mutter Ginny immer feindseliger gegenüberstanden.
»Das ist nur natürlich«, antwortete er. »Die Bevölkerung von Cornwall ist sehr abergläubisch und hält mehr am Althergebrachten fest, als es in anderen Landesteilen üblich ist. Daran sind wahrscheinlich ihre keltischen Vorfahren schuld. Die Kelten unterscheiden sich doch wesentlich von den Angelsachsen, die den größten Teil unserer Insel bewohnen.«
»Ich bin nur zum Teil Keltin, weil nur mein Vater aus Cornwall stammt.«
»Und ich bin reiner Angelsachse, wenn man bei einer solch bunten Mischung überhaupt von rein sprechen kann.«
Rolfs Eltern waren nach Cornwall übergesiedelt, als er fünf Jahre alt gewesen war. Er war in den Midlands zur Welt gekommen. Aber er wußte wesentlich mehr über die Bewohner von Cornwall als sie selbst; weil er nicht wirklich zu ihnen gehörte, konnte er sie unvoreingenommen studieren.
Er erzählte mir viel Interessantes über die alten Sitten und Gebräuche. Noch zu unserer Zeit legten die meisten Pächter den Feuerhaken und die Torfgabel kreuzweise übereinander, wenn sie das Haus verließen, um während ihrer Abwesenheit die bösen Geister fernzuhalten. Die Bergarbeiter ließen den sogenannten Didjan – einen Teil ihres Mittagessens – für die Knacker in der Mine liegen. Die Knacker waren im Volksglauben die Geister jener Men-

schen, die Christus gekreuzigt hatten. »Ich kann mir allerdings kaum vorstellen, daß bei der Kreuzigung Christi so viele Menschen anwesend waren, daß sie alle Minen in Cornwall bevölkern können«, meinte Rolf. Dann sollte es schwarze Hunde und weiße Hasen geben, die am Eingang der Mine erschienen, wenn ein Unglück bevorstand. Kein Fischer erwähnte auf See einen Hasen oder ein Kaninchen, und wenn er auf dem Weg zum Boot einen Pfarrer traf, machte er kehrt und segelte an diesem Tag nicht hinaus. Wenn jemand die Kirche erwähnen mußte, nannte er sie Cleeta, was Glockenhaus bedeutete – denn es brachte Unglück, wenn man das Wort Kirche aussprach.
»Wie kommt es zu solchen abergläubischen Vorstellungen?« fragte ich.
»Es muß nur jemandem ein Unheil zustoßen, nachdem er einen Hund oder Hasen gesehen oder einen Pfarrer auf dem Weg zu den Booten getroffen hat, und schon haben wir den Aberglauben.«
»Wie dumm von ihnen.«
»Die Menschen sind eben oft dumm«, lächelte er. »Es gibt natürlich sehr viele Dinge, die auf die vorchristliche Zeit zurückgehen. Zum Beispiel die Bräuche in der Sonnwendnacht.«
»Ich weiß. Mrs. Penlock würde sagen: ›Das haben wir immer so gemacht und werden es auch weiter so halten.‹«
Ich hörte Rolf sehr gerne zu, wenn er von den kornischen Sitten erzählte.
Soweit ich zurückdenken konnte, hatten uns unsere Eltern immer zu den Sonnwendfeuern in das Moor mitgenommen. Vater fuhr uns hinaus, und die ganze Familie sah zu, wie die Feuer aufflammten, denn in einer klaren Nacht konnten wir sie meilenweit die ganze Küste entlang sehen. Die Vorbereitungen begannen schon Tage zuvor. Fässer wurden geteert und auf die Holzhaufen geworfen, und Hobelspäne hinzugefügt. Überall wollte man tanzen, singen und feiern.

Rolf hatte mir erzählt, daß an diesem Tag eigentlich das Fest des heiligen Johannes begangen wurde, daß sein Ursprung aber heidnisch war. Die Menschen setzten das Ritual fort, ohne zu wissen, was es ursprünglich bedeutet hatte.

Der Tanz um das Feuer sollte vor Hexerei schützen und hing auch mit den Fruchtbarkeitsriten früherer Zeiten zusammen. Wenn man über das Feuer sprang und sich dabei die Kleidung versengte, bedeutete das, daß man ein ganzes Jahr vor dem bösen Blick sicher war. Dann mußte man den Sprung wieder vollführen. Es kam dabei allerdings oft zu Unfällen, und ein Mädchen aus unserer Gegend hatte schwere Brandwunden davongetragen. Die Leute behaupteten, daß es verhext worden war; Vater hatte daraufhin den Sprung über das Feuer verboten.

Es hatte Jacco und mir immer großes Vergnügen bereitet, lang aufzubleiben und mit unseren Eltern in das Moor hinauszufahren. Es war so aufregend, wenn die Fackel in das aufgetürmte Holz flog und allgemeines Freudengeschrei ertönte, sobald die Flammen hoch aufloderten.

Wir sahen zu, wie die Menschen um das Feuer tanzten. Während unserer Anwesenheit versuchte niemand, über die Flammen zu springen, und ich hätte gern gewußt, ob sie sich an das Verbot meines Vaters auch hielten, wenn er nicht dabei war.

Kurz nach Mitternacht fuhren wir nach Hause.

»Hoffentlich sind unsere Eltern zur Sonnwendnacht wieder zurück«, sagte ich zu Jacco. Wir waren ins Moor hinausgeritten und lagen im Schutz eines großen Felsbrokkens im hohen Gras.

»Wenn nicht, reiten wir eben allein hinaus«, prahlte er.

»Was! Um Mitternacht!«

»Hast du etwa Angst?«

»Natürlich nicht.«

»Warum dann nicht?«

Er war wahrscheinlich eben erst auf die Idee gekommen,

war ohne zu überlegen damit herausgeplatzt und hielt jetzt eigensinnig daran fest.
»Wir dürfen es nicht«, rief ich ihm ins Gedächtnis.
»Wer hat das gesagt?«
»Unsere Eltern.«
»Sie sind nicht hier und können es uns deshalb nicht verbieten. Niemand hat uns ausdrücklich gesagt, daß wir es nicht tun dürfen.«
»Weil niemand daran gedacht hat.«
»Wenn du Angst hast, reite ich allein hinaus.«
»Wenn du hinreitest, komme ich mit.«
Er pflückte einen Grashalm und begann, darauf zu kauen. Offensichtlich schmiedete er bereits Pläne.
Jetzt fiel mir Mutter Ginny wieder ein. »Glaubst du, daß Mutter Ginny wirklich eine Hexe ist?«
»Eigentlich schon.«
»Glaubst du, daß sie die Leute verhext?«
»Das wäre möglich.«
»So vielen Menschen ist in letzter Zeit alles Mögliche zugestoßen. Ich möchte gern wissen, ob sie daran schuld war.«
»Allmählich bekommen alle Angst«, meinte Jacco. »Bob Gill hat Jack Barker daran erinnert, daß er nie vergessen darf, einen Didjan für die Knacker zurückzulassen. Jack arbeitet erst eine Woche in der Mine und hat richtig verängstigt ausgesehen.«
»Sie haben deshalb Angst, weil die Arbeit wirklich gefährlich ist. Bei den Fischern ist es genauso. Unter Tag kommt es leicht zu einem Unglück, und auf dem Meer kann aus heiterem Himmel ein Sturm ausbrechen.«
Jacco dachte sichtlich noch über unser bevorstehendes Abenteuer nach. »Wir müssen vorsichtig sein, damit Miss Caster nichts bemerkt.«
Ich nickte. »Jetzt müssen wir aber zum Abendessen zurück.«
»Machen wir uns auf den Weg.«

Wir stiegen in den Sattel und ritten nach Hause. Als wir den Hafen erreichten, erblickten wir eine größere Menschenmenge, in der alle wild durcheinander redeten.
»Was ist geschehen?« rief Jacco.
Es war interessant, wie die Leute sich Jacco gegenüber verhielten. Er war noch ein Junge und nur zwei Jahre älter als ich, aber er war der Erbe von Cador, und eines Tages würde er Gutsbesitzer sein. Sie schwankten zwischen Geringschätzung wegen seiner Jugend und Respekt vor der Macht, die er einmal besitzen würde.
Einige Männer blickten weg, aber Jeff Mills antwortete ihm: »Es gibt Schwierigkeiten mit einem der Boote, Master Jacco.«
»Was für Schwierigkeiten?«
»Es hat offenbar ein Leck bekommen. Die Mannschaft mußte gerettet werden.«
»Befinden sich alle in Sicherheit?«
»Ja. Aber das Boot ging verloren. Das ist ein schwerer Schlag für die Poldeans.«
»Mein Vater wird bald zurückkehren.«
»Das ist gut, er wird sich bestimmt darum kümmern. Ich werde es Jim Poldean erzählen.«
Jacco wandte sich mir zu. »Komm jetzt, wir können hier nichts mehr tun.«
»Es ist doch merkwürdig«, meinte ich, »daß wir gerade erst über die Gefahren auf der See gesprochen haben.«
»Vergiß nicht, daß sie mit ihrem Boot auch ihren Lebensunterhalt verloren haben.«
»Vater wird ihnen bestimmt helfen, zu einem neuen Boot zu kommen«, erwiderte ich selbstgefällig. Ich war sehr stolz auf ihn, und ganz besonders dann, wenn ich bemerkte, wie sehr sich die Menschen auf ihn verließen.
Wir kamen zu spät zum Abendessen, worüber sich weder Miss Caster noch Mrs. Penlock freuten.
»Die Gewürzkuchen müssen gegessen werden, sobald sie aus dem Ofen kommen«, bemerkte Mrs. Penlock.

Ich erklärte ihr, daß wir mit den Leuten am Kai gesprochen hatten.
»Es ist ein schrecklicher Verlust für die Poldeans«, meinte Mrs. Penlock.
Ich blickte Jacco vielsagend an, denn man konnte sich darauf verlassen, daß Mrs. Penlock über alles Bescheid wußte, was sich in der Umgebung abspielte.
»Und wir wissen genau, wie es dazu gekommen ist«, fuhr sie fort.
»Wahrscheinlich hat mit dem Boot etwas nicht gestimmt«, erwiderte Jacco. »Das Meer ist heute spiegelglatt.«
»Vermutlich hat sich an dem Boot jemand zu schaffen gemacht.«
»Halten Sie das für möglich?«
»Fragen Sie mich das nicht. Da gibt es Mittel und Wege. Es gibt Leute, die gewisse Kräfte besitzen... und die nicht weit von hier leben. Ich könnte Ihnen allerhand erzählen.«
»O ja, Mrs. Penlock, tun Sie es doch«, bat ich.
»Als Jim Poldean den Hafen verließ, hat ihm Mutter Ginny dabei zugesehen. Sie hat ihm etwas zugerufen, ungefähr in dem Sinn, daß der Pfarrer in der Kirche einen Hasen gefangen hat.«
»Ja und?« fragte ich verständnislos.
»Du meine Güte! Wissen Sie denn überhaupt nichts, Miss Annora? Es bringt Unglück, wenn man vor einem Mann, der in See sticht, von Pfarrern, Kirchen und wilden Tieren spricht. Das darf man niemals tun.«
»Warum denn?«
»Da gibt es kein Warum und Weshalb. Es ist einfach so. Wenn man unbedingt von der Kirche sprechen muß, dann weiß auch der Dümmste, daß man Cleeta sagt.«
Mir fiel ein, daß Rolf diese Tatsache ebenfalls erwähnt hatte.
»Das ist sonnenklar«, fuhr Mrs. Penlock fort. »Dieser Spuk muß ein Ende haben, bevor wir alle krank sind oder im Bett ermordet werden.«

Jacco und ich widmeten jetzt unsere Aufmerksamkeit den saftigen Gewürzkuchen, die niemand so gut backen konnte wie Mrs. Penlock.
»Sie sind großartig«, bemerkte Jacco anerkennend.
»Sie hätten vor zehn Minuten gegessen werden müssen«, brummte Mrs. Penlock besänftigt.
An diesem Abend erhielten wir einen Brief von Mutter. Großvater Dickon war gestorben. Unsere Eltern wollten noch eine Woche in Eversleigh bleiben, um Großmutter zu trösten. Sie hatten versucht, Großmutter zum Mitkommen zu überreden, aber sie wollte Eversleigh nicht verlassen. Sie war nicht allein – Amaryllis war mit ihren Kindern Helena und Peterkin anwesend, und natürlich waren Claudine und David da. Unsere Eltern hatten vor, demnächst mit uns nach Eversleigh zu fahren.
Der Tod unseres Großvaters ging Jacco und mir nahe. Wir waren nicht oft mit ihm zusammengekommen, aber er hatte uns tief beeindruckt. Er war eine großartige Persönlichkeit gewesen, und Mutter hatte uns viel über ihn erzählt. Ihrer Meinung nach war er unvergleichlich: Er hatte während der Französischen Revolution Großmutter Lottie vor dem Pöbel gerettet. Für uns war er immer ein übermenschliches Wesen, und wir waren erschüttert, weil er genauso sterblich war wie wir.
Zur Sonnwendnacht würden unsere Eltern also nicht da sein. Jacco war das nur recht, denn jetzt konnte er seinen Plan in die Tat umsetzen.
Er beschäftigte sich in Gedanken unaufhörlich mit unserem Abenteuer, und ich muß zugeben, daß ich mich ebenfalls darauf freute.

In der Nacht vor dem großen Abend schreckte ich plötzlich aus dem Schlaf hoch.
Jemand befand sich im Zimmer. Ich setzte mich auf.
»Schsch«, zischte Jacco.
»Was willst du hier?«

Er trat an mein Bett und flüsterte: »Draußen ist etwas los.«
»Wo?«
Er deutete auf Miss Casters Zimmer, das neben dem meinen lag, und legte den Finger auf die Lippen.
»Ich will nachsehen. Kommst du mit?«
»Wohin?«
»Hinaus. Horch, hörst du denn nichts?«
Ich lauschte aufmerksam und vernahm in der Ferne das Geräusch von vielen Stimmen.
»Wenn du mitkommen willst, dann zieh dein Reitkleid an. Wir nehmen die Pferde. Wenn du nicht mitkommst, verhalte dich ruhig, ich reite hinüber.«
»Natürlich begleite ich dich.«
»Dann komm in den Stall, sobald du fertig bist, und mach vor allem keinen Lärm.«
Er schlich aus dem Zimmer, und ich kleidete mich zitternd vor Aufregung an. Ich ahnte, daß etwas Schreckliches im Gang war, ... aber etwas, das ich auf keinen Fall versäumen durfte.
Jacco erwartete mich ungeduldig beim Stall.
»Ich habe geglaubt, daß du überhaupt nicht mehr kommst.«
»Wohin reiten wir?«
»Ich weiß es nicht genau. Es klingt, als wäre es irgendwo im Wald.«
Ich sattelte meine Fuchsstute, und wir brachen auf.
Jacco ritt voraus; er empfand das Ganze als großartiges Abenteuer, und ich folgte ihm. Wir erreichten den Fluß und ritten in den Wald.
»Es ist nicht weit von Mutter Ginnys Hütte«, stellte ich fest. »Glaubst du ...?«
»Es hat sich seit Wochen etwas zusammengebraut. Poldeans Boot war der Tropfen, der das Faß zum Überlaufen brachte.«
Wir ritten zwischen den Bäumen hindurch zu der Lichtung. Der Wald hatte auf mich immer sehr geheimnisvoll

gewirkt, und ich durfte mich erst seit kurzem allein hinein wagen. Meine Eltern hatten befürchtet, daß ich in den Fluß fallen könnte, der hier, kurz vor seiner Mündung, recht breit und tief war.
»Wie spät ist es?« fragte ich.
»Kurz vor Mitternacht.«
Jetzt schimmerte schon das Licht der Fackeln durch die Bäume.
»Sei vorsichtig«, ermahnte mich Jacco. »Sie dürfen uns nicht sehen.«
Wir hatten die Lichtung beinahe erreicht, und der Wald war hier durchschaubar. Eine Menschenmenge tanzte um einen Karren herum, und auf diesem Karren stand eine Gestalt. Das war doch nicht möglich! Mutter Ginny!
Ich sog die Luft scharf ein.
»Sie ist es nicht wirklich«, flüsterte Jacco. »Es ist nur eine Puppe.«
Ich kannte einige der Leute, aber im Licht der Fackeln sahen sie alle verändert aus.
»Wir sind im richtigen Augenblick gekommen«, stellte Jacco fest.
»Was haben sie vor?«
»Gib acht.«
Sie hatten in der Mitte der Lichtung ein Feuer angezündet, um das sie sich jetzt drängten. Dann nahm jemand die Puppe vom Karren und band sie an eine lange Stange.
Ich schnappte erschreckt nach Luft, als sie die Stange in die Flammen tauchten. Die Menge schrie auf, die brennende Puppe wurde hochgehoben. Die Zuschauer tanzten, sangen und schrien, als wären sie verrückt geworden.
Mich erfaßte heftiger Widerwille; ich wollte nichts mehr sehen und wandte mich Jacco zu. »Ich will nach Hause.«
»Von mir aus.« Er tat, als gäbe er mir nach, in Wirklichkeit stieß ihn aber die Szene genauso ab wie mich.
Wir ritten vorsichtig nach Hause, brachten unsere Pferde in den Stall und schlichen uns dann in unsere Zimmer.

Keiner von uns sprach ein Wort.
Ich wälzte mich die ganze Nacht schlaflos im Bett herum.

Sonnenwende; dieser Tag war immer etwas Besonderes gewesen. Selbst kleine Kinder durften aufbleiben und wurden auf das Moor mitgenommen, um die Sonnwendfeuer zu sehen.
»Die Sonnwendfeuer werden seit undenklichen Zeiten angezündet«, bemerkte Mrs. Penlock, »und ich sehe nicht ein, warum wir diesen Brauch nicht fortsetzen sollten!« Sie drückte damit nur aus, was alle dachten. In der Küche herrschte die übliche Aufregung, doch diesmal steckte mehr dahinter – eine fieberhafte Erwartung, die im Lauf des Tages noch zunahm. Ich sehnte mich danach, daß es endlich Abend wurde, doch gleichzeitig erfüllte mich unerklärliche Angst. Ich war zeitig aufgestanden und zum Hafen hinuntergegangen, wo ich Betty Poldean traf, deren Augen merkwürdig leuchteten.
»Einen guten Tag, Miss Annora«, begrüßte sie mich.
»Guten Tag, Betty«, erwiderte ich und blieb zögernd stehen. Ich hätte gern etwas über das Boot ihres Vaters gesagt, fand aber nicht die rechten Worte. Stattdessen tröstete ich sie, indem ich die bevorstehende Rückkehr meiner Eltern erwähnte. »Mein Vater wird bestimmt erfahren wollen, was sich alles in seiner Abwesenheit ereignet hat«, fügte ich vielsagend hinzu.
»Ach ja«, antwortete sie, war aber sichtlich mit ihren Gedanken bei der kommenden Nacht; die Rückkehr meiner Eltern interessierte sie nur wenig.
Die Kinder sammelten Holz und Ginster und brachten sie für die Sonnwendfeuer auf das Moor. Doch auch auf dem Kai wurden Vorbereitungen getroffen. Einige Fischer befestigten geteerte Fässer an langen Stangen. Sie sollten bei Einbruch der Nacht angezündet werden und den Hafen hell beleuchten. Die Erwachsenen unternahmen mit den Kindern kurze Bootsfahrten auf dem Meer.

»Hallo, Miss Annora«, rief Thomas Lewis, »soll ich ein Stück mit Ihnen hinausfahren?«
Ich lehnte dankend ab und sagte, daß ich zusehen wolle, wie die Holzstöße auf dem Moor errichtet wurden.
Als ich nach Hause ritt, war ich tief in Gedanken versunken. Miss Caster hatte nichts über den Abend gesagt, und ich hoffte, daß sie nicht darauf zu sprechen kommen würde. Ich war entschlossen, mit Jacco zum Moor zu reiten, wollte aber auch nicht einem ausdrücklichen Befehl von Miss Caster zuwiderhandeln.
Ich war froh, daß es so heiß war, denn sie mochte Hitze überhaupt nicht und pflegte an solchen Tagen zeitig zu Bett zu gehen. Jacco und ich verabredeten, uns um elf Uhr beim Stall zu treffen. Niemand würde uns sehen, denn alle übrigen Bewohner des Hauses waren zu dieser Zeit schon zu Bett gegangen oder befanden sich am Hafen oder auf dem Moor.
Ich war pünktlich. Der Tag war sehr heiß gewesen, und auch jetzt war es noch ziemlich warm. Der Himmel war klar, und es schienen mehr Sterne als sonst an ihm zu stehen, denn die dünne Sichel des abnehmenden Mondes spendete nur wenig Licht.
Wir erreichten das Moor kurz nach Mitternacht, und die Sonnwendfeuer wurden bereits angezündet. Es war ein erregendes Schauspiel. Einige Anwesende hatten Kleidungsstücke aus früheren Zeiten angelegt, die sie vermutlich in Truhen oder auf Dachböden gefunden hatten. Manche Pächter trugen Strohhüte, Kittel und Gamaschen, die wahrscheinlich ihren Großvätern gehört hatten. Es fiel mir schwer, sie in dem schwachen Licht zu erkennen. Der hochgewachsene Jack Gort hatte einen Helm aufgesetzt und sah nicht mehr aus wie der Mann, bei dem wir am Markt unsere Fische kauften, sondern wie ein plündernder Wikinger. Junge Männer hielten Fackeln in den Händen, die sie im Kreis um ihre Köpfe schwangen, um die Bahn der Sonne am Himmel nachzuahmen. Im Licht der Sonn-

wendfeuer sahen das Moor und die Menschen verändert und geheimnisvoll aus.
Ich entdeckte Isaacs sowie einige Diener aus Cador.
»Halt dich im Hintergrund«, ermahnte mich Jacco.
Ich gehorchte ihm, denn wenn man uns sah, würde man uns höchstwahrscheinlich nach Hause schicken.
Als ich über das Moor blickte, mußte ich daran denken, daß dieses Schauspiel seit Jahrhunderten gleichgeblieben war. Die Menschen waren heute wahrscheinlich anders gekleidet, aber an der Zeremonie hatte sich nichts geändert. Heute hieß es, daß man mit diesen Feuern eine gute Ernte sichern wollte; früher war es ein Fruchtbarkeitsritus gewesen, der für alle Lebewesen, auch für die Menschen, galt. Die Menschen hatten sich durch den Tanz in Ekstase gesteigert und waren dann miteinander ins Heu gekrochen. Eine der Frauen begann zu singen, und die anderen fielen ein. Das Lied war Jahrhunderte alt; ich verstand die Worte nicht, weil sie kornisch waren.
Dann erblickte ich einen hochgewachsenen Mann, der die Menschen überragte und in seiner grauen Kutte wie ein Mönch aussah.
Ich kanntc die Kutte. Rolf! dachte ich.
Die Menschen drängten sich um ihn, als wäre er der Zeremonienmeister.
Bis zu diesem Augenblick war es eine Sonnwendnacht wie so viele andere gewesen, an denen ich im Wagen unserer Eltern teilgenommen hatte. Der einzige Unterschied bestand darin, daß heute Jacco und ich allein und heimlich hierher gekommen waren. Ich war allerdings davon überzeugt, daß unsere Eltern, wenn sie daran gedacht hätten, einem Stallknecht befohlen hätten, uns aufs Moor zu begleiten.
Und dann verlief plötzlich alles ganz anders.
Der Mann in der Kutte hatte sich von der Menge gelöst, näherte sich dem Sonnwendfeuer, raffte das Gewand um sich zusammen und sprang über die Flammen. Tiefe Stille

trat ein, als die Flammen um die Kutte züngelten. Dann landete er unversehrt auf der anderen Seite.

Die Menge jubelte.

»Er muß ein Jahr lang keine Hexe fürchten«, rief jemand. »Das Feuer hat ihn nicht berührt.«

»Er ist hoch darüber hinweggesprungen.«

Eines der Schankmädchen aus dem Fisherman's Rest lief zum Feuer, warf die Arme hoch und setzte zum Sprung an. Ich hörte sie schreien, als sie in die Flammen fiel.

Jack Gort befand sich in unmittelbarer Nähe und zog sie sofort heraus; ihr Kleid brannte. Die Umstehenden schlugen die Flammen aus.

»Das ist verrückt!« ärgerte sich Jacco. »Papa hat es ihnen verboten.«

Die Menschen drängten sich um das auf dem Boden liegende Schankmädchen.

»Hoffentlich ist sie nicht schwer verletzt«, flüsterte ich.

»Sie werden die Hexe dafür verantwortlich machen«, meinte Jacco.

»Sie ist ja aus freiem Willen gesprungen.«

»Der Mann war schuld daran. Für ihn war es nicht gefährlich. Wenn seine Kutte Feuer gefangen hätte, wäre es ihm nicht schwer gefallen, sie abzustreifen.«

Das Schankmädchen war inzwischen aufgestanden, und ich stellte erleichtert fest, daß sie keine Brandwunden davongetragen hatte. Ich wollte nach Hause. Ich konnte nicht verstehen, warum Rolf über das Feuer gesprungen war, obwohl er wußte, daß Vater es verboten hatte. Ich wollte nicht, daß er uns hier entdeckte.

»Bringt sie lieber in das Wirtshaus zurück«, schlug jemand vor. »Geh du mit ihr, Jim, sie ist ja dein Mädchen.«

»Wir sollten auch nach Hause reiten«, flüsterte Jacco. »Die Leute werden keine Lust mehr haben, zu tanzen und zu singen.«

»Warte noch ein wenig.«

Der Mann, den sie Jim genannt hatten, setzte das Schank-

mädchen auf sein Pferd und ritt mit ihr davon. Jack Gort hatte sie rechtzeitig gerettet, und sie war eigentlich nur erschrocken.
Jemand begann zu singen, aber niemand fiel ein. Die Stimmung war umgeschlagen, und ich nahm an, daß die Sonnwendfeier damit zu Ende war.
Dann drängte sich die Menge um einen Jungen, der ein Tier in den Händen hielt, das jämmerlich miaute. Eine Katze! Instinktiv wußte ich, wem sie gehörte – Mutter Ginny. Auch den Jungen kannte ich. Er trieb sich auf dem Kai herum und verdiente sich ein paar Pennies mit Gelegenheitsarbeiten für die Fischer.
Jetzt rief er: »Da ist etwas, womit wir gegen die Hexen kämpfen können. Sie werden uns nicht unterkriegen.«
Er hob die Katze hoch.
»Mutter Ginnys Teufelsvieh. Das Geschenk des Satans an die böse alte Hexe.«
Die Katze wand sich in seinem Griff und kratzte ihn offensichtlich, und er warf das Tier mit einem Schmerzensschrei direkt in die Flammen.
Mir wurde übel, und Jacco erging es nicht viel besser. Wir liebten unsere Tiere; unsere Hunde waren unsere Freunde, und die Küchenkatze, die von Mrs. Penlock als die beste Mäusefängerin in Cornwall bezeichnet wurde, war unser besonderer Liebling.
Jacco legte die Hand auf meine Züge, denn ich hatte mein Pferd angetrieben.
»Nein!« zischte er. »Das darfst du nicht.«
Ich hörte den Todesschrei des Tieres, und dann trat Stille ein.
Der Junge versuchte, sich zu entschuldigen: »Seht doch, wie sie mich zugerichtet hat.« Er hielt seine blutende Hand in die Höhe. »Es ist die einzige Möglichkeit, uns zu retten. Wir müssen es tun... es heißt immer, daß es ein Lebewesen sein muß. Und das war es, die Katze der Hexe. Damit sind wir eine los.«

Das Entsetzen klang ab, und alle begannen gleichzeitig zu reden. Der Mann in der grauen Kutte stand mitten unter ihnen und sprach zu ihnen, aber ich verstand nicht, was er sagte.
Plötzlich setzten sich alle in Bewegung. Sie waren größtenteils mit Wagen oder Pferden gekommen. »Los jetzt«, sagte Jacco. »Wir müssen fort, jetzt gleich.«
Während ich ihm folgte, hörte ich immer noch den Schrei der Katze und sehnte mich nur danach, in die Sicherheit meines Zimmers zurückzukehren. Mir ging nicht aus dem Kopf, daß Rolf bei ihnen war, Rolf, unser Freund, der für mich ein Held war... und der sich jetzt mitten unter ihnen befand und sie anführte.
Jacco schlug nicht den Weg nach Hause ein.
»Wohin reiten wir, Jacco?« fragte ich.
»In den Wald. Dort wollen auch die Leute hin.«
»Warum?«
»Das müssen wir herausfinden oder vielmehr, ich will es herausfinden. Du kannst ja nach Hause reiten.«
»Ich komme mit.«
Als wir den Wald erreichten, hörte ich in der Ferne Stimmengewirr. Am liebsten wäre ich nach Hause geritten und hätte mich in meinem Bett verkrochen. Ich fürchtete mich entsetzlich vor allem, was diese Nacht noch bringen würde, und dachte immer wieder: Wenn Vater hier wäre, würde dies alles nicht geschehen.
Doch es geschah, und ich mußte dabei sein.
»Sei vorsichtig«, mahnte Jacco. »Sie dürfen uns nicht sehen, denn sie würden uns nach Hause schicken.«
Wir kannten uns im Wald gut aus und machten einen Umweg, denn wir wußten ja, wohin der Mob unterwegs war. Sie hatten sich bereits auf der Lichtung versammelt, und die Fackeln tauchten die Szene in unheimliches, flakkerndes Licht. Das erste, was ich bemerkte, war der Mann in der grauen Kutte. Er führte sie an, stachelte sie auf.
Ich konnte nicht glauben, daß das der Rolf war, den ich

kannte. Er war immer so freundlich und verständnisvoll gewesen. Er konnte nicht so grausam sein. Er liebte die alten Bräuche und machte gern Experimente. Vielleicht wollte er herausbekommen, wie leicht die Menschen die Tünche der Zivilisation abstreiften.

Im Lichtschein erblickte ich jetzt die Hütte. Sie hatten sie eingekreist, schwenkten ihre Fackeln und riefen etwas. Ich verstand nur das Wort »Hexe«.

Dann rief jemand: »Komm heraus, Hexe. Zeig dich. Hab keine Angst. Wir werden dir nichts tun – jedenfalls nicht mehr, als du uns angetan hast.«

Ich hielt den Atem an, denn sie trat aus der Hütte. Sie hatte wahrscheinlich schon geschlafen, denn sie trug ein Nachthemd, und ihre grauen Haare flatterten im Wind. Im Licht der Fackeln erkannte ich die Angst auf ihrem Gesicht.

Mir wurde übel und ich wollte mich abwenden, aber Jacco befand sich dicht neben mir, und ich konnte mich nicht rühren. Er betrachtete die Szene voll Entsetzen.

»Was wollt ihr von mir?« schrie sie.

»Das wirst du schon noch merken. Was wollen wir mit ihr anfangen?«

Jemand sprach, und die anderen hörten zu. Konnte es Rolf sein, der ihnen Anweisungen erteilte?

»Das tun wir«, rief jemand. »Das war schon immer das beste Mittel. Werft sie ins Wasser. Wenn sie ertrinkt, ist sie unschuldig. Wenn sie an der Oberfläche bleibt, so hilft ihr der Teufel, und das ist der Beweis, daß sie zu ihm gehört.«

»Wohin hat dich denn der Teufel geküßt, Mutter Ginny?«

Gelächter brandete auf.

»O nein«, murmelte ich. »Sie ist doch nur eine arme, alte Frau.«

Jacco nickte, wandte den Blick jedoch nicht von der Szene ab.

Sie hatten ihr ein Seil um den Leib gebunden, und sie wehrte sich schreiend. Einer der Männer versetzte ihr einen Schlag, der sie zu Boden warf.

»Sie werden sie umbringen, Jacco«, rief ich. »Wir müssen sie daran hindern. Papa würde es tun.«
Jacco ritt vor. »Hört auf«, rief er. »Hört auf!«
Niemand beachtete ihn. Sie waren damit beschäftigt, die kreischend fluchende Mutter Ginny zum Fluß zu schleppen.
Ich schluchzte. »Wir müssen etwas unternehmen. Was würde unser Vater tun?«
Doch wir besaßen nicht seine Macht und seine Autorität. Wir waren nur Kinder, auf die niemand hörte. Mord lag in der Luft. Ich hatte eine Seite der Menschen erblickt, die ich bisher nicht gekannt hatte. Ich hatte zum ersten Mal die Wut des Pöbels erlebt. Diese Menschen, die so ruhig ihren täglichen Beschäftigungen nachgingen, waren vollkommen verändert. Ich hatte nicht gewußt, wozu die menschliche Natur fähig ist. Sie waren grausam, wollten Schmerz zufügen, wollten sich rächen, Auge um Auge. Tregorrans Stute; Cherrys Kind; der Regen; die Hitze; Poldeans Boot. Sie wollten sich rächen und würden es tun. Und Rolf war dabei, führte sie an und erzählte ihnen, wie man früher mit Hexen umgesprungen war. Rolf, den ich so bewundert hatte, der für mich ein Held gewesen war, den ich geliebt hatte. Diese Erkenntnis erschütterte mich am tiefsten. Die anderen waren ungebildete Menschen, die sich verleiten ließen, aber er... Ich wußte sogar, warum er sich so verhielt. Er war von den alten Sitten und Bräuchen besessen und wollte sehen, ob die Menschen heute noch so reagierten wie in früheren Zeiten – doch hier ging es um ein Menschenleben... Ich würde nie wieder jemandem vertrauen können.
Ich wollte zu ihm reiten, ihm sagen, daß ich hier war, ihn bitten, den Leuten Einhalt zu gebieten. Doch ich würde nie vergessen können, daß er ihr Anführer war. Jacco und ich waren nur zwei Kinder, wir konnten sie nicht aufhalten, obwohl Jacco der Gutserbe war.
Ich wollte alles von mir schieben, es vergessen, wegreiten.

Ich wollte nicht wissen, was am Fluß geschah. Ich befürchtete, daß das noch nicht alles war. Doch auch wenn ich jetzt nach Hause flüchtete, würde ich es nie vergessen.
Am Fluß ertönte Geschrei.
»Sie geht nicht unter«, stellte Jacco fest.
»Nein, der Fluß ist nicht tief genug.«
»Am Ufer nicht. Aber wenn sie sie in die Mitte werfen... Angeblich gehen Hexen nicht unter, weil der Teufel sie rettet.«
»Auf jeden Fall...«
»Sie wird mit dem Leben davonkommen«, behauptete Jacco.
In diesem Augenblick trat der Junge aus der Hütte und lief über die Lichtung. Ich hielt den Atem an. Was würden sie mit ihm tun?
Er kauerte sich in unserer Nähe zwischen die Bäume.
Die schreienden Stimmen näherten sich wieder. Die Menge schleppte Mutter Ginny mit. Ihr Nachthemd war naß und mit Schlamm bedeckt; ihre grauen Haare hingen um das totenblasse Gesicht. Ich glaubte, daß sie bereits tot sei.
Ich betete zu Gott, er möge etwas unternehmen... die Leute vertreiben... Mutter Ginny in ihr Haus zurückkehren lassen.
Die Leute schrien wie Betrunkene. Sie waren trunken vor Raserei.
Mutter Ginny lag auf dem Boden, und ich konnte sie nicht sehen. Jemand rief: »Der Teufel rettet die Seinen.«
»Nicht für lange«, antwortete jemand.
Dann warf ein Mann mit einem Schrei eine Fackel auf das Strohdach. Es fing sofort Feuer. Jemand warf eine zweite Fackel, und die Hütte loderte lichterloh.
Die Menge war verstummt, denn Mutter Ginny stand auf. Sie starrte die Hütte an, dann setzte sie sich schwankend in Bewegung. Sie ging zur Tür und verschwand in den Flammen.

Stille trat ein, als warteten die Menschen darauf, daß Mutter Ginny wieder herauskam. Sie warteten vergebens. Jemand schrie: »Damit sind wir sie und ihre Katze los. Was wird aus dem Jungen, der Hexenbrut?«
Wieder trat Stille ein, und mein Herz schlug heftig. Neben uns raschelte etwas im Gebüsch. Jacco trieb sein Pferd einige Schritte zur Seite und flüsterte: »Sitz hinter mir auf.«
Dann erblickte ich Digory und atmete erleichtert auf.
»Komm jetzt«, befahl Jacco. »Schnell.«
Wir ritten geräuschlos durch den Wald davon.
»Wohin?« fragte ich.
»Darüber denke ich gerade nach«, antwortete Jacco.
Digory klammerte sich an Jacco; sein Gesicht war schneeweiß und seine Überlegenheit war restlos verschwunden. In diesem Augenblick tat er mir sehr leid.
Als wir den Wald verließen, trieb Jacco sein Pferd zum Galopp an.
»Glaubst du, daß sie uns verfolgen werden?« rief ich ihm zu.
»Es wäre denkbar, falls sie uns erkannt haben.«
Vor uns ragten die grauen Türme von Cador zum Himmel. Wir ritten den Hügel hinauf; dann hielt Jacco plötzlich sein Pferd an.
»Ich weiß etwas. Das Hundehaus.«
»Ja«, rief ich, »das ist das Richtige.«
Das Hundehaus war ein alter Schuppen in der Nähe des Stalles. Jacco benutzte ihn als Aufbewahrungsort für alles, was er für seine Hunde brauchte. Unser Vater hatte ihm erklärt, daß er die Verantwortung für sie trug und selbst für sie sorgen mußte. Jacco besaß den einzigen Schlüssel zu dem Schuppen.
»Dort ist Digory in Sicherheit«, bemerkte er.
Wir ritten zu dem Schuppen, wo Jacco absaß und Digory hinter sich herzog. Der Junge stand sichtlich unter Schock und erfaßte kaum, was mit ihm geschah.

Jacco trug den Schlüssel immer bei sich; er schloß auf, und wir traten in den Schuppen. Hundekörbe und Säcke mit getrockneten Erbsen lagen herum, mit denen Jacco seine Pfauen fütterte. Es roch wie in einem Kornspeicher.
»Hier bist du in Sicherheit«, wiederholte Jacco. »Niemand wird es wagen, hier einzudringen. Wir werden dir Decken und Essen bringen, du mußt dir also keine Sorgen machen.«
Digory sprach noch immer nicht.
»Wir werden dir erst einmal das Notwendigste bringen. Du mußt ein paar Decken für ihn holen, Annora, aber zuerst führen wir die Pferde in den Stall.«
Wir ließen Digory in dem Schuppen zurück und versperrten die Tür hinter uns. Er war noch immer wie betäubt, und ich fragte mich, wieviel er von den Ereignissen mitbekommen hatte.
Als wir den Stall verließen, sagte Jacco: »Wir werden ihn hierbehalten, bis Vater nach Hause kommt. Er wird wissen, was mit dem Jungen geschehen soll.«
Ich empfand ungeheure Erleichterung. Ja, Vater würde Rat wissen.
»Alle diese schrecklichen Dinge wären nicht geschehen, wenn er hier gewesen wäre«, sagte ich. »Mutter Ginny ist tot; sie ist geradewegs ins Feuer gegangen.«
»Sie hat Selbstmord begangen.«
»Nein. Die anderen haben sie ermordet.« Und ich dachte: Rolf gehört zu den Mördern. Wie ist das nur möglich? Doch ich hatte ihn mit eigenen Augen gesehen. Meinen Rolf. Ich hätte es nie für möglich gehalten.
Ich war froh, daß ich etwas zu tun hatte und nicht mehr an das schreckliche Schauspiel denken mußte. Doch ich würde es nie vergessen.
Meine Aufgabe war nicht leicht. Ich mußte mich sehr vorsichtig bewegen, um keine Aufmerksamkeit zu erregen. Ich wußte nicht, wie viele unserer Diener sich noch im Wald herumtrieben und wer sich bereits zu Hause

befand. Doch sie würden bald zurückkommen, denn sie wollten bestimmt den Schauplatz ihrer Tat so rasch wie möglich verlassen.
Aus dem Wäscheraum holte ich Decken und ein Kissen und trug sie in das Hundehaus, in dem mich Jacco bereits ungeduldig erwartete. Er richtete aus Stroh und Decken ein Bett für Digory her. Dieser rührte sich nicht, als befände er sich im Geist noch immer bei dem entsetzlichen Schauspiel, und als wir ihm sagten, er solle sich niederlegen, gehorchte er uns wie in Trance.
Jacco kniete neben ihm nieder. Er behandelte Digory mit einer Sanftheit, die ich noch nie bei ihm erlebt hatte und die ihn mir sehr nahe brachte.
»Jetzt ist alles wieder gut«, redete er Digory zu. »Hier findet dich niemand. Wir verstecken dich hier, bis unser Vater zurückkommt, denn er weiß bestimmt, wie wir dir helfen können.«
Dann stand Jacco auf und wandte sich an mich. »Morgen früh müssen wir ihm etwas zu essen bringen, aber wir müssen darauf achten, daß Mrs. Penlock nicht Verdacht schöpft.«
Ich nickte.
»Hier ist der Schlüssel.« Jacco drückte Digory den Schlüssel in die Hand. »Schließe dich ein, sobald wir gegangen sind. Öffne nur uns die Tür. Hast du verstanden?«
Digory nickte langsam.
Mit kamen die Tränen, als ich ihn so sah; von seiner prahlerischen Tapferkeit, die so typisch für ihn war, war nichts mehr zu merken. Ich hatte an Digory und an Jacco ganz neue Seiten kennengelernt und auch die niederen Instinkte von Leuten entdeckt, die ich für friedliche Durchschnittsmenschen gehalten hatte. Doch am meisten schmerzte und verwirrte mich, daß der Mann, den ich vergöttert hatte, solcher Taten fähig war.
Wir begaben uns vorsichtig ins Haus, ich schlich in mein Zimmer, zog mich aus und kroch ins Bett.

Während ich zum Fenster hinausblickte und die dünne Mondsichel anstarrte, hörte ich immer noch das Geschrei der Menschen, sah das Licht der Fackeln und erlebte die schreckliche Nacht von neuem.
Ich war roh aus meiner Kindheit gerissen worden und würde nie mehr der gleiche Mensch sein wie bisher.

Als es hell wurde, versank ich in unruhigen Schlummer, doch mich plagten Alpträume, und ich erwachte schweißgebadet. Ich fragte mich, ob es immer so bleiben würde. Die Erinnerung an Mutter Ginny, die in die Flammen ging, würde mich stets verfolgen. Das Schlimmste war jedoch die Gestalt in der grauen Kutte, die den Pöbel anführte.
Sobald ich erwachte, fiel mir der Junge ein. Das schreckliche Abenteuer war noch lange nicht zu Ende. Was er jetzt wohl empfand? Sein Leben hatte sich vollkommen verändert, denn er hatte seine Großmutter und mit ihr sein Zuhause verloren. Außer uns hatte er jetzt niemanden mehr. Ich sehnte mich mehr denn je nach Vater. All dies wäre nicht geschehen, wenn er dagewesen wäre, denn er hätte den Menschen Einhalt geboten.
Als ich hinunterkam, erwartete mich Jacco bereits ungeduldig.
»Wir müssen ihm etwas zu essen bringen«, drängte er.
»Er hat bestimmt keinen Hunger. Ich könnte jedenfalls nach so einer Nacht keinen Bissen hinunterbringen.«
»Er muß etwas essen. Du kommst öfter in die Küche als ich, also geh hin und sieh zu, daß du etwas für ihn auftreiben kannst. Aber sei vorsichtig.«
»Überlaß das nur mir.«
Im Haus war es merkwürdig still. Wie viele Angehörige der Dienerschaft waren wohl vergangene Nacht im Wald dabeigewesen? Ein Teil von ihnen war bestimmt auf dem Moor geblieben oder gar nicht über den Kai hinausgekommen.

Jacco und ich zwangen uns, beim Frühstück eine Kleinigkeit zu uns zu nehmen, obwohl uns die Bissen im Hals steckenblieben.

Nachher ging ich in die Küche, in der eine seltsam gedrückte Stimmung herrschte.

Mrs. Penlock und Isaacs saßen mit einigen Dienstmädchen am großen Küchentisch.

Es war unmöglich, jetzt in die Speisekammer zu gehen. Ich mußte auf einen günstigeren Augenblick warten.

»Guten Morgen.« Ich versuchte, mir nichts anmerken zu lassen.

»Guten Morgen, Miss Annora.«

»Ist etwas nicht in Ordnung?«

Zuerst antwortete niemand, dann sagte Mrs. Penlock: »Heute nacht ist Mutter Ginnys Hütte abgebrannt... und sie ist in den Flammen umgekommen.«

Ich sah sie unverwandt an. »Wie ist das geschehen?«

Sie zögerten wieder, dann meinte Isaacs: »Wer kann schon sagen, wie so ein Brand ausbricht? Es geschieht einfach.«

Sie hielten den Blick auf ihre Teller gesenkt. Ich war davon überzeugt, daß zumindest einige von ihnen dabeigewesen waren. Am liebsten hätte ich ihnen zugeschrien: Ihr seid alle Mörder. Ihr habt Mutter Ginny auf dem Gewissen!« Aber ich mußte an Digory denken und vorsichtig sein.

Am liebsten hätte ich die Küche verlassen, um mich nicht zu verraten, doch ich mußte mich neugierig stellen. Schließlich hatte man mir oft genug vorgeworfen, daß ich meine Nase überall hineinsteckte.

»Es kann doch nicht von selbst entstanden sein.«

»So etwas geht schnell«, meinte Mrs. Penlock. »Sie hatte immer ein Feuer brennen. Die Funken fallen auf den Boden, und im nächsten Augenblick brennt das ganze Häuschen lichterloh.«

»Sind Sie sicher, daß Mutter Ginny tot ist?«

»Eigentlich schon.«

»Und was ist aus dem Jungen geworden?«

»Er ist spurlos verschwunden. Wahrscheinlich ist er auch in den Flammen umgekommen.«
»Das ist ja fürchterlich.«
»Sie war schließlich eine Hexe, und man hätte annehmen können, daß ihr der Teufel zu Hilfe kommen wird.«
»Und das hat er nicht getan?«
»Offenbar nicht.«
In diesem Augenblick haßte ich jeden einzelnen von ihnen. Wie konnten sie es wagen, mich so anzulügen? Sie wußten doch alle, wie Mutter Ginny gestorben war.
Am liebsten hätte ich sie angeschrien, ihnen gesagt, daß ich alles wußte, daß ich dabeigewesen war. Dann erinnerte ich mich an die Wut des Pöbels und dachte an den Jungen, den wir gerettet hatten. Wenn sie ihn fanden, würden sie ihm vielleicht das gleiche schreckliche Los bereiten wie seiner Großmutter.
»Das ist schrecklich«, rief ich und lief aus der Küche.
Jacco erwartete mich.
»Wie ist es gegangen?«
»Sie sitzen alle in der Küche, und ich konnte nicht in die Speisekammer. Sie behaupten, daß es ein Unfall war, daß Funken aus dem Herd das Haus in Brand gesetzt haben.«
»Hast du etwas anderes erwartet?«
»Sie lügen alle wie gedruckt. Sie haben Mutter Ginny getötet.«
»Wir müssen an den Jungen denken. Er muß etwas zu essen bekommen.«
»Ich muß auf eine günstigere Gelegenheit warten.«
Jacco nickte.
»Inzwischen können wir zum Hundehaus gehen und nach ihm sehen.«
Zum Glück war das Hundehaus von dichtem Gestrüpp umgeben und dadurch von neugierigen Blicken geschützt. Jacco klopfte an die Tür und rief: »Laß uns ein.«
Der Schlüssel drehte sich im Schloß, und Digory stand vor uns. Er wirkte noch immer benommen.

Wir traten in die Hütte, und Jacco sagte: »Wir werden dir bald etwas zu essen bringen. Du mußt dich nur in der Hütte still verhalten, dann geschieht dir nichts. Mein Vater wird in einigen Tagen wieder da sein.«
»Für mich gibt es nichts mehr... nirgends. Alles ist verbrannt... auch meine Großmutter...«
Ich trat zu ihm und legte ihm den Arm um die Schulter. »Wir kümmern uns schon um dich«, versicherte ich ihm. »Mein Vater wird etwas für dich finden.«
Er blieb regungslos wie eine Statue stehen.
»Du mußt etwas essen«, sagte Jacco. »Dann wirst du dich gleich besser fühlen.«
Später am Vormittag glückte es mir endlich, in die Speisekammer zu schlüpfen. Ich nahm Milch, Brot und etwas kalten, gekochten Schinken.
»Das genügt fürs erste«, erklärte Jacco.
Wir brachten das Essen in die Hundehütte.
Digory war immer noch verstört, aber wir brachten ihn dazu, ein paar Bissen zu sich zu nehmen.
Am nächsten Tag ritten Jacco und ich am Nachmittag in den Wald. Auf der Lichtung roch es nach verbranntem Stroh und Holz. Von dem Häuschen waren nur noch ausgebrannte Ruinen übrig. Das Gras war versengt, und der Ort wirkte irgendwie unheimlich. Er würde bestimmt von Geistern heimgesucht werden... nicht von dem Gespenst der angeblichen Hexe, sondern von dem Bösen, das in den Herzen der Menschen wohnte, die sie getötet hatten.
Auch in der Stadt herrschte gedrückte Stimmung. Die alte Brücke, die über den Fluß führte, lag im prallen Sonnenschein. Es war der heißeste Johannistag seit Menschengedenken.
Einer der Fischer saß auf seinem Boot und flickte seine Netze.
»Guten Tag«, grüßten wir.
»Guten Tag, Mr. Jacco und Miss Annora.«

Er wandte den Blick nicht von seinen Netzen ab. Selbst die redseligsten Leute waren heute seltsam schweigsam.
»Es hat also vergangene Nacht gebrannt?« fragte Jacco.
»Ja, das habe ich gehört.«
Wo bist du vergangene Nacht gewesen, Tom Fellows? dachte ich. Gehörst du zu den Menschen, die die alte Frau gequält haben? Vielleicht warst du dabei, hast auch deine Fackel geschwungen und das Haus in Brand gesetzt. Vielleicht war es nicht gerade deine Fackel, die auf das Dach flog, aber du bist trotzdem schuldig. Jeder einzelne von euch, der zugelassen hat, daß es geschieht, ist mitschuldig.
»Mutter Ginnys Hütte ist abgebrannt«, fuhr Jacco fort.
»Das habe ich gehört.«
»Und sie ist mitverbrannt.«
»Das hat man mir erzählt.«
»Das ist schrecklich«, sagte ich.
»Damit haben Sie recht, Miss Annora.«
»Und was ist aus ihrem Enkel Digory geworden?« wollte Jacco wissen.
»Fragen Sie mich nicht, Mr. Jacco. Ich weiß überhaupt nichts.«
Das werden sie alle sagen, dachte ich. Sie schämen sich. Alle werden behaupten, daß sie nicht dabei gewesen seien.
Wir ritten weiter, sprachen mit anderen Menschen, und es war überall das gleiche Lied. Sie hatten alle davon gehört, und es war entsetzlich, daß so etwas geschehen konnte – auch wenn es sich um eine Hexe handelte, fügten einige hinzu.
»Sie behaupten alle, daß sie unschuldig sind«, bemerkte ich zornig zu Jacco.
»So verhalten sich die Schuldigen immer.«
»Gestern nacht habe ich etliche von ihnen im Wald gesehen.«
»Sie werden dabei bleiben, daß sie auf dem Moor, auf dem Kai oder in ihren Betten gewesen seien.«
Wir erwähnten bei jedem Gespräch Digory. Niemand

bezeichnete ihn jetzt als Hexenbrut. Sie nahmen an, daß er in der Hütte geschlafen hatte und zusammen mit seiner Großmutter verbrannt war, und zollten ihm die Achtung, die man Toten schuldig ist.
»Vorläufig befindet er sich in Sicherheit«, stellte ich fest, »weil die Leute glauben, daß er nicht mehr am Leben ist.«
»Wir werden ihn im Hundehaus verstecken, bis unser Vater zurückkommt.«
Ich wartete zwei Tage, bevor ich versuchte, Rolf wiederzusehen. Ich wußte nicht, wie ich mich verhalten würde, wenn ich ihm gegenüberstand. Wir waren immer ein Herz und eine Seele gewesen, aber das war jetzt vorbei. Er hatte mehr Schuld auf sich geladen als Menschen wie Mrs. Penlock. Sie waren unwissend, aber er war es nicht. Er war klug, er hatte die Leute aufgehetzt. Warum? Vielleicht wollte er ein Experiment veranstalten. Er wollte sehen, ob die Menschen von heute noch genauso abergläubisch waren wie ihre Vorfahren. Er wollte herausfinden, wie weit der Pöbel heutzutage gehen würde, wenn man ihn aufhetzte. Ich hatte immer Verständnis für seinen Wissendurst gehabt, doch diesmal hatte er sich barbarisch verhalten.
Jedesmal, wenn ich an ihn dachte, sah ich ihn inmitten der Menge, die er voranpeitschte.
Doch ich mußte mit ihm sprechen. Ich ritt ohne Jacco nach Dorey Manor.
Das Haus sah allmählich großartig aus. Es war nicht so alt wie Cador, aber es war vor immerhin dreihundert Jahren errichtet worden. Rolfs Vater hatte das Waldgebiet systematisch erweitert, und unser Vater nahm an, daß sie bereits genauso viele Fasane hatten wie wir in Cador.
Im Augenblick beschäftigten mich allerdings ganz andere Überlegungen.
Ich ritt zum Stall, übergab mein Pferd wie immer dem Stallknecht und ging dann zum Haus. Ich zog die Klingelschnur an der eisenbeschlagenen Tür, und ein Dienstmädchen erschien.

»Guten Tag, Miss Annora. Ich werde dem Herrn melden, daß sie da sind.«
Ich betrat die Halle mit der schön restaurierten Täfelung. Kurz darauf begleitete mich das Dienstmädchen die mit Tudorrosen verzierte Holztreppe hinauf, auf die Rolf so stolz war. Ich wurde in den Salon geführt, in dem mich Mr. Hanson begrüßte. »Ich freue mich sehr, meine liebe Annora. Möchtest du eine Tasse Tee mit mir trinken?«
»Sehr gerne, danke.« Er wandte sich dem Dienstmädchen zu. »Bitte bringen Sie uns Tee, Annie.« Dann forderte er mich auf: »Nimm doch Platz, meine Liebe. Wann kommen denn deine Eltern zurück?«
»In den nächsten Tagen.«
»Ich habe den Tod deines Großvaters sehr bedauert, obwohl er nicht unerwartet kam. Deine Eltern fehlen dir bestimmt sehr. Ich freue mich schon darauf, von ihnen zu erfahren, wie die Lage in diesem Winkel Englands aussieht. Deine Eltern haben sich zweifellos eine Weile in London aufgehalten und bringen daher auch die neuesten Nachrichten von dort mit.«
»Das nehme ich auch an.«
»Du fragst dich bestimmt, wo Rolf bleibt, denn dein Besuch gilt doch in Wirklichkeit ihm?«
»Ja also, Mr. Hanson...«
»Entschuldige dich nicht, ich habe Verständnis dafür. Ich weiß, daß du dich gern mit Rolf unterhältst, genau wie dein Bruder. Wie geht es Jacco übrigens?«
»Danke, sehr gut.«
»Es ist entsetzlich, daß diese alte Frau ums Leben gekommen ist«, bemerkte er unvermittelt.
»Ja, in der Sonnwendnacht. Ist Rolf nicht da?«
»Darauf wollte ich gerade zu sprechen kommen, meine Liebe. Er ist abgereist und wird mindestens noch eine Woche ausbleiben. Er besucht einen Studienkollegen. Die beiden wollen sich mit alten Dokumenten oder etwas Ähnlichem befassen. Du kennst Rolf ja.«

»Ich verstehe.«
Ich war verwirrt, und während Mr. Hanson weiterredete – ich weiß nicht mehr, worüber, denn ich hörte ihm kaum zu –, wurde der Tee gebracht.
Ich mußte fast eine Stunde bei ihm bleiben und dachte dabei die ganze Zeit an Rolf. Wahrscheinlich schämte er sich wegen der Rolle, die er in dieser entsetzlichen Nacht gespielt hatte, und versuchte, sich wie alle anderen einzureden, daß all das nie geschehen war.

Wir widmeten uns rückhaltslos der Aufgabe, Digory versteckt zu halten. Jacco erwähnte nicht die Gestalt in der Kutte, die wir gesehen hatten. Viele Leuten hatten Kleidung aus früherer Zeit getragen, aber Jacco hatte vermutlich nicht darauf geachtet, weil es ihn nicht besonders interessierte. Ich war jedenfalls froh, daß er nicht darauf zu sprechen kam, und hütete mich, davon anzufangen.
Dann kehrten unsere Eltern heim.
Ich hatte Mutter noch nie so traurig erlebt. Sie hatte ihren Vater von ganzem Herzen geliebt.
Wir mußten den richtigen Augenblick abwarten, um mit unseren Eltern über Digory zu sprechen, und diese kam erst nach dem Abendessen.
Ich glaubte schon, daß die Mahlzeit nie zu Ende gehen würde. Das Gespräch drehte sich beinahe ausschließlich um Eversleigh und die einzelnen Familienmitglieder. Unsere Eltern hatten Großmutter nach Cador mitnehmen wollen, doch diese war so verzweifelt gewesen, daß eine Reise sie zu sehr angestrengt hätte. Dennoch sollte die Familie bald wieder zusammenkommen.
»Wir werden also nach Eversleigh fahren«, stellte ich fest.
»Die Reise hierher ist sehr lang und für deine Großmutter zu anstrengend«, bemerkte Mutter. »Vielleicht können wir uns in London treffen. Es würde meiner Mutter bestimmt gut tun, Eversleigh eine Zeitlang zu verlassen.«
Dann wandte sich das Gespräch wieder Großvater Dickon

zu. Alle waren sich darüber einig, daß er ein wunderbarer Mann gewesen war und daß Eversleigh ohne ihn nicht mehr dasselbe war.
Vater wechselte schließlich das Thema. »Es ist schrecklich, daß die Hütte von Mutter Ginny abgebrannt ist.«
»Die arme Frau«, sagte Mutter.
»Und der arme Junge«, fügte mein Vater hinzu.
Jacco warf mir einen warnenden Blick zu, als wolle er darauf hinweisen, daß sich Diener in Hörweite befanden. Als hätte ich nicht von selbst daran gedacht!
Als wir uns erhoben, sagte ich: »Jacco und ich möchten euch allein sprechen.«
»Wo uns niemand hören kann«, fügte Jacco hinzu.
»Soll ich mitkommen?« fragte Mutter.
»Selbstverständlich«, erwiderte Jacco.
»Macht euch etwas Sorgen?« fragte Vater beunruhigt. »Gehen wir in mein Arbeitszimmer.«
Dort erzählten wir ihnen, wie wir heimlich hinausgeritten waren, wie die Katze ins Feuer geworfen worden und der Pöbel in den Wald gezogen war. Ich erwähnte Rolf nicht.
»O mein Gott«, stöhnte Mutter. »Das sind ja Wilde.«
»Sprecht weiter«, forderte uns Vater auf.
»Als die Leute Mutter Ginny in den Fluß warfen, lief der Junge aus der Hütte«, berichtete Jacco.
»Außer uns hat ihn niemand gesehen«, fügte ich hinzu.
»Er versteckte sich in unserer Nähe«, fuhr Jacco fort. »Die Leute warfen Fackeln auf das Dach, und Mutter Ginny ging in die Flammen. Ich ließ Digory hinter mir aufsitzen, und wir brachten ihn fort.«
»Das hast du gut gemacht. Was ist aus ihm geworden?«
»Wir haben ihn im Hundehaus untergebracht. Dort ist er jetzt noch.«
»Ich habe Essen aus der Speisekammer für ihn geholt«, bemerkte ich.
Vater legte uns die Arme um die Schultern, und Mutter sah uns mit Tränen in den Augen an.

»Ich bin stolz auf euch«, erklärte Vater. »Wir werden den Jungen jetzt herausholen.«
Ich blickte ihn besorgt an. »Du hast keine Ahnung, wie die Menschen sein können. Wer es nicht selbst erlebt hat, würde es nicht glauben. Sie waren nicht mehr die Menschen, die wir kennen. Sie waren wahnsinnig, böse, grausam. Sie werden Digory vielleicht etwas antun.«
»Das werden sie nicht«, beruhigte mich Vater, »weil sie wissen, daß ich sie zur Rechenschaft ziehen würde.«
»Und was soll aus Digory werden?«
»Er wird für uns arbeiten, wird unter unserem Dach leben und unter meiner Obhut stehen.«
Ungeheure Erleichterung überkam mich.
Ich hatte immer gewußt, daß Vater eine Lösung finden würde.
Unsere Eltern gingen mit uns zum Hundehaus. Als Digory Vater erblickte, wollte er davonlaufen, aber Jacco hielt ihn am Arm fest und beruhigte ihn: »Es ist alles in Ordnung, er steht auf unserer Seite.«
Vater lächelte unmerklich und wandte sich dann sanft an Digory: »Er hat recht, mein Junge. Jetzt ist alles gut. Du wirst bei uns wohnen und für mich arbeiten; für die Menschen, die zu mir gehören, sorge ich.«
Digory schwieg. Er sah nicht mehr so verstört aus wie in jener schrecklichen Nacht, aber er hatte noch immer Angst. Er mißtraute jedem außer Jacco und mir. Er hatte sich nachts in den Wald geschlichen und die ausgebrannten Überreste der Hütte gesehen. Ich konnte mir gut vorstellen, was er dabei empfunden hatte. Nicht nur meine Kindheit war in dieser Nacht zu Ende gegangen, sondern auch die seine.
Er war nicht mehr übermütig und herausfordernd, wollte nicht mehr beweisen, daß er genauso gut oder sogar besser war als wir. Er wirkte resigniert, als hätte er sich mit der Tragödie abgefunden; doch man spürte den unterschwelligen Haß.

»Zuerst müssen wir ein Bett für dich finden«, stellte Vater fest.
»Sie werden mich holen wie meine Großmutter. Sie haben sie in den Fluß geworfen und versucht, sie zu ertränken. Dann haben sie sie verbrannt.«
»Sie werden es nicht wagen«, beruhigte ihn Vater. »Das werde ich ihnen begreiflich machen. Komm jetzt mit mir ins Haus.«
Digory zögerte immer noch, aber Jacco ergriff ihn am Arm, und ihm glaubte er. Ich war stolz darauf, daß Digory zu uns Vertrauen hatte.
Wir gingen ins Haus, und Vater wies Jacco an, Digory in das kleine Zimmer zu führen, das neben der Halle lag, und mit ihm herauszukommen, wenn er sie rief.
Dann läutete er nach Isaacs, der sofort erschien.
»Ich möchte, daß sich die gesamte Dienerschaft in der Halle versammelt«, ordnete mein Vater an.
»Jetzt, Sir Jake?«
»Sofort.«
»Sehr wohl, Sir.«
Ich spürte die Unruhe, die sich im Haus verbreitete. Füße liefen über die Treppen, Stimmen flüsterten. Binnen kurzem waren alle anwesend und standen in zwei Reihen vor uns.
Vater wandte sich sehr ernst an sie: »Während meiner Abwesenheit ist es zu einem verbrecherischen, schändlichen Vorfall gekommen. Entfesselte Wilde haben eine hilflose alte Frau ermordet. Ich weiß, daß ihr euch einredet, daß das Feuer zufällig ausgebrochen ist, aber ihr wißt genau, daß das nicht stimmt. Ich kann es kaum glauben, daß sich heutzutage Menschen, mit denen wir täglich zu tun haben und die sich immer anständig aufgeführt haben, eines solchen Verbrechens schuldig machen können. Ich erwarte von euch kein Eingeständnis eurer Schuld – jeder, der daran beteiligt war, weiß es und muß mit dieser Sünde auf seinem Gewissen leben –, aber eines sage ich euch: Auf

meinem Besitz wird es nicht mehr zu solchen Ausschreitungen kommen, und wenn ich jemanden dabei ertappe, daß er es wieder versucht, muß er meinen Besitz verlassen. In der Sonnwendnacht ist eine alte Frau getötet worden. Sie hatte ihren Enkel bei sich aufgenommen. Die Vorsehung hat den Jungen vor einer Horde Rowdies gerettet. Er hat sein Zuhause und den Menschen verloren, der für ihn gesorgt hat, und steht jetzt unter meiner Obhut. Er wird hier leben und arbeiten. Er hat viel gelitten, und das werden wir nie vergessen. Wenn ich erfahre, daß jemand den Jungen peinigt, dann geht es ihm an den Kragen. Komm jetzt heraus, Jacco.«

Jacco trat mit Digory aus dem Zimmer.

Die Anwesenden holten hörbar Luft, und dann trat vollkommene Stille ein.

Vater legte Digory die Hand auf die Schulter.

»Digory ist jetzt ein Mitglied meines Haushalts. Ich hoffe, daß das alle begriffen haben.« Er wandte sich an John Ferry, den ersten Stallknecht. »Über dem Stall befindet sich eine unbenützte Kammer. Die kann der Junge inzwischen haben, bis wir uns darüber klar sind, welche Arbeit er verrichten wird. Bring ihn jetzt dorthin.«

»Ja, Sir«, antwortete Ferry.

»Kümmere dich um ihn. Er muß sehr viel lernen, wenn er mit Pferden arbeiten soll.«

»Ja, Sir.«

»Du kannst ruhig mit Ferry mitgehen«, redete Jacco Digory zu. »Er wird tun, was mein Vater befiehlt.«

Digory sprach immer noch kein Wort. Er glich überhaupt nicht mehr dem trotzigen Jungen, den ich im Wald kennengelernt hatte.

»Komm, mein Junge«, forderte ihn John Ferry auf.

Er faßte Digory an der Schulter, und sie gingen zur Tür. Digory bewegte sich immer noch wie in Trance.

»Ferry?« rief Vater.

Ferry blieb stehen und drehte sich um. »Ja, Sir?«

»Vergiß nicht, was ich dir gesagt habe.«
»Sie können sich darauf verlassen, Sir.«
Vater entließ die Dienerschaft mit einer Handbewegung. »Wir gehen jetzt ins Wohnzimmer, und ihr erzählt eurer Mutter und mir genau, was sich in dieser schrecklichen Nacht abgespielt hat«, wandte er sich an uns. »Ich möchte euch noch etliches fragen.« Wir saßen bis spät nachts beisammen, und Jacco und ich schilderten unsern Eltern die Ereignisse dieser fürchterlichen Nacht in allen Einzelheiten.
Zum ersten Mal, seit es geschehen war, fühlte ich mich wieder glücklich. Es war wunderbar, daß Vater wieder da war und alles in die Hand nahm.

In den folgenden Tagen dachte ich, daß Vater die vollkommene Lösung gefunden hatte. Digory besaß ein Zuhause, bekam jeden Tag zu essen und stand unter dem Schutz meines Vaters.
Aber es gibt natürlich keine wirklich vollkommenen Lösungen. Digory hatte seine Großmutter verloren, auf die er sehr stolz gewesen war. Sie war nicht nur die siebente Tochter einer siebenten Tochter gewesen, sondern sie war mit den Füßen voran zur Welt gekommen, und das bedeutete, daß sie über besondere Fähigkeiten verfügte. Außerdem hatte sie behauptet, daß sie aus einer Pellarfamilie stammte – die Vorfahren dieser Familie hatten eine gestrandete Seejungfrau ins Meer zurückgebracht und als Dank dafür magische Kräfte erhalten. Digory war auch nicht nur verzweifelt, sondern auch zutiefst enttäuscht, weil die Fähigkeiten seiner Großmutter dem Pöbel gegenüber versagt hatten und sie nicht imstande gewesen war, sich an den Leuten zu rächen. Sein Stolz war verletzt und seine Freiheit dahin.
Er liebte Pferde und hätte bestimmt gern mit ihnen gearbeitet, aber er war kein freier Mensch mehr. Er mußte John Ferry aufs Wort gehorchen, und obwohl ihn nie-

mand schikanierte – dazu hatten die Leute zuviel Angst vor meinem Vater –, war auch niemand freundlich zu ihm. Er ertrug keinen Zwang, und wenn seine Großmutter eine Pellar gewesen war, dann traf das auch auf ihn zu.
Er war mürrisch und sprach kaum mit den anderen Stallknechten, verrichtete seine Arbeit mißmutig, und seine Liebe galt nur den Pferden, nie den Menschen. Vielleicht empfand er für Jacco und mich eine gewisse Zuneigung, denn er vergaß nie, daß wir ihm das Leben gerettet hatten. Doch wir waren offensichtlich seine einzigen Freunde.
Er war anders als die übrigen Menschen und hielt sich abseits.
Überdies war die Dienerschaft dagegen, daß er in unserem Haus lebte, obwohl niemand wagte, es ihn spüren zu lassen. Doch die Abneigung war vorhanden. Niemand konnte vergessen, daß er Hexenbrut war.
Er war Jaccos und mein Schützling. Wir mochten ihn, weil wir ihm das Leben gerettet hatten und jedes Mal, wenn wir ihn sahen, an unsere gute Tat erinnert wurden, die uns mit Stolz und Befriedigung erfüllte. Wenn wir einem Menschen einen großen Dienst erweisen, wächst er uns dadurch ans Herz – und gibt es einen größeren Dienst, als jemandem das Leben zu retten?«
Digory suchte nie Gesellschaft. Wahrscheinlich lebte er in seiner eigenen Welt, in der er, der Pellarjunge, allmächtig war. Er war stolz auf sich und brauchte keinen Menschen – im Gegensatz zu uns, die von anderen abhängig sind.
Das Hundehaus gefiel ihm. Es besaß ein kleines Fenster; er zerschlug es und kletterte hinein. Das Hundehaus wurde zu seinem Privatbesitz, zu dem Ort, an dem er allein sein konnte. Als Jacco das zerbrochene Fenster entdeckte, ließ er es neu einschneiden und gab Digory den Schlüssel zum Schuppen. Dieser Schlüssel war von da an Digorys wertvollster Besitz.
Wahrscheinlich war er Jacco und mir dankbar, aber er war zu tief verletzt worden und vertraute niemandem vorbe-

haltlos. Er mied uns – wahrscheinlich, weil er niemandem Dank schuldig sein wollte. Sein Stolz litt darunter, daß er in unserer Schuld stand.
Ich wartete ungeduldig auf Rolfs Rückkehr – ich sehnte mich nach ihm und fürchtete zugleich das Wiedersehen. Ich wollte ihn fragen, wieso er sich so verhalten hatte. Allmählich war ich zu der Überzeugung gekommen, daß er an allem schuld war, was in dieser Nacht geschehen war. Er fühlte sich zum Führer geboren und hatte die Gelegenheit beim Schopf gepackt. Er hatte die Leute in eine bestimmte Richtung gedrängt, weil er sehen wollte, ob sie sich heute noch so verhielten wie in früheren Zeiten. Manchmal konnte ich es einfach nicht glauben, doch dann rief ich mir ins Gedächtnis, daß ich ihn mit eigenen Augen gesehen hatte.
Meine Erwartungen wurden enttäuscht. Mr. Hanson besuchte uns und erzählte uns, daß Rolf direkt an die Universität zurückgekehrt war. Ich würde ihn längere Zeit nicht mehr zu Gesicht bekommen.
Rolf war auch früher lange von zu Hause fortgeblieben. Wenn Mr. Hanson von ihm sprach, bekam man den Eindruck, daß Rolf das personifizierte Gesetz war. Was Mr. Hanson wohl sagen würde, wenn er die Wahrheit erfuhr?
Eigentlich war ich darüber froh, daß ich nicht mit ihm zusammentreffen mußte. Solange ich ihn nicht zur Rede gestellt hatte, konnte ich mir einreden, daß es eine Erklärung gab.
Es war ein trauriger Sommer. Meine Mutter bemühte sich, ihren Kummer zu verbergen, und es gelang ihr auch bis zu einem bestimmten Grad, doch es war nicht zu übersehen, wie sehr sie um ihren Vater trauerte.
Die Erinnerung an die Mittsommernacht ließ uns alle nicht los. Ich traf einige von den Leuten, die ich im Wald gesehen hatte, und es kam mir unglaublich vor, daß sie an dem Verbrechen beteiligt waren. Sie waren mir plötzlich

fremd geworden, wie auch Rolf. Um mich und in mir hatte sich alles verändert.

Die Anwesenheit meines Vaters war mir eine große Hilfe. Ich ritt oft mit ihm aus, und er erzählte mir von London.

»Eines Tages werden wir dich nach London bringen, und du wirst die Saison dort mitmachen«, kündigte er an.

»Muß das sein?«

»Allerdings. Du mußt etwas von der Welt sehen und einen Mann finden. Hier hast du nicht viel Auswahl.«

»Ich habe ja noch lange Zeit.«

»Ja, aber die Zeit vergeht schnell. Deine Tante Amaryllis wird Helena bald in die Gesellschaft einführen.«

»Helena ist doch viel älter als ich.«

»Ungefähr sechs Jahre. Im Augenblick ist sie dir weit voraus, aber das ändert sich rasch.«

»Ich möchte lieber hierbleiben.«

»Auch das wird sich ändern. Einem unternehmungslustigen Mädchen wie dir wird das Leben hier bald eintönig vorkommen.«

»Du fühlst dich hier doch auch wohl.«

»Vergiß nicht, daß ich hier einen Hausstand gegründet habe und zur Ruhe gekommen bin. Wenn man jung ist, möchte man in die weite Welt hinaus. Danach schätzt man dieses Zuhause um so mehr.«

»Du hast ein wirklich aufregendes Leben geführt.«

»Nicht viele Männer in meiner Stellung können sich rühmen, Mutter Englands Gefangener gewesen zu sein.« Er blickte geistesabwesend vor sich hin, wie immer, wenn er an Australien dachte. »Doch eines Tages werde ich mit dir, deiner Mutter und Jacco nach Australien fahren. Ich besitze dort etwas Land. Möchtest du sehen, wo dein Vater während seiner Gefangenschaft schwer gearbeitet hat?«

»Wir sollen alle hinüberfahren? Das wäre lustig.«

»Eines Tages werden wir es tun.«

Wir waren während dieses Gesprächs weitergeritten, bogen um eine Ecke, und Cador kam in Sicht. Aus dieser

Entfernung konnte man erst richtig erkennen, wie großartig es war. »Es ist wunderbar«, rief ich.
»Ich freue mich, daß es dir gefällt.«
»Es sieht so stolz und kühn aus, als wolle es sagen: ›Komm und erobere mich, wenn du kannst.‹«
»So sollte es zur Zeit der Raubritter auch wirken.«
»Es ist nie eingenommen worden, nicht wahr?«
»Das stimmt. Es ist umkämpft worden. Das kochende Wasser ist sicherlich gallonenweise von den Zinnen herabgeschüttet worden. Am Tor erkennst du noch die Spuren der Rammböcke. Aber du hast recht, keiner hat es geschafft. Rohe Gewalt genügt nicht, wenn man in Cador Fuß fassen will.«
»Es ist also ein sicherer Zufluchtsort.«
»Ja. Man kann nur durch List in Cador eindringen.«
»Du bist stolz darauf, Papa?«
»Du vielleicht nicht?«
»Natürlich.«
Auf dem Heimweg sprachen wir weiter über das Haus, und Vater erzählte mir, daß einer der Türme während des Bürgerkriegs, als der König dort Zuflucht gesucht hatte, beschädigt worden war. Die Cadors waren immer überzeugte Royalisten gewesen, hatten während der Rosenkriege treu zu Edward IV. gehalten und in diesem Konflikt eine wichtige Rolle gespielt.
»Ein großer Teil der Geschichte Englands wurde in diesem Hause gemacht, Annora, und darauf können wir stolz sein.«
Mr. Hanson kam oft zum Abendessen zu uns, doch Rolf kam nicht zurück. Während der Mahlzeit kam jedesmal eine lebhafte Unterhaltung in Gang, bei der meist über innenpolitische Probleme gesprochen wurde. Im Land gärte es. Wir lebten in der Provinz und hatten manchmal das Gefühl, daß uns die Vorgänge im Rest des Landes nicht betrafen, doch Vater wies immer wieder darauf hin, daß sich die Ereignisse in London irgendwann auch auf uns auswirken würden.

Seit Jacco und ich dem Kinderzimmer entwachsen waren, nahmen wir die Mahlzeiten immer gemeinsam mit unseren Eltern ein. Auch Mutter hatte schon sehr früh zusammen mit ihren Eltern gegessen und war dafür, daß die Kinder den Gesprächen der Erwachsenen zuhörten. Wir waren natürlich begeistert und lernten bei diesen Gelegenheiten sehr viel.

Da Vater sich oft in der Hauptstadt aufhielt, konnte er die Ereignisse sehr gut interpretieren. Vor einem Jahr war König Georg IV. gestorben. Er war seit langem krank und beinahe senil gewesen und hatte gänzlich unter dem Einfluß seines Bruders, des Herzogs von Cumberland gestanden. Dieser war eine finstere Persönlichkeit und hatte angeblich versucht, die kleine Prinzessin Victoria zu ermorden, die mit ihrer energischen Mutter im Kensington Palast lebte.

Alle diese Skandale und Intrigen faszinierten mich. Selbstverständlich war viel davon übertrieben, doch sie vermittelten ein gutes Bild von den Zuständen in unserem Land. Sofort nach dem Tod des alten Königs entließ der neue Monarch, William IV., Cumberland. Der neue König war mit Prinzessin Adelaide verheiratet, und die Krönung sollte in Kürze stattfinden.

»Vielleicht fahren wir zur Krönung nach London«, bemerkte mein Vater.

»In der Stadt herrscht ziemliche Unruhe«, erwähnte Mr. Hanson.

»Das stimmt«, gab mein Vater zu. »Schuld daran ist die Reform Bill, und nicht nur sie allein. In der Arbeiterschaft gärt es. Die Leute sind entschlossen, sich aufzulehnen und Gewerkschaften gegen die Unternehmer zu gründen. Peter Lansdon, ein Verwandter meiner Frau, steht im Mittelpunkt dieser Ereignisse.«

»Ach ja, dieser Mr. Lansdon«, wiederholte Mr. Hanson. »Wenn er so weitermacht, ist er demnächst Premierminister.«

»Peter ist sehr ehrgeizig und hat mit allem, was er in die Hand nimmt, Erfolg.«
Peter Lansdon war bei uns immer ein beliebtes Gesprächsthema. Die Familienbeziehung war äußerst kompliziert, was hauptsächlich darauf zurückzuführen war, daß Großvater Dickon Großmutter Lottie erst sehr spät geheiratet hatte; zu diesem Zeitpunkt gab es bereits zwei Söhne aus einer früheren Ehe. David, der Halbbruder meiner Mutter, war der Vater von Amaryllis, die beinahe genauso alt war wie meine Mutter. Sie waren daher auch wie Schwestern und nicht wie Tante und Nichte aufgewachsen. Es war immer schwierig, Fremden diese Verwandtschaftsverhältnisse auseinanderzusetzen.
Amaryllis hatte Peter Lansdon geheiratet, und ihre Kinder hießen Peterkin und Helena; sie waren gewissermaßen mein Vetter und meine Cousine zweiten Grades.
Peter Lansdon war jedenfalls eine schillernde Persönlichkeit und ein ungeheuer erfolgreicher Geschäftsmann. Er importierte Rum und Bananen aus Jamaika, wo er seine Kindheit verbracht hatte. Nachdem er mit seinen Geschäften ein Vermögen gemacht hatte, wandte er sich auch der Politik zu. Wie zu erwarten war, gewann er dort ebenfalls rasch an Einfluß.
Meine Mutter konnte ihn nicht leiden. Sie sprach nie darüber, aber wenn sein Name fiel, schien sich eine Maske über ihr Gesicht zu legen, und sie beteiligte sich nicht mehr an der Unterhaltung.
Der Rest der Familie bewunderte ihn. Jacco und ich fanden es aufregend, daß wir einen Verwandten hatten, dessen Name gelegentlich in den Zeitungen auftauchte und von dem es hieß, daß er eines Tages vielleicht den höchsten Posten in der Regierung einnehmen würde.
»Peter hält die Reform für unumgänglich«, erläuterte mein Vater gerade. »Nicht nur in bezug auf das Stimmrecht, sondern auch in bezug auf die Arbeiter. Seiner Ansicht nach ist es besser, wenn man sie jetzt beschwichtigt, damit

sie keine Vereinigungen bilden, die versuchen werden, ihre Forderungen bei den Unternehmen durchzusetzen.«
Mr. Hanson nickte ernst. »Das ist alles ganz schön und gut, aber je mehr man diesen Menschen zugesteht, desto mehr wollen sie haben.«
»Im Augenblick haben sie nicht sehr viel«, rief ihm mein Vater ins Gedächtnis.
»Die Arbeiter auf dem Land wissen gar nicht, wie gut es ihnen geht, wenn sie einen wohlwollenden Gutsbesitzer haben, der sich ihrer annimmt«, bemerkte meine Mutter.
»Zunächst sind sie ja auch dankbar«, gab Mr. Hanson zu. »Doch dann gewöhnen sie sich daran, daß es ihnen gut geht, und verlangen mehr. Damit beginnen die Schwierigkeiten. Sie werden noch an meine Worte denken... je mehr man ihnen gibt, desto mehr verlangen sie.«
»Das nennt man einen Teufelskreis«, warf ich ein.
Alle sahen mich an, und mein Vater lächelte. »Du hast den Nagel auf den Kopf getroffen, Annora.«

Rolf kehrte im August heim, und ich traf ihn, als ich mit meinem Vater ausritt. Er hatte sich nicht verändert und begrüßte mich mit dem gleichen herzlichen, liebevollen Lächeln wie immer.
Er erzählte uns, daß er mit einem Haus beschäftigt war, das die Familie seines Freundes gekauft hatte. Sie restaurierten es jetzt, und er hatte ihnen dabei geholfen. Er hatte alte Aufzeichnungen durchstöbern müssen, denn das Haus war verwahrlost und es hatte die Gefahr bestanden, daß etliches von der ursprünglichen Bausubstanz verlorenging.
Ich konnte kaum glauben, daß das der gleiche Mensch war, der über das Sonnwendfeuer gesprungen war und den Mob dazu aufgehetzt hatte, eine alte Frau zu töten.
Er kam zum Abendessen zu uns, und die Unterhaltung drehte sich nur um die Reform Bill und die Unruhe unter den Arbeitern. Dann kamen wir darauf zu sprechen, daß

Mr. Hanson weiteren Grundbesitz erwerben wollte. Er erzählte stolz von den Fasanen, die sie in ihren Wäldern züchteten. »Wir werden heuer eine gute Jagdsaison haben«, meinte er.
»Darauf achtet Luke ganz besonders«, erwähnte Rolf.
»Sind Sie mit dem Mann immer noch zufrieden?« erkundigte sich Vater.
»Es kann keinen besseren Jagdhüter geben«, erwiderte Mr. Hanson.
»Aus dem Anwalt Hanson wird offenbar bald der Landedelmann Hanson werden« lächelte Vater.
»Aber mit Cador werden wir es nie aufnehmen können«, stellte Rolf bedauernd fest.
»Sie besitzen doch ein wunderbares altes Haus«, tröstete ihn Mutter, »und Sie haben es ausgezeichnet restauriert. Die Treppe ist einfach prachtvoll.«
»Das verdanken wir Königin Elisabeth«, wandte Mr. Hanson ein. »Rolf hat mir erzählt, daß die Tudorrosen und die Fleurs-de-Lys das Beste sind, das es auf diesem Gebiet gibt.«
»Doch Sie haben das Glück, in einem Haus wie dem Ihren zu leben, das sich seit Jahrhunderten im Besitz Ihrer Familie befindet. Darin liegt ein wesentlicher Unterschied«, bemerkte Rolf.
Rolf war nicht der einzige, der sich für Cador interessierte. Ich entdeckte noch jemanden, und diese Entdeckung kam ziemlich überraschend.
Den ganzen September hindurch war vom Jahrmarkt gesprochen worden, und endlich zog der Oktober ins Land. Am 1. und 2. Oktober wurde auf dem Marktplatz von Ost Polderey der Matthäus-Markt abgehalten. Jacco und ich waren früher, als wir noch klein waren, oft von einem Stallburschen dorthin mitgenommen worden, hatten Zukkerwerk und Gewürzkuchen gekauft, die dickste Frau der Welt und die Dame mit Bart gesehen und uns von Rosa, der Zigeunerin, wahrsagen lassen.

Jetzt war ich beinahe zwölf, und Jacco war vierzehn, und wir fühlten uns über derlei einfache Vergnügungen erhaben. Wir teilten unseren Eltern daher herablassend mit, daß wir den Jahrmarkt nicht besuchen wollten.
Natürlich wollte die gesamte Dienerschaft gehen; sie sprachen seit Wochen von nichts anderem. Selbst Mrs. Penlock ließ sich gern wahrsagen.
Meine Eltern besuchten Nachbarn und wollten erst spät nach Hause kommen, und Miss Caster war im Pfarrhaus zum Tee eingeladen. Meine Eltern nahmen vermutlich an, daß Jacco und ich gemeinsam etwas unternehmen würden, doch er hatte keine Zeit für mich.
So kam es, daß Cador an diesem Oktobertag verlassen war; es kam sehr selten vor, daß ich ganz allein war. In einem Haus wie Cador ist einem das Erbe der Vergangenheit immer sehr stark bewußt, vor allem wenn man sich selbst überlassen ist.
Ich hatte in meinem Zimmer gelesen und beschloß jetzt auszureiten. Ich wollte einen Blick auf den Wald der Hansons werfen, auf den sie so stolz waren; er war etwa halb so groß wie der unsere, was Rolf lebhaft bedauerte. »Eines Tages wird unser Wald dem euren in nichts nachstehen«, hatte er einmal bemerkt. Ich wollte Rolf sehen, mich dazu zwingen, mit ihm über die verhängisvolle Nacht zu sprechen. Bis jetzt hatte ich es nicht gewagt. Ich hätte mir am liebsten eingeredet, daß das alles nicht geschehen war, und manchmal gelang es mir auch beinahe. Wenn ich nämlich mit ihm sprach und er zugab, daß mein Verdacht stimmte, daß es eines seiner Experimente gewesen war – was dann? Ich wollte nicht, daß sich meine Gefühle für Rolf änderten, und befürchtete, daß es dann der Fall sein würde. Vermutlich hatten sie sich schon geändert. Ich war verunsichert, und dieses Gefühl wurde immer stärker. Wenn es doch jemand anderer gewesen wäre, jemand, an dem mir nichts lag. Es fiel mir sehr schwer, nichts mehr für Rolf zu empfinden.

Während ich über die Sonnenterrasse ging, versuchte ich, diese Gedanken abzuschütteln, und hatte dann plötzlich das beklemmende Gefühl, daß ich doch nicht allein war. Wodurch bemerkt man, daß jemand anwesend ist? Eine unerwartete Bewegung? Ein Schritt? Eine knarrende Tür, die vorsichtig geöffnet wird?

Diese Gedanken schossen mir durch den Kopf, als ich in den Alkoven ging und durch das Guckloch in die Halle hinunterblickte.

Sie bot das gewohnte Bild: Dort stand der lange Tisch, an dem Oliver Cormwells Soldaten gesessen hatten, als sie den König suchten; an der Wand hingen die Wappen längst verstorbener Cadorsons; der Stammbaum der Familie breitete sich über die Wand aus... in dieser Umgebung war ich aufgewachsen und hatte sie unzählige Male betrachtet.

Und dennoch wurde ich das gespenstische Gefühl nicht los, daß sich noch jemand im Haus befand.

Dann erblickte ich ihn. Er kam vorsichtig hinter den Wandschirmen hervor und sah sich staunend um: Digory. Was tat er im Haus?

Ich beobachtete ihn eine Zeitlang. Er bestaunte den Familienstammbaum; dann trat er zur Wand und berührte ehrfürchtig das Wappen; er ging zum Tisch, ergriff einen Zinnbecher, untersuchte ihn genau und stellte ihn wieder an seinen Platz; dann betrachtete er einen Augenblick lang verzückt die gewölbte Decke. Schließlich schlich er auf Zehenspitzen die Treppe hinauf.

Als er an ihrem oberen Ende anlangte, stand ich vor ihm.

»Hallo Digory«, begrüßte ich ihn.

Er starrte mich wortlos und verzweifelt an. Dann fragte er empört: »Warum bist du nicht auf dem Jahrmarkt?«

»Weil ich zu Hause geblieben bin. Ich hatte natürlich keine Ahnung, daß du uns einen Besuch abstatten wolltest.«

Er drehte sich um und wollte die Treppe hinunterlaufen, aber ich packte ihn am Arm.

»Es ist schon in Ordnung«, beruhigte ich ihn. »Ich hatte den Eindruck, daß dir das Haus gefällt.«
»Ich habe nichts Unrechtes getan.«
»Das habe ich auch nicht behauptet. Warum bist du eigentlich nicht auf dem Jahrmarkt?«
Er machte nur eine verächtliche Handbewegung.
»Du bist lieber nach Cador gekommen«, stellte ich fest. »Es gefällt dir, nicht wahr?«
»Es ist gar nicht so schlecht.«
»Du hast mich seinerzeit im Wald darüber ausgefragt und wolltest alle Einzelheiten erfahren.«
Ein Schatten glitt über sein Gesicht, und ich machte mir Vorwürfe. Ich hatte ihn daran erinnert, daß er damals eine Großmutter und ein Zuhause besessen hatte.
»Ich freue mich, daß dir Cador gefällt, Digory«, fuhr ich fort. »Es ist gut, daß du hereingekommen bist, denn ich möchte dich jetzt herumführen und dir alles zeigen.«
Er sah mich mißtrauisch an.
»Es ist schon in Ordnung«, versicherte ich ihm. »Du weißt doch, daß Jacco und ich deine Freunde sind.«
Er entspannte sich ein wenig.
»Arbeitest du gern im Stall?« erkundigte ich mich.
Er zuckte die Schultern.
Ich erinnerte mich an einen Vogel, der aus dem Nest gefallen war und den Jacco gefunden hatte. Wir steckten ihn in einen Käfig und fütterten ihn. Eine Zeitlang gab er sich damit zufrieden; dann begann er herumzuflattern und gegen die Käfigstangen zu fliegen. Daraufhin ließ ich ihn frei. Digory war wie dieser Vogel im Käfig. Er bekam zu essen, er befand sich in Sicherheit, aber er war nicht frei.
»Jetzt werde ich dir das Haus zeigen«, wiederholte ich.
Er versuchte, seine Aufregung zu verbergen, aber es gelang ihm nicht ganz.
»Komm, wir fangen unten an und hören ganz oben auf.«
»Gut.«
»Ganz unten gibt es einen Kerker. Willst du ihn sehen?«

Er nickte.
Wir durchquerten die Küche und stiegen eine kurze Wendeltreppe hinunter.
»Hier unten ist es sehr kalt. Mrs. Penlock benützt den Raum für ihre Vorräte.«
Wir gingen an Regalen vorbei, auf denen Flaschen und Gläser standen, und gelangten durch einen engen Gang zu dem mit einem eisernen Gitter verschlossenen Kerker.
»Du kannst hineinschauen.«
»Da ist ja niemand drin!« meinte er enttäuscht.
»Natürlich nicht. Heutzutage stecken die Menschen ihre Feinde nicht mehr in den Kerker.«
»Manche würden es aber gern tun«, erwiderte er grimmig – er dachte sichtlich wieder an die Sonnwendnacht.
»Das gibt es nicht mehr«, wiederholte ich entschieden und bedauerte, daß ich ihn hierher geführt hatte.
»Gehen wir hinauf«, schlug ich vor, »hier ist es kalt.«
Wir gingen durch die Küche, an den Backöfen entlang, die seit Jahrhunderten in Verwendung standen, an den Bratspießen und dem großen Kupfergeschirr vorbei und durch die Speisekammer in die Wäschekammern. Dann betraten wir die große Halle.
Ich erzählte ihm von den Kriegen, die in dem Land gewütet hatten, und von der Rolle, die meine Familie in ihnen gespielt hatte. Ich führte ihn in den Speisesaal und erklärte ihm die Motive der Wandteppiche. Er hörte mir gespannt und aufmerksam zu, was mich überraschte. Ich sprach über den Rosenkrieg und den Kampf des Parlaments gegen Karl I., den Konflikt zwischen Royalisten und Rundköpfen, der das Land gespalten hatte. Ich kam mir vor wie Miss Caster, wenn sie mir Geschichtsunterricht erteilte, aber es interessierte ihn, und er wollte immer noch mehr wissen.
Dann zeigte ich ihm die Sonnenterrasse und die Gucklöcher, die ihn faszinierten; er schaute lange in die Halle und dann in die Kapelle hinunter. Ich führte ihn zu den Tür-

men und die Zinnen entlang. Ich hätte nie geglaubt, daß ihn ein Haus so beeindrucken konnte, aber es war auch ein wunderbares Haus; es war während all dieser Jahrhunderte gut instandgehalten, geliebt und gepflegt worden. Obwohl es von Zeit zu Zeit restauriert worden war, hatte man immer darauf geachtet, das historische Erbe zu bewahren, das uns jetzt umgab. Vielleicht kam es daher, weil wir in dem Haus allein waren, aber während ich zu Digory sprach, hatte ich das Gefühl, daß wir zwei junge Menschen waren, die einen Streifzug durch die Jahrhunderte unternahmen.
Er hatte nie irgendwelchen Unterricht erhalten; wahrscheinlich hatte er noch nie von den Ereignissen gehört, von denen ich ihm erzählte. Aber sie faszinierten ihn, und von Zeit zu Zeit stellte er eine durchaus treffende Frage.
Von den Zinnen blickten wir auf das Meer hinaus.
»Stell dir nur mal vor, Digory, daß Cador vom Meer aus vor fünfhundert Jahren beinahe genauso ausgesehen hat wie heute. Ist das nicht wunderbar?«
»Woher willst du das wissen? Du warst ja damals noch nicht auf der Welt.«
»Das stimmt. Aber es hat sich nicht verändert, also muß der Anblick der gleiche gewesen sein.«
Er sah mich unverwandt an. »Du hast den Teufelskuß auf der Stirn.«
Ich hob die Hand, aber er war schneller und berührte mich an der Schläfe neben meinem linken Auge. Ich wußte, was er meinte. Es war ein kleines Muttermal. Mein Vater bezeichnete es als mein Schönheitspflästerchen.
Ich hatte mir nie Gedanken darüber gemacht.
»Was meinst du mit Teufelskuß?« wollte ich wissen.
»So etwas bekommt man, wenn einen der Teufel küßt.«
»Das ist doch blanker Unsinn. Ich habe den Herrn nie kennengelernt und bin schon gar nicht von ihm geküßt worden.«
»Er kommt in der Nacht, wenn du schläfst.«

»Das ist ja eine schreckliche Vorstellung! Es ist ein Muttermal. Mein Vater mag es und behauptet, daß es reizend ist. Wer sagt denn, daß es etwas mit dem Teufel zu tun hat?«

»Sie sagen es.« Wieder lag in seinen Augen die Erinnerung an die schreckliche Nacht. »Sie sagen, daß es vom Teufel stammt.«

»Ich habe keine Angst vor ihnen.«

Ich hatte wieder gesprochen, ohne nachzudenken. Er hatte in jener Nacht Angst vor ihnen gehabt, und mir wäre es genauso gegangen, wenn ich an seiner Stelle gewesen wäre.

Er tat mir leid, und ich legte ihm die Hand auf die Schulter. »Hör zu, Digory. Wir müssen das Schreckliche vergessen. Es ist vorbei. Es war grausam und entsetzlich, aber es ist nun einmal geschehen, und wir können es nicht ändern.«

Er starrte schweigend vor sich hin, als erlebte er das Schauspiel noch einmal. Mir ging es ebenso, ich konnte beinahe das brennende Stroh riechen.

»Wir müssen uns von der Vergangenheit losreißen. Du mußt dich an die Stallarbeit gewöhnen. Du magst Pferde, und es tut gut, wenn man mit etwas arbeiten kann, das man liebt. Ferry ist doch freundlich zu dir, oder? Mein Vater besteht darauf. Es ist besser, wenn man zu einem Haushalt gehört... jedenfalls besser, als wenn man Fische stiehlt. Man könnte dich nämlich dabei erwischen.«

Er schüttelte den Kopf.

»O doch, Digory. Und wenn dir etwas Sorgen bereitet, mußt du es nur mir oder Jacco erzählen. Wir werden dir immer helfen, wenn es in unserer Macht liegt.«

Er sah mich ausdruckslos an und erinnerte mich mehr als je an einen gefangenen Vogel.

Plötzlich sagte er: »Weißt du was, ich werde dir helfen, den Teufelskuß loszuwerden.« Ich griff mir an die Schläfe.

»Das ist schon in Ordnung, Digory, das Muttermal stört mich nicht. Mein Vater behauptet, daß ich später damit sogar Aufmerksamkeit erwecken werde. Ich werde es schwarz färben, damit die Leute meine Augen bemerken.«
»Aber es gibt die Leute«, wandte er ein.
Er meinte damit den tobenden Mob.
Er wollte unbedingt mein Muttermal wegzaubern, um sich so für alles zu bedanken, was ich für ihn getan hatte. »Hindere die Menschen nie daran, sich für etwas erkenntlich zu zeigen«, hatte mich meine Mutter gelehrt. »Du willst ihren Dank vielleicht gar nicht haben, aber ihr Stolz zwingt sie dazu. Nimm ihn freundlich entgegen.«
Ich begriff jetzt, was sie damit gemeint hatte.
»Gut, Digory, du darfst mein Muttermal wegzaubern.«
Wir erreichten den Turm und kehrten durch ihn in das Haus zurück. Digory blieb immer wieder stehen und sah sich bewundernd um. Das war eine Seite seines Wesens, die ich nicht kannte; er war zwar ungebildet, besaß aber einen Blick für das Schöne. Es fiel ihm schwer, sich von den Wandteppichen zu trennen, und ich mußte ihm wieder von dem auf ihnen dargestellten Krieg erzählen.
Ich wußte nicht, wie lange die Besichtigung des Hauses gedauert hatte, aber die Zeit verging. Isaacs würde bald da sein, und auch Mrs. Penlock wollte sofort nach dem Besuch bei der Wahrsagerin zurückkehren.
»Die Diener werden bald nach Hause kommen«, sagte ich. Auf sein Gesicht trat ein erschrockener Ausdruck, und er wollte nur noch eines: fort. Ich führte ihn zur Vordertür, aber er wollte das Haus um jeden Preis auf dem gleichen Weg verlassen, auf dem er es betreten hatte, nämlich durch ein offenstehendes Fenster in einer der Küchen.
Ich verstand Digory jetzt etwas besser. Als Jacco zurückkehrte, erzählte ich ihm sofort, was geschehen war, und schlug ihm vor, daß wir von Zeit zu Zeit mit Digory zusammenkommen sollten, um ihm ein Gefühl der Sicherheit zu geben und ihm begreiflich zu machen, daß er unter

dem Schutz unseres Vaters stand und vor dem Pöbel sicher war.

Was danach folgte, kam vollkommen unerwartet. Es geschah zwei Tage, nachdem ich Digory das Haus gezeigt hatte.

Jacco und ich waren mit Vater ausgeritten. Jacco mußte lernen, wie man einen Besitz verwaltet, und begleitete Vater oft auf seinen Inspektionsrunden. Ich durfte jederzeit mitkommen, wenn ich wollte, und das war oft der Fall, weil ich mich für alles interessierte, was unsere Pächter betraf.

Als wir zum Stall ritten, kam John Ferry herausgelaufen.

»Es hat Ärger gegeben, Sir Jake. Es geht um den Jungen...«

Er preßte die Lippen zusammen, als wolle er die Bemerkung unterdrücken: ›Das hätte ich Ihnen gleich sagen können.‹ Digory befand sich also in Schwierigkeiten.

»Was ist geschehen?« fragte Vater.

»Slattery hat ihn auf frischer Tat ertappt, Sir Jake. Er hatte ein ordentliches Beefsteak in der Hand und steckte es gerade in einen Beutel, als er erwischt wurde. Daran gibt's nichts zu rütteln, das Steak war im Beutel drin.«

»Warum sollte er das tun?« wollte Vater wissen. »Er bekommt doch genug zu essen.«

»Er ist eben von Natur aus ein Dieb, Sir. Er hat sein Leben lang nichts anderes getan.«

»Wo befindet sich der Junge jetzt?«

»Unten bei Slattery. Slattery will ihn vor Gericht bringen, aber er hat es zuerst mir erzählt, damit ich es Ihnen berichte. Schließlich haben Sie ja den Jungen aufgenommen.«

Jacco und ich sahen Vater besorgt an. »Kommt«, forderte er uns auf. »Wir reiten zur Slattery und bringen die Angelegenheit ins reine.«

Tom Slattery, der Metzger, war ein dicker Mann mit

rotem Gesicht, der ein wenig den Schweinen ähnlich sah, die in seinem Laden hingen; nur hatten sie Orangen in der Schnauze, und er hatte kaputte Zähne im Mund. Über seiner grauen Hose trug er immer eine blau-weiß gestreifte, blutbespritzte Schürze, und wenn ich an ihn denke, sehe ich ihn vor mir, wie er sich mit einem Hackmesser in der Hand über ein leicht ausgehöhltes Brett beugt.
Wir banden unsere Pferde an einem Geländer in der Nähe des Ladens an und traten ein.
In dem Wohnzimmer hinter dem Laden kauerte Digory, der sich sichtlich bemühte, seine Augen nicht zu zeigen. Zu unserer Überraschung befand sich Luke Tregern bei Slattery.
»Guten Tag, Slattery, Tregern«, grüßte Vater. »Was soll diese Geschichte mit dem Beefsteak und dem Jungen?«
»Er ist eben von Natur aus ein Dieb, Sir Jake«, erwiderte Slattery. »Das haben wir immer schon gewußt. Für uns war es sozusagen keine Überraschung. Ich habe mich für einen Augenblick umgedreht, und da höre ich einen Schrei. Zum Glück ist Mr. Tregern gerade in den Laden gekommen. Er hat gesehen, wie der Junge nach dem Fleisch gegriffen hat, und als ich herumfuhr, sehe ich gerade noch, wie er es in den Beutel steckt und davonrennen will.«
»Das stimmt, Sir Jake«, bestätigte Tregern. »Ich habe den Jungen dabei erwischt.«
Er wirkte äußerst selbstzufrieden.
»Er hat sein Leben lang gestohlen«, stellte Slattery fest. »Er ist glatt wie ein Aal. Ich hätte nie gemerkt, daß er etwas mitgehen läßt, wenn Mr. Tregern nicht gewesen wäre.«
»Ich bin froh, daß ich im richtigen Augenblick gekommen bin«, warf Tregern ein.
Digory blickte trotzig zu Vater auf.
»Ist es wahr?« fragte Vater. »Hast du das Steak gestohlen?«
Digory antwortete nicht.
Ich konnte mich nicht beherrschen. »Warum hast du das

getan, du dummer Junge? Du bekommst doch reichlich zu essen.«
Er antwortete immer noch nicht.
»Es muß einen Grund dafür geben«, bohrte Jacco.
»Sag uns, warum du das Steak gestohlen hast«, befahl Vater. »Warst du hungrig? Wenn du es uns nicht sagst, können wir nicht wissen, was wir mit dir anfangen sollen. Wenn du einen Grund dafür gehabt hast, mußt du ihn uns verraten.«
Digory schwieg immer noch, aber er hob die Hand und zeigte auf mich.
»Meine Tochter?« fragte Vater erstaunt. »Was hat sie damit zu tun?«
»Es war für sie«, antwortete Digory.
»Das verstehe ich nicht.«
»Es mußte geheimes Fleisch sein. Niemand darf wissen, woher es kommt, sonst wirkt der Zauber nicht.«
»Wovon sprichst du überhaupt?«
»Vom Teufelskuß.«
In diesem Augenblick begriff ich und zeigte auf meine Schläfe. »Hast du es deshalb getan?«
»Du weißt es«, bestätigte Digory. »Du wolltest es.«
»Jetzt verstehe ich«, erklärte ich. »Digory wollte etwas für mich tun und bemerkte mein Muttermal. Er wollte es wegzaubern. Hast du das Beefsteak dazu gebraucht?«
Er nickte.
»Es muß abliegen. Dann bereite ich den Trank zu. Dann ist das Muttermal in zwei Tagen weg.«
»Aber warum hast du es gestohlen? Ich hätte dir aus der Küche ein Steak bringen können.«
»Es muß ein Geheimnis sein. Du darfst nicht wissen, wo es her ist.«
»Mir ist alles klar. Digory wollte mir etwas Gutes tun. Er wollte das Muttermal entfernen, weil er fand, daß es nicht gut für mich ist.« Ich blickte Vater flehentlich an. »Das kannst du doch verstehen, nach... nach...«

Vater nickte.
»Er wollte sich bei Jacco und mir bedanken.«
»Es ist ganz einfach«, ergänzte Jacco. »Er wollte Annoras Muttermal entfernen, und damit der Zauber wirkte, durfte sie nicht wissen, woher das Steak kam.«
»Ich habe noch nie einen solchen Unsinn gehört«, stellte Vater fest. »Sie sehen ja, Slattery, daß das Ganze eine Kinderei ist. Überlassen Sie den Jungen mir, ich werde mich mit ihm befassen.« Er legte einen Sovereign auf den Tisch. »Damit ist das Steak bezahlt, und Sie können es außerdem behalten. Daß es der Junge in den Beutel gesteckt hat, wird dem Fleisch ja kaum geschadet haben. Jetzt überlasse ich Sie Ihren Geschäften. Danke, daß Sie Ferry verständigt haben. Man sollte solche Kindereien nicht allzu ernst nehmen. Ich werde mir den Jungen schon vorknöpfen... und meine Tochter ebenfalls.«
Wir verließen gemeinsam mit Digory den Laden. Tregerns Gesichtsausdruck war merkwürdig, als er uns nachsah. Er war sichtlich enttäuscht über die Wendung, die die Dinge genommen hatten. Wahrscheinlich war er stolz darauf gewesen, daß er Digory beim Stehlen ertappt hatte, und hatte eine Belobigung erwartet.
»Nimm niemals etwas an dich, Junge, was dir nicht gehört, sonst bekommst du die größten Schwierigkeiten«, ermahnte Vater Digory streng. »Und jetzt geh wieder an deine Arbeit.«
Digory rannte schleunigst davon, und Vater wandte sich mir zu. »Ich begreife nicht, daß du so dumm gewesen sein kannst. Er hätte dich mit seinem Hexenzauber entstellen können.«
»Ich habe nur daran gedacht, daß er sich für unsere Hilfe erkenntlich zeigen wollte, und Mama sagt, daß wir auf den Stolz der anderen Menschen Rücksicht nehmen sollen.«
»Damit hat sie recht. Doch dieser junge Dummkopf muß sich in acht nehmen. Die Leute sind ohnehin nicht gut auf ihn zu sprechen, sie haben alle wegen der Ereignisse in

jener Nacht ein schlechtes Gewissen. Niemand will die Verantwortung dafür übernehmen. Deine Mutter wird dir auch erklären, daß die Menschen es hassen, sich schuldig zu fühlen, und versuchen, sich zu rechtfertigen. Wenn sie beweisen könnten, daß Mutter Ginnys Enkel ein Dieb ist, würden sie finden, daß sie richtig gehandelt haben. Falls ihr Einfluß auf den Jungen habt, erklärt ihm, daß er vorsichtig sein muß.«
»Das werden wir tun, nicht wahr, Annora?« fragte Jacco.
Ich nickte.

Wenn man jung und naiv ist, glaubt man an einfache Lösungen. Im Märchen geht immer alles gut aus. Das akzeptierte ich, weil es tröstlich und beruhigend war. Wenn wir Digory ein Bett gaben, ihm drei Mahlzeiten am Tag vorsetzten, ihn mit Pferden arbeiten ließen, die er liebte, und ihn unter den Schutz meines Vaters stellten, dann war alles in Ordnung.
Doch diese Annehmlichkeiten konnten Digorys Wesen nicht ändern. Er war ein wilder Junge, und seine Freiheit war ihm das Wichtigste im Leben. Vor dem Brand hatte er bestimmt ein kärgliches Dasein geführt, hatte gelegentlich gehungert, hatte außerhalb der Gemeinschaft und durchaus gefährlich gelebt, und die Menschen hatten ihm mißtraut, weil seine Großmutter eine Hexe war. Aber er war stolz gewesen, hatte niemandem gehorchen müssen – und er war glücklich gewesen.
Was dann geschah, war vermutlich unvermeidlich. Mit etwas Glück hätte er es noch eine Zeitlang hinausschieben können, aber am Ende wäre es auf das gleiche hinausgekommen.
Und diesmal konnten wir ihn nicht retten.
Er hatte sich im Hundehaus häuslich eingerichtet. Er schlief dort, obwohl es nicht so wohnlich war wie die Kammer über dem Stall, die wir ihm zugewiesen hatten. Hinter dem Hundehaus befand sich eine Wiese, auf der er

sich seine Mahlzeiten über einem offenen Feuer selbst zubereitete.
Er hielt sich von den anderen Stalljungen fern. Ferry fand sich mit ihm ab, hoffte aber bestimmt, daß er den Jungen bei einer Missetat ertappen konnte. Das würde ihm das Vergnügen verschaffen, den Jungen fortschicken und meinem Vater beweisen zu können, daß er einen Fehler begangen hatte. Ferry begriff nicht, daß mein Vater ganz anderer Ansicht war, und hoffte nur, daß er den Jungen aus dem Haus treiben konnte – vermutlich war der Großteil der Dienerschaft derselben Meinung. Mrs. Penlock sagte nie ein Wort gegen Digory, rümpfte aber jedesmal die Nase, wenn sein Name fiel.
Es war ungefähr zwei Wochen nach dem Zwischenfall mit dem Beefsteak.
Ferry kam triumphierend ins Haus und wollte mit Sir Jake sprechen. Ich hatte ihn gesehen und seiner Haltung entnommen, daß es wieder um Digory ging. Deshalb folgte ich ihm.
Während Ferry sprach, drehte er ununterbrochen die Mütze in seinen Händen.
»Es geht wieder um den Jungen, Sir Jake.«
»Was hat er diesmal angestellt?«
»Er sitzt im Gefängnis, Sir Jake.«
»Was?«
»Sie haben ihn im Wald der Hansons erwischt, mit einem Fasan im Beutel. Diesmal ist es klar, worauf er aus war.«
Vater sah ihn ausdrucklos an. »Dieser Dummkopf. Wozu mußte er einen Fasan stehlen? Kennt er denn das Gesetz nicht? Was will er mit einem Fasan? Er bekommt zu essen.«
»Es gibt Menschen, die sind geborene Diebe, Sir, und der Junge gehört zu dieser Sorte. Wenn Sie bedenken, wo er herkommt... Mr. Hansons Wildhüter, Mr. Tregern, hat ihn erwischt und ihn sofort vor Gericht gebracht. Es ist ein schweres Verbrechen, Sir.«

»Ein sehr schweres Verbrechen«, gab Vater zu. »Danke, Ferry.«
Ferry zog sich zurück.
Ich sah Vater unglücklich an.
»Diesmal hat sich der junge Dummkopf in ernste Schwierigkeiten gebracht«, stellte er fest.

Wie recht er hatte!
Jacco und ich waren verzweifelt, weil Digory unser Schützling war. Wie konnte er nur so unvernünftig sein! Dank der Hilfe unseres Vaters war es uns möglich gewesen, ihm beim Zwischenfall mit dem Beefsteak zu helfen, aber diesmal sah die Sache anders aus.
»Kannst du erreichen, daß er freigelassen wird?« fragte Jacco Vater.
»Er befindet sich bereits in der Gewalt der Justiz. Hansons Wildhüter hat schnell gehandelt. Slattery wird zweifellos ebenfalls gegen ihn aussagen.«
»Kannst du ihm das nicht verbieten?«
»Nein, mein Sohn, ich muß der Gerechtigkeit ihren Lauf lassen. Slattery hat mit seiner Feststellung recht. Der Junge ist der geborene Dieb. Selbst wenn wir ihn noch einmal freibekommen könnten, würde es binnen kurzem zu einem weiteren Zwischenfall kommen. Ich habe angenommen, daß ihm die Geschichte mit dem Beefsteak eine Lehre sein würde.«
»Er gibt einfach an«, sagte ich.
»Das ist ein Luxus, den er sich in seiner Lage nicht leisten kann.«
Es stellte sich bald heraus, daß wir nichts unternehmen konnten. Vater bat Mr. Hanson, bei seinem Wildhüter ein gutes Wort für den Jungen einzulegen, was der Anwalt tat. Doch Luke Tregern blieb unerbittlich. Die Schuld des Jungen war einwandfrei erwiesen, und er konnte nicht zulassen, daß die Wilddiebe mit seinen Fasanen davonspazierten. Wenn man es Digory durchgehen ließ, dann

lehnte er jede Verantwortung ab. Außerdem würde er dadurch in eine unmögliche Situation geraten. Mr. Hanson wollte natürlich keinesfalls einen so ausgezeichneten Mann verlieren. Außerdem deutete er Vater gegenüber an, daß sie beide genügend vom Gesetz verstanden, um zu wissen, daß es nicht gut tat, wenn man in bestimmten Fällen Ausnahmen machte.

»Natürlich hat Mr. Hanson recht«, erklärte uns Vater. »Es ist ein Jammer, daß Digory das Beefsteak gestohlen und daß ausgerechnet Tregern ihn dabei erwischt hat. Ich habe den jungen Esel gewarnt, aber er hat meine Worte in den Wind geschlagen. Wir können überhaupt nichts tun. Der Junge muß seine Lektion erhalten, und sie wird vermutlich hart ausfallen, aber er ist selbst schuld daran, und wahrscheinlich ist dies die einzige Möglichkeit, ihn zur Vernunft zu bringen.«

Ich wollte Digory besuchen und mit ihm sprechen, erhielt aber keine Erlaubnis dazu.

Wenn Jacco und ich durch das Moor ritten und eine Rast einlegten, schmiedeten wir wilde Befreiungspläne. Doch auch uns war klar, daß es sich nur um Luftschlösser handelte.

»Wie konnte er nur so unvernünftig sein?« fragte ich immer wieder.

»Er geht eben gern ein Risiko ein, dann kommt er sich gut vor. Es erinnert ihn an die alten Zeiten, als er noch bei seiner Großmutter lebte. Vater hat recht. Wenn man ihn nicht beim Fasanendiebstahl ertappt hätte, wäre er bei einer anderen Gelegenheit erwischt worden.«

»Was wird mit ihm geschehen?«

Jacco zuckte ratlos die Schultern. Es fiel ihm schwer, seine Befreiungspläne für Digory zu begraben. Der Junge grollte der ganzen Welt, was ich verstehen konnte. Er hatte erlebt, wie seine Großmutter umgekommen war, und haßte die Menschen. Nicht einmal uns traute er ganz.

Es kam zur Verhandlung, in der seine Schuld zweifelsfrei

bewiesen wurde. Slattery und Tregern waren nur allzu gern bereit, gegen ihn auszusagen. Die Episode mit dem Beefsteak wurde wieder aufgerollt, und niemand wies darauf hin, warum Digory es gestohlen hatte. Es ging auch gar nicht um den Grund, sondern darum, daß er es getan hatte. Da Digory für unseren Vater arbeitete und nach dem Tod seiner Großmutter ganz allein auf der Welt stand, hatte man beim ersten Vergehen Milde walten lassen. Doch der Junge hatte nichts daraus gelernt. Er war zum Dieb geboren und würde sich nie mehr ändern.

Solche Leute konnten wir in England nicht gebrauchen. Er wurde zu sieben Jahren Deportation verurteilt.

Das Urteil erschütterte uns tief, weil es übertrieben hart war. Digorys Vergangenheit sprach gegen ihn, und die Aussagen von Slattery und Tregern hatten den Richter in seiner Meinung bestärkt.

Während eines Ausritts sprachen Vater und ich über Digory.

»Ich fühle mich um Jahre zurückversetzt«, bemerkte Vater. »Du kennst die Geschichte. Ich habe einen Mann getötet, der eine Zigeunerin vergewaltigen wollte, und wurde zu sieben Jahren Zwangsarbeit verurteilt... genau wie dieser Junge. Dabei wirkt sein Verbrechen im Vergleich zu dem meinem geringfügig. Das Leben eines Menschen wiegt also genauso schwer wie das Leben eines Fasans.«

»Was du getan hast, war richtig. Was Digory getan hat, war ungesetzlich.«

»Ich habe getötet. Doch es gab Leute, die sich für mich eingesetzt haben. Dein Großvater war ein einflußreicher Mann, und deine Mutter hat ihn gezwungen, mich vor dem Galgen zu retten.«

»Sprich nicht davon, ich kann es nicht ertragen.«

»Wenn dieser Fall mein Ende bedeutet hätte, dann hätte es auch keine Annora gegeben. Das wäre allerdings tragisch gewesen.«

»Mach keine Witze darüber. Und was wird aus Digory?«

»Er wird seine Strafe verbüßen und wird es durchstehen, genau wie ich. Vielleicht ist es gar nicht so schlecht für ihn. Ein solches Mißgeschick kann sich auch zum Guten auswirken. Ich bin in Australien zum Mann geworden. Bis dahin war ich ein unvernünftiger Junge mit romantischen Hirngespinsten. Du mußt dir nur vorstellen, daß ich von zu Hause davongelaufen und zu den Zigeunern gegangen bin! Es war einfach verrückt! Die Deportation war eine harte Maßregelung, die mir den Ernst des Lebens vor Augen führte. Nachdem ich meine Strafe verbüßt hatte, war ich ein vernünftiger Mensch und bereit, Verantwortung zu übernehmen.«

»Ich muß immerzu daran denken, wie schreckliche Angst Digory haben wird.«

»Ja, es ist eine fürchterliche Prüfung. Aber er wird es überleben. Schließlich kann er nicht behaupten, daß er hier glücklich war, denn die Ereignisse dieser Nacht haben tiefe Spuren in seiner Seele hinterlassen. Eine grundlegende Veränderung, ein vollkommen neues Leben sind vielleicht das Beste für ihn. Wenn er es durchsteht, wird er nachher vermutlich ein anderer Mensch sein.« Er schwieg eine Weile, dann fuhr er fort: »Digory hat mir alles wieder in Erinnerung gebracht. Ich sehe mich auf dem Schiff und erlebe die Ankunft in einem fremden Land noch einmal. Doch nach einiger Zeit hatte ich mich daran gewöhnt. Das war eine der Lektionen, die ich erhalten habe. Daß man sich mit seinem Schicksal abfinden muß und nie vergessen darf, daß auch die schwerste Zeit einmal vorübergeht, daß es auch wieder anders kommt. Auch das wird Digory lernen.«

»Ob wir wohl je erfahren werden, wie es ihm ergangen ist, und ob wir ihn jemals wiedersehen werden?«

»Da bleibt uns nichts anderes übrig, als abzuwarten.«

Wir ritten in sehr gedrückter Stimmung nach Hause zurück.

Skandal an höchster Stelle

Ich dachte noch lange an Digory. Sein Bild tauchte immer wieder vor meinem geistigen Auge auf, und ich sah ihn so deutlich, als stünde er mir gegenüber, stopfte Fische in seinen Sack, warf Steine in den Fluß, wurde in Slatterys Laden beim Stehlen ertappt. Wie ist es, wenn man auf sieben Jahre verbannt wird?

Ich sprach viel mit Vater darüber, der aus seinen Erlebnissen kein Geheimnis machte. Es war mir immer leicht gefallen, mich in die Lage anderer Menschen zu versetzen, und ich konnte mir gut vorstellen, wie es ist, in ein fremdes Land zu kommen, aus dem dunklen Frachtraum des Schiffes in den strahlenden Sonnenschein zu treten und die Demütigung erfahren zu müssen, als Verbrecher behandelt zu werden. Vater war es so ergangen, und jetzt erlebte Digory dasselbe. Vielleicht mußte er als Kettensträfling Schwerarbeit leisten oder wurde einem Farmer zugeteilt, der ihn wie einen Sklaven behandelte. Vater war bei seiner Verurteilung wesentlich älter gewesen als Digory und verfügte über viele Eigenschaften, die Digory fehlten. Er hatte es geschafft, aber wie würde es Digory ergehen?

Nachdem er fortgebracht worden war, sprach ich zunächst oft mit Jacco über ihn. Doch mein Bruder wandte sich bald anderen Dingen zu und hatte keine Lust mehr, über dieses Thema zu reden.

Das war unvermeidlich, und mir würde es bestimmt auch so gehen.

Und dann wurde Jacco fortgeschickt, auf die Schule, was ich als große Tragödie empfand. Ich fühlte mich entsetzlich einsam und konnte die Ferien nicht erwarten. Doch auch dann kam er manchmal nicht nach Hause, sondern verbrachte diese Zeit bei einem Freund. Als Ausgleich dafür kamen seine Freunde manchmal mit zu uns und ich konnte mit ihnen ausreiten, schwimmen, angeln, eislaufen oder gemeinsam mit ihnen mit den Fischern auf das Meer hinausfahren. Allerdings gaben sie mir gelegentlich auch deutlich zu verstehen, daß meine Anwesenheit nicht erwünscht war.

Mit der Zeit vergaß auch ich Digory; nur wenn ich wieder einmal bei der ausgebrannten Hütte vorbeiritt, empfand ich Gewissensbisse, weil ich kaum noch an ihn dachte.

Die Menschen bemühten sich jedenfalls, die Ereignisse dieser Sonnwendnacht zu verdrängen. Im darauffolgenden Jahr fuhren wir mit der Kutsche ins Moor, und die Feier verlief sehr friedlich. Die Sonnwendfeuer flammten auf, die Leute sangen Lieder, und niemand versuchte, über die Flammen zu springen.

Allerdings mieden die Menschen die Lichtung, auf der Mutter Ginnys Hütte gestanden hatte. Selbst am hellichten Tag nahmen sie lieber einen Umweg in Kauf, statt dort vorbeizugehen. Vielleicht schämten sich etliche von ihnen wegen ihres Verhaltens in jener Nacht und waren froh, die ganze Geschichte vergessen zu können.

Ich kam mit Rolf seltener zusammen als früher. Er hatte an der Universität viele Freunde und nahm oft an archäologischen Grabungen teil. Wenn sein Vater uns besuchte, berichtete er jedes Mal voller Stolz über die Aktivitäten seines Sohnes.

Ich meinte, daß er bei unseren seltenen Treffen vollkommen unverändert wirkte. Doch ich hatte mich geändert und vergötterte ihn nicht mehr. Vielleicht merkte er es und interessierte sich deshalb viel weniger für mich. Ein- oder zweimal war ich nahe daran, mit ihm über die verhängnisvolle Nacht zu sprechen, aber im letzten Augenblick verließ mich dann doch der Mut, und ich schwieg. Allmählich war ich nicht mehr sicher, daß ich die Gestalt in der grauen Kutte tatsächlich gesehen hatte, und es kam mir lächerlich vor, davon anzufangen.

Die Jahre vergingen schnell, und ich bekam eine neue Gouvernante. Wir fuhren gelegentlich nach London und besuchten dann jedesmal Eversleigh.
Großmutter war ein Jahr nach Großvater gestorben. Mutter war beinahe das Herz gebrochen, weil die Beziehung zwischen ihren Eltern und ihr etwas Besonderes gewesen war, aber sie tröstete sich mit dem Gedanken, daß für Großmutter das Leben ohne Großvater sinnlos geworden war.
Auch Eversleigh hatte sich verändert. David und Claudine wurden alt, und Großvaters Enkel Jonathan hatte bereits die Leitung des Gutes übernommen, obwohl er es wahrscheinlich erst nach Davids Tod erben würde.
Ich mochte Jonathan und auch seine Frau Tamarisk. Sie war sehr schön, und ich fand eines Tages zu meiner Verblüffung heraus, daß sie meine Halbschwester war. Manchmal war es tatsächlich schwierig, den Überblick über die komplizierten verwandtschaftlichen Verhältnisse in meiner Familie zu bewahren.
»Ich halte nichts von Ausflüchten«, erklärte mir Vater einmal, »und deine Mutter ist der gleichen Ansicht, deshalb will ich dir nicht verheimlichen, daß ich in meiner Jugend so etwas wie ein Rebell war. Du weißt ja, daß ich unter den Zigeunern gelebt habe.«
»Natürlich, und ich finde es großartig.«
»Es war überaus unvernünftig, aber wie gesagt, man weiß nie genau, was wirklich gut und wirklich schlecht für einen ist, ehe man nicht die Folgen seiner Handlungen erlebt hat. Wäre ich kein Zigeuner gewesen, hätte ich deine Mutter nie kennengelernt, und das wäre das Schlimmste gewesen, was mir hätte zustoßen können. Als ich zum ersten Mal mit ihr zusammenkam, war sie noch ein kleines Mädchen, ungefähr so alt wie du heute. Dann lernte ich Tamarisks Mutter kennen. Sie war ein einsames, trauriges Mädchen, und wir tanzten eines Nachts um ein Freudenfeuer herum…«

»Sonnwendnacht«, rief ich.
»Nein, wir feierten den Sieg von Trafalgar, waren sehr vergnügt und sorglos. Eine Folge dieser Nacht war, daß Tamarisk zur Welt kam. Ich bin ihr Vater.«
»In solchen Nächten geschehen die merkwürdigsten Dinge«, bemerkte ich. »Die Menschen sind nicht mehr sie selbst. Vielleicht sind die Freudenfeuer daran schuld.«
Ich hatte die schreckliche Nacht noch lange nicht vergessen, und sie war für mich wichtiger als die Tatsache, daß Tamarisk die Tochter meines Vaters war.
Ihre Mutter war bei ihrer Geburt gestorben; deshalb war Tamarisk in unserer Familie aufgewachsen und hatte Jonathan ihr Leben lang gekannt.
Die beiden liebten einander sehr, obwohl Tamarisk sehr böse auf Jonathan werden konnte. Doch ihre Liebe war heiß und leidenschaftlich, und sie griff jeden an, der ihn kritisierte. Genauso verhielt sie sich ihren Kindern gegenüber. Sie hatte zwei Söhne, Richard und John, die wild und ungebärdig, aber sehr liebenswert waren.
Ich genoß die Besuche in Eversleigh sehr. Ich liebte die Gegend, das nahe Meer und die beiden alten Häuser in der Umgebung von Eversleigh – Grasslands und Enderby, die zum Familienbesitz gehörten. Mutter hatte mit ihrem ersten Mann in Grasslands gelebt, und Enderby gehörte Peter und Amaryllis Lansdon. Tamarisk hatte es geerbt, aber Peter hatte es vor langer Zeit gekauft. Es wurde nur als Landhaus benutzt, denn die Lansdons hielten sich hauptsächlich in London auf.
Vater hatte unser Haus in London vor einigen Jahren verkauft, denn wir brauchten es nicht. In der Albemarle Street befand sich das Familienhaus, das nur selten bewohnt wurde, und das uns während unserer Londoner Aufenthalte zur Verfügung stand. Die Lansdons besaßen ein großes Haus in Westminster, das mir sehr gut gefiel. Es war mächtig und beeindruckend, und von einigen Räumen aus erblickte man den Fluß.

Peter Lansdon hatte eine bedeutende Position als Parlamentsmitglied. Als seine Partei an der Macht gewesen war, hatte er einen hohen Posten in der Regierung innegehabt und ein sehr aufregendes Leben geführt, denn er war ein vielseitiger Geschäftsmann. Er war die personifizierte Macht, und Amaryllis war sehr stolz auf ihn. Seine Tochter Helena und sein Sohn Peterkin – man hatte ihn so genannt, um ihn von seinem Vater zu unterscheiden – hatten großen Respekt vor ihrem Vater.

Ich mochte Helena und Peterkin sehr gerne. Helena war um sechs Jahre älter als ich, Peterkin um vier. Helena war bereits bei Hof vorgestellt worden, und meine Mutter machte mich immer wieder darauf aufmerksam, daß auch mir diese schwere Prüfung bevorstand. Helena hatte die Einführung bei Hof gehaßt, denn alles hing davon ab, ob ein Mädchen Erfolg hatte. Wenn ja, wurde sie beneidet; wenn nicht, wurde sie nicht beachtet. Helena war nicht beachtet worden, obwohl ihre Mutter es nicht wahrhaben wollte. Amaryllis war eine naive, süße, sanfte Frau, die voll Mitgefühl und gutem Willen war. Doch Helenas Vater war enttäuscht gewesen, denn er wollte, daß seine Tochter eine gute Partie machte.

Das konnte ich verstehen. Onkel Peter hatte bei allen seinen Unternehmen Erfolg gehabt und erwartete von seinen Kindern das gleiche.

»Ich kann mir kaum zwei unterschiedlichere Menschen als Onkel Peter und Tante Amaryllis vorstellen«, bemerkte ich einmal Mutter gegenüber.

Ihr Gesicht wurde hart wie immer, wenn Onkel Peters Name fiel. »Du hast recht«, erwiderte sie. »Die beiden sind einander überhaupt nicht ähnlich.«

»Dann möchte ich wissen, warum sie geheiratet haben«, meinte ich.

Mutter antwortete nicht. Es war nicht zu übersehen, daß sie Onkel Peter nicht mochte.

Ich konnte nicht anders, ich mußte ihn bewundern. Er

hatte in seiner Jugend bestimmt sehr gut ausgesehen, und jetzt wirkte er vornehm. Seine Schläfen waren silbergrau, und seine beinahe schläfrigen Augen schienen sich immer über die Welt lustig zu machen. Er genoß das Leben. Das Unangenehme daran war, daß es sehr schwer war, die Erwartungen eines solchen Vaters zu erfüllen. Sowohl Helena als auch Peterkin kamen sich unzulänglich vor – Helena, weil sie bei ihrer Einführung in die Gesellschaft versagt und noch keinen Heiratsantrag erhalten hatte, obwohl sie bereits über zwanzig war, und Peterkin, weil er noch nicht wußte, was er mit seinem Leben anfangen sollte. Sein Vater hatte in diesem Alter bereits die ersten Erfolge gehabt.

Ich hatte beinahe Angst davor, in die Gesellschaft eingeführt zu werden, obwohl es meinen Eltern bestimmt nichts ausmachen würde, wenn ich keinen Erfolg hätte. Sie würden es nicht so sehen. Doch ich hatte auch das Glück, sehr ungewöhnliche und überaus verständnisvolle Eltern zu besitzen.

Ich war beinahe achtzehn, als wieder eine Reise nach London und Eversleigh geplant wurde. Man schrieb das Jahr 1838.

Es war Ende Mai, und ich hatte Anfang September Geburtstag.

»Nachdem der alte König jetzt tot ist und wir eine junge Königin haben, müssen wir daran denken, dich in die Gesellschaft einzuführen«, hatte Mutter erklärt.

»Und natürlich mußt du dazu große Vorbereitungen treffen«, hatte Vater bemerkt.

»Wenn Amaryllis es für Helena getan hat, werde ich es auch noch zustande bringen.«

»Das bedeutet, daß wir uns längere Zeit in London aufhalten müssen«, hatte Vater festgestellt. »Ich wollte ohnehin dorthin fahren. Habe ich dir übrigens erzählt, daß ich wieder einen Brief von Gregory Donnelly erhalten habe?«

»Was gibt es Neues in Australien?«
Gregory Donnelly war der Mann, der den Besitz meines Vaters in Australien verwaltete. Sein Name fiel von Zeit zu Zeit.
»Er möchte den Besitz kaufen«, erzählte Vater. »Es wäre vielleicht keine schlechte Idee, ihn zu verkaufen. Es ist sentimental und absurd, daß ich ihn behalte, nur damit ich sagen kann, daß ich als Gefangener hingekommen bin und Australien als Grundbesitzer verlassen habe.«
»Warum verkaufst du ihm den Besitz nicht, wenn er ihn haben möchte?«
»Ich ziehe es ernsthaft in Erwägung. Aber dazu müßte ich wieder hinüberfahren und die Farm in Augenschein nehmen.«
Mutter sah ihn erschrocken an.
»Du würdest natürlich mitkommen«, fügte Vater schnell hinzu.
»Natürlich«, wiederholte sie.
»Ich möchte auch mitkommen«, warf ich ein.
»Selbstverständlich. Auch Jacco kommt mit.«
»Vielleicht finden wir sogar Digory«, bemerkte ich.
Meine Eltern schwiegen, als versuchten sie, sich zu erinnern, wer Digory war.
Dann sagte Vater: »Es wäre genauso, als würdest du eine Nadel in einem Heuhaufen suchen. Die Farmer kommen von weit her, um Sträflinge als Arbeitskräfte zu bekommen. Es ist möglich, daß er am anderen Ende von Australien lebt... in Victoria, Westaustralien oder gar Queensland. Es ist ein riesiges Land.«
»Ich fürchte, daß es eine schwere Zeit für den armen Jungen war«, sagte Mutter.
»Inzwischen hat er sich zweifellos eingewöhnt«, beruhigte sie Vater. »Das tun schließlich alle. Doch wir wollen uns ernsthaft mit dieser Reise beschäftigen, ja?«
»Du hast schon so oft davon gesprochen, daß du hinüberfahren willst, aber es ist nie etwas daraus geworden«,

erinnerte ich ihn. Ich war davon überzeugt, daß es auch diesmal so kommen würde.
Als uns die Hansons besuchten, sprachen wir auch mit ihnen über diese Reise, und sie zeigten sich sehr interessiert.
»Wenn der Besitz Gewinn abwirft, sollten Sie ihn nicht verkaufen«, meinte Rolf.
»Die Entfernung ist zu groß«, erwiderte mein Vater. »Mein Besitz hier genügt mir.«
Die Hansons erzählten ausführlich von ihrem Gut, das im Lauf der Jahre größer geworden war, denn sie kauften immer neues Land dazu. Mein Verhältnis zu Rolf hatte sich inzwischen noch einmal verändert. Er besuchte Cador bestimmt nur, um mich zu sehen, und erzählte mir immer wieder von den Fortschritten in Dorey Manor. Er hatte nicht mehr die Absicht, als Jurist zu arbeiten, sondern wollte nur noch Gutsbesitzer sein und genauso viel Land sein eigen nennen wie Vater. Wenn er über das Gut sprach, wurde er beinahe poetisch.
Ich dachte oft an ihn. Er beeindruckte mich noch immer stark, und ich war genauso verliebt in ihn wie zu der Zeit, als ich noch ein Kind gewesen war. Er verhielt sich mir gegenüber sehr aufmerksam, und meine Eltern beobachteten uns mit dem selbstgefälligen Ausdruck, der darauf hinwies, daß sie uns beinahe schon als Paar sahen.
Sollte ich ihn heiraten? Ich wußte nicht genau, was ich für ihn empfand. Körperlich war mir die Vorstellung nicht unangenehm, doch ich konnte die Erinnerung an jene Nacht nicht aus meinem Gedächtnis löschen. Rolf erregte mich, ich genoß seine Nähe, kämpfte gegen die Erinnerungen an und redete mir immer wieder ein, daß ich mich geirrt hatte; doch die schattenhafte Figur in der grauen Kutte ließ sich nicht so leicht aus der Welt schaffen.
Als ich einmal mit ihm ausritt, schlug ich den Weg zur ausgebrannten Hütte ein. Ich wollte ihn dazu bringen, über diese Nacht und seine Rolle in ihr zu sprechen. Doch

ich brachte es nicht über mich, davon anzufangen, denn ich befürchtete, daß er sagen würde: »Ja, ich war dabei und habe den Mob dazu gebracht, sich so zu verhalten, wie er es getan hat. Ich wollte sehen, wie sie in einer solchen Situation reagieren; ob sie sich noch genauso von ihrem Aberglauben beherrschen lassen wie ihre Vorfahren.« Denn wenn er das zugab, war zwischen uns alles zu Ende. Und obwohl mich der Gedanke daran nicht losließ, hatte ich vor dieser Vorstellung Angst. Ich zog es vor, in Ungewißheit zu leben, statt die Wahrheit zu erfahren, die unsere Beziehung für immer beenden würde.

Ich war sehr jung und unerfahren, und wenn er nicht kam, war das Leben langweilig. Ich wäre gern älter gewesen, denn dann hätte ich mich besser gekannt und wäre mir über meine Gefühle im klaren gewesen. Ich hätte imstande sein müssen, ihn zu fragen, was wirklich geschehen war, und hätte mich dann mit der Wahrheit abfinden müssen – doch ich war nicht dazu fähig.

»Für wann ist Ihre Reise nach Australien vorgesehen?« erkundigte sich Rolf bei Vater.

»Ach, so etwas will sorgfältig geplant sein. Außerdem bin ich meiner Sache noch nicht sicher und muß mir Verschiedenes überlegen.«

Nachher sagte ich zu Mutter: »Diese Reise wird genauso wenig zustande kommen wie alle anderen, von denen Vater bisher gesprochen hat. Er hängt viel zu sehr an Cador, um es für längere Zeit zu verlassen.«

Sie war meiner Meinung. »Ich werde ihm zureden, den Besitz an Gregory Donnelly zu verkaufen und Australien zu vergessen.«

»Das wird ihm bestimmt sehr schwerfallen. Australien war ein wichtiger Abschnitt in seinem Leben, und er will ihn nicht gänzlich aus seinem Dasein streichen.«

»Ich weiß nicht, ob es gut ist, wenn man sich so an seine Erinnerungen klammert. Aber wir fahren ja demnächst nach London und Eversleigh. Ich möchte Amaryllis wiedersehen, und du bist gern mit Helena zusammen. Sie wird dir genau erklären können, was du bei deiner Einführung in die Gesellschaft tun mußt und was nicht.«

»Muß das unbedingt sein?«

»Ein junges Mädchen braucht gesellschaftliche Kontakte. Du wirst natürlich die ganze Saison mitmachen und auf Bälle, Parties und so weiter gehen.«

Ich verzog das Gesicht.

»Ach komm schon, Annora, es wird dir Spaß machen. Du mußt die Welt kennenlernen; du kannst dich nicht ewig in Cornwall verkriechen. Außerdem wirst du eines Tages heiraten, und da ist es gut, wenn du vorher mehr Menschen kennengelernt hast.«

»Es kommt mir ziemlich grob vor. Helena hat es auch so empfunden. Man wird vorgeführt wie eine Kuh auf einem Viehmarkt, und wenn sich keine Interessenten finden, ist es eine Katastrophe.«

»Die arme Helena«, meinte Mutter. »Sie ist ein so nettes Mädchen. Die Männer sind manchmal wirklich dumm. Sie übersehen ausgerechnet jene Mädchen, die die besten Ehefrauen abgeben würden.«

»Ich bin froh, daß Onkel Peter nicht mein Vater ist. Er ist zu ehrgeizig... sowohl für sich selbst als auch für seine Kinder.«

Als ich Peter erwähnte, preßte Mutter wie immer die Lippen zusammen, und ich bedauerte, daß ich auf ihn zu sprechen gekommen war.

»Ja«, gab sie zu. »Du hast Glück gehabt. Ich war immer der Meinung, daß ich den besten Vater der Welt habe, aber der deine steht ihm nicht nach.«

Ich schloß sie in die Arme. »Ich weiß. Deshalb tut mir Helena auch so leid, obwohl ich nicht glaube, daß er tatsächlich etwas gesagt hat. Es ist nur so, daß ihr Vater immer da ist, und daß alles, was er tut, richtig ist. Das gilt zwar auch für Papa, aber es gibt einem nicht das Gefühl, daß man minderwertig und nicht so erfolgreich ist wie er.«

»Er will vor allem, daß du glücklich wirst, und das will ich auch.«
»Ich weiß.«
»Magst du Rolf?«
»Warum fragst du das?«
»Ich hätte es gern gewußt, denn ich habe den Eindruck, daß er dir nicht gleichgültig ist.«
Ich wurde rot und stammelte: »Ja, ich habe ihn recht gern.«
»Nicht mehr?«
»Ja, also... ich habe ihn sogar sehr gern.«
Sie lächelte. »Dein Vater und ich haben ihn auch sehr gern.«
Ich antwortete nicht, und sie wechselte das Thema.
Anfang Juni verließen wir Cador. Jacco sollte später nachkommen, deshalb reiste nur ich mit meinen Eltern. Wir wollten einige Tage in London verbringen, bevor wir nach Eversleigh weiterfuhren. Wir stiegen im Haus der Familie in der Albemarle Street ab, und am nächsten Tag besuchten uns Amaryllis und Helena.
Sie luden uns für den gleichen Tag zum Abendessen ein, und wir nahmen gern an. Helena sah viel glücklicher aus als als bei unserem letzten Zusammensein, und ich fragte mich, was sich wohl ereignet hatte.
Während ihre Mutter und meine Eltern sich unterhielten, gingen wir auf mein Zimmer; sie konnte es offenbar nicht erwarten, es mir zu erzählen.
»Was ist geschehen?« fragte ich sofort.
»Ich habe jemanden kennengelernt.«
»Tatsächlich?«
»Er ist einfach bezaubernd, Annora. Ich kenne keinen Menschen, der so freundlich und reizend ist. Das gefällt mir so an ihm. Er ist nicht wie die anderen jungen Männer. Er ist sehr sanft und mag das gesellschaftliche Treiben genauso wenig wie ich.«
»Wer ist er?«

»Das Komische daran ist, daß er wirklich sehr bedeutend ist, jedenfalls ist es seine Familie. Er ist jung, sogar um zwei Jahre jünger als ich... aber er ist reizend.«

»Das hast du schon einmal festgestellt. Jetzt erzähle mir mehr über diesen reizenden jungen Mann.«

»Er ist John Milward. Lord John Milward. Hast du schon von den Milwards gehört?«

»Leider nicht.«

»Eine sehr angesehene Familie... Herzöge von Cardingham. Zum Glück ist John der jüngere Sohn. Das Erstaunlichste daran ist, daß er mich überhaupt bemerkt hat. Es war bei einem Tanzabend. Ich hatte mich hinter ein paar Topfpflanzen versteckt, er kam zufällig vorbei, wir unterhielten uns, und es stellte sich heraus, daß wir beide am liebsten woanders gewesen wären. Es war das erste Mal, daß ich mich bei einem gesellschaftlichen Anlaß gut unterhalten habe. Und stell dir nur vor... er behauptete das gleiche von sich.«

»Bist du nachher wieder mit ihm zusammengekommen?«

»O ja, wir haben uns bei anderen Gelegenheiten wiedergesehen und finden einander sogar auf Bällen.«

»Das ist wunderbar. Was sagt dein Vater dazu?«

»Er weiß nichts davon. Bis jetzt weiß es niemand.«

»Deine Eltern haben es bestimmt bemerkt. Mütter mit heiratsfähigen Töchtern entwickeln einen sechsten Sinn.«

»Ich kann nur hoffen, daß das nicht der Fall ist, denn es wird nichts daraus werden.«

»Warum denn?«

»Weil er so jung ist.«

»Dein Vater hätte bestimmt nichts dagegen.«

»Im Gegenteil, er wäre begeistert. Die Milwards sind eine der ältesten Familien des Landes.«

»Du glaubst, daß sie nicht damit einverstanden wären?«

»Ich weiß nicht recht.«

»Unsere Familie ist auch nicht zu verachten.«

»Aber mein Vater ist Kaufmann. Andererseits ist bekannt,

daß die Milwards verarmt sind... und mein Vater ist sehr reich.«

»Laß nicht zu, daß die Gesellschaft eine Verbindung zwischen Geld und Adel verhindert.«

»Es ist für mich so wichtig, Annora.«

»Das habe ich bemerkt, und ich kann nur hoffen, daß alles sich zum Guten wendet. Es wäre wunderbar. Ich freue mich schon jetzt darauf, daß ich euer Landhaus besuchen werde. Wenn ich mir vorstelle, daß du Lady John sein wirst...«

»Ich bin so froh, daß er der jüngere Sohn ist.«

»Ich finde es wunderbar, Helena, aber jetzt müssen wir wieder zu unseren Eltern hinuntergehen.«

Ich erwähnte nicht einmal meiner Mutter gegenüber, was Helena mir anvertraut hatte, denn sie hatte darauf bestanden, daß es ein Geheimnis bleiben müsse. Ich hoffte inbrünstig, daß es gut gehen würde. Sie war ein anderer Mensch geworden und machte nicht mehr den Eindruck, daß sie sich ständig wegen ihrer Unzulänglichkeit entschuldigte.

Das Dinner an diesem Abend glich beinahe einem Festessen, obwohl nur die Familie anwesend war. Die Lansdons empfingen oft Gäste, und es war offenbar unmöglich, in dem großartigen Speisesaal ein einfaches Abendessen zu geben. Tante Amaryllis fand, daß wir Glück hatten, weil Peter daran teilnehmen konnte, und seine Anwesenheit verlieh der Mahlzeit eine gewisse Würde.

»Seine Arbeit hält in oft von uns fern«, erklärte Tante Amaryllis. »Er muß immer wieder an wichtigen Komiteesitzungen teilnehmen, vor allem, seit er Mitglied des Parlaments ist.« Sie sprach beinahe ehrfürchtig von ihm. Ich hatte das Gefühl, daß es nicht angenehm sein konnte, mit einem solchen Menschen zusammenzuleben. Helena und Peterkin waren bestimmt meiner Meinung, aber Amaryllis benahm sich wie der Schüler eines Meisters, der seinem Herrn im Tempel diente.

Onkel Peter behauptete, daß er sich über unsere Anwesenheit sehr freute.

»Wir erkunden das Terrain«, erwiderte mein Vater. »Annora muß in die Gesellschaft eingeführt werden.«

»Sie ist sogar etwas spät dran«, ergänzte meine Mutter. »Im Herbst wird sie achtzehn.«

»Infolge der letzten Ereignisse hat sich vieles verzögert«, meinte Tante Amaryllis. »Am Hof hat ein fürchterliches Durcheinander geherrscht. Der König und die arme Königin Adelaide waren so lange krank. Jetzt sitzt eine junge Königin auf dem Thron, und dadurch wird sich zweifellos vieles ändern.«

»Hast du sie kennengelernt?« fragte ich eifrig.

»Wir haben im November am Guildhall-Dinner teilgenommen«, erwiderte Onkel Peter.

»Wie ist sie?«

»Ganz entzückend.« Tante Amaryllis wandte sich ihren Kindern zu. »Ihr habt sie ja gesehen, als sie in ihrer Kutsche ausfuhr?«

»Sie sieht sehr jung und selbstsicher aus«, meinte Helena.

»In ihrer Stellung muß sie selbstsicher sein«, fügte Peterkin hinzu.

»Sie ist jedenfalls sehr zuversichtlich«, erklärte Onkel Peter. »Es ist gut für das Land, wenn es eine junge Königin hat, die beim Volk beliebt ist. Die Leute haben genug von alten Tattergreisen.«

»Peter!« Tante Amaryllis war entsetzt und gleichzeitig entzückt.

»Es stimmt, meine Liebe. George war am Ende senil, und William hat ein Talent dafür gehabt, sich lächerlich zu machen.« Er hob sein Glas. »Lang lebe Victoria! Gott schütze die Königin!«

Wir stießen darauf an.

»Werdet ihr zur Krönung nach London kommen?« fragte Tante Amaryllis.

»Na ja...« begann mein Vater.

»Ihr müßt kommen«, unterbrach ihn Onkel Peter. »Es ist ein historisches Ereignis.«
»Wir müssen sehen, wie die Dinge in Eversleigh stehen.«
»Darum kümmert sich ja Jonathan.«
Meine Mutter sah Onkel Peter an. »Es hat eine Zeit gegeben, in der du der Ansicht warst, Jonathan wäre nicht imstande, Eversleigh richtig zu verwalten.«
Er warf ihr einen seltsamen Blick zu, als hätte ihre Bemerkung eine tiefere Bedeutung und als fiele es ihm schwer, nicht zu zeigen, wie sehr sie ihn amüsierte. »In diesem Fall habe ich mich geirrt. Du wirst zugeben, daß es selten vorkommt, aber hier war es so.«
»Die Krönungsfeierlichkeiten werden aufregend sein«, meinte Tante Amaryllis.
»Es wird mehrere große Bälle, Nachmittagsaudienzen und einen Empfang bei Hof sowie ein Festkonzert geben«, fügte Onkel Peter hinzu.
Tante Amaryllis sah ihren Mann stolz an und sagte dann zu ihren Kindern: »Euer Vater wird natürlich in der Lage sein, jede dieser Veranstaltungen zu besuchen.«
Onkel Peter lächelte zärtlich und ich dachte: Sie ist die vollkommene Frau; sie findet, daß ihr Mann immer recht hat, lacht über seine Witze und liebt ihn, ohne Fragen zu stellen. Es gibt sicherlich nur wenige vollkommene Ehefrauen, und es ist typisch für Onkel Peter, daß es ihm gelungen ist, eines dieser seltenen Exemplare zu erobern. Meine Eltern liebten einander innig, aber sie waren keineswegs immer der gleichen Meinung. Bei meinen Großeltern war es genauso gewesen, und Jonathan und Tamarisk führten eine stürmische Ehe. Dennoch handelte es sich bei allen um Liebesheiraten. Vom Standpunkt des Ehemannes aus war aber Tante Amaryllis die einzige vollkommene Frau.
»Meine Liebe«, erwiderte er liebevoll, denn angesichts dieser uneingeschränkten Bewunderung mußte jeder Mann liebevoll reagieren. »Ich muß abwarten, ob meine Anwe-

senheit erwünscht ist. Aber ich bin davon überzeugt, daß wir zumindest einen der Bälle besuchen werden.«
Er sah mich an. »Es wird uns leider unmöglich sein, dich mitzunehmen, Annora, weil du noch nicht in die Gesellschaft eingeführt bist.«
»Ich habe nicht damit gerechnet«, erwiderte ich. »Außerdem weiß ich nicht, ob wir zu dieser Zeit überhaupt in London sein werden.«
Vater zögerte. »Ich würde nur sehr ungern länger bleiben. Ich möchte nach Australien reisen und muß vorher zu Hause vieles regeln.«
»Nach Australien!« wiederholte Onkel Peter. »Wie interessant. Jugenderinnerungen auffrischen, nicht wahr?«
»Genau. Ich habe dort unten einen Besitz.«
»Die Reise wird bestimmt sehr interessant werden.«
»Peter hat ein wunderbares Projekt in Aussicht, nicht wahr, Peter?« mischte sich Amaryllis ein.
Er blickte sie mit zärtlicher Verzweiflung an, freute sich aber in Wirklichkeit über ihre Bemerkung, weil er jetzt über einen weiteren Triumph berichten konnte.
»Unsere Gäste interessieren sich bestimmt nicht...« begann er vorwurfsvoll.
»Natürlich interessiert es uns«, unterbrach ihn Vater. »Was hast du jetzt wieder erreicht? Ich weiß, daß du an Erfolge gewöhnt bist, Peter, aber wir Landbewohner hören gern von den großen Leistungen der Regierung. Was ist es diesmal? Steht eine Wahl bevor?«
»Nicht in unmittelbarer Zukunft. Die Whigs sind ihrer Sache nicht sehr sicher, wie ihr wißt. Obwohl sich Melbourne sehr gut mit der Königin versteht.«
»Wir haben sogar auf dem Land davon gehört«, meinte meine Mutter, »wie gut die Beziehung zwischen den beiden ist.«
»Und das bedeutet«, fuhr Onkel Peter fort, »daß die Whigs dank dieses Mannes die Königin am Gängelband führen. Das wird man nicht lange dulden.«

»Du meinst die Tories?«
»Genau.«
»Und welchen teuflischen Plan hast du ausgeheckt, um deine Konkurrenten aus dem Sattel zu heben?« erkundigte sich mein Vater.
»Nichts dergleichen. Alles wird sich von selbst ergeben.«
»Und sobald die Regierung von Sir Robert Peel an die Macht gelangt...« Tante Amaryllis himmelte ihren Mann an. »Ein Posten in der Regierung?« fragte Vater. »Das war bei dir zu erwarten, Peter. Aber wir sind vom Thema abgekommen. Du wolltest uns von deinem neuesten Triumph berichten.«
»Wir können es kaum erwarten.« Mutter blickte Onkel Peter kühl an.
»Ja, also«, begann Onkel Peter scheinbar zögernd. »Bis jetzt steht noch nichts fest. Wir sind im Begriff, eine Kommission zu bilden. In der Hauptstadt nehmen die Laster überhand. Rauschgift...«, er warf mir einen Blick zu und zögerte. Wahrscheinlich fand er, daß es angesichts meiner Jugend nicht ratsam war, gewisse Themen aufs Tapet zu bringen.
»Unziemliches Verhalten«, fuhr er fort. »Den Vorsitz in dieser Kommission wird ein Politiker innehaben.«
»Du?« fragte Mutter ausdruckslos. Er lächelte sie an, als hätte sie etwas sehr Amüsantes gesagt. »Ich bin noch nicht sicher, denn es ist eine Frage der Parteipolitik. Im Augenblick ist es ein Kopf-an-Kopf-Rennen zwischen Joseph Cresswell und mir.«
»Wenn Peter den Vorsitz bekommt und erfolgreich ist, würden ihm mehrere Türen offenstehen«, warf Tante Amaryllis ein. »Denkst du dabei an das Innenministerium, Peter?«
»Wenn Melbournes Whigs geschlagen sind und Peels Tories die Oberhand haben«, warf Vater ein.
»Ja, das ist natürlich die Voraussetzung dafür«, gab Peter zu, »aber früher oder später kommt es soweit.«

»Es ist also wirklich nur die Frage, wer von euch beiden die Nase vorn hat«, stellte mein Vater fest.
»Genau so ist es.«
»Sie werden doch nicht so unvernünftig sein und Cresswell auf diesen Posten setzen«, meinte Tante Amaryllis erregt.
»Nicht jeder Mensch besitzt deinen Scharfblick, meine Liebe.« Onkel Peter sah sie wieder voller Zuneigung an.
»Cresswell ist natürlich sehr populär«, gab mein Vater zu. »In der Kommission für die Kanäle hat er großen Erfolg gehabt. Ich würde annehmen, daß er im nächsten Melbourne-Kabinett einen sehr hohen Posten einnehmen wird.«
»Das ist sehr gut möglich, allerdings nur, wenn er den Vorsitz in dieser Kommission erhält und die Aufgabe erfolgreich löst.«
»Aber dieser Fall wird ja nicht eintreten, nicht wahr?« fragte Vater. »Du wirst ihn doch bestimmt schlagen.«
Onkel Peter zuckte die Schultern. »Melbourne steht hinter Cresswell und seine Macht nimmt von Woche zu Woche zu. Er weiß genau, wie man die Königin behandeln muß, und dadurch ist er für seine Partei ein wichtiger Mann.«
»Du hast jedoch bereits festgestellt, daß er auf unsicherem Boden steht.«
»Meiner Meinung nach wird diese Frage entschieden werden, noch bevor wir die alte Regierung los sind.«
»Das klingt, als wäre dein Feind im Vorteil.«
»Cresswell ist nicht mein Feind. Außerhalb des Parlaments sind wir sogar gute Freunde. Ich achte und bewundere Cresswell. Er ist ein tüchtiger Politiker, auch wenn er auf der falschen Seite steht.« Onkel Peter lachte. »Aber er ist trotzdem ein bewundernswerter Mann. Er führt ein gutes Familienleben, und solche Männer braucht Melbourne, der kein Unschuldsengel ist. Wir besuchen einander gegenseitig. Es ist eine sehr angenehme Familie, nicht wahr, meine Liebe?«

»Sie sind bezaubernd«, bestätigte Tante Amaryllis. »Ich mag sie alle. Die Kinder, Joe und Frances, sind besonders reizend.«

»Und sie tun immerzu gute Werke«, meinte Onkel Peter. »Wie du siehst, stehe ich einem ernstzunehmenden Rivalen gegenüber.«

»Du hast doch zweifellos mehr Eisen im Feuer.«

»Das muß man wohl.«

Kurz darauf ließen wir die Männer bei ihrem Portwein sitzen und begaben uns mit Tante Amaryllis in den Salon.

»Es tut mir leid, daß ihr nicht länger in London bleibt«, sagte Tante Amaryllis.

»Ich würde unseren Aufenthalt gern verlängern, aber wir müssen nach Eversleigh«, bedauerte Mutter.

»Diese Besuche müssen dich sehr traurig stimmen, Jessica, seit deine Eltern nicht mehr am Leben sind.«

Mutter nickte. »Es kann nie wieder so sein wie früher, aber trotzdem freut sich Claudine, wenn wir sie besuchen, und Jonathan und Tamarisk sind auch noch da.«

»Die beiden sind ein sympathisches Paar. Meine Mutter kommt gelegentlich zu uns, aber mein Vater läßt das Gut nicht gern allein.«

»Es hat sich sehr viel verändert, Amaryllis, nicht wahr?«

»So ist es nun einmal im Leben, aber wir haben mit unseren Ehen wirklich Glück gehabt, du mit deinem Jake, ich mit meinem Peter. Ich hoffe nur, daß Helena, Peterkin und Annora es genauso gut treffen werden. Das gilt natürlich auch für Jacco. Ich wäre froh, wenn Peterkin endlich einen Entschluß in Bezug auf seine Zukunft fassen würde. Helena, warum überredest du eigentlich Annora nicht dazu, bei uns zu bleiben, während ihre Eltern nach Eversleigh fahren?«

Helenas Gesicht leuchtete auf. »Das wäre herrlich.«

Sie sah meine Mutter bittend an und wandte sich dann an mich. »Hättest du Lust, Annora?«

»O ja. Ich würde sehr gern die Festlichkeiten anläßlich der

Krönung sehen. Außerdem bin ich gern mit dir zusammen, Helena.«
»Es gibt eigentlich keinen Grund, warum du nicht hierbleiben solltest«, meinte Mutter. »Schließlich bietet dir London mehr Abwechslung.«
»Dafür würden wir schon sorgen«, bestätigte Tante Amaryllis. »Nicht wahr, Helena?«
»Es wäre wunderbar«, wiederholte diese.
Am nächsten Tag beschlossen meine Eltern, mich bis zu ihrer Rückkehr aus Eversleigh bei den Lansdons zu lassen.

Ich lernte John Milward im Park kennen. Meine Eltern waren nach Eversleigh gefahren, und ich genoß das Zusammensein mit Peterkin und Helena. Sobald Peterkin das Haus verließ, wurde er zu einem anderen, viel gelösteren Menschen. Das war ein weiterer Hinweis darauf, wie anstrengend es war, im Schatten eines so erfolgreichen Vaters zu leben.
Zu unserem Vergnügen schliefen Helena und ich in einem Zimmer und konnten so vor dem Einschlafen über sämtliche Vertraulichkeiten miteinander plaudern. Ich lernte sie dadurch viel besser kennen und begriff, daß sie sich immer einfältig und dumm vorgekommen war, weil ihr das Lernen schwer fiel. Als sie dann bei ihrem Debut feststellen mußte, daß sie keine besondere Anziehungskraft auf das andere Geschlecht ausübte, war das für sie wie eine Ohrfeige gewesen.
Doch jetzt war alles anders. John Milward war in ihr Leben getreten.
Manchmal begleitete Peterkin Helena und mich, wenn wir ausgingen. Am meisten hatten es mir die Londoner Parks angetan. Wir schlenderten durch den St. James's Park und den Queen's Park zum Hyde Park und den Kensington Gardens. Wir gingen an der Serpentine vorbei, blieben beim Round Pond stehen und blickten zum Kensington-Palast hinüber, in dem die Königin ihre Kindheit verbracht

hatte. Jetzt wohnte sie im Buckingham-Palast, und ich hoffte immer, daß ich sie einmal zu Gesicht bekommen würde, wenn sie in ihrer Kutsche ausfuhr. Das Volk freute sich darüber, daß ein junges Mädchen Königin war.
Als wir in den Hyde Park gelangten, machte mich Peterkin auf Apsley-House aufmerksam, das dem Herzog von Wellington gehört hatte.
»Und damit du es ja nicht übersiehst«, fügte er hinzu, »das dort ist die große Achillesstatue, die man zu Ehren des Herzogs aufgestellt hat.«
Es war eine massige, betont männliche Gestalt, die die Macht und die Größe des Herzogs symbolisieren sollte. Die Inschrift besagte, daß die Statue Arthur Wellesley, Herzog von Wellington, und seinen tapferen Waffengefährten gewidmet war; sie war aus Kanonen gegossen worden, die der Herzog in seinen Schlachten, auch der von Waterloo, erobert hatte. Das erforderliche Geld hatten die englischen Frauen gespendet.
»Um diese Statue hat es eine Menge Diskussionen gegeben«, erzählte Peterkin. »Manche Leute halten sie für vulgär, andere finden, daß sie ein geniales Meisterwerk ist.«
»Bei Kunstwerken sind solche Meinungsverschiedenheiten keine Seltenheit«, meinte ich. »Die Menschen kritisieren alles Neue; wenn die Mehrheit jedoch irgendwann findet, daß es sich um ein Meisterwerk handelt, sind plötzlich alle der gleichen Meinung. Man muß den Menschen offenbar sagen, was sie denken sollen.«
»Wenn ich diese Statue betrachte«, meinte Peterkin, »denke ich daran, in die Armee einzutreten.«
»Noch vor kurzem warst du der Meinung, daß du ins Parlament willst«, rief ihm Helena ins Gedächtnis.
Peterkin verzog das Gesicht. »Stell dir einmal vor, daß ich auf unseren Vater folgen würde. Alle würden finden, daß ich ihm nicht das Wasser reichen kann.«

»Du könntest auch besser sein als er«, widersprach ich.
»Das ist unmöglich.«
In diesem Augenblick kamen zwei junge Männer auf uns zu, und noch bevor jemand ein Wort sprach, erkannte ich an Helenas Gesichtsausausdruck, daß einer von ihnen John Milward sein mußte.
»Daß man sich ausgerechnet hier trifft«, begrüßte er Helena. An der Art, wie die beiden einander ansahen, merkte man sofort, daß das Zusammentreffen kein Zufall war, und ich erinnerte mich daran, daß Helena darauf bestanden hatte, mir die Achillesstatue zu zeigen, und daß sie uns daran gehindert hatte, weiterzugehen.
»Das ist Lord John Milward, Annora«, stellte sie ihn vor. Er beugte sich über meine Hand. Ja, er machte einen sehr angenehmen Eindruck. Am auffallendsten war jedoch seine Jugend. Er sah jünger aus als Peterkin, und dabei war dieser um zwei Jahre jünger als Helena. Lord John kam mir irgendwie schwächlich vor; seine Augen waren groß und braun und sehr sanft. Vielleicht hatte ich den Achilles zu lange betrachtet.
Er lächelte Helena zärtlich an, und ich war davon überzeugt, daß er sie wirklich liebte.
Dann wurde mir der zweite junge Mann vorgestellt. Es war John Cresswell, also der Sohn des Mannes, den mein Vater lachend als Onkel Peters Feind bezeichnet hatte.
Wir blieben eine Weile stehen und unterhielten uns. Peterkin erklärte, daß Helena und er eben dabei waren, mir die Sehenswürdigkeiten von London zu zeigen. Als ich erwähnte, daß ich aus Cornwall kam, erwachte John Cresswells Interesse, und er stellte mir verschiedene Fragen, weil er diesen Teil Englands kaum kannte.
Ich ging mit Peterkin und Joe Cresswell voraus, und Helena und John Milward folgten uns. Wir schlenderten am Row entlang, und Peterkin erklärte mir, daß er früher einmal »der Ring« geheißen hatte, gewissermaßen eine Flanierstraße für die elegante Welt.

»Ich muß dir übrigens etwas verraten, Peterkin«, unterbrach ihn John Cresswell. »Ich werde wahrscheinlich bei der nächsten Wahl kandidieren. Ich bin an und für sich einer der in Frage kommenden Kandidaten, und mein Vater findet, daß meine Chancen nicht schlecht stehen.«
»Das ist eine sehr gute Nachricht«, antwortete Peterkin.
»Falls ich es schaffe. Es heißt aber allgemein, daß die Partei die nächste Wahl verlieren wird.«
»Das habe ich auch schon gehört«, bestätigte Peterkin.
Joe Cresswell wandte sich an mich. »Sie müssen entschuldigen, Miss Cadorson. Das alles ist für Sie sicherlich sehr langweilig.«
»Nicht im geringsten, im Gegenteil, es interessiert mich sehr. Wenn ich in London bin, habe ich das Gefühl, mich in einer anderen Welt zu befinden. Es ist so aufregend. Durch das Landleben wird man offenbar etwas träge.«
»Manche Leute ziehen das Landleben vor«, wandte Peterkin ein. »Es hängt ganz von den Vorlieben des einzelnen ab.«
»Ich ziehe auf jeden Fall vor, dort zu leben, wo etwas los ist«, meinte Joe Cresswell.
Wir erreichten die Serpentine und gingen an ihrem Ufer entlang. Joe Cresswell wollte wissen, wie lange ich in London bleiben würde, und ich sagte ihm, daß ich es nicht wüßte, weil meine Eltern unsere Verwandten in Kent besuchten. Sie würden mich auf dem Heimweg in London abholen.
»Annora wird nächstes Jahr in die Gesellschaft eingeführt«, erklärte Peterkin. »Aber vorher unternimmt sie noch mit ihrer Familie eine Reise nach Australien.«
»Das hat mein Vater jedenfalls vor«, warf ich ein. »Aber das Ganze steht noch nicht fest.«
Wir setzten uns auf eine Bank und sahen zu, wie zwei Kinder und ihre Kindermädchen den Enten Brotkrumen zuwarfen.
Helena und John Milward traten zu uns. »Wir gehen noch

ein Stückchen weiter«, meinte John, »und treffen euch später wieder.«
Peterkin und Joe lächelten einander verständnisvoll zu.
Ich mochte Joe Cresswell, weil er sich vollkommen ungezwungen benahm. Er erwähnte sehr oft seinen Vater, an dem er offensichtlich hing.
»Hoffentlich bekommt er diesen Posten«, meinte er gerade. »Er legt großen Wert darauf. Es tut mir leid, Peterkin, aber wenn mein Vater es schafft, ist deiner aus dem Rennen.«
»Er kann beim nächsten Mal gewinnen. Doch Sie scheinen anzunehmen, daß die Entscheidung mehr oder weniger schon gefallen ist, nicht wahr?« fragte ich.
»Es muß unter uns bleiben, Miss Cadorson, aber ich glaube, ich kann Ihnen vertrauen. Lord Melbourne hat nämlich angedeutet...«
»Und er besitzt großen Einfluß, nicht wahr?«
»Natürlich möchte er unbedingt, daß ein Mitglied unserer Partei den Posten erhält.«
»Offenbar handelt es sich um eine sehr wichtige Entscheidung.«
»In der Politik spielen solche Dinge eine große Rolle. Und eines ergibt sich aus dem anderen. Deshalb ist es ja ein so spannendes Spiel.«
»Wann findet Ihre Nachwahl statt?«
»Erst in einigen Monaten.«
»Wenn du nominiert wirst, hast du gute Chancen«, meinte Peterkin. »Der Sitz wird traditionellerweise von den Whigs besetzt, und der Name deines Vaters hat Gewicht.«
Joe Cresswell lächelte. »Ich möchte eigentlich nicht deshalb gewählt werden, weil ich der Sohn meines Vaters bin.«
»Du kannst ja nichts dafür. Ihr habt sogar die gleichen Vornamen, nur nennt man dich Joe statt Joseph. Das kannst du nicht mehr ändern.«
»Das stimmt. Dir würde es ja auch nicht anders ergehen.«

»Ich würde immer im Schatten meines Vaters stehen, das ist einer der Gründe, warum ich nicht in die Politik gehen will. Ich hätte nichts dagegen, in seinem Unternehmen zu arbeiten, aber das will er nicht. Er behauptet, daß ich nicht das Zeug zum Geschäftsmann habe.«
»Wozu denn?«
»Das weiß ich nicht, obwohl mich die Politik interessiert.«
Wir schwiegen eine Zeitlang, dann wandte sich Joe Cresswell an mich. »Ich freue mich schon darauf, wenn Sie in die Gesellschaft eingeführt werden. Leider muß ich noch ein Jahr bis dahin warten. Ich hoffe nur, daß Sie nicht so bald nach Cornwall zurückfahren werden.«
»Ich bleibe bestimmt noch einige Wochen in London.«
Er lächelte strahlend.
»Dann hoffe ich, daß ich Sie bald wiedersehen kann.«
Helena und John Milward kehrten zurück, und wir stellten fest, daß es Zeit war, nach Hause zurückzukehren.
Es war ein sehr angenehmer Vormittag gewesen. Helena schwebte im siebten Himmel, und ich mußte zugeben, daß es mir Vergnügen bereitet hatte, mich mit Joe Cresswell zu unterhalten.

An diesem Abend trat der seltene Fall ein, daß Onkel Peter zu Hause aß, und während der Mahlzeit wurde die Begegnung im Park erwähnt.
Onkel Peter strahlte uns an.
»Findest du nicht, daß Joe ein reizender junger Mann ist, Annora?«
»O ja, Onkel, es war sehr interessant, mit ihm zu plaudern.«
Er wandte sich Tante Amaryllis zu. »Wir sollten die Cresswells wieder einmal zum Abendessen einladen.«
»Noch vor der Entscheidung?«
»Möglichst bald, meine Liebe. Ich möchte nicht, daß die Leute den Eindruck bekommen, zwischen uns gäbe es böses Blut, nur weil er die besseren Chancen hat. Wir sind

nämlich sehr gute Freunde. So geht es eben in der Politik. Im Parlament sind wir erbitterte Gegner, aber sobald wir das Gebäude verlassen, ist die Rivalität vergessen. Ja, lade Cresswell und seine Frau möglichst bald ein.« Er warf mir einen Blick zu. »Wenn du willst, kannst du Joe einladen.«
Drei Tage später kamen sie, und es wurde ein überaus erfreulicher Abend. Mr. und Mrs. Cresswell gefielen mir auf den ersten Blick. Er war ernst und sehr korrekt; sie war fröhlich und etwas oberflächlich, das genaue Gegenteil ihres Mannes, aber sehr häuslich, freundlich, mütterlich, überhaupt nicht scharfsinnig. Dennoch waren sie das ideale Paar. Joe saß beim Abendessen neben mir; wir unterhielten uns angeregt, auch darüber, daß er hoffte, in die Fußstapfen seines Vaters treten zu können.
»Wie die Pitts«, bemerkte ich.
»Sie schmeicheln uns... oder zumindest mir.«
»Das kann man nie wissen. Erst wenn jemand eine Chance erhält, stellt sich heraus, ob er sie nützen kann. Wir müssen abwarten.«
Onkel Peter blickte wohlwollend zu uns herüber, als freue es ihn, daß wir uns so gut verstanden.
Nachher musizierten wir ein wenig. Helena sang, ich spielte Klavier, und Joe blätterte die Noten um.
Ich hielt es für äußerst lobenswert von Onkel Peter und Mr. Cresswell, daß sie so freundschaftlich miteinander verkehrten und keine Verbitterung aufkommen ließen, obwohl beide diesen wichtigen Posten anstrebten.
Wir kamen auf das Landhaus der Cresswells in Surrey zu sprechen. Mrs. Cresswell erzählte, daß es am Wochenende immer voll junger Leute war. Die Cresswells waren eine große Familie – drei Jungen und drei Mädchen. Joe war eines der jüngeren Kinder.
Mrs. Cresswell hatte offenbar bemerkt, wie gut Joe und ich uns vertrugen, denn sie meinte: »Sie müssen uns einmal über das Wochenende besuchen, Miss Cadorson... bevor Sie nach Cornwall zurückkehren.«

»Das müßte bald geschehen«, meinte Tante Amaryllis. »Sir Jake ist ein Mann der raschen Entschlüsse. Es ist gut möglich, daß er nächste Woche hier eintrifft und erklärt, daß sie sofort nach Cornwall zurückfahren müssen, um Vorbereitungen für die Reise nach Australien zu treffen.«
»Australien«, meinte Joe. »Das klingt aufregend.«
»Mein Vater besitzt dort eine Farm. Er hat sich vor langer Zeit in Australien aufgehalten.«
Tante Amaryllis wirkte etwas verlegen, und Onkel Peter lächelte amüsiert.
»Diese Reise wird bestimmt ein Erlebenis«, sagte Joe.
»Dann müssen wir Ihren Besuch sofort festlegen«, wandte sich Mrs. Cresswell an mich. »Wir wäre es mit nächstem Wochenende?«
Ich sah Tante Amaryllis an. »Warum nicht?« meinte sie. »Falls du Lust dazu hast, Annora.«
»Ich würde mich sehr freuen.«
»Natürlich müssen Helena und Peterkin Sie begleiten«, fügte Mrs. Cresswell hinzu.
Es war also abgemacht.

Ich sah Joe noch vor dem Wochenende wieder, und zwar im Park, wo er mit John Milward auftauchte. Helena war entzückt, denn sie nahm an, daß sich zwischen John und mir eine Romanze anbahnte.
Soweit wollte ich nicht gehen. Ich mochte Joe, aber ich verglich ihn wider Willen immer mit Rolf, und obwohl Joe sehr charmant war, fiel der Vergleich nicht zu seinen Gunsten aus. Das kam vermutlich daher, daß ich in meiner Jugend Rolf vergöttert und dadurch heute noch das Gefühl hatte, daß er unvergleichlich war. Er besaß eine sehr starke männliche Ausstrahlung, genau wie mein Vater und mein Großvater, letzterer sogar noch als alter Mann. Diese Eigenschaft fehlte Joe völlig. Er wirkte wesentlich verletzlicher als andere Männer und im Vergleich zu Rolf beinahe knabenhaft. Hätte nicht die schreckliche Nacht zwischen

uns gestanden, wäre Rolf bestimmt meine große Liebe geworden. Vielleicht war es sogar trotzdem der Fall. Deshalb klammerte ich mich an meine ursprüngliche Vorstellung von ihm und redete mir ein, daß es sich um einen Irrtum handeln mußte. Dennoch war ich nie imstande gewesen, ihn danach zu fragen, und der Grund dafür war meine Angst vor der Antwort.
Würde ich immer an Rolf denken müssen? Würde er immer zwischen mir und anderen Männern stehen, die mir gefielen?
Joe interessierte sich für mich. Das nahm Helena jedenfalls an, und Onkel Peter und Tante Amaryllis waren ebenfalls dieser Meinung. Tante Amaryllis mochte es, wenn junge Menschen miteinander glücklich und ineinander verliebt waren, vor allem, wenn ihre Eltern damit einverstanden waren. Onkel Peter war wahrscheinlich deshalb zufrieden, weil er so beweisen konnte, daß es trotz der Rivalität zwischen ihm und Joseph Cresswell keinen Groll gab.
Das Wochenende geriet zu einem überaus erfreulichen Erlebnis.
Das Haus der Cresswells lag in Surrey inmitten der üppig grünen Landschaft, die so ganz anders ist als das wilde und beinahe unheimliche Cornwall. Hier sahen die Felder aus, als wären sie gemäht, und die Bäume, als wären sie veredelt worden; sie wurden nicht von Frühlingsstürmen zerzaust, wie es bei uns der Fall war. Man spürte den Wohlstand sogar auf den Straßen. Die Felder waren voller Butterblumen und Gänseblümchen, und wir kamen unterwegs durch etliche kleine Dörfer mit Dorfplätzen, alten Kirchen und Altersheimen, und alles war so sauber, ordentlich und heimelig. Die Dörfer in Cornwall verfügten nicht über solchen Wohlstand, und auch die architektonisch schönen Bauernhäuser gab es bei uns nicht.
Rolf hatte einmal festgestellt, daß dies den Unterschied zwischen angelsächsischer Disziplin und keltischem Laisser-faire ausmachte.

Das Haus der Cresswells war groß, und die Räume waren gemütlich. Sobald man es betrat, hatte man den Eindruck, daß es nicht als Schaustück gedacht war, sondern daß seine Bewohner sich wohlfühlen wollten. Im großen Wohnzimmer, dessen Flügeltüren auf den gepflegten Rasen führten, lagen überall Bücher, sogar auf dem Boden; außerdem gab es einen großen Kamin, vor dem ein langer Schemel stand. Es war ein Raum, in dem man sich sofort zu Hause fühlte, weil er nichts Förmliches an sich hatte.
Mrs. Cresswell begrüßte uns, umarmte uns herzlich und beteuerte, daß sie sich über unseren Besuch sehr freue.
Dann wollte sie wissen, ob es mir etwas ausmachen würde, mit Helena in einem Zimmer zu schlafen. Das Haus war voller, als sie erwartet hatte, denn Frances war überraschend gekommen.
»Die liebe Frances hat immer so viel zu tun«, erklärte sie, »deshalb freue ich mich, wenn sie einmal Zeit für uns findet.«
Ich wurde den anwesenden Familienmitgliedern vorgestellt. Zwei Töchter waren verheiratet – die eine lebte in Sussex, die andere im Norden. Flora, die Tochter aus dem Norden, weilte mit ihren Kindern zu Besuch.
»Das Haus platzt aus allen Nähten«, lächelte Mrs. Cresswell, »aber ich muß zugeben, daß mich diese Tatsache nicht im geringsten stört.«
Flora war eine reizende junge Frau mit ebenso reizenden Kindern. Joes Bruder Edgar war Arzt; seine Praxis lag in der Nähe, und er war gerade mit seiner Frau unangesagt zum Abendessen gekommen. Am interessantesten war aber Frances Cresswell.
Sie war sehr ernst, und man hatte sofort den Eindruck, daß sie äußerst zielstrebig war. In ihrem Wesen erinnerte sie an Joe, hatte aber auch viel von ihrem Vater an sich.
»Das ist meine Schwester Frances«, stellte Joe sie mir stolz vor.
»Ich freue mich, Sie kennenzulernen«, sagte ich.

»Auch ich freue mich«, antwortete sie. »Joe hat mir viel von Ihnen erzählt.«
Peterkin trat zu uns.
»Frances leistet sehr gute Arbeit«, bemerkte er. »Du bist einfach wunderbar, Frances.«
»Da solltest du mich an einem schlechten Tag erleben. Ich kann eine richtige Xanthippe sein.«
»Du mußt auch mit sehr vielem fertig werden. Frances leitet nämlich im Londoner East End eine Mission, Annora.«
»Eine Mission?«
»So nennen wir es. Wir tun für Menschen, die aus der Bahn geworfen wurden, was in unserer Macht steht. In London gibt es entsetzlich viel Armut. Man muß die Gegensätze in einer großen Stadt selbst erleben, sonst hat man keine Vorstellung von ihnen.«
»Und was tun Sie genau?«
»Wir versuchen, Menschen zu helfen, die in Not geraten sind. Wir betreiben Küchen, in denen wir Suppe und Brot an die Hungernden verteilen. Wir halten Betten für Leute bereit, die kein Dach über dem Kopf haben. Wir versuchen, ihnen aus ihren Schwierigkeiten herauszuhelfen. Leider können wir nur wenig tun... aber wir geben nicht auf.«
»Ich habe auch dort gearbeitet«, warf Joe ein. »Es ist sehr aufschlußreich. Es ist erschütternd und doch gleichzeitig befriedigend, weil man etwas tut, auch wenn es nur ein Tropfen auf den heißen Stein ist.«
Ich schämte mich meiner Unwissenheit, denn ich hatte London immer als großartig und wohlhabend empfunden. Ich hatte in den beiden Poldereys Armut gesehen, wußte, daß es Mißernten gab und daß die Fischer bei schlechtem Wetter nicht auslaufen konnten. Ich wußte, daß es in den Bergwerken zu Unfällen kam und daß Familien dadurch ihren Ernährer verloren – doch dann gab es die Landedelleute, wie meinen Vater, die den Notleidenden halfen. In

der großen Stadt war es natürlich etwas anderes. Dort gab es keine Landedelleute, keinen gütigen Grundbesitzer, der sich für seine Pächter verantwortlich fühlte. Dort brauchte man Menschen wie Frances.

Ich wollte mehr darüber erfahren.

»Wenn es Sie wirklich interessiert, können Sie Frances ja einmal besuchen und selbst sehen, was sie tut«, schlug Joe vor.

»Das würde ich gern tun.«

»Ich war dort«, erzählte Peterkin. »Es ist deprimierend, aber ich finde, daß die Menschen darüber Bescheid wissen sollten. Bist du nicht auch dieser Meinung, Frances?«

»Ich bin davon überzeugt, daß man alle Menschen über diese Zustände unterrichten sollte.«

»Ich werde dich zu Frances' Mission begleiten, Annora«, machte sich Peterkin erbötig.

Als wir zu Tisch gehen wollten, traf überraschend John Milward ein. Als Helena begriff, daß er über das Wochenende bleiben würde, war ihre Freude rührend.

Es war eine fröhliche Mahlzeit, ganz anders als im Haus der Lansdons. Alle schienen gleichzeitig zu reden; die Cresswells waren eine äußerst lautstarke Familie. Jeder hatte zu jedem Thema, das zur Sprache kam, seine eigene Meinung, und war offenbar entschlossen, sie den anderen zur Kenntnis zu bringen.

Es wurde lebhaft diskutiert und viel gelacht.

Mrs. Cresswell lächelte mir zu. »So geht es immer zu, wenn die Familie zusammenkommt.«

Nach dem Essen spielten wir Ratespiele und Scharaden. Dann marschierten wir in einen großen Raum, der »das Spielzimmer« genannt wurde.

»Hier haben sie als Kinder gespielt«, erzählte mir Mrs. Cresswell. »Meiner Meinung nach tun sie das heute noch.«

An einem Ende des Zimmers stand das Piano, und auf dem gewachsten Boden lag kein Teppich. Joe setzte sich ans Klavier und spielte, und alle übrigen tanzten. Eine Zeitlang war Mr. Cresswell mein Partner; obwohl er wesentlich ruhiger war als seine Kinder, schien er den Abend zu genießen.

»Hoffentlich finden Sie uns nicht zu ausgelassen, Miss Cadorson«, sagte er.

»Ich genieße den Besuch bei Ihnen. Sie besitzen die Fähigkeit, die angenehmen Seiten des Lebens richtig zu genießen.«

»Obwohl die Kinder einen so nüchternen Vater haben, sind sie eine wunderbare Familie. Zum Glück sind sie mehr meiner Frau nachgeraten als mir.«

»Ihre Bemerkung trifft nicht ganz zu. Ihre Familie ist ungeheuer stolz auf Sie.«

»Und ich bin stolz auf meine Familie. Hoffentlich komme ich Ihnen jetzt nicht kindisch vor.«

»Ganz im Gegenteil. Ein richtiges Zuhause sollte immer so sein wie das Ihre.«

»Was fällt denn Joe jetzt ein? Dieser Tanz ist nichts für mich, für den brauchen Sie einen jüngeren Partner. Da, sehen Sie. Zum Glück löst Edgar Joe ab. Er spielt zwar nicht so gut, aber für uns genügt es. Joe wird bestimmt gern mit Ihnen tanzen.«

Diesen Tanz ließen Mr. und Mrs. Cresswell aus. Ich vergesse das Bild nie, wie sie lächelnd und zufrieden nebeneinander saßen und der Jugend zusahen.

Nachdem Helena und ich zu Bett gegangen waren, sprachen wir noch lange über den Abend.

»Es war doch lustig, nicht wahr?« fragte Helena.

»Sehr. Vor allem für dich, als dein ergebener Bewunderer eintraf.«

»Das hat Mrs. Cresswell wieder einmal ähnlich gesehen. Sie hat ihn nur meinetwegen eingeladen.«

»Sie ist eine sehr liebenswerte Frau.«

»Mr. Cresswell ist ihr genaues Gegenteil, aber genauso nett.«

»Er ist ein sehr guter Mensch und er verdient diese Familie. Schließlich ist jeder seines Glückes Schmied.«
»Manchmal hindern einen die anderen daran.«
»Dann müssen wir uns eben durchsetzen.«
Stimmt das wirklich? dachte ich. Wenn Joe Milward Helena nicht zufällig kennengelernt hätte, wäre sie heute noch genauso schüchtern und verunsichert und davon überzeugt, daß sie nicht anziehend wirkte.
Ich war zu müde, um über dieses Problem nachzudenken, und schlief ein.
Am Sonntagmorgen gingen wir zur Kirche. Wir füllten die gesamte Bankreihe der Cresswells. Das Gebäude stammte aus dem 13. Jahrhundert, und den Gedenktafeln an den Wänden entnahm ich, daß die Cresswells seit Generationen hierher gehörten.
Nach dem Gottesdienst blieben wir noch einige Zeit vor der Kirche stehen, und ich lernte einige Leute aus dem Dorf kennen. Dann suchte ich den Friedhof auf, weil ich für solche Stätten etwas übrig habe. Ich lese die Inschriften auf den Grabsteinen und versuche, mir die Menschen vorzustellen, die darunter liegen. Alte Menschen... Männer und Frauen in der Blüte ihrer Jugend... und auch kleine Kinder. Am liebsten war ich dabei allein, damit ich die Stelle und Ruhe genießen konnte. Manchmal hatte ich das Gefühl, daß ich um Jahrhunderte in der Vergangenheit zurückversetzt war.
Ich hatte mich von den anderen entfernt, und als ich zur Rückseite der Kirche gelangte, stand ich plötzlich dem Vikar gegenüber, der aus einer Seitentür getreten war und noch das Chorhemd trug.
Er lächelte mich an. »Sie gehören wahrscheinlich zu den Cresswells, nicht wahr?«
»Ja. Ich bin über den Friedhof geschlendert, denn ich lese gern die Inschriften auf den alten Grabsteinen.«
»Sie sind vermutlich über das Wochenende gekommen.«
»Ja.«

»Die Familie hat oft Gäste, und ich freue mich immer, wenn sie gemeinsam den Gottesdienst besuchen. Dieses Dorf verdankt den Cresswells sehr viel.«
»Sie leben anscheinend seit Generationen hier.«
»Seit über vier Jahrhunderten. Sie waren immer gut zu den Leuten, aber meiner Meinung nach übertrifft der jetzige Mr. Cresswell seine Vorgänger. Das Dorf ist sehr stolz auf ihn und findet, daß er Premierminister werden sollte. Es gibt etliche Leute, die der Ansicht sind, daß er sich für diesen Posten besser eignet als Lord Melbourne. Er wird bestimmt noch Karriere machen. Jetzt ist auch die Rede davon, daß er den Vorsitz in einem Komitee übernehmen soll.«
»Ich habe davon gehört.«
»Wenn er wirklich mit dieser Aufgabe betraut wird, ist das ein großer Schritt vorwärts. Es ist sehr wichtig, daß die richtigen Männer in der Regierung sitzen. Sie sollen klug und sogar gerissen sein, sich aber gleichzeitig an moralische Grundsätze halten. Leider ist letzteres bei den wenigsten der Fall.«
»Damit haben Sie sicherlich recht.«
»Ich kann schon wieder nicht aufhören zu reden. Meine Frau behauptet immer, daß ich bei jeder sich bietenden Gelegenheit eine Predigt vom Stapel lasse. Es war mir jedenfalls ein Vergnügen, Sie kennenzulernen, und ich hoffe, daß Sie den Rest Ihres Aufenthalts bei uns genießen werden.«
»Danke.«
Joe rief meinen Namen, und ich kehrte zu den anderen zurück. Dann gingen wir gemeinsam nach Hause.
Beim Mittagessen setzten wir die angeregte Unterhaltung fort, und die Tafel wurde erst sehr spät aufgehoben. Am Nachmittag gingen Joe, Peterkin, Helena, John Milward und ich spazieren. Helena strahlte vor Glück, wurde beinahe redselig und verstieg sich sogar zu einigen geistreichen Bemerkungen. Wie die Liebe einen Menschen doch verändern kann!

Der Abend verlief ähnlich wie der erste, obwohl wir nicht tanzten, weil Sonntag war. Joe und ich spielten vierhändig Klavier, und dann sangen alle Anwesenden sentimentale und auch lustige Hymnen und Balladen.
Als wir endlich zu Bett gingen, strahlte Helena vor Glück. Sie wartete, bis wir beide im Bett lagen, dann flüsterte sie:
»Annora?«
»Ja?«
»Bist du wach?«
»Nein, ich schlafe.«
Sie lachte, als hätte ich einen großartigen Witz gemacht.
»Komm schon, erzähl es mir.«
»Du hast es erraten.«
»Ich habe nur erraten, daß sich etwas ereignet hat. Du siehst aus, als hättest du gerade den Frosch geküßt, und er hätte sich in einen Prinzen verwandelt.«
»Er hat mir einen Heiratsantrag gemacht, Annora.«
»Du bist verlobt!«
»Richtig.«
Ich sprang aus dem Bett, lief zu ihr und drückte sie an mich.
»Ich freue mich ja so, Helena.«
»Es war heute Nachmittag beim Spaziergehen. Er hat mich gebeten, ihn zu heiraten – ganz einfach.«
»Ich freue mich für dich, Helena.«
»Ich kann es noch gar nicht glauben.«
»Aber alle anderen werden es glauben. Man muß euch beide nur zusammen sehen, dann weiß man, wieviel es geschlagen hat.«
»War es so offenkundig?«
»Ein Blinder hätte es mit dem Krückstock merken müssen.«
Ich küßte sie und ging in mein Bett zurück.
»Weiß seine Familie davon?«
»Noch nicht. Wir werden es erst bekanntgeben, wenn er mit seinen Eltern gesprochen hat.«

»Befürchtet er, daß sie nicht einverstanden sein könnten?«
»John glaubt nicht, daß sie uns etwas in den Weg legen werden. Aber es ist eine sehr stolze Familie, einer der ältesten Herzogstitel. Du weißt ja, wie die Menschen sind. Allerdings sind sie finanziell nicht sehr gut gestellt...«
»Dein Vater wird sich bestimmt freuen.«
»Das nehme ich auch an; er wird uns sicherlich keine Schwierigkeiten machen. Seit ich in die Gesellschaft eingeführt wurde, hofft er auf einen solchen Zufall. Er hat sehr viel Geld für mich ausgegeben und das Gefühl gehabt, daß er es zum Fenster hinausgeworfen hat. Jetzt bin ich entlastet.«
»Du tust, als wäre es eine geschäftliche Transaktion.«
»Das ist die Einführung in die Gesellschaft auch mehr oder minder. Aber wenn zwei Menschen sich ineinander verlieben...«
»Dann ist es etwas anderes. Die beiden stehen außerhalb dieser Transaktion, doch das gilt nicht für die stolzen Eltern. Hat dein Vater jemals gesagt, daß du ihn enttäuscht hast?«
»Er hat es nie ausgesprochen, aber ich habe es gespürt. Er hat mich verachtet.«
»Jetzt wird er seine Ansicht über dich revidieren müssen. Die großen Milwards, was?«
»Der jüngere Sohn«, kicherte sie und fügte inbrünstig hinzu: »Gott sei Dank.«
»Es wird schon gut gehen. Wenn er der Erbe wäre, würde die Geschichte vielleicht anders aussehen, aber ein jüngerer Sohn darf sein Herz sprechen lassen.«
»Es ist einfach wunderbar, Annora! Aber noch kein Wort darüber! Du darfst es niemandem erzählen.«
»Du kannst dich auf mich verlassen. Es wird trotzdem bald an die Öffentlichkeit dringen, das sagt mir mein kleiner Finger.«
»Ich bin so froh, daß du bei uns geblieben bist, Annora. Hoffentlich mußt du nicht zu bald wieder weg.«

»Das hoffe ich auch.«
Wir plauderten an diesem Abend noch lange.
Es war ein wunderbares Wochenende gewesen, und ich bedauerte, daß wir am nächsten Tag nach London zurückfahren mußten.

Niemand erfuhr etwas von Helenas Verlobung. John Milward wartete vermutlich den richtigen Augenblick ab, um mit seinem Vater zu sprechen. Er war, wie gesagt, ein recht nervöser junger Mann.
Ob Tante Amaryllis etwas ahnte?
Vielleicht nicht, weil die Krönung der Königin viel Aufregung verursachte. Es war ein Erlebnis, jetzt in London zu sein.
Auf den Straßen drängten sich Menschen aus allen Teilen des Landes. Einige Tage vor dem großen Ereignis schlugen sie ihr Nachtlager auf dem Gehsteig auf, denn sie waren fest entschlossen, sich einen guten Ausblick auf den Krönungszug zu sichern.
Onkel Peter war sehr beschäftigt. Er gehörte verschiedenen Komitees an, und wir bekamen ihn kaum zu Gesicht. An dem großen Tag würde er alle Hände voll zu tun haben.
Die Cresswells besaßen ein Stadthaus in der St. James's Street, durch die der Krönungszug kommen würde, und Helena, Peterkin und ich sollten von den Fenstern aus zusehen.
Es war ein beeindruckender Anblick. Alle Glocken Londons läuteten. Ich war tief gerührt, als der Zug vorbeikam. Zahlreiche ausländische Würdenträger nahmen daran teil, darunter vor allem die deutschen Verwandten der Königin. Seltsamerweise war Frankreich durch Marschall Soult vertreten, der noch vor kurzem unser Feind gewesen war. Ich war darüber erstaunt, wie begeistert ihn die Menge begrüßte. Doch am rührendsten war die kleine Königin, die so jung aussah – beinahe wie ein Kind. Sie trug eine

Robe aus scharlachrotem Samt mit Goldspitzen und ein Diamantendiadem auf dem Kopf.

Als der Krönungszug von der Westminster Abbey zurückkehrte, sah ich nicht nicht, aber ich konnte mir vorstellen, wie sie in ihrem Krönungsornat mit Zepter und Reichsapfel in der Kutsche saß.

Nach der Zeremonie kehrten wir in Begleitung von Joe in das Haus der Lansdons zurück. Wir nahmen eine Kleinigkeit zu uns und gingen dann in den Park, um das Feuerwerk zu bewundern.

Überall herrschten Freude und Jubel.

Ich war sehr froh, daß ich in London geblieben war, und bedauerte, daß meine Eltern die Festlichkeiten versäumt hatten. Sobald sie zurückkamen, waren meine Tage in London gezählt, und darauf freute ich mich gar nicht, weil ich so innigen Anteil an Helenas Glück nahm. Ich wollte noch ihre Verlobung mitfeiern; außerdem war mir die Familie Cresswell ans Herz gewachsen, von allem Joe, mit dem mich eine immer engere Freundschaft verband.

Helena war aufgeregt, weil sie auf einen der Prunkbälle ging, die anläßlich der Krönung veranstaltet wurden.

»Ich bedaure es sehr, Annora, daß du nicht mitkommen kannst«, meinte sie.

Ich lächelte. Vor nicht allzulanger Zeit hätte sie mich noch beneidet, weil ich den Ball nicht besuchen mußte.

Sie trug ein neues blaßrosa Kleid und sah hübscher aus denn je. Daran war nicht so sehr das neue Kleid als die Tatsache schuld, daß sie glücklich war.

Ich sah zu, wie sie mit ihren Eltern und Peterkin in die Kutsche stieg. Ich wußte, daß John Milward auch auf den Ball kommen würde, und hoffte, daß er sich bald entschließen würde, mit seinem Vater zu sprechen. Daß er so lange zögerte, war mir nicht ganz geheuer. Wahrscheinlich hing es vor allem davon ab, wie dringend die Milwards Geld brauchten und ob Helenas Vater reich genug war, eine Regelung zu finden, die sie zufriedenstellte. Er war tatsächlich ein schmutziges Geschäft oder wäre es gewesen, wenn die beiden Hauptpersonen einander nicht wirklich geliebt hätten.

Joe und seine Schwester Frances besuchten mich überraschend, was mich natürlich sehr freute.

»Ich habe angenommen, daß Sie auf den Ball gehen«, wandte ich mich an Joe.

»Meine Eltern gehen hin und vertreten die Familie. Es handelt sich zum Glück um keine königliche Einladung.«

Frances erklärte, daß sie für solche Dinge keine Zeit habe. Sie war in die Stadt gekommen, weil sie eine Kleiderfirma überreden wollte, ihren Knopflochnäherinnen bessere Löhne zu zahlen.

»Ich habe angenommen, daß sie infolge der Krönung und der allgemeinen Euphorie in etwas großzügigerer Stimmung sind.«

»Waren sie es?« fragte Joe.

»Nicht im geringsten. Ich werde vermutlich zu Drohungen greifen müssen. Daß ich sie in der Presse bloßstelle oder etwas Ähnliches.«

»Sie werden bald feststellen, daß meine Schwester eine sehr kämpferische Dame ist«, erklärte mir Joe.

»Sie wollten uns doch einmal besuchen, wenn ich mich nicht irre?« fragte mich Frances.

»Ich habe vor, nächste Woche mit ihr bei dir aufzukreuzen«, versicherte Joe.

»Sehr gut. Bring auch Peterkin mit, denn er interessiert sich wirklich dafür. Dieses Haus ist sehr schön, und die Zimmer sind so geräumig. Ich brauche genauso ein Gebäude.«

»Frances ist auf der Suche nach einem neuen Quartier«, erklärte mir Joe.

»Wir sind sehr beengt. Wenn wir ein zweites Haus zur Verfügung hätten...«

»Und wie steht es mit der Finanzierung?« erkundigte sich Joe.

»Vater ist sehr großzügig. Ich könnte ihn sicherlich dazu bewegen, einen größeren Betrag zu spenden und einige Mitglieder des Parlaments in diesem Sinn zu beeinflussen. Viele von ihnen erklären immer wieder, daß sie ein Herz für die Armen haben. Doch ihr Mitgefühl macht vor ihren Portefeuilles halt.«

»Ihr Vater hat ihnen bestimmt schon sehr geholfen«, meinte ich.

»Ohne ihn wären wir nicht weit gekommen. Wie viele Zimmer besitzt dieses Haus eigentlich?«

»Das kannst du dir doch nicht leisten«, rief Joe.

»In dieser Gegend allerdings nicht – aber hier hätten wir auch nicht viel davon. Im Augenblick interessiere ich mit prinzipiell für Häuser.«

»Möchten Sie dieses besichtigen?«

»Sehr gern.«

Also zeigte ich ihnen das Haus, und sie stellte immer wieder fest: »Was könnte ich nicht alles damit anfangen.« Wir befanden uns im obersten Geschoß; oberhalb davon gab es nur noch ein Zimmer, das man über eine kurze Treppe erreichte.

»Was ist dort oben?« fragte Frances.

»Das Arbeitszimmer meines Onkels, zu dem der Zutritt verboten ist. Niemand von uns darf hinein außer meiner Tante Amaryllis, die dort saubermacht.

»Sie macht sauber!«

»Ja, er läßt sonst niemanden hinein, weil er findet, daß die Dienstmädchen nur Unordnung hinterlassen. Deshalb macht Tante Amaryllis zweimal in der Woche dort sauber.«

»Das ist doch wirklich merkwürdig. Im Zimmer muß sich etwas sehr Wichtiges befinden.«

»Ach, nur seine Akten, Unterlagen und dergleichen. Er schließt immer ab. Dort drüben sind Mansarden... die Zimmer der Dienerschaft.«

Wir gingen wieder hinunter, unterhielten uns noch eine

Weile über die Krönung und stellten Vermutungen an, welche Veränderungen die junge Königin wohl herbeiführen würde.

Ich war wach, als Helena vom Ball nach Hause kam.

Ich setzte mich im Bett auf und sah sie an. Sie strahlte.

»Erzähl«, bat ich.

»Es war wunderbar. Der Herzog und die Herzogin waren zugegen. Sie haben mich überaus freundlich empfangen. Papa und Mama waren dabei. Alle sind entzückt. Es ist alles in Ordnung, Annora, alles ist geregelt. Ich bin offiziell mit John verlobt. In ein oder zwei Tagen wird die Verlobungsanzeige in den Zeitungen erscheinen. Wir werden wahrscheinlich bald heiraten, jedenfalls wurde davon gesprochen. Wir warten nur, bis die finanzielle Seite geregelt ist. Du mußt bei meiner Hochzeit dabei sein, Annora.«

»Es ist aufregender als jedes Märchen.«

»Das häßliche Entlein, das sich zu einem Schwan mauserte.«

»Nein, die Prinzessin, die nicht wußte, wie schön sie ist, bis der Prinz auftauchte und es ihr sagte.«

»Du sagst mir lauter nette Sachen, Annora. Ich bin froh, daß es dich gibt. Du hast mir Glück gebracht.«

»Unsinn! Du hast es ganz allein zuwege gebracht... du mit deinem John. Jetzt müßt ihr nur noch eines tun: eine glückliche Ehe führen.«

»Ich werde heute Nacht kein Auge schließen können. Ich will es auch gar nicht. Ich möchte weiter davon träumen.«

Auch ich schlief in dieser Nacht nicht viel. Ich hörte immer ihre glückliche Stimme, die von dem wunderbaren Abend erzählte.

Ich konnte dann Frances Cresswells Mission zu dem Zeitpunkt nicht mehr besuchen, denn bevor wir den Termin festsetzen konnten, trat die Katastrophe ein.

Es war zwei Tage nach der Krönung. Als ich zum Frühstück hinunterkam, waren Amaryllis und Peterkin bereits anwesend und in die Morgenzeitungen vertieft.

»Wer es wohl sein mag?« fragte Tante Amaryllis gerade. »Hier steht nur, daß es sich um einen bekannten, sehr angesehenen Politiker handelt.«
»Sie werden seinen Namen ja demnächst bekanntgeben.«
»Sie werden ihn noch eine Zeitlang geheimhalten, um die Spannung zu erhöhen. Vielleicht hat Papa eine Ahnung.«
»Mit solchen Männern hat er bestimmt nichts zu tun.«
»Worum geht es eigentlich?« fragte ich.
Peterkin, der sich in diesem Augenblick an der Anrichte bediente, antwortete: »Es ist ein echter Skandal. Jemand steckt bis über beide Ohren in Schwierigkeiten. Was möchtest du, Annora? Der Schinken ist ausgezeichnet.«
»Danke.«
Er stellte den vollen Teller vor mich hin.
»Die Zeitungen schreiben über nichts anderes. Es ist vergangene Nacht geschehen. Der Kerl wurde mit einer Frau ertappt, deren Ruf mehr als schlecht ist. Es ist zu einer Prügelei in ihrem Schlafzimmer gekommen. Ein zweiter Mann – angeblich ihr Ehemann – hat den Politiker angegriffen. Die Polizei wurde geholt und hat alle Beteiligten verhaftet.«
»Wer es nur sein mag!«
»Ich hasse solche Skandale«, meinte Tante Amaryllis. »Sie werfen ein schlechtes Licht auf die Menschen.«
»Der Betroffene haßt es bestimmt noch mehr als du, Mama«, bemerkte Peterkin.
»Es wird deinen Vater schwer treffen. Er kennt den Mann bestimmt, denn hier steht, daß es sich um einen bekannten Politiker handelt.«
»Manchmal kommen eben die Schattenseiten des Lebens zum Vorschein«, meinte Peterkin. »Wie wäre es übrigens, Annora, wenn wir Frances' Mission am Mittwoch besuchten?«
»Das paßt mir sehr gut.«
Noch am gleichen Tag nannten die Zeitungen den Namen des Mannes, über den inzwischen jeder sprach.

Ich hörte die Rufe der Zeitungsjungen auf der Straße und lief hinunter. Einer der Diener war mir zuvorgekommen und kam mit einer Zeitung ins Haus. Seine Augen waren groß wie Mühlenräder.
»Was ist geschehen?« rief ich.
»Sie haben den Namen genannt. Ob Sie es glauben oder nicht, Miss, es ist Mr. Joseph Cresswell.«

Ich konnte es nicht glauben. Es konnte unmöglich stimmen. Es mußte sich um einen Irrtum handeln.
Tante Amaryllis war sehr aufgeregt und wiederholte immerzu: »Es ist bestimmt ein Druckfehler. Sie können nicht den freundlichen, liebenswürdigen Mr. Cresswell meinen. Es muß ein anderer Cresswell sein.«
Wir waren alle davon überzeugt, daß ihre Vermutung zutraf, und warteten ungeduldig auf Onkel Peter. Als er endlich nach Hause kam, umdrängten wir ihn.
Er wirkte erschüttert und wiederholte nur, was wir gesagt hatten. Es mußte ein Irrtum vorliegen, es konnte nicht wahr sein.
»Wie können sie nur auf diesen Namen gekommen sein?« fragte Peterkin.
»Ich kann mir nur vorstellen, daß der Schuldige einen falschen Namen genannt hat. Er ist schließlich ein sehr bekannter Mann.«
Tante Amaryllis atmete erleichtert auf. »Natürlich, das ist die Erklärung. Ich habe ja gewußt, daß du es durchschauen wirst, Peter.«
»Hoffentlich behalte ich recht. Aber es hat ihm bereits sehr geschadet.«
»Wenn jedoch bewiesen werden kann, daß er zu Unrecht beschuldigt wurde, wird er im Ansehen der Menschen steigen«, meinte ich.
»Vergiß nicht, meine Liebe«, warnte Onkel Peter, »daß es nur eine Vermutung meinerseits ist.«
Leider behielt er nicht recht. Bei dem Mann, der an der

»Rauferei im Bordell« beteiligt gewesen war, handelte es sich tatsächlich um Joseph Cresswell. Seine Darstellung des Vorfalls lautete allerdings anders. Seine Kutsche hätte in der Panton Street eine junge Frau angefahren. Er sei ausgestiegen, um sich davon zu überzeugen, daß ihr nichts geschehen sei. Der Schreck hätte sie sehr mitgenommen, und deshalb hätte er sie nach Hause gebracht. Dort hätte er sie auf ihr Zimmer geführt; nach wenigen Minuten sei ein Mann hereingestürzt und hätte ihn und die Frau unzüchtiger Handlungen beschuldigt.

Ich glaubte seine Geschichte, denn sie klang absolut plausibel. Er hatte es für ein Gebot des Anstandes gehalten, sie nach Hause zu bringen. Natürlich hatte er sie dann hineingeleitet, um sich davon zu überzeugen, daß sich jemand um sie kümmern würde.

Was für eine scheußliche Situation für ihn!

Die junge Frau hieß Chloe Kitt; sie war eine Prostituierte; ihre Wohnung lag neben einem übel beleumdeten Herrenklub; die Klubräume wurden für gewöhnlich an leichtfertige Frauen vermietet.

Der Mann, der den Streit vom Zaun gebrochen hatte, war nicht mit Chloe verheiratet, sondern bezeichnete sich nur als »guter Freund«.

Vermutlich war das eigentliche Motiv Erpressung gewesen. Die Situation war schließlich nichts Außergewöhnliches. Das Außergewöhnliche war in diesem Fall, daß es sich um einen angesehenen Politiker handelte.

Die Anklage lautete auf Hausfriedensbruch und sollte vor einem Zivilgericht verhandelt werden.

»Es war einfach dumm von ihm«, meinte Onkel Peter, »ein solches Mädchen nach Hause zu begleiten.«

»Er hat sich dabei nichts gedacht«, widersprach Tante Amaryllis. »Schließlich war es sein Wagen, der das Mädchen umgestoßen hat. Er fühlte sich verpflichtet, sich ihrer anzunehmen.«

»Es ist überaus bedauerlich. Ganz gleich, wie die Verhandlung ausgeht, die Menschen werden das Ärgste annehmen; es ist umso schlimmer, weil Cresswell immer als Verteidiger der Tugend aufgetreten ist, und das Komitee, um dessen Vorsitz er sich beworben hat, sollte sich mit der Bekämpfung des Lasters befassen.«

»Diesen Posten kann er jetzt vergessen«, meinte Peterkin.

»Der Meinung bin ich auch«, stimmte Onkel Peter zu.

»Dann bist ja du...« begann Tante Amaryllis.

»Bitte, sprechen wir jetzt nicht darüber, meine Liebe. Für Cresswell ist es eine Tragödie. Mir wäre es weitaus lieber, wenn es nie dazu gekommen wäre. Ich möchte nicht kampflos gewinnen.«

»Das weiß ich doch«, besänftigte ihn Tante Amaryllis. »Es tut mir leid, daß ich es erwähnt habe. Es ist mir nur so durch den Kopf geschossen. Ich verstehe sehr gut, wie dir zumute ist.«

Peter ergriff ihre Hand und küßte sie. »Ich weiß, meine Liebe.«

»Die Folgen werden wahrscheinlich auch Joe treffen«, sagte Peterkin. »Er wird bei der Nachwahl kaum als Kandidat aufgestellt werden. Die Leidtragenden bei dieser Tragödie werden alle Familienmitglieder ein, außer man kann dieser Chloe nachweisen, daß sie den Zwischenfall inszeniert hat. Aber warum hätte sie es tun sollen?«

»Wahrscheinlich wollten sie ihn erpressen«, vermutete Onkel Peter. »Doch ihr Plan ging nicht auf. Sie hatten nicht erwartet, daß die Polizei eingreifen würde.«

»Du meine Güte«, seufzte Tante Amaryllis. »Wie verderbt doch manche Menschen sind. Die reizende Mrs. Cresswell und die ganze Familie tun mir so leid.«

Ich mußte an das wunderbare Wochenende denken, das ich bei den Cresswells verbracht hatte, und ich bedauerte sie ebenfalls. Hoffentlich wurde Joe nicht ernstlich in Mitleidenschaft gezogen.

»Besuchen wir doch Joe«, schlug mir Peterkin vor. »Ich möchte der Familie versichern, daß ich Mr. Cresswell jedes Wort glaube.«
Ich erklärte mich gern dazu bereit, denn er sprach mir aus dem Herzen.
Auf dem Weg zum Haus der Cresswells kamen wir an mehreren Zeitungsverkäufern vorbei.
»Das Neueste darüber«, rief der eine. »Alles über Chloes Liebhaber«, versprach der nächste.
»Sie hören nicht auf, die Sache breitzutreten«, stellte ich fest.
»So sind die Menschen nun einmal. Wäre er keine Persönlichkeit des öffentlichen Lebens, so hätten wir nichts darüber erfahren.«
Am Haus der Cresswells waren die Fensterläden geschlossen. Wir gingen durch das Tor, an den beiden Löwen vorbei, die wie Wachen zu beiden Seiten der Tür standen, und stiegen die Treppe hinauf.
Mehrere Leute blieben stehen und beobachteten uns erstaunt, weil wir das Haus der Schande betraten.
Nach mehrmaligem Läuten öffnete ein Dienstmädchen die Tür, aber erst, nachdem sie uns durch die Glasscheibe genau gemustert hatte.
»Guten Morgen«, grüßte Peterkin. »Ist Mr. Joe Cresswell zu Hause?«
»Nein. Von der Familie ist niemand zugegen.«
»Wir möchten uns mit der Familie in Verbindung setzen. Hält sich Mr. Joe in Surrey auf?«
»Darüber darf ich Ihnen keine Auskunft geben«, antwortete das Dienstmädchen. »Sie sind alle fort, und mehr darf ich Ihnen nicht mitteilen.«
Während wir sprachen, vernahm ich ein Krachen und das Geräusch von zersplitterndem Glas.
»Das ist schon der dritte Stein, den sie uns in die Fenster werfen. Es ist besser, wenn Sie gehen, sonst hält man Sie noch für Familienangehörige.«

Sie schloß die Tür.
Peterkin und ich sahen einander bestürzt an. Er war sehr aufgebracht.
Als wir auf die Straße zurückkehrten, warfen uns mehrere Passanten neugierige Blicke zu.
»Es tut mir leid, daß wir nicht mit Joe sprechen konnten«, sagte ich. »Ich hätte ihm so gern versichert, daß wir kein Wort von den Verleumdungen glauben.«
»Wir könnten ja nach Surrey schreiben, denn die Familie hält sich bestimmt dort auf.«
»Ja, wir müssen ihn wissen lassen, daß wir weiterhin zu ihm stehen.«
Ich schrieb ihm noch am gleichen Tag, versicherte ihm, wie sehr ich von dem Kesseltreiben betroffen war, und daß wir alle an die Unschuld seines Vaters glaubten. »Auch das wird vorübergehen. Jeder, der Ihre Familie kennt, weiß, daß die Behauptungen nicht auf Wahrheit beruhen.«
Ich erhielt einen kurzen Brief von Joe, in dem er mir für mein Mitgefühl dankte. Er schrieb nicht, was er jetzt unternehmen wollte, und schlug auch keine Zusammenkunft vor.
Kurz darauf kam der Fall vor Gericht. Alle Beteiligten wurden wegen Hausfriedensbruchs zu Geldstrafen verurteilt, auch Mr. Cresswell, wodurch angedeutet wurde, daß seine Darstellung der Ereignisse nicht der Wahrheit entsprach.
Es war ein Bagatellfall – so etwas kam täglich vor –, doch damit war Joseph Cresswells politische Laufbahn zu Ende.
Ich hätte gern erfahren, wie sich die Familie damit abfand. Die freundliche, mütterliche Mrs. Cresswell würde sicherlich ihrem Mann glauben, genau wie alle übrigen Familienmitglieder. Würde aber nicht irgendwo leiser Zweifel zurückbleiben?
Wer hätte gedacht, daß ein eher belangloses Vorkommnis

das Glück und die Zufriedenheit einer ganzen Familie zerstören konnte?
Wenn wenigstens die Zeitungen aufgehört hätten, sich mit dem Fall zu beschäftigen, wäre alles leichter gewesen. Doch die sogenannten Enthüllungen gingen weiter. »Unser Reporter spricht mit Chloe.« »Chloes Liebhaber«; »Chloe Kitt erzählt uns von ihrer traurigen Kindheit und Jugend, daß sie eine Waise war, die selbst für ihren Unterhalt sorgen mußte, und wie Männer vom Schlag eines Joseph Cresswell sie auf den Weg des Lasters geführt haben.«
Peterkin und ich besuchten Frances' Mission.
Sie war in einem großen Haus untergebracht, daß an einer Hauptstraße lag, von der zahlreiche Seitengassen abzweigten. Ich warf im Vorübergehen einen Blick in diese Gassen. Dort hatten Händler ihre Stände aufgeschlagen und boten die verschiedenartigsten Waren feil – alte Kleider, Obst, Gemüse, heiße Pasteten, Limonade und Balladen. Es herrschte lautes Stimmengewirr, weil jeder Händler seine Waren anpries.
An einer Ecke der Straße stand ein Haus, das aussah wie eine Pension, und an der anderen Ecke ein Schnapsladen, aus dem zwei Frauen in Begleitung eines Mannes torkelten.
Wir beeilten uns, an ihnen vorbeizukommen.
Wir erreichten die Mission, stiegen die Treppe zu der offenstehenden Vordertür hinauf und traten ein. Die Halle war spärlich möbliert, und während wir darüber nachdachten, wie wir uns bemerkbar machen sollten, tauchte ein junger Mnn auf. Er war mittelgroß, hatte braune Haare und graue Augen, und mir fiel sofort sein ernster Gesichtsausdruck auf.
»Kann ich Ihnen behilflich sein?« fragte er.
»Wir möchten Miss Cresswell sprechen«, erwiderte Peterkin.
»Sie befindet sich im Augenblick außer Haus, müßte aber

bald wieder da sein. Bitte kommen Sie herein und nehmen Sie Platz.«

Wir folgten ihm in einen Raum, in dem sich außer einem Tisch und zwei Stühlen kaum weitere Möbel befanden. Der junge Mann bot uns die Stühle an und setzte sich auf die Tischkante.

»Kann ich etwas für Sie tun?« fragte er. »Ich gehöre zu Miss Cresswells Helfern.«

»Wir wollten nur Miss Cresswell einen Besuch abstatten.«

»Sie ist ein wunderbarer Mensch, nicht wahr? Alle, die hier arbeiten, bewundern sie rückhaltlos.« Er runzelte die Stirn; er wollte damit offensichtlich zu verstehen geben, daß alle zu der Familie Cresswell hielten.

Er plauderte eine Weile mit uns, erzählte, daß er seit zwei Monaten für die Mission tätig war und daß ihn die Arbeit sehr befriedigte; während wir uns unterhielten, kam Frances herein.

»Danke, Matthew«, sagte sie. »Wie ich sehe, haben Sie sich meiner Besucher angenommen.«

Matthew sprang vom Tisch. »Ich habe mich gefreut, Sie kennenzulernen. Auf Wiedersehen.«

Als wir allein waren, nahm Frances Matthews Platz auf der Tischkante ein.

»Es ist schön, daß Sie gekommen sind«, begann sie. Es ist eine schreckliche Geschichte.«

»Das Ganze ist einfach lächerlich«, ereiferte sich Peterkin.

»Das stimmt. Trotzdem ist der Schaden nicht wiedergutzumachen.«

»Wie geht es nun weiter?« fragte ich.

Sie zuckte die Schultern. »Mein Vater wird sich aus dem öffentlichen Leben zurückziehen müssen, dabei hat er soviel aufgebaut und hatte noch viel weitreichendere Pläne für die Zukunft. Es stand so gut wie fest, daß man ihm den Vorsitz des Komitees zur Bekämpfung des Lasters übertragen würde. Dort wäre er der richtige Mann am richtigen Platz gewesen.«

»Wie trägt es die Familie?«
»Mit stoischer Ruhe. Wir halten alle zu ihm. Am härtesten trifft es natürlich Joe.«
»Glauben Sie, daß es seiner Karriere schaden wird?« erkundigte ich mich.
»Im Augenblick sicherlich. Er ist der Sohn seines Vaters, trägt seinen Namen und so weiter. Es war für uns alle ein schwerer Schlag. Mir persönlich macht es nichts aus. Mich belastet nur, daß mein Vater all das ertragen muß. Die Menschen sind so bösartig.«
»Ich habe Joe geschrieben«, erwähnte ich, »und habe nur eine kurze Antwort erhalten.«
»Die Familie möchte am liebsten nichts hören und nichts sehen.«
»Ich würde mich genauso verhalten«, pflichtete ihr Peterkin bei.
»Joe glaubt, daß unser Vater in eine Falle gelockt wurde.«
»Eine Falle?«
»Es ist natürlich eine verrückte Idee, aber Joe ist im Augenblick nicht fähig, ruhig zu überlegen.«
»Wenn es etwas gibt, das wir tun können, Frances...« begann Peterkin.
»Sie können nichts tun. Das beste ist, wenn man darüber Gras wachsen läßt. Irgendwann wird sich alles legen.«
»Und Sie machen weiter, als wäre nichts geschehen?«
»Hier spielt es keine Rolle. Alle meine Helfer sind wunderbare Menschen. Matthew Hume, den Sie gerade kennengelernt haben, ist ein typisches Beispiel dafür. Sie wollen alle nur eines: den Menschen helfen und die Lage der Armen etwas erträglicher gestalten. Außerdem sind die Menschen, die in dieser Gegend leben, keine Sittenrichter, und die meisten von ihnen können gar nicht lesen. Sie finden nichts Ungewöhnliches daran, daß ein Mädchen zur Prostituierten wird. Sie wissen, daß jeder am Leben bleiben will, und die Prostitution bietet den Mädchen die Möglichkeit dazu. Selbst wenn die Beschuldigungen zu-

träfen, würden sie meinen Vater nicht verurteilen – im Gegensatz zu jenen Leuten, die den Arbeiterinnen Hungerlöhne bezahlen oder ihnen nicht einmal ein paar Pence für eine ordentliche Mahlzeit geben wollen. Es ist eine doppelbödige Moral. Jede Gesellschaftsschicht hat ihre eigenen Ehrbegriffe, und die mittleren und oberen Klassen vertreten bei solchen Dingen sehr strenge sittliche Prinzipien. Man muß über jeden Vorwurf erhaben sein; wenn man einen Fehltritt begeht, muß man dafür sorgen, daß es niemand merkt. Eine Sünde ist nur dann eine Sünde, wenn die Öffentlichkeit davon erfährt. Heuchelei ist das oberste Gebot.«

Sie sprach ohne Bitterkeit, und ich mochte sie mehr denn je.

Eigentlich hatten wir uns unseren Besuch anders vorgestellt, obwohl sie uns das Haus zeigte. In den oberen Räumlichkeiten, in denen sie die Obdachlosen unterbrachte, standen Reihen von Betten. Sie zeigte uns auch die Küche, in der ein Kessel mit Suppe über dem Feuer brodelte.

»Das alles ist vollkommen unzulänglich«, stellte sie fest. »Ich brauche ein größeres Gebäude. Ich brauche überhaupt mehr Häuser wie dieses, damit ich wirklich arbeiten kann.«

Als wir uns verabschiedeten, stellte Peterkin fest, daß Frances großartige Arbeit leistete, und ich pflichtete ihm von ganzem Herzen bei.

An diesem Tag fiel mir eine Notiz in der Presse auf. Zum Kandidaten für die Nachwahl in Bletchfield war William Gardiner nominiert worden. Das war das Mandat, das Joe angestrebt hatte.

Was immer in dieser verhängnisvollen Nacht im Zimmer der Prostituierten geschehen war, es hatte weitreichende Folgen.

Meine Eltern waren unterdessen nach London zurückgekehrt. Ich verließ daraufhin Onkel Peters Haus und übersiedelte zu ihnen in die Albemarle Street.
Sie erzählten mir, was es Neues in Eversleigh gab. Natürlich hatten sie vom Cresswell-Skandal gehört. Ihren Bemerkungen entnahm ich, daß sie den Zeitungen glaubten; das war ein Hinweis darauf, daß die meisten Leute, die die Cresswells nicht kannten, so reagierten, weil die Presse den Fall einseitig geschildert hatte.
Ich erklärte meinen Eltern, warum ich Joseph Cresswell für unschuldig hielt, und sie ließen sich überzeugen.
»So etwas kommt vor«, sagte Vater. »Ein falscher Schritt, den man ahnungslos macht, kann ein ganzes Leben zerstören.«
»Das bedeutet, daß Joseph Cresswell nie den Vorsitz in dem Komitee bekommen wird«, schloß Mutter nachdenklich.
»Natürlich«, antwortete ich. »Und der arme Joe ist nicht zum Kandidaten für Bletchfield bestellt worden.«
»Das ist wirklich eine Tragödie«, stellte Vater fest.
»Sie halten sich sehr tapfer«, fügte ich hinzu. »Sie sind eine wunderbare Familie. Es bedrückt uns alle sehr, umso mehr, weil die Zeit vor diesem Ereignis so wunderbar war.«
»Wir haben uns über Helenas Verlobung sehr gefreut«, bemerkte Mutter.
»So ist es uns allen gegangen. Die Hochzeit soll im August stattfinden. Es ist zwar nur eine kurze Verlobungszeit, aber es besteht kein Grund, warum die beiden warten sollten. Die beiden Familien sind jedenfalls sehr zufrieden damit.«
»Das muß Peter wohl sein«, meinte Mutter etwas heftig. »Die Einheirat seiner Tochter in ein altes Herzogsgeschlecht ist die Erfüllung eines seiner Träume.«
»Das Schöne daran ist, daß Helena und John Milward einander wirklich lieben«, sagte ich.

»Peter wird natürlich in der Lage sein, die erforderlichen finanziellen Bedingungen zu erfüllen«, bemerkte Mutter.
»Offensichtlich. In dieser Beziehung gibt es anscheinend keine Schwierigkeiten.«
»Soviel ich weiß, stehen die Milwards knapp vor dem Ruin«, warf Vater ein. »Der älteste Sohn und Erbe hat zwar reich geheiratet und das Ärgste verhindert, aber sie brauchen noch mehr Geld.«
Mutter wechselte das Thema. »Vater möchte dir etwas mitteilen Annora.«
»Ja, ich bin zu einem Entschluß gelangt. Wir fahren endgültig nach Australien.«
»Wann?«
»Anfang September.«
»So bald? Helena heiratet im August, und ich habe ihr versprochen, bei ihrer Hochzeit dabei zu sein.«
»Wir fahren erst im September, also warum nicht?« beruhigte mich Mutter. »Ich habe drüben verschiedenes zu erledigen, aber wir können nicht allzu lange dort bleiben. Nächsten Sommer müssen wir wieder zurück sein, denn dann müssen wir deine Einführung in die Gesellschaft planen. Ich muß noch mit Amaryllis darüber sprechen. Sie wird mir eine große Hilfe sein und alle erforderlichen Vorbereitungen für diesen Anlaß treffen.«
»Ich freue mich nicht gerade darauf.«
»Es ist ein notwendiges Übel. Helenas Hochzeit hingegen...«
»Ich muß dabei sein. Sie erwartet es von mir, Mutter.«
»Wie ich sehe, seid ihr jetzt noch bessere Freundinnen als früher. Das freut mich. Ich war immer der Ansicht, daß Helena eine Freundin braucht.«
»Jetzt hat sie ihren John, den sie über alles liebt. Sie hat sich sehr verändert.«
»Ja, das habe ich bemerkt. Aber diese Hochzeit im August... Wir fahren doch auf längere Zeit weg, und da könnten sich Schwierigkeiten ergeben.«

»Es geht nicht nur darum, Mutter, sondern auch um die Cresswells. Ich habe mich mit der Familie angefreundet und sogar ein Wochenende bei ihnen verbracht... mit Helena und Peterkin. Wir haben uns in ihrem Haus richtig wohl gefühlt. Sie haben einen Sohn namens Joe, für den dieser Skandal ein schwerer Schlag ist. Er wollte ins Parlament, und diese Affäre hat seine Aussichten zunichte gemacht. Die Familie ist nach Surrey übersiedelt und kapselt sich von der Welt ab. Wenn sie in die Stadt zurückkommen, möchte ich ihnen versichern, daß ich kein Wort von dem ganzen Unsinn glaube. Es geht also nicht nur um Helenas Hochzeit.«

»Ich verstehe«, sagte Vater. »Du willst in London bleiben.« Er sah Mutter an, die eine Weile nachdenklich schwieg. Dann meinte sie: »Warum eigentlich nicht? Du könntest bei den Lansdons wohnen und Helena bei ihren Hochzeitsvorbereitungen helfen.« Sie warf Vater einen Blick zu. »Wir können heimfahren, alles erledigen, was zu erledigen ist, auf dem Weg nach Tilbury in London Station machen, Annora abholen und dann gemeinsam an Bord gehen. Was meinst du dazu?«

»Das wäre zu überlegen«, gab Vater zu. »Wärst du damit einverstanden, Annora?«

»Natürlich fehlen mir Cador und Jacco und ihr, aber...«

»Es ist ja nicht für lange«, mischte sich Mutter ein. »Wenn du mit uns zurückführest, würdest du ständig darüber nachdenken, was inzwischen in London geschähe. Du bleibst hier, Annora. Wir werden bestimmt eine befriedigende Lösung finden.«

Ich blieb also in London. Meine Eltern fuhren nach Cador, um die Reisevorbereitungen zu treffen. Dann würden sie mit Jacco nach London kommen, mich abholen, und die Familie würde die Reise gemeinsam antreten.

Helena freute sich sehr, und ich hatte erreicht, was ich wollte. Ich wurde das Gefühl nicht los, daß ich die kommenden Ereignisse miterleben mußte.

Das erste Ereignis trat sehr bald ein, und zwar während eines Spaziergangs, den Peterkin und ich im Park unternahmen. Die Affäre Cresswell hatte uns einander näher gebracht, und ich hatte entdeckt, daß Peterkin über Charaktereigenschaften verfügte, die mir noch nie an ihm aufgefallen waren. Er nahm an dem Schicksal der Cresswells aufrichtig Anteil, und wir sprachen häufig über diese Tragödie.

Er kam sehr oft mit Frances zusammen.

»Sie wird leichter damit fertig als die anderen, weil sie realistischer denkt«, erklärte er. »Daran ist das Leben im East End schuld. Sie ist imstande, die Affäre wie ein Außenstehender zu betrachten, obwohl sie sich natürlich Sorgen um ihre Lieben macht. Sie gibt zwar zu, daß die Laufbahn ihres Vaters damit vorbei ist, weil er sich aus der Politik zurückziehen muß, aber sie findet, daß er deshalb noch lange nicht am Ende ist. Die Leute in Surrey weigern sich, die Geschichte zu glauben. Alle Bewohner des Dorfes stehen hinter ihm. Das muß ein großer Trost für ihn sein.«

Während dieses Gesprächs schlenderten wir durch den Park, kamen an der Achillesstatue vorbei und gingen nach Kensington Gardens hinüber. In der Nähe des Round Pond kam uns ein junger Mann entgegen.

Mein Herz schlug schneller, denn es war Joe Cresswell.

»Joe«, rief ich, lief auf ihn zu und streckte ihm die Hände entgegen.

Er ergriff sie und drückte sie lächelnd.

Peterkin kam uns nach. »Wie schön, dich zu sehen, Joe. Du bist also nach London zurückgekommen.«

»Aber nur für eine kurze Weile«, schränkte Joe ein.

»Du wohnst in der St. James Street?«

»Ja, ich schleiche mich wie ein Dieb hinein und hinaus. Obwohl jetzt nicht mehr so viele Menschen um das Haus herumlungern, als erwarteten sie, daß ein Ungeheuer herauskommt.«

»Wohin bist du jetzt unterwegs?« fragte Peterkin.
»Ich habe kein bestimmtes Ziel, sondern gehe nur spazieren und denke über verschiedenes nach.«
»Ich freue mich sehr, daß wir Sie getroffen haben, Joe«, versicherte ich ihm. »Wir haben sehr oft an Sie gedacht.«
»Ich habe mich noch gar nicht für Ihren Brief bedankt.«
»Setzen wir uns doch dorthin«, schlug Peterkin vor und zeigte auf eine Bank unter einer Eiche. »Im Sitzen plaudert es sich besser.«
Also setzen wir uns.
»Hast du irgendwelche Pläne, Joe?« erkundigte sich Peterkin.
Joe schüttelte den Kopf. »Ich finde nichts. Das Parlament ist mir jedenfalls verschlossen.«
»Es war ohnehin kein sicherer Sitz«, tröstete ihn Peterkin.
»Ich hätte dafür gesorgt, daß er sicher wird.«
»Und was jetzt?«
»Mein Vater sitzt im Vorstand mehrerer Gesellschaften. Dort werden sich mir Möglichkeiten bieten... sobald ich dazu bereit bin.«
»O Joe!« Ich fühlte mit ihm und legte tröstend meine Hand auf die seine. Er ergriff sie und drückte sie.
»Ich muß Ihnen etwas verraten. Das Ganze war eine abgekartete Sache.«
»Was meinst du damit?« fragte Peterkin.
»Die Affäre mit meinem Vater war von langer Hand vorbereitet.«
»Durch wen?«
»Genau das muß ich herausfinden. Jemand hat einen Unfall vorgetäuscht, hat im Haus ein Handgemenge inszeniert und hat auch veranlaßt, daß die Polizei eingeschaltet wurde.«
»Warum?«
»Ein Mann in der Position meines Vaters hat immer Feinde. Wenn einer von ihnen die Möglichkeit dazu hat...«

»Ja, ja«, sagte Peterkin beruhigend. Er nahm offensichtlich an, daß sich Joe in eine fixe Idee verrannt hatte, und ich war der gleichen Ansicht. Der arme Joe! Peterkin und ich konnten es ihm nachfühlen.
»Mein Vater kann das Haus nur aus einzigem Grund betreten haben: um dem Mädchen zu helfen, das angeblich von seiner Kutsche umgestoßen worden war.«
»Hatte nicht euer Kutscher auf dem Bock gesessen?«
»Nein, denn dann wäre es nie geschehen. Mein Vater hat eine Mietkutsche benutzt, weil es manchmal zu umständlich ist, die eigene Kutsche zu nehmen. Dadurch bin ich ja auf diesen Gedanken gekommen. Wahrscheinlich wollte man ihn in eine Falle locken, und er ist blindlings hineingegangen.«
Diese Annahme kam mir doch etwas weit hergeholt vor. Der Kutscher, das Mädchen, der Mann, der die Rauferei begonnen hatte, die Leute, die die Polizei geholt hatten – sie müßten in diesem Fall alle unter einer Decke stecken. Nein. Mr. Cresswell hatte das Mädchen in ihre Wohnung begleitet, weil die Kutsche, in der er saß, das Mädchen niedergestoßen hatte, und er sich dafür verantwortlich fühlte. Er hatte einfach Pech gehabt.
Trotzdem hörten Peterkin und ich Joe geduldig zu, denn wir konnten uns gut vorstellen, wie ihm zumute war.
Nach einer Weile bemerkte Joe, daß er uns jetzt verlassen müsse. Er bedankte sich für unser Mitgefühl und beteuerte, daß ihm das Gespräch mit uns sehr gut getan hatte.
Als wir uns trennen, ergriff er meine Hand, und Peterkin, der offenbar annahm, daß zwischen uns mehr als nur Freundschaft bestand, ging voraus und ließ uns einige Augenblicke allein.
»Könnte ich Sie unter vier Augen sprechen, Annora?« fragte Joe.
»Ja, aber...«
»Kann ich Sie zu Hause aufsuchen? Gibt es eine Zeit, zu der Sie sicher allein sind?«

Ich überlegte rasch.
»Am Mittwoch«, antwortete ich schließlich. »Da gehen Helena und ihre Mutter zur Schneiderin, dazu werden sie den ganzen Vormittag brauchen. Peterkin hat Frances versprochen, bei ihr vorbeizuschauen. Und Onkel Peter ist ohnehin nie da. Kommen Sie also am Mittwoch um zehn Uhr.«
»Ich möchte aber mit niemandem zusammentreffen, auch nicht mit jemandem von der Dienerschaft, verstehen sie?«
»Um diese Zeit hält sich das Personal für gewöhnlich in der Küche auf. Wenn Sie um zehn Uhr kommen, werde ich Sie erwarten und persönlich einlassen. Niemand wird etwas merken. Oder möchten Sie, daß wir einander an einem anderen Ort treffen?«
»Nein, das Haus Ihres Onkels ist mir lieber... falls wir ganz bestimmt ungestört bleiben.«
»Dann also bis Mittwoch. Ich erwarte Sie um zehn Uhr.«

Ich fragte mich beunruhigt, was Joe wohl von mir wollte. Hatte er womöglich vor, mir einen Heiratsantrag zu machen?
Wir waren oft zusammengekommen und verstanden uns zweifellos gut. Es war leicht möglich, daß er in seinem Kummer bei mir Trost suchte.
Doch Rolf beherrschte noch immer meine Gedanken. Ich hatte versucht, ihn zu vergessen, aber bis zu jener denkwürdigen Nacht war ich davon überzeugt gewesen, daß ich ihn einmal heiraten würde. Natürlich war es ein kindischer Traum gewesen. Ich hatte ja auch einmal erklärt, daß ich meinen Vater heiraten wolle. Rolf war nur ein Teil meiner Kindheit – obwohl ich ihn seit dieser schrecklichen Nacht in einem ganz anderen Licht sah. Ich mußte aufhören, an ihn zu denken, denn ich konnte mit ihm nie glücklich werden. Die Sonnwendnacht hatte in mir Angst und Zweifel geweckt. Ich war nicht nur von Rolf enttäuscht, sondern auch vom Leben.

Ich wollte diesen Erinnerungen entfliehen. Vielleicht war der beste Weg dazu, daß ich einen anderen Mann heiratete. Ich mußte es mir ernsthaft überlegen. Wenn Joe um meine Hand anhielt, und ich ihn abwies, machte ich ihn noch unglücklicher, als er bereits war. Weil ich unerfahren und romantisch veranlagt war, redete ich mir ein, daß ich ihm aus diesem Grund mein Ja-Wort geben mußte, falls er mich wirklich heiraten wollte. Ich wollte ihm auf keinen Fall noch mehr Kummer bereiten; wenn wir uns verlobten, war ich in der Lage, ihn zu trösten. Damit konnte ich ihm auch zeigen, daß ich seinem Vater Glauben schenkte, denn ich war ja bereit, seine Schwiegertochter zu werden. Es würde bestimmt für die ganze Familie ein Trost sein ... Wenn ich nur endlich aufhören könnte, an Rolf zu denken.

Am Mittwochmorgen war ich sehr nervös, denn ich befürchtete, daß Tante Amaryllis und Helena ihren Besuch bei der Schneiderin im letzten Augenblick aufschieben würden. Daß Onkel Peter zu Hause blieb, war kaum anzunehmen. Und wenn Peterkin beschloß, nicht auszugehen, war es nur halb so schlimm. Ihm konnte ich alles erklären. Doch es klappte wie am Schnürchen.

Um zehn Uhr schaute ich zu einem auf die Straße gehenden Fenster hinaus und erblickte den wartenden Joe. Ich lauschte. Im Haus war es still, denn die Dienerschaft saß beim Vormittagstee in der Küche. Ich lief zur Eingangstür hinunter und ließ Joe ein. Ich führte ihn in ein kleines, selten benütztes Zimmer. Mir fiel auf, daß er blaß war und besorgt aussah. Er ergriff meine Hand und drückte sie.

»Hier stört uns niemand«, versicherte ich ihm. »Die Dienerschaft wird frühestens in einer halben Stunde die Küche verlassen, und alle anderen sind ausgegangen.«

»Danke. Ich danke Ihnen von ganzem Herzen.« Er sah sich im Zimmer um. »Könnte ich vielleicht etwas zu trinken haben, Annora?«

»Gern, ich bringe Ihnen etwas. Ich werde nicht lange ausbleiben. Hier wird Sie bestimmt niemand stören.«

Er nickte.
Ich lief in den Keller, doch ich mußte vorsichtig sein, damit mich das Personal nicht hörte und sich darüber wunderte, daß ich den Wein selbst holte. Ich kam nur selten in den Keller, der ziemlich dunkel war, so daß ich eine Weile brauchte, bis ich die Flasche fand, die ich suchte. Dann mußte ich auch noch Gläser holen. Ich brauchte bestimmt über fünf Minuten, bis ich alles beisammen hatte.
Die ganze Zeit über zerbrach ich mir den Kopf über Joes eigenartiges Benehmen. Warum hatte er sofort nach seinem Eintreffen um Wein gebeten?
Als ich ins Zimmer zurückkehrte, erwartete mich eine Überraschung. Er war nicht da. Er war natürlich sehr nervös gewesen. Hatte er geglaubt, daß jemand käme und hatte das Weite gesucht?
Ich stellte die Weinflasche auf den Tisch, trat ans Fenster und blickte auf die Straße hinunter. Er war nicht zu sehen. Das Ganze wurde immer mysteriöser.
Ich ging in den ersten Stock hinauf, doch auch dort fand ich ihn nicht. Als ich lauschte, glaubte ich, über mir ein Geräusch zu hören. Ich stieg in das Dachgeschoß hinauf und befand mich vor der Treppe, die zu Onkel Peters Allerheiligstem führte. Zu meiner Verblüffung stand die Tür offen.
War Onkel Peter nach Hause gekommen?
»Onkel Peter!« rief ich.
Niemand antwortete, deshalb ging ich hinauf und schaute in das Zimmer. Vor mir stand der erschrockene Joe.
»Was tun Sie hier?« rief ich. »Dieses Zimmer ist doch immer versperrt. Wie haben Sie...«
»Bitte, seien Sie still.«
Es war das erste Mal, daß ich dieses Zimmer betrat. Es war ein Büro, genau wie ich erwartet hatte. Ich sah einen Schreibtisch und mehrere eiserne Aktenschränke.
»Es ist Onkel Peters Privatbüro«, erklärte ich.

Joe steckte einige Papiere in seine Brusttasche.
»Ich bin jetzt fertig und kann gehen«, erwiderte er.
»Niemand darf Sie hier finden. Diese Tür ist immer versperrt. Wie sind Sie eigentlich hineingekommen?«
Er beantwortete meine Frage nicht, sondern forderte mich nur auf: »Gehen wir doch.«
»Ich verstehe das nicht. Jemand muß die Tür offengelassen haben.«
Wir erreichten die Halle, ohne unterwegs jemanden zu treffen.
»Ich muß jetzt gehen«, wiederholte er.
»Nein, Joe«, widersprach ich. »Zuerst muß ich wissen, was Sie in Onkel Peters Zimmer getan haben.«
Ich zog ihn in das kleine Zimmer, in das ich ihn zuerst geführt hatte.
»Sie haben Schriftstücke eingesteckt, Joe. Sie sind mir eine Erklärung schuldig.«
»Ich habe etwas ganz Bestimmtes gesucht. Ich mußte es tun, Annora. Sie werden bald alles erfahren und einsehen, daß ich nicht anders handeln konnte.«
»Ich begreife eines nicht – woher wußten Sie, daß die Tür offenstand?«
»Sie war versperrt, ich habe sie geöffnet.«
»Sie besitzen doch keinen Schlüssel. Nur Onkel Peter und Tante Amaryllis verfügen über Schlüssel zu diesem Raum.«
»Ich habe gelernt, wie man versperrte Türen öffnet. Es ist eine Kunst. Jemand in Frances' Mission hat es mir beigebracht. Sobald man es gelernt hat, ist es nicht weiter schwierig.«
»In Frances' Mission!«
»Ja, jemand, dessen Beruf es ist, Türen aufzusperren.«
»Sie meinen einen Dieb... einen Kriminellen!«
»Ich möchte Sie nicht in diese Geschichte hineinziehen.«
»Aber Sie haben das Schloß aufgesperrt. Dadurch wird Onkel Peter merken, daß Sie dagewesen sind.«

»Ich kann leider nicht wieder zusperren. Ihr Onkel wird einfach annehmen, daß er vergessen hat, die Tür abzusperren.«

»Und was haben Sie mitgenommen?«

»Das kann ich Ihnen noch nicht verraten, Annora. Ich muß dieses Haus sofort wieder verlassen.«

»Sie sind also nur zu diesem Zweck hierher gekommen?«

»Ich habe gewußt, daß Sie mir helfen würden. Wir waren immer gute Freunde, und Sie stehen auf meiner Seite. Aber jetzt muß ich fort. Leben Sie wohl, Annora.«

Mein erster Gedanke war, daß kein Mensch etwas von seinem Besuch erfahren durfte. Ich brachte also den Wein und die Gläser zurück und ging dann erst in mein Zimmer.

Ich hatte angenommen, daß er mir einen Heiratsantrag machen würde, und dabei war er nur gekommen, um etwas aus dem Arbeitszimmer meines Onkels zu stehlen. Ich kam mir einfältig vor, war verwirrt und zutiefst verunsichert. Sollte ich alles meinen Verwandten beichten? Nein, denn ich wollte mich Joe gegenüber loyal verhalten. Doch war ich nicht auch Onkel Peter gegenüber zur Loyalität verpflichtet?

Ich versuchte, nicht mehr an den Augenblick zu denken, als Joe in Onkel Peters Zimmer stand und etwas in seine Brusttasche steckte. Aber ich konnte dieses Bild ebenso wenig verdrängen, wie das von Rolf, der in der Sonnwendnacht über das Feuer sprang.

Ich fühlte mich so unsicher wie nie zuvor in meinem Leben und wußte einfach nicht, was ich tun sollte.

Helena kehrte kurz danach zurück und begann sofort, mir begeistert ihre Aussteuer zu schildern. Ich tat, als hörte ich ihr zu, war aber mit meinen Gedanken weit weg.

Wahrscheinlich nahm Tante Amaryllis an, daß sie vergessen hatte, die Tür abzusperren. Daraufhin hatte sie ver-

mutlich ein schlechtes Gewissen, versperrte die Tür und erzählte niemandem davon. Sie fürchtete ganz bestimmt Onkel Peters Zorn.
Ich war noch immer so durcheinander, daß ich nicht einmal mit Peterkin darüber sprach.
Und dann klärte sich alles auf.
Es war gleichsam eine Fortsetzung des Falles Cresswell.
»Korruption an höchster Stelle.« »Bekannter Politiker in Skandal um anrüchige Klubs verwickelt.« »Lesen Sie den Exklusivbericht in der *Gazette.*«
»Ich hätte angenommen, daß die Leute diese politischen Skandale satt haben«, meinte Tante Amaryllis. »Meiner Meinung nach erfinden die Zeitungen das meiste, damit sie sensationelle Schlagzeilen bringen können. Ich habe nicht die geringste Lust, den Artikel zu lesen.«
Natürlich las sie ihn.
Im Vergleich dazu war der Fall Cresswell eine Bagatelle.

> »Der bekannte Politiker Peter Lansdon, der den Vorsitz im Komitee zur Bekämpfung des Lasters übernehmen soll, ist der Mann, der hinter zahlreichen übelbeleumdeten Klubs steht, in denen Prostituierte und Berufsspieler verkehren. Dieser Multimillionär, dessen Tochter demnächst in eine unserer ältesten Familien einheiraten wird, verdankt sein Vermögen dem Laster. Die Dokumente, die diese Tatsachen beweisen, liegen uns vor. Ihre Echtheit steht außer Zweifel.«

Offenbar traf die Lansdons jetzt das gleiche Schicksal wie die Cresswells.
Vor dem Haus versammelten sich Menschengruppen, und wir konnten nicht ausgehen. Tante Amaryllis war wie betäubt und wiederholte immerzu, daß alles erlogen war. Peterkin wußte nicht, was er glauben sollte. Er gestand mir, daß er nie wirklich gewußt hatte, welcher Art die Geschäfte seines Vaters waren. Peterkin wußte, daß in den Lagerhäu-

sern Importe aus Jamaika lagerten, doch anscheinend dienten sie nur als Deckmantel für lukrativere Geschäfte. Außerdem hatte er nie verstanden, warum ihn sein Vater nicht in seine geschäftlichen Angelegenheiten einweihte.
»Das bedeutet für Onkel Peter den Ruin, genau wie vorher für die Cresswells«, stellte ich fest.
»Es bedeutet zumindest das Ende seiner politischen Laufbahn«, schränkte Peterkin ein. »Seine Geschäfte kann er ja fortführen. Ich nehme an, daß er sich im Rahmen der Gesetze gehalten hat.
Es war allgemein bekannt, um was für Klubs es sich dabei handelt, doch sie wurden nie verboten. Wahrscheinlich sind zu viele Leute in hohen Positionen an ihnen interessiert und wollten sie weiter frequentieren. Es ist die alte Heuchelei. Es soll alles bleiben, wie es ist, aber wir wollen nichts davon wissen. Es würde mich nur interessieren, warum die Affäre gerade jetzt aufgedeckt wurde.«
Ich hätte es ihm verraten können. Es war Joes Rache. Er verdächtigte Onkel Peter und hatte beschlossen, seinen Vater zu rächen. Ich konnte mir gut vorstellen, was in ihm vorgegangen war, als seine Laufbahn vernichtet und sein Vater als lasziver Heuchler gebrandmarkt wurde. Er hatte den Menschen gesucht, der dieses Unheil über seine Familie gebracht hatte, und war dabei auf Onkel Peter gestoßen. Was hatte er über Onkel Peter in Erfahrung gebracht? Und hatte mein Onkel tatsächlich Joseph Cresswell in eine Falle gelockt? Er hatte zweifellos den Vorsitz in diesem Komitee angestrebt. War es möglich, daß Joe richtig vermutet hatte?
Am meisten verblüffte mich jedoch Onkel Peter, denn er tat das Ganze beinahe mit einem Achselzucken ab. Beim Abendessen trat er uns gleichmütig gegenüber.
»Jetzt ist es endlich mit der Geheimnistuerei vorbei«, begann er. »Ja, ich habe mein Vermögen auf diese Art und Weise erworben. Ihr habt alle davon profitiert, und deshalb habt ihr keinen Grund, scheinheilig zu tun. Alle von

mir unterstützen wohltätigen Vereinigungen haben aus meinen Geschäften Nutzen gezogen. Wenn sie mich um eine Spende baten, haben sie nie gefragt, wo ich das Geld her hatte. Ich habe mir große Mühe gegeben, euch zu verheimlichen, welcher Art meine Geschäfte sind, aber nicht, weil ich mich schämte, sondern weil ich davon überzeugt war, daß es euch belasten würde. Und ich wäre dann zweifellos gezwungen gewesen, meine Aktivitäten einzuschränken. Jetzt wissen es alle. Es hat schon früher Gelegenheiten gegeben, bei denen ich angenommen habe, daß man mir auf die Schliche kommen würde. Ich werde Joseph Cresswells Beispiel folgen, auf meinen Sitz im Parlament verzichten und mich für eine Weile aus der Politik zurückziehen. Es ist ein Jammer. Ich hätte soviel Gutes tun können, und mein anrüchiges Vermögen hätte mancher guten Sache gedient. Doch für mich gibt es noch viele interessante Wege, die ich einschlagen kann.«

Dann verzehrte er seelenruhig sein Abendessen.

Ich sprach nachher mit Tante Amaryllis darüber. »Ich bin so unglücklich, Annora«, jammerte sie. »Ich bin an allem schuld. Jemand hat Unterlagen aus dem Arbeitszimmer deines Onkels gestohlen, und der Betreffende konnte nur hinein, weil ich vergessen hatte, die Tür zu versperren.«

»Mann kann auch in ein versperrtes Zimmer eindringen«, tröstete ich sie. »Es gibt Menschen, die damit ihren Lebensunterhalt verdienen.«

»Du meinst Diebe? Glaubst du, daß ein Dieb in unser Haus eingestiegen ist?«

»Es gibt keine andere Erklärung.«

Helena war besorgt.

»Ich weiß nicht, wie der Herzog darauf reagieren wird«, jammerte sie.

»Es hängt davon ab, wie dringend er das Geld deines Vaters benötigt«, antwortete ich bitter.

»Daß das ausgerechnet jetzt geschehen mußte! Ich habe ja gewußt, daß es nicht gutgehen würde.«

Ich beruhigte sie. »Es wird schon in Ordnung kommen. John liebt dich. Du hast mit den Geschäften deines Vaters nichts zu tun.«

Einige Tage hörten wir nichts von der herzoglichen Familie. Dann erhielt Onkel Peter einen Brief. Der Herzog war der Ansicht, daß Peter als Mann von Welt angesichts der kürzlichen Enthüllungen dafür Verständnis haben würde, daß im Augenblick eine Verbindung zwischen den beiden Familien nicht erstrebenswert wäre.

Der armen Helena brach das Herz.

Mich quälten Gewissensbisse. Wenn ich Joe an diesem Tag nicht ins Haus gelassen hätte... Doch er hätte bestimmt eine andere Möglichkeit gefunden, denn er war fest entschlossen gewesen, sich zu rächen.

Ich befürchtete, daß Helena erkranken würde; sie versank in tiefe Apathie. Die Stimmung im Haus war traurig und gedrückt. Die Diener tuschelten miteinander und beschlossen zu kündigen. Man könnte von ihnen nicht erwarten, daß sie in einem solchen Haus arbeiteten. Doch schließlich blieben sie alle. Onkel Peter hatte tüchtiges Personal angestellt und bezahlte ihnen deshalb überdurchschnittliche Löhne. Als sie zu rechnen begannen, gelangten sie zu der Erkenntnis, daß die angenehmen Arbeitsbedingungen und die gute Bezahlung das bißchen Laster mehr als wettmachten.

Ich mußte Onkel Peter wider Willen bewundern. Er benahm sich, als wäre nichts geschehen. Allerdings folgte er Joseph Cresswells Beispiel und legte sein Amt nieder. Die Politik war für ihn erledigt.

Er war so reich, daß er auf Ehrbarkeit pfeifen konnte. Er war aus ganz anderem Holz geschnitzt als Joseph Cresswell.

Es gab einige Untersuchungen wegen der Klubs, doch deren Aktivitäten waren durchweg legal. Sie wurden wie normale Klubs betrieben, und Glücksspiele waren nicht verboten. Was die Prostitution betraf, so gab es gelegentlich Ansätze, sie abzuschaffen, doch sie verliefen im Sand. In unserem Land galt die Freiheit des einzelnen seit jeher als wichtigste Errungenschaft. Jeder Versuch, sie einzuschränken, führte zu empörten Protesten. Onkel Peter hatte darauf geachtet, daß er gegen kein Gesetz verstieß. Er hatte seine Interessen gut abgesichert, als wäre er darauf gefaßt gewesen, daß man eines Tages diese Anschuldigungen gegen ihn erheben würde. Er stand in dieser Affäre so sehr seinen Mann, daß sogar die Presse allmählich aufhörte, ihn durch den Schmutz zu ziehen.

Er war kein so hilfloses Opfer wie Joseph Cresswell. Die wahre Leidtragende war jedoch Helena.

Ich sah Joe wieder. Wir trafen einander im Park, und er führte das Zusammentreffen bewußt herbei, weil er fand, daß er mir eine Erklärung schuldig war.

Ich befand mich in Peterkins Gesellschaft, als wir ihm begegneten.

Wir sahen einander stumm an, denn keiner von uns wußte, was er sagen sollte. Einerseits verstand ich, daß er seinen Vater hatte rächen wollen; andererseits sah ich in ihm den Mann, der Helenas Glück zerstört hatte.

Schließlich sprach Joe: »Ich treibe mich seit einigen Tagen im Park herum, weil ich gehofft habe, daß ich Sie hier wiedersehen kann. Ich habe nicht gewußt, ob Sie überhaupt bereit sein würden, jemals wieder mit mir zu sprechen.«

Ich schwieg, und Peterkin frage: »Warum?«

Joe sah mich an. »Sie wissen es, nicht wahr?«

Ich entschloß mich zu antworten. »Wir sollten Peterkin einweihen. Als ich einmal allein zu Hause war, besuchte mich Joe. Ich verließ das Zimmer, um Wein zu holen, und während dieser Zeit ging er in das Zimmer deines Vaters hinauf, brach irgendwie das Schloß auf und durchsuchte seine Papiere. Dort hat er vermutlich nähere Einzelheiten über Onkel Peters Geschäfte gefunden.«

»Hör mir zu«, unterbrach mich Joe. »Ich wußte, daß mein

Vater in eine Falle gelockt worden war. Er hätte das Mädchen nie begleitet, wenn er nicht das Gefühl gehabt hätte, daß er ihr helfen müßte. Und ich erriet, daß das Ganze inszeniert worden war, um den Ruf meines Vaters zu schädigen. Hättest du dann nicht...

»In diesem Fall vielleicht«, gab Peterkin zu.

»Ich wollte es nicht auf sich beruhen lassen. Ich knöpfte mir diese Chloe vor, bedrohte sie, bestach sie und erfuhr schließlich die Wahrheit. Man hatte ihr eingeschärft, was sie zu tun hatte. Die Kutsche hatte sie nicht niedergestoßen. Der Kutscher und der Mann, der den Skandal auslöste, waren ebenfalls gekauft. Es war eine gutorganisierte Intrige. Und wer war imstande, so etwas einzufädeln? Dein Vater. Er hat nie selbst mit dem Mädchen gesprochen, nur seine Lakaien hatten ihr erklärt, worin ihre Aufgabe bestand. Doch sie hatte ihn einige Male erblickt, wenn er die Büros der Klubs aufsuchte, um die Bücher zu überprüfen. Dann hatte sie sein Bild in den Zeitungen gesehen und dadurch erfahren, wer er war. Mein Vater war seit langem davon überzeugt, daß diese Madame Delarge nicht die Besitzerin der Klubs ist. Hinter ihr mußte jemand anderer stehen. Er hatte damit recht. Außerdem hatte dein Vater ein Motiv.«

»Du meinst den Vorsitz im Komitee?« fragte Peterkin.

Joe nickte. »Mein und dein Vater waren noch aus anderen Gründen Rivalen. Was er getan hat, war niederträchtig. Ich mußte mich rächen. Hättest du es nicht auch getan?«

»Wenn es um meinen Vater gegangen wäre, vielleicht nicht«, erwiderte Peterkin. »Bei deinem Vater kann ich es verstehen.« Joe sah mich an. »Sie sind mir also nicht böse?« Ich konnte ihm nicht antworten, denn ich sah immerzu Helenas unglückliches Gesicht vor mir. Ich war dafür verantwortlich, denn ich hatte Joe ins Haus gelassen. Ich würde Joe nie lieben können, denn das, was er getan hatte, errichtete eine Schranke zwischen uns, so wie die Sonnwendnacht zwischen Rolf und mir stand.

Er legte mir die Hand auf den Arm. »Annora.«
»Sie haben mir verschwiegen, warum Sie in das Haus meines Onkels gelangen wollten.«
»Blieb mir denn etwas anderes übrig?«
»Sie haben mich unter einem Vorwand aus dem Zimmer geschickt, damit Sie in das Arbeitszimmer meines Onkels einbrechen konnten.«
»Es war die einzige Möglichkeit. Sie hätten mir nie dabei geholfen. Hätte ich Sie vielleicht um Hilfe bitten sollen?«
»Das wäre allerdings nicht möglich gewesen.«
»Ich konnte nicht anders handeln, Annora.« »Ja«, mischte sich Peterkin ein, »ich kann mir vorstellen, was in dir vorgegangen ist.«
»Es ist nichts Gutes dabei herausgekommen«, widersprach ich. »Es hat Ihrem Vater nicht geholfen, und es hat Helenas Glück zerstört.«
»Wenn John Milward sich seiner Familie gegenüber nicht durchsetzen kann, hätte er als Ehemann auch nicht viel getaugt.«
»Helena ist da anderer Meinung, und ich... ich weiß nicht, wie ich mich dazu stellen soll.«
Wir saßen niedergeschlagen vor der mächtigen, beeindruckenden Statue des Achilles, die mir vor Augen führte, wie schwach wir Menschen eigentlich sind.
Nach einer Weile standen wir auf, um zu gehen.
Joe ergriff meine Hände und sah mich ernst an. »Versuchen Sie, mich zu verstehen, Annora.«
»Ich verstehe Sie. Sie wollten sich rächen. Zwei Skandale statt einem.«
»Ich werde den Namen meines Vaters reinwaschen«, versicherte er.
»Wie willst du das anfangen?« wollte Peterkin wissen.
»Ich werde Chloes Geständnis veröffentlichen.«
»Mein Vater wird ihm keine große Bedeutung beimessen«, warnte Peterkin. »Seine Laufbahn als Politiker wird genauso zu Ende sein wie die meines Vaters.«

»Er hat sich bereits aus der Politik zurückgezogen und behauptet, daß die ganze Welt sein Betätigungsgebiet ist. Du wirst damit nur erreichen, daß der Fall wieder zum Tagesgespräch wird, und deine Familie wird mehr darunter leiden als unsere.«

»Das bedeutet also«, schloß Joe bedrückt, »daß ihr nicht mehr mit mir verkehren wollt.«

Wir verabschiedeten uns. Joe schüttelte Peterkin die Hand, dann ergriff er meine Hände und blickte mich bittend an, doch ich war zu verwirrt, um ihm Mut zuzusprechen, wie er es offensichtlich erwartete. Ich hatte immer Helenas trauriges Gesicht vor Augen.

»Er hat recht«, stellte Peterkin fest, nachdem wir uns getrennt hatten. »Von nun an ist eine Freundschaft zwischen unseren Familien nicht mehr möglich.«

Joe versuchte vermutlich, Chloes Darstellung der Ereignisse in der Presse veröffentlichen zu lassen, doch es mißlang ihm. Wahrscheinlich war Peters Einfluß daran schuld, denn er mischte an vielen Stellen mit und verstand es meisterhaft, die Menschen zu manipulieren. Wenn Joes Aktion nicht so überraschend erfolgt und der Artikel nicht in einem Revolverblatt erschienen wäre, hätte Onkel Peter es bestimmt ganz und gar geschafft, alles zu vertuschen. Doch sobald die Geschichte einmal an die Öffentlichkeit gedrungen war, hatten die Zeitungen sie ausschlachten müssen.

Joe hatte also nicht alles erreicht, was er sich vorgenommenhatte, aber er hatte wenigstens Onkel Peter aus dem Parlament vertrieben.

Außerdem brachten die Zeitungen im Augenblick vor allem Berichte über die Krönungsfeierlichkeiten, und die Menschen interessierten sich dafür mehr als für irgendwelche Skandale.

Im Hyde Park war anläßlich der Krönung eine Ausstellung eröffnet worden, die die Königin persönlich besucht hatte. Die Zeitungen brachten ausführliche Artikel darüber, und die Leser waren von dieser Lektüre so fasziniert, daß sie Chloes Geständnis wahrscheinlich überhaupt nicht beachtet hätten. Die Fälle Cresswell und Lansdon waren für das breite Publikum erledigt. Es hatte die Skandale zwar genossen, doch der Überraschungseffekt war vorbei; beide Politiker waren von ihren Piedestalen gestürzt worden, und mehr konnte ihnen ohnehin nicht geschehen. Die Krönungsfeierlichkeiten, die kleine Königin, die sich so majestätisch benahm – darüber wollten die Leute lesen. Sie nahm eine Parade von fünftausend Mann im Hyde Park ab, und die Bevölkerung jubelte ihr zu. Jetzt würde sich alles ändern, weil anstelle der senilen, alten Greise ein junges Mädchen auf dem Thron saß.

Eines Morgens sprach John Milward bei uns vor. Er wirkte sehr jung und etwas verschüchtert, aber es freute mich, daß er Helena besuchte. Er überließ es nicht nur seinem Vater, das Heiratsversprechen rückgängig zu machen.

Als ich nachher zu Helena kam, strahlte sie wieder.

»Du sollst es als erste erfahren«, sagte sie. »Es ist alles in Ordnung.«

»Soll das heißen...«

Sie nickte. »Wir werden heiraten. Es wird natürlich keine prunkvolle Hochzeit werden – aber wer will die schon?«

»Du jedenfalls nicht.« Ich schloß sie in die Arme.

»Wir werden arm sein.«

»Du wirst jeden Monat den dir ausgesetzten Betrag erhalten.«

»John wird irgendeine Beschäftigung annehmen müssen.«

Bei dieser Feststellung war mir nicht ganz wohl zumute. Ich konnte mir nicht vorstellen, daß John irgendeine Arbeit leistete.

»Aber das macht uns nichts. Er bietet seiner Familie Trotz. Es macht ihm nichts aus, daß er kein Geld bekommen wird. Für ihn zähle nur ich.«

»Ich bin so froh, Helena. Ich habe mich in John getäuscht – ich habe ihn für einen schwachen Menschen gehalten.«
»Gemeinsam sind wir stark.«
»Es ist wundervoll.«
»Glaubst du, daß Vater –«
Ich dachte über ihre Frage nach. Ganz gleich, wie skrupellos dieser rätselhafte Mann war, er würde dem Glück seiner Tochter bestimmt nicht im Wege stehen wollen. Wahrscheinlich bereitete es ihm sogar Vergnügen, den Herzog vor den Kopf zu stoßen.
So war zumindest Helenas Glück gerettet.

Eine ganze Woche lang schwebte Helena im siebten Himmel, denn sie kam jeden Tag mit John zusammen. Sie war so unglücklich gewesen, daß Tante Amaryllis ihr jetzt sehr viel Freiheit ließ. John kam täglich ins Haus, war viel mit ihr allein und ging oft mit ihr im Park spazieren.
Er hatte sein herzogliches Zuhause verlassen und wohnte bei einem unverheirateten Freund. »Er beweist mehr Mut, als ich ihm zugetraut habe«, erwähnte ich Peterkin gegenüber. »Ich hätte nie geglaubt, daß er sich gegen seine Familie stellen würde.«
Peterkin pflichtete mir bei.
Doch wir irrten uns alle. Johns Familie setzte ihn offensichtlich unter Druck, und er war nicht fähig, ihm standzuhalten.
Er teilte es Helena nicht einmal persönlich mit, sondern schrieb ihr einen Brief, den sie mir zeigte.

> »Meine geliebte Helena,
> ich bedaure es zutiefst, aber ich kann nicht so weitermachen. Du hast keine Ahnung, was ich von meiner Familie ertragen muß. Es geht nicht nur um das Geld. Wo sollen wir wohnen? Mein Vater erklärt, daß ich von ihm nichts zu erwarten habe – überhaupt nichts. Sie sind alle gegen mich, Helena. Ich ertrage es nicht. Ich

weiß, daß ich nie imstande sein werde, meinen Lebensunterhalt selbst zu verdienen. Was für eine Arbeit käme für mich überhaupt in Frage?
Ich liebe dich und werde dich immer lieben. Aber wir müssen einander Lebewohl sagen.
John.«

Ich hatte noch nie erlebt, daß jemand so verzweifelt war wie Helena jetzt. Ich verwünschte John – er hätte nie zurückkommen dürfen. Dann hätte sie diesen Schicksalsschlag nur einmal ertragen müssen.
Ich versuchte, sie mit der Feststellung zu trösten, daß die Trennung wahrscheinlich das Beste für beide war, wenn John so schwach war. Sie stimmte mir nicht zu, denn John hatte ihr das Herz gebrochen, und das Leben war für sie unerträglich geworden.
Es waren schlimme Tage.
Ich hätte am liebsten London verlassen und allem, was hier geschehen war, den Rücken gekehrt. Doch ich war der einzige Mensch, mit dem Helena sich aussprechen konnte, und ich wollte sie nicht im Stich lassen.
Meine Eltern schrieben mir, daß ich angesichts unserer Abreise im September, des Skandals um Onkel Peter und wegen der nun doch nicht stattfindenden Hochzeit nach Hause zurückkehren sollte. Ich sollte sofort mit den Reisevorbereitungen beginnen und, sobald ich soweit war, nach Cador fahren, damit wir die Reise nach Australien gemeinsam antreten konnten.
Als ich Helena davon erzählte, sah sie niedergeschlagen aus, antwortete jedoch nichts.
Dann hatte ich eine Idee. »Warum begleitest du mich eigentlich nicht nach Cador, Helena?« fragte ich sie. »Damit kommst du von allem fort – in Cornwall wird es dir leichter fallen, über das Geschehene hinwegzukommen.«
Sie behauptete zwar, daß sie nie darüber hinwegkommen würde, doch sie wollte mich offenbar auf keinen Fall

verlieren, deshalb entschloß sie sich zu der Reise, und bald nach diesem Gespräch waren wir unterwegs nach Cador.

Ich genoß es, wieder zu Hause zu sein, und ich freute mich, Jacco wiederzusehen, der nach der langen Trennung besonders liebevoll zu mir war.

Meine Eltern traten Helena freundlich und verständnisvoll entgegen, und ich hatte den Eindruck, daß es ihr guttat, sich fern vom Schauplatz der tragischen Ereignisse zu befinden. Rolf war abwesend. Sein Vater war überraschend einem Herzanfall erlegen.

»Der arme Rolf ist sehr traurig«, erzählte mir Mutter. »Er ist jetzt zu Freunden in den Midlands gefahren, denn dieser Verlust hat ihn schwer getroffen. Wir alle hatten Mr. Hanson sehr gern.«

Mutter und ich führten viele ernste Gespräche; sie fand ebenfalls, daß es für Helena besser war, wenn sie John Milward nicht heiratete. Schließlich war er mündig und hatte trotzdem nicht den Mut gefunden, sich seinen Eltern zu widersetzen.

An den Vormittagen unternahmen Mutter und ich oft lange Spaziergänge auf den Kliffs. Helena blieb für gewöhnlich bis zum Mittagessen in ihrem Zimmer. Offenbar tat es ihr gut, länger liegenzubleiben, und wir ließen sie gewähren. Dadurch konnte ich öfter mit meiner Mutter zusammensein. Erst jetzt merkte ich, wie sehr sie mir gefehlt hatte.

Als wir einmal im Gras auf den Kliffs saßen und den Möwen bei ihren akrobatischen Flugkünsten zusahen, fragte sie mich: »Was hat Peter Lansdon eigentlich getan, als die Öffentlichkeit erfuhr, daß er mit diesen Klubs in Verbindung steht?«

»Getan? Eigentlich nichts. Es ließ ihn ziemlich kalt. Er gab unumwunden zu, daß es stimmte, und erinnerte anschließend seine Familie daran, daß sie dank dieses Geldes bisher nicht gerade schlecht gelebt hätte.«

»Die arme Amaryllis.«

»Mach dir ihretwegen keine Sorgen. Ihrer Meinung nach hat Onkel Peter immer recht. Mir tut einzig die arme Helena leid.«

»Ich möchte dir etwas über deinen Onkel Peter erzählen, Annora. Bis jetzt habe ich es sogar vor Vater geheimgehalten, doch nun habe ich es ihm gestanden, und wir sind beide der Meinung, daß du es ebenfalls erfahren solltest. Ich weiß, daß du dich mit Joe Cresswell gut verstanden hast; doch wie steht es mit Rolf?«

»Was soll mit ihm sein?«

»Vater und ich haben gehofft, daß du und Rolf eines Tages ein Paar werden würdet. Ich weiß, daß er etwas älter ist als du, aber das spielt keine große Rolle. Natürlich möchten wir vor allem, daß du glücklich wirst. Wir haben Rolf ins Herz geschlossen... er ist unser Nachbar... er gehört beinahe zur Familie. Als du noch ein Kind warst, hast du ihn angehimmelt, und Mr. Hanson und wir mußten oft darüber lächeln. Eure Heirat war zwischen ihm und uns eigentlich so gut wie abgemacht. Doch dann hast du dich verändert.«

»Ich bin erwachsen geworden.«

»Aber du magst ihn doch, nicht wahr?«

»Natürlich.«

»Vater würde sich über eure Verbindung sehr freuen. Er empfindet es als besonders angenehm, daß wir Rolf so gut kennen.«

»Man kennt einen Menschen nie. Jedenfalls nicht ganz«, widersprach ich.

»Jeder von uns hat eben seine Geheimnisse...«

Sie war sichtlich nervös und dachte offenbar an das Geheimnis, das sie mir anvertrauen wollte, wußte aber nicht recht, wie sie beginnen sollte. Deshalb hatte sie vorerst über etwas anderes gesprochen, um den entscheidenden Augenblick hinauszuschieben.

»Du darfst nicht vergessen, mein Liebling«, wiederholte sie, »daß wir vor allem wollen, daß du glücklich wirst.

Natürlich würden wir es gern sehen, wenn du in unserer Nähe lebtest – so sind Eltern eben –, aber wir wollen deine Entscheidung nicht beeinflussen. Wenn dich etwas bedrückt, dann sprich mit uns darüber; manchmal hilft es, wenn man sein Herz ausschütten kann.«

»Ich weiß, daß ich immer zu euch kommen kann, und wenn ich einmal vor einem unlösbaren Problem stehe, werde ich bestimmt zuerst mit euch darüber reden.«

Sie küßte mich, doch sie zögerte immer noch, als müsse sie Kraft sammeln. Dann fragte sie: »Hat dich Joe Cresswell enttäuscht? Du darfst ihn nicht für die Verfehlungen seines Vaters verantwortlich machen.«

»Das tue ich auch nicht. Im übrigen halte ich seinen Vater für unschuldig. Ihr habt ja in den Zeitungen über den Fall gelesen?«

Sie nickte.

»Du wolltest mir etwas erzählen, Mutter; hast du es dir anders überlcgt?«

Sie zögerte kurz, dann sagte sie: »Ich habe über Peter Lansdons Geschäfte Bescheid gewußt. Ich habe die Wahrheit vor langer Zeit herausgefunden, noch bevor ich Vater heiratete.«

»Du hast es nie erwähnt.«

»Das konnte ich nicht, weil er mich erpreßt hat. Wir haben einander gegenseitig erpreßt.«

»Das ist doch nicht möglich!«

»O doch. Manchmal tun die Menschen notgedrungen Dinge, die man ihnen nie zutrauen würde. Du hast immer ein behütetes Leben geführt und warst nie den Gefühlen und Versuchungen ausgesetzt, mit denen die meisten von uns zu kämpfen haben. Du weißt ja, daß dein Vater mein zweiter Ehemann ist.«

»Natürlich.«

»Mein erster Mann war freundlich, gut und sanft. Ich habe ihn geheiratet, ohne ihn wirklich zu lieben. Meine Liebe galt deinem Vater... aber du weißt ja, daß er nach Austra-

lien deportiert wurde. Er hat nie ein Geheimnis daraus gemacht. Mein erster Mann wurde noch vor unserer Hochzeit durch einen Unfall zu einem Krüppel. Ich versuchte, ihm eine gute Frau zu sein... doch dann kam dein Vater zurück. Du weißt noch nicht, was Leidenschaft ist. Wir konnten nicht anders. Ich wurde zu Lebzeiten meines ersten Mannes die Geliebte deines Vaters. Peter Lansdon entdeckte unser Verhältnis.«
»O Mutter...«
»Es war eine verzweifelte Situation.«
»Und er hat dich erpreßt?«
»In gewissem Sinn. Er ist ein sehr merkwürdiger Mann, er kennt nur ein einziges Ziel – es zu etwas zu bringen, den Menschen seinen Willen aufzuzwingen. Er ist der ehrgeizigste Mensch, den ich kenne. Ich habe sein Geheimnis entdeckt... das jetzt keines mehr ist.«
»Über die Klubs?«
»Ja... über ihren eigentlichen Zweck. Auch damals hat er mit schmutzigen Tricks gearbeitet, dafür gesorgt, daß er im richtigen Augenblick am richtigen Ort war.«
»Glaubst du, daß er Joseph Cresswell in eine Falle gelockt hat?«
»Ich bin davon überzeugt: Es ist typisch für seine Methoden. Als ich die Wahrheit über seine Klubs entdeckte, schlossen wir einen Pakt. Er wollte über deinen Vater und mich Stillschweigen bewahren, wenn ich nichts über seine Klubs verlauten ließ. Er pflegt sein Wort zu halten... außer die Umstände zwingen ihn, es zu brechen. Er schadet niemandem aus Rachsucht, sondern er ist nur bestrebt, aus allem Nutzen zu ziehen. Dein Joe Cresswell hat ihn jetzt entlarvt, nicht? Und du findest, daß er damit nicht richtig gehandelt hat.«
Ich war froh, endlich mit ihr darüber sprechen zu können. »Er wollte mit mir unter vier Augen zusammenkommen, besuchte mich, als die Familie außer Haus war, und brach in Onkel Peters Arbeitszimmer ein, während ich den Wein

holte, um den er mich gebeten hatte. Wenn ich nicht so leichtfertig gehandelt hätte, wäre er nie an die Beweise gelangt, die er brauchte. Helena wäre noch verlobt… und beinahe schon mit John Milward verheiratet.«

»Und du machst Joe dafür verantwortlich?«

»Was er getan hat, war nicht recht. Er hat dadurch nichts richtiggestellt. Er wollte beweisen, daß sein Vater in eine Falle gelockt wurde… und jetzt interessiert sich niemand dafür. Außerdem könnte er sich nur auf Chloes Aussage stützen, und ihr glaubt ohnehin kein Mensch. Man weiß, daß sie eine Prostituierte ist. Das Ganze war vollkommen unnötig. Warum konnte er es nicht auf sich beruhen lassen? Es hat seinem Vater nicht genützt und Helenas Leben zerstört.«

»Damit hast du recht. Trotzdem mußt du Joes Gefühle verstehen.«

»Das tue ich ja. Aber ich sehe ihn immer noch vor mir, wie er in Onkel Peters Büro stand und die Papiere in seine Brusttasche steckte.«

»Ich wollte dir nur vor Augen führen, Annora, daß kein Mensch vollkommen ist. Dein Vater und ich liebten einander sehr… und mein Mann war an den Rollstuhl gefesselt. Du mußt dir klar darüber sein, daß wir alle schwache Menschen sind. Urteile nicht zu streng.«

Die Eröffnungen meiner Mutter erschütterten mich tief. Ich konnte mir vorstellen, wie Peter Lansdon ihr erklärt hatte, daß sie beide schweigen mußten. Und sie war darauf eingegangen, damit ihr Mann nicht erfuhr, daß sie einen Liebhaber hatte. Doch ihre Liebe zu meinem Vater war so groß, daß sie nicht anders konnte, auch wenn sie damit Ehebruch beging.

Ich mußte für Joe Verständnis aufbringen.

Dennoch würde ich nie vergessen, wie er mit den Papieren in der Hand vor mir gestanden hatte, genau wie ich Rolf und die Sonnwendnacht nie vergessen konnte.

Nach dem Gespräch mit meiner Mutter versuchte ich,

vernünftig zu sein. Ich erwartete zuviel von den Menschen. Ich mußte Joes Beweggründe anerkennen, mußte mir bewußt machen, daß Rolf sich von seinen Gefühlen hatte mitreißen lassen. Er war gänzlich in der Vergangenheit aufgegangen, hatte sich im Geist in die Jahrhunderte versetzt, in denen man Hexen folterte, hatte für eine Nacht die Zivilisation abgestreift und war zu einem jener Menschen geworden, für deren Sitten und Gebräuche er sich so sehr interessierte.

Ich mußte Verständnis haben, einsehen, daß ich jung war und die Welt kaum kannte.

Doch ich konnte nicht vergessen.

Inzwischen gingen die Vorbereitungen für unsere Reise weiter.

»Wenn du doch hierbleiben könntest«, seufzte Helena.

»Du wirst dich besser fühlen, sobald du wieder in London bist. Dann hat sich die Aufregung längst gelegt. Die Zeit heilt wirklich alle Wunden.«

»Ich kann nicht nach London zurück, Annora. Ich will nicht zurück. Am liebsten würde ich hierbleiben.«

Damit brachte sie mich auf eine Idee. »Warum fährst du eigentlich nicht mit uns nach Australien, Helena?«

Ein ungläubiges Lächeln trat auf ihr Gesicht

Wir sprachen lange und ausführlich darüber, und meine Mutter schrieb an Tante Amaryllis, die stets unter ihrem Einfluß gestanden hatte. »Ich benahm mich wie eine autoritäre ältere Schwester«, pflegte sie zu erzählen.

Onkel Peter und Tante Amaryllis ließen sich schließlich davon überzeugen, daß eine Reise nach Australien genau das war, was Helena brauchte.

Helenas Stimmung besserte sich daraufhin merklich, und sie lächelte sogar gelegentlich.

Etwa eine Woche vor unserer Abreise kehrte Rolf zurück und besuchte uns sofort. Er wirkte melancholisch, und von dieser Seite kannte ich ihn nicht.

Jedesmal, wenn er bei uns war, unterhielt er sich mit meinem Vater eingehend über seinen Besitz, dessen Alleinerbe er war. Er hatte das Gut seit Jahren allein verwaltet, denn er, nicht sein Vater, hatte den Besitz zu dem gemacht, was er heute war. Aber es war doch etwas anderes, wenn er die Verantwortung ganz allein trug.

Rolf richtete es so ein, daß wir allein ausritten.

»Mir wäre leichter ums Herz, wenn du nicht auf diese Reise gingest, Annora«, meinte er. »Du fährst auf die andere Seite der Welt und wirst lange Zeit fortbleiben.«

»Es würde sich nicht lohnen, nur wegen einiger Wochen hinüberzufahren.«

»Und die lange Seereise kommt noch dazu. Als du in London warst, hast du mir sehr gefehlt. Hast du auch an Cador gedacht?«

»Oft.«

»Wenn du zurückkommst, werde ich ein langes Gespräch mit dir führen.«

»Worüber?«

»Über uns.«

»Du meinst, über dich und mich?«

Er nickte.

Wir ritten im Schritt, und er wandte sich mir zu: »Du brauchst sehr lang, um erwachsen zu werden.«

»Nicht länger als andere Mädchen.«

»Wirst du an mich denken, während du fort bist?«

»Sogar sehr häufig.«

»Wenn du zurückkommst, werden wir Pläne machen...«

Ich war plötzlich glücklich, denn damit konnte er nur eines meinen. Ich lächelte ihm zu. Durch seinen melancholischen Gesichtsausdruck wirkte er vollkommen verändert.

Ich erinnerte mich an Mutters Worte: »Du mußt versuchen, die Menschen zu verstehen.« Sie und Vater hatten gegen das Gesetz verstoßen. Das kam vor. Man durfte die Menschen nicht zu streng beurteilen. Ich mußte erwach-

sen werden und das Leben so sehen, wie es wirklich war. In diesem Augenblick konnte ich nicht begreifen, wie ich je auf den Gedanken gekommen war, Joe zu heiraten. Ich liebte Rolf, auch wenn ich jene schreckliche Nacht nicht aus meinem Gedächtnis löschen konnte.
Als wir zum Stall zurückkehrten, hob er mich aus dem Sattel und küßte mich.
Eigentlich war ich froh darüber, daß wir abreisten; unterwegs würde ich Ordnung in meine Gedanken bringen, mich mit verschiedenem abfinden und mich dazu durchringen können, daß ich trotz allem, was geschehen war, Rolf heiraten würde.

Auf hoher See

Anfang September liefen wir aus. Wir hatten uns einige Tage im Haus in der Albemarle Street aufgehalten, bevor wir nach Tilbury weiterreisten, um an Bord des Frachtschiffs zu gehen, mit dem wir nach Australien gelangen sollten. Die Aufregung über die bevorstehende Reise tat Helena sichtlich gut. Sie war noch immer traurig und verfiel gelegentlich auch in tiefe Melancholie, doch sie war wenigstens nicht mehr so niedergeschlagen, daß ihr alles gleichgültig war.

Amaryllis war natürlich über die Trennung bekümmert, aber auch sie hatte erkannt, daß es für Helena das Beste war. Peter Lansdon hingegen war die Unverwüstlichkeit in Person. Er benahm sich, als käme es alle Tage vor, daß ein Mann, der eine führende Position als Politiker angestrebt hat, gleichzeitig Bordellbesitzer ist. Er tat die Politik mit einem Achselzucken ab, und ich war davon überzeugt, daß er seine ungeheure Energie bald für neue Unternehmungen einsetzen würde.

Wir wurden von den Lansdons zum Abendessen eingeladen, und es war beinahe wie in alten Zeiten. Onkel Peter plauderte sorglos über die Tagesereignisse und lächelte meiner Mutter nur einmal ironisch zu. Wahrscheinlich wollte er sie an das längst überholte Übereinkommen erinnern und ihr zu verstehen geben, daß die Bloßstellungen ihn kaum getroffen hatten – obwohl er so bestrebt gewesen war, zu verheimlichen, worum es sich bei seinen Geschäften handelte. Er hatte sich mit der unangenehmen Situation abgefunden, und obwohl ich so viel Negatives über ihn erfahren hatte, mußte ich ihn wider Willen bewundern.

Er sprach lange über die Königin und Lord Melbourne; er

war davon überzeugt, daß es bald zu einer Wahl kommen würde, die Lord Melbourne aus dem Rennen werfen würde.
»Ich kann mir eigentlich nicht vorstellen, was Ihre Majestät tun wird, wenn sie ihren geliebten Minister verliert. Wahrscheinlich wird sie mit ihrem kleinen Fuß aufstampfen – doch das wird ihr leider nicht viel nützen. Angeblich kann sie Peel nicht leiden. Zugegeben, er ist so ernst, daß er bei einem jungen Mädchen kaum Anklang finden kann... und natürlich ist seine Lordschaft ein überaus charmanter Gentleman, und seine leicht skandalumwitterte Vergangenheit macht ihn noch interessanter.« Peter lächelte uns triumphierend an. »Leider haben die unartigen Menschen auf dieser Welt Erfolg, während man die Guten für langweilig hält.« Er ließ sich durch den Schicksalsschlag keineswegs um seine gute Laune bringen.
Sogar mein Vater bewunderte ihn, denn er hatte über die Sünden der anderen nie streng geurteilt. Meine Mutter stand Onkel Peter natürlich ablehnend gegenüber, was nach den Sorgen, die er ihr verursacht hatte, durchaus verständlich war.
Peterkin erzählte mir, daß er in Frances' Mission Joe getroffen und daß dieser alle seine politischen Ambitionen aufgegeben hatte. Ihm blieb nichts anderes übrig, er hätte keine Chance gehabt. Vielleicht geriet der Skandal in einigen Jahren in Vergessenheit, und Joe konnte in die Politik zurückkehren. Inzwischen war er in den Norden hinaufgefahren und arbeitete dort bei einer Gesellschaft, an der sein Vater beteiligt war.
Peterkin besuchte Frances immer häufiger und zeigte immer mehr Interesse an ihrer Arbeit.
»Mein Vater hat nichts dagegen«, erzählte er mir. »Er hält es für sehr publikumswirksam, wenn sein Sohn sich für Sozialarbeit interessiert; besonders gut macht sich dabei, daß ich mit Joseph Cresswells Tochter zusammenarbeite, denn es heißt ja, daß mein Vater Cresswell in eine Falle

gelockt hat. Er ist also ausnahmsweise mit meiner Tätigkeit einverstanden, und das ist für mich sehr angenehm. Zum ersten Mal in meinem Leben tue ich das, was ich wirklich will. Mein Vater hat der Mission Geld gespendet... einen ansehnlichen Betrag, so daß Frances das Haus kaufen konnte, das sie braucht. Natürlich hat Vater nichts dagegen, wenn die Presse erwähnt, von wem das Geld stammt.«

»Vielleicht betrachtet er es als eine Art Buße.«

»Bestimmt nicht. Es amüsiert ihn, wenn sich die Menschen fragen, ob die Herkunft des Geldes wirklich eine Rolle spielt, wenn es für eine so gute Sache gespendet wird.«

»Er ist ein Zyniker.«

»Er ist gerissenste, schlaueste Fuchs, den ich kenne.«

»Macht es dir und Frances nichts aus, dieses Geld anzunehmen?«

Peterkin sah mich spöttisch an. »Nein, obwohl es uns wahrscheinlich stören sollte. Frances und ich haben darüber gesprochen, auch wenn sie nie daran gedacht hat, es zurückzuweisen. Wenn es um ihre Arbeit geht, ist sie in bezug auf Geldquellen nicht zimperlich. Sie kann jeden Penny brauchen. Wenn du ihre Schützlinge sehen könntest, würdest du sie verstehen. Sie ist sehr klug. ›Wenn das Böse Gutes zeitigt, dann muß man diese Möglichkeit ausnützen‹, hat sie gemeint.«

Ich dachte oft über Peterkins Worte nach und gelangte allmählich zu der Erkenntnis, daß es im Leben nichts vollkommen Böses, aber auch nichts vollkommen Gutes gibt; daraufhin beschloß ich, mit meinen Urteilen vorsichtiger zu sein. Dann reisten wir endlich nach Tilbury ab und gingen an Bord unseres Schiffes, das fertige Kleidung, Mais, Hafer, Zucker, Tee und Kaffee sowie Vieh nach Australien brachte. Es bot nur wenigen Passagieren Platz, so daß wir unsere Mitreisenden im Lauf der Reise sehr gut kennenlernen würden.

Helena und ich waren in einer kleine Kabine untergebracht, in der es zwei übereinanderliegende Kojen, einen kleinen Schrank für unsere Kleider und einen kleinen Tisch gab, auf dem ein Spiegel befestigt war. Zum Glück war der größte Teil unseres Gepäcks im Frachtraum verstaut. Meine Eltern bezogen eine ähnlich ausgestattete Kabine neben uns, und Jacco teilte die seine mit einem anderen jungen Mann.

Wie waren sehr aufgeregt, als wir endlich vom Kai ablegten.

Der Kapitän lud uns in seine Kabine ein. Er war ein freundlicher Mann und trug einen Bart, der genauso dunkel und gelockt war wie seine Haare; seine braunen Augen waren von schweren Lidern überschattet.

»Willkommen an Bord«, begrüßte er uns. »Ich hoffe, daß die Reise für uns alle angenehm verlaufen wird. Sind Sie schon einmal auf einem Frachter gereist?«

Wir schüttelten die Köpfe, und Vater erwähnte, daß er bereits in Australien gewesen, damals jedoch mit einem wesentlich weniger komfortablen Schiff gereist war und daß das Ganze über zwanzig Jahre zurücklag.

»Inzwischen hat sich vieles verändert und verändert sich ununterbrochen weiter«, meinte der Kapitän. »Wir haben außer Ihnen noch drei Passagiere an Bord. Ein junger Mann, der in Australien irgendwelche Studien betreiben, und ein junges Paar, das sich dort niederlassen will. Im Grunde müßten wir gut miteinander auskommen. Man muß nur ein bißchen Rücksicht nehmen können, wenn Sie verstehen, was ich meine.«

»Ich verstehe Sie«, antwortete Vater. »Wenn man so lange Zeit so eng mit anderen Menschen zusammenlebt, kann es leicht zu Spannungen kommen.«

»Wir werden uns bemühen, Ihnen die Reise so angenehm wie möglich zu machen. Wir besitzen Spielkarten, und in einem der Räume steht sogar ein Klavier. In der Mannschaft gibt es einen guten Klavierspieler. Ich werde versu-

chen, die Überfahrt für Sie erträglich zu gestalten, aber wir sind hauptsächlich dazu da, Fracht zu befördern. Deshalb wissen wir nie genau, wie lange wir in den einzelnen Häfen liegen oder welche Häfen wir überhaupt anlaufen werden.«
»Dafür haben wir volles Verständnis«, versicherte Vater. »Wir möchten nur so rasch wie möglich nach Australien gelangen.«
»Dann werde ich Sie zufriedenstellen können. Ich habe auch die übrigen Passagiere zu mir gebeten, damit wir einander kennenlernen. Da kommen ja auch schon Mr. und Mrs. Prevost. Darf ich Ihnen Sir Jake, Lady Cador, ihre Kinder und ihre Nichte vorstellen?«
Wir schüttelten einander die Hände. Die Prevosts waren Anfang dreißig und machten einen angenehmen Eindruck. Während wir noch miteinander plauderten, traf der letzte Passagier ein – der mit Jacco eine Kabine teilte. Sobald ich ihn erblickte, hatte ich das Gefühl, daß ich ihn irgendwoher kannte.
»Das ist Mr. Matthew Hume«, stellte ihn der Kapitän vor. Der junge Mann schüttelte mir lächelnd die Hand, sah mich prüfend an und stellte fest: »Wir kennen uns.«
»Ich habe mich gerade gefragt...«
»In Frances Cresswells Mission.«
»Richtig. Sie haben uns damals empfangen.«
»Ich habe Sie nur kurz gesprochen, aber nie vergessen.«
»Das ist wirklich ein seltsamer Zufall«, bemerkte Vater. »Außer meiner Familie befinden sich nur drei Passagiere an Bord, und einer von ihnen kennt meine Tochter.«
»Wir haben damals nur ein paar Worte gewechselt«, meinte der junge Mann. »Ich habe in der Mission gearbeitet.«
»Ich finde, daß Miss Cresswells Wirken sehr segensreich ist«, meinte mein Vater.
Der junge Mann strahlte. »Frances Cresswell ist eine ungewöhnliche Frau und leistet Großartiges.«
»Es ist eine angenehme Überraschung, daß Sie einander

nicht vollkommen fremd sind«, mischte sich der Kapitän ein. »Wir essen in einer halben Stunde, und ich hoffe, daß Sie bis dahin zu der Erkenntnis gelangen, daß wir uns während der kommenden Wochen gut vertragen werden.«
»Ich bin so aufgeregt«, gestand Matthew Hume. »Ich versuche schon seit längerer Zeit, eine Schiffspassage zu ergattern; ich möchte Australien sehr gern kennenlernen.«
»Wir können es auch kaum erwarten, nicht wahr, Jim?« fragte Mrs. Prevost. »Für uns beginnt mit dieser Reise ein neues Leben.«
Als wir uns zum Abendessen begaben, wußten wir schon recht gut über einander Bescheid.
Wir saßen mit dem Kapitän und dem Ersten Offizier an einem Tisch, und Matthew Hume verstrickte mich sogleich in ein ernstes Gespräch. Wahrscheinlich unterhielt er sich deshalb so gern mit mir, weil ich ihm nicht vollkommen fremd war. Er erwähnte immer wieder die Mission und erzählte, daß er einmal daran gedacht hatte, Priester zu werden. Dann hatte er Frances' Mission besucht, und ihre Leistung hatte ihn in Staunen versetzt.
»Die liebe Frances verläßt sich darauf, daß Menschen wie ich ihr helfen. Man muß diese Arbeit gern machen, wenn man dabeibleiben will. Frances sucht Menschen mit sozialem Gewissen, Menschen, die in einer reichen – oder relativ reichen – Familie aufgewachsen und bereit sind, sich für Menschen einzusetzen, die bei der Wahl ihrer Eltern Pech hatten. Frances hat immer ihr Ziel vor Augen und hat mich sehr rasch durch ihre Hingabe an ihr Werk angesteckt.«
Ich nickte und dachte an Peterkin. »Mein Vetter sieht es genauso wie Sie.«
»Ich habe Schreckliches mitansehen müssen«, fuhr Matthew fort. »Herzzerreißende Szenen. Und ich habe einige Gefängnisse besucht. Deshalb fahre ich unter anderem nach Australien – um die Bedingungen kennenzulernen, unter denen die Deportierten leben müssen. Ich möchte

ein Buch darüber schreiben und die Öffentlichkeit auf die Zustände in Australien aufmerksam machen. Ich halte die Deportationen für falsch und schlecht und finde, daß wir damit aufhören sollten.«

Er war in Erregung geraten und kam mir sehr jung vor. Wie alt er wohl war? Dreiundzwanzig? Vielleicht sogar jünger.

»Ich hatte die Ehre, Mrs. Elizabeth Fry kennenzulernen«, fuhr er fort. »Sie hat sich mit mir über die Verhältnisse in den Gefängnissen unterhalten, und sie hat bereits sehr viel für die Gefangenen erreicht.«

Wir wurden unterbrochen, weil einer der Passagiere den Kapitän fragte, in welchen Häfen wir anlegen und wie lang wir uns in jedem aufhalten würden.

Der Kapitän erklärte, daß die Dauer des Aufenthalts vom Ent- und Beladen der Fracht abhing. Er würde uns jedesmal mitteilen, wann wir wieder auf das Schiff zurückkehren mußten.

»Ich muß Sie allerdings bitten, sich genau an die von mir angegebene Zeit zu halten«, fügte er hinzu. »Wir müssen uns bei einem Schiff dieser Bauart nach den Gezeiten, nicht nach den Wünschen der Passagiere richten.«

Dann erzählten die Prevosts von ihren Plänen.

»Wir werden ein Stück Land erwerben«, meinte Jim Prevost. »Man bekommt es sehr billig. Zuhause ist es schwierig geworden, seinen Lebensunterhalt zu verdienen – die Reform Bill, die Corn Laws und die Mißernten. Angeblich ist das Klima in Australien ideal.«

Vater widersprach ihm. Nirgends auf der Welt könnte man sich auf das Klima verlassen, und in Australien gäbe es natürlich auch Dürreperioden und Seuchen. Er hätte es während seines neunjährigen Aufenthalts auf diesem Kontinent am eigenen Leib erfahren. Zwar läge das alles über zwanzig Jahre zurück, aber die klimatischen Verhältnisse änderten sich nie.

Als Vater die bestürzten Gesichter der Prevosts bemerkte,

fügte er rasch hinzu: »Aber die Vorteile heben die Nachteile bei weitem auf. Angeblich kostet das Land in einigen Teilen Australiens überhaupt nichts.«
Die Mienen der Prevosts hellten sich wieder auf, und Vater berichtete von seinen Erfahrungen als Farmer in Australien.
Unter diesen Gesprächen verging der Abend.
Helena hatte sich kaum an der Unterhaltung beteiligt, doch sie beobachtete ihre Umgebung neugierig, und ich war davon überzeugt, daß die Reise ihre trüben Gedanken zerstreuen würde.

Ich genoß die Zeit auf hoher See. Die Mannschaft war freundlich und immer bereit, Fragen zu beantworten, und selbst im berüchtigten Golf von Biskaya hatten wir gutes Wetter.
Helena hielt sich viel in der Kabine auf, weil sie oft seekrank war. Das war ein schlechtes Zeichen, denn vorläufig hatten wir noch nie rauhe See erlebt. Sie meinte, daß ihre Übelkeit vom ständigen leichten Schaukeln des Schiffes ausgelöst wurde. Jacco und ich genossen die Seereise. Wir veranstalteten auf den Decks Wettrennen; der uns zur Verfügung stehende Raum war nicht groß, aber es machte uns trotzdem Spaß: Wenn wir müde waren, stellten wir uns an die Reling und blickten in das wirbelnde, grüne Wasser hinunter.
Unsere Eltern gingen Arm in Arm auf Deck spazieren, und Mutter hörte Vater fasziniert zu, während er von seinen Erlebnissen als Sträfling erzählte. Die Reise und die Aussicht, Australien wiederzusehen, hatten für ihn die Vergangenheit lebendig werden lassen.
Auch unsere Mitreisenden sorgten für Abwechslung. Die Prevosts, die begeistert Pläne schmiedeten, versuchten ständig, Vater mit Beschlag zu belegen, um von ihm möglichst viel über ihre neue Heimat zu erfahren. Als er eines Abends in besonders mitteilsamer Stimmung war,

erzählte er ihnen, daß er seinerzeit nach Australien deportiert worden war. Er sprach beinahe humorvoll darüber und bagatellisierte seine Leiden, so daß ihm alle gespannt zuhörten.

Als Matthew Hume erfuhr, daß Vater tatsächlich als Sträfling gearbeitet hatte, geriet er vor Freude beinahe außer sich.

»Das ist Wissen aus erster Hand«, rief er, »genau das suche ich.«

»Seit meiner Zeit hat sich bestimmt viel geändert«, warnte ihn Vater. »Das Leben ist einem ständigen Wechsel unterworfen.«

»Dennoch ist es für mich eine einmalige Gelegenheit«, beharrte Matthew.

Er saß stundenlang mit einem Notizbuch neben meinem Vater.

»Es ist wirklich ein Glücksfall«, bemerkte er zu mir.

»Für meinen Vater war es damals allerdings keiner.«

Er wurde ernst. »Trotzdem. Jetzt ist er ein angesehener Mann, obwohl er soviel mitgemacht hat.«

»Ihn erwarteten ein Landgut und ein Adelstitel.«

»Er muß mir seine ganze Lebensgeschichte erzählen«, beschloß Matthew daraufhin.

Er war ein sehr ernster und etwas humorloser junger Mann, doch er hatte sich ein Ziel gesetzt, und das gefiel mir an ihm.

»Er ist von Natur aus ein gütiger Mensch«, erwähnte ich Mutter gegenüber.

»Ihm liegt bestimmt sehr viel daran, die Menschen zu verbessern«, antwortete sie. »Doch die jungen Menschen jagen oft ihren Träumen nach und vergessen die praktischen Dinge des Lebens. Ihre Welt besteht aus Phantasiegebilden statt aus der Wirklichkeit.«

»Nimm ihm nicht seine Illusionen. Er ist von seinem Traum beflügelt.«

Der erste Hafen, in dem wir anlegten, war Madeira, wo

wir Fracht aus- und Weinfässer einluden. Dadurch hatten wir Gelegenheit, an Land zu gehen, und Vater mietete zwei Kutschen, in denen wir rund um die Insel fuhren. Meine Eltern und die Prevosts saßen in einem Wagen, Helena, Matthew, Jacco und ich in dem zweiten.
Die Insel bot mit ihren Bergen und der üppigen Blumenpracht einen herrlichen Anblick, und wir genossen es, nach der langen Zeit auf See wieder Land unter den Füßen zu haben. Wir waren alle sehr fröhlich – bis auf Helena, doch von ihr waren wir nichts anderes gewöhnt. Wir aßen in einer Taverne in Funchal und kehrten dann an Bord zurück. Kurz darauf befanden wir uns wieder auf See.
Das Abendessen am darauffolgenden Tag verlief recht lebhaft, denn wir sprachen über unsere Erlebnisse in Madeira und nahmen uns vor, in jedem Hafen, den das Schiff anlief, an Land zu gehen. Wir hatten vom Madeirawein getrunken, den wir an Bord genommen hatten, und waren alle in fröhlicher Stimmung. Nur in Helenas Augen glitzerten Tränen, und ich fragte mich, ob sie denn ihr Leben lang trauern wollte. John Milford war nicht Manns genug gewesen, um sich gegen seine Eltern durchzusetzen, und sie mußte sich damit abfinden. Ich hätte ihr am liebsten geraten, sich ein Beispiel an den Prevosts zu nehmen, die in eine ungewisse Zukunft fuhren, oder an dem ernsten Matthew Hume, der an seine Mission glaubte.
Als wir an diesem Abend zu Bett gingen, überlegte ich, wie ich Helena aufheitern konnte. Sie war allerdings so sehr in ihrem Kummer versunken, daß ich nicht wußte, wie ich anfangen sollte.
Ich versuchte es dennoch.
Wir lagen in unseren Kojen – sie in der oberen –, und das Schiff schaukelte leicht.
»Ich komme mir vor wie ein Kind in der Wiege«, bemerkte ich.
»Ja.«
»Bist du schläfrig, Helena?«

»Nein.«
»Dann können wir ja noch eine Weile plaudern. Du zeigst so wenig Interesse für deine Umgebung, und dabei ist alles für uns neu. Madeira ist eine entzückende Insel, aber ich bin davon überzeugt, daß du die schöne Landschaft gar nicht bemerkt hast.«
Sie schwieg.
»Du mußt dich zwingen zu vergessen, Helena, sonst kommst du nie darüber hinweg.«
»Ich werde nie darüber hinwegkommen, Annora. Es gibt etwas, das mir diese Episode stets ins Gedächtnis rufen wird. Du weißt nicht, was geschehen ist.«
»Dann erzähl es mir.«
»Ich bringe es fast nicht über mich; aber du mußt es ja einmal erfahren. Ich bekomme ein Kind, Annora.«
»Helena!«
»Ich bin meiner Sache beinahe sicher.«
»Das ist doch nicht möglich...«
»O doch. Weißt du, als John zu mir zurückkam... als er sich gegen seine Familie stellen wollte... da ist es geschehen. Er war der einzige Mensch, der mich je geliebt hat, und ich konnte einfach nicht anders. Und jetzt ist alles aus und ich bin schwanger.«
Ich war so erschüttert, daß ich nicht wußte, wie ich sie trösten sollte.
Am liebsten wäre ich aufgestanden und geradewegs zu meinen Eltern gegangen, um sie um Rat zu fragen.
»Wie stellst du dir die Zukunft vor, Helena?« fragte ich schließlich.
»Ich weiß es nicht; ich habe solche Angst.«
»Meine Mutter wird bestimmt Rat wissen.«
»Überleg doch, was das bedeutet, Annora. Ich kann nie wieder nach Hause zurück. Was würde mein Vater dazu sagen?«
»Er kann sich kaum als Tugendwächter aufspielen.«
»Ich weiß. Das macht es noch schlimmer.«

»Ich bin jedenfalls froh, daß du es mir erzählt hast.«
»Ich wollte es dir schon längst beichten, ich habe nur nicht den Mut dazu gefunden.«
»Wann...«
»Irgendwann im April.«
»Dann haben wir ja noch Zeit, uns etwas einfallen zu lassen.«
»Was sollen wir uns einfallen lassen?«
»Was wir unternehmen können. Meine Eltern werden bestimmt die beste Lösung finden. Es ist gut, daß du bei uns und nicht zu Hause bist.«
»Ich weiß.«
»Ein Baby«, wiederholte ich leise. »Ein süßes, kleines Baby. Das ist wunderbar.«
»Es wäre wunderbar, wenn...«
»Trotzdem... es wird dein Kind sein.«
Ich sah das Baby vor mir... mit blonden Haaren wie Tante Amaryllis, mit einem süßen Gesichtchen, zart wie eine Blüte. Einige Augenblicke lang vergaß ich, in was für einer schwierigen Lage sich Helena befand.
»Mir fällt keine Lösung ein. Manchmal denke ich, daß es am besten wäre, wenn ich über Bord spränge.«
»Sag so etwas Schreckliches nie wieder! Du darfst nicht einmal daran denken! Natürlich stellt uns diese Tatsache vor Probleme, doch meine Eltern, Jacco, ich – wir werden dir helfen. Du wirst sehen, es wird alles in Ordnung kommen, und du wirst dich über dein süßes, kleines Kind freuen.«
»Ich kann es nicht so sehen wie du, es kommt zuviel auf mich zu. Damit habe ich nie gerechnet: Ich habe geglaubt, daß John und ich miteinander glücklich werden würden.«
»Vielleicht solltest du es John mitteilen.«
»Dazu bin ich nicht imstande.«
»Er würde dich dann heiraten.«
»Nein, nein«, widersprach sie beinahe hysterisch, deshalb meinte ich beruhigend:

»Wahrscheinlich hast du recht. Hast du etwas dagegen, wenn ich es meiner Mutter erzähle?«
»Ich möchte nicht, daß es jemand erfährt.«
»Meine Eltern werden es unweigerlich erfahren; sie werden dir bestimmt helfen.«
»Es ist eine große Erleichterung für mich, daß du es weißt.«
»Arme Helena. Es muß für dich schrecklich gewesen sein... und du kannst doch überhaupt nichts dafür.«
Wenn es nicht um den Vorsitz in dem Komitee gegangen wäre, hätten die beiden sehr bald geheiratet, und niemand hätte etwas erfahren, dachte ich unwillkürlich.
»Jetzt verstehe ich erst, warum dir so oft schlecht war.«
»Ja, die Schwangerschaft muß daran schuld sein. Mir ist am Morgen manchmal entsetzlich übel.«
»Du hättest mich sofort einweihen müssen.«
»Das habe ich nicht fertiggebracht.«
»Helena, ich möchte unbedingt meine Mutter ins Vertrauen ziehen, denn von ihr kannst du am ehesten Hilfe erwarten. Bist du damit einverstanden?«
Sie zögerte. »Gut. Und du wirst zu mir stehen, nicht wahr, Annora?«
»Meine ganze Familie wird zu dir stehen. Ich werde alles tun, was in meiner Macht steht, das verspreche ich dir.«
»Ich bin so froh, daß ich dich habe.«
»Und ich bin froh, daß wir bei dir sind. Glaub mir, Helena... es wird sich alles zum Guten wenden.«
»Seit ich es dir gestanden habe, glaube ich es beinahe selbst. Es ist, als wäre mir eine schwere Last vom Herzen genommen.«
Ich war von Zärtlichkeit und dem Bedürfnis erfüllt, Helena zu beschützen.
Ich benützte die erste sich bietende Gelegenheit, um es meiner Mutter mitzuteilen. Ich bat sie, mit mir an Deck zu gehen, weil ich mit ihr unter vier Augen sprechen wollte. Das Meer war bewegt; wir waren allein an Deck, fanden

eine geschützte Stelle, wo wir uns auf eine Bank setzen konnten, und ich platzte heraus: »Helena bekommt ein Kind.«
Sie erschrak sichtlich.
»Ein Kind!« wiederholte sie.
»Ja. Sie hat ja geglaubt, daß sie und John heiraten würden.«
»Ich verstehe.«
»Was sollen wir tun?«
Mutter schwieg eine Weile. »Das arme Mädchen«, meinte sie schließlich. »Kein Wunder, daß sie den Eindruck machte, als würde sie am liebsten über Bord springen.«
»Das hat sie sogar erwähnt.«
»Gib um Himmels willen auf sie acht. Sie verliert vielleicht den Kopf, und dann kann alles Mögliche geschehen.«
»Um sie zu beruhigen, habe ich ihr versprochen, daß wir uns ihrer annehmen werden.«
Mutter nickte. »Es ist gut, daß wir nach Australien unterwegs sind. Dort kennt sie niemand, und wir werden eine Lösung finden. Wann?«
»Vermutlich im April.«
»Dann haben wir ja noch Zeit.«
»Wenn ich nur wüßte, was wir tun können.«
»An Bord können wir überhaupt nichts unternehmen, sondern müssen sie nur beruhigen. Wir müssen ihr vor Augen führen, daß es keine außergewöhnliche Situation ist und daß sie bestimmt nicht das erste Mädchen ist, das sich in dieser Lage befindet... Dann werden wir überlegen, welche Möglichkeiten uns in Sydney offenstehen. Im Augenblick soll sie nur auf ihre Gesundheit achten. Ich bin froh, daß ihr zu zweit in einer Kabine seid. Beruhige sie und sorge dafür, daß sie nicht vor Schuldgefühlen verzweifelt. Ich werde mit Vater sprechen. Er wird einen Ausweg finden, und wir werden in Sydney alles in Ordnung bringen. Wie gesagt – es ist gut, daß wir nicht zu Hause sind. Dort wäre es viel schwieriger gewesen. In Sydney gibt es

bestimmt genügend Ärzte und Hebammen. Vater und ich werden uns um alles kümmern; du sorge nur dafür, daß sie nicht zuviel grübelt. Das ist das Wichtigste.«
»Sie ist sehr froh darüber, daß sie so weit von England entfernt ist.«
»Amaryllis hätte ihr bestimmt geholfen.«
»Sie will nicht, daß ihr Vater davon erfährt.«
»Er ist der letzte, der das Recht hat, sie zu verurteilen.«
»Ich werde ihr sagen, daß du jetzt im Bilde bist und daß du ihr helfen wirst. Doch was wird sein, wenn wir mit dem Kind nach Hause zurückkehren?«
»Kommt Zeit, kommt Rat. Rede ihr ihre Selbstmordgedanken aus und erkläre ihr, daß ihr Zustand etwas ganz Natürliches ist. Vor allem aber, daß sie sich bei ihren Verwandten befindet, die ihr bestimmt zur Seite stehen werden.«
»Ich bin dir ja so dankbar; jetzt sieht alles viel weniger schlimm aus.«
Sie drückte mir lächelnd die Hand, und wir sprachen noch lange über die Probleme, vor denen wir standen. Dann entdeckte uns Vater, der uns gesucht hatte.
»Da seid ihr ja. Tauscht ihr Geheimnisse aus?«
»Annora hat mir gerade eine überraschende Neuigkeit mitgeteilt«, erwiderte Mutter.
»Und zwar?«
»Helena bekommt ein Kind.«
»Du meine Güte! John Milward?«
Ich nickte.
»Er muß sie heiraten.«
»Sie will nicht, daß er es erfährt.«
»Allerdings wüßte ich nicht«, fuhr Vater fort, »wie wir ihn so schnell nach Australien holen könnten.«
»Wir müssen äußerste Diskretion walten lassen, Jake.«
»Meinst du damit, daß ich mich heraushalten soll?«
»Auf gar keinen Fall«, widersprach ich. »Wir brauchen deine Hilfe. Mutter meint, daß es vorläufig zu keinen

Schwierigkeiten kommen wird. Die Probleme werden sich erst stellen, wenn wir mit dem Kind nach England zurückkehren wollen.«

»Wir könnten eine Ehe erfinden, die sofort Früchte getragen hat; leider ist der Ehemann bei einem Unfall ums Leben gekommen.«

»Du bist etwas voreilig, Jake«, wandte Mutter ein. »Wir müssen Helena erst mit diesem Gedanken vertraut machen. Es hat keinen Sinn, so weit vorauszuplanen. Annora kann ja allmählich bei ihr vorfühlen.«

»Zunächst werde ich ihr berichten, daß ihr alles wißt und für ihre Lage Verständnis habt«, sagte ich, »und daß ihr sie weder für verderbt noch für leichtfertig haltet. Ihr hättet beide gemeint, daß so etwas öfter vorkäme und daß sie keinen Grund hätte, sich zu schämen, weil sie und John einander geliebt hätten. Schuld an Helenas schwieriger Lage ist nur Johns stolze Familie.«

»Du legst mir diese Worte in den Mund«, wandte Vater ein.

»Aber du bist doch auch dieser Ansicht. Oder verurteilst du Helena etwa?«

»Selbstverständlich nicht.«

»Ich kann ihr also berichten, was wir besprochen haben. Ich gehe sofort zu ihr. Wahrscheinlich liegt sie in ihrer Koje, wie beinahe die ganze Zeit. Ich bin sehr froh, daß ihr es wißt, denn ihr werdet Helena bestimmt beistehen können.«

Als ich in die Kabine zurückkehrte, lag Helena, wie erwartet, im Bett.

»Komm herunter, Helena«, forderte ich sie auf, »ich habe eine gute Nachricht für dich. Ich habe meine Eltern ins Vertrauen gezogen. Mein Vater meint, daß so etwas öfter vorkomme und daß du dir keine Sorgen machen solltest. Meine Eltern haben Verständnis für deine Lage und wissen schon genau, wie wir dir helfen können.«

Sie war inzwischen heruntergeklettert, und ich trat zu ihr

und schloß sie in die Arme. Sie klammerte sich an mich, und ich empfand wieder das Bedürfnis, sie zu beschützen.

Nachdem wir diese Hürde genommen hatten, wurde Helena etwas heiterer und sah nicht mehr verzweifelt und verängstigt aus, obwohl sie oft unter Übelkeit litt. Ich hatte den Eindruck, daß sie allmählich begann, sich auf ihr Kind zu freuen.

Sie war von Natur aus ein mütterlicher Typ, und wenn sie John geheiratet und ihm viele Kinder geboren hätte, wäre ihr Glück wahrscheinlich vollkommen gewesen.

Sie lag noch immer sehr oft in ihrer Koje, denn die Schwangerschaft bereitete ihr Beschwerden. Weil jedoch der psychische Druck von ihr genommen war, ging es ihr allmählich auch körperlich besser.

Ich war sehr oft mit Matthew Hume zusammen, und zwischen uns entwickelte sich eine richtige Freundschaft. Jacco vertrug sich sehr gut mit Jim Prevost. Jacco würde in absehbarer Zeit Vater bei der Verwaltung von Cador unterstützen, und hatte schon viel von ihm gelernt. Dadurch konnte er Jim, der ja Farmer werden wollte, einige nützliche Ratschlägen geben.

Für Jim Prevost gab es eigentlich nur ein Gesprächsthema: seine Farm. Das war auch der Grund dafür, daß er immer häufiger in Jaccos Gesellschaft anzutreffen war.

Matthew interessierte mich, weil er so ernst und zielstrebig war. Obwohl er sehr ehrgeizig war, wenn es sich um seine Missionspläne handelte, war er überhaupt nicht egozentrisch und besaß sehr viel Einfühlungsvermögen und Verständnis für andere Menschen.

In seinem Gepäck führte er einige Bücher mit, die sich alle mit dem Gefängniswesen befaßten. Über dieses Thema konnte er stundenlang reden. Er hatte einmal Frances nach Newgate begleitet, als sie dort einige ihrer Schützlinge besuchte, die ihrer Meinung nach zu Unrecht verurteilt worden waren.

»Frances ist wunderbar«, wiederholte er immer wieder. »Sie ist eine so starke Persönlichkeit, daß sie sich überall durchsetzt. Newgate ist fürchterlich, Annora. Es liegt gegenüber von Old Bailey am westlichen Ende der Newgate Street. Jedesmal, wenn ich es sehe, schaudert es mich. Wissen Sie, daß es dort bereits im dreizehnten Jahrhundert ein Gefängnis gegeben hat? Stellen Sie sich einmal vor, wie viele Menschen dort schon eingekerkert waren. Wieviel Leid und Elend müssen die hohen, fensterlosen Mauern gesehen haben! Natürlich handelt es sich nicht mehr um das ursprüngliche Gebäude, denn das ist während des großen Brandes zerstört worden. Das heutige Gefängnis ist etwa hundert Jahre danach errichtet worden. Ist Ihnen der Gordon-Aufruhr von 1780 ein Begriff? Damals ist es wieder beinahe zur Gänze abgebrannt, und sehr viele Gefangene sind entkommen. Die Einstellung der Menschen den Sträflingen gegenüber ist vollkommen falsch. Man sperrt sie ein, weil man sie als lästig empfindet und man sie loswerden will. Wenn ein Kind einen Laib Brot stiehlt, weil es hungrig ist, wird es zusammen mit einem Mörder eingesperrt. Die Menschen machen sich darüber viel zu wenig Gedanken, und deshalb ist das ganze System falsch. Mrs. Elizabeth Fry hat sehr viel für die Gefangenen erreicht, und ich hatte die Ehre, sie kennenzulernen.«

»Hat sie Frances' Mission besucht?«

»Nein, ich habe ihr geschrieben und in dem Brief erwähnt, daß ich mich für Gefängnisse und Gefangene interessiere; daraufhin hat sie mich aufgefordert, sie zu besuchen. Sie hat mich in ihrem Haus in Plashet empfangen, und das Gespräch mit ihr hat bei mir einen tiefen Eindruck hinterlassen. Ich habe ihr von Frances und ihrer Mission erzählt, was sie sehr interessiert hat. Leider ist sie nicht mehr jung. Sie hat mir von ihrem schon zwanzig Jahre zurückliegenden Besuch in Newgate berichtet. Niemals hatte sie das damals Gesehene vergessen können. Im Gefängnis befanden sich etwa dreihundert Frauen, zum Teil mit ihren

Kindern. Einige dieser Frauen hatten nie vor Gericht gestanden. Es gab nicht einmal genügend Pritschen für alle. Sie schliefen auf dem blanken Boden und hüllten sich in ihre Lumpen. Damals konnte Mrs. Fry nichts anderes für sie tun, als ihnen Kleidung zu bringen, und das tat sie auch. Und sie wandte sich an ihre Freunde um Unterstützung und widmete schließlich ihr Leben dieser Aufgabe. Sie hat eine Gesellschaft zur Verbesserung der Lage weiblicher Gefangener gegründet und in Newgate eine Schule und eine Manufaktur eingerichtet. Ihre Bemühungen beschränken sich nicht nur auf Newgate; sie hat in ganz England und sogar auf dem Kontinent Gefängnisse besucht. Ich möchte mein Leben ebenfalls dieser Aufgabe widmen, Annora.«

»Frances denkt genau wie Sie.«

»Frances ist anders als Mrs. Fry. Mrs. Fry ist sanft, Frances ist unsentimental, beinahe zynisch. Sie hat der Gesellschaft den Kampf angesagt.«

»Aber sie erzielt Erfolge, und das allein zählt.«

»Das stimmt. Ich bewundere Frances sehr.«

»Mein Vetter, Peterkin Lansdon, ist von Frances' Arbeit ebenfalls sehr beeindruckt.«

»So geht es jedem, der ihre Mission aufsucht. Man hat das Gefühl, daß es die Mühe wert ist und daß sie sich für eine gute Sache einsetzt, genau wie Mrs. Fry. Doch es muß noch sehr viel geschehen. Zum Beispiel die Deportationen. Ich halte es für sehr grausam, so mit Menschen umzugehen.«

Ich erzählte ihm Digorys Geschichte.

»Sieben Jahre, weil er einen Fasan gewildert hat! Wegen eines so geringfügigen Vergehens ist er aus seiner Heimat, von seiner Familie weggebracht worden... und dabei war er beinahe noch ein Kind.«

»Er hatte kein Zuhause und keine Familie. Er war auch keineswegs unschuldig. Er war ein Dieb und wäre es wahrscheinlich sein Leben lang geblieben. Ich frage mich oft, ob er sich geändert hätte, wenn man ihm die Möglichkeit dazu geboten hätte.«

»Vielleicht sehen Sie ihn in Australien wieder.«

»Das hält mein Vater für sehr unwahrscheinlich. Wir wissen ja nicht, in welchen Teil Australiens er gebracht wurde.«

»Ich werde ganz Australien bereisen, denn ich will mich aus eigener Anschauung über die Lage der Gefangenen informieren. Warum sie angeklagt waren, wie die Überfahrt verlaufen ist, was nach ihrer Ankunft mit ihnen geschah.«

»Mein Vater hat Ihnen ja schon von seinen Erfahrungen erzählt. Er hat Glück gehabt. Er wurde einem Farmer zugeteilt, der zwar von seinen Arbeitern viel verlangt hat, aber gerecht war. Vater wurde sein Freund. Nachdem er seine Strafe verbüßt hatte, hat er eine Farm erworben, die sich heute noch in seinem Besitz befindet.«

»Ich weiß. Seine Geschichte ist äußerst interessant. Bei ihm hat es sich ja um einen ganz besonderen Fall gehandelt.«

»Das stimmt. Er sagt immer, daß er am Galgen gelandet wäre, wenn Mutter meinen Großvater nicht dazu gezwungen hätte, ihn vor diesem Schicksal zu bewahren.«

»Ich möchte erreichen, daß die Deportationen noch zu meinen Lebzeiten eingestellt werden. Ich möchte die Gefängnisse reformieren. Sobald ich genügend Informationen gesammelt und mein Buch darüber veröffentlicht habe, möchte ich, daß es möglichst große Verbreitung findet. Ich strebe ein Gesetz an, durch das die Gefängnisse geändert werden. Ich möchte das Gewissen der Menschen wachrütteln.«

»Sie haben sich viel vorgenommen, Matthew.«

»Man erreicht am ehesten etwas, indem man sich entschlossen an die Arbeit macht.«

»Sie sind so… selbstlos.«

»Das fällt mir leicht. Die meisten Menschen müssen für

ihren Lebensunterhalt arbeiten und können sich daher nur gelegentlich anderen Aufgaben widmen. Ich habe zum Glück ein Vermögen geerbt, von dem ich meine bescheidenen Bedürfnisse bestreiten kann, und kann meine gesamte Zeit den Anliegen widmen, die mir wirklich am Herzen liegen, statt mich in dem zermürbenden Kampf ums tägliche Brot aufzureiben.«
»Das ist natürlich ein großer Vorteil.«
»Für den ich Gott danke.«
»Ich bin so froh, daß es Sie gibt.«

Als wir uns dem Kap der Guten Hoffnung näherten, setzten Stürme ein. Als unser Schiff dem heftigen Wind und dem hohen Seegang ausgesetzt war, wirkte es plötzlich zerbrechlich. Zeitweise konnte man sich nicht auf den Beinen halten. Helena blieb die ganze Zeit in ihrer Koje liegen, aber Jacco und ich gingen an Deck, denn die frische Seeluft vertrieb die leichte Übelkeit, unter der wir alle litten.
Wir klammerten uns an die Reling und sahen zu, wie die Wellen wütend gegen den Schiffsrumpf prallten. Insgeheim fragten wir uns beide, wie lange unser schwaches Schiff dem Toben der Elemente standhalten konnte.
Die Mannschaft hatte Tag und Nacht alle Hände voll zu tun und daher keine Zeit für uns. Jacco und ich tasteten uns vorsichtig zu einer Bank, die vor dem heulenden Wind ein wenig geschützt war.
»Wie es wohl ist, wenn man plötzlich in die tobende See geschleudert wird?« meinte Jacco.
»Wir hätten nicht die geringste Überlebenschance.«
»Angeblich zieht das ganze Leben blitzschnell an einem vorbei.«
»Ich würde annehmen, daß man eher an die Gegenwart als an die Vergangenheit denkt«, bemerkte ich ironisch. »Man ist bestimmt vollauf damit beschäftigt, sich über Wasser zu halten.«

»Der Maschinenmaat hat heute früh behauptet, daß er schon schlimmere Stürme erlebt hat. Aber es ist ja noch nicht aller Tage Abend.«

»Du kannst einem wirklich Mut machen.«

»Mrs. Prevost hütet das Bett, und ihr Mann fühlt sich auch nicht sehr wohl. Wo steckt Helena?«

»In ihrer Koje. Wahrscheinlich zittert sie vor Angst. Eigentlich sollte ich mich um sie kümmern.«

»Vergiß nicht, dich festzuhalten, solange du an Deck bist.«

»Ich werde sehr vorsichtig sein.«

»Helena!« rief ich, als ich die Kabine betrat. »Ich glaube, daß der Sturm nachläßt. Wie geht es dir?«

Keine Antwort.

»Helena«, wiederholte ich und trat an die Koje. Sie war leer.

Ich wunderte mich. Offenbar war sie an Deck gegangen, obwohl sie noch am Morgen erwähnt hatte, daß sie sich nicht wohl fühle und daß das Schlingern und Stampfen des Schiffs ihren Zustand verschlechterte.

Ich öffnete den Schrank, in dem unsere Kleidung dicht gedrängt hing, weil der Platz sehr beschränkt war.

Ihr Regenmantel und ihre Stiefel waren nicht da.

Sie war also tatsächlich an Deck gegangen.

Ich geriet in Panik. Man mußte sich an Deck sehr vorsichtig bewegen. Was suchte sie überhaupt oben?

Ich ging hinauf, doch Helena war nirgends zu erblicken.

Auch Jacco war verschwunden.

»Helena!« rief ich. Meine Stimme ging im Heulen des Sturmes unter. »Helena, wo bist du?«

Ich klammerte mich an die Reling und starrte verzweifelt in die tobenden Wellen hinunter.

Als am vorhergehenden Tag das Wetter schlechter geworden war, hatte ich bemerkt: »Hoffentlich ist unser Schiff dem Unwetter gewachsen. Es wirkt nicht sehr robust.«

Darauf hatte Helena erwidert: »Wenn es nicht standhielte, wären damit alle meine Probleme gelöst.«

Es hatte mich beunruhigt, daß sie so etwas überhaupt denken konnte.
Mit der Erinnerung an das Gespräch kam die Angst.
Ich war plötzlich wie betäubt, denn ich erinnerte mich an die Hoffnungslosigkeit in ihren Augen, obwohl es ihr besser gegangen war, seit wir alle über ihren Zustand Bescheid wußten. Wir hatten uns davor gehütet, auch nur die Andeutung eines Vorwurfs zu äußern; wir hatten getan, als fänden wir nichts dabei, wenn ein unverheiratetes Mädchen ein Kind bekam – womit wir zweifellos im Widerspruch zu jeder gesellschaftlichen Konvention standen. Helena mußte also das Gefühl haben, daß meine Eltern, Jacco und ich bedingungslos zu ihr hielten. Sie war nicht allein.
Dennoch konnte ich ihre Worte nicht vergessen.
Ich lief über das Deck. Vielleicht kämpfte sie mit sich. Viele Menschen spielen mit dem Gedanken an den Freitod, wenn sie keinen Ausweg aus ihrer Lage sehen, doch sie schrecken zurück, wenn sie den Entschluß in die Tat umsetzen wollen.
Ich mußte sie finden.
Immer wieder rief ich ihren Namen. Wenn ich doch nur in ihrer Nähe geblieben wäre, statt an Deck zu gehen... Ich hätte sie nicht alleinlassen dürfen. Ich hätte erkennen müssen, in welcher Verfassung sie sich befand, wie verzweifelt sie war. Wieviele Mädchen hatten sich bereits in der gleichen Situation befunden, nachdem sie dem Werben des Geliebten leichtfertig nachgegeben hatten? Und wieviele hatten diesen Ausweg gewählt?
Ich dachte an Tante Amaryllis, die ihre Tochter so innig liebte. Ich dachte auch an Onkel Peter. Wie würde er sich verhalten, wenn er erfuhr, daß seine Tochter nicht imstande gewesen war, die Folgen einer Entscheidung auf sich zu nehmen, für die in gewissem Sinn er die Verantwortung trug? Auch John Milward war dafür verantwortlich, genau wie Joe, der ihren Vater bloßgestellt und damit Helenas

Glück zerstört hatte. Ich war verantwortlich, weil ich die Gefahrenzeichen übersehen und mich nicht genug um sie gekümmert hatte. Es kam mir wie eine Kette der Schuld vor, und ich war ein Glied in dieser Kette.
»Helena!« rief ich verzweifelt. »Wo bist du?«
Keine Antwort... nur das höhnische Heulen des Sturms und das Tosen der Wellen.
Ich stolperte über das Deck. Ich mußte meine Eltern finden und Alarm schlagen. Doch was konnte man schon unternehmen? Das Schiff konnte nicht wenden und zurückfahren. Wie konnte man in dem tobenden Meer überhaupt einen Menschen finden?
Ich hielt mich an der Reling fest und ging so schnell weiter, wie es mir möglich war. Der Wind zerrte an meinem Mantel, peitschte mir das Haar ins Gesicht, und die Gischt durchnäßte mich. Am Ende des Decks befand sich unter einem Rettungsboot eine kleine, geschützte Nische.
Als ich näherkam, erkannte ich, daß dort jemand kauerte.
»Helena«, rief ich überglücklich.
Ja, es war tatsächlich Helena, und sie war nicht allein. Neben ihr saß Matthew Hume.
Ich drückte mich ebenfalls in den Schutz des Rettungsbootes.
»Ich habe mir solche Sorgen um dich gemacht, Helena!«
Sie antwortete nicht, sondern sah mich nur aus großen, kummervollen Augen an.
»Jetzt ist alles wieder gut«, beruhigte mich Matthew. »Sie müssen sich keine Sorgen mehr machen.«
»Annora ist sehr gut zu mir gewesen«, sagte Helena. »Sie ist die beste Freundin, die ich je hatte.«
»Das weiß ich«, stimmte ihr Matthew zu.
Sie sah mich an. »Annora, ich wollte es tun. Es wäre so einfach gewesen. Angesichts des Wetters hättet ihr angenommen – oder euch eingeredet –, daß ich über Bord gegangen bin.«
»Wie kannst du so etwas sagen, Helena!«

»Ich bin heraufgekommen, weil ich dazu entschlossen war. Ich fand, daß es die beste Lösung wäre, nicht nur für mich, sondern auch für das Kind. Mein Kind wird keinen Namen haben...«

»Natürlich wird es einen Namen haben«, unterbrach ich sie streng. »Deinen Namen.«

»Das ist für ein Kind nicht gut, es ist ein Schandfleck. Es ist für ein Kind nicht gut, wenn es mit einem solchen Makel zur Welt kommt. Das Leben ist ohnedies schwer genug.«

Sie sprach wie in Trance. Ich hatte Matthew Hume beinahe vergessen.

Dann forderte er mich auf: »Setzen Sie sich doch zu uns, Annora. Hier sind Sie ein wenig vor dem Sturm geschützt.«

Ich setzte mich neben Helena.

»Ich habe mir solche Sorgen gemacht.«

»Das tut mir leid, Annora.«

»Kannst du dir vorstellen, wie unglücklich wir gewesen wären, wenn du es wirklich getan hättest?«

»Ihr wäret nicht lange unglücklich gewesen, sondern hättet mich bald vergessen. Nächstes Jahr um diese Zeit hättet ihr kaum mehr an mich gedacht.«

»Was für ein Unsinn! Niemals könnte ich dich vergessen.«

Plötzlich fiel mir auf, daß Matthew Hume unser Geheimnis kannte.

Ich wandte mich an ihn. »Es tut mir leid, daß wir Sie in diese Sache hineingezogen haben.«

»Ich danke Gott dafür. Es war ein glücklicher Zufall. Ich befand mich im richtigen Augenblick am richtigen Ort, das ist eine Fügung des Himmels. Ich bin auf dieses Schiff geschickt worden, um diese Aufgabe zu erfüllen.«

Er war ein hoffnungsloser Idealist, und ich fand, daß ich im Augenblick eher praktisch denkende Menschen wie meine Eltern brauchte.

»Ja«, wiederholte Helena, »ich hätte es getan. Es hätte wie ein Unfall ausgesehen, als wäre ich an Deck gekommen, um frische Luft zu schnappen, und dabei über Bord gegangen.«

»Du darfst nie wieder an so etwas denken, Helena. Du kannst uns doch nicht so wehtun.«

»Ich habe nicht überlegt, ich habe einfach nicht weitergewußt.«

Ich legte ihr den Arm um die Schultern und drückte sie an mich. »Ich bringe dich jetzt in die Kabine zurück, du mußt dich hinlegen.«

»Nein, ich möchte hierbleiben. Eure Anwesenheit ist so tröstlich. Matthew weiß alles, ich habe es ihm gebeichtet.«

»Ich habe gespürt, daß Helena sich in Schwierigkeiten befindet«, bestätigte er, »aber ich wußte nicht, worum es sich handelt. Ich habe einfach darum gebetet, daß ich in die Lage versetzt werde, ihr zu helfen, und Gott hat mein Gebet erhört.«

»Sie sind mein Retter«, beteuerte Helena.

»Danke, Matthew«, fügte ich hinzu.

»Jetzt müssen wir ihr begreiflich machen, daß sie es nie wieder versuchen darf. Es ist eine Sünde und ein Verbrechen. Sie dürfen nicht sich und Ihrem Kind das Leben nehmen.«

»Ich weiß«, gab Helena zu. »Aber ich bin mir so verloren vorgekommen und hatte solche Angst. Ich weiß wirklich nicht, wie es weitergehen soll. Annora und ihre Eltern werden sich sicherlich meiner annehmen, bis das Kind auf der Welt ist, aber was kommt danach? Ich kann nicht weiterleben, wenn alle wissen, daß ich zwar ein Kind, aber keinen Mann habe.«

»Du kannst es«, widersprach ich. »Wir werden dir beistehen.«

Schweigen überfiel uns und wir blieben noch lange in unserem Winkel sitzen.

Von diesem Tag an waren Helena und Matthew sehr oft beisammen. Er hatte sie gerettet, und dieses Bewußtsein erfüllte ihn sichtlich mit Befriedigung.
So würde jeder Mensch empfinden, der einem anderen das Leben rettete, aber bei Matthew ging das Gefühl tiefer. Er erblickte seine Lebensaufgabe darin, anderen Menschen zu helfen, und hatte dank Helena diesen Vorsatz auf die schönste Art und Weise in die Tat umsetzen können.
Er erzählte ihr viel von seinen Plänen. Ich kam oft dazu, wie sie unter dem Rettungsboot saßen und er zu ihr sprach. Helena blickte auf das Meer hinaus, und ich wußte nicht, ob sie ihm wirklich zuhörte; Matthew teilte aber offenbar meine Zweifel nicht.
In Kapstadt gingen wir an Land, genau wie auf Madeira. Es war eine Wohltat, nach dem rauhen Wetter auf See den Sonnenschein zu genießen und festes Land unter den Füßen zu spüren. Außerdem wird Kapstadt für mich immer eine der schönsten Städte der Welt bleiben, denn an diesem Tag war ich glücklich.
Es war eine solche Erleichterung, daß sich Helena noch unter uns befand. Ich hätte es nicht ertragen, wenn sie ihren Vorsatz verwirklicht hätte. Unwillkürlich hätte ich Joe und Onkel Peter dafür verantwortlich gemacht und einen Teil der Schuld auch mir angelastet, weil ich Joe bei seinem Vorhaben unterstützt hatte.
Ich würde Matthew ewig dafür dankbar sein, daß er Helena gerettet hatte, und nahm mir vor, sie nicht mehr aus den Augen zu lassen. Ich betrachtete das ruhige, blaue Meer, den hohen Tafelberg und die schöne Bucht und war zum ersten Mal nach langer Zeit ruhig und glücklich.
Der Tag in Kapstadt verging nur zu schnell, und dann befanden wir uns wieder auf See. Doch jetzt lag der friedliche Indische Ozean vor uns, und das schöne Wetter wirkte sich günstig auf unsere Stimmung aus.

»Ich könnte ewig so weiterfahren«, schwärmte Helena. »Am liebsten wäre es mir, wenn diese Reise nie aufhörte. Aber sie wird bald zu Ende gehen...«
»Vergiß nicht, daß wir bei dir sind«, ermahnte ich sie. »Wenn das Kind erst einmal auf der Welt ist, wirst du es so sehr lieben, daß dir alles andere nebensächlich erscheint.«
»Versprich mir, daß du immer bei mir bleiben wirst.«
»Ich werde so lange bei dir bleiben, wie du mich brauchst.«
Sie lächelte und sah beinahe glücklich aus.

Als wir die Neuigkeit erfuhren, waren wir alle sprachlos. Matthew verkündete sie nach dem Abendessen in Anwesenheit aller Passagiere. »Helena und ich werden heiraten«, erklärte er.
Wir starrten die beiden ungläubig an. Nichts hatte darauf hingewiesen, daß sie einander so nahestanden. Natürlich hatten sie sich oft miteinander unterhalten, aber Matthew war von seiner Mission derart erfüllt, daß er mit jedem darüber sprach, der bereit war, ihm zuzuhören.
Einige Sekunden lang herrschte Stille. Jacco gewann als erster die Fassung wieder.
»Meinen herzlichsten Glückwunsch. Angeblich kommt so etwas auf Schiffen oft vor.«
»Helena und ich haben beschlossen, sofort nach unserer Ankunft in Sydney zu heiraten«, fügte Matthew hinzu.
Mutter küßte Helena. »Ich wünsche dir, daß du sehr glücklich wirst.«
»Jetzt ist aber eine Verlobungsfeier fällig«, stellte Vater fest. »Ich bin neugierig, was man uns bieten kann.«
Helena errötete, und das stand ihr so gut zu Gesicht, daß sie beinahe hübsch aussah. Matthew war entzückt. Er strahlte vor Zufriedenheit, und mir fiel ein, daß dies ein weiteres gutes Werk war. Er war jedoch sehr jung; wußte er überhaupt, was er da tat, oder handelte er nur aus Edelmut?

Helena und Matthew standen Hand in Hand vor uns. Ihr Gesicht trug den gleichen Ausdruck wie damals in der Nische. Sie war wie eine Ertrinkende, die sich an einen Rettungsring klammert. Mir war nicht wohl zumute.
»Ich werde eine kleine Feier organisieren«, verkündete Vater gerade. »Auf diese Verlobung müssen wir anstoßen. Ich werde einmal sehen, was ich auftreiben kann, und den Kapitän bitten, uns in einer halben Stunde in unserer Kabine Gesellschaft zu leisten.«
Helena und Matthew blieben an Deck, während wir zur Kabine meiner Eltern gingen. »Das ist allerdings eine Überraschung«, stellte Mutter fest.
»Ich glaube, daß Matthew wieder einmal eine gute Tat vollbringt«, warf Jacco ein.
»Das befürchte ich auch«, stimmte Mutter zu.
»Er ist so ernsthaft bemüht, gut zu sein«, sagte ich. »Er will sein Leben lang nur anderen Menschen helfen.«
»Er will ihnen das geben, was sie brauchen«, ergänzte Vater. »Und was braucht Helena jetzt vor allem? Einen Ehemann. Deshalb bietet sich Matthew als Bräutigam an.«
»Ich möchte wissen, was Helena denkt«, überlegte Mutter.
»Helena ist so unglücklich und verwirrt und hat solche Angst, daß sie sich an jeden Menschen klammern wird, der ihr eine helfende Hand reicht«, erklärte ich.
»Es ist allerdings eine recht unübliche Art von Hilfe«, wandte Vater ein. »Vielleicht war es nur ein spontaner Einfall. Es dauert noch lange, bis wir in Sydney an Land gehen.«
»Man kann nie wissen«, stimmte ich zu.
»Wenn sie an ihrem Entschluß bis dahin festhalten, wird es ihnen in Sydney nicht schwerfallen, schnell zu heiraten«, sagte Vater. »Es geht dabei nicht mehr feierlich zu. Die Australier sind daran gewöhnt, daß die Mädchen hinunterkommen, um zu heiraten, und sie bringen die Zeremonie schnell über die Bühne.«

»Sie hat sich solche Sorgen wegen des Kindes gemacht«, meinte ich. »Deshalb ist sie zu dieser Heirat bereit.«
»Das kann ich gut verstehen«, gab Mutter zu. »Was jedoch Matthew betrifft... er dürfte eine sehr vereinfachte Vorstellung vom Leben haben.«
»Das ist bei den meisten guten Menschen der Fall«, dozierte ich.
Vater sah mich lächelnd an. »Hört nur meine weise Tochter. Doch im Ernst: Diese Heirat ist Sache der beiden. Es ist unerheblich, was wir davon halten. Sie müssen selbst damit fertigwerden und sie müssen ihr Leben selbst gestalten. Es liegt alles in ihrer Hand.«
»Es ist durchaus denkbar, daß es gut geht«, meinte Jacco. »Ich halte Matthew für einen sehr angenehmen Menschen.«
»Solange er auf dem Pfad der Tugend wandeln kann«, ergänzte Vater. »Und Helena kennt ihn recht genau. Ich weiß, daß sie sich erst auf dem Schiff kennengelernt haben, aber sie sind jeden Tag beisammen gewesen. Wenn wir in Betracht ziehen, daß bei uns zu Hause junge Leute einander ein- oder zweimal wöchentlich sehen, dann entspricht diese Schiffsreise einer monatelangen Bekanntschaft an Land. Wir können ihnen nur Glück wünschen und hoffen, daß alles gut gehen wird.«
»Das ist wirklich alles, was wir tun können«, pflichtete ihm Mutter bei. »Die beiden sind offenbar fest entschlossen zu heiraten.«
Helena hat sich dazu durchgerungen, dachte ich, weil sie einen Vater für ihr Kind braucht, und Matthew, weil er das Bedürfnis hat, Opfer zu bringen und gute Werke zu tun. Ich fragte mich, ob diese Motive die richtige Grundlage für eine Ehe waren.
Der Kapitän traf mit zwei Flaschen ein, von denen er behauptete, daß er sie für besondere Gelegenheiten aufbewahrt hatte. Mrs. Prevost kicherte vor Aufregung, und sogar Mr. Prevost vergaß an diesem Abend, über seine

Farm zu sprechen. Der Kapitän hielt eine kleine Rede, in der er feststellte, daß es nicht das erste Mal war, daß es auf seinem Schiff zu einer Romanze kam. Offenbar finden die Menschen bei Seereisen leichter zusammen.
Helena und Matthew nahmen unsere Glückwünsche entgegen. Helena hatte noch immer rosige Wangen, und Matthew strahlte vor Freude und Rechtschaffenheit.
Er war ein guter Mensch, und ich liebte ihn. Er hatte Helena das Leben gerettet und ihr dann einen Ausweg aus einer Situation geboten, die sie unerträglicher als den eigenen Tod gefunden hatte.

Die Tage verflogen, und die Atmosphäre auf dem Schiff veränderte sich allmählich. Wir würden in Kürze die eng begrenzte Welt verlassen, in der wir so viele Wochen gelebt hatten. Rückblickend fand ich, daß es eher eine Scheinwelt gewesen war – jetzt kehrten wir in die Wirklichkeit zurück. Auch die Menschen veränderten sich unmerklich. Die Prevosts waren geistesabwesend, und Jim wirkte leicht besorgt. Er hatte sich mit der Überzeugung eingeschifft, daß er finden würde, was er suchte. Jetzt war er seiner Sache nicht mehr so sicher. Und seine Frau sah plötzlich traurig aus, als wäre ihr erst jetzt bewußt geworden, was sie aufgegeben hatte. Es war sicherlich schwierig, in einem fremden Land ein neues Leben zu beginnen. Ich konnte ihre Gefühle verstehen.
Und Matthew? Je näher wir unserem Ziel kamen, desto aufgeregter wurde er, denn er war davon überzeugt, daß er hier das Material für sein Buch finden würde. Es war nicht schwer zu erraten, wovon er träumte. Er würde Helena heiraten; sie würde seine Schülerin sein und ihm bei seiner Arbeit helfen. Für ihn war das Leben einfach und unkompliziert.
Auch Helena hatte sich verändert; vielleicht war ihre Schwangerschaft daran schuld. Wahrscheinlich war ihr inzwischen bewußt geworden, daß sie ein lebendiges

menschliches Wesen unter dem Herzen trug – ihr Kind. Ich hätte gern gewußt, ob sie noch oft an John dachte und ob sie sich auf ein friedliches Leben mit Matthew freute. Sie war noch immer gedankenverloren, aber sichtlich glücklich darüber, daß sie einen Vater für ihr Kind gefunden hatte.

Für meine Familie und mich stellte Australien kein so einschneidendes Erlebnis dar. Wir waren nur auf Besuch hier und würden nach unserer Rückkehr unser bisheriges Leben wieder aufnehmen.

Vater war allerdings schweigsamer als gewöhnlich. Er erinnerte sich bestimmt an seine erste Überfahrt, als er als Gefangener der englischen Krone hierhergebracht und der Demütigung ausgesetzt worden war, einem Fremden sieben Jahre lang als eine Art Sklave dienen zu müssen. Seine Stimmung übertrug sich auf Mutter, denn sie war damals zwar noch ein Kind gewesen, hatte aber nie aufgehört, an ihn zu denken.

Jacco war übersprudelnder Laune. Er konnte es nicht erwarten, einen fremden Erdteil zu erforschen. Für ihn war die gesamte Reise aufregend und interessant gewesen; ich hätte sie ohne Helenas Problem sicherlich auch so empfunden.

Endlich erreichten wir Sydney.

Ich stand an Deck, als wir uns dem angeblich schönsten Hafen der Welt näherten. Der Anblick war tatsächlich überwältigend. Es war früh am Morgen; die Sonne ging gerade auf, und das spiegelglatte Meer war aquamarinblau. Mein Vater, der neben mir stand, schob seinen Arm in den meinen. Ich sah ihn an und erkannte, daß er in Gedanken weit fort war – bei seiner Ankunft vor so vielen Jahren. Ich wandte mich wieder dem Hafen zu, dessen kleine Buchten und zahlreiche Sandstrände von dichtbelaubten Bäumen umstanden waren.

Meine Mutter trat ebenfalls zu uns, und wir genossen schweigend das Panorama.

Es dauerte einige Zeit, bis wir an Land gehen konnten. Wir hatten uns vom Kapitän und von jenen Besatzungsmitgliedern verabschiedet, mit denen wir näheren Kontakt gehabt hatten. Die Prevosts verließen das Schiff gleichzeitig mit uns. Sie wollten unbedingt mit uns in Verbindung bleiben, und Vater erklärte ihnen, daß wir für einige Zeit im Grand Hotel in Sydney absteigen und dann zu seinem Besitz weiterreisen würden, der etwa zweihundert Meilen nördlich der Stadt lag. Die Farm wurde einfach Cadorsons genannt und lag in der Nähe eines Orts, der Sealands Creek hieß. Er versprach den Prevosts, ihnen jederzeit mit Rat und Tat zur Seite zu stehen, und dieses Versprechen beruhigte sie ein wenig, denn jetzt, als sie vor der Erfüllung ihrer Träume standen, waren sie besorgter denn je.
Helena und Matthew sollten sich vorläufig uns anschließen. Helena wollte in meiner Nähe bleiben, doch Matthew wollte so rasch wie möglich mit seinen Recherchen beginnen. Zunächst würden wir jedoch alle im Hotel absteigen, bis mein Vater herausgefunden hatte, wie es mit den Unterbringungsmöglichkeiten auf seinem Besitz stand.
Wir fuhren in einem Buggy vom Hafen zum Grand Hotel, und Vater war über die Veränderungen in der Stadt verblüfft.
»Sydney sieht jetzt ganz anders aus«, stellte er fest. »Als ich zum letzten Mal hier war, war es gefährlich, durch die engen Gassen zu gehen, weil einem Schweine, Hunde und Ziegen ständig vor die Füße liefen. An Gebäuden gab es nur Baracken. Jetzt sind die Straßen verbreitert worden, und die Gebäude ...«
»Es ist ja lange her«, warf Mutter ein.
»Das stimmt. Macquarie hat Wunder gewirkt.«
»Es muß ein seltsames Gefühl sein, nach so vielen Jahren zurückzukommen.«
Er nickte. »Ich sehe alles wieder vor mir: das blendende Licht, nachdem wir wochenlang im dunklen Frachtraum eingesperrt waren. Wie wir auf Deck warteten, daß uns die

Farmer auswählten, die für die nächsten sieben Jahre unsere Herren sein würden... Doch all das gehört der Vergangenheit an. Ich befinde mich heute mit meiner Familie hier und werde ihr bald den Besitz zeigen, den ich trotz meiner mißlichen Lage erworben habe.«
»Du solltest auf deine Leistung stolz sein«, meinte Mutter. »Wie viele Menschen gibt es, die so viel erreicht haben wie du?«
»Eine ganze Menge, kann ich dir versichern. Sieh dir nur Sydney an; wir könnten uns ebensogut in einer englischen Provinzstadt befinden. Es ist ein Beweis dafür, was man durch Energie, Entschlossenheit und Sträflingsarbeit erreichen kann. Und einige von den Lagerhäusern dort drüben sind sehr beeindruckend. Ich hätte diese Entwicklung nie für möglich gehalten.«
Inzwischen hatten wir das Grand Hotel erreicht, das zwar nicht ganz hielt, was sein Name versprach, aber doch recht komfortabel war. Überall hingen rote Filzvorhänge, die von Messingketten zusammengehalten wurden und Farbe in die Räume brachten.
Die Menschen in der Hotelhalle musterten uns neugierig, obwohl sie an Neuankömmlinge aus England gewöhnt waren, denn immer wieder trafen hier Einwanderer wie die Prevosts ein. Die Möglichkeit, für wenig Geld Land zu erwerben und Sträflinge für die Arbeit einzusetzen, lockte sie herüber. Hier brauchten sie kein Startkapital, um – wie sie meinten – rasch ein Vermögen zu machen.
Vater hatte veranlaßt, daß unser Gepäck im Hafen eingeladen wurde, bis es direkt zu seiner Farm gesandt werden konnte.
So sah unsere Ankunft in Australien aus.

Der australische Busch

Die folgenden Tage brachten eine Menge neuer Erfahrungen. Helena und Matthew heirateten nach australischer Sitte, und meine Eltern fuhren mit Jacco zu der Farm, die zweihundert Meilen nördlich von Sydney lag. Ich wollte sie begleiten, doch Helena hatte solche Angst davor, ohne mich in Sydney zurückzubleiben, daß ich sie einfach nicht im Stich lassen konnte. Vater wollte mit Mutter »die Lage erkunden« und herausfinden, wie es auf der Farm aussah. Es gab dort zwar ein Wohnhaus, das im Laufe der Jahre vergrößert worden war, aber bevor wir dorthin übersiedelten, wollte sich Vater davon überzeugen, daß die Unterbringungsmöglichkeiten nicht zu primitiv waren.

Der Verwalter des Gutes war nach Sydney gekommen, um uns zu begrüßen. Er war etwa dreißig Jahre alt und hatte ein scharfgeschnittenes Gesicht und dunkles, lockiges Haar. Seine Haut war dunkelbraun gebrannt, und wir empfanden seine herzliche Art als etwas zu ungezwungen, doch das entsprach dem allgemeinen Umgangston. Zwar stammten alle Einwanderer aus England, aber das Leben in Australien hatte sie verändert. Ich hatte sogar den Eindruck, daß einige von ihnen uns wegen unseres höflichen Benehmens und unserer gewählten Ausdrucksweise komisch fanden. Gregory Donnelly war ein typischer Australier, energisch, zielstrebig, unabhängig, voll Verachtung für Schwächlinge – ein Mann, der keiner Schwierigkeit aus dem Wege ging und dann auch mit ihr fertig wurde. Mrs. Penlock hätte ihn als »richtigen Mann« bezeichnet. Ich empfand ihm gegenüber vom ersten Tag an leichten Widerwillen.

»Hi... da sind Sie ja, Sir Jake«, begrüßte er uns. »Ich

erwarte Sie seit Jahren. Wir haben Ihnen eine Menge zu zeigen.«

»Das ist meine Frau«, stellte Vater vor.

»Lady Cadorson«, erwiderte Gregory Donnelly, verbeugte sich scheinbar ehrerbietig, und gab gleichzeitig durch seine Haltung zu verstehen, daß er keinerlei Respekt vor uns hatte.

»Mein Sohn... meine Tochter...«

Bildete ich es mir nur ein oder musterte er mich wirklich eingehend? Unter seinem forschenden Blick wurde mir heiß. Er schätzte mich unverfroren ab.

»Und was haben Sie jetzt vor, Sir Jake?«

»Ich fahre hinaus und nehme die Farm erst einmal in Augenschein. Wir wollen alle draußen wohnen. Bei uns befinden sich zwei weitere Personen – eine Verwandte meiner Frau und ihr Mann, den sie erst vor kurzem geheiratet hat. Sie haben sich überraschend entschlossen mitzukommen, und ich weiß nicht, wie es mit den Unterbringungsmöglichkeiten auf der Farm aussieht. Deshalb wollte ich zuerst ohne sie hinausfahren.«

»Wir müßten genügend Platz haben. Neben dem Haus steht ein Schuppen, in den ich übersiedeln könnte. Wir bringen dort die Wanderarbeiter unter, doch im Augenblick sind keine anwesend.«

»Wir werden es uns selbst ansehen«, erwiderte Mutter.

»Das wird das Beste sein, Lady Cadorson. Ich kann den Damen allerdings nicht versprechen, daß sie alles vorfinden werden, woran sie gewöhnt sind.«

»Wir können ja ein paar Kleinigkeiten in Sydney kaufen«, schlug Mutter vor.

»Damit werden Sie keine Schwierigkeiten haben. Sydney ist eine großartige Stadt. Jedesmal, wenn man nach einiger Zeit herkommt, hat sich etwas verändert. Die Gebäude schießen über Nacht aus dem Boden. Es gibt Arbeit im Überfluß. Wir brauchen dringend eine neue Lieferung.«

Mutter sah ihn entsetzt an, weil er menschliche Wesen als

Lieferung bezeichnete – auch wenn es sich vielleicht um Verbrecher handelte.
Gregory Donnelly nahm die Mahlzeit mit uns ein, und wir sprachen lange darüber, was wir alles benötigen würden. Vater hatte ihn mit Matthew und Helena bekanntgemacht. Donnelly musterte Helena schnell und tat sie dann geringschätzig ab, was mich in Rage brachte. Seine Arroganz reizte mich. Er beunruhigte mich; er wirkte so überwältigend männlich, daß man sich seiner Ausstrahlung nicht entziehen konnte, und ich wollte mich zur Zeit nicht mit solchen Gedanken beschäftigen.
Matthew interessierte sich sehr für Gregory und nahm sich sichtlich vor, ihn demnächst gründlich auszufragen.
Donnelly sorgte dafür, daß das Gespräch nie ins Stocken geriet.
Jacco wollte wissen, wie lange man brauchte, um zu unserem Besitz zu gelangen.
»Das hängt von verschiedenen Umständen ab«, antwortete Donnelly. »Mit guten Pferden kann man es in zwei Tagen schaffen. Sie können auch mit dem Buggy fahren. Es gibt zwei Gasthäuser, in denen man übernachten kann. Ich nächtige jedoch für gewöhnlich im Freien. Ich kenne die Strecke, denn ich komme seit Jahren immer wieder nach Sydney.«
»Wenn Sie es schildern, Mr. Donnelly, klingt alles ganz einfach«, meinte Jacco.
»Ich heiße Greg«, stellte Donnelly richtig. »Hier draußen haben wir für Höflichkeitsfloskeln nicht viel übrig. Ich habe schon vergessen, daß ich Donnelly heiße. Ist Ihnen das recht, Jacco?«
»Geht in Ordnung«, erwiderte Jacco, und Donnelly wandte sich mir zu.
»Das gilt für alle«, fuhr er fort und sah Vater um Entschuldigung bittend an. »Es ist klüger, wenn man sich den Einheimischen anpaßt, dann kommt man besser mit ihnen zurecht.«

»Das habe ich sehr rasch gemerkt«, erwiderte Vater.
Von da an blieb es bei Greg.
Das Beste an ihm war der Stolz auf sein Land, von dem er mit glühender Begeisterung sprach. »Das ist schon was, wenn man zusehen kann, wie eine Stadt aus dem Nichts wächst. Es hat hier Männer gegeben, deren Namen in Sydney ewig weiterleben werden, auch wenn sie inzwischen gestorben sind. Unsere Straßen sind nach ihnen benannt. Wenn man sich vorstellt, daß es hier noch vor kurzer Zeit überhaupt nichts gegeben hat, und das jetzt Siedler herüberkommen... O nein, Miss... Annora, nicht alle von uns sind ehemalige Sträflinge.«
»Das wissen wir. Mit uns ist ein Ehepaar angereist, das hier Land erwerben will.«
»Weil es billig ist, was? Warum nicht? Das bringt Leben ins Land. Wir müssen für sehr vieles dankbar sein. MacArthur hat die Schafe nach Australien gebracht. Wir bezeichnen ihn als den Vater der Schafindustrie, und das will etwas heißen. Dadurch verfügen wir jetzt über Wolle und Fleisch. Es gibt sogar eine Wollsorte, die Botany Bay heißt. Dort hatte man den ersten Schub Gefangene abgesetzt. Als man dann hier diesen Hafen entdeckte, legten die Schiffe nur noch hier an, und der Hafen wurde nach einem wichtigen Kerl in England benannt.«
»Viscount Sydney«, warf Mutter ein.
»Richtig, aber Macquarie ist der Mann, der die Stadt zu dem gemacht hat, was sie heute ist. Er hat versprochen, daß sie eine der Großstädte der Welt werden soll, und Sie können mir glauben, daß sie sich sehr schnell dazu entwikkelt. Er hat Straßen, Häuser, Brücken, Fabriken gebaut... wir haben sogar eine eigene Zeitung, die *Sydney Gazette*, aus der Sie alles Wissenswerte erfahren können.«
»Ich interessiere mich für die Lage der Sträflinge«, mischte sich Matthew ein. »Ich schreibe ein Buch über sie und will hier Informationen sammeln.«
»Dann hören Sie auf meinen Rat, Matt.« Greg hatte, ohne

zu fragen, Matthew von Anfang an so genannt. »Binden Sie niemandem, mit dem Sie sprechen, auf die Nase, daß alles, was er sagt, in ein Buch kommt, sonst kriegen Sie keinen Ton mehr aus den Leuten heraus. Lassen Sie sie frei von der Leber weg reden, unterhalten Sie sich mit ihnen. Ich werde Sie auf der Farm mit einigen Sträflingen bekannt machen, die bereit sein werden, Ihnen ihre Erfahrungen zu schildern.«

»Das wäre fabelhaft«, rief Matthew.

»Sie sehen mich hoffnungsvoll an, aber ich muß Sie leider enttäuschen. Ich gehöre nicht dazu. Ich stamme aus Yorkshire. Mein Vater war ein Siedler, und Sir Jake hat ihm die Verwaltung des Guts anvertraut. Er ist vor fünf Jahren gestorben, und ich habe seine Stelle eingenommen. Ich bin nicht hier geboren, aber wer kann das schon von sich behaupten? Doch ich bin hier zu Hause. Es ist meine Heimat, und ich bin stolz darauf, wie sie sich entwickelt.«

Er erzählte uns viel über die Stadt, über die Farm, über den Wollpreis, Dürreperioden, Insektenplagen und Waldbrände, die während der Sommermonate eine ständige Gefahr darstellten.

Ich hörte ihm interessiert zu und hätte gern gewußt, was Vater von ihm hielt.

Ich erfuhr es noch am gleichen Abend.

»Er hat eine sehr gute Meinung von sich«, stellte Jacco fest.

»Es gibt hier eine ganze Menge von seiner Sorte«, meinte Vater.

»Greg dürfte jedoch einmalig sein«, wandte Mutter ein. »Er ist äußerst deutlich... demokratisch würde er es wahrscheinlich nennen..., indem er auf der Verwendung der Vornamen besteht.«

»Ich hätte erwartet, daß dein Verwalter etwas respektvoller ist«, meinte ich.

»Das kannst du hier nicht erwarten. In diesem Land hat man keinen Respekt vor Titeln.«

»Er ist unverschämt«, widersprach ich.

»Mir ist schon aufgefallen, daß du ihn nicht magst«, sagte Jacco.
»Er sollte Vater gegenüber mehr Respekt zeigen.«
»Er war nicht respektlos«, verteidigte ihn Vater. »Ich würde es als männliche Würde bezeichnen.«
»Ich halte es für Arroganz«, beharrte ich.
»Soweit ich es beurteilen kann, ist er ein tüchtiger Verwalter«, erklärte Vater entschieden. »Wir werden ihn ja noch näher kennenlernen.«
»Ich sehe eigentlich keinen Grund, warum wir unseren Besitz nicht unverzüglich in Augenschein nehmen sollten«, meinte Jacco.
»Du hast vollkommen recht. Wir brechen auf, sobald Greg Pferde beschafft hat.« Vater sah Mutter zweifelnd an.
»Mach dir meinetwegen keine Sorgen«, beruhigte sie ihn. »Schließlich bin ich von Kindesbeinen an geritten. Die paar Meilen durch den Busch oder wie immer man das nennt, werden mich nicht umbringen.«
»Es wird kein leichter Ritt. Und die Übernachtungsmöglichkeiten entsprechen bestimmt nicht den englischen Vorstellungen.«
»Ich habe allerdings keine Lust, im Freien zu lagern – nicht einmal unter Gregs erfahrener Anleitung.«
»Nein, er muß uns zu den beiden Unterkünften bringen.«
»Helena kann nicht mitkommen«, erwähnte ich.
»Ach du meine Güte«, stöhnte Mutter.
»Matthew kann sich um sie kümmern«, schlug Jacco vor, »schließlich gehört das jetzt zu seinen Pflichten.«
»Sie ist noch immer nervös und klammert sich an mich«, wandte ich ein.
»Vielleicht ist es wirklich besser, wenn Annora hierbleibt, während wir die Farm in Augenschein nehmen«, gab Mutter zu. »Sie hat in bezug auf Helena recht, das arme Mädchen ist mit den Nerven am Ende. Sie hat dank diesem John Milward sehr viel mitgemacht. Meiner Meinung nach müßte er erfahren, was er angerichtet hat. Du bleibst

jedenfalls hier, Annora, und wir werden dir berichten, wie es draußen steht. Du kannst dich darauf verlassen, daß ich für einen möglichst angenehmen Aufenthalt auf der Farm für uns alle sorgen werde.«

»Ich kann es gar nicht mehr erwarten, den Besitz zu sehen.«

So geht es uns allen«, meinte Jacco. »Ich sehe nicht ein, warum Matthew sich nicht um Helena kümmern kann.«

Es wurde jedoch beschlossen, daß ich bei Helena bleiben sollte, und einige Tage später ritten meine Eltern und Jacco unter Gregs Führung zur Farm. Sie hatten gute Pferde und alles für die Reise Erforderliche gekauft. Vater erwähnte, daß Greg sich bei der Beschaffung der Ausrüstung als sehr tüchtig erwiesen hatte.

Helena und ich waren die ganze Zeit zusammen. Matthew ging jeden Tag aus, kam erst am Abend nach Hause und erzählte dann aufgeregt von den Gesprächen, die er geführt hatte. Dann zog er sich in sein Zimmer zurück und hielt schriftlich fest, was er in Erfahrung gebracht hatte.

Die Beziehung zwischen ihm und Helena war äußerst ungewöhnlich. Matthew hatte Helena geheiratet, hatte dadurch eine gute Tat vollbracht und damit endete seine Verantwortung – dieser Ansicht war er jedenfalls.

»Natürlich war es wunderbar von ihm«, meinte Helena, »aber es ist keine Ehe. Es wäre auch gar nicht möglich, denn nach John kann es keinen anderen Mann für mich geben.«

»Obwohl er dich im Stich gelassen hat!«

»Er hat ja nichts von dem Kind gewußt.«

»Er hätte es sich denken können.«

»Das könnte ich nicht ertragen. Ich möchte nicht, daß er zu mir zurückkommt, weil er es für seine Pflicht hält. Es würde unser Leben lang zwischen uns stehen, und das wäre für das Kind schlecht. Vielleicht würde er das Kind spüren lassen, daß er seinetwegen zu mir zurückkommen mußte.« Dann fügte sie erstaunlich vernünftig hinzu:

»Wenn er wirklich die Absicht gehabt hätte, mich zu heiraten, dann hätte er es getan, ganz gleich, wie seine Eltern dazu standen. Ich meine, wenn es für ihn das Wichtigste auf der Welt gewesen wäre...«
Wir fuhren mit einem Buggy in die Stadt und kauften Babysachen. Das machte Helena Spaß. Als wir bei einer dieser Fahrten auf einen Park namens Hyde Park stießen, fühlten wir uns beinahe wie zu Hause.
»Es sind trotz allem unsere Landsleute, Helena«, sagte ich. »Wir sollten uns eigentlich nicht wie Fremde in einem fremden Land fühlen.«
»Ich bin so froh, daß du bei mir geblieben bist, Annora, und daß ich mich zu der Reise entschlossen habe. Wie wäre ich mit all den Schwierigkeiten zu Hause fertiggeworden?«
»Es hätte sich ein Weg gefunden. Es gibt für alles eine Lösung.«
»Doch das war wie ein Wunder – daß ihr gerade jetzt nach Australien gereist seid und mich mitgenommen habt. Stell dir nur meine Lage vor, wenn ich zu Hause geblieben wäre.«
»Deine Mutter hätte dir geholfen.«
»Ich weiß. Aber ich wäre vor Scham gestorben.«
»Man stirbt nicht vor Scham.«
»Ich hätte wahrscheinlich mein Vorhaben ausgeführt.«
»Es hat keinen Sinn, alle Wenn und Aber zu erörtern, also wechseln wir lieber das Thema. Dieses Kleidchen ist einfach entzückend. Ich freue mich ja schon so auf das Kind, Helena, als würde es uns beiden gehören.«
Die Vormittage vergingen auf diese Weise sehr angenehm. Wenn wir ins Hotel zurückkehrten, betrachteten wir noch einmal die Kindersachen, räumten sie sorgfältig ein und sprachen über die Zukunft. Ich dachte oft daran, wie es meinen Eltern im Augenblick gehen mochte, und stellte mir vor, wie sie durch das fremde Land ritten und der prahlerische Greg sie führte.
Die Zeit verging nur langsam, weil ich ungeduldig auf die

Rückkehr meiner Lieben wartete. Außerdem interessierte es mich, was sie in Sealands Creek vorgefunden hatten.
Matthew war glänzender Laune, denn die Informationen, die er erhielt, übertrafen seine kühnsten Erwartungen. Er befolgte Gregs Rat und verriet seinen Gesprächspartnern nicht, daß er ihre Äußerungen aufzeichnete. Dadurch sprachen sie offen aus, was sie dachten.
Beim Abendessen redete er nur über die Dinge, die er am Tage erfahren hatte. Er erkundigte sich nicht, was wir unternommen hatten oder wie es Helena ging. Mir ist seither oft aufgefallen, daß Menschen, die Gutes für die Allgemeinheit tun, keine Zeit für den einzelnen haben. Matthew hatte Helena ohne viel zu fragen aus Gutherzigkeit geheiratet – doch das war ein spektakuläres Ereignis gewesen. Für die Kleinigkeiten des Alltags hatte er keine Zeit.
Ich hatte mir vorgenommen, ihm von unseren Einkäufen zu erzählen, überlegte es mir aber.
»Heute habe ich einen Mann kennengelernt, der in einem Hulk, dem Rumpf eines ausgedienten Schiffs, der als Wohn- oder Lagerraum dient, gelebt hat«, berichtete er eines Abends. »Das war ein Glücksfall für mich, denn ich besitze bis jetzt nur sehr wenig Material über die Hulks. Er hat den Hulk jeden Tag verlassen und an Land zehn Stunden Schwerarbeit geleistet. Sein Hulk lag im Fluß, aber es gab auch in den Docks welche. Er hat ihn mir so genau beschrieben, daß ich ihn beinahe vor mir gesehen habe. Ich werde mir noch heute abend alles notieren, damit ich auch nicht die geringste Einzelheit vergesse. Es gibt ein Unterdeck mit einem Gang in der Mitte, und zu beiden Seiten des Ganges ist der Raum in Zellen unterteilt. Es sind etwa zwanzig Zellen, in die die Männer gepfercht werden, weil zu wenig Platz zur Verfügung steht. Es gibt keine Betten, sie schlafen in völliger Dunkelheit auf dem Boden. Es ist ein schreckliches Leben. Die meisten von ihnen sind froh, wenn sie aus den Hulks geholt werden,

um die Überfahrt anzutreten. Was diese Menschen leiden, ist unbeschreiblich. Diesen Zuständen muß ein Ende gesetzt werden. Ich werde nicht ruhen noch rasten, bis ich das erreicht habe.«

»Den Fortschritt in der Welt verdanken wir Männern wie Ihnen«, stellte ich fest. »Sie protestieren laut und verfügen auch über die richtigen Verbindungen, um Ihren Forderungen Nachdruck zu verleihen.«

»Das ist richtig. Viele Gefangene revoltieren und mißhandeln ihre Wächter oder versuchen es zumindest. Das ist nicht der richtige Weg. Es muß friedlich geschehen, mit Worten. Worte bringen viel zustande.«

»Und Menschen wie Sie, Matthew, sprechen diese Worte. Ich wünsche Ihnen vollen Erfolg.«

»Ich kann erst etwas erreichen, wenn ich im Parlament sitze; doch dann wird mir alles, was ich hier in Erfahrung bringe, von größtem Nutzen sein.«

Wie konnte man mit einem solchen Mann über Babykleidung sprechen?

Meine Eltern kamen ohne Jacco nach Sydney zurück.

»Er ist von der Farm so begeistert, daß er unbedingt draußen bleiben wollte«, berichteten sie. »Außerdem verträgt er sich mit Greg und den Arbeitern sehr gut.«

»Es sieht draußen besser aus, als ich angenommen habe«, erklärte Mutter. »Es ist ein langes, verschachteltes, ebenerdiges Haus, enthält jedoch genügend Räume, und wir haben relativ bequeme Schlafstellen. Bis jetzt hat Greg dort gewohnt, aber er will für die Dauer unseres Aufenthalts ausziehen. In der Nähe steht eine Hütte, in die er übersiedeln kann. So einen Holzbau bezeichnet man hier als Schuppen. Die Wanderarbeiter schlafen dort, wenn sie zur Schafschur und anderen Saisonarbeiten kommen. Es gibt auch andere Schuppen, in denen die ständigen Arbeiter untergebracht sind. Eigentlich handelt es sich beinahe um ein kleines Dorf. Der Besitz umfaßt viele Morgen, so daß man deinen Vater als Großgrundbesitzer bezeichnen kann. Greg hat immer wieder Land dazugekauft, wenn sich eine Gelegenheit dazu ergab, und hat dadurch den Besitz beträchtlich vergrößert.«

»Ich bin sehr beeindruckt«, gab Vater zu. »Er hat wirklich gute Arbeit geleistet.«

»Du bist hoffentlich nicht so zufrieden damit, daß du hierbleiben willst«, bemerkte ich besorgt.

Vater legte mir die Hand auf die Schulter. »Davor mußt du bestimmt keine Angst haben.«

»Aber wir müssen bleiben, bis Helenas Kind auf die Welt gekommen ist«, schaltete sich Mutter ein.

»Das weiß ich«, antwortete ich.

»Danach reisen wir nach Hause. Dann sind wir lange genug hiergewesen... sogar für Jacco«, ergänzte Vater.

»Und wir werden es uns während unseres Aufenthaltes so bequem wie möglich machen«, fügte Mutter hinzu. »Morgen müssen wir einkaufen. Ich brauche vor allem Bettzeug und Bettwäsche. Außerdem werden wir auch Lebensmittel mitnehmen. In der Nähe der Farm befindet sich zwar ein Marktflecken, aber er ist ein wenig primitiv. Eine Woche sollte für alle Besorgungen reichen.«

Die darauffolgende Woche war von hektischer Betriebsamkeit erfüllt. Mutter und ich kauften ein, und manchmal begleitete uns Helena dabei. Sie wurde jetzt schwerfälliger und war gegen Mittag immer schon sehr müde. Ich redete ihr dann jedesmal zu, sich auszuruhen, worauf sie bereitwillig einging.

Sie sollte uns auf die Farm begleiten. Das hatte Matthew vorerst auch vorgehabt, doch er konnte natürlich nicht an einem Ort stillsitzen, denn dann bekam er nie das Material zusammen, das er brauchte. Deshalb wollte er sich weiterhin auf die Suche begeben, und Helena sollte bei uns bleiben.

Es war inzwischen Hochsommer geworden, und die Hitze machte uns zu schaffen. Vater tröstete uns damit, das es auf

dem Land erträglicher sein würde. Unbekannte Insekten setzten uns sehr zu; unsere blasse englische Haut schien ihnen zuzusagen. Die Fliegen waren eine Landplage; ich hatte noch nie so viele erlebt.
Zu Hause war jetzt Winter, und aus der Ferne wirkte die Kälte attraktiver als die drückende Hitze. Jeden Morgen weckte uns der strahlende Sonnenschein, der durch die Fenster fiel und die Räume auch dann erhitzte, wenn wir die Fensterläden schlossen.
Greg traf einen Tag vor unserem Aufbruch ein. Ich hörte seine Stimme, bevor ich ihn sah. Er sprach in der Hotelhalle mit Vater.
»Ich finde, daß Sie einen Führer brauchen. Im Busch kann man sich leicht verirren, deshalb hole ich Sie lieber selbst ab. Ein Teil Ihres Gepäcks ist eingetroffen, und ich habe es so untergebracht, wie ich es für richtig gehalten habe. Wenn Sie nicht damit einverstanden sind, macht es nichts; die Arbeiter werden es dorthin stellen, wo Sie es haben wollen.«
»Ich bin Ihnen dankbar«, antwortete Vater. »Ich glaube zwar, daß ich den Weg allein gefunden hätte, weil ich ja nicht zum ersten Mal hier bin; wir sind ja auch allein nach Sydney zurückgekehrt. Aber es ist angenehm, wenn man jemanden bei sich hat, der das Land gut kennt.«
»Dann brechen wir also morgen bei Sonnenaufgang auf«, beschloß Greg. »Wir können ein gutes Stück zurücklegen, bevor es zu heiß wird, und irgendwo an einer schattigen Stelle Rast machen. Am späten Nachmittag können wir weiterreiten und so die ärgste Hitze vermeiden.«
Er hatte ohne zu fragen die Führung übernommen, aber mir war klar, daß es die beste Lösung war, weil er sich hier am besten auskannte.
Helena konnte nicht reiten und sollte daher im Buggy fahren, auf dessen Kutschbock Greg sitzen würde. Mutter und ich würden ebenfalls den Buggy benutzen, während Vater und Matthew reiten würden.

Die Morgenkühle war angenehm, und Greg hatte die beiden Grauschimmel ausgezeichnet im Griff. Solange die Sonne nicht hoch am Himmel stand, war die Luft relativ kühl. Wir ließen die Stadt hinter uns und gelangten auf freies Land. Greg redete während der Fahrt über seine Schulter hinweg mit uns und machte uns auf die großen Eukalyptusbäume aufmerksam, die für die australische Landschaft charakteristisch sind.
»Wir nennen sie Gums«, erklärte er. »Man findet sie in ganz Australien.«
Die gelben Büsche gefielen mir ganz besonders. Sie waren genauso allgegenwärtig wie die Eukalyptusbäume.
»Akazien«, erläuterte Greg. »Das ist auch eine von den bei uns heimischen Pflanzen. Wenn man solche Akazien sieht, dann weiß man, daß man sich in Australien befindet.«
»Zu Hause nennen wir sie anders«, widersprach ich.
»Es sind Akazien«, entschied er.
Inzwischen hatten wir »den Busch« erreicht, der aus verkümmerten Sträuchern bestand. »Sie dürfen auf keinen Fall allein im Busch herumwandern, denn man verirrt sich sehr leicht in ihm«, warnte er uns. »Es gibt Leute, die tagelang den richtigen Weg gesucht und sich dann wieder an ihrem Ausgangspunkt befunden haben, weil sie im Kreis gegangen sind.«
Wir sahen auch schöne Vögel. Ich erkannte Papageien und Kakadus, und Greg wies uns auf andere Arten hin – Leierschwänze, Paradiesvögel und Fliegenschnäpper.
»Letztere leiden hier bestimmt keinen Hunger«, bemerkte ich.
»Ach, Sie spielen auf unsere Fliegenplage an. Es stimmt, es gibt auf dieser Welt auch Geschöpfe, die uns lieben.«
Die Zeit verging, und die Sonne stieg immer höher.
»Wir machen bald halt«, rief Greg den Reitern zu.
Er fand eine aus hohen Eukalyptusbäumen bestehende Baumgruppe, doch sie spendete nicht viel Schatten. Wir

befanden uns in felsigem Gelände, und Greg führte uns zu einer vorspringenden Felswand, die beinahe eine Höhle bildete.

»Hier fließt auch ein kleiner Bach«, sagte er. »Dort können wir die Pferde tränken. Und die Felsen spenden uns ein wenig Schatten, deshalb werden wir hier rasten.«

Es war angenehm, im Schutz der Felswand zu liegen, während meine Mutter kaltes Fleisch und Brot herumreichte, das sie aus der Stadt mitgenommen hatte. Sie hatte auch an das Ale gedacht.

Greg hatte sich neben mir ausgestreckt. »Wir können uns hier ausruhen, bis es etwas kühler wird; wir haben es nicht eilig. Dann erreichen wir am Abend eine kleine Unterkunft, in der wir übernachten können. Es gibt hier nur wenige, weit auseinanderliegende Übernachtungsmöglichkeiten. Der Bedarf ist nicht groß genug. Diese Unterkunft gehört einem Ehepaar, das eine Farm besitzt und das die Einnahmen aus der Zimmervermietung braucht, um über die Runden zu kommen.«

»Sie kennen sich hier gut aus, und wir sind froh, daß wir Sie haben, Greg«, mischte sich Vater ein.

»Das kann man wohl sagen«, erwiderte Greg mit seiner üblichen Bescheidenheit. »Ich bin ja auch schon seit einer guten Weile hier.«

»Fühlst du dich wohl, Helena?« wandte ich mich an sie. Sie erwiderte, daß es ihr gut ging, und ich schlug vor, ein wenig zu schlafen.

»Das könnte uns allen nicht schaden«, meinte Greg.

Wir befolgten seinen Rat und streckten uns aus. Halb dösend dachte ich an alles, was in London geschehen war und dazu geführt hatte, daß wir uns jetzt in diesem Land der heißen Sonne, bunten Vögel, hohen Eukalyptusbäume und des scheinbar endlosen Busches befanden. Ich hätte gern gewußt, wie es dem armen, unglücklichen Joe ging und was er tat; ich dachte an Rolf, der sich gegen meinen Willen immer wieder in meine Gedanken drängte. Ritt er

vielleicht eben jetzt auf seinem Besitz herum und überlegte, wie er ihn weiter vergrößern konnte?
Dann schlief ich ein.
Ich erwachte, weil um mich lebhafte Bewegung entstanden war.
»Aufstehen«, rief Greg. »Es ist Zeit, daß wir uns auf den Weg machen.«
Kurz darauf waren wir in zügigem Tempo durch das von der Sonne ausgedörrte Land unterwegs. »Ich möchte sicher sein, daß wir heute nacht in richtigen Betten schlafen«, meinte Greg.
Wir erreichten das kleine, einstöckige Haus bei Einbruch der Dunkelheit. Die Frau erwartete uns bereits; wahrscheinlich hatte sie das Pferdegetrappel gehört. Die letzte Wegstrecke war etwas anstrengend gewesen, weil wir uns beeilt hatten.
Ich betrachtete Helena besorgt. Sie war blaß, aber das war bei ihr nicht ungewöhnlich.
»War es sehr schlimm?« fragte ich sie.
»Ein wenig.«
»Greg hat ein ziemlich scharfes Tempo eingeschlagen.«
»Aber bei ihm fühlt man sich sicher.« In diesem Punkt mußte ich ihr beipflichten.
Die Hausfrau führte uns in ein Zimmer, in dem der Tisch bereits gedeckt war. Auf dem großen Herd in der Küche, in der unerträgliche Hitze herrschte, brieten Steaks.
»Ich habe auch ein paar Fladen gebacken«, teilte uns unsere Wirtin mit. »Sie gehen auf meine Rechnung.«
Wir nahmen Platz und aßen, obwohl Mutter, Helena und ich uns lieber zuerst gewaschen hätten. Aber wir waren hungrig, und das Essen schmeckte gut.
Die Frau und ihr Mann – Gladys und Tom Pickory – blieben bei uns, während wir aßen, und füllten die Krüge nach, aus denen wir Bier tranken. Wir waren todmüde, und ich konnte die Augen kaum noch offen halten.
Es gab nur zwei Zimmer. Mutter, Helena und ich beka-

men das eine, Vater, Matthew und Greg teilten sich das andere. Man brachte uns Waschwasser, doch nur sehr wenig. Trotzdem schliefen wir bald tief und fest in dem einzigen großen Bett.

Genau wie am Vortag wollten wir auch diesmal im Morgengrauen aufbrechen, um möglichst weit zu kommen, bevor die Hitze einsetzte.

Bevor wir uns auf den Weg machten, unterhielt ich mich kurz mit Mrs. Pickory. Sie erzählte, daß Mr. Donnelly ihr versprochen hatte, mit uns bei ihr einzukehren. Er hatte auf dem Weg nach Sydney bei ihnen hereingeschaut. »Manchmal übernachtet er auf dem Hin- und Rückweg bei uns, und er erzählt auch anderen Leuten von uns. Dank Mr. Donnelly beginnen wir, Geld zu verdienen.«

Ihre Augen leuchteten, als sie von ihm sprach, als hätte er etwas Erhabenes an sich. Wahrscheinlich war es seine ausgeprägte Männlichkeit, die Kraft, die er ausstrahlte und die viele Menschen beeindruckte. Sogar Helena hatte behauptet, daß sie sich in seiner Gegenwart sicher fühlte.

Dann waren wir wieder in flottem Tempo unterwegs. Die Gegend sah genauso aus wie am Vortag. Ich konnte verstehen, daß Menschen sich im Busch verirrten.

Dank seiner Landeskenntnis fand Greg wieder eine Stelle, an der wir rasten konnten, und am späten Nachmittag machten wir uns auf den Weg zu der nächsten Unterkunft. Am Tag darauf sollten wir Sealands Creek und Cadorsons erreichen.

Wir rollten im Buggy flott dahin, als Vater plötzlich rief: »Achtung, das Rad ist locker.«

Greg zog die Zügel scharf an, sprang vom Kutschbock und begutachtete das Rad einige Sekunden lang. Vater war abgesessen und trat zu ihm.

»Ich sehe, wo der Schaden liegt«, meinte Gregory. »Ich habe Werkzeug im Buggy, das braucht man auf solchen Fahrten unbedingt. Es wird allerdings eine Weile dauern.« Er sah sich um. »Dort drüben gibt es etwas Schatten; es ist zwar nicht viel, aber es muß reichen. Würden Sie bitte aussteigen, meine Damen, wir müssen uns an die Arbeit machen.«

Meine Mutter, Helena und ich setzten uns unter eine Akazie. Die Hitze war unerträglich, und Schwärme von Fliegen umsummten uns. Während wir sie abwehrten, beobachtete ich die arbeitenden Männer.

Gregory gab Anweisungen, wie das seine Art war. Mein Vater arbeitete mit ihm, und Matthew stand daneben und versuchte, sich nützlich zu machen, war aber wahrscheinlich kaum zu etwas zu gebrauchen.

Als wir endlich wieder aufbrachen, waren beinahe zwei Stunden vergangen, und die Dunkelheit brach herein. »Wir erreichen das Haus heute nicht mehr«, stellte Gregory fest.

»Was schlagen Sie vor?« fragte mein Vater. »Sollen wir in der Dunkelheit weiterfahren?«

»Die Pferde müssen sich ausruhen. Es bleibt deshalb nichts anderes übrig, als zu campieren. Überlassen Sie alles mir, ich werde eine geeignete Stelle finden. Ich habe die Fahrt nach Sydney oft genug unternommen und weiß einen Platz, an dem wir rasten können. Wir werden morgen früh sehr zeitig aufbrechen.«

Selbstverständlich gingen wir auf seinen Vorschlag ein.

Im Buggy lagen drei Schlafsäcke für die Frauen und ein paar Decken für die Männer.

»Wir müssen ein Feuer anzünden«, befahl Gregory. »Das wird jeden Dingo abschrecken, der uns näher in Augenschein nehmen möchte. Die ganze Gruppe muß Feuerholz sammeln.«

Wir sammelten die Äste eines Busches, den er als Boree bezeichnete – eine Akazienart, die sich laut Greg gut als Brennholz eignete – und er holte aus seinem Gepäck eine Blechdose mit einem Deckel und einem Griff aus Draht heraus.

»Das ist ein Feldkessel«, erklärte er, »ohne den kommt

man im Busch nicht aus. Sie werden sehen, innerhalb kürzester Zeit haben wir heißen Tee.«

»Sie sind anscheinend auf alle Notfälle vorbereitet«, meinte Mutter.

»Das lernt man im Busch.«

»Wir sind sehr froh, daß Sie über so große Erfahrung verfügen«, fügte Vater hinzu.

Wir sahen zu, wie er Tee kochte. Aus dem Buggy brachte er Trinkbecher; sie waren ebenfalls aus Blech, aber der Tee schmeckte trotzdem gut. Wir waren sehr durstig.

Greg wusch die Becher und die Blechdose sorgfältig im Bach aus und verstaute sie wieder im Buggy.

»Jetzt schlafen wir uns richtig aus, und im ersten Morgengrauen fahren wir weiter«, entschied er. »Vielleicht schaffen wir es, Cadorsons bei Sonnenuntergang zu erreichen.«

Ich lag im Schlafsack und blickte zu dem fremden Himmel mit den unbekannten Sternbildern hinauf. Ich fand das Kreuz des Südens, das mir bestätigte, daß ich mich sehr weit von Zuhause auf der anderen Seite der Weltkugel befand. Unwillkürlich dachte ich an die Zeit, die ich als meine friedlichen Jahre bezeichnete; als ich mit Vater oder Jacco ausritt, darauf wartete, daß Jacco zu den Ferien nach Hause kam, neugierig darauf, welche Freunde er diesmal mitbringen würde. Doch die Jahre waren gar nicht immer friedlich gewesen. Ich mußte nur an die Sonnwendnacht denken, die sich mir unauslöschlich eingeprägt hatte. Rolf, der über das Feuer sprang; Rolf, in dem ich einen Ritter der Tafelrunde gesehen hatte. Aber wahrscheinlich hat jeder Mann seine Schwächen... Der ehrgeizige Joe, der die Papiere meines Onkels stahl; John Milward, der nicht den Mut aufbrachte, sich gegen seine Familie durchzusetzen; Onkel Peter mit seinen anrüchigen Klubs. Es war eine harte Welt.

Die Sonnwendnacht rief mir Digory in Erinnerung. Wo er sich wohl befand? Irgendwo unter den Sternen des südlichen Himmels? War sein Leben erträglich? Womöglich war er nur wenige Meilen von mir entfernt. Eigentlich konnte ich versuchen, ihn zu finden. Es würde zwar schwierig, aber nicht unmöglich sein, und der allwissende Greg konnte mir vielleicht helfen.

Doch eine Stimme in mir warnte mich davor, Greg um Gefälligkeiten zu bitten. Es könnte zu unangenehmen Folgen führen.

Dann schlief ich ein, und als ich aufwachte, beugte sich jemand über mich. Ich fuhr hoch. Es war Gregory.

Er legte den Finger auf die Lippen. »Wecken Sie die anderen nicht«, flüsterte er. Tiefe Erleichterung erfaßte mich, denn mir fiel ein, daß meine Eltern, Matthew und Helena sich in meiner unmittelbaren Nähe befanden. Ich fühlte mich sicher. Als ich aus dem Schlaf aufgeschreckt war, hatte ich den Eindruck gehabt, daß ich mich mit diesem Mann allein in der Wildnis befand... und diese Vorstellung machte mir Angst.

»Was ist los?« fragte ich.

Er kniete neben mir nieder; im Licht der Sterne funkelten seine Augen.

»Es ist alles in Ordnung, ich wollte nur nach Ihnen sehen.«

»Warum?«

»Ich wollte mich vergewissern, daß Sie es bequem haben.«

»Ich habe es so bequem, wie es unter den gegebenen Umständen möglich ist.«

»Es ist nicht so weich wie ein Federbett, nicht wahr?«

»Damit haben Sie recht.«

»Sobald wir das Haus erreichen, wird das Leben für Sie angenehmer. Wir werden es Ihnen behaglich machen, das habe ich mir fest vorgenommen, Annie.«

»Ich heiße Annora.«

»Das klingt zu hochgestochen. Mir gefällt Annie besser, es klingt freundlicher.«

»Aber mir gefällt es nicht.«

»Das macht nichts, Annie. Sie werden sich daran gewöhnen.«

»Ist etwas nicht in Ordnung?« fragte Vaters Stimme.
»Nein, nein.« Gregory erhob sich. »Ich habe nur ein Geräusch gehört. Wahrscheinlich Dingos. Nachts werden sie frech.«
»Wir werden bald aufstehen müssen.« Mutter war aufgewacht.
»Wir haben noch zwei Stunden Zeit«, stellte Gregory richtig.
Am ganzen Körper zitternd sah ich ihm nach, als er zu seinem Schlafplatz zurückging. Er hatte etwas an sich, das mir Angst einflößte.
Wir setzten die Reise im Morgengrauen fort. Der Tag verlief genauso wie der vorhergegangene, auch die Gegend sah gleich aus. Der Boden war trocken, und als wir einen Bach erreichten, musterte Gregory besorgt den Wasserstand.
»Der größte Fluch dieses Landes ist die Trockenheit«, erklärte er. »Geben Sie uns Regen... nur einen Bruchteil des Regens, der in der alten Heimat fällt, und Australien wird zu Gottes eigenem Land.«
Während wir weiterritten, wurde er gesprächiger und erzählte uns, wie er als Junge nach Australien gekommen war und sich sofort in das Land verliebt hatte.
»Es packt einen und läßt einen nicht mehr los. Vielleicht wird es einigen von Ihnen auch so ergehen.«
Als sich die Sonne dem Horizont näherte, erreichten wir unser Ziel. Das Gebäude war größer, als ich erwartet hatte – ein langes, niedriges, ebenerdiges Haus, das von Nebengebäuden umgeben war. Wir waren lange geritten, ohne andere Häuser zu sehen, woraus ich schloß, daß Cadorsons sehr isoliert lag.
Jacco kam aus dem Haus gelaufen. »Ich habe schon befürchtet, daß ihr es nicht mehr vor Sonnenuntergang schaffen werdet.«
Er sah verändert aus, denn er trug kein Jackett, dafür ein Hemd mit offenem Kragen, und sein Gesicht war braun-

gebrannt. Das Land hatte bereits begonnen, ihn zu verändern.
»Wie schön, dich wiederzusehen, Jacco«, rief Mutter. »Wie geht es dir?«
»Großartig, ich fühle mich ausgezeichnet. Kommt doch herein. Hallo, Greg. Ich freue mich, Sie wiederzusehen.«
Gregory sprang vom Kutschbock. »Wo sind die anderen? Sie sollten doch hier sein. Die Damen sind erschöpft. Hat Maud etwas Ordentliches auf dem Herd stehen?«
»Und ob.«
In diesem Augenblick kamen mehrere Männer auf uns zu, die Lederhosen und Hemden mit offenem Kragen trugen.
»Kümmern Sie sich um die Pferde, Wally«, befahl Jacco.
Inzwischen war eine Frau in die Haustür getreten und beobachtete uns. Sie war groß und kräftig und hatte üppiges, dunkles Haar, das sie aufgesteckt hatte, so daß sie noch größer wirkte.
Ein junges, etwa fünfzehnjähriges Mädchen stand neben ihr.
»Das ist Maud«, stellte Jacco sie vor. »Sie ist eine wunderbare Köchin. Und das Mädchen neben ihr ist ihre Tochter Rosa.«
»Gehen wir ins Haus«, schlug Gregory vor. »Sie können die Leute morgen früh kennenlernen. Im Augenblick brauchen wir etwas zu essen und ein Bett.«
Es gab einen großen Raum, der als eine Art Wohnzimmer diente, und daneben einen ebenso großen Raum – die Küche. Außerdem waren fünf Schlafzimmer sowie ein Raum, der als Büro eingerichtet war, vorhanden. Im Wohnzimmer brannten mehrere Öllampen, und der lange Holztisch war für uns gedeckt.
Es gab Steaks und heiße Brotfladen und dazu Humpen mit Ale; Maud und ihre Tochter bedienten uns.
Ich war zu müde, um meine neue Umgebung richtig wahrzunehmen; ich wollte nur schlafen.
In dieser Nacht träumte ich wirres Zeug. Das Sonnwend-

feuer brannte, und Rolf war dabei. Er warf seinen Umhang ab und trug Hörner und einen Pferdefuß. Er verwandelte sich in Gregory, und Joe sagte: »Ich mußte es tun, ich mußte es tun.« Dann befand ich mich allein im Busch, und Rolf kam auf mich zu. Doch es war nicht Rolf, sondern Gregory.

Es war ein Alptraum, und ich war froh, als ich aufwachte. Ich schlief bald wieder ein, und als ich munter wurde, fiel das Sonnenlicht in mein Schlafzimmer. Mich hatte höhnisches Gelächter geweckt, das sich gerade wiederholte.

Ich setzte mich auf, und dann fiel es mir ein. Das war der Rieseneisvogel, der Lachende Hans, von dem uns Gregory erzählt hatte. Er war das erste von vielen Tieren, deren Stimmen ich kennenlernte. Doch es kam mir irgendwie passend vor, daß ausgerechnet er mich an meinem ersten Morgen auf der Farm weckte.

Jeder Tag brachte neue Erfahrungen, und ich lernte innerhalb kürzester Zeit eine ganze Menge. Jacco war eine Fundgrube für Informationen. Er hatte während der Zeit, als er allein auf der Farm war, alles Wissenswerte aufgesogen wie ein Schwamm.

Er und Gregory ritten mit uns über die Farm, und wir lernten die Männer kennen, die auf ihr arbeiteten. Der Besitz war so groß, daß man mehrere Tage brauchte, um ihn ganz abzureiten, deshalb bekamen wir nur einen Bruchteil von ihm zu sehen. Greg züchtete Schafe und Rinder, die das riesige Gebiet abweideten. Einer der Viehhüter tat nichts anderes, als um den Besitz herumzureiten, nach dem Vieh zu sehen und dafür zu sorgen, daß die Zäune instandgehalten wurden.

Die Männer lebten in rohgezimmerten Schuppen, die über die ganze Farm verstreut lagen. Einige hatten Frau und Kinder, die ebenfalls auf dem Gut beschäftigt waren. Ihre Haltung amüsierte mich. Sie zeigten großen Respekt vor meinem Vater, weil er der Besitzer der Farm war, aber gleichzeitig machten sie sich über seine gewählte Ausdrucksweise und sein Benehmen lustig. Er war ein englischer Gentleman, und dieser Menschenschlag wurde in diesem Teil der Welt nicht sehr geschätzt. Einer von ihnen versicherte Jacco, daß er mit der Zeit schon noch ein ordentlicher Aussie werden würde, was wahrscheinlich das größte Kompliment war, das man einem Ausländer machen konnte. Matthew verachteten sie zutiefst. Er verfügte über keinerlei praktische Fähigkeiten, war ein Träumer und Idealist – und so jemand hatte in diesem Teil der Welt nichts verloren. Mutter, Helena und ich waren Frauen und infolgedessen Menschen zweiter Klasse.

Interessant war, daß die Arbeiter Maud aufs Wort gehorchten, obwohl sie eine Frau war. Vermutlich war Maud für sie etwas Besonderes, weil sie für ihre Mahlzeiten sorgte. Im Herd in der großen Küche brannte trotz der Hitze ständig das Feuer, und auf der Herdplatte standen immer Töpfe, in denen Speisen vor sich hinbrodelten.

Maud war die Witwe eines unserer Arbeiter, von dem die anderen eine überaus hohe Meinung hatten. Er war nach Australien gekommen, um eine eigene Farm zu erwerben, und das war ihm auch gelungen. Doch sie war bei einem Buschfeuer zerstört worden, und er hatte mit seiner Frau und seiner kleinen Tochter vor dem Nichts gestanden. Er hatte in Cadorsons Arbeit gefunden und war zu Gregorys rechter Hand aufgerückt. Er war lungenkrank – das war auch der Hauptgrund dafür gewesen, warum er nach Australien ausgewandert war. Doch auch das Klima konnte ihn nicht mehr retten, und er starb. Das war fünf Jahre her, und Maud hatte alleine für sich und die damals zehnjährige Rosa sorgen müssen. Sie war eine großartige Frau. Sie haßte die Derbheit der Männer und schalt sie oft wegen ihrer Unsitten. Sie bewachte Rosa wie ein Drache, und mir wurde der Grund sehr bald klar.

Rosa war jung und hübsch, und es gab zu wenig Frauen auf der Farm, deshalb betrachteten die Männer sie mit begehrlichen Blicken.
Maud hatte Rosa lesen und schreiben gelehrt, denn sie wollte ihrer Tochter eine bessere Zukunft sichern.
Auch Mutter hatte viel für Maud übrig und erwähnte einmal, daß sie Rosa gern auf eine Schule schicken würde. Vater meinte, daß sie keine vorschnellen Entschlüsse fassen solle, und daß wir uns jetzt in erster Linie um eine gute Hebamme für Helena kümmern müßten. Das duldete keinen Aufschub.
»Wir müssen noch etwas besprechen«, fuhr er fort. »Ich habe den Eindruck, daß Greg die Farm kaufen möchte. Er leitet sie seit Jahren selbständig und betrachtet sie praktisch als sein Eigentum.«
»Diesen Eindruck habe ich auch«, stimmte ihm Mutter zu. »Jetzt will er auch de facto der Herr auf Cadorsons sein. Das ist verständlich.«
»Und wie stehst du dazu? Wirst du den Besitz verkaufen?«
»Ich weiß es noch nicht. Darüber wollte ich mir ja während dieses Aufenthaltes klarwerden.«
»Jacco interessiert sich sehr für die Farm.«
»Jaccos Zukunft heißt Cador. Kannst du dir vorstellen, meine Liebe, daß er für immer hierbleibt? Daß unsere Enkel in dieser Wildnis aufwachsen?«
»Das möge der Himmel verhüten«, rief Mutter erschrokken.
»Jacco wird es bestimmt auch nicht wollen, denn nach einer Weile wird er Sehnsucht nach seinem Zuhause in England bekommen. Im Augenblick wirkt der Reiz der Neuheit, er hat ja bis jetzt noch nichts von der Welt gesehen. Vermutlich werde ich die Farm an Greg verkaufen, obwohl ich nichts dagegen hätte, auch hier Fuß zu fassen. Wenn ich bedenke, wie sich das Land seit meinem letzten Aufenthalt entwickelt hat... es ist geradezu ein Wunder. Australien hat Zukunft. Die Menschen sind ar-

beitsam, weil sie dazu gezwungen sind, und sie werden nicht durch die Vergnügungen abgelenkt, die es bei uns zu Hause gibt. Darauf ist auch der schnelle Fortschritt zurückzuführen.«

»Wir haben noch reichlich Zeit, zu einem Entschluß zu gelangen.«

»Ja, wir werden wegen Helena noch eine Weile hierbleiben müssen.«

»Ich werde Maud fragen, ob sie eine Hebamme kennt«, meinte Mutter. »Ich möchte, daß sie rechtzeitig vor dem errechneten Geburtstermin herkommt. Einen Arzt gibt es hier wohl nicht?«

»Der nächste Arzt wohnt in Sydney.«

»Das ist beunruhigend.«

»Es wird schon gut gehen.«

»Ich fühle mich für Helena verantwortlich. Das arme Kind wirkt so teilnahmslos. Ich habe keine Ahnung, was sie ohne Annora getan hätte.«

»Sie beginnt allmählich, sich auf das Kind zu freuen«, warf ich ein, »und wenn es erst einmal auf der Welt ist, wird Helena ein anderer Mensch werden.«

»Da kannst du recht haben«, pflichtete mir Mutter bei.

Die Tage vergingen wie im Flug. Ich bekam Jacco kaum zu Gesicht, weil er sich ständig auf der Farm herumtrieb. Matthew hatte vor, in den Norden zu reiten. Er hatte mit den Arbeitern gesprochen und sich dabei Verschiedenes notiert. Einige von ihnen waren Sträflinge, und er hatte ihre Lebensgeschichten aufgezeichnet. Ich fragte mich gelegentlich, ob die Geschichten, die sie ihm erzählten, der Wahrheit entsprachen, denn sie hatten ihn belustigt beobachtet, wenn er sich Notizen machte. Für sie war es bestimmt ein großer Spaß, wenn sie ihm einen Bären aufbinden konnten.

Er war von seiner Idee besessen. Um Helena kümmerte er sich beinahe überhaupt nicht mehr. Er hatte eine ritterliche Tat vollbracht und wandte sich jetzt anderen Dingen zu.

Wenn wir uns bei den Mahlzeiten um den Tisch versammelten, bestritt er die Unterhaltung beinahe allein.
»Stellen Sie sich doch die Zustände auf den Schiffen vor, mit denen die Sträflinge hierhergebracht werden«, rief er und schlug mit der Faust auf den Tisch. Bei diesem Thema konnte er richtig wütend werden, was seltsam war, weil er im Grunde ein sehr sanftmütiger Mensch war. »Mörder und Straßenräuber werden mit Menschen zusammengepfercht, die ein Taschentuch oder einen Laib Brot gestohlen haben. Nachdem sie den Hafen verlassen haben, werden sie für eine Woche unter Deck eingeschlossen. Von Zeit zu Zeit öffnet man die Luken, damit sie nicht erstikken. Die Frauen bieten sich für ein Glas Gin den Matrosen an. Diese Zustände müssen aufhören. Ich werde es durchsetzen. Die Enthüllungen in meinem Buch werden die Menschen aufrütteln.«
Ich versuchte, das Thema zu wechseln. »Ich möchte wissen, wie es Digory ergangen ist und ob er überhaupt noch lebt.«
Damit kamen wir wieder auf die verhängnisvolle Sonnwendnacht zu sprechen.
Matthew hörte uns aufmerksam zu und versprach dann: »Ich werde ihn finden. Seine Geschichte ist es wert, festgehalten zu werden, um so mehr, als ich auch einiges über seine Familie weiß.«
»Ich würde mich sehr freuen, etwas über ihn zu erfahren«, fuhr ich fort. »Es wäre eine Erleichterung für mich, wenn er es hier zu etwas gebracht und vielleicht sogar ein Stückchen Land erworben hätte.«
»Hoffentlich hat er es durchgestanden«, sagte Vater. »Er war ein Einzelgänger und legte wenig Wert auf Gesellschaft.«
»Daran waren nur die Umstände schuld«, wandte ich leidenschaftlich ein. »Wem hätte er sich denn anschließen sollen?«
»Du und Jacco habt ohnehin viel für ihn getan.«

»Du ebenfalls.«
»Ich kann mich aber nicht erinnern, daß er besonders dankbar gewesen wäre.«
»Er hat es nicht verstanden, seine Dankbarkeit zu zeigen.«
»Er hat sie gezeigt, indem er vollkommen unnötigerweise gestohlen hat. Ich hätte Verständnis dafür aufgebracht, wenn er hungrig gewesen wäre, doch Digory hat sich sein Schicksal selbst zuzuschreiben.«
»Ich werde versuchen, Digory zu finden und herauszubekommen, was er in der Zwischenzeit alles erlebt hat«, versprach Matthew.
Er wollte am nächsten Morgen nach Sydney aufbrechen.
»Ich werde mein Hauptquartier im Grand Hotel aufschlagen«, teilte er uns mit. »Wenn Sie mich erreichen wollen, können Sie dort eine Mitteilung für mich hinterlegen. Ich habe vor, von dort aus verschiedene Teile Australiens zu besuchen, um die Informationen zu sammeln, die ich brauche.«
»Haben Sie eine Ahnung, wie lange Sie fortbleiben werden?« erkundigte sich Mutter.
»Das hängt davon ab, welchen Erfolg ich haben werde. Sobald ich genügend Material beisammen habe, beginne ich, das Buch zu schreiben.«
»Der Geburtstermin von Helenas Kind rückt immer näher.«
Er lächelte mich an. »Ich weiß, daß sich Helena bei Ihnen in guter Obhut befindet.«
Meine Mutter preßte die Lippen zusammen. Sie wollte ihm bestimmt vor Augen führen, daß eine Frau während dieser Zeit ihren Mann an ihrer Seite haben möchte. Andererseits war es ja keine normale Ehe, und wir mußten Matthew dankbar sein. Wir durften nie vergessen, daß er von Natur aus ernst und ein Menschenfreund war und er sich durch nichts und niemanden von seinem großen Ziel abbringen ließ – nicht einmal durch seine Frau.
Am nächsten Morgen verabschiedeten wir uns von ihm,

und ich hatte den Eindruck, daß Helena erleichtert aufatmete. Es ist bestimmt nicht angenehm, wenn man ständig daran erinnert wird, was man einem Menschen verdankt. Das soll nicht heißen, daß Matthew sie daran erinnerte; doch Helena konnte es nicht vergessen.
Vater war die meiste Zeit mit Gregory und Jacco auf unserem Besitz unterwegs. Sie brachen bei Sonnenaufgang auf und kehrten erst bei Einbruch der Dunkelheit zurück. Am Abend saßen wir im Freien. Die Arbeiter legten ein Feuer an, auf dem sie ihr Essen kochten, und die kühle Luft nach Sonnenuntergang war erfrischend. Nach dem Essen sangen die Männer manchmal Lieder, die sie aus der alten Heimat mitgebracht hatten. Einer von ihnen hatte ein Instrument, das er Didgeridoo nannte. Es war eine lange Holzröhre, die dröhnte, wenn er hineinblies. Ein anderer Mann besaß ein Banjo, und im Lauf des Abends wurden die Arbeiter immer fröhlicher. Gregory war immer dabei, und man konnte seine Stimme aus dem Lärm heraushören. Er behauptete, daß es zu seinen Pflichten gehöre, an diesen geselligen Beisammensein teilzunehmen.
»Die Männer arbeiten den ganzen Tag schwer und brauchen am Abend etwas, worauf sie sich freuen können«, hatte er uns erklärt. »Wenn sie beisammensitzen und singen, fühlen sie sich wohl. Es hindert sie auch daran, ständig an Frauen zu denken, die es hier nicht gibt.«
Durch unsere Ankunft war der Prozentsatz von weiblichen Bewohnern der Farm drastisch gestiegen. Ich hatte beobachtet, daß einige Männer und Mädchen einander näherstanden, und nahm an, daß die Beziehungen nicht rein platonisch waren. Ich bemerkte auch die Blicke, mit denen uns die Männer musterten... eine gewisse Spannung lag deutlich in der Luft.
Maud spürte die Spannung bestimmt genauso wie ich, denn sie hütete ihre Tochter wie ihren Augapfel. Wenn sich ein Mann mit Rosa unterhielt, ließ sie die beiden

nicht aus den Augen. Es war bestimmt nicht einfach, unter solchen Bedingungen eine Tochter großzuziehen.
Gregory beschloß, uns das Land zu zeigen. Wir kamen oft mit ihm zusammen, denn obwohl er in einen Schuppen übersiedelt war, nahm er jeden Tag das Abendessen mit uns ein.
Eines Tages erzählte er uns von dem Boot.
»Wir sind hier nicht weit vom Meer entfernt, nur etwa eine Stunde zu Pferd. Ich bin oft am Strand, denn ich liebe die frische Meeresbrise. Nach Smoky Cape sind es zwei Stunden. Wenn Sie Lust haben, können Sie dort baden. Ich werde Sie einmal hinführen. Ich habe dort ein kleines Bootshaus, und mein Boot ist wirklich vortrefflich.«
Vater, Jacco und ich ritten also mit Gregory ans Meer. Helena konnte natürlich nicht mitkommen, und Mutter blieb bei ihr. Wir veranstalteten ein Picknick, und Gregory segelte mit uns auf das Meer hinaus. Er war ein geschickter Segler, und es war herrlich, über das blaue Wasser zu gleiten.
Wir entfernten uns nicht weit von der Küste.
»Die Stürme brechen oft aus heiterem Himmel los«, erklärte uns Gregory, »und wir haben eine wertvolle Ladung an Bord.« Er zwinkerte mir zu.
Er beunruhigte mich immer noch, denn ich ertappte ihn oft dabei, wie er mich kritisch musterte.
Mir fiel ein, was er über Männer und Frauen gesagt hatte, und ich hatte das Gefühl, daß er mich abgeschätzt hatte und jetzt wartete. Es war kein angenehmes Gefühl, und wenn ich nachts in meinem Zimmer lag, war ich froh, daß sich mein Vater und mein Bruder in der Nähe befanden.
Doch trotz Gregorys Anwesenheit verlief der Tag sehr angenehm. Vielleicht redete ich mir alles nur ein. Manchmal stellte ich mir vor, daß ich mich allein mit ihm im Haus befand, und dieser Gedanke flößte mir Angst ein. Es war das gleiche Gefühl wie seinerzeit, als ich mir in meiner kindlichen Phantasie Riesen und Kobolde vorgestellt hat-

te... ich hatte vor Angst gezittert und mich dabei gleichzeitig danach gesehnt, sie in Wirklichkeit zu sehen.
»Wir müssen das Boot öfter benützen, Greg«, sagte Vater.
»Es steht Ihnen zur Verfügung, Sir Jake. Bitte verwenden Sie es jederzeit, wenn Sie Lust dazu haben.«
Von da an ging Vater oft segeln, manchmal mit Gregory, manchmal allein. Gelegentlich begleiteten ihn Mutter und ich. Jacco war natürlich von dem neuen Zeitvertreib begeistert. Helena verließ das Haus so gut wie gar nicht mehr, denn die Niederkunft stand bald bevor.
Maud erzählte uns, daß sie schon oft Frauen bei Geburten beigestanden hatte. »Die Kinder kommen manchmal zu früh zur Welt, und die Hebamme schafft es dann nicht mehr rechtzeitig, deshalb hat sie mir einige Ratschläge gegeben.«
Mutter bestand darauf, daß die Hebamme ein paar Wochen vor dem errechneten Geburtstermin auf die Farm kam und bei uns wohnte.
Auf Mauds Rat hin schickte Vater einen Mann in einen etwa fünfzig Meilen entfernten Marktflecken, mit dem Auftrag, Polly Winters zu holen.
Sie traf am nächsten Tag ein. Sie war klein und rundlich, hatte fröhliche, dunkle Augen, lachte gern und laut und plapperte ununterbrochen. Sie war Mitte dreißig und Witwe. In diesem Land starben die Männer früh.
»Lassen Sie sich durch ihre leichtfertige Art nicht beirren«, riet uns Maud. »Sie ist eine tüchtige Hebamme. Sie hat zwar gern ihren Spaß, wie sie sich ausdrückt, aber sie versteht ihr Geschäft ausgezeichnet.«
Polly untersuchte Helena und war mit dem Ergebnis zufrieden; dann unterhielt sie uns mit Anekdoten über die zahlreichen Kinder, denen sie ans Licht der Welt geholfen hatte.
Wir stellten ihr den leeren Raum neben Helenas Zimmer zur Verfügung. Sie sah die Babyausstattung durch und stellte eine Liste der Sachen auf, die wir noch brauchten.

Wenn sie über das Kind oder die Geburt sprach, war sie konzentriert und ernst; sobald sie damit fertig war, kicherte sie und erzählte Witze und wirkte, als wäre sie für eine so verantwortungsvolle Aufgabe vollkommen ungeeignet.
Wenn ich zum Fenster hinausblickte, sah ich oft, daß sie sich mit einem der Männer unterhielt, und es war nicht schwer zu erraten, worum es bei den Gesprächen ging. Sie kicherte, verdrehte die Augen und benahm sich neckisch wie ein junges Mädchen, was gar nicht ihrem Alter entsprach. Während der Gespräche liebkoste sie die Männer beinahe, und diese gingen bereitwillig auf das Spiel ein.
Mutter begann, daran zu zweifeln, daß sie die richtige Wahl getroffen hatte. Ich erinnerte sie daran, daß sie gar keine Wahl gehabt hatte. Polly Winters war die einzige Hebamme weit und breit.
Trotzdem konnten wir nicht anders, wir mußten Polly gern haben. Sie war so gutherzig, so bereit, jederzeit zu helfen, so vergnügt und so lebensfroh. Das alberne Kichern setzte nur dann ein, wenn ein Mann in Sicht kam.
Das Kind war zwar erst in drei Wochen fällig, doch meine Mutter und Maud waren der Ansicht, daß Helena etwas schwächlich war und daß es deshalb angeraten war, Polly auf der Farm zu behalten.
Ich ritt oft mit meinem Vater oder meinem Bruder aus, doch wir entfernten uns nie weit vom Haus, und Vater behielt immer die Orientierungspunkte im Auge. Er schloß sich Gregorys Ansicht an, daß man sich in diesem Land mühelos verirren konnte.
Eines Tages waren Vater und Jacco auf dem Besitz unterwegs, und Helena hatte sich hingelegt. Polly hatte ihr dazu geraten und erwähnt, daß sie sich selbst gern untertags aufs Ohr legte. Ich war nicht so sicher, daß es ihr wirklich um die Ruhe ging, denn ich hatte einmal aus ihrem Zimmer Geflüster und unterdrücktes Kichern gehört. Wahrscheinlich bewies Polly einem der Männer gerade, wie sehr sie ihn schätzte. Das entsprach zwar nicht meiner Vorstellung

von einer Hebamme, doch ich durfte nicht übersehen, daß ich mich nicht in England befand und daß die Menschen hier anders waren. Wir durften Polly auf keinen Fall Vorhaltungen machen, denn wir brauchten ihre Dienste viel zu dringend. Wenn sie sich gemeinsam mit einem Mann »aufs Ohr legte«, so war das allein ihre Sache, nicht unsere.

Im Haus war alles still, doch ich fand keine Ruhe. Ich sehnte mich nach meinem Zuhause – nicht nach London, in dem es zu vielen unangenehmen Zwischenfällen gekommen war, sondern nach Cador.

Ich stellte mir vor, wie ich mit Rolf ausritt, und mußte mir ins Gedächtnis rufen, daß nicht alles Gold ist, was glänzt, und daß die Menschen ihr wahres Wesen oft unter der Tünche der Wohlerzogenheit verbergen. Hier waren die Menschen wenigstens offener. Polly und ihre Männer... Maud, die nur an ihre Tochter dachte... sogar Gregory. Er tat wenigstens nicht so, als wäre er ein Ritter ohne Furcht und Tadel.

Ich hatte das Bedürfnis nach frischer Luft und beschloß auszureiten. Natürlich nicht weit, denn es war das erstemal, daß ich mich allein in den Busch wagte, doch ich wollte einmal allein sein.

Die leichte Brise war angenehm; ich fiel in Galopp und befand mich bald mitten im Busch.

Die Landschaft hatte etwas Großartiges an sich. Greg hatte uns von den Eingeborenen erzählt, den »Abos«, wie er sie nannte. Wir beschäftigten ein paar von ihnen auf der Farm. »Sie sind fleißige Arbeiter«, hatte Gregory zugegeben, »wenn sie arbeiten. Doch man kann sich nicht auf sie verlassen. Manchmal fällt es ihnen plötzlich ein, die Arbeit liegenzulassen und ›herumzugehen‹, wie sie es nennen. Einige von ihnen kommen zwar zurück, aber in den meisten Fällen sieht man sie nie wieder.«

Ich konnte mir vorstellen, daß die Eingeborenen verwirrt waren und versuchten, sich an die Fremden zu gewöhnen,

die aus heiterem Himmel aufgetaucht waren und ihnen ihr Land weggenommen hatten.
Greg hatte uns auch von den Tieren erzählt, von den Känguruhs, die ihre Jungen in einem Beutel am Bauch herumtrugen. Es gab verschiedene Arten, und die kleineren wurden Wallabies genannt.
Es gab für uns soviel Neues zu sehen. Wir sprachen bei den Mahlzeiten darüber, und Mutter war bestrebt, diese Unterhaltungen möglichst auszudehnen.
Greg schilderte das Land in den leuchtendsten Farben, und es war deutlich zu merken, daß er es liebte und als seine Heimat empfand. Er erzählte uns von den Heuschreckenschwärmen, die die Ernten vernichteten, von den Waldbränden, die manchmal kleine Ansiedlungen einkreisten und zerstörten und sogar Städte bedrohten, oder von der größten Plage: der gefürchteten Dürre.
Er sprach über Koalas und Wombats und über die Vögel mit dem wunderschönen Gefieder, auf die man gelegentlich stieß. Letztere bekamen wir in Sealands Creek allerdings nicht oft zu Gesicht, aber gelegentlich machte uns Gregory auf einen Flughund oder einen Leierschwanz aufmerksam.
Ich liebte seine Vorträge über das Land.
Während ich weiterritt, dachte ich über ihn nach. Unsere Farm war riesig, und ich hatte das Gefühl, daß ich mich so lange in Sicherheit befand, als ich den Besitz meines Vaters nicht verließ.
Ich sah mich um. In der Ferne erkannte ich undeutlich das Dach des Hauses. Ich stieg ab, band mein Pferd an einen verkrüppelten Busch und setzte mich hin. Wieder einmal ging ich im Geist die merkwürdigen und überraschenden Ereignisse durch, die unserer Reise vorangegangen waren. Bald würden wir nach London zurückkehren, und unser Leben würde wieder in normalen Bahnen verlaufen. Was würde aus Helena werden? Würde sie mit Matthew zusammenleben und ihm vielleicht bei seinem Buch helfen?

Bis jetzt hatte sie sich nicht dafür interessiert. Doch vielleicht würde sich das ändern, sobald das Kind auf der Welt war.

Die Hitze wurde unerträglich. Es war unvernünftig von mir gewesen, um diese Tageszeit auszureiten. Ich schloß die Augen und döste.

Irgendwann schreckte ich auf und wußte einen Augenblick lang nicht, wo ich mich befand. Dann wurde ich vollkommen wach und stand auf. Leichter Nebel lag in der Luft, und ich sah das Haus nicht mehr. Doch das beunruhigte mich nicht, denn ich wußte, in welcher Richtung es sich befand und wollte sofort zurückreiten.

Dann stellte ich fest, daß mein Pferd nicht da war, und bekam es mit der Angst zu tun. Ich hatte es nicht fest genug angebunden, und es hatte sich offenbar losgerissen. Infolge des Nebels war es jetzt nicht mehr so drückend heiß, und das war ein Segen. Aber mir wäre wohler gewesen, wenn ich das Haus gesehen hätte.

Ich machte mich also zu Fuß auf den Weg. Das Haus mußte jeden Augenblick in Sicht kommen.

Ich schritt gleichmäßig aus, und die Zeit verging, aber obwohl der Nebel nicht dichter geworden war, erblickte ich das Haus immer noch nicht. Eine Gruppe von Eukalyptusbäumen tauchte auf. War ich an ihnen vorübergeritten? Ich war meiner Sache nicht sicher; die Landschaft war überaus eintönig.

Jetzt begann ich zu befürchten, daß ich mich verirrt hatte, und erinnerte mich an Gregorys Warnungen – an seine Erzählungen von Menschen, die stundenlang im Kreis gegangen waren.

Ich ließ mich neben ein paar Büschen auf den Boden sinken.

Ging ich im Kreis? Entfernte ich mich vom Haus? Ich hatte keine Ahnung, wo ich war.

Am vernünftigsten war es, wenn ich wartete, bis sich der Nebel auflöste. Das konnte allerdings Stunden dauern. Ich hatte mich wirklich unvernünftig verhalten. Ich hätte sofort zurückreiten müssen, als es neblig wurde; ich hätte nicht einschlafen dürfen; ich hätte Gregs Warnungen ernst nehmen müssen; ich hätte nie allein ausreiten dürfen. Würde ich die ganze Nacht hier draußen verbringen müssen? Und was war mit den Dingos? Sie waren keineswegs harmlos. Außerdem gab es hier auch katzenartige Raubtiere. Meine Angst nahm zu. In einer solchen Situation muß man fähig sein, einen Entschluß zu fassen. Wenn ich nur wüßte, was ich tun sollte... weitergehen oder bleiben, wo ich war?

Während ich noch überlegte, hörte ich aus weiter Ferne ein Geräusch. Es war der Ruf, den die Männer ausstießen, wenn sie wissen wollten, wo sich ihre Kameraden befanden: »Kueee.«

So laut ich konnte rief ich ebenfalls: »Kueee.«

Ich wartete gespannt; der Ruf wurde wiederholt, und ich antwortete neuerlich.

Der Rufer kam näher, und ich antwortete immer wieder. Dann tauchte Gregory auf seinem Pferd aus dem Nebel auf.

Er sprang ab, stützte die Hände in die Hüften und musterte mich ironisch.

»Sie kleines Dummerchen, wie oft habe ich Ihnen gesagt...?« begann er.

»Ich weiß, ich weiß. Aber wie hätte ich ahnen können, daß es plötzlich neblig wird?«

»Das hätten Sie allmählich wissen können.«

Er faßte mich an den Schultern und schüttelte mich.

»Sie verdienen eine Tracht Prügel.« Er lachte. »Am liebsten würde ich sie Ihnen persönlich verpassen.«

Ich wollte mich von ihm losreißen, aber er hielt mich fest. Dann beugte er sich vor und küßte mich voll auf den Mund.

Ich war wütend. Ich hatte Angst gehabt und war beinahe verzweifelt, und es war eine ungeheure Erleichterung gewesen, als er erschien, aber jetzt war ich mit ihm allein, und er hatte sich den Kuß geholt, auf den er von Anfang an aus gewesen war. Ich stieß ihn zurück und stand auf.

»Ich bin froh, daß Sie gekommen sind, aber…«

»Der Anfang hört sich recht gut an«, unterbrach er mich.

»Woher haben Sie gewußt, daß ich mich verirrt habe?«

»Das Pferd ist nach Hause gekommen. Es besitzt mehr Verstand als seine Reiterin.«

»Es hat tatsächlich allein zurückgefunden?«

»Danken Sie Gott dafür. Sonst hätten Sie einige sehr unangenehme Stunden verbracht, Annie.«

»Ich habe Ihnen schon einmal gesagt, daß ich nicht so heiße und daß Sie mich mit meinem richtigen Vornamen ansprechen sollen.«

»Im Augenblick sind Sie keinesfalls in der Lage, Befehle zu erteilen. Sie müssen schön brav sein und tun, was der liebe, alte Greg anordnet.«

»Bringen Sie mich nach Hause.«

»Sie haben nicht bitte gesagt.«

»Bitte.«

»So ist es schon besser. Kommen Sie her.«

»Versuchen Sie nicht, mich noch einmal zu küssen.«

»Auch nicht, wenn Sie mich darum bitten?«

»Das wird bestimmt nie der Fall sein.«

»Seien Sie nicht so sicher.«

»Wissen meine Eltern, daß ich mich verirrt habe?«

»Nein, das weiß niemand. Ihre Eltern wären außer sich gewesen, wenn ich Ihnen gestanden hätte, daß ihre süße kleine Tochter irgendwo im Busch steckt. Sie sind ein wertvolles, kleines Küken, wissen Sie das?«

»Das sollten Sie sich öfter vor Augen halten.«

»Mache ich ja, sonst würde ich Sie nicht mit Glacéhandschuhen anfassen, sondern würde dafür sorgen, daß Sie mich nie vergessen.«

»Und wie würden Sie das anfangen?«

»Soll ich es Ihnen zeigen?«

»Ich habe keine Ahnung, wovon Sie sprechen.«

»Eines Tages werden Sie es erfahren, Annie, ganz bestimmt.«

»Bringen Sie mich jetzt zurück?«

Er nickte.

»Sie müssen mit mir reiten. Ich weiß nicht, ob ich damit Ihre zarten Gefühle verletze, aber wir haben nur das eine Pferd.«

»Das ist mir klar.«

»Dann kommen Sie.« Er saß auf, beugte sich zu mir hinunter und hob mich aufs Pferd. Dabei hielt er mich länger fest als notwendig. »Sie müssen mir die Arme um die Taille legen und sich festhalten.«

»Das weiß ich.«

»Schön, dann los.«

Ich war zutiefst erleichtert. Ich würde bald zu Hause sein, denn er würde sich durch den Nebel nicht beirren lassen.

Er ritt im Schritt durch den Busch.

»Sie müssen sehr froh gewesen sein, als Sie mich gesehen haben«, begann er. »Sie haben allmählich Angst bekommen, nicht wahr? Sie war begründet, denn es ist kein Vergnügen, die Nacht im Busch zu verbringen… außer, man befindet sich in der richtigen Gesellschaft. Die Nacht, die wir auf der Fahrt von Sydney hierher im Freien verbracht haben, war zum Beispiel sehr angenehm. Wissen Sie noch, wie ich über Sie gewacht habe? Genauso habe ich heute über Sie gewacht.«

Ich schwieg.

»Halten Sie mich fester«, befahl er. »Sie wollen doch nicht vom Pferd fallen. Ich muß gestehen, daß es mir Spaß macht, mit meiner Annie, die mich an sich drückt, nach Hause zu reiten.«

Ich ließ ihn los.

»He, seien Sie vorsichtig!« warnte er mich. »Ein plötzlicher Ruck, und Sie liegen auf dem Boden.«

Ich hielt mich wieder fest. Er streichelte meine Hand.
»Wissen Sie, Annie, daß ich Sie sehr gern habe?«
»Wie weit ist es noch bis zum Haus?« fragte ich.
»Es reicht noch für eine kleine Plauderei.«
»Wir können im Haus weit bequemer miteinander reden. Reiten Sie schneller.«
»Überlassen Sie das Tempo mir. Ich kann mir vorstellen, daß Sie mit der Zeit eine richtige kleine Aussie werden. Das Land wird auch Sie nicht mehr loslassen. Hier ist man ein freier Mensch, kann die meisten Gesetze und Vorschriften vergessen, geht seinen eigenen Weg... man ist endlich jemand.«
»Ich habe auch in England das Gefühl gehabt, daß ich jemand bin.«
»Natürlich, Sie waren wohlerzogen und haben immer nur das gesagt, was man von Ihnen erwartet hat. Woher wollen Sie wissen, was die Menschen wirklich empfinden?«
»Manchmal ist es besser, wenn man es nicht weiß.«
»Da bin ich anderer Meinung. Wir sollten einander richtig kennenlernen, Annie. Manchmal sind Sie so unnahbar, daß ich glaube, Sie mögen mich nicht. Aber damit irre ich mich, nicht wahr? Es ist nur die englische Heuchelei.«
»Um so zu reden wie die kleinen Aussies: Sie irren sich nicht.«
Er lachte.
»Wir passen großartig zusammen, Annie.«
»Konzentrieren wir uns lieber darauf, nach Hause zu kommen.«
»Verraten Sie mir, haben Sie in England einen Liebsten?«
»Sie sind unverschämt.«
»Ich möchte es wissen, weil es für mich wichtig ist.«
»Ich betrachte dieses Gespräch als beendet.«
»Ich finde, daß es noch lange nicht zu Ende ist, und im Augenblick erteile ich die Befehle. Wo wären Sie jetzt ohne mich?«
»Ich hätte schon irgendwie heimgefunden.«

»Soll ich Sie absteigen lassen, damit Sie es versuchen können?«

»Seien Sie nicht unvernünftig und reiten Sie endlich rascher.«

»Ich muß sagen, daß Sie das undankbarste in Not geratene Mädchen sind, das ich je gerettet habe.«

»Die anderen waren wohl nur zu bereit, Sie für Ihre Dienste zu belohnen?«

»Das stimmt. Aber reden wir ernsthaft. Ich mag Sie, ich mag Sie sogar sehr.«

Ich schwieg. Wie weit war es noch? Ich hatte etwas Angst vor ihm; außerdem war ich ihm im Augenblick ausgeliefert.

»Nehmen wir einmal an, Sie und ich tun uns zusammen...«

»Was meinen Sie damit?«

»Daß wir heiraten.«

»Heiraten! Sind Sie sicher, daß Sie keinen Sonnenstich haben?«

»Ich habe mich noch nie so wohl gefühlt. Seit ich Sie zum erstenmal gesehen habe, träume ich davon, daß Sie die Arme um mich legen, so wie jetzt.«

»Ich tue es notgedrungen.«

»Vorläufig begnüge ich mich damit. Wir würden gut zusammenpassen. Sie sind die Richtige, Sie haben Temperament, das gefällt mir. Wir sind füreinander geschaffen.«

»Ich nehme doch an, daß Sie einen Sonnenstich haben. Angeblich redet man da irre.«

»Ich sehe nur die Tatsachen realistisch. Ich möchte Sie haben, Annie. Ich denke nur an Sie. Seit ich Sie gesehen habe, kommt für mich keine andere Frau in Frage. Stellen Sie sich doch vor, was wir aus diesem Besitz machen könnten. Unter unseren Händen würde er aufblühen. Wir würden ein Haus in Sydney besitzen, Gäste empfangen, Gesellschaften geben... Sie würden die alte Heimat überhaupt nicht vermissen, denn Sie könnten hier die große

Dame spielen. Glauben Sie mir, es wäre ein herrliches Leben. Aber Sie sagen ja nichts...«

»Ich bin sprachlos.«

»Sie müßten mir nur sagen, was Sie haben möchten, und es wäre ihr's.«

»Also schön. Ich will nach Hause.«

»Sie sind eine harte Frau.« Er seufzte tief und spielte den Enttäuschten. Genau in diesem Augenblick tauchte das Haus aus dem Nebel auf. Ich war sehr erleichtert.

Er sprang vom Pferd und drehte sich zu mir um, um mich herunterzuheben. Er blickte mir dabei ins Gesicht, und eine Sekunde lang waren wir einander sehr nahe. Ich sah sein dunkles, gelocktes Haar und sein spöttisches Lächeln dicht vor mir, und obwohl ich mich beim Haus und im Schutz meiner Familie befand, bekam ich es wieder mit der Angst zu tun.

Er legte mir die Hand auf die Schulter, und ich sagte schnell: »Danke dafür, daß Sie mich nach Hause gebracht haben.«

»Es gibt nichts, das ich nicht für Sie tun würde«, antwortete er. »Vergessen Sie das nie.«

Ich drehte mich um und lief ins Haus.

Kurz darauf kamen meine Eltern in mein Zimmer, denn Gregory hatte ihnen erzählt, daß er mich gerettet hatte. Sie waren sehr beunruhigt.

»Ich kann dich nicht verstehen, Annora«, tadelte mich Mutter. »Man hat dir so oft gesagt, daß du nicht allein ausreiten sollst.«

»Ich bin nicht weit geritten. Wenn der Nebel nicht gekommen wäre, dann wäre alles in Ordnung gewesen.«

»Der Nebel ist nur eine der Gefahren«, meinte Vater ungeduldig. »Du solltest dich schämen.«

»Das tue ich, also hört auf, mir Vorwürfe zu machen. Ich verspreche euch, daß ich nie wieder so leichtsinnig sein werde. Außerdem möchte ich möglichst bald nach England zurückkehren.«

»Ein Glück, daß es Greg gibt«, seufzte Mutter. »Und ein Glück, daß dein Pferd nach Hause gelaufen ist. Es war wunderbar von Greg, daß er dich gesucht hat.«

»Und es war ein Wunder, daß er dich gefunden hat«, fügte Vater hinzu.

»Das war einfach... er hat den Buschruf ausgestoßen, und ich habe ihm geantwortet.«

»Es gibt in diesem Land wirklich kaum etwas, worüber er nicht Bescheid weiß«, stellte Vater bewundernd fest. »Aber du hast recht, wir werden so bald wie möglich nach Hause zurückkehren. Ich bekomme allmählich Heimweh; du nicht auch, Jessica?«

Mutter gab zu, daß sie sich ebenfalls nach England sehnte.

»Sobald Helena ihr Kind hat und imstande ist zu reisen, kehren wir heim. Ich werde die Farm an Greg verkaufen. Er hat den Besitz in die Höhe gebracht, und wenn er ihm gehört, wird er bestimmt noch besser wirtschaften.«

»Versprich mir, daß du nie wieder etwas so Dummes tun wirst«, forderte Mutter.

Ich versprach es.

Sie drückte mich an sich, und ich war sehr froh, daß ich wieder bei ihnen war, doch es wäre mir wesentlich lieber gewesen, wenn nicht ausgerechnet Gregory mein Retter gewesen wäre.

In dieser Nacht konnte ich nicht schlafen, denn mir gingen seine Worte immer wieder durch den Kopf. Er hatte so entschlossen gewirkt, und das jagte mir Angst ein. Maud hatte einmal in bezug auf eine unwichtige Angelegenheit bemerkt: »Greg will es, und er bekommt immer, was er will.«

Diese Worte hatten einen bedrohlichen Klang. Aber ich war mein eigener Herr. Niemand konnte mich zu etwas zwingen, was ich nicht wollte.

Obwohl mich dieser Gedanke beruhigte, wollte sich der Schlaf nicht einstellen.

Gegen Mitternacht hörte ich vor meinem Fenster ein Geräusch. Jemand befand sich in der Nähe der Eingangstür.

Ich trat ans Fenster und blickte hinunter. Es war Gregory. Mir schlug das Herz bis in den Hals. Wie konnte er es wagen! Wollte er vielleicht ins Haus? Was hatte er vor? Doch die Tür war versperrt wie jede Nacht. Er hatte uns selbst eingeschärft, daß wir die Türen nachts versperren mußten, weil Vagabunden sich auf der Suche nach etwas Verwertbarem einschleichen konnten. Entsprungene Sträflinge stellten kaum eine Gefahr dar, weil sie bestimmt nicht mit Gewalt in ein Haus eindringen würden, in dem sich so viele Männer befanden.

Wollte er etwa zu mir? Warum? Die Antwort lag auf der Hand. Glaubte er, daß ich seinem umwerfenden Charme erliegen würde? Hielt er sich für unwiderstehlich? Es war sehr kühn von ihm, sich ins Haus zu wagen. Ich mußte nur schreien, und meine Eltern würden aufwachen. Mein Vater würde ihn auf der Stelle entlassen, und er hätte nie mehr die Möglichkeit, die Farm zu erwerben.

Jetzt schlich jemand durch den Korridor. Ich öffnete die Tür einen Spalt breit und lugte hinaus. Polly Winters ging in einem tief dekolletierten Nachthemd, das ihren ansehnlichen Busen voll zur Geltung brachte, leise zur Tür.

Ich zog meine Tür zu und horchte. Die Eingangstür wurde geöffnet... kaum hörbares Flüstern. Die beiden hatten sichtlich große Erfahrung in bezug auf nächtliche Zusammenkünfte.

Als ich meine Tür wieder öffnete, waren sie in Pollys Zimmer verschwunden.

Das war der Gipfel der Unverfrorenheit! Noch dazu unter dem Dach meines Vaters, nachdem er mich gebeten hatte, ihn zu heiraten!

Der Mann war ein Ungeheuer.

Ich ging wieder zu Bett, aber jetzt war es mit dem Schlaf endgültig vorbei. Ich dachte daran, wie ich hinter ihm auf dem Pferd gesessen hatte, und war von einem Zorn erfüllt, den ich noch nie erlebt hatte.

Eigentlich hatte ich vorgehabt, ihm am Morgen aufzulauern, wenn er das Haus verließ, um ihm mitzuteilen, daß ich von seinem nächtlichen Besuch wußte. Ich wollte ihm sagen, wie sehr ich ihn verachtete, und daß ich meinen Eltern erzählen würde, was für ein Mensch er war. Ich würde ihm deutlich machen, daß er nicht der unwiderstehliche Herzensbrecher war, für den er sich hielt.
Irgendwann schlief ich jedoch ein, und als ich erwachte, war es spät am Morgen. Maud werkte bereits in der Küche. Sie kam immer sehr zeitig, und zwei Frauen halfen ihr bei der Zubereitung des Frühstücks.
Er war mir also durch die Lappen gegangen.
Ich erzählte es meinen Eltern nicht, denn mir war klar, daß sie ihn nicht fortschicken konnten. Die Farm brauchte ihn. Was gingen mich überhaupt seine Weibergeschichten an? Polly hatte ihn offensichtlich erwartet.
Der Zeitpunkt der Entbindung kam näher, doch Helena war überraschend ruhig. »Ich fühle mich um soviel besser, seit Polly bei mir ist«, vertraute sie mir einmal an. »Sie wirkt so beruhigend und erzählt mir immer von ›ihren kleinen Babies‹. Sie liebt Kinder über alles.«
Die Seele des Menschen ist wirklich unergründlich.
Ich sprach mit Maud darüber. »Finden Sie nicht, daß Polly ihre Vorliebe für Männer ein wenig übertreibt?«
»Sie mag Männer, das steht fest«, erwiderte Maud.
»Und die Männer mögen vermutlich Polly.«
»Die Männer mögen immer Frauen, die etwas für Männer übrig haben. Das schmeichelt ihrer Eitelkeit.«
»Aber es gibt doch auch Männer, die Frauen mögen, die nichts für sie übrig haben.«
»Das ist etwas anderes – das betrachten sie als eine Herausforderung, und die mögen sie auch.«
»Die Männer lieben offenbar alle Arten von Frauen.«

»Das ist richtig.«
»Ich habe den Verdacht, daß Polly sich nachts Männer auf ihr Zimmer holt.«
»Das würde mich nicht überraschen.«
»Und Sie finden nichts dabei?«
»Es gibt keine andere Hebamme in der Gegend, und sobald die Wehen einsetzen, vergißt sie die Männer. Sie ist die richtige Frau auf dem richtigen Posten. Man muß über die kleinen Fehler der Menschen hinwegsehen, wenn sie ihre Arbeit ordentlich machen.«
»Ich verstehe. Das gilt auch für die Männer.«
Sie warf mir einen raschen Blick zu. »Das stellt immer ein Problem dar. Es gibt hier nicht genügend Frauen. Sie wissen ja, Männer brauchen Frauen. Wir müssen im Busch über vieles hinwegsehen, mit dem wir uns zu Hause nie abfinden würden.«
»Ich verstehe.«
»Dadurch herrschen hier andere Moralbegriffe.«
»Die Männer könnten doch heiraten.«
»Die meisten tun es ohnehin.«
»Dann sollte man doch annehmen, daß Gregory …«
Sie lächelte. »Er wird heiraten, wenn die Zeit dafür reif ist. Er wartet.«
»Worauf wartet er?«
»Auf den richtigen Augenblick.«
»Und in der Zwischenzeit?«
»Na ja, er ist ein Mann wie alle anderen.«
Sie schien zu wissen, daß Pollys nächtlicher Besucher Gregory hieß.
Sie konnte es mit einem Achselzucken abtun; ich konnte es nicht. Für mich war es der Gipfel der Verderbtheit, daß er mir am gleichen Tag einen Heiratsantrag gemacht hatte. Doch ich vergaß die ganze Geschichte, weil am nächsten Tag bei Helena die Wehen einsetzten. Es war erstaunlich, wie rasch sich die leichtfertige Polly in eine pflichtbewußte Hebamme verwandelte. Der weiße Kittel, den sie mitge-

bracht hatte, war ein Symbol für ihre fachliche Kompetenz, und diese stand außer Zweifel.
Sie erteilte ihre Befehle scharf und präzise, und wir unterwarfen uns willig ihrer Autorität.
Sie hatte sich in eine vollkommen andere Person verwandelt.
Wir hatten uns um Helena Sorgen gemacht; ihre Mattigkeit hatte uns beunruhigt. Maud hatte gemeint, daß auch Matthews Gleichgültigkeit daran schuld war. Weder Maud noch Polly hatten eine allzu gute Meinung von Matthew, doch sie kannten natürlich nicht die Hintergründe.
Helena lag zwei Tage in den Wehen, und alle Bewohner des Hauses waren von Sorge erfüllt. Selbst Jacco wagte nur noch im Flüsterton zu sprechen.
Schließlich holte Polly Maud zu Hilfe, denn diese hatte schon öfter Frauen bei der Geburt beigestanden und besaß daher einiges an Erfahrung.
Wir warteten schweigend im Wohnzimmer; dann ertönte endlich das Geschrei eines Neugeborenen, und wir atmeten erleichtert auf.
Maud kam herunter.
»Es ist ein Junge.«

Ich hatte Helena seit ihrer Verlobung mit John Milward nicht mehr so glücklich gesehen. Sie saß mit dem Kind in den Armen im Bett, und wir standen um sie herum und bewunderten den Neuankömmling.
Polly strahlte vor Befriedigung, als wäre das Kind ihr Werk. Wir anderen waren tief gerührt, besonders ich konnte das Baby nicht aus den Augen lassen. Die zehn kleinen Finger und Zehen und das winzige Näschen waren wie ein Wunder. Die Männer verhielten sich etwas zurückhaltender, obwohl sie sich auch darüber freuten, daß Mutter und Kind gesund waren.
Die Tage vergingen wie im Flug, und ich war sehr viel mit

Helena zusammen. Ich durfte unter Pollys Aufsicht das Kind in den Armen halten. Polly hatte versprochen, noch zwei Wochen nach der Entbindung bei uns zu bleiben; sie gab jetzt erst zu, daß sie sich Helenas wegen Sorgen gemacht hatte.

Obwohl Polly viel zu tun hatte, war sie vergnügt und lachte schelmisch. Jedesmal, wenn ich sie erblickte, sah ich sie im Geist mit Gregory im Bett liegen. Diese Vorstellung stieß mich ab, und doch war Polly so glücklich und lebensfroh und sprach so begeistert über Säuglinge.

»Ein Baby ist das Süßeste, das Gott je erfunden hat«, behauptete sie. »Es gibt natürlich noch andere süße Dinge«, fügte sie spitzbübisch hinzu. »Aber wenn man so einem kleinen Wurm hilft, auf die Welt zu kommen, wird einem richtig warm ums Herz.«

Wie seltsam die Menschen doch sein können. Polly liebte die von ihr entbundenen Babies, als wären sie ihre eigenen Kinder, und ging trotzdem ohne Bedenken mit Männern wie Greg ins Bett. Ich hätte sie verstehen können, wenn sie ihn geliebt hätte, doch bei ihr handelte es sich nur um sinnliche Begierde.

Auch Rosa kümmerte sich gern um das Baby. Sie war sehr hübsch und unterschied sich deutlich von den anderen Mädchen auf der Farm. Irgendwie wirkte sie jünger. Wahrscheinlich kam das daher, daß ihre Mutter sie vor der groben Männerwelt abschirmte, was bestimmt keine leichte Aufgabe war.

Ich sehnte mich immer mehr danach, nach Hause zurückzukehren. Das Baby hatte endlich das Licht der Welt erblickt, und wir konnten unsere Rückreise planen.

Zunächst mußte jedoch ein Name für Helenas Sohn gefunden werden. Helena wollte ihn nach seinem Vater nennen.

»Schließlich ist er Johns Sohn«, erklärte sie.

»Du könntest den Namen ein bißchen abändern«, schlug Mutter vor. »In unserer Familie gibt es viele Jonathans.«

»Ich werde ihn Jon nennen«, beschloß Helena. »Dann

unterscheidet er sich durch das fehlende ›H‹ von dem Namen seines Vaters.«
Der Kleine wurde also auf den Namen Jon getauft, und bald nannte ihn der ganze Haushalt nur noch Jonny.
Ich beschäftigte mich viel mit ihm und lernte von Polly eine Menge über Säuglingspflege: wie man ein Kind hält, wie man es badet, wie man es anzieht, wie man es schaukelt.
»Sie würden eine gute Mutter abgeben«, lobte mich Polly. »Sehen Sie zu, daß Sie bald ein eigenes Kind bekommen.«
Sie stieß mich mit dem Ellbogen an und bekam einen Lachanfall. Mir schoß das Blut ins Gesicht, weil ich wieder sie und Greg zusammen sah.
Sie streifte die Hebamme so mühelos ab wie eine Schlange ihre Haut und wurde zur leichtfertigen Frau, die es mit jedem Mann trieb. Dabei hatte Polly Winters eigentlich nichts Schlangenhaftes an sich.
Sie würde bald ins nächste Haus übersiedeln, einem anderen Kind in die Welt helfen und sich nachts von anderen Männern trösten lassen. Ungefähr um diese Zeit würden auch wir uns auf den Weg machen; ich bemerkte, daß Mutter allmählich von Rastlosigkeit erfaßt wurde.
Ich wünschte mir nichts sehnlicher, als endlich heimzufahren. Ich wollte fort von Gregory Donnelly. Er beunruhigte mich. Er beschwor in meinem Geist Bilder herauf, die ich nicht sehen wollte. Wahrscheinlich meinten die Menschen diese Dinge, wenn sie vom Leben sprachen. Ich wollte so lange wie möglich nicht damit in Berührung kommen.
Allerdings gab es etwas, das ich sehr bedauerte: Es war uns unmöglich gewesen, Digory zu finden. Ich sprach wiederholt mit Vater darüber.
»Ich weiß, daß du ihn unbedingt aufstöbern wolltest«, bemerkte er. »Du wolltest dich davon überzeugen, daß es ihm gut geht, daß er hier ein neues Leben begonnen hat. Ich habe zwar das Gefühl gehabt, daß er es schaffen

würde, aber auch ich würde es gern genauer wissen. Gib die Hoffnung nicht auf. Es ist möglich, daß wir ihn jetzt noch finden. Ich erkundige mich überall nach ihm, aber es ist natürlich wie bei der berühmten Nadel im Heuhaufen. Man kann jedoch nie wissen, was sich noch alles ergibt.«

Rosa hing zärtlich an Jon und verbrachte jeden freien Augenblick bei ihm. Sie vertraute mir an, daß sie zehn Kinder haben wolle, wenn sie einmal verheiratet war.

»Möchtest du gern heiraten?« erkundigte ich mich.

»O ja, aber ich muß warten, bis ich ein wenig älter bin.«

»Und weißt du schon, wen du heiraten willst?«

»O ja, das habe ich schon als Kind gewußt.«

»Tatsächlich? Wer ist es denn?«

Sie sah mich aus großen, erstaunten, blauen Augen an, als wundere sie sich über meine Unwissenheit. »Natürlich Mr. Donnelly.«

»Oh... Mr. Donnelly! Magst du ihn?«

Sie nickte. »Er ist der großartigste Mann in der Gegend. Meine Mutter sagt, daß er der einzige ist, der für mich in Frage kommt.«

Ich schwieg, denn ich konnte Maud verstehen. Rosa war zu gut für einen der Männer aus den Schuppen, für einen Taglöhner; sie war für denjenigen bestimmt, der über die Farm herrschte, und das war Greg Donnelly. Daß er ein Schürzenjäger war, störte Maud offenbar nicht. Wahrscheinlich nahm sie an, daß er ruhiger werden würde, sobald er verheiratet war.

Sie war bestimmt auch davon überzeugt, daß die Farm eines Tages ihm gehören würde. Natürlich strebte er das an; und sie hatte einmal erwähnt, daß Greg ein Mensch war, der alles erreichte, was er wollte.

Die arme Rosa. Allmählich erkannte ich die Zusammenhänge. Greg wollte nicht mich haben, sondern den Besitz, und ich war der Schlüssel dazu. Die Farm gehörte meinem Vater, und Greg konnte zu Recht annehmen, daß

er die Farm als Hochzeitsgeschenk bekommen würde, wenn er mich heiratete.
Es war widerlich.
Ich haßte Greg mehr denn je.

Wir saßen beim Abendessen. Polly war wieder abgereist, und ihr Zimmer wurde als Kinderzimmer verwendet; Jon schlief jetzt dort. Gregory aß wie üblich mit uns, und seine Anwesenheit wurde mir immer stärker bewußt. Jedesmal, wenn ich aufblickte, lächelte er mich vielsagend an, so daß ich verlegen und wütend wurde. Er war ein Mensch, der auf den richtigen Augenblick wartete. Sein Benehmen führte dazu, daß ich mich vor den Mahlzeiten fürchtete.
Eines Abends fragte uns mein Vater, ob uns klar war, daß wir uns im Monat Mai befanden, daß wir also England vor acht Monaten verlassen hatten.
»Es wird Zeit, daß wir an die Heimreise denken«, fügte Mutter hinzu.
»Die Zeit hier war großartig«, fügte Jacco mit leisem Bedauern hinzu.
»Es war ein wunderbares Erlebnis«, pflichtete ihm Vater bei. »Doch ich frage mich oft, was zu Hause während unserer Abwesenheit alles geschehen ist.«
»Sie haben bestimmt einen guten Verwalter auf Ihrem Besitz«, meinte Gregory.
»Einen ausgezeichneten, sonst hätten wir diese Reise nicht antreten können. Er war schon oft auf sich selbst gestellt, aber noch nie so lange.«
»In England ist jetzt Sommer«, meinte Mutter sehnsüchtig.
»Ich weiß, daß du es kaum erwarten kannst, nach Hause zu kommen«, lächelte Vater.
»Und was ist mit dir, Helena?« fragte Mutter.
»Ich... ich weiß nicht recht... ich muß es mir überlegen.«
»Du wirst doch nicht hierbleiben und auf Matthew warten wollen? Es wäre am besten, du führest mit uns nach Cador zurück.«

»Ja, das täte ich gern.«
»Außerdem will sich Annora nicht von Jonny trennen«, fügte Mutter hinzu.
»Das stimmt«, bestätigte ich.
Helena lächelte zwar, doch es war ihr sichtlich unangenehm, daß sie sich ihrer Familie in England stellen mußte. Hier hatte sie mit ihrem Kind und uns ein sehr friedliches Leben geführt und sie befürchtete, daß es damit in England vorbei sein würde.
»Ich stelle mir vor, daß wir Ende Juni abreisen«, erklärte Vater. »Damit hätten wir Zeit, hier noch einiges kennenzulernen. Wo liegt eigentlich Stillman's Creek, Greg?«
»Stillman's Creek? Das muß irgendwo im Norden sein, auf halbem Weg nach Brisbane, soviel ich weiß.«
»Sind Sie jemals dort gewesen?«
»Nein, aber ich habe davon gehört. Ein gewisser Stillman ist hierher gekommen und hat das Land für einen Pappenstiel gekauft. Ich weiß nicht, was aus ihm geworden ist. Im Norden stellen die Dürreperioden ein größeres Problem dar als hier. Interessiert Sie die Farm?«
»Der Name wurde in meiner Gegenwart erwähnt, und ich wollte wissen, ob er Ihnen bekannt ist. Außerdem möchte ich vor unserer Abreise noch einige Male segeln.«
»Dann sollten Sie sich beeilen, weil der Juni immer sehr stürmisch ist.«
»Dann würde das Segeln erst richtig Spaß machen«, sagte Jacco.
»Allzuviel ist ungesund«, bemerkte Greg.
Das Gespräch wandte sich dem Problem zu, was nach unserer Abreise mit der Farm geschehen sollte, und nach dem Essen folgte Gregory Vater zum Stall. Sie waren in ein ernstes Gespräch vertieft.
Gregory wußte jetzt, daß wir nicht mehr lange bleiben würden, und war sichtlich entschlossen, den Kauf der Farm durchzusetzen.
Als die beiden Männer ins Haus zurückkehrten, ging ich in

das Zimmer meiner Eltern. Es war der einzige Raum im Haus, in dem wir uns ungestört unterhalten konnten, und Jacco und ich nützten diese Möglichkeit oft aus.
Jacco war bereits anwesend, denn er hatte offenbar die gleichen Überlegungen angestellt wie ich.
»Hast du wirklich vor, im Juni zu reisen?« fragte Jacco Vater.
»Ja, ganz bestimmt. Ohne Helena und ihr Kind wären wir schon längst zu Hause.«
»Was soll aus ihr werden, wenn wir wieder in England sind?« erkundigte sich Mutter.
»Wir haben ihr doch vorgeschlagen, zu uns zu kommen«, rief ich ihr ins Gedächtnis.
»Das ist die beste Lösung«, stellte Jacco fest.
»Der Meinung bin ich auch«, stimmte ich ihm zu. »Wir nehmen sie nach Cador mit und überlegen dort weiter.«
»Dann wollen wir die Zeit, die uns noch bleibt, möglichst gut nützen«, sagte Vater.
»Wie wäre es, wenn wir morgen segeln gingen?« schlug Jacco vor.
»In Ordnung, nur die Familie. Würde es dir Spaß machen, Annora?«
»Ja, nur die Familie, denn Helena will bestimmt nicht mitkommen.«
»Dann fahren wir vier morgen ans Meer«, entschied Mutter.
»Hast du dich entschlossen, Gregory die Farm zu verkaufen?« fragte ich Vater.
»Ja, ich halte es für das Vernünftigste. Er macht seine Arbeit sehr gut. Ich habe mit einem sehr kleinen Stück Land begonnen, und sein Vater war mir eine große Hilfe. Als ich Australien verließ, war der Besitz schon recht ansehnlich, weil ich während meiner Zeit als Sträfling Gelegenheit hatte, Erfahrungen zu sammeln. Mit Gregorys Vater habe ich den richtigen Mann gefunden, und sein Sohn tritt in seine Fußstapfen.«

»Er ist sehr selbstsicher«, fügte Mutter hinzu. »Menschen wie er haben Erfolg und erreichen in ihrem Leben etwas.«
»Ich werde sofort mit den rechtlichen Schritten beginnen müssen«, sagte Vater. »Solche Sachen sind langwierig.«
»Kann er es sich leisten, die Farm zu kaufen?« erkundigte sich Jacco.
»Ich nehme an, daß er den Kaufpreis längst beisammen hat.«
»Du brichst also die Verbindung zu Australien gänzlich ab?« fragte ich.
»Was sollten wir hier noch, mein Kind? Cador beansprucht mich voll und ganz, und Jacco wird es genauso gehen. Wir können mit einem Besitz am anderen Ende der Welt nichts anfangen. Ich verstehe nicht, daß ich ihn überhaupt so lange behalten habe. Dieser Besuch war äußerst interessant, aber hätte einer von euch Lust, wieder herzukommen? Stellt euch nur die lange, anstrengende Reise vor... außerdem vermissen wir hier doch etliche Annehmlichkeiten.«
»Das ist unbestreitbar«, bestätigte Mutter. »Ich halte es für die beste Lösung, den Besitz Gregory zu übergeben, der hier ganz in seinem Element ist.«
»Er ist der geborene Pionier. Ich werde ihm ein günstiges Angebot machen, denn das hat er sich verdient. Ich habe ihm heute gesagt, daß ich ihn in einigen Tagen wissen lassen werde, wie ich mich entschieden habe, und er weiß vermutlich schon, wie die Antwort lauten wird. Dann hält uns nichts mehr hier.«
»Und morgen gehen wir segeln«, fügte Mutter hinzu.
»Ich möchte hier noch einige Orte kennenlernen«, erwähnte Vater. »Aber das kann ich auch tun, während wir das Geschäft zum Abschluß bringen.«
Als ich an diesem Abend zu Bett ging, fühlte ich mich sehr erleichtert. Das seltsame Abenteuer war beinahe zu Ende. Bald würde Gregory Donnelly der Besitzer von Cadorsons sein, und mehr wollte er ja nicht. Und wir würden

nach England zurückkehren, das trotz charakterschwacher Adeliger, aufstrebender neidischer Politiker und wohlhabender Bordellbesitzer doch unser Zuhause war.

Als ich am Morgen erwachte, ahnte ich nicht, daß dies einer der tragischsten Tage meines Lebens werden würde. Ich wurde von Helena geweckt, die neben meinem Bett stand.

»Jonny hustet und fühlt sich heiß an«, sagte sie.

Ich stand sofort auf, ging ins Kinderzimmer und hob Jonny aus seinem Bettchen. Er war ein wenig fiebrig, wirkte aber nicht eigentlich krank.

»Ich glaube nicht, daß ihm etwas Ernstes fehlt, aber ich werde Maud holen«, beruhigte ich Helena. »Sie hat mehr Erfahrung als ich.«

Ich kleidete mich an und begab mich auf die Suche nach Maud. Sie kam sofort mit mir.

»Es ist nur eine leichte Erkältung«, stellte sie fest. »Es ist bestimmt nichts Schlimmes. Wir werden ihn warmhalten, und morgen wird er wieder quietschvergnügt sein.«

Helena war noch nicht ganz beruhigt.

»Wirst du den ganzen Tag fort sein?« fragte sie mich.

»Das habe ich allerdings vor.«

»Es wäre mir lieber, wenn du bei mir bliebest«, meinte sie bekümmert. Ich zögerte. »Also schön… ich bleibe. Die anderen können auch ohne mich segeln.«

Mutter war enttäuscht. »Helena nimmt wirklich keine Rücksicht auf dich«, stellte sie fest.

»Es macht mir nichts aus, ich werde eben das nächste Mal mitkommen. Wenn ich mitfahre, würde ich ohnehin die ganze Zeit nur an Jon denken.«

Mutter küßte mich. »Es tut mir sehr leid, daß du nicht mitkommst, aber ich verstehe dich. Du bleibst also hier und kümmerst dich um Helena und ihr Kind.«

Sie brachen zeitig auf, und während des Vormittags wirkte Jon völlig normal.

»Ich habe es Ihnen ja gesagt«, meinte Maud.
»Ich habe solche Angst gehabt«, entschuldigte sich Helena.
»Ich weiß. So geht es allen Frauen beim ersten Kind. Wenn dann weiterer Nachwuchs kommt, ist man nicht mehr so überängstlich.«
Bei der Vorstellung, weitere Kinder zu bekommen, erschrak Helena sichtlich, und ich dachte: Dazu wird es nie kommen, denn sie führt eine äußerst ungewöhnliche Ehe. Zuerst hatten wir gefunden, daß die Heirat ein idealer Ausweg aus Helenas Schwierigkeiten war. Jetzt war sie wenigstens verheiratet, und Jon war nicht als uneheliches Kind zur Welt gekommen; doch ich bezweifelte, daß diese Ehe gutgehen würde.
Matthew war noch nicht zurückgekehrt. Wir hatten Briefe von ihm erhalten, und Helena hatte ihre Briefe an das Hotel in Sydney adressiert, das er uns genannt hatte. In unserer Nähe befand sich ein kleiner Ort, in dem man Briefe aufgeben und abholen konnte. Ein Mann von der Farm ritt zu diesem Zweck dreimal wöchentlich hinüber. In seinem letzten Brief hatte Matthew berichtet, daß er seine Nachforschungen in Van Diemen's Land fortsetzen und uns von dort wieder schreiben würde.
Helena hatte ihm mitgeteilt, daß das Kind zur Welt gekommen war, doch er hatte nicht darauf geantwortet, so daß wir annahmen, daß er den Brief nicht erhalten hatte. Meine Eltern meinten, man müsse ihn vor unserer Abreise von unseren und Helenas Plänen unterrichten. Aber vielleicht hatten wir bis dahin bereits Nachricht aus Van Diemen's Land.
Mir war der Ausdruck »Josefsehe« bekannt; er traf genau auf Helenas Ehe zu.
Am Vormittag kam Wind auf, und ich hörte, wie Gregory den Männern Befehle zurief.
Maud kochte in der Küche das Essen, und ich suchte sie auf. »Ist etwas nicht in Ordnung?« fragte ich.

»Was soll nicht in Ordnung sein?«
»Gregory erteilt den Männern sehr laut und aufgeregt Anweisungen.«
»Es ist nur wegen des Wetters, dieser Wind ist sehr unangenehm.«
»Er ist ungewöhnlich heftig«, gab ich zu.
»Er tritt gelegentlich auf, und da muß man Sicherheitsmaßnahmen ergreifen. Er kann beträchtlichen Schaden anrichten, und Greg trifft die entsprechenden Vorkehrungen.«
Ich sah nach Jon, doch dieser schlief friedlich in seinem Bettchen.
Im Laufe des Nachmittags nahm der Wind an Stärke zu. Ich blickte zum Fenster hinaus; die wenigen Bäume schwankten wild, und ich hatte den Eindruck, daß der Sturm sie jeden Augenblick entwurzeln würde. Die heftigen Böen wirbelten den Staub auf, und ich dachte besorgt an meine Eltern und Jacco.
Sie hatten gehofft, daß sie genügend Wind zum Segeln haben würden, doch mit einem Sturm hatten sie natürlich nicht gerechnet.
Gregory kam ins Haus, und ich hörte, wie er mit Maud sprach.
»Sie sind bei diesem Wetter bestimmt nicht mit dem Boot hinausgefahren«, erklärte er ihr.
Ich lief zu ihnen hinunter, und Greg merkte sofort, wie besorgt ich war.
»Und wenn sie ausgelaufen sind?« fragte ich.
»Sie haben es bestimmt nicht getan«, antwortete er im Brustton der Überzeugung. »Kein Mensch würde an einem solchen Tag segeln.«
»Aber sie sind zeitig aufgebrochen. Vielleicht befanden sie sich schon auf dem offenen Meer, als der Sturm aufkam.«
Er wandte den Blick ab.
»Ich nehme an, daß sie es sich überlegt haben«, murmelte

er. »Ihr Vater wollte ja immer schon das Land näher kennenlernen.«
Ich kehrte zu Helena zurück, die Jon auf dem Schoß hielt. Er wirkte vollkommen gesund.
Jetzt tat es mir leid, daß ich nicht mitgefahren war. Die Sorge um die anderen war zermürbend.
Am Abend legte sich der Wind wieder, doch bei Sonnenuntergang waren sie noch nicht zu Hause.
Ich blieb die ganze Nacht auf und wartete auf sie. Helena saß bei mir, doch wir sprachen kaum, denn wir hatten Angst, unsere Gedanken in Worte zu fassen. Wir horchten angestrengt auf das Geräusch des zurückkehrenden Wagens.
Wir warteten vergebens, denn sie kamen nie mehr zurück.

Ich weiß nicht, wie ich die folgenden Tage überlebt habe. Ich war vollkommen betäubt und nicht imstande, die schreckliche Tragödie zu fassen.
Meine Eltern, mein Bruder... die Menschen, die ich am meisten auf der Welt liebte, waren mir für immer genommen worden.
Ich redete mir ein, daß es ein böser Traum war. So etwas konnte so lebenssprühenden Menschen nicht zustoßen. Sie waren von überschäumender Vitalität erfüllt gewesen. Eine Welt ohne sie konnte ich mir nicht vorstellen. Sie waren immer dagewesen – sie stellten den wichtigsten Teil meines Lebens dar.
Helena versuchte, mich zu trösten. Sie überraschte mich, denn sie schüttelte ihre Lethargie ab und spendete mir in meinem Kummer Trost. Auch Maud und Rosa fühlten mit mir, und Gregory Donnelly wirkte vollkommen verändert. Er war ruhig, sanft und eine starke Stütze. Doch ich wollte niemanden sehen. Ich wollte nur eines, nämlich die Rückkehr meiner Lieben.
Man fand die Überreste des Bootes, die zusammen mit

Jaccos Leiche an den Strand gespült worden waren. Die Leichen meiner Eltern wurden nie gefunden.
Ich lebte in einem seltsamen Dämmerzustand, aus dem ich mich nicht befreien konnte. Ich wollte es auch gar nicht, denn dann hätte ich mich dem Schrecklichen stellen müssen, das mir widerfahren war.
Dann tauchte eines Tages ein Mann auf der Farm auf, der unbedingt mit mir sprechen wollte. Er stellte vor allem Fragen nach meinem Vater, und zuerst beantwortete ich sie. Doch dann überwältigte mich mein Kummer, und ich schickte ihn fort.
Er unterhielt sich noch ausführlich mit Maud und Gregory und einem Großteil der Arbeiter auf der Farm. Später erfuhr ich, daß er ein Reporter der *Sydney Gazette* war.
Das Bootsunglück machte Schlagzeilen. Mein Vater war mit Frau und Sohn ertrunken. Er war als Sträfling nach Australien gekommen, hatte hier einen Besitz erworben und war dann nach England zurückgekehrt. Doch Australien hatte ihn zurückgelockt... in den Tod.
Natürlich verschlangen die Leser die Geschichte, und die Zeitungen schlachteten sie einige Tage lang aus.
Man versteckte die Zeitungen vor mir, doch irgendwann entdeckte ich sie und las sie benommen und tiefunglücklich.
Mir war es gleichgültig, was rings um mich geschah oder was die anderen sagten. Ich war nicht fähig, Entschlüsse zu fassen. Ich wollte mich nur in meinem Zimmer verkriechen und mich bemühen, nicht zu denken.
Nur der Schlaf brachte mir Erleichterung, und die anderen sorgten dafür, daß ich schlief. Ich bekam Schlafmittel, die ich dankbar annahm.
Dann wurde ich krank.
Die Krankheit war ein Segen für mich. Ich hatte hohes Fieber, man schnitt mir die Haare ab, und ich wußte lange Zeit nicht, was mit mir geschah oder wo ich mich befand. Es war wirklich das Beste, was mir zustoßen konnte. Ich

wollte vergessen, wollte einschlafen und nie mehr erwachen.
Erst im August ging es mir allmählich besser. Die Tragödie lag jetzt weiter zurück, aber sie würde mein ganzes Leben überschatten. Ich sah mit dem kurzen Haar, das nur langsam nachwuchs und gerade erst meine Ohren bedeckte, wie ein anderer Mensch aus.
Einzig Jon konnte mich aus meinen trüben Gedanken reißen. Er war jetzt beinahe vier Monate alt und ein schönes Kind; er sah Helena ein wenig ähnlich. Sie brachte ihn mir am Morgen und legte ihn zu mir ins Bett. Er zerrte mit seinen dicken Fingerchen an meinen Haaren und griff nach meiner Nase. Er tröstete mich und vertrieb meine Trauer ein wenig.
»Er erkennt dich«, behauptete Helena.
Alle waren so gut zu mir. Rosa setzte sich oft an mein Bett, plauderte mit mir und zeigte mir die Stickereien, die sie unter Anleitung ihrer Mutter anfertigte. Sie lernte auch, wie man einen Haushalt führt. »Das muß ich können, wenn ich heirate«, erklärte sie. Sie freute sich schon sichtlich auf den Tag, an dem es soweit sein würde. Für sie kam Gregory Donnelly gleich nach dem lieben Gott. Wahrscheinlich hatte ihre Mutter sie dazu erzogen. Das war sehr klug von ihr, denn so würde Rosa Gregory eine kritiklose, treuergebene Frau sein.
Während meiner Krankheit war mir seine Anwesenheit kaum bewußt gewesen. Eigentlich hatte ich nur Helena und ihr Kind bewußt wahrgenommen, denn sie hatte beinahe die ganze Zeit bei mir verbracht. Sie war in meiner Pflege aufgegangen und wirkte überhaupt nicht mehr hilflos.
Maud erfand immer neue Gerichte für mich.
»Kommen Sie, nur ein paar Bissen, um mir Freude zu machen, um uns allen Freude zu machen«, redete sie mir zu.
Ich aß nur, weil ich sie nicht enttäuschen wollte. Ich ließ

mich treiben, kümmerte mich um nichts und versuchte, mich an nichts zu erinnern. Ich wollte die Vergangenheit verdrängen, denn es hatte in meinem Leben kaum einen Augenblick gegeben, in dem meine Lieben nicht bei mir gewesen waren. Sie waren immer dagewesen, hatten mich umsorgt, mich geleitet, mich behütet, mich geliebt.
Ich begann, mir Geschichten auszudenken. Sie waren gerettet worden, ein Schiff hatte sie zu seinem fernen Bestimmungshafen mitgenommen. Eines Tages würden sie zur Tür hereinkommen. Doch Jacco war tot, denn man hatte seine Leiche gefunden. Aber wo waren meine Eltern? Dabei wußte ich tief in meinem Inneren, daß ich sie niemals wiedersehen würde.
Ich verfluchte das Boot, ich verfluchte den Sturm, denn sie hatten mir meine Lieben geraubt.
Dann traf der Brief ein.
Er kam von den Anwälten, die die Kanzlei von Rolfs Vater übernommen hatten, als Rolf beschlossen hatte, sich ausschließlich seinem Besitz zu widmen.
Sie hatten von dem Unglück erfahren und machten mich darauf aufmerksam, daß ich nach dem Tod meiner Eltern und meines einzigen Bruders Eigentümerin von Cador sei und damit über ein ansehnliches Vermögen verfügte. Daraus ergäben sich zahlreiche Fragen, die geklärt werden müßten. Sie hielten es für ratsam, daß ich so rasch wie möglich nach England zurückkehrte. Allerdings müßte ich zuerst noch entscheiden, was mit dem australischen Besitz geschehen sollte. Mein Vater hätte ihnen geschrieben, daß er ihn verkaufen wollte, und daß es bereits einen Käufer gäbe.
Sie verblieben als meine ergebenen Diener: Yorke, Tamblin & Co.
Der Brief entglitt meinen Händen.
Er hatte mich in die Wirklichkeit zurückgeholt, mich aus meiner Phantasiewelt gerissen, in der ich mir einreden konnte, daß alles nur ein Alptraum war, aus dem ich

erwachen würde, weil meine Eltern in mein Zimmer traten.

Ich war krank gewesen; ich hatte Fieber gehabt; ich hatte halluziniert. Damit war es jetzt vorbei. Ich mußte mich der Realität stellen. Sie waren für immer von mir gegangen. Ich war verlassen und allein, doch ich hatte gewisse Verpflichtungen.

Als Helena zu mir kam, teilte ich ihr mit: »Wir fahren nach Hause.«

Sie nickte. »Sobald du etwas kräftiger bist. Du bist sehr krank gewesen, und im Augenblick wäre die Reise für dich zu anstrengend.«

»Ich habe einen Brief von den Anwälten erhalten; ich muß nach Cador zurückkehren.«

»Wenn du heimkehrst, dann komme ich mit dir. Wir wollen uns nie trennen.«

»Du hast recht. Wir haben beide Schweres mitgemacht, aber das Leben geht weiter. Du läßt mich also nicht allein?«

»Ich werde dich nie im Stich lassen.«

»Ich weiß nicht, wie es mir in Cador ergehen wird. Zu Hause gibt es mehr Erinnerungen als hier. Ich werde dort immer an sie denken müssen.«

»Willst du lieber woanders hinfahren?«

»Wohin? Nach London?«

Sie erschauerte.

»Ich habe keine andere Wahl als Cador«, fuhr ich fort. »Das Gut gehört jetzt mir. Daran haben meine Eltern bestimmt nie gedacht. Mein Vater...« Meine Stimme brach, doch ich zwang mich, weiterzusprechen. »Er war nicht alt... Jacco war der Erbe... und Jacco hätte Kinder gehabt... ich kann nicht darüber reden, Helena.«

»Denk nicht mehr darüber nach. Du kannst hierbleiben, so lange du willst, denn Cadorsons gehört dir, auch wenn Gregory sich benimmt, als wäre er hier der Herr.«

»Ich will noch keine Entschlüsse fassen. Ich kann noch

nicht heimreisen. Ich werde den Anwälten schreiben und ihnen mitteilen, daß ich kommen werde, sobald ich dazu imstande bin.«
Sie nickte. »Hier fühlen wir uns wohl, weil wir hier vor unseren Erinnerungen und vor unserem Kummer geschützt sind.«
»Und ich habe mich so darauf gefreut, nach Hause zu fahren«, sagte ich.
Mir liefen die Tränen über die Wangen, und mir wurde zu meiner Verblüffung klar, daß ich zum erstenmal seit dem Unglück weinte.

Es war jetzt weniger heiß, denn es war Winter, der allerdings mehr unserem Frühling entsprach. Ich bemerkte den Wechsel der Jahreszeiten kaum. Ich bemerkte überhaupt kaum etwas. Die Sonne ging auf und wieder unter, und ich lebte weiter im Zustand der Vernebelung. Ich wollte mich nicht daraus befreien, denn dann hätte ich mich meinem Verlust stellen müssen.
»Die Zeit heilt alle Wunden«, hatte Maud mich getröstet. Diese alte Weisheit stimmte vermutlich. Die Zeit heilte, denn einmal mußten ja die Wunden heilen. Empfand ich jetzt den Verlust als weniger schmerzlich, fühlte ich mich weniger verlassen als an dem Tag, an dem ich von dem Unfall erfahren hatte?
Ich wollte nur, daß die Zeit verging, daß ich mich möglichst weit von der Tragödie entfernte. Ich zwang mich zu glauben, daß es mir mit der Zeit leichter fallen würde, damit fertigzuwerden.
Ich hielt mich sehr viel in meinem Zimmer auf, denn ich hatte keine Lust auszugehen. Ich wollte nur mit Helena sprechen und außer ihr und dem Kind niemanden sehen. An den langen Nachmittagen lag ich im Bett, wartete auf den Sonnenuntergang und auf die Nacht, in der ich schlief und in meinen Träumen mit meinen Eltern beisammen war. Doch dann folgte unweigerlich das Erwachen und die

Erkenntnis, daß es nur ein Traum gewesen und ich wieder allein war.
Eines Nachmittags klopfte jemand an meine Tür.
»Herein«, sagte ich, weil ich annahm, daß es Helena war. Doch es war Gregory Donnelly.
Ich hatte weder Angst noch ärgerte ich mich; er war mir gleichgültig.
»Ich möchte mit Ihnen sprechen«, begann er. »Darf ich hereinkommen?«
Daß er um Erlaubnis bat, stand in krassem Gegensatz zu seinem früheren Benehmen. Doch alles hatte sich verändert, sogar er.
Ich nickte müde. Er holte einen Stuhl und setzte sich.
»Sie sehen besser aus.«
Ich antwortete nicht.
»Sie werden bald wieder auf den Beinen sein. Maud findet, daß Sie sich allmählich erholen.«
Ich sprach noch immer nicht.
»Sie sollen wissen, daß ich für Sie sorgen werde.«
»Ich bin Ihnen dankbar, aber ich kann selbst für mich sorgen.«
»Nein«, widersprach er leise. »Sie brauchen jemanden. Ich kann Ihnen sagen, was Sie brauchen – ein neues Leben. Sie müssen von vorn beginnen.«
»Ja, ich brauche ein neues Leben.«
»Ich kann Ihnen dieses neue Leben bieten. Wir werden alles tun, was Sie möchten. Wir werden für einige Zeit verreisen.«
»Ich werde nach Hause fahren.«
»Ja, aber erst später. Ich werde Sie begleiten. Sie brauchen einen Menschen, der Ihnen hilft.«
»Der mir hilft?«
»Ihnen ist eine schwere Last aufgebürdet worden. Sie brauchen jemanden, der Ihnen zur Seite steht, der sich um Sie kümmert. Sie brauchen einen Ehemann. Schieben Sie es nicht länger auf, Annora.«

Ich lächelte zum ersten Mal seit der Tragödie. Er versuchte, sich bei mir einzuschmeicheln, und nannte mich sogar mit meinem richtigen Namen. Er wollte nicht Gefahr laufen, mich zu verärgern, indem er mich Annie nannte. Er macht mir einen Heiratsantrag, dachte ich. Warum? Er will die Farm. Aber ich besitze neuerdings um so viel mehr. Vielleicht hat er jetzt noch hochfliegendere Pläne. Ja, ich fühlte mich ein wenig besser. Ich ließ meiner Abneigung, meinem Mißtrauen ihm gegenüber freien Lauf. Es lenkte mich ein wenig von meinem Kummer ab. Ich ließ zu, daß er weitersprach.

»Sie sind jung, Sie brauchen einen Mann, der sich um Sie kümmert. Sie brauchen mich.«

Ich meinte etwas spöttisch: »Ich glaube nicht, daß Sie wissen, wie groß meine Verantwortung ist. Ich besitze ein Gut in Cornwall...«

Ich beobachtete ihn dabei. Er wußte es. Hatte er vielleicht den Brief des Anwalts gelesen? Wahrscheinlich hatte er seinen Inhalt erraten. Er wußte, daß mein Vater in Cornwall ein großes Gut besaß und daß Jacco der Erbe war. Doch jetzt waren beide tot, und nur ich, die hilflose Tochter, war am Leben.

Plötzlich fiel meine Hilflosigkeit von mir ab. Ein Gefühl erwachte in mir, das ich für immer verloren geglaubt hatte – Vergnügen daran, diesem ehrgeizigen Mann, der für Rosa bestimmt war, etwas vorzumachen. Natürlich war er bereit, Rosa zu vergessen. Er hatte auch bei Tag um meine Hand angehalten und sich bei Nacht mit der Hebamme vergnügt. Seine ehrgeizigen Träume hinderten ihn daran, kühl zu überlegen, und seine angeborene Schlauheit ließ ihn im Stich.

»Wir werden nach England fahren«, fuhr er eifrig fort. »Wir werden dort leben. Ich kann hier einen Verwalter einstellen... genau wie es Ihr Vater getan hat. Ich werde schon den Richtigen finden. Wir werden in England leben, und Sie können alle schwierigen Probleme mir überlassen.

Ich bin der Mann, den Sie brauchen. Es ist ein Glück für Sie, daß Sie mich an Ihrer Seite haben.«

»Es war kein Glück für uns, daß wir hergekommen sind«, rief ich ihm ins Gedächtnis. »Es war der unglücklichste Entschluß, den wir je gefaßt haben. Wären wir nicht nach Australien gereist, so wären meine Eltern noch am Leben.«

»Ich kann Ihren Kummer nachfühlen, mein armes, kleines Mädchen. Sie haben so viel mitgemacht. Ich weiß, wie sehr Sie an Ihren Eltern und Ihrem Bruder gehangen haben. Ich verstehe Sie sehr gut und möchte Ihnen das Leben erleichtern. Ich habe mir alles genau überlegt. Und ich habe seit dem Unglück nur daran gedacht, wie ich Ihnen am besten helfen kann. Ich hätte schon früher mit Ihnen gesprochen, aber Sie wollten mit Ihrem Kummer allein sein. Doch Sie können nicht ewig trauern, Sie müssen wieder anfangen zu leben. Überlassen Sie alles mir, ich kümmere mich darum. Nur eine einfache kleine Zeremonie. Alle werden dafür Verständnis haben... ein alleinstehendes Mädchen, das Tausende von Meilen von ihrem Zuhause entfernt ist.«

Ich richtete mich unvermittelt auf, denn ich zitterte vor Erregung. Der Zorn hatte mich aus meiner Lethargie gerissen, und ich war wie neu belebt.

»Ich bin davon überzeugt, daß Ihre Pläne ausgezeichnet sind.«

»Sie können sich auf mich verlassen.«

»Ja, ich kann mich darauf verlassen, daß Sie Pläne schmieden. Aber das ist schon alles, worauf ich mich bei Ihnen verlassen kann. Sie sollten sich darüber klar werden, daß ich nicht so naiv bin, wie Sie offenbar annehmen. Ich weiß genau, was Sie sich überlegt haben. Ich bin die Erbin. Grund und Boden sind das einzige, das Ihnen wirklich etwas bedeutet. Für Sie bin ich das Mittel, mit dem Sie Ihr Ziel erreichen können. Während unseres Aufenthaltes hier haben Sie viel über Cador erfahren. Daneben wirkt dieser Besitz klein und unbedeutend. Das größere Juwel schwebt

Ihnen nun vor Augen. Sie müssen nur das hilflose Mädchen heiraten. Sie sind gar nicht auf die Idee gekommen, daß es dabei Schwierigkeiten geben könnte. Sie lassen einfach Ihren berühmten Charme spielen; Sie sind ohnehin davon überzeugt, daß Ihnen dank Ihrer penetranten Männlichkeit kein einziges der armen, dummen, weiblichen Wesen widerstehen kann. Bitte nehmen Sie zur Kenntnis, Mr. Donnelly, daß ich nicht vorhabe, Sie zu heiraten. Sie haben mir schon einmal einen Antrag gemacht, und ich habe gehofft, daß ich mich damals klar genug ausgedrückt habe. In der gleichen Nacht haben Sie sich ins Haus und in das Bett der Hebamme geschlichen.«

Er sah mich verblüfft an, dann lächelte er.

»Sie haben keinen Grund, eifersüchtig zu sein. Es hat nichts zu bedeuten. Sie war gerade zur Hand... eine Frau für eine Nacht. Für uns beide spielt das keine Rolle.«

»Sie haben recht, es spielt keine Rolle, weil es mir gleichgültig ist, was Sie tun. Hätte ich jedoch Ihren Antrag in Betracht gezogen, dann hätte es eine sehr große Rolle gespielt. Bitte verstehen Sie endlich: Ich hatte nie die Absicht, Sie zu heiraten, und werde sie auch nie haben. Würden Sie jetzt bitte diesen Raum verlassen.«

Er stand lächelnd auf und lachte dann laut.

»Sie sind wieder lebendig.«

»Verschwinden Sie.«

Er verbeugte sich, ging zur Tür, blieb bei ihr stehen und sah mich an.

»Sie müssen zugeben, daß ich Ihnen geholfen habe. Ich habe Sie zum Leben erweckt... auch wenn Sie mich hassen. Das macht nichts, denn Haß verwandelt sich oft in Liebe... jedenfalls diese Art von Haß.«

Damit verließ er das Zimmer. Ich zitterte. Dann betrachtete ich mich im Spiegel: Meine Wangen waren gerötet, meine Augen leuchteten.

Er hatte recht. Ich war wieder zum Leben erwacht.

In einem kleinen Haus entgeht dem aufmerksamen Beobachter so gut wie nichts, und wenn es um Gregory Donnelly ging, dann hatte Maud Luchsaugen. Sie hatte wahrscheinlich gesehen, daß er mein Zimmer verließ, und suchte mich kurz danach auf.

Sie war etwas verlegen und dachte sichtlich darüber nach, wie sie ihr Anliegen vorbringen sollte.

Zunächst erkundigte sie sich nach meinem Befinden, und ich erwiderte, daß ich mich etwas besser fühlte. Dann fragte sie, ob ich schon Pläne für die Zukunft hätte.

»Sie wollen doch bestimmt nicht hierbleiben«, meinte sie. »Sie werden Ihr Leben nicht hier verbringen wollen.«

»Damit haben Sie recht.«

»Ich habe mich nur gefragt... ob Sie und Greg...«

Mich erfaßte wieder die Empörung, die mich schon einmal aus meiner Lethargie gerissen hatte.

»Was haben Sie sich wegen Mr. Donnelly und mir gefragt?«

»Er hat mir gegenüber angedeutet, daß zwischen Ihnen etwas ausgemacht wäre.« Sie sah sich verstohlen um, als hätte sie Angst vor Lauschern. »Bitte nehmen Sie es mir nicht übel, aber ich glaube nicht, daß Sie mit ihm glücklich werden könnten.«

Ich war schon im Begriff, ihr zu erklären, daß sie sich deshalb nicht den Kopf zerbrechen sollte, weil ich nicht vorhatte, Gregory Donnelly zu heiraten. Mich interessierten jedoch ihre Pläne für Rosa, und ich nahm an, daß sie etwas mitteilsamer sein würde, wenn sie befürchtete, daß ich ihn als Ehemann in Betracht zog. Ich wollte mehr über ihn erfahren, denn ich hatte mich schon viel zu lange für nichts mehr interessiert. Also schwieg ich.

»Er würde Ihnen nicht das Leben bieten, an das eine Lady wie Sie gewöhnt ist. Aber er versteht es natürlich, mit den Frauen umzugehen.«

Versteht er das wirklich? dachte ich. Er versteht es, mich zu verärgern.

»Er ist ein Mensch, der bei Frauen immer der Dominieren-

de sein will, und ich glaube nicht, daß Sie damit einverstanden wären.«
»Ja, deshalb haben Sie Rosa für ihn erzogen.«
Sie wurde rot. »Wer hat Ihnen das erzählt?«
»Rosa selbst. Sie nimmt anscheinend an, daß diese Heirat so gut wie beschlossen ist.«
Maud war sichtlich verlegen.
»Machen Sie sich keine Sorgen«, tröstete ich sie. »Sie hat es vollkommen unbefangen erzählt. Sie hält ihn anscheinend für einen wunderbaren Mann, und das wird ihm bestimmt zusagen.«
»Er hat Rosa sehr gern«, erwiderte sie beinahe herausfordernd.
»Das ist kein Wunder. Sie ist bezaubernd.«
»Es war eigentlich abgemacht...«
»Sie meinen damit, Sie und Greg haben ausgemacht, daß er Rosa heiraten wird?«
»Wir haben nicht sehr viel darüber gesprochen, es war eigentlich selbstverständlich. Rosa steht eine Stufe höher als die übrigen Frauen auf der Farm. Sie kennen Rosa und Sie kennen die anderen Frauen. Ich habe sie gut erzogen, habe sie ein wenig unterrichtet, und sie ist sehr hübsch. Er will keine x-beliebige Frau.«
»Wenn Rosa ihn bewundert und er sich in ihrer Bewunderung sonnt, dann müßte es eigentlich eine gute Ehe werden.«
»Das habe ich auch geglaubt, aber jetzt...«
»Sie meinen, daß sich durch meine Ankunft etwas geändert hat.«
Sie schwieg.
»Ich kann ihm natürlich mehr bieten. Ich war die Tochter meines Vaters...« Meine Stimme schwankte, aber ich sprach weiter. »Ich besitze jetzt auch noch ein Landgut in England und bin deshalb für einen ehrgeizigen Mann eine gute Partie.«
Sie blickte zu Boden, und ich fuhr fort: »Machen Sie sich

keine Sorgen. Wenn Rosa ihn liebt, gehört er ihr. Ich habe nicht die Absicht, ihn zu heiraten.«

Sie blickte auf.

»Er ist entschlossen, Sie zu seiner Frau zu machen. Und er setzt alles durch, was er sich vornimmt.«

»Damit hat er bestimmt oft Erfolg gehabt. Aber wenn er auf eine Frau stößt, die genauso entschlossen ist, ihren Kopf durchzusetzen, wird er auf Granit beißen.«

Sie schüttelte ungläubig den Kopf.

»Doch, Maud, es ist so. Ich verstehe allerdings nicht, warum Sie ihn für Rosa haben wollen. Sie ist sanft und unschuldig. Wollen Sie sie wirklich einem solchen Mann geben?«

»Er wird gut zu ihr sein... wenn sie ihm eine gute Frau ist. Und dafür würde ich sorgen.«

»Ich möchte Ihnen etwas über den Mann erzählen, mit dem Sie Ihre Tochter verheiraten wollen. Er hat mir einen Heiratsantrag gemacht. Das war einige Zeit bevor...« Ich unterbrach mich und verstummte. Dann zwang ich mich weiterzusprechen. »Ich habe seinen Antrag abgelehnt. Die Nacht danach hat er bei der Hebamme verbracht.«

»Er ist ein Mann.«

»Sie haben eine sehr schlechte Meinung vom männlichen Geschlecht.«

»Wenn er eine Frau hätte, wäre er anders.«

»Das bezweifle ich. Er ist der geborene Weiberheld. Solche Menschen ändern sich nie.«

»Meine Rosa ist ein reizendes Mädchen, und ich möchte das Beste für sie. Ich will nicht, daß sie einen Cowboy, einen Schafscherer, einen Wanderarbeiter heiratet. Hier draußen ist Greg ein großer Mann. In ein paar Jahren wird er ganz oben sein. Dann soll Rosa an seiner Seite sein.«

»Sie sind mir gegenüber sehr offen, und ich will es auch sein. Ich werde bald nach Hause fahren und bezweifle, daß ich jemals wieder nach Australien kommen werde. Ich beabsichtige keineswegs, Gregory Donnelly zu heiraten;

diese Vorstellung stößt mich im Gegenteil ab. Bitte machen Sie sich deshalb keine Sorgen. Wenn Sie bereit sind, einen solchen Mann zum Schwiegersohn zu nehmen, dann haben Sie meinen Segen. Ich verstehe, daß Sie Rosa vor einem harten Leben bewahren und ihr ein angenehmes Dasein verschaffen wollen, aber ich kann mir nicht vorstellen, daß das Leben an der Seite dieses Mannes für eine Frau angenehm sein kann.«

»Ich kenne die Männer und ich kenne Greg. Er ist ehrgeizig, und das ist wahrscheinlich seine hervorstechendste Eigenschaft. Doch genau deshalb will ich ihn. Ich will, daß Rosa ein eigenes Haus und einen eigenen Wagen bekommt. Ich will, daß sie die Besitzerin dieser Farm wird. Ich habe mit ihrem Vater die Not kennengelernt, und ich will, daß es Rosa besser geht.«

»Ich verstehe Sie, Maud. Sie können beruhigt sein, ich werde sehr bald abreisen. Sie müssen nicht befürchten, daß ich Rosa ihren Verlobten abspenstig mache.«

»Sie werden so heftig, wenn Sie von Greg sprechen.«

»Das stimmt. Ich kann keinen Mann bewundern, der vom Besitzdenken so besessen ist, daß ihm jedes Mittel recht ist, um sein Ziel zu erreichen. Ich würde mich mit seinen Weibergeschichten nie abfinden.«

»Sie haben nie in einem Land gelebt, in dem es so wenige Frauen gibt wie hier. Die Männer sind auf der ganzen Welt gleich.«

»Sie werden mich nicht von meiner Einstellung abbringen. Ich werde jetzt anfangen, meine Abreise vorzubereiten.«

»Das wird er nicht akzeptieren.«

»Er hat hier nichts zu akzeptieren, das ist meine Angelegenheit.«

»Er setzt immer seinen Willen durch.«

»Das wird einer der Fälle sein, in denen es ihm nicht gelingt.«

»Er wird einen Weg finden.«

Ich schüttelte den Kopf.

»Er war bereit, auf Rosa zu warten... und dann sind Sie gekommen.«
»Er kann weiterhin auf Rosa warten. Für wann hatten Sie die Hochzeit geplant?«
»Rosa ist erst fünfzehn. Zuerst wollte ich, daß sie mit sechzehn heiratet, doch das ist ein wenig zu früh. Rosa ist wenig reif für ihr Alter. Ich habe an ihren siebzehnten Geburtstag gedacht, doch als Sie auftauchten, fand ich doch, daß es eine sehr lange Wartezeit ist. Innerhalb einiger Wochen kann sehr viel geschehen.«
»Noch einmal, Maud: Machen Sie sich keine Sorgen. Mein Gott, das war vielleicht ein offenes Gespräch.«
»Das hatte ich nicht beabsichtigt. Ich wollte nur wissen...«
»Ob ich ihn heiraten will. Sie haben nichts zu befürchten. Meine Antwort lautet endgültig nein.«
»Er akzeptiert kein Nein; er hat es noch nie getan. Er wird alle Hindernisse aus dem Weg räumen.«
»Wir werden ja sehen.«
Sie stand auf. »Ich danke Ihnen dafür, daß Sie mit mir gesprochen haben, und ich danke Ihnen für Ihr Verständnis.«
»Ich weiß genau, wie Ihnen zumute ist. Sie machen sich grundlos Sorgen, denn ich werde bald nicht mehr hier sein.«
»Er wird Sie nie fortlassen.«
»Da habe ich auch ein Wörtchen mitzureden...«
Als sie mich verließ, waren ihre Sorgen noch immer nicht ausgeräumt, denn sie konnte sich nicht vorstellen, daß jemand diesem gottähnlichen Wesen einen Strich durch die Rechnung machte.
Ich hatte noch einmal meinen Kummer für kurze Zeit vergessen. Der Kampf mit Gregory Donnelly wirkte zweifellos anregend, aber ich begriff noch immer nicht, daß eine Mutter ihre Tochter mit einem Mann wie ihm verheiraten wollte.

Ich erhielt ein Schreiben von einem Anwalt in Sydney, in dem er mir mitteilte, daß mein Vater in Erwägung gezogen hatte, seinen australischen Besitz an dessen Verwalter, Mr. Gregory Donnelly, zu verkaufen. Er schlug mir vor, in die Verkaufsverhandlungen einzutreten. Er hätte mit den Anwälten meines Vaters in England korrespondiert, die sich seiner Ansicht anschlössen, und er hielte den Verkauf für vernünftig. Es wäre nicht sinnvoll, einen so weit von der Heimat entfernten Besitz zu behalten; die Farm sei ausgezeichnet verwaltet worden, und es wäre nur fair, wenn man sie an einen Mann verkaufte, der so viel zu ihrem Gedeihen beigetragen hatte.
Ich las den Brief mehrere Male durch. Er entsprach genau Gregorys Wünschen. Allerdings wollte dieser mich heiraten, statt die Farm zu kaufen. Vielleicht würde er sich endlich mit meiner Absage abfinden, wenn ich mich bereiterklärte, die Farm zu verkaufen und das Angebot annahm, das er meinem Vater gemacht hatte.
An diesem Tag ritt ich zum ersten Mal seit meiner Erkrankung aus, doch ich war sehr schwach und konnte nicht lange im Sattel bleiben. Ich dachte an die lange Rückfahrt nach Sydney, wo erst der wirklich anstrengende Teil der Reise begann. Ich mußte tatsächlich zuerst zu Kräften kommen. Ich war wochenlang schwer krank gewesen und hatte hoch gefiebert. In meiner Schwäche hatte ich mich nach dem Tod gesehnt und mit dem Schicksal gehadert, das mich daran gehindert hatte, gemeinsam mit meinen Eltern und meinem Bruder zu sterben.
Am liebsten hätte ich mich wieder in meinem Kummer vergraben, doch ich hatte mich bereits ein wenig von der Tragödie gelöst. Ich empfand sogar etwas wie Vorfreude, wenn ich daran dachte, daß ich Cador bald wiedersehen würde. Die Erinnerungen, die mich dort erwarteten, würden zwar beinahe unerträglich sein, aber ich sehnte mich danach, nach Hause zurückzukehren.
In einer Woche würde ich mich nicht mehr so müde

fühlen, und dann würde ich mit den Vorbereitungen für meine Heimreise beginnen. Für die Fahrt nach Sydney würden wir allerdings Gregorys Hilfe brauchen. Ich erinnerte mich an die Nacht, in der ich im Schlafsack gelegen und er plötzlich neben mir gestanden hatte. Jetzt stellte ich mir vor, daß ich mit ihm, Helena und Jon unterwegs war. Jon war eigentlich noch viel zu klein für eine solche Reise. So viele Probleme mußten noch gelöst werden.
Ich hatte mich nicht weit von der Farm entfernt; ich war zu müde. Außerdem war es mir eine Lehre gewesen, daß ich mich einmal verirrt hatte. Als ich beim Stall anlangte, stand Gregory dort.
Er erstrahlte bei meinem Anblick und eilte auf mich zu.
»Sie sind ausgeritten, das ist ein gutes Zeichen... vorausgesetzt, daß Sie in der Nähe des Hauses bleiben. Es ist das erste Mal, nicht wahr?«
»Ja.«
»Etwas anstrengend, wie?« Er wollte mich aus dem Sattel heben.
»Danke, es geht schon.«
»Mit dem kurzen Haar sehen Sie aus wie ein Page im Mittelalter. Es ist unüblich, aber es gefällt mir.«
Ich war inzwischen abgesessen. »Ich habe übrigens den Anwälten in Sydney geschrieben und sie angewiesen, den Verkauf voranzutreiben.«
Er zog die Augenbrauen hoch.
»Die Farm wird also mir gehören.«
»Sobald der Verkauf durchgeführt ist.«
»Das freut mich sehr.«
»Und mich freut es, daß Sie dieser Ansicht sind.«
Ich wollte mich abwenden, aber er packte mich am Arm.
»Haben Sie nachgedacht...«
»Für gewöhnlich pflege ich nicht gedankenlos vor mich hinzustarren.«
»Ich meine, ob Sie über uns nachgedacht haben.«
»Über uns?«

»Ja, über Sie und mich.«
»Sie meinen den Verkauf der Farm…«
»Nein, ich meine meinen Heiratsantrag.«
»Da gibt es nichts nachzudenken. Ich habe Ihnen sofort darauf geantwortet, dazu bedurfte es keiner Überlegung.«
»Sie sind ganz schön eigensinnig.«
»Nein, es ist sehr einfach, ich muß darüber überhaupt nicht nachdenken. Bereits beim ersten Mal war die Antwort ein endgültiges Nein.«
»Seien Sie nicht so sicher.«
»Ich bin meiner Sache vollkommen sicher.«
»Sie werden es sich überlegen.«
»Auf Wiedersehen.«
Er sah mir nach, als ich ins Haus ging.
Er hatte mich aus der Fassung gebracht. Vielleicht war Mauds Behauptung daran Schuld, daß Greg seinen Willen bis jetzt immer durchgesetzt hatte und ihn weiterhin durchsetzen würde.
An diesem Abend war ich sehr müde. Meine Krankheit hatte mich mehr geschwächt, als ich angenommen hatte. Ich beschloß, nicht am Abendessen teilzunehmen, sondern sofort zu Bett zu gehen.
Es gab vieles, worüber ich nachdenken mußte. Der Verkauf des Besitzes durfte jedenfalls erst nach meiner Abreise rechtsgültig werden. Ich konnte den Gedanken nicht ertragen, daß ich unter seinem Dach wohnen sollte. Wahrscheinlich würden die Anwälte rasch zu einem Abschluß gelangen; ich hatte dem Verkauf zugestimmt, und das bedeutete, daß Helena und ich unsere Abreise in die Wege leiten mußten.
Maud kam mit einem Tablett herein.
»Ich habe keinen Hunger«, wehrte ich ab.
»Ich habe Ihnen ein wenig Suppe gebracht. Sie wird Ihnen gut tun. Und dazu sollten Sie den warmen Brotfladen essen.«

Sie setzte sich auf den Stuhl neben dem Bett, und ich nahm das Tablett entgegen.
»Ich habe die Reste des Lamms zu einer Suppe verarbeitet. Ich bin immer bestrebt, alles zu verwerten.«
Sie sah mir zu, während ich die Suppe löffelte.
»Hoffentlich denken Sie nach unserem Gespräch nicht schlecht vor mir«, begann sie zögernd.
»Nein, ich verstehe Sie sehr gut. Es ist nur natürlich, daß Sie alles für Ihre Tochter tun und dafür sorgen, daß es ihr einmal gut geht.«
»Es gibt hier draußen leider nur wenig Möglichkeiten. Manchmal frage ich mich sogar, ob wir nicht nach England zurückkehren sollten. Aber was sollten wir dort anfangen? Wir müßten beide arbeiten. Es wäre auch nicht besser als hier.«
»Damit haben Sie recht. Gregory Donnelly ist ein guter Fang, vor allem, wenn er einmal die Farm besitzt.«
»Er kauft den Besitz also?«
»Höchstwahrscheinlich.«
»Das ist sehr klug von Ihnen. Sie wollen bestimmt nie mehr hierher kommen.«
»Hier gibt es zu viele bittere Erinnerungen... doch zu Hause wird es auch nicht anders sein. Die Erinnerungen erwarten mich überall, ich kann ihnen nicht entgehen.«
Während des Gesprächs hatte ich die Suppe aufgegessen. Sie nahm mir das Tablett ab und sagte: »Ich danke Ihnen dafür, daß Sie so verständnisvoll sind.«
In dieser Nacht wurde mir sehr übel.
Es konnte nur die Suppe sein.
O Maud, dachte ich, willst du mich denn um jeden Preis loswerden?
Zeitweise ging es mir so schlecht, daß ich mich dem Tode nahefühlte.
Gegen vier Uhr früh ließen die krampfartigen Schmerzen und die Übelkeit allmählich nach, und mein Zustand besserte sich.

Ich ließ mich erleichtert in die Kissen sinken. Ich würde am Leben bleiben.
Und dabei hatte ich mich vor nicht allzu langer Zeit nach dem Tod gesehnt. Ich hatte bei meinen Lieben sein wollen und es als unfair empfunden, daß sie mich allein zurückgelassen hatten. Trotzdem empfand ich jetzt tiefe Erleichterung, denn ich wollte weiterleben.
Merkwürdigerweise war es Zorn gewesen, der mich aus meiner Lethargie gerissen hatte, und jetzt mußte ich beinahe an Gift sterben, um zu erkennen, wie sehr ich am Leben hing.
Ich dachte an Maud, denn sie hatte die Suppe gekocht und mir gebracht, sie hatte mir zugeredet, die nahrhafte Brühe zu essen, und sie hatte darauf geachtet, daß ich nichts übrig ließ.
Sie wollte mich aus dem Weg schaffen. Sie glaubte nicht, daß ich Gregory Donnelly nicht heiraten würde; sie konnte sich nicht vorstellen, daß es eine Frau gab, die ihn nicht haben wollte. Und sie wollte unbedingt, daß er ihre Tochter heiratete.
Wer hätte gedacht, daß sie so weit gehen würde?
Ich befand mich in Gefahr, ich mußte von hier fort. Hier gerieten die Leidenschaften außer Kontrolle, und das Leben eines Menschen war infolge der zahlreichen Gefahren, denen es hier ausgesetzt war, nicht viel wert. Die Menschen kämpften um ihre Existenz, und wenn ihnen jemand im Weg stand, schalteten sie ihn aus.
Doch Maud! War es möglich, daß die ruhige, wohlerzogene Maud so etwas tat? Ich wußte, wie verzweifelt sie diese Heirat anstrebte. Sie wollte, daß es Rosa im Leben besser ginge als ihr, und glaubte mir trotz meiner Beteuerungen nicht, daß ich für Gregorys Charme unempfänglich war.
Mein Körper war erschöpft, doch mein Geist war klar.
Ich rief mir unser Gespräch ins Gedächtnis und versuchte, mich an jedes Wort zu erinnern. Ich sah sie noch an meinem Bett sitzen und hörte, wie sie mir zuredete zu

essen. Sie mußte es gewesen sein. Ich hätte es nicht für möglich gehalten, aber ich stand wieder einmal der Tatsache gegenüber, daß man nie wissen kann, wozu ein verzweifelter Mensch fähig ist.
Am nächsten Morgen fühlte ich mich so schwach, daß ich liegen blieb. Niemand suchte mich auf, was ungewöhnlich war. Schließlich stand ich doch auf und ging in Helenas Zimmer.
Sie lag im Bett und sah krank aus.
»Ich habe eine schreckliche Nacht hinter mir, Annora. Mir war so fürchterlich schlecht. Daran war bestimmt die Suppe schuld.«
»Also du auch. Ich habe geglaubt, daß es nur mir so gegangen ist.«
Ich ging in die Küche, doch sie war leer. Hatten alle von der giftigen Suppe gegessen?
Etwas später kam eine der Frauen ins Haus.
»Maud schickt mich«, erklärte sie. »Alle, die gestern abend die Suppe gegessen haben, sind krank geworden. Ich bin froh, daß ich sie nicht einmal gekostet habe.«
Meine Erleichterung war groß, denn mein erster Eindruck von Maud war also doch richtig gewesen.

Die Erkrankten brauchten einige Tage, um sich zu erholen.
»Ich bin daran schuld«, gab Maud zu. »Ich hatte zwar gemerkt, daß das Fleisch merkwürdig roch, aber ich habe nicht gedacht, daß es verdorben war. Ich hätte damit alle vergiften können. Ich habe selbst zwei Teller Suppe gegessen, denn ich wollte nicht, daß etwas übrigbleibt. Geschieht mir recht. Hoffentlich sind Sie wieder vollkommen gesund, Miss Cadorson.«
Da ich zum Glück nicht viel gegessen hatte, fühlte ich mich bereits wesentlich besser.
Es stand jetzt zwar zweifelsfrei fest, daß die Suppe nicht vergiftet gewesen war, doch der Zwischenfall ging mir

nicht aus dem Sinn. Ich konnte das Gefühl, daß mich jemand loswerden wollte, nicht abschütteln.

Wenn ich am Fenster saß und in die endlose Weite hinausblickte, erinnerte ich mich daran, wie ich mich verirrt hatte. In der Nacht lag ich wach und lauschte, denn ich sah wieder Gregory vor mir, der sich ins Haus schlich. Die Spannung in mir nahm zu.

Gregory musterte mich immer wieder nachdenklich, und Maud beobachtete uns beide.

Eine Warnung schien in der Luft zu liegen. Reise ab. Reise ab, solange du noch kannst.

Wir mußten nach Sydney fahren und dort die Überfahrt auf einem der Schiffe buchen, die regelmäßig nach England ausliefen.

Gregory war der einzige Mensch, der uns dabei helfen konnte, und doch zögerte ich, mit ihm darüber zu sprechen. Unbewußt fürchtete ich, daß er etwas Unüberlegtes tun würde, wenn ihm klar würde, daß ich tatsächlich abreiste. Ich weiß nicht, ob mein geschwächter Zustand daran schuld war, oder ob mich eine Ahnung warnte, aber das Gefühl, daß ich in der Falle saß, wurde immer stärker. Es war lächerlich. Ich mußte mit Gregory sprechen, ihm mitteilen, daß ich dann und dann abreisen wollte, und ihm den Auftrag geben, alles für die Fahrt nach Sydney vorzubereiten. Die Überfahrt nach England konnte ich dann selbst buchen.

Doch ich konnte mich nicht dazu entschließen.

Auch Helena war merkwürdig. Sie wußte nicht, ob sie sich wirklich auf England freuen sollte, denn sie würde so viele Erklärungen abgeben müssen. Sie war zwar verheiratet, doch das Alter ihres Kindes war ein deutlicher Hinweis darauf, daß sie bereits vor der Trauung schwanger gewesen war. Außerdem war es eine reichlich seltsame Ehe. Wo befand sich eigentlich ihr Mann? Er reiste auf der Suche nach Material für sein Buch in Australien herum und ließ Weib und Kind allein zurückfahren.

Ich mußte mit Gregory sprechen, doch ich war davon überzeugt, daß er dann eine Möglichkeit finden würde, meine Pläne zu durchkreuzen.
Es war ein seltsames, merkwürdiges, unheimliches Gefühl.
Ich verbrachte eine unruhige Nacht, in der mich wilde Träume heimsuchten. Mir war klar, daß ich rasch handeln mußte.
Als ich am Morgen aufstand, fühlte ich mich wie zerschlagen. Ich wollte Helena aufsuchen und ihr erklären, daß wir unverzüglich etwas unternehmen mußten. Wir mußten noch heute mit Gregory darüber sprechen. Ich wollte das Thema beim Abendessen anschneiden.
Irgendwann am Nachmittag hörte ich Pferdegetrappel vor dem Haus. Ein Mann war abgestiegen und sah sich um. Ich traute meinen Augen nicht. Es war ein Traum, es konnte nicht Wirklichkeit sein. Ich hatte wieder Fieber und halluzinierte... in der Nacht waren es Alpträume gewesen, jetzt war es ein Wunschbild, das mich tröstete, indem es mir die Erfüllung eines Traumes vorgaukelte.
»Rolf!« rief ich.
Ich hatte beinahe erwartet, daß sich seine Gestalt vor meinen Augen auflösen würde, doch das war nicht der Fall. Er kam mit ausgestreckten Armen auf mich zu.
Ich lief zu ihm und fiel ihm um den Hals.
»Bist du es wirklich, Rolf?« schluchzte ich.
Er nickte lächelnd. »Annora, liebste Annora, ich bin gekommen, um dich nach Hause zu bringen.«

Es war wirklich und wahrhaftig Rolf, der so ruhig und umsichtig wie eh und je vor mir stand. Er erzählte mir, daß er sofort mit den Reisevorbereitungen begonnen hatte, als er vom Tod meiner Eltern erfahren hatte, denn er konnte sich vorstellen, wie verzweifelt ich war. Ich brauchte jemanden; ich brauchte ihn.
»Du bist wirklich hier, Rolf«, stammelte ich immer wie-

der. »Gib mir deine Hand, denn ich glaube noch immer, daß ich träume. Das Ganze war ein Alptraum, und manchmal hatte ich den Eindruck, daß ich noch nicht aus ihm erwacht bin.«

»Er ist jetzt vorbei. Sobald du soweit bist, fahren wir nach Hause. Ich war sicher, daß du zurückkehren möchtest. Am besten machen wir uns sofort auf den Weg. Ich habe einen Mann gefunden, der bereit ist, uns nach Sydney zu bringen. Er besitzt ein Fahrzeug, das er als Buggy bezeichnet. Du nimmst doch sicherlich Gepäck mit, das wir mit einem Wagen befördern müssen, denn sonst könnten wir reiten. Es gibt unterwegs zwei Unterkünfte, in denen wir übernachten können. Ich habe vor, Cadorsons übermorgen zu verlassen. Der Mann holt uns mit seinem Buggy ab. Ich habe Kabinen auf einem Schiff belegt, und wenn wir rechtzeitig in Sydney eintreffen, können wir sofort an Bord gehen.«

»Du hast all diese Vorkehrungen getroffen, Rolf – du bist wunderbar!«

»Vergiß nicht, daß ich Jurist bin.«

»Der stattdessen Gutsbesitzer geworden ist. Es ist herrlich, daß du da bist, Rolf.«

»Kannst du bis übermorgen reisefertig sein?«

»Natürlich. Aber wir müssen an Helena denken.«

Er sah mich verständnislos an, und ich fügte hinzu: »Helena und ihr Kind müssen mit uns reisen. Du kennst doch meine Cousine Helena Lansdon... sie heißt jetzt Hume und hat einen süßen kleinen Sohn. Wir müssen sie mitnehmen.«

»Das hängt davon ab, ob wir eine Kabine für sie bekommen.«

»Ich kann nicht ohne sie fahren, Rolf.«

Helena war mit Jon auf dem Arm aus der Tür getreten.

»Helena«, rief ich, »das ist Rolf Hanson. Erinnerst du dich an ihn? Du hast ihn in Cador kennengelernt.«

»Selbstverständlich erinnere ich mich an ihn.«

»Er ist gekommen, um uns nach Hause zu holen.«
Rolf trat zu Helena, reichte ihr die Hand und wandte sich dann dem Baby zu.
»Der Kleine heißt Jonny«, bemerkte ich.
Rolf war sichtlich verwirrt, und ich nahm an, daß es allen Leuten so gehen würde, wenn sie Helena und ihrem Kind gegenüberstanden. Ich konnte geradezu sehen, wie sie nachrechneten. Sie hatte doch erst in Australien geheiratet... wieso hatte sie bereits ein Kind?
»Helenas Mann hält sich im Augenblick nicht auf der Farm auf. Er sammelt Material für ein Buch über Sträflinge und Deportationen.«
»Er fährt also nicht mit uns zurück?«
»Nein«, antwortete Helena. »Er bleibt noch eine Weile hier. Aber Jonny und ich schließen uns Annora an.«
»Können Sie übermorgen reisefertig sein?«
»Ja, das geht.«
Jonny streckte die Arme nach mir aus. Ich nahm ihn seiner Mutter ab und wiegte ihn hin und her. Er lachte und zog mich an den kurzen Haaren. Rolf beobachtete uns aufmerksam.
Maud hatte uns gehört und kam heraus, um nachzusehen, wer gekommen war.
»Das ist ein Freund von mir, Maud«, erklärte ich ihr, »der uns nach England bringen wird.«
Sie hielt ihm die Hand hin, und ich stellte die beiden einander vor. »Ich wollte zuerst schreiben«, sagte Rolf, »aber Briefe brauchen so lange. Deshalb hielt ich es für das Beste, wenn ich so rasch wie möglich persönlich herkam. Du weißt ja, Annora, wie lange die Reise dauert.«
»Wir freuen uns sehr darüber, daß Sie gekommen sind«, beteuerte Maud.
»Mr. Hanson bleibt zwei Tage«, teilte ich ihr mit.
Dabei fiel mir ein, daß die einzigen freien Zimmer die beiden Räume waren, in denen meine Eltern und Jacco gewohnt hatten. In ihnen war nichts verändert worden,

denn ich wollte nicht, daß sich jemand Fremdes mit ihren Sachen zu schaffen machte, und ich fühlte mich noch nicht imstande, es selbst zu tun.
Maud erriet, was ich dachte. »Jonny könnte bei seiner Mutter schlafen, und damit würde das Kinderzimmer frei«, schlug sie vor.
»Das ist eine gute Lösung, Maud, danke.«
»Ich nehme an, daß Sie jetzt gern etwas trinken und essen würden«, wandte sich die praktisch denkende Maud an Rolf. Er stimmte zu. »Der Ritt macht durstig.«
»Gehen wir doch ins Haus, Rolf«, forderte ich ihn auf. »Wie hast du eigentlich hierher gefunden?«
»Ich habe die Adresse gekannt, weil mein Vater geschäftlich mit der Farm zu tun hatte. In Sydney hat man mir dann genau erklärt, wie ich hierher komme. Übernachtet habe ich in den beiden Unterkünften. Alle verhielten sich sehr hilfsbereit.«
Ich führte ihn in das Wohnzimmer. Er wandte sich mir zu. »Hier lebst du also, Annora. Du siehst aus, als wärst du krank gewesen.«
»Ja, ich war sehr krank, ich hatte hohes Fieber. Deshalb hat man mir auch die Haare abgeschnitten.«
»Es steht dir, obwohl es ein ungewohnter Anblick ist.«
»Du wirst dich daran gewöhnen. Ich bin so froh, daß du gekommen bist, Rolf, denn ich sehne mich nach Cador.«
»Ich hatte Angst, daß ich dich verfehlen könnte, denn es wäre ja möglich gewesen, daß du dich bereits auf der Heimreise befändest.«
»Das wäre bestimmt der Fall gewesen, wenn ich nicht so lange krank gewesen wäre. So war ich für die Reise noch nicht kräftig genug.«
»Das stimmt; die Reise ist anstrengend, und du bist schmaler geworden.«
»Sogar sehr.«
»Du wirst schon gesund werden, sobald du zu Hause bist.«

»Dort wird alles anders sein.«
»Du mußt es als Neubeginn ansehen, Annora.«
Maud hatte inzwischen für Rolf gedeckt, und ich blieb bei ihm sitzen, während er aß. Maud tischte immer neue Gerichte auf, als könne sie ihn nicht genug verwöhnen. Wahrscheinlich freute sie sich so sehr darüber, daß ich jetzt Gregory bestimmt nicht heiraten würde. Außerdem fand sie wohl, daß Rolf der Richtige für mich war.
In diesem Augenblick liebte ich ihn von Herzen. Er war mein Retter. Obwohl er genauso männlich wirkte wie Donnelly, war er ein ganz anderer Mensch.
»Du wirst im Kinderzimmer schlafen«, teilte ich ihm mit.
»Ihr habt hier wahrscheinlich nicht viel Platz.«
»Es gibt noch zwei Zimmer, aber ich habe bis jetzt nicht erlaubt, daß in ihnen etwas verändert wird. Meine Eltern und Jacco haben in ihnen gewohnt.«
»Ich kann dich sehr gut verstehen. Sie müssen aber geräumt werden, bevor wir abreisen. Soll ich es vielleicht tun?«
»Nein, ich mache es schon. Ich habe mich nur bis jetzt nicht dazu entschließen können.«
»Das ist nur zu verständlich. Wie sehr mußt du gelitten haben, meine liebe, arme Annora.«
Nachdem er gegessen hatte, führte ich ihn in das Zimmer, in dem er die nächsten beiden Nächte schlafen würde. Maud hatte Jonnys Bettchen bereits weggebracht und ein Bett aufgestellt.
»Es ist ja nur für zwei Nächte«, meinte ich.
»Nach den beiden Unterkünften ist es geradezu luxuriös.«
»Es war so gut von dir, hierher zu kommen, Rolf.«
»Ich konnte nicht anders, Annora. Ich habe mir vorgestellt, wie allein und hilflos du in der Fremde sein mußt. Als ich eintraf, war ich sehr froh, daß du noch hier warst.«
»Dann war meine Krankheit ja geradezu ein Glücksfall.«

Maud brachte heißes Wasser zum Waschen. Rolf hatte eine kleine Reisetasche bei sich, und ich ließ ihn allein, damit er sich umziehen konnte.
Etwas später lernte er Gregory Donnelly kennen.
Als sie einander gegenüberstanden, spürte ich Gregorys drohenden Unwillen und Rolfs Neugierde.
Rolf meisterte die Situation mit seinem üblichen Takt.
»Rolf Hanson ist hergekommen, um uns nach Hause zu bringen«, erklärte ich.
»Sie haben eine lange Reise auf sich genommen«, bemerkte Gregory.
»Es tut mir leid, daß ich nicht schon früher eintreffen konnte. Aber man kann nicht ohne größere Vorbereitungen einfach das nächste Schiff nehmen. Man muß auch zu Hause Verschiedenes regeln. Ich habe vor allem befürchtet, daß Miss Cadorson bereits abgereist sein könnte.«
»Wie sind Sie zur Farm gelangt?«
»Zu Pferd. Ich habe mich in Sydney genau erkundigt und bin unterwegs in den beiden Unterkünften eingekehrt. Ich nehme an, daß sie ohnehin die einzigen in der Gegend sind.«
»Ach, die Übernachtungshäuser. Ich kenne sie gut. Sie können froh sein, daß Sie sich nicht verirrt haben.«
»Ein oder zwei Mal war ich nahe daran, aber man hatte mir den Weg sehr genau beschrieben und mir auch eine grobe Skizze mitgegeben, die mir unschätzbare Dienste geleistet hat.«
Gregory war sichtlich verblüfft, während Rolf vollkommen gelassen wirkte. Das kam vermutlich daher, daß Gregory stets das Bedürfnis hatte, den anderen zu zeigen, daß er ihnen überlegen war; Rolf hatte das nicht nötig, weil seine Überlegenheit offenkundig war.
»Wann wollen Sie nach Sydney zurückkehren?« erkundigte sich Gregory.
»Übermorgen. Ich habe dafür gesorgt, daß uns ein Mann mit einem Buggy abholt, in dem wir reisen werden.«

»Das ist die beste Lösung, aber vergessen Sie nicht, daß Sie auf diese Weise länger brauchen. Wie heißt der Mann?«
»Jack Tomlin.«
»Ich kenne ihn gut; Sie konnten keinen Besseren finden. Bei ihm befinden Sie sich in guten Händen.«
»Wie ich sehe, habe ich die richtige Wahl getroffen.«
Ich hätte jetzt viel für Gregorys Gedanken gegeben. Ihm mußte inzwischen bewußt sein, daß ich die Farm für immer verlassen würde und daß sich damit sein großartiger Plan, die hilflose Frau zu heiraten und sich ihr Vermögen anzueignen, in ein Nichts verwandelte.
»Auf uns wartet jetzt viel Arbeit«, bemerkte ich zu Helena. Sie nickte nur.
Am Abend blieben wir nach dem Essen noch lange sitzen und unterhielten uns. Rolf und Gregory hatten eine gemeinsame Leidenschaft: die Landwirtschaft. Es interessierte Gregory sehr, daß Rolf ein großes Gut in Cornwall besaß. Sie sprachen lang und breit über die unterschiedlichen Böden in England und Australien. Jeder von ihnen wollte den anderen aushorchen, vielleicht auch in bezug auf seine Beziehung zu mir. Doch sie unterhielten sich durchaus freundschaftlich, bis es dunkel wurde und Maud die Öllampen brachte.
Als ich zu Bett ging, war mir leichter ums Herz; der Druck der seit der Tragödie auf mir lastete, hatte nachgelassen. Die Spannung ebbte ab, das unheimliche Gefühl war verflogen. Rolf erlöste mich aus einer Situation, die mir Sorgen bereitet hatte. Es gab nichts mehr, wovor ich Angst haben mußte.
Als ich endlich schlief, träumte ich von der Sonnwendnacht. Ich befand mich wieder in Australien, und Rolf war eingetroffen. Er trug eine graue Kutte. Unsere Arbeiter kochten Essen im Freien, wie sie es manchmal taten, und er sprang hoch über das Feuer und verschwand.
Ein merkwürdiger Traum. Ich hatte in den letzten Wochen die Sonnwendnacht vollkommen vergessen.

Am Morgen stand ich zeitig auf, denn ich mußte die Sachen der Toten durchsehen... eine Aufgabe, die ich bis jetzt vor mir hergeschoben hatte. Aber es mußte sein. Ich mußte die wenigen Schmuckstücke an mich nehmen, die meine Mutter mitgenommen hatte, und ihre Kleider zusammenlegen. Letztere wollte ich herschenken, denn auf dem Gut gab es viele Leute, die sich darüber freuen würden. Das gleiche galt für Vaters und Jaccos Habseligkeiten.
Es würde qualvoll sein, und deshalb war es am besten, wenn ich es möglichst rasch hinter mich brachte.
Es war schlimmer, als ich mir vorgestellt hatte. Zuerst sah ich Jaccos Sachen durch. Ich versuchte, mich nicht von meinen Gefühlen überwältigen zu lassen, aber beinahe jedes Kleidungsstück beschwor eine Erinnerung herauf. Irgendwann saß ich dann auf dem Fußboden und weinte hemmungslos.
Es hatte keinen Sinn, ich mußte weitermachen. Die Kleidung würde wenigstens einigen jungen Männern auf der Farm Freude bereiten. Oder irrte ich mich vielleicht? Es war auch möglich, daß sie den eleganten Schnitt und das gute Material verächtlich ablehnten. Aber was machte es schon aus, schließlich waren es nur Kleider.
Als ich mit Jaccos Sachen fertig war, ging ich in das Zimmer meiner Eltern und arbeitete dort weiter.
In einer Rocktasche meines Vaters fand ich ein kleines Notizbuch, das er einmal von mir bekommen hatte. Ich setzte mich auf das Bett und betrachtete es. Es war in rotes Leder gebunden, auf das seine Initialen in Gold gepreßt waren. Ich hatte es ihm vor zwei Jahren zu Weihnachten geschenkt.
Ich schlug es auf; er hatte es als Adreßbuch benutzt. Ich fand mehrere Londoner Adressen, zum Teil von Leuten, die ich kannte. Und in letzter Zeit hatte er auch einige australische Adressen notiert. Die Namen waren nicht alphabetisch geordnet, es war nur ein einfaches Notizbuch, in dem ein goldener Bleistift steckte.

»Stillman's Creek an der Grenze zwischen Queensland und Neusüdwales? Etwa achtzig Meilen von Brisbane entfernt.«

Es war flüchtig hingekritzelt, und mir fiel ein Gespräch ein, bei dem mein Vater Gregory gefragt hatte, wo sich Stillman's Creek befand.

Was ihn wohl an diesem Ort interessiert hatte? Ich klappte das Notizbuch zu und legte es zu dem Schmuck meiner Mutter und den übrigen Dingen, die ich behalten wollte.

Als ich fertig war, verließ ich erleichtert den Raum und schloß die Tür.

Die schmerzlichste Aufgabe lag hinter mir.

Der Buggy stand vor der Tür, das Gepäck war bereits verstaut. Wir mußten uns nur noch verabschieden, dann konnten wir aufbrechen.

Beinahe alle Menschen, die auf der Farm beschäftigt waren, hatten sich versammelt. Gregory, Maud und Rosa hielten sich ein wenig abseits von den übrigen.

Ich schloß Maud in die Arme und küßte sie.

In ihr kämpften bestimmt widerstreitende Gefühle; einerseits war sie traurig, weil sie mich nicht wiedersehen würde, und andererseits war sie erleichtert, weil ich abreiste. Sie war bis zum letzten Augenblick davon überzeugt gewesen, daß es Gregory gelingen würde, mich zu einer Heirat mit ihm zu zwingen. Jetzt stand Rosas Glück nichts mehr im Weg.

»Viel Glück, Maud«, flüsterte ich. »Ich hoffe, daß Ihre und Rosas Pläne in Erfüllung gehen.«

Gregory ergriff meine Hände, und sein Blick war spöttisch wie immer. Er hatte verloren, ich war ihm entwischt. Er fand sich gelassen damit ab, so wie er sich mit dem Leben im allgemeinen abfand. Schließlich besaß er jetzt, was er so lange angestrebt hatte... die Farm. Er tröstete sich damit, daß der Spatz in der Hand besser war als die Taube auf dem Dach, und verschwendete keinen weiteren Gedanken an mich.

Ich mußte ihn wider Willen bewundern.
Als sich der Wagen in Bewegung setzte, blickte ich noch einmal zurück. Gregory lächelte, und Maud stand neben ihm und hatte Rosa die Hand auf die Schulter gelegt.

Besuch aus Australien

Wir waren unterwegs nach Hause.

Wir würden erst lange nach Jahresbeginn in England eintreffen, denn wir hatten nicht sofort Kabinen bekommen und mußten einige Wochen in Sydney verbringen.

Helena hatte Matthew geschrieben und den Brief im Grand Hotel für ihn hinterlegt. Darin teilte sie ihm mit, daß sie mit mir nach England zurückkehrte.

Selbstverständlich wunderte sich Rolf über diese Ehe, der nicht nur innerhalb so kurzer Zeit ein Kind entsprungen war, sondern bei der auch der Ehemann sehr bald verschwunden war und seine junge Frau, die nicht einmal seinen Aufenthaltsort kannte, allein zurückgelassen hatte.

Doch endlich gingen wir an Bord.

Sobald ich den Fuß an Deck setzte, erinnerte ich mich daran, wieviel Spaß die Herfahrt Jacco und mir bereitet hatte, und wie aufgeregt wir gewesen waren, weil wir ein fremdes Land kennenlernen sollten; vor allem aber erinnerte ich mich an die Sicherheit, die ich dem Bewußtsein verdankte, daß ich mich im Schoß einer liebevollen Familie befand. Erst der Tod meiner Eltern hatte mir gezeigt, was ich besessen – und verloren – hatte.

Doch Rolf hatte seinen geliebten Besitz verlassen und war auf die andere Seite der Erdkugel gekommen, weil er begriffen hatte, wie groß mein Kummer und wie verzweifelt meine Lage sein mußten.

Ich mußte Gott dafür dankbar sein, daß ich einen solchen Freund besaß.

Zuerst interessierte mich das Schiff nicht im geringsten. Es war mir gleichgültig, ob die Sonne schien oder ob Sturm tobte. Die hohen Wellen bemerkte ich kaum. Obwohl ich froh darüber war, daß ich mich auf dem Weg nach Hause befand, fürchtete ich mich vor der Heimkehr. Ich versuchte, mir Cador ohne meine Eltern und Jacco vorzustellen. Jonny war mir ein großer Trost. Ich befaßte mich so oft wie möglich mit ihm. Er erkannte mich, begann auch, sich für die Welt um ihn zu interessieren, und wurde von Tag zu Tag entzückender. Helena verstand meine Gefühle, und wenn ich besonders deprimiert war, sprach sie über ihn oder brachte ihn mir und legte ihn mir in die Arme. Rolf ließ einmal eine Bemerkung darüber fallen, daß ich das Kind so gern hatte.

»Helena und ich haben ihn von seiner Geburt an gemeinsam betreut«, erklärte ich ihm.

Allmählich brachte ich Rolf wieder das gleiche Gefühl entgegen wie vor jener schrecklichen Sonnwendnacht. Wenn ich ihn unvoreingenommen betrachtete, mußte ich zugeben, daß er ein überaus attraktiver Mann war. Auf dem Schiff begegnete man ihm mit größter Hochachtung. Er war wohlerzogen; benahm sich ungezwungen; drängte sich nicht auf wie Gregory Donnelly. Ich hatte eigentlich erst durch Donnelly erkannt, was für ein wunderbarer Mensch Rolf war.

Ich erinnerte mich an meine Kindheit, als ich ihn vergötterte, als mein Herz vor Freude schneller schlug, wenn er nach Cador kam. Dann flog ich die Treppe hinunter, er fing mich auf, setzte mich auf seine Schultern und galoppierte mit mir ins Kinderzimmer, wenn ich ihm dort etwas zeigen wollte.

Dann war die Sonnwendnacht gekommen, in der sich gezeigt hatte, daß mein Gott auf tönernen Füßen stand. Daß Rolf am Tod von Mutter Ginny beteiligt war, erschütterte mich beinahe mehr als die schreckliche Tatsache an sich. Das hatte meine Zuneigung zu ihm zerstört. In gewisser Weise liebte ich ihn zwar noch immer, aber meine Gefühle waren durch das Erlebnis vergiftet worden; außerdem war mir klar geworden, daß ich ihn eigentlich überhaupt nicht kannte.

Während einer Seereise bekommt man engeren Kontakt mit seinen Reisegefährten; man sieht sie täglich bei den Mahlzeiten und trifft auch sonst ständig mit ihnen zusammen. Wenige Tage in solch enger Verbindung haben das Gewicht einer monatelangen Beziehung unter den normalen Umständen.

Rolf war zärtlich und liebevoll. Ab und zu sprach er von Cador, und wenn er bemerkte, daß es mich zu sehr bewegte, wechselte er das Thema.

Es war mir ein großer Trost, daß er mich so gut verstand. Er konnte sich sogar besser in mich einfühlen als Helena. Natürlich wußte ich, daß er wartete. Daß er bis nach Australien gereist war, um mich zu holen, bewies, wie groß seine Zuneigung zu mir war. Seine Gefühle für mich gingen weit über bloße Freundschaft hinaus.

Während wir den Indischen Ozean überquerten, saßen wir in einer der friedlichen, lauen Nächte gemeinsam an Deck, blickten auf das dunkle Meer hinaus, lauschten dem sanften Rauschen der Wellen und unterhielten uns.

»Ich muß oft daran denken, wie du als kleines Mädchen warst«, meinte Rolf. »Wenn Vater und ich nach Cador kamen, bist du mir immer entgegengelaufen, und wenn du inzwischen ein neues Spielzeug bekommen hattest, wolltest du es mir unbedingt sofort zeigen.«

»Ja, ich erinnere mich.«

»Du hast mich damals sehr gern gehabt.«

»Ich habe dich für den wunderbarsten Menschen auf der Welt gehalten, oder zumindest für genauso wunderbar wie…« Meine Stimme brach, und er ergriff meine Hand.

»Ich weiß, und deine Bewunderung tat mir gut. Wenn etwas schiefging, ritt ich einfach nach Cador hinüber und unterhielt mich mit dir. Doch plötzlich wurde alles anders.«

Ich schwieg.

»Ja«, fuhr er fort. »Plötzlich war alles anders. Ich dachte betrübt: Sie wächst heran, sie ist kein Kind mehr, sie ist kritischer geworden. Ich war gar nicht glücklich darüber und schränkte meine Besuche in Cador ein, weil ich deine veränderte Einstellung mir gegenüber nicht ertragen konnte. Ich sagte mir, daß Kinder unbeständig sind, und war verletzt.«

»Das war nach der Sonnwendnacht.«

»Die Sonnwendnacht?« wiederholte er. »Ach ja, ich erinnere mich. Damals kam es doch zu der schrecklichen Tragödie, als die Hütte im Wald abbrannte.«

»Ja, und in der Hütte verbrannte Mutter Ginny. Die Leute waren sehr grausam zu ihr. Jacco und ich haben zugesehen, es war unerträglich.«

»Du hast es gesehen! Es muß ein entsetzliches Erlebnis gewesen sein.«

»Sie haben Mutter Ginny zum Fluß geschleppt und ihr Haus angezündet. Ich werde es nie vergessen. Seither vertraue ich keinem Menschen mehr, denn Leute, die ich gekannt hatte, freundliche, gute Menschen, waren fähig, so etwas zu tun.«

»Ich verstehe dich. Auch mein Vater war entsetzt. Er hat mir davon erzählt, als ich zurückkam.«

»Als du zurückkamst?«

»Ich war am Nachmittag vor der Sonnwendnacht zu einem Freund aus dem College gefahren, der in der Nähe von Bodmin lebt. Du weißt bestimmt noch, wie sehr ich mich für alte Sitten und abergläubische Bräuche interessierte... ich interessiere mich heute noch dafür. Er hatte auf dem Dachboden alte Papiere gefunden und wollte sie mir zeigen. Diese Papiere interessierten mich mehr als das Sonnwendfeuer, also fuhr ich zu ihm. Angesichts der Ereignisse, die sich dort abgespielt haben, bin ich froh, daß ich nicht dabei war.«

»Du warst nicht dabei?« stammelte ich.

Ich sah noch immer alles deutlich vor mir: die Gestalt in der grauen Kutte, die über das Feuer sprang, die den Mob zu der Hütte der armen, alten Frau führte.

Meine Erleichterung war unbeschreiblich. In der Kutte mußte jemand anderer gesteckt haben. Ich hatte recht gehabt, als ich mir gesagt hatte, daß Rolf einer solchen Tat nicht fähig war.
Warum hatte ich nicht schon früher darüber gesprochen? Wie dumm ich gewesen war; ich hätte mir viel Kummer ersparen können.
»Ich bin so froh, daß du nicht anwesend warst. Es war grauenhaft.«
»Du hättest auf keinen Fall dabeisein dürfen.«
»Meine Eltern waren verreist, und Jacco und ich sind auf eigene Faust zum Sonnwendfeuer geritten.«
»Wie unvernünftig von euch.«
»Wir haben es als Abenteuer empfunden... zunächst. Aber es war trotzdem gut, daß wir es getan haben, denn wir haben Digory vermutlich das Leben gerettet.«
Ich erzählte ihm jetzt in allen Einzelheiten, was sich in dieser Nacht abgespielt hatte und wie wir Digory versteckt hatten, um ihm das Schicksal seiner Großmutter zu ersparen.
»In dieser Nacht habe ich gelernt, wie Menschen sein können. Man muß auch solche Erfahrungen machen.«
Er schloß mich in die Arme und küßte mich. »Ich habe dich immer schon geliebt, Annora.«
Ich antwortete nicht. Ich war beinahe glücklich – er saß neben mir, hatte mir den Arm um die Schultern gelegt, und ich hatte gerade erfahren, daß er in dieser schrecklichen Nacht nicht dabeigewesen war. Es war jemand anderes gewesen. Warum war mir nicht eingefallen, daß auch ein anderer eine graue Kutte besitzen konnte? Ich hatte voreilige Schlüsse gezogen, mir damit Jahre meines Lebens verbittert und sogar mein Schicksal beeinflußt. Wer hätte geglaubt, daß eine einzige Nacht so viel verändern konnte? Doch inzwischen wußte ich aus eigener Erfahrung, wie schnell das Schicksal zuschlagen und es zu einer Tragödie kommen kann.

Er küßte mich zärtlich.
»Ich habe viel über uns beide nachgedacht, Annora. Was wirst du nach deiner Rückkehr unternehmen?«
»Ich fürchte mich vor diesem Augenblick. Ich kann mir Cador ohne meine Familie nicht vorstellen.«
»Du mußt damit fertigwerden, wenn es auch am Anfang schwer sein wird.«
»Ich weiß.«
Ich werde in deiner Nähe sein und dir helfen. Du wirst in vielerlei Hinsicht Hilfe brauchen. Du hast Cador geerbt. Ist dir klar, was das bedeutet?«
»Darüber habe ich noch nicht nachgedacht.«
»Es ist vielleicht besser so. Es wird sehr viel auf dich einstürmen, und du mußt die Vergangenheit vergessen. Für dich ist von nun an alles anders. Deinem Vater hat Cador am Herzen gelegen, und er hat Jacco dazu erzogen, in seine Fußstapfen zu treten. Jetzt mußt du diese Pflichten übernehmen.«
»Ich habe mich immer für den Besitz interessiert... eine Zeitlang sogar mehr als Jacco. Ich bin mit meinem Vater auf dem Gut herumgeritten...«
»Es wird nicht leicht für dich sein, aber ich bin da, in deiner Nähe. Ich möchte dir noch näher sein, Annora... möchtest du mich heiraten?«
Ich antwortete nicht sofort. Ich dachte immer noch daran, daß er in der Sonnwendnacht nicht dabeigewesen war, daß ich ihn all die Jahre verkannt hatte. Ich hätte wissen müssen, daß er einer solchen Tat nicht fähig war. Ich mußte die Jahre des Mißtrauens wieder gutmachen.
Mir fiel ein, wie einsam ich bei meiner Rückkehr nach Cador ohne meine Familie sein würde. Doch ich mußte aufhören zu grübeln, das Leben ging weiter. Rolf konnte mir dabei helfen. Ich hatte meine Lieben verloren, aber ich würde nicht allein sein.
Ich wandte mich Rolf zu. »Ja, ich werde dich heiraten.«

Nachdem ich diesen Entschluß gefaßt hatte, fühlte ich mich besser. Ein neues Leben erwartete mich. Zwar würde alles anders sein, aber ich hatte jemanden an meiner Seite, der mich liebte.
Ich sagte mir immer wieder vor, daß ich das tat, was meine Eltern gewollt hatten. Sie hatten Rolf immer gern gehabt. Rolf war auch imstande, das Gut zu leiten. Sein Besitz grenzte an Cador; wir konnten die beiden Güter zusammenlegen.
Helena freute sich sehr, denn sie mochte Rolf. Vielleicht beneidete sie mich sogar ein wenig, wenn sie ihre Ehe mit meinen Zukunftsaussichten verglich. Doch Jonny war ihr großer Trost; ihr Mißgeschick hatte auch zu etwas Gutem geführt.
Endlich erreichten wir England.
Wir legten in Southampton an, worüber wir froh waren, denn nun konnten wir direkt nach Cador weiterreisen, ohne den Umweg über London zu machen. Wären wir in Tilbury an Land gegangen, hätte sich letzteres kaum vermeiden lassen.
Helena war noch nicht dazu bereit, ihren Eltern gegenüberzutreten, und ich wollte nicht mit ihnen über meinen Verlust sprechen. Der Tod meiner Mutter mußte Amaryllis schwer getroffen haben, weil die beiden sich von klein auf sehr nahegestanden hatten.
Es berührte mich tief, Cador wiederzusehen, und der Anblick der alten Türme weckte meinen Kummer von neuem. Ich mußte mir immer wieder vorsagen, daß ich von vorn beginnen mußte. Das große Haus und alles, was dazugehörte, war jetzt mein. Ich trug die Verantwortung für eine ganze Menge Leute. Ich mußte aufhören zu trauern. Ich mußte sehr viel lernen, aber zum Glück würde mir Rolf dabei helfen.
Das Hauspersonal begrüßte mich herzlich, wenn auch bedrückt. Mrs. Penlock brach in Tränen aus. Ich ergriff ihre Hände und sagte ihr, daß das Leben weitergehen

müsse. Etliche Dienstmädchen fuhren sich verstohlen über die Augen, und Isaacs erklärte mit bebender Stimme: »Wir sind froh, daß Sie nach Hause gekommen sind, Miss Cadorson.«
Ich dankte ihnen, so gut ich konnte, obwohl meine Stimme beinahe versagte. Ich hatte mich dafür gewappnet, daß das Wiedersehen sehr emotionell verlaufen würde.
»Ich werde dafür sorgen, daß alles so weitergeht wie früher«, erklärte ich ihnen. »Morgen früh werde ich euch nähere Anweisungen erteilen.«
Jonny war in diesem Fall eine große Hilfe, denn als die Leute ihn erblickten, begannen sie zu lächeln. Er betrachtete die Versammlung neugierig, und Mrs. Penlock rief unter Tränen: »Der kleine Goldschatz.«
Ich war also wieder zu Hause, sehnte mich danach, in meinem Zimmer allein zu sein, und fürchtete zugleich diesen Augenblick, weil mich die Erinnerungen in der ersten Nacht überwältigen würden.
Ich muß damit fertigwerden, sagte ich mir immer wieder. Ich habe jetzt Rolf, der mir helfen wird. Vielleicht werde ich sogar irgendwann einmal wieder glücklich sein.
Am nächsten Morgen ritt ich über das Gut und besuchte zahlreiche Pächter. Mrs. Cherry hatte jetzt neun Kinder, war dicker denn je und lachte noch immer bei jedem Satz, den sie sprach. Selbst als sie mir ihr Beileid aussprach, mußte sie sich zwingen, ernst zu bleiben. Sie konnte nicht anders. Und die Tregorrans waren genauso bekümmert wie eh und je.
»Die Zeiten sind schlecht, Miss Cadorson«, stellte Jim Tregorran fest. Mir fiel auf, daß er Miss Cadorson und nicht Miss Annora sagte.
Die Leute waren etwas verwirrt. Wahrscheinlich fiel es ihnen schwer, in mir die neue Gutsherrin zu sehen.
Die ersten Tage waren schwierig, weil die Menschen nicht wußten, wie sie sich verhalten sollten. Sie wollten mir sagen, wie sehr sie den Tod meiner Eltern und meines

Bruders bedauerten, fanden aber nicht die richtigen Worte.

Wenn ich von der Tragödie erzählt hätte, wäre es ihnen vielleicht leichter gefallen, aber dazu konnte ich mich nicht überwinden. Vielleicht hole ich es später einmal nach, dachte ich.

Ich ritt in die Stadt hinunter und am Kai entlang. Die Männer zogen die Mützen vor mir. Jack Gort wog gerade Fische ab und begrüßte mich. »Einen schönen guten Tag, Miss Cadorson. Ich freue mich, daß Sie wieder da sind.«

Er erwähnte meine Familie nicht, aber ich sah das Mitgefühl in seinen Augen. Der alte Harry Gentle hob den Blick von den Netzen, die er flickte, und begrüßte mich ebenfalls: »Willkommen daheim, Miss Cadorson. Es ist schön, Sie wiederzusehen.«

Jim Poldean, der sein Boot schrubbte, sprang auf den Kai und schüttelte mir die Hand. Er brachte kein Wort heraus, aber sein Gesichtsausdruck sagte mehr als alle Worte.

Alle nahmen an meinem Verlust Anteil; sie hatten meinen Vater geachtet, sie hatten meine Mutter und Jacco gern gehabt. Aber sie konnten ihre Gefühle nicht in Worte kleiden, und ich wollte nicht sprechen, weil ich befürchtete, daß ich zusammenbrechen würde. Seit ich zu Hause war, wurde ich ständig an meine Eltern erinnert, und mein Verlust kam mir noch deutlicher zu Bewußtsein.

Als ich zurückritt, dachte ich: Und das sind die Leute, die Mutter Ginny in den Tod getrieben haben.

Wer von ihnen hatte eine graue Kutte getragen?

Damit stand die Frage wieder vor mir, und mit ihr war auch die Angst zurückgekehrt. Er ist ja nicht in Cador gewesen, redete ich mir immer wieder ein. Er war in Bodmin.

Bald würde er stets bei mir sein und mir helfend zur Seite stehen. Ich hatte ihn seinerzeit, als ich noch klein war, richtig gesehen. Er war wirklich wunderbar. Er war gut und freundlich, klug und einfallsreich, der geborene Führer.

Als bekannt wurde, daß Rolf und ich heiraten würden, herrschte überall Begeisterung.
»So gehört es sich«, strahlte Mrs. Penlock. »Es steht einer Frau nicht zu, Gutsherr zu sein. Hätte Gott das gewollt, hätte er die Frauen als Männer erschaffen.«
Ich fand ihre Überlegung zwar etwas seltsam, stellte aber zu meiner Überraschung fest, daß ich darüber lächeln konnte.
»Dann werden wohl Cador und Dorey zu einem Besitz verschmelzen«, überlegte Isaacs. »Das wird ein ganz schöner Brocken werden. Beinahe der ganze Bezirk wird dann Cador-Dorey-Land sein.«
Das fanden alle sehr komisch.
Ich bedauerte, daß ich nicht mehr in einem Winkel der Küche sitzen und ihren Gesprächen lauschen konnte.
Einmal hörte ich, wie eines der Dienstmädchen feststellte: »Es wäre gut, wenn die beiden das Trauerjahr nicht abwarteten, schließlich ist es ein besonderer Fall, denn sie kennt ihn schon so lange und ist jetzt ganz allein.«
»Dann müßte es aber eine sehr stille Hochzeit sein«, antwortete ihre Gesprächspartnerin.
Natürlich interessierten sich alle für meine Pläne, weil Cador ihr Lebensunterhalt war, und ich empfand wieder die Last der Verantwortung. Doch das tat mir gut, denn ich hörte auf zu grübeln.
Ich ging mit Bob Carter, unserem Verwalter, der während der Abwesenheit meines Vaters das Gut geleitet hatte, die Bücher durch. Ich fand alles in Ordnung und sagte es ihm, was ihn sehr freute. Er hoffte, daß ich auf dem Gut keine Änderungen einführen würde.
»Ich sehe keinen Grund, etwas zu ändern, Bob. Ich muß sehr viel lernen, aber Sie können mir ja alles erklären.«
»Es wird mir ein Vergnügen sein, Miss Cadorson.«
Nachdem der erste Schock und die damit verbundenen Erinnerungen abgeklungen waren, fühlte ich mich allmählich besser.

Rolf ritt mit mir über seinen Besitz, und ich staunte darüber, wie groß er war.

»Das Gut blüht und gedeiht«, bestätigte Rolf. »Luke Tregern hat es während meiner Abwesenheit mustergültig verwaltet.«

Er erzählte mir, daß Luke zum Verwalter aufgerückt war, als sein Vorgänger in den Ruhestand trat.

»Luke hat wahre Wunder gewirkt. Ich war davon überzeugt, daß ich ihm während meiner Abwesenheit voll vertrauen kann, und er hat mich nicht enttäuscht.«

Ich traf Luke im Büro, wo er am Tisch saß und einige Schriftstücke vor sich liegen hatte. Er trug ein elegantes Jackett aus geripptem Samt, eine cremefarbene Krawatte und sogar Gamaschen. Als ich eintrat, stand er auf und verbeugte sich.

»Guten Morgen, Luke«, begrüßte ich ihn.

»Guten Tag, Miss Cadorson, willkommen daheim. Erlauben Sie mir, Ihnen mein Beileid zu dem schweren Verlust auszusprechen, den Sie erlitten haben.«

»Danke, Luke. Mr. Hanson hat mir erzählt, daß er mit Ihrer Arbeit sehr zufrieden ist.«

»Ich bemühe mich jedenfalls, Miss Cadorson.«

Er sah gut aus, und seine Kleidung und sein Benehmen waren ein Hinweis darauf, daß ihm diese Tatsache bewußt war. Das war natürlich keineswegs etwas Negatives, im Gegenteil, es war angenehm, sich mit jemandem zu unterhalten, der auf sein Äußeres wert legte.

Wir plauderten kurz über das Gut, dann verabschiedeten wir uns.

»Er unterscheidet sich deutlich von den anderen Wildhütern«, stellte ich fest.

»Das ist richtig. Ich habe es sofort bemerkt, als er sich um einen Posten bewarb. Er besitzt Unternehmungsgeist und ist ehrgeizig. Er wird es bestimmt weit bringen.«

»Er hat es ja schon geschafft. Vom Wildhüter zum Gutsverwalter ist es ein großer Sprung.«

»Du hast deinen tüchtigen Bob Carter, gönne mir also meinen Luke Tregern.«
»Das tue ich ja. Ich freue mich für dich.«
»Es wird ein großartiger Besitz werden, wenn wir die beiden Güter zusammenlegen.«
»Ich kann es kaum erwarten, daß es soweit ist.«
Es war für mich erfreulich, daß die Leute in Cador meine Heirat mit Rolf begrüßten – weil sie sowohl für den Besitz als auch für mich das Beste war, ganz abgesehen davon, daß sie die beste Lösung für die zahlreichen Probleme darstellte, vor denen ich stand.
Sobald Tante Amaryllis erfuhr, daß wir zurückgekehrt waren, kündigte sie uns ihren Besuch an und traf bald darauf in Begleitung ihrer Zofe ein.
Ich freute mich natürlich, sie wiederzusehen, doch in die Freude mischte sich auch Trauer, weil ich mich daran erinnerte, welch enge Bindung zwischen ihr und meiner Mutter bestanden hatte. Mutter hatte mir oft von ihrer gemeinsamen Kindheit erzählt.
Ihr Wiedersehen mit Helena war ergreifend. Sie hatte sich um ihre Tochter große Sorgen gemacht und bedankte sich bei mir dafür, daß ich mich Helenas angenommen hatte.
Ich wehrte den Dank ab, indem ich darauf hinwies, daß Helena sich genauso meiner angenommen hatte.
Keine von uns war imstande, die Tränen der Rührung zu unterdrücken.
Von ihrem Enkel war Tante Amaryllis entzückt. Sie konnte sich nicht von ihm trennen. »Du mußt mit mir nach London kommen«, sagte sie zu Helena.
»Ich möchte noch einige Zeit bei Annora bleiben«, wehrte Helena ab. »Wir haben so vieles gemeinsam durchgestanden und sie war mir in meiner schwersten Zeit eine unschätzbare Hilfe.«
»Das wäre ja eigentlich meine Aufgabe gewesen. Gott segne dich dafür, Annora. Ihr seid beide von vielen Schicksalsschlägen heimgesucht worden.«

Wie recht sie hatte! Eines hatte sich aus dem anderen ergeben, und schließlich hatte die Kette von Ereignissen zu einer Katastrophe geführt.

»Dein Vater möchte gern, daß du nach Hause kommst«, wandte sich Tante Amaryllis wieder an Helena.

»Glaubst du das wirklich?« widersprach Helena. »Ich müßte ihm sehr viel erklären.«

»Wo steckt eigentlich Matthew, dein Mann?«

»Er ist noch in Australien geblieben und wird nach England zurückkehren, sobald er das Material für sein Buch beisammen hat.«

»Sehnt er sich denn nicht nach dir und dem Kind?«

»Ich möchte dir nichts vormachen, Mutter. Matthew hat mich geheiratet, um mir zu helfen. Das war alles. Um seine Handlungsweise zu verstehen, muß man ihn allerdings persönlich kennen. Er verfolgt im Leben ein einziges Ziel: Er will den Menschen Gutes tun. Deshalb will er auch dieses Buch schreiben. Er braucht immer eine gute Sache, für die er kämpft. Ich habe mich in einer schwierigen Lage befunden, und er hat eine Möglichkeit gesehen, mir zu helfen. Er ist ein einmaliger Mensch, aber er ist nicht Jonnys Vater.«

»War es John Milward?« Helena nickte.

»Du meine Güte, was ist das für ein schreckliches Durcheinander! Dein Vater hätte bestimmt eine praktikablere Lösung gefunden.«

»Da bin ich nicht so sicher und ich glaube auch nicht, daß er mich in London haben möchte. Es würde dem Gerede um unsere Familie nur neue Nahrung geben.«

»Damit würde er fertigwerden. Es gibt so viele boshafte Menschen auf der Welt. Er hat auf seine politische Karriere verzichten müssen, das ist alles. Seine Gegner haben dem Land mehr Schaden zugefügt als ihm. Er findet, daß die Politik ohnehin kein lohnendes Geschäft ist.«

»Aber was ist aus seinen Unternehmen geworden... aus den Klubs?«

»Daran hat sich nichts geändert.«
»Meine Mutter hat mir erzählt, daß du an Onkel Peters Geschäften beteiligt bist, Tante Amaryllis«, mischte ich mich ein.
»Nur mit meinem Geld. Er hat immer darauf bestanden, daß ich über ein eigenes Einkommen verfüge. Er hat mein Geld gut angelegt und behauptet, daß ich jetzt viel reicher bin als zur Zeit unserer Heirat.«
»Aber das Geld kommt doch...«
»Er hat mir alles erklärt. Seine Klubs sind eine absolute Notwendigkeit.«
»Notwendigkeit?«
»Es ist kein sehr erfreuliches Gesprächsthema, aber es gibt Aspekte des menschlichen Wesens, von denen junge Mädchen nichts ahnen. Die niedrigeren Instinkte der Männer müssen befriedigt werden, sonst könnte es zu echten Schwierigkeiten kommen, denn dann sind die Menschen frustriert. Und das löst schreckliche Reaktionen aus... sie laufen Amok. Es kommt zu Vergewaltigungen und anderen Vergehen, die so entsetzlich sind, daß ich nicht darüber sprechen möchte. Dein Onkel erweist dem Land einen wertvollen Dienst, Annora.«
Ich starrte sie verblüfft an. Meine Mutter hatte immer behauptet, daß Tante Amaryllis in ihren Mann vernarrt war und ihm auch glauben würde, wenn er ihr einredete, daß Schwarz Weiß sei. Für sie war er vollkommen, und von dieser Überzeugung ließ sie sich nicht abbringen. Wie recht meine Mutter doch gehabt hatte. Ich konnte mir vorstellen, wie Onkel Peter Tante Amaryllis von seinen Klubs erzählte, die an der Grenze der Legalität angesiedelt waren und die er aus Edelmut – allerdings mit Gewinn – betrieb; er tat dies zum Wohl der Menschheit – auch wenn diese Menschheit lasterhaft war –, und der Nutzen für die Allgemeinheit war unübersehbar.
»Die Menschen stürzen sich eben auf Sensationen«, fuhr Tante Amaryllis fort. »Sogar die Königin ist davon nicht

ausgenommen. Denk nur an den Skandal um Flora Hastings.«

Ich erklärte ihr, daß sich diese Sensation nicht bis Australien durchgesprochen hatte.

»Die Königin ist mit ihrer Mutter zerstritten. Angeblich mischt sich die Herzogin zu sehr in die Regierungsgeschäfte ein, und die beiden vertragen sich daher nicht. Lady Flora gehört zum Haushalt der Herzogin, und als sie dick wurde, setzten die Damen des königlichen Haushaltes das Gerücht in die Welt, Lady Flora sei schwanger. Als sich herausstellte, daß das nicht stimmte, war die Empörung groß. Angeblich steckte die Königin dahinter. Du siehst also, daß nicht einmal die Königin vor der Skandalpresse sicher ist. Ihre Beliebtheit hat unter dieser Affäre gelitten, aber Peter ist davon überzeugt, daß dies nur ein vorübergehender Zustand ist. Es handelt sich um eine unbedeutende Krise.«

»Wir haben noch keine Gelegenheit gehabt, die Zeitungen zu lesen.«

»Sie sind voll von Berichten über kleine Skandale, die heute Schlagzeilen machen und morgen vergessen sind.«

»Und die Artikel über Joseph Cresswell und Onkel Peter?«

»Auch das war nur eine kurzlebige Sensation. Dein Onkel Peter tut so viel Gutes. Das war zwar immer schon der Fall, aber in letzter Zeit spendet er mit vollen Händen. Da fällt mir ein, daß du noch gar nicht weißt, daß Peterkin mit Frances Cresswell verlobt ist. Sie ist zwar etwas älter als er, aber dein Onkel freut sich sehr darüber, denn er hält es für eine gute Verbindung. Peterkin ist Frances blind ergeben, und sie hilft den Menschen wirklich. Dein Vater hat ihr sehr viel Geld zur Verfügung gestellt, Helena, und die Zeitungen haben ausführlich darüber berichtet. Sie nennen ihn den Menschenfreund der Unterwelt, und obwohl es mir lieber wäre, wenn sie nur vom Menschenfreund sprächen, findet Peter, daß das Wort Unterwelt das Interesse erregt. In einem Artikel hat ein Journalist sogar festgestellt, daß Peter sein Geld zwar durch die Klubs der Unterwelt gemacht, aber so viel davon für wohltätige Zwecke ausgegeben hat, daß man ihn bewundern muß. Die Klubs sind zum Vergnügen jener Menschen da, an die man keine hohen moralischen Anforderungen stellen kann, aber wenn der Gewinn daraus zu einem so bedeutenden Teil für gute Zwecke verwendet wird, dann muß man das anerkennen.«

Das war also Onkel Peters neueste Methode. Man war ihm auf die Schliche gekommen, also hatte er eine Kehrtwendung um hundertachtzig Grad vollzogen und sich in einen Menschenfreund verwandelt. Er hatte Peterkin rückhaltlos unterstützt, worüber sich Frances bestimmt freute. Ihr war es sicherlich gleichgültig, woher das Geld stammte, Hauptsache, sie bekam es.

Verhielt sie sich richtig? Ich konnte die Frage nicht beantworten. Unmoral und Moral waren in diesem Fall merkwürdig miteinander verquickt.

Tante Amaryllis war mit sich selbst zufrieden, weil sie vor uns Onkel Peters Geschäfte ins richtige Licht gerückt und uns klargemacht hatte, daß die gehässigen Artikel, die in den Zeitungen über ihn erschienen waren, jeder Grundlage entbehrten, denn er sei im Grunde ein überaus edler Mensch.

Sie begrüßte Rolf sehr herzlich und freute sich darüber, daß wir heiraten wollten.

»Ich möchte wenigstens bis zu Annoras Hochzeit hierbleiben, Mutter«, bat Helena.

»Selbstverständlich, mein Liebling. Und sobald ihr verheiratet seid, mußt du uns mit deinem Mann besuchen, Annora. Peter wird sich sehr freuen, dich wiederzusehen.«

Die liebe Tante Amaryllis wollte für alle nur das Beste, und ihr Glaube an das Gute im Menschen war beinahe anstekkend.

Tante Amaryllis fuhr nach London zurück, nachdem ihr Helena versprochen hatte, daß sie nach meiner Trauung in ihr Elternhaus zurückkehren würde. Rolf und ich hatten zugesagt, daß wir sie auf unserer Hochzeitsreise aufsuchen würden.

Rolf traf bereits Reisevorbereitungen.

»Wir werden ins Ausland reisen«, schlug er vor. »Ich habe während meiner Studienzeit die Grand Tour durch Europa unternommen, und Italien hat mich tief beeindruckt. Ich möchte dir Florenz zeigen; du wirst begeistert sein. Und Rom mit seinen antiken Bauwerken... und dann Venedig. Italien ist eines der schönsten Länder der Welt.«

Seine Begeisterung wirkte ansteckend.

»Wenn wir erst einmal unterwegs sind, wirst du dich besser fühlen«, versicherte er mir. »Und wenn wir zurückkehren, fängt für uns ein neues Leben an. Wir werden so viel zu tun haben, daß uns keine Zeit zum Grübeln bleiben wird, und wenn wir Lust haben, können wir jederzeit wieder eine Reise unternehmen, denn wir können uns auf Bob Carter und Luke Tregern hundertprozentig verlassen.«

Wir wollten im Juni in der Kapelle von Cador heiraten.

Jennie Tregore, die Frau eines der Pächter, war vor ihrer Heirat Schneiderin gewesen und übte diesen Beruf jetzt noch gelegentlich aus, wenn jemand etwas brauchte. Ich wollte ohnehin nur ein ganz einfaches Brautkleid und ließ es von ihr anfertigen.

Während der Anproben mußte ich oft daran denken, welche Hochzeitsvorbereitungen meine Mutter getroffen hätte. Sie hätte darauf bestanden, daß ich mein Brautkleid in London hätte nähen lassen. Für sie wäre es ein ungeheuer aufregendes Ereignis gewesen, und sie hätte den Wirbel genossen.

Du mußt aufhören, an die Vergangenheit zu denken, sagte ich mir hundertmal am Tag, doch ich ertappte mich trotzdem immer wieder dabei.

Dann dachte ich über die Hochzeitsreise nach. Ich hatte Italien immer schon kennenlernen wollen, und mein Vater hatte vorgehabt, einmal mit uns hinzufahren. Damit befand ich mich schon wieder in der Vergangenheit. Ich sah die Familie beim Abendessen um den Tisch sitzen und hörte Jacco, der im Brustton der Überzeugung behauptete, daß die Schweizer Berge wesentlich schöner seien als die Museen von Florenz.

Mit diesen wehmütigen Grübeleien mußte Schluß sein.

Ich nahm mir vor, die Kleider für die Hochzeitsreise in London zu kaufen. Na also! Ich löste mich von der Vergangenheit, denn ich war imstande, an neue Kleider zu denken.

Je näher der Hochzeitstermin rückte, desto mehr bedrückte Helena die Vorstellung, daß sie dann nach London zurückkehren mußte. Sie hatte Angst vor den Fragen, mit denen ihr Vater sie überfallen würde.

»Deine Mutter weiß Bescheid«, redete ich ihr zu, »und hat inzwischen deinem Vater alles erklärt. Er versteht es meisterhaft, auch die verfahrenste Angelegenheit wieder in Ordnung zu bringen. Außerdem werden Peterkin und Frances glücklich sein, wenn sie dich wiedersehen, und bestimmt Verständnis für dich haben.«

»Ich habe nicht so sehr an meine Familie als an die Leute gedacht, mit denen ich zusammenkommen werde – vor allem an die Mütter, die mich zuerst scheinheilig bedauert haben, weil mich niemand heiraten wollte, und die dann vor Neid geplatzt sind, als ich mich mit John verlobt habe. Jetzt werden sie sich den Mund über mich zerreißen. Außerdem weiß ich nicht, was die Leute wirklich von meinem Vater und seinen Geschäften halten.«

»Er hat inzwischen dafür gesogt, daß sie gut von ihm denken. Er ist ein Mann von Welt und übt seine Wohltätigkeit so öffentlich aus, daß niemand sie übersehen kann. Er meistert alle Schicksalsschläge mit Gelassenheit. Du solltest versuchen, ihm nachzueifern, Helena.«

»Das werde ich nie können! Ich freue mich überhaupt nicht auf London, und dir wird Jonny fehlen.«

»Nicht nur Jonny, sondern auch du. Aber das Leben geht weiter, Helena, und wir können nicht stehenbleiben. Wir haben beide sehr viel mitgemacht und sind damit fertiggeworden.«

»Du hast es jetzt leichter, weil du Rolf hast.«

»Und du hast Jonny. Auch deine Mutter wird dir helfen. Sie ist der gütigste Mensch, den ich kenne. Es ist ein Glück für dich, daß du sie hast.«

»Sie ist ein Engel, aber kein sehr praktisch denkender Mensch.«

»Glaub mir, Helena, es wird alles gut gehen. Hast du dir schon überlegt, was du tust, wenn Matthew eines Tages zurückkommt?«

»Irgendwann wird es der Fall sein.«

»Wie stehst du zu ihm?«

»Ich bin ihm sehr dankbar; er ist wirklich ein guter Mensch.«

»Er geht ganz in seinen Idealen auf.«

»Ja, in gewisser Hinsicht erinnert er mich an Frances. Er gehört zu den Leuten, die den Menschen Gutes tun wollen, denen aber der Einzelmensch nicht allzu viel bedeutet.«

»Falls er jetzt zu dir zurückkommt, kannst du dir vorstellen, daß du ihn lieben könntest?«

»Ich werde nie mehr einen Menschen so lieben können wie John.«

»Er hätte dich auch gegen den Widerstand seiner Familie heiraten müssen.«

»Dazu war er nicht imstande. Er mußte so handeln, wie es ihm richtig erschien.«

»Wenn er gewußt hätte, daß du ein Kind erwartest...«

»Ich wollte auf keinen Fall, daß er mich heiratet, weil er mußte. Ich wollte, daß er mich aus freiem Willen zur Frau nimmt.«

»Er wollte es doch…«
»Doch sein Wille war nicht stark genug. Du hast Glück, Annora, Rolf liebt dich grenzenlos. Ich hatte übrigens eine Zeitlang angenommen, daß du Gregory Donnelly heiraten würdest.«
»Um Himmels willen, der Mann war mir widerwärtig.«
»Er war so selbstsicher. Ich hätte mir vorstellen können, daß er dich irgendwie dazu zwänge, ihn zu heiraten.«
»Ich glaube nicht, daß ihm das jemals gelungen wäre.«
»Trotzdem hast du Glück. Rolf paßt ausgezeichnet zu dir. Stell dir einmal vor, über was für einen riesigen Besitz ihr herrschen werdet. Ich hoffe so sehr, daß du glücklich wirst.«
»Ich werde mir jedenfalls alle Mühe geben. Und du mußt es auch versuchen, Helena, du hast ja Jon.«
»Er ist mein größter Schatz.«
Wir lachten, und sie wechselte das Thema und wollte sehen, wie weit mein Brautkleid gediehen war. Ich ging mit ihr in das Zimmer, in dem Jenny arbeitete, und wir gerieten in eine Diskussion über Falten, Biesen und den Unterschied zwischen Honiton- und Brüsseler Spitzen.
Helena machte sich zur Abreise bereit. Rolf und ich wollten unsere Hochzeitsreise am Tag nach der Trauung antreten, und Helena wollte mit Jonny nach London übersiedeln. Auch Rolf und ich sollten einige Nächte dort verbringen, bevor wir zur Küste weiterreisten.
Jonny war inzwischen ein Jahr alt geworden und konnte beinahe schon gehen. Er krabbelte sehr schnell durch das Zimmer, zog sich dann an einem Möbelstück in die Höhe und setzte sich nach ein paar wackligen Schritten wieder auf den Boden. Er hatte kein Kindermädchen, denn Helena hatte keines gewollt. Die übrigen Frauen im Haus waren nur zu gern bereit, sich um ihn zu kümmern, wenn ausnahmsweise weder seine Mutter noch ich Zeit für ihn hatten.
Jonny würde mir sehr fehlen.

Je näher mein Hochzeitstag rückte, desto unruhiger wurde ich. Zuerst hatte ich die Heirat als vom Himmel gesandte Rettung empfunden, weil ich wußte, wie lange ich brauchen würde, um alles zu lernen, was von der Herrin von Cador erwartet wurde. Jetzt würde Rolf mein Lehrmeister sein. Er liebte Cador, hatte es immer schon geliebt, und ich brauchte einen Menschen, der mich liebte. Ich sehnte mich nach der Zärtlichkeit, die ich mit meinen Eltern verloren hatte. Es war nur natürlich, daß ich mich Rolf, dem Idol meiner Kindheit, zuwandte, der als einziger begriff, wie groß mein Verlust war. Wäre nicht die Sonnwendnacht gewesen, so wären Rolf und ich vermutlich schon längst ein Paar geworden, unter Umständen noch vor meiner Abreise nach Australien. Doch diese Nacht konnte ich nicht so leicht vergessen, und sie wurde mir eine Woche vor meiner Hochzeit wieder lebhaft ins Gedächtnis gerufen.

Rolf zogen die alten Bräuche in Cornwall immer noch in ihren Bann. In seiner Bibliothek in Dorey Manor standen zahlreiche Bücher zu diesem Thema. Er zeigte sie mir bereitwillig und geriet in Begeisterung, wenn er darüber sprach. Es erinnerte mich an die Zeit, als er uns mit seinem Vater besuchte und wir gebannt seinen Schilderungen lauschten.

An diesem Tag sprach er über alte Heilmittel, an die die Bewohner unserer Gegend vor langer Zeit geglaubt hatten. »Es hat weiße Hexen gegeben, deren Mittel den Menschen geholfen haben, und schwarze Hexen, die den bösen Blick hatten und die Menschen mit einem Fluch belegten, so daß Unheil über sie hereinbrach. Hör dir das einmal an.« Er schlug ein Buch auf. »Keuchhusten wurde dadurch geheilt, daß man ein Säckchen mit Spinnen füllte und es dem armen Kind um den Hals band, das es Tag und Nacht tragen mußte. Bei Asthma wurden Spinnennetze gesammelt, zu einer Kugel gerollt und geschluckt.«

»Spinnen galten offenbar als wirkungsvolles Heilmittel.«

»Gerstenkörner am Auge wurden behandelt, indem man das Auge mit einem Katzenschwanz berührte.«
»Ich glaube, das tun sie heute noch.«
»Zweifellos. Tom Bray hat auf seinem Dachboden alte Briefe gefunden und sie mir gezeigt. Sie sind wirklich erstaunlich. Ich muß ihn bitten, sie auch dir zu zeigen.«
Wir standen vor dem Bücherregal und den darunter befindlichen Schubladen. Er zog eine auf. »Nein, das ist die falsche.« Er schob sie wieder zu und öffnete die nächste. In ihr lag die graue Kutte.
»In diesem alten Kleidungsstück bin ich einmal zu einer Zeremonie gegangen...« begann er.
»Du hast mir davon erzählt.«
»Wir mußten sie damals tragen.«
»Du hast mir die Kutte schon einmal gezeigt.«
»Richtig, ich erinnere mich.« Er hatte die Kutte aus der Lade genommen und streifte sie jetzt über. Mein Herz klopfte wild. Als er sich die Kapuze über den Kopf zog, verbarg sie sein Gesicht beinahe zur Gänze.
»Sie ist abscheulich«, rief ich.
Er zog die Kutte aus und lachte mich an.
»Ich muß zugeben, daß der Eindruck schauerlich ist. Ich kann dir auch erklären, warum. Zur Zeit der Inquisition haben die Henker sehr ähnliche Kutten getragen. Wenn ich sie anlege, sehe ich aus, als käme ich direkt von einem Hexengericht.«
»Ja, und du trugst sie...«
»Bei dieser Zeremonie. Ich finde, daß es ein bißchen zu weit geht, wenn man die Teilnehmer zu einer solchen Kostümierung zwingt, und habe nie wieder daran teilgenommen.«
Er rollte die Kutte zusammen und legte sie in die Schublade zurück.
Er warf mir einen Blick zu. »Aber, aber, ich habe dir ja Angst gemacht. Du siehst ganz erschrocken aus.«
Er trat zu mir und schloß mich in die Arme. »Die Zeit will

nicht vergehen. Ich habe das Gefühl, daß unser Hochzeitstag überhaupt nicht mehr kommt.«
Wenn er mich an sich drückte, fühlte ich mich besser. Ich war tatsächlich erschüttert gewesen, als ich ihn in der Kutte sah, denn damit war die Sonnwendnacht wieder lebendig geworden.
Von da an kam sie mir immer wieder in den Sinn.
Am Tag vor der Hochzeit ritt ich allein durch den Wald. Einer Eingebung folgend suchte ich die Lichtung in der Nähe des Flusses auf. Die Überreste der verbrannten Hütte waren noch immer vorhanden; niemand hatte sie angerührt.
Es war unser Grund und Boden, und mir fiel ein, daß mein Vater einmal hingeritten war und bei seiner Rückkehr erklärt hatte, er wolle dort eine neue Hütte errichten lassen. Er hatte einem seiner Leute den Auftrag erteilt, sich darum zu kümmern.
Doch es war nichts geschehen. Es ging nämlich das Gerücht, daß jeder, der sich dort zu schaffen machte, vom Unglück verfolgt würde. Auf dem Ort lag ein Fluch.
»Dann lassen wir es lieber bleiben, bis die Leute es vergessen haben«, hatte mein Vater gemeint. »Sie werden alle möglichen abergläubischen Märchen erfinden, und kein Mensch wird hier wohnen wollen. Solche Ereignisse werden aufgebauscht, und die alten Weiber sind in ihrem Element. Nein, nein, es ist vernünftiger, wenn wir vorläufig nichts unternehmen.«
Einige Jahre später hatte er es noch einmal versucht, doch die Leute hatten alle möglichen Ausreden gebraucht.
Damit war der Fall für ihn erledigt gewesen.
Ich hielt mein Pferd an und überließ mich meinen Erinnerungen. Ich sah die Szene vor mir, als wäre es gestern gewesen. Das brennende Strohdach, die Gestalt in der Kutte. War er der erste gewesen, der eine Fackel geschleudert hatte? Ich nahm es beinahe an. Ich erinnerte mich daran, wie die Hütte vor dem Brand ausgesehen und wie

Digory mit der Katze in der Tür gestanden hatte. Ich hörte noch das arme Tier schreien, als es verbrannte. Bei der Vorstellung, daß Menschen so etwas tun können, wurde mir geistig und körperlich übel. Sie hatten sich benommen wie Wilde und doch am nächsten Tag wieder vollkommen normal gewirkt. Man kann nie wissen, was in den Menschen steckt oder wie sie sich in bestimmten Situationen verhalten.

Ich wünschte mir nichts sehnlicher, als diese Nacht zu vergessen, doch sie hatte sich meinem Gedächtnis unauslöschlich eingeprägt.

Das Rauschen der Blätter im Wind klang unheimlich, und mich fröstelte, obwohl die Sonne schien. Ich sah immer wieder die verzerrten Gesichter im Fackelschein vor mir und auch die Gestalt in der Kutte, die mir bekannt vorgekommen war.

Nachdenklich und traurig ritt ich nach Hause. Kam meine gedrückte Stimmung daher, daß ich morgen heiraten würde? Eigentlich sollte ich mich darüber freuen. Aber vielleicht ging es vielen Mädchen am Tag vor dem entscheidenden Schritt so wie mir.

Wahrscheinlich ist es noch zu früh für eine Hochzeit, dachte ich, ich hätte vielleicht warten sollen. Doch als mir Rolf in der Mondnacht auf dem Schiff versicherte, daß er in dieser Sonnwendnacht nicht im Wald dabeigewesen war, hatte er alle meine Bedenken zerstreut.

Er war in Bodmin gewesen. Natürlich war er dort gewesen. Warum hatte er es nicht früher erwähnt? Warum hatte er bis jetzt kein Wort davon gesagt? Wie seltsam, daß ein Mißverständnis so viele Jahre zwischen uns stehen konnte.

Wenn es mir nur möglich gewesen wäre, die Erinnerung an diese Nacht zu verdrängen, doch sie kehrte immer wieder zurück: die schreienden Menschen, Mutter Ginny, der die grauen Haare ins aschfahle Gesicht hingen, Digory, der sich ins Gras duckte, von dessen prahlerischem Gehabe nichts mehr zu merken, der nur noch ein verängstigtes Kind war.

Dann dachte ich an Jacco, wie gut wir uns verstanden hatten und wie er in dieser Nacht Digory gerettet hatte. Wieder zerriß mir der Kummer das Herz, als hätte sich das Unglück erst gestern ereignet.

Wie schade, daß wir Digory nicht gefunden hatten. Andererseits – was hätte ich davon gehabt? Mein Vater hatte gemeint, daß es Digory bestimmt gut ginge, daß er immer auf die Füße fiele wie eine Katze. Er hatte sich lange genug allein durchs Leben schlagen müssen, um diese Kunst zu beherrschen.

Warum war ich ausgerechnet am Tag vor meiner Hochzeit in den Wald geritten? Es war unvernünftig von mir.

Ich mußte jene Nacht und meine Zweifel endlich vergessen. Daß ich Bedenken hatte, war nur natürlich, denn so geht es wahrscheinlich allen Mädchen vor dem großen Tag.

Es war Nachmittag, und ich suchte in meinem Zimmer verschiedene Dinge zusammen, die ich auf die Hochzeitsreise mitnehmen wollte. Im Haus war es still, und ich vermutete, daß Isaacs wie immer um diese Zeit sein Nikkerchen machte. Mrs. Penlock machte es ihm vermutlich nach.

Doch dann hörte ich ihre Stimme; sie sprach mit einem Dienstmädchen. Sie kamen anscheinend aus dem Küchengarten herein, denn Mrs. Penlock erklärte gerade: »Das dürfte reichen, Miss Helena ißt wie ein Vögelchen. Ich habe das Gefühl, daß sie ungern von hier fortgeht.«

Das Küchenmädchen – der Stimme nach war es Fanny – antwortete: »Das kann ich nicht verstehen, es muß doch wunderbar sein, in London zu leben.«

Mrs. Penlock schnaubte verächtlich. »Nichts als Diebe und Vagabunden auf der Straße, wenn du mich fragst.«

»Was Sie nicht sagen, Mrs. Penlock.«

»Ich könnte dir ganze Romane erzählen, aber nicht jetzt.

Morgen ist die Hochzeit und wir haben noch alle Hände voll zu tun.«

»Irgendwie sieht Miss Annora nicht wie eine glückliche Braut aus.«

»Gib acht mit dem Korb. Sie ist schon in Ordnung. Es ist das Beste für sie. Sie braucht jemanden, der sich um sie kümmert. Es gehört sich für eine Frau nicht, ein solches Gut zu leiten. Dazu braucht es einen Mann.«

»Er ist etwas Besonderes, finden Sie nicht, Mrs. Penlock?«

»Gegen ihn ist nichts einzuwenden. Er ist jedenfalls besser als einer dieser geschniegelten Affen, die sich in London herumtreiben.«

Die Ansichten der beiden waren recht amüsant, und ich lauschte weiter. Sie würden ohnehin bald außer Hörweite geraten. Der Korb schien jedoch sehr schwer zu sein, denn sie gingen langsam und stellten ihn von Zeit zu Zeit ab.

»Wir werden bald ein Teil von Dorey Manor sein«, meinte Fanny.

»Rede keinen Unsinn. Dorey Manor wird ein Teil von uns sein. Mr. Hanson hat jedenfalls immer davon geträumt, unser Gut zu besitzen.«

»Es wird aber weiterhin Cador heißen und nicht Dorey Manor, nicht wahr?«

»Natürlich wird es Cador heißen, aber sie wird seine Frau sein. Dann gehört alles ihm, was ihr gehört, und ich bin nicht so sicher, daß alles, was ihm gehört, ihr gehört. So ist es eben auf dieser Welt. Er kann jedenfalls mit sich zufrieden sein. Als er vor Jahren zum ersten Mal hierher kam, hat er zu seinem Vater gesagt: ›Dieses Gut möchte ich gern besitzen.‹ Jetzt ist sein Wunsch in Erfüllung gegangen.«

»Aber er ist doch in Miss Annora verliebt.«

»Natürlich. Er ist in sie verliebt, und er ist in Cador verliebt. Er ist in alle beide verliebt. Komm schon, Fanny, mach weiter. Wir werden nie rechtzeitig fertig, wenn du dich nicht beeilst.«

»Sie glauben also nicht, daß diese Heirat gut für Miss Annora ist, Mrs. Penlock?«

»Ich habe schon einmal gesagt, daß sie das Beste für alle Beteiligten ist. Miss Annora bekommt den Mann, den sie braucht, und er bekommt Cador, das er immer schon haben wollte.«

Dann verklangen ihre Stimmen.

Ich rührte mich nicht. Sie hatten recht. Rolf hatte sich immer für Cador interessiert, und der Besitz hatte ihn in seinen Bann gezogen. Er hatte davon geträumt, Großgrundbesitzer zu werden. Deshalb hatte er das baufällige alte Haus auf Dorey Manor herrichten lassen, deshalb hatte er immer wieder weitere Grundstücke dazugekauft. Und wenn er mich heiratete, war er an Cador beteiligt, wurde vielleicht sogar sein Besitzer.

Jetzt bedauerte ich, daß ich das Gespräch belauscht hatte. Beim Abendessen waren sowohl Helena als auch ich sehr schweigsam. Ich wollte zeitig zu Bett gehen, weil mir morgen ein anstrengender Tag bevorstand. Daher sagten wir einander gute Nacht, sobald wir gegessen hatten, und begaben uns auf unsere Zimmer.

Obwohl ich mich dagegen wehrte, nahm mein Unbehagen zu. Es dauerte lange, bis ich einschlief, und dann plagten mich Träume, aus denen ich verängstigt und erschreckt hochfuhr. Sie waren verworren und sinnlos, und ich wußte nur noch, daß meine Eltern, Jacco, Digory und Gregory Donnelly in ihnen vorkamen. Mir schien es, als wollten mich alle warnen, als drohe mir eine große Gefahr.

Dann kam der schrecklichste Traum.

Ich befand mich im Wald und erblickte durch die Bäume Fackeln. Ich ging weiter und gelangte zu der Hütte, deren Dach brannte. Vor der Hütte stand eine Gestalt in einer grauen Kutte, die eine Fackel in der Hand hielt, und deren Gesicht durch die Kapuze verdeckt war. Ich schlich wei-

ter, spürte die Hitze der Fackel und berührte den rauhen Stoff der Kutte. Die Gestalt drehte sich zu mir um, und die Kapuze glitt herab. Vor mir stand Rolf. Er packte mich. »Zu spät«, flüsterte er. »Zu spät. Ich war da... ich bin jetzt da.« Er hob die Fackel über meinen Kopf, und ich schrie: »Laß mich los.«
»Nein, es ist zu spät«, antwortete er.
»Was willst du von mir?«
»Cador, ich will Cador.«
Ich erwachte. Wahrscheinlich hatte ich im Schlaf geschrien. Ich setzte mich auf und hörte das Knarren einer Tür, die sich langsam öffnete. Es war die Schranktür. Ich hielt den Atem an. Es ist Rolf, dachte ich, in der grauen Kutte. Er war da, bedrohte mich, wollte mich packen, wie in meinem Traum.
Doch jetzt träumte ich nicht.
Ich wich zurück, und mein Herz hämmerte, als wollte es mir die Brust sprengen.
»Nein«, flüsterte ich. »Nein, geh fort.«
Nichts geschah. Doch die Kutte war da.
Inzwischen hatten sich meine Augen an die Dunkelheit gewöhnt, und ich erkannte meine Umgebung deutlicher. Ich schluchzte beinahe vor Angst, als ich aufstand. Es war keine Kutte. Die Schranktür war aufgesprungen, und ich hatte mein Brautkleid gesehen, das darin hing.
Es war ein Alptraum gewesen, aber er kam mir bedeutungsvoll vor.
Ich schloß die Schranktür und lehnte einen Stuhl dagegen. Das Schloß war altersschwach, und der Wind hatte es bereits öfter aufgedrückt.
Mehr war es nicht gewesen. Doch es war sofort auf meinen Alptraum gefolgt, und ich dachte plötzlich: Ich kann Rolf nicht heiraten.
Im Grunde meines Herzens mißtraute ich ihm. Er war in dieser Nacht dort gewesen. Er war nicht der Mensch, für den er sich ausgab. Die Menschen können sich verstellen.

Ich hatte Joe Cresswell für einen anständigen Menschen gehalten, und er hatte mich zu seiner Komplizin gemacht, als er die Dokumente stahl, die Onkel Peter belasteten. Onkel Peter hatte die Menschen jahrelang getäuscht. Ich fühlte mich einsam und verlassen. Ich hatte keine Erfahrung mit Männern. Gregory Donnelly hatte mir mit seinem vielsagenden Blick Angst eingejagt, aber bei ihm hatte ich wenigstens gewußt, woran ich war.
Und Rolf? Er war kein Lügner. Oder doch? Ihm war aufgefallen, daß ich mich nach der Sonnwendnacht verändert hatte, und jetzt kannte er auch den Grund dafür. Er wollte Cador haben. Cador war ihm bestimmt eine Lüge wert.
Wenn er in dieser Nacht tatsächlich dabeigewesen war, wenn er den Pöbel angeführt hatte, dann war er nicht der Mann, den ich als Kind geliebt hatte. Und doch wußte ich, daß er ein freundlicher, gütiger Mensch war. Doch das war nur ein Teil seines Wesens; er hatte auch seine dunklen Seiten.
Cador war zu seiner fixen Idee geworden. Er liebte das Gut, seine Augen leuchteten, wenn er von ihm sprach. Natürlich wollte er mich heiraten. Für ihn war ich gleichbedeutend mit dem Besitz von Cador.
Wenn ich mit ihm darüber sprach, wenn ich ihm meine Zweifel darlegte, würde er mich beschwichtigen. Ich würde ihm eine Zeitlang glauben... und dann würden die Zweifel sich wieder melden.
Solange ich an ihm zweifelte, konnte ich ihn nicht heiraten.
Als ich ihm versprochen hatte, seine Frau zu werden, war ich nicht fähig gewesen, klar zu denken. Der Verlust der drei Menschen, die mir das Liebste auf der Welt gewesen waren, hatte mich betäubt. Ich hatte Liebe und Zuwendung gebraucht, und er hatte sie mir geboten. Er hatte sich mir rückhaltlos zur Verfügung gestellt... doch war es ihm um mich oder um Cador gegangen?

Die Dienerschaft war der Meinung, daß für ihn Cador das Wichtigste war. Er hatte das Gut immer schon besitzen wollen. Ich erinnerte mich an die Gespräche, die Rolf und sein Vater beim Abendessen mit meinem Vater geführt hatten. Rolf hatte Landbesitzer werden wollen und hatte dieses Ziel erreicht. Doch sein eigentliches Ziel war Cador gewesen.
Ich hatte ihm mein Ja-Wort vorschnell gegeben. Ich brauchte Zeit, um alles nochmals zu überdenken.
Der Morgen graute bereits, und mir wurde klar, daß ich Rolf an diesem Tag nicht heiraten konnte.
Ich versuchte gar nicht erst, wieder einzuschlafen, sondern stand auf, zündete vier Kerzen an und setzte mich an meinen Schreibtisch. Ich zerriß mehrere Bogen Briefpapier, bis der Brief endlich fertig war.

»Lieber Rolf,
ich muß etwas Schreckliches tun, aber ich weiß jetzt, daß ich nicht anders handeln kann. Ich kann Dich noch nicht heiraten. Bitte nimm es nicht zu schwer, denn auch Du wirst mit der Zeit einsehen, daß es für uns beide das Beste ist. Ich habe Dir mein Ja-Wort unüberlegt und vorschnell gegeben. Ich bedaure unendlich, daß ich Dich damit verletze, aber eine Heirat ist einer der wichtigsten Schritte im Leben, und sobald man das Gelübde vor dem Altar abgelegt hat, ist man für immer daran gebunden.
Ich weiß, daß ich mich nicht richtig verhalte und daß Du mich deshalb verachten wirst. Ich versuche, eine Entschuldigung für meine Handlungsweise zu finden, doch ich kann Dir nur sagen, daß mich die Katastrophe in Australien so sehr erschüttert hat, daß ich seither verwirrt und hilflos bin. Als wir auf dem Schiff über eine Heirat sprachen, hielt ich es für das Richtige, es war für mich ein Ausweg aus meiner Lage. Doch das genügt nicht als Grundlage für eine Ehe. Seit ich zu

Hause bin, bemühe ich mich, klar zu denken und vernünftig zu überlegen, und ich bin nun voller Zweifel. Ich frage mich schon seit einigen Wochen, ob ich nicht überstürzt gehandelt habe. Die Zeit, die seit der Tragödie vergangen ist, kommt mir viel zu kurz vor.

Bitte, Rolf, versuche, mich zu verstehen.

Du weißt, daß ich Dich immer gern gehabt habe, aber eine Heirat ist etwas Endgültiges, und ich möchte diesen Schritt noch aufschieben.

Verzeihe mir, Rolf.

Annora.«

Ich versiegelte den Brief. Ich mußte sicher sein, daß Rolf ihn sofort erhielt, denn ich wollte nicht, daß er ahnungslos in die Kapelle kam.

Sobald es hell wurde, kleidete ich mich an, ging in den Stall, sattelte mein Pferd und ritt nach Dorey hinüber.

Als ich vor dem Stall von Dorey Manor hielt, war Luke Tregern im Begriff, ihn zu betreten. Er starrte mich verblüfft an, was verständlich war.

»Guten Morgen, Miss Cadorson«, begrüßte er mich. Er zog die Augenbrauen leicht hoch, seine weißen Zähne blitzten und seine Augen leuchteten vor Neugier.

»Guten Morgen, Luke. Ich bringe einen Brief. Würden Sie dafür sorgen, daß Mr. Hanson ihn sofort erhält?«

»Selbstverständlich, Miss Cadorson. Ist alles in Ordnung? Möchten Sie nicht ins Haus kommen? Mr. Hanson ist bestimmt schon aufgestanden.«

»Nein, danke, ich möchte nur, daß er diesen Brief so rasch wie möglich erhält.«

»Ich werde dafür sorgen.«

Ich sah ihm nach, als er in das Haus eilte, dann ritt ich zurück.

Ich ging in mein Zimmer, setzte mich ans Fenster und blickte hinaus. Mein Herz schlug noch immer wild, und ich dachte darüber nach, was ich getan hatte.

Dann suchte ich Helena, die mich erstaunt ansah, in ihrem Zimmer auf.
»Guten Morgen, Annora. Ist etwas geschehen?«
»Es gibt keine Hochzeit.«
Sie starrte mich an. »Aber...«
»Ich kann es dir nicht erklären. Es ist mir nicht möglich, ihn zu heiraten.«
»Und Rolf...«
»Er weiß es bereits. Ich habe ihm einen Brief geschrieben, in dem ich ihm alles erkläre, und habe diesen Brief gerade persönlich nach Dorey Manor gebracht. Luke Tregern hat ihn übernommen.«
»Annora!«
»Ich weiß, daß ich etwas Schreckliches getan habe. Aber ich konnte nicht anders. Ich weiß nur, daß ich es tun mußte. Bitte, Helena, teile es den anderen mit. Sie sollten mit den Vorbereitungen aufhören.«
»Möchtest du mit mir darüber sprechen?«
Ich schüttelte den Kopf.
»Ich bitte dich nur, dem Personal Bescheid zu sagen. Willst du das für mich tun, Helena?«
Sie nickte und verließ das Zimmer.

Im Haus herrschte lähmende Stille, wie bei einem Trauerfall. Die Dienerschaft unterhielt sich nur im Flüsterton. Ich konnte mir die Gespräche in der Küche ausmalen.
Dann kam Helena in mein Zimmer und teilte mir mit, daß Rolf gekommen war.
Ich wollte nicht mit ihm sprechen, aber ich konnte es ihm schwerlich abschlagen. Ich hatte ihn bereits zutiefst verletzt und durfte es nicht noch schlimmer machen.
Er erwartete mich in dem kleinen Zimmer neben der Halle. Er sprach kein Wort, sondern blickte mich nur schweigend an.
»Ach... Rolf... es tut mir so leid...« stammelte ich, »ich konnte einfach nicht anders.«

»Warum, Annora? Warum?«
»Es ist so schwierig, es dir zu erklären. Ich kann einfach nicht. Bitte mach es mir nicht so schwer, Rolf.«
»So kurz davor...«
»Ich weiß. Aber ich mußte es tun, bevor es zu spät war. Bitte versuche, mich zu verstehen.«
»Das kann ich leider nicht.« Seine Stimme klang kalt und abweisend. Ich hätte ihm am liebsten die Arme um den Hals gelegt, ihm gesagt, daß mir die Folgen gleichgültig wären und daß ich ihn heute in der Kapelle heiraten wolle. Doch er sah mich mißtrauisch und ablehnend an. Er hatte sich verändert. Ich hatte ihn noch nie so erlebt. Er unterdrückte seine Gefühle. Wider Willen dachte ich: Er sieht, wie ihm Cador entgleitet.
Plötzlich fühlte ich mich bestätigt.
Ich hatte richtig gehandelt.
»Es tut mir leid, Rolf«, wiederholte ich beinahe kühl, »aber ich konnte nicht anders handeln.«
Wenn er mich in diesem Augenblick inständig gebeten hätte, die Seine zu werden, hätte ich ihm nachgegeben. Ich liebte ihn, ich hatte ihn immer geliebt, aber zwischen uns stand das Bild des Mannes in der grauen Kutte. Ich war von der Angst besessen, daß er doch der Mann war, der in jener Nacht die Kutte getragen hatte, und dieser Schatten würde immer zwischen uns stehen.
»Es ist also endgültig«, stellte er fest.
Ich antwortete ihm nicht. Am liebsten hätte ich gesagt: »Warte, vielleicht überlege ich es mir noch.« Vielleicht war meine Liebe so stark, daß sie mein Mißtrauen überwand. Ich sehnte mich danach, mit Rolf zusammenzusein. Doch er hatte bereits beteuert, daß er in der Sonnwendnacht nicht hier gewesen war... und ich glaubte ihm nicht.
»Dann hat es keinen Sinn, daß ich noch länger hierbleibe«, meinte Rolf. »Du hast dich sehr deutlich ausgedrückt. Mir bleibt nichts anderes übrig, als deinen Entschluß zur Kenntnis zu nehmen.«

Dieser kalte, strenge Mann war nicht der Rolf, den ich kannte. Ich wußte, wie tief ich ihn verletzt hatte, doch es schmerzte mich trotzdem, daß er sich so zurückhaltend, beinahe gleichgültig geben konnte. Hätte er mir Vorwürfe gemacht, so hätte ich ihm antworten, vielleicht etwas erklären können. Vielleicht hätten wir uns darauf einigen können, eine Zeitlang zu warten. Ich brauchte vor allem Zeit. Doch er war bereits gegangen.

Ich kam mir entsetzlich einsam und verlassen vor. In diesem Augenblick wußte ich, daß ich ihn heiraten wollte. Selbst wenn er in dieser Schreckensnacht dabeigewesen war, liebte ich ihn so sehr, daß ich mit der Zeit darüber hinwegkommen würde. Vermutlich würde ich sogar Verständnis für seine Motive aufbringen.

Doch er war fort, und ich hatte ihn so schwer getroffen, daß er mir nie verzeihen würde. Es war der grausamste Schlag, den man einem Menschen versetzen kann. Wenn ich mich vor einer Woche zu diesem Schritt entschlossen hätte, wäre es für ihn noch nicht so schlimm gewesen. Doch bis zum Hochzeitstag zu warten, war herzlos. Er konnte nicht anders, er mußte mich verachten.

Kein Wunder, daß ich unglücklich war. Ich hatte alles verloren, woran ich hing.

Dieser Tag, der eigentlich mein Freudentag sein sollte, schien kein Ende zu nehmen. Ich war nicht fähig, mit jemandem zu sprechen, nicht einmal mit Helena. Ich konnte ihr nicht von meinen Befürchtungen erzählen, ihr gestehen, daß ich Rolf nicht traute. Wie konnte ich ihr nur begreiflich machen, daß ich an ihm zweifelte, daß die Ereignisse in London mich mißtrauisch gemacht hatten? Man kann den Menschen nicht trauen, und Rolf war auch nur ein Mensch.

Wie verbittert mußte er sein! Ich versuchte, mir einzureden, daß er nicht um mich, sondern nur um Cador trauerte, doch das konnte ich nicht so recht glauben.

Wenn meine Eltern nicht gestorben wären, hätte ich ihn unbelastet von Zweifeln heiraten können, denn dann hätte ich gewußt, daß er mich nicht wegen meines Besitzes zur Frau genommen hätte. Vielleicht wäre ich dann auch leichter über die Ereignisse in der Sonnwendnacht hinweggekommen.
Helena schrieb ihrer Mutter, daß die Hochzeit nicht stattgefunden hatte, denn wir wurden ja in London erwartet. »Ich habe ihr keine Gründe genannt«, sagte sie mir, »sondern ihr nur mitgeteilt, daß ihr nicht heiratet, und daß ich noch eine Weile hierbleibe.«
Sie versuchte nicht, mich auszufragen. Ihr hervorstechendster Wesenszug war Sanftmut, und sie fand sich damit ab, daß nicht alles so geht, wie man es erwartet. Das hatte sie aus eigener bitterer Erfahrung gelernt.
Die Tage schleppten sich dahin. Wenn ich am Kai entlangritt, merkte ich, daß mir verstohlene Blicke folgten. Die Leute hätten gar zu gern gewußt, warum ich mich wenige Schritte vor dem Altar dazu entschlossen hatte, davonzulaufen.
Ich erfuhr, daß Rolf Luke Tregern mit der Leitung des Guts betraut hatte und abgereist war. Niemand wußte, wohin.
Das war sehr klug von ihm. Man konnte sich darauf verlassen, daß Rolf vernünftig handelte.
»Meiner Meinung nach müßtest du verreisen, Annora», meinte Helena eines Tages. »Bob Carter hat bereits hinlänglich bewiesen, daß er ein guter Verwalter ist. Meine Mutter drängt in jedem Brief darauf, daß wir nach London kommen.«
Sie hatte natürlich recht.
Es war eine Erleichterung, Cador zu verlassen.
Tante Amaryllis war freundlich wie immer, und niemand stellte mir peinliche Fragen. Sie akzeptierten einfach, daß ich es mir überlegt hatte.
Helena wurde von ihren Eltern liebevoll willkommen

geheißen, und Jonny war bald der Liebling aller Hausbewohner.

»Du bist gerade rechtzeitig zu unserer Hochzeit gekommen«, stellte Peterkin fest.

Dann wurde er verlegen, als wäre ihm jetzt erst eingefallen, daß es taktlos von ihm war, mich zu einer Hochzeit einzuladen. Ich versicherte ihm hastig, daß ich sehr gern kommen würde.

Er hatte sich sehr verändert. Er sprach begeistert von seiner Arbeit, und er und Frances waren ein Herz und eine Seele. Frances hatte dank der finanziellen Unterstützung durch Onkel Peter ihre Aktivitäten wesentlich ausweiten können. In der Presse wurde immer wieder die karitative Tätigkeit von Miss Cresswell und Mr. Lansdon erwähnt. Es war ein pikantes Thema, weil sie die Kinder jener zwei Männer waren, die vor nicht allzu langer Zeit wegen ihrer anrüchigen Praktiken Schlagzeilen gemacht hatten.

Onkel Peter verblüffte mich, denn er schäumte vor Tatendrang über. Er war von unbezähmbarer Energie erfüllt, stets an irgendeinem Projekt beteiligt, und ich war davon überzeugt, daß seine Geschäfte glänzend gingen. Man konnte seine Klubs nicht schließen, weil er gegen kein Gesetz verstieß. Er hatte sich seine Umbekümmertheit bewahrt, deutete an, daß diese Klubs in einer alles andere als vollkommenen Welt eine Notwendigkeit darstellten, und vermittelte den Eindruck, daß er ein Wohltäter der Gesellschaft war.

Obwohl ich noch immer Kummer wegen meines Verlusts empfand, und Gewissensbisse hatte, weil ich Rolf so schlecht behandelt hatte, fühlte ich mich in London allmählich besser.

Vor der Abreise nach Australien hatten meine Eltern davon gesprochen, daß ich in die Gesellschaft eingeführt werden sollte. Nach unserer Rückkehr wäre es soweit gewesen. Doch jetzt kam es nicht mehr in Frage.

Tante Amaryllis hätte diese Aufgabe übernehmen können,

doch angesichts des kürzlichen Skandals wäre es etwas peinlich gewesen, ganz abgesehen davon, daß der Tod meiner Eltern solche Überlegungen ausschloß.
Tante Amaryllis hatte einmal darauf angespielt, doch ich hatte sofort abgewehrt.
»Vielleicht später einmal«, hatte sie gemeint.
Außerdem fühlte ich mich nicht wie eine junge Dame, die in die Gesellschaft eingeführt werden soll. Ich gehörte ganz bestimmt nicht zu der Schar junger Mädchen, die auf Bällen ihre körperlichen und finanziellen Vorzüge zur Schau stellten, um sich einen Mann zu angeln. Im Vergleich zu ihnen war ich alt; wenn auch nicht an Jahren, so doch an Erfahrung.
Doch es gab in London zahlreiche Augenblicke, in denen ich alles vergaß, was mich bedrückte. Tante Amaryllis war entschlossen, meine Stimmung aufzuheitern. Wir besuchten die Oper, wir ritten im Park und wir suchten Frances und ihre Mission auf. Ich begann aufzuleben.
Auch die Zeitungen boten mir Abwechslung, denn es gab viele interessante Ereignisse.
Die Affäre Flora Hastings war noch in aller Munde, und die Königin hatte sich sehr unbeliebt gemacht. Außerdem gab es noch einen Umstand, der dazu führte, daß Kritik an ihr geübt wurde.
Über ihre Beziehung zu Lord Melbourne kursierten boshafte Witze. Seine Regierung war bei den Wahlen geschlagen worden, und weil ihm die Königin so zugetan war, stand sie Sir Robert Peel ausgesprochen feindselig gegenüber.
Onkel Peter sprach beim Abendessen ausführlich über diese Probleme. Das kam zwar nicht häufig vor, denn er speiste sehr oft außer Haus, doch ich freute mich merkwürdigerweise, wenn er da war. Ich wußte, daß er ein amoralischer Mensch war, und daß meine Mutter ihn gehaßt hatte, weil er sie erpreßt hatte – das heißt, sie hatten einander eigentlich gegenseitig erpreßt –, bevor sie meinen

Vater heiratete, und ich wußte natürlich, welcher Art seine Geschäfte waren. Es beeindruckte mich, wie sorglos er trotzdem über seine Mißetaten hinwegging, sich nicht um den Skandal kümmerte und den Eindruck erweckte, daß er schlauer war als alle seine Gegner. Ich hätte ihn nicht bewundern dürfen, ich tat es jedoch unwillkürlich; außerdem war es immer amüsant, sich mit ihm zu unterhalten. Er erzählte uns humorvoll von der Spannung zwischen der Königin und Sir Robert Peel; sie nannte ihn verächtlich »den Dirigenten«, weil er nervös auf dem Teppich herumtänzelte, wenn er mit ihr sprach. Sie forderte ihn nämlich nicht auf, Platz zu nehmen, und die Etikette verbot ihm, es ohne ausdrückliche Aufforderung zu tun.

»Natürlich ist er in ihrer Gegenwart nervös. Sie unterhält sich mit ihm nicht vertraulich unter vier Augen, wie sie es mit dem lieben, alten Lord Melbourne getan hat. Es ist schon merkwürdig, daß ein großer Staatsmann einem jungen Mädchen gegenüber nervös ist... denn letzten Endes ist sie nichts anderes. Sie vertritt jedoch die Krone. Peel möchte, daß sie die Whig-Hofdamen entläßt und durch Tory-Hofdamen ersetzt. Die Königin hat aber abgelehnt, und daraufhin hat ihr Peel erklärt, daß er, wenn sie keine Tory-Hofdamen ernenne, ihr nicht als Premierminister zur Verfügung stehe. Der Karren ist festgefahren. Das Ergebnis ist, daß Melbourne noch einmal für einige Monate an die Macht gekommen ist. Daraufhin sind vorgezogene Wahlen unvermeidlich, und auch Ihre Majestät kann sie nicht verhindern. Dann wird sie sich leider sowohl von Lord Melbourne als auch von den Whig-Hofdamen trennen müssen.«

»Wie wird deiner Meinung nach die Wahl ausgehen, Onkel?«

»Zweifellos bekommen Peel und die Tories die Mehrheit.«

Ich beobachtete ihn aufmerksam. Das war die Wahl, auf die er gewartet hatte. Wenn der Skandal nicht gewesen wäre, hätte man ihn als Kandidaten aufgestellt, und er wäre bestimmt gewählt worden. Dank seines Einflusses, seines Geldes und seiner Wendigkeit wäre es ihm dann sicherlich gelungen, ein Ministeramt zu ergattern. Da er sich nie mit dem Zweitbesten zufriedengab, hatte er es vermutlich auf den Premierministerposten abgesehen gehabt. Und doch lächelte er unbekümmert, unterhielt sich humorvoll über den Hof und ließ nicht das geringste Bedauern erkennen. Und dabei hatte er das Amt so sehr angestrebt, daß er gegen Joseph Cresswell intrigiert hatte. Das war niederträchtig gewesen. Wie konnte ich ihn danach noch bewundern? Offenbar färbte seine realistische, unorthodoxe Denkweise auf mich ab – oder ich begriff allmählich, daß in den Menschen das Gute und das Böse dicht nebeneinanderliegen.

Die Tage vergingen. Ich schlief besser und begann, mich wieder für die Mahlzeiten und meine Kleidung zu interessieren. Helena und ich gingen einkaufen und besorgten Kleider für uns und Kindersachen für Jonny. Auf den Straßen herrschte geschäftiges Treiben, und es gab immer etwas Neues zu sehen. Mich faszinierte vor allem der Fliegende Pastetenverkäufer, der keine Pasteten, sondern heiße Puddinge verkaufte und mit einem Tablett durch die Straßen rannte, auf dem seine Puddinge dampften. Er bediente seine Kunden beinahe im Laufen, denn er hatte seine Ware frühmorgens in verschieden Pubs abgestellt, wo sie warmgehalten wurde, und rannte jetzt von einem Pub zum anderen, so daß er stets heiße Puddinge anbieten konnte. Auch die Moritatensänger waren interessant. Wenn es eine Hinrichtung gab, blühte ihr Geschäft. Sie berichteten über die Bluttat oder rezitieren Gedichte, die der Verurteilte angeblich am Abend vor der Hinrichtung verfaßt hatte. Das Ganze war recht blutrünstig und zog daher viele Neugierige an. Es gab auch Straßensänger, die Liebeslieder sangen. Die Londoner Straßen waren voll überschäumenden Lebens, und es war unmöglich, sich davon nicht anstecken zu lassen.

Dann wurde bekannt, daß Flora Hastings an einem bösartigen Geschwür gestorben war. Dieses Geschwür hatte dazu geführt, daß ihr Bauch anschwoll, so daß der Eindruck entstanden war, sie wäre schwanger. Die Empörung in der Öffentlichkeit war groß.

Die wankelmütige Menge, die einen Sündenbock brauchte, hob Flora Hastings in den Himmel und schmähte die Königin. Die Zeitungen berichteten in seitenlangen Artikeln über die Affäre. Auf den Straßen gingen Männer herum, die Plakate trugen, auf denen »Mord im Buckingham-Palast« stand. Wenn die Königin ausfuhr, wurde sie ausgezischt.

»Beim Begräbnis werden die Funken fliegen«, meinte Onkel Peter. »Der Königin und Melbourne muß unbehaglich zumute sein. Es ist ein unglücklicher Zufall, daß Flora Hastings im Buckingham-Palast gestorben ist, und daß der Trauerzug von dort ausgehen wird. Ich wette mein letztes Hemd darauf, daß sie früher aufbrechen werden als angekündigt, um den größten Teil des Weges hinter sich zu haben, wenn die Menge außer Rand und Band gerät. Alles Mögliche könnte geschehen. Hoffentlich lassen die Berater der Königin nicht zu, daß sie am Begräbnis teilnimmt. Ich würde für die Sicherheit Ihrer kleinen Majestät nicht garantieren.« Sie nahm nicht daran teil, sondern schickte nur ihre Kutsche, auf die ein Stein geworfen wurde.

»Warum tadelt man sie?« fragte ich Onkel Peter. »Sie hat vermutlich nur auf ihre Berater gehört.«

»Ein Monarch kann es sich nicht leisten, auf der falschen Seite zu stehen. Nein, man hat Ihrer Majestät wirklich nichts vorzuwerfen. Sie hat ein gutes Herz und ist überaus sentimental. Schuld an der Affäre sind die Hofhaltungen der Königin und ihrer Mutter. Man darf nie nach dem Augenschein urteilen, Annora. Es gibt Intrigen und Fehden, wo man sie am wenigsten vermuten würde. Aber mach dir keine Sorgen, der Thron Ihrer Majestät befindet sich nicht in Gefahr.«

»Dabei haben ihr die Menschen bei ihrer Krönung so begeistert zugejubelt. Damals haben sie sie wirklich geliebt.«
»Sie werden sie wieder lieben. Die Liebe der Menge ist wechselhaft wie das Wetter. Man kann sich nie darauf verlassen und darf nie vergessen, wie schnell es umschlägt. Aber mit der Zeit legt sich alles.«
Er schien mich zu mögen. Er unterhielt sich oft mit mir, was ich seltsam fand, denn im Vergleich zu einem so klugen Mann war ich sehr jung und unerfahren.
Als Helena und ich einmal spät am Nachmittag von einem Einkaufsbummel heimkehrten, berichtete uns eines der Dienstmädchen, daß sich Mrs. Lansdon mit einem Gentleman im Salon befände und daß wir uns sofort zu ihnen begeben sollten.
Wir überließen unsere Pakete dem Mädchen, damit es sie auf unsere Zimmer brachte, und gingen in den Salon.
Zu unserer Verblüffung stand Matthew vor uns.
Helena stieß einen leisen, überraschten Schrei aus. Matthew trat zu ihr, legte ihr die Hände auf die Schultern und küßte sie.
Dann wandte er sich mir zu und ergriff meine Hände.
»Ich freue mich so, dich wiederzusehen, Annora. Ich habe von dem Unglück gehört. Es tut mir so leid, daß ich nicht da war, um dir beizustehen.«
Ich schüttelte den Kopf und unterdrückte die Gefühle, die die Erwähnung der Tragödie unweigerlich in mir auslöste.
»Wie geht es dir, Matthew? Seit wann bist du wieder zurück?«
»Seit einiger Zeit. Ich bin zuerst nach Cornwall gefahren, weil in deinem Brief stand, daß ihr euch dort befändet. Ich verbrachte eine Nacht in Cador und bin dann nach London weitergefahren.«
»Ist das nicht wunderbar,« fragte Tante Amaryllis. »Du bist bestimmt sehr glücklich, Helena, ihr wart ja so lange getrennt.«

»Wie geht es Jonny?« erkundigte sich Matthew.
»Es geht ihm gut; du wirst ihn bestimmt sehen wollen.« Helena wollte sichtlich den Anschein erwecken, daß sie eine normale Ehe führte, und Matthew ging darauf ein.
»Er ist im Kinderzimmer«, fuhr Helena fort. »Ich führe dich hinauf.«
Nachdem sie das Zimmer verlassen hatten, wandte sich Tante Amaryllis an mich. »Er ist ein sehr angenehmer junger Mann, und sehr ernst. Bevor ihr kamt, hat er mir von seinen Nachforschungen und seinem Buch erzählt. Ich hoffe sehr, daß es bald erscheint. Ich halte ihn für einen sehr guten Menschen.«
Der Eindruck, den Matthew auf die Familie machte, überraschte mich. Abgesehen von seinen Bestrebungen, Gutes zu tun, war er mir eher unbedeutend vorgekommen. Außer der Gefängnisreform hatte ihn nichts interessiert. Natürlich nahm sich Onkel Peter seiner an.
Als er erfuhr, daß Matthew sein Material beisammen und das Buch bereits geschrieben hatte, wollte er das Manuskript lesen, und Matthew überließ es ihm bereitwillig. Onkel Peter war begeistert.
»Es muß unverzüglich veröffentlicht werden«, beschloß er. »Überlaß das nur mir. Es ist wichtig, daß es Aufmerksamkeit erregt. Ich kenne die richtigen Leute und ich weiß, wie man solche Sachen aufzieht. Die Bevölkerung muß über diese Mißstände aufgeklärt werden.«
Er lächelte mich verständnisinnig an, denn er bemerkte meine Verblüffung; natürlich dachte ich an seine Klubs, die er so lange im geheimen betrieben hatte.
Er mußte einen Grund für sein Interesse haben, denn er tat nichts grundlos.
Matthew war natürlich begeistert. Schon nach wenigen Tagen war er Onkel Peters ergebener Schüler und lauschte ehrfürchtig seinen Ausführungen. Er wußte bestimmt, womit Onkel Peter sein Vermögen gemacht hatte, war aber, wie unzählige andere Menschen, bereit, es zu verges-

sen. Wahrscheinlich war er der Ansicht, daß jemand, der an der Gefängnisreform solchen Anteil nahm, ein guter Mensch sein mußte.
Onkel Peter handelte schnell. Er fand einen Verlag, der bereit war, das Buch herauszubringen. Einige kleine Änderungen waren allerdings erforderlich.
»Das ist bei allen Büchern der Fall, die nicht von berufsmäßigen Schriftstellern verfaßt wurden«, meinte Onkel Peter leichthin. »Je rascher wir das Buch herstellen und auf den Markt bringen, desto besser.«
Matthew hatte sich verändert. Er hatte begriffen, daß die Ehe, die er eingegangen war, um Helena zu helfen, ihm auch Vorteile brachte. Er hatte jetzt eine gütige Schwiegermutter, die ihn sofort ins Herz geschlossen hatte, und einen mächtigen Schwiegervater, der ihm wohlwollend gegenüberstand und ihn mit offenen Armen in die Familie aufnahm.
Onkel Peter fand die richtigen Leute für die Überarbeitung des Buches und sorgte bereits jetzt dafür, daß das Interesse der Öffentlichkeit geweckt wurde.
Allmählich wurden mir auch seine Motive klar, denn er erklärte uns einmal beim Abendessen: »Weißt du, Matthew, es genügt nicht, daß man ein Buch schreibt. Es ist zwar wichtig, denn die Menschen lesen es, sind empört und finden, daß etwas geschehen müßte. Doch dann fesselt etwas anderes ihre Aufmerksamkeit, und sie vergessen das Ganze wieder. Damit wird das Buch zu einer kurzlebigen Sensation. Durch ein Buch allein kann man keine Schlacht gewinnen.«
Matthew sah ihn niedergeschlagen an. »Ich habe geglaubt, daß man damit das Gewissen der Menschen wachrüttelt.«
»Das ist auch der Fall. Aber das Gewissen ist unbeständig, und deshalb genügt ein Buch nicht. Du mußt dein Anliegen vor dem ganzen Land vertreten... und dafür gibt es nur eine einzige Möglichkeit.«
»Ich verstehe dich nicht. Ein zweites Buch?«

Onkel Peter schüttelte den Kopf. »Demnächst wird eine Wahl stattfinden. Kandidiere für einen Sitz im Parlament, mein Junge. Sobald du es geschafft hast, bringst du dieses Thema zur Sprache. Einen anderen Weg gibt es nicht. Das Parlament ist dazu geschaffen worden, um die Gesetze zu ändern.«
»Ich habe immer davon geträumt, in die Politik zu gehen. Ich habe gewußt, daß man nur auf diese Weise etwas erreichen kann.«
»Möchtest du, daß ich dir mit Rat und Tat zur Seite stehe?«
»Ich wäre dir dafür dankbar. Du bist so unglaublich gut zu mir.«
Onkel Peter lächelte. »Beginne jetzt schon daran zu denken, daß du für das Parlament kandidieren wirst.«
»Glaubst du wirklich, daß ich Erfolg haben könnte?«
»Wir werden dafür Sorge tragen. Und dein Buch wird Aufsehen erregen.«
»Bist du sicher?«
»Auch dafür werden wir sorgen, denn so etwas überläßt man nicht dem Zufall. Durch dein Buch wirst du eine gewisse Berühmtheit erlangen. Inzwischen wirst du ein eigenes, kleines Haus besitzen... natürlich in Westminster, in unserer Nähe. Ihr werdet die richtigen Gäste empfangen; mit diesen Dingen kenne ich mich aus. Es hängt sehr viel davon ab, daß man die richtigen Leute kennt. Das allein genügt natürlich nicht, aber es spielt eine große Rolle. Du mußt ein Haus haben, ein entzückendes Haus, aber es darf nicht zu groß sein. Es muß genau zu einem emporstrebenden jungen Mann passen, dessen größtes Anliegen es ist, das Richtige für sein Land zu tun. Du bist über einige unserer Gesetze empört und strebst einen Sitz im Parlament an, um sie zu verbessern. Das ist ja die eigentliche Rolle der Politiker. Du hast ein Buch geschrieben und bist nach Australien gereist, um Informationen aus erster Hand einzuholen. Du hast mit Sträflingen gesprochen. Im richtigen Wahlkreis schaffst du die

Wahl mühelos. Die Menschen sind für Reformen zu haben. Denk an die Reform Bill und an ihre Auswirkungen. Wenn du eine Gefängnisreform durchsetzen willst, gibt es nur eine einzige Möglichkeit dafür: das Parlament.«
Matthews Augen leuchteten. Er sah sich bereits, wie er die Gesetze des Landes erfolgreich reformierte. Tante Amaryllis beobachtete die beiden voll Stolz. Sie trauerte immer noch um meine Mutter, aber sie besaß jetzt einen Schwiegersohn, mit dem Onkel Peter überaus einverstanden und der bereits ein geachtetes Mitglied der Familie war. Und darüber hinaus gab es auch noch Jonny. Tante Amaryllis fand ihren Seelenfrieden rasch wieder.
»Wir haben Helena und Matthew noch kein Hochzeitsgeschenk gemacht, Amaryllis«, stellte Onkel Peter fest. »Ich hätte da einen Vorschlag: Wir schenken ihnen ein Haus. Ich bin heute daran vorbeigekommen. Es liegt nicht weit vom Unterhaus und bietet genügend Platz für kleine Gesellschaften. Kleine Dinnerparties... nichts Großes... wir werden schon die richtigen Gäste auswählen. Und dein Buch, Matthew, sowie deine Kontakte werden die Schwierigkeiten aus dem Weg räumen, die sich deiner Kandidatur möglicherweise in den Weg stellen.«
Onkel Peters Begeisterung übertrug sich auf uns; er war ein überaus kluger Mann und manipulierte Matthew so geschickt, daß der bereits sein willenloses Werkzeug war. Matthew war ein unkomplizierter junger Mann, der sich die Leiden seiner Mitmenschen wirklich zu Herzen nahm; er war grundsätzlich gut. In Onkel Peters Händen war er Wachs. Niemand konnte an Matthews Aufrichtigkeit zweifeln, und dieser Charakterzug war für Onkel Peter sehr nützlich.
Wieder fragte ich mich nach seinen Beweggründen, denn sie waren bestimmt vorhanden. Er hatte mehr im Sinn als nur die Karriere seines Schwiegersohns. Wahrscheinlich sollte Matthew zu Onkel Peters Sprachrohr werden. Das

Parlament war Onkel Peter versperrt, und er wollte vielleicht, daß Matthew seine Ansichten vertrat.
Onkel Peter lächelte mir zu, als hätte er meine Gedanken erraten und amüsierte sich über sie.

Zwei Tage später traf ich mit Onkel Peter zufällig auf der Treppe zusammen.
»Ich würde gern etwas mit dir besprechen, Annora«, sagte er.
Ich sah ihn erschrocken an.
»Ich komme mir ein bißchen wie dein Vormund vor«, fuhr er fort. »Ich bin dein Onkel, und du bist eine vermögende Frau, und das bedeutet eine große Verantwortung – die für deine jungen Schultern vielleicht zu schwer ist. Es soll ein vertrauliches Gespräch werden, irgendwo, wo uns niemand stören kann. Du bist noch nicht bei Becket gewesen?«
»Becket?« wiederholte ich. »Tante Amaryllis hat neulich den Namen erwähnt.«
»Becket hat bei uns im Stall gearbeitet, doch er hatte den Ehrgeiz, einen kleinen Gasthof mit Postkutschenstation zu besitzen. Ich mag unternehmungslustige Männer. Ich unterstützte ihn ein wenig, und er bekam seinen Gasthof... es hat sich als gute Investition erwiesen. Die Rolle des Wirtes ist ihm auf den Leib geschrieben, und Mrs. Becket ist eine ausgezeichnete Köchin. Wir gehen von Zeit zu Zeit dorthin essen. Ich werde mit dir hinfahren, und wir werden uns in Ruhe unterhalten.«
Beim Abendessen bemerkte er dann: »Annora hat gemeint, daß sie Beckets Gasthof gern kennenlernen würde, und ich habe sie für morgen dorthin zum Lunch eingeladen.«
Tante Amaryllis strahlte. »Das ist eine ausgezeichnete Idee. Sein Gasthaus geht sehr gut.« Sie warf ihrem Mann einen ihrer bewundernden Blicke zu. »Dein Onkel ist sehr gut zu Mr. Becket gewesen, Annora. Wir waren schon

längere Zeit nicht mehr dort, und es ist mir sehr recht, daß jemand von uns vorbeischaut, um ihm zu zeigen, daß wir ihn nicht vergessen haben.«

Am nächsten Tag fuhren wir zu Beckets Gasthaus. Es war klein, aber sehr hübsch und lag in der Nähe von Kew am Fluß. Die Beckets kamen heraus, um uns zu begrüßen, und Mrs. Becket teilte uns mit, daß wir im richtigen Augenblick eingetroffen waren. Der Rinderbraten würde in zehn Minuten auf dem Tisch stehen.

Man führte uns zu einem abgesonderten Tisch und bediente uns, als wären wir Ehrengäste.

Onkel Peter lächelte mich über den Tisch hinweg an. »Es ist angenehm, hier zu sitzen. Meiner Meinung nach haben wir einiges zu besprechen. Ich weiß, daß du im Augenblick sehr bedrückt bist. Du hast die Menschen verloren, die dir am nächsten gestanden haben, wolltest dich in eine Ehe flüchten und hast es dir im letzten Augenblick überlegt. Jetzt bist du natürlich verunsichert und weißt nicht, wie es weitergehen soll. Noch dazu hast du ein großes Gut geerbt, das verwaltet werden muß. Soviel ich weiß, steht dir für diese Aufgabe ein tüchtiger Mann zur Verfügung.«

Ich nickte.

»Irgendwann wirst du trotzdem nach Cador zurückkehren müssen. Weißt du übrigens, daß ich deine Mutter sehr gern gehabt habe? Ich hätte sie beinahe geheiratet.«

»Sie hat immer nur meinen Vater geliebt.«

»Es war vor der Rückkehr deines Vaters. Er büßte damals in Australien seine Strafe ab. Deine Mutter war noch ein Kind, als er deportiert wurde. Außerdem hatte sie inzwischen geheiratet...«

»Ich kenne die Geschichte. Ihr erster Mann war nach einem Unfall gelähmt und ist dann gestorben.«

»Und dein Vater ist zurückgekommen.«

Ich sah ihn ausdruckslos an. »Sie hat mir von der Erpressung erzählt.«

»Es war eine interessante Situation. Erpressungen sind

etwas Alltägliches, doch ich weiß nicht, ob eine gegenseitige Erpressung sehr häufig vorkommt.«
»Vermutlich nicht.«
»Und du hältst mich sicherlich für einen Bösewicht. Darüber möchte ich mit dir sprechen, denn ich möchte dir etliches erklären. Ich habe deine Mutter mehr bewundert als jede andere Frau, die ich kenne. Sie war stark und leidenschaftlich und verstand zu leben.« Er deutete meinen Gesichtsausdruck richtig. »Glaube ja nicht, daß ich deine Tante Amaryllis herabsetzen will. Ich habe sofort erkannt, daß sie die richtige Frau für mich ist. Sie ist die vollkommene Ehefrau, und ich liebe sie innig. Ich habe sie zur Frau gewählt, weil sie genau die Frau ist, die ich brauche. Das habe ich vom ersten Augenblick an gewußt.«
»Du bist aber nicht allwissend. Du hast zum Beispiel nicht gewußt, daß Joe Cresswell dich bloßstellen würde.«
»Das stimmt.«
»Du hättest es dir denken können... nach allem, was du seinem Vater angetan hast. Es gibt Menschen, die sich zur Wehr setzen.«
»Ich habe mich in Joe getäuscht. Ich habe geglaubt, daß er genauso wenig Rückgrat besitzt wie sein Vater. Doch er besitzt Kampfgeist – allerdings nicht genug. Hast du gewußt, daß die ganze Familie in den Norden des Landes übersiedelt ist? Sie besitzen dort irgendeine Fabrik. Na ja, sie haben sich für diesen Weg entschieden.«
»Du hast sie ruiniert.«
»Sie haben sich selbst ruiniert. Der Skandal wäre vorübergegangen. Sie besaßen nicht genügend gesunden Menschenverstand und auch nicht genügend Mut, um hierzubleiben und es durchzustehen.«
»So wie du es getan hast.«
»Richtig, so wie ich es getan habe. Auch darüber möchte ich mit dir sprechen. Ich möchte dir aus der Verzweiflung heraushelfen, in die du versunken bist. Du bist so jung, du hast noch das ganze Leben vor dir. Ich kann deine Gefühle

verstehen. Es hat dich tief erschüttert, daß du mit einem Schlag all deine Lieben verloren hast. Und daraus ergaben sich zahlreiche andere Probleme. Du mußtest den Besitz übernehmen und du wolltest heiraten. Ich glaube, daß er dir ein guter Mann gewesen wäre. Ich habe ihn zwar nur kurz kennengelernt, aber alles wies darauf hin. Du hast dich jedoch im letzten Moment anders entschieden. Ich nehme an, daß du weißt, was du tust. Doch ich habe den Eindruck, daß du dich nach ihm sehnst.«

»Das weiß ich nicht.«

»Ich finde, daß es nicht schlecht wäre, wenn dir ein starker Mann zur Seite stünde. Vielleicht überlegst du es dir und heiratest Rolf Hanson doch noch.«

Ich schwieg.

»Du kannst nicht ewig trauern, Annora. So kann man nicht leben. Du muß das Glück suchen. Man hat nur dann Erfolg im Leben gehabt, wenn man glücklich war.«

»Es wundert mich, daß gerade du das sagst. Ich habe geglaubt, daß für dich Geld und Macht Erfolg bedeuten.«

»Damit hast du recht, aber mich machen Geld und Macht glücklich. Andere Menschen sehnen sich nach anderen Zielen. Man muß bestrebt sein, das zu bekommen, was man möchte, denn dann hat man Erfolg und ist glücklich. Man erreicht dieses Ziel jedoch nicht, indem man zurückweicht.«

»Ich weiß, daß du die Menschen gern manipulierst. Versuchst du es auch bei mir?«

Er schüttelte den Kopf. »Ich möchte dich auf den richtigen Weg bringen. Du beobachtest mich oft neugierig und fragst dich, wie ich wirklich bin. Du hältst mich für verderbt, oberflächlich, zynisch, machthungrig, skrupellos. Vielleicht hast du damit recht, doch ich bilde mir ein, daß du mich insgeheim magst.«

Ich mußte unwillkürlich lächeln. Er hatte meine Gefühle genau erfaßt.

»Habe ich recht?« fragte er.

»Vielleicht.«
»Ich wußte es. Ich will nicht, daß du den Kopf hängen läßt, daß du dahinwelkst, deine Persönlichkeit unterdrückst, in deinem Kummer ertrinkst. Stell dich dem Leben, Annora. Du hast gesehen, wie ich es getan habe. Du solltest von mir lernen. Du warst davon überzeugt, daß ich erledigt war, als meine wahren Geschäfte ans Tageslicht kamen. Bei anderen Menschen hätte das zugetroffen. Sieh dir nur Joseph Cresswell an, der sich mit eingezogenem Schwanz davongeschlichen hat. Nein, ich begriff, daß ich mich zur Wehr setzen mußte, tat es und habe es geschafft.«
»Die Umstände waren für dich günstig. Peterkin und Frances haben dir mit ihrer Mission sehr geholfen.«
»Cresswell hatte die gleiche Chance. Schließlich ist Frances seine Tochter. Ich habe nur die Möglichkeiten ausgenützt, die sich mir geboten haben.«
»Es muß dir wie ein Geschenk des Himmels vorgekommen sein.«
»Es war gut, und ich habe daraus Nutzen gezogen.«
»Du hast für das Geld, das du der Mission gespendet hast, bedenkenlos Reklame gemacht.«
»Genau.«
»Und was geschieht jetzt mit Matthew?«
»Matthew kommt ins Parlament. Ich werde ihn dabei unterstützen.«
»Wieder ein Geschenk des Himmels.«
»Er ist mit meiner Tochter verheiratet. Er wird der Beweis dafür sein, daß ich jede gute Sache unterstütze.«
»Und wenn er im Parlament sitzt?«
»Werde ich ihn natürlich beraten. Er ist ein sehr lenkbarer junger Mann.«
»Er wird dein willenloses Werkzeug sein.«
»Na, na, komm schon. Das ist maßlos übertrieben. Sagen wir, daß ich sein Mentor sein werde. In fünf Jahren... schlimmstenfalls in sieben... dann bin ich noch nicht sehr

alt. Vielleicht kann ich dann ein Ziel erreichen, das ich immer vor Augen gehabt habe, nämlich selbst ins Parlament zu kommen. Dann besitzt man die höchste Macht: Man macht die Gesetze, erreicht, daß sein Vaterland zum größten Land der Welt wird.«

»Wie ich sehe, legst du den Grundstein für deine zukünftige Karriere, die durch den Skandal unterbrochen wurde. Du hast von vorn beginnen müssen, aber du zweifelst nicht daran, daß du es schaffen wirst.«

»Ich bin dir gegenüber sehr offen, Annora.«

»Warum eigentlich?«

»Weil du klug bist und erkannt hast, was ich plane. Ich erzähle dir das alles, um dir zu zeigen, was man erreichen kann. Es gibt bestimmt Augenblicke, in denen du davon überzeugt bist, daß du nie wieder glücklich sein wirst. Doch du kannst und du wirst wieder glücklich werden – allerdings nicht, wenn du dich in deinem Kummer vergräbst. Nimm dich zusammen, beginne von neuem. Die Menschen, die imstande sind, nach einem Sturz aufzustehen und von vorn anzufangen, sind diejenigen, die Erfolg im Leben haben. Je länger du liegenbleibst, desto schwerer fällt dir das Aufstehen. Das wollte ich dir sagen.«

»Es ist sehr freundlich von dir, daß du dir solche Mühe mit mir gibst.«

»Ich mache meine Sünden deiner Mutter gegenüber gut. Sie wäre bestimmt der Meinung, daß ich es ihr schuldig bin. Sie war eine sehr mutige Frau. Ich habe Jessica sehr gern gehabt, und du bist ihre Tochter. Vergiß nicht, was ich dir erzählt habe. Denk daran, wie weit ich es seit dem Augenblick gebracht habe, als die Zeitungen über meine Schandtaten berichteten. Ich sorge dafür, daß es vergessen wird, genau wie Lord Melbourne es mit seiner Vergangenheit gemacht hat. Hast du gewußt, daß er in zwei Scheidungen verwickelt war? Er hatte eine verrückte Frau, die mit ihrer Beziehung zu dem Dichter Lord Byron öffentlich prahlte. Es war einer der großen Skandale jener Zeit.

Und was ist aus Lord Melbourne geworden? Er wurde Premierminister und ist jetzt der ergebenste und geschätzteste Freund der Königin. Was Melbourne getan hat, was ich getan habe, kannst auch du tun, Annora.«
Er griff über den Tisch hinweg nach meiner Hand und drückte sie.
»Danke, Onkel Peter. Du hast mir sehr geholfen. Meinst du, daß ich nach Cornwall zurückkehren soll?«
»Ich freue mich natürlich, wenn du hier bist, aber einmal mußt du ja zurück. Du mußt diesen Mann wiedersehen und herausfinden, ob du noch an ihm hängst. Wenn es der Fall ist und er dich noch haben will, dann heirate ihn. Sehnst du dich nach ihm?«
»Ich denke oft an ihn.«
»Du kannst ihn nicht aus deinen Gedanken verdrängen. Ich habe bemerkt, wie sehnsüchtig du Helena und Matthew beobachtest.«
»Es sieht so aus, als würden die beiden zueinander finden.«
»Damit hast du recht. Helena ist nicht abenteuerlustig; sie ist ihrer Mutter nachgeraten und sehnt sich nach einem behüteten Leben. Sie wird nie aus der Reihe tanzen. Das zeigt dir deutlich, daß alles, was ich dir gesagt habe, zutrifft. Ich kenne die Geschichte und weiß, daß John Milward der Vater ihres Kindes ist. Zum Glück ist Matthew dahergekommen und hat die Gelegenheit ergriffen, eine gute Tat zu vollbringen. Er hat Helena geheiratet, damit sie es im Leben leichter hat. Er ist ein sehr sympathischer junger Mann. Und jetzt wendet sich dadurch für ihn – für beide – alles zum Besten. Wenn er ins Parlament einzieht, wenn er dazu beiträgt, daß die Gefängnisreform durchgeführt wird, hat er sich gerechtfertigt. Mit dem Erfolg wird sein Selbstvertrauen wachsen. Ich sehe voraus, daß er sein Leben lang gute Taten vollbringen wird, denn sobald die Gefängnisreform durchgegangen ist, wird er etwas Neues finden. Helena wird ihm zur Seite stehen,

und ihre Eltern werden sie unterstützen. Sie wird den richtigen Rahmen für den aufstrebenden Politiker schaffen. Jonny wird im Kinderzimmer nicht alleinbleiben, und irgendwann wird Helena klarwerden, daß es der größte Glücksfall ihres Lebens war, daß John Milward sie sitzen ließ und daß sie Matthew aus Vernunftsgründen geheiratet hat.«

Ich mußte wider Willen lachen. »Ich glaube nicht, daß es ganz so einfach sein wird.«

Er sah mich ernst an. »Doch... sobald sie sich zu dieser Einstellung durchgerungen hat. Du begreifst bestimmt schon, worauf ich hinauswill. Und jetzt zu dem jungen Mann in Cornwall – du hast ihn dein Leben lang gekannt. Soviel ich gehört habe, warst du ihm als Kind sklavisch ergeben. Dann bist du erwachsen geworden und warst in ihn verliebt. Natürlich liebst du ihn, mich kannst du nicht täuschen. Und aus einer Laune heraus machst du Schluß mit ihm, weil du in deine Tragödie versunken bist und nicht einmal den Versuch unternimmst, über sie hinwegzukommen. Du unterstellst ihm, daß er dich um deines Besitzes willen heiraten will. Er will Cador haben. Na und? Er wäre ein sehr unvernünftiger junger Mann, wenn er anders dächte. Natürlich will er Cador haben, und genau aus diesem Grund wird er es ausgezeichnet verwalten. Wenn er Cador nicht wollte, würde ich eine sehr schlechte Meinung von ihm haben. Wie könnte er dich erfolgreich bei der Leitung deines Gutes unterstützen, wenn er sich nicht darüber freute, daß er daran beteiligt ist?«

»Du hast merkwürdige Ansichten...«

»Ich habe realistische Ansichten. Du möchtest davon überzeugt sein, daß er dich auch heiraten würde, wenn du das arme Mädchen mit dem Schwefelhölzchen wärst. Aber das bist du nicht, und es ist nicht anzunehmen, daß du diesen jungen Mann jemals kennengelernt hättest, wenn du es wärst. Er will dich heiraten. Er liebt dich, aber das hindert ihn nicht daran, auch Cador zu lieben. Vergiß endlich deine romantischen Hirngespinste. Sieh das Leben, wie es wirklich ist... so wie ich es immer getan habe. Du siehst mich doch, wie ich wirklich bin. Ich habe genügend Stürme überstanden, nicht wahr? Glaube mir, darauf kommt es im Leben an.«

Er hätte recht gehabt, wenn nur Cador zwischen Rolf und mir gestanden hätte. Doch die Erinnerung an die Sonnwendnacht ließ mich nicht los.

»Als ich ein Kind war, habe ich Rolf für den wunderbarsten Menschen auf der Welt gehalten... natürlich nach meinem Vater. Es war für mich jedesmal ein Feiertag, wenn er seinen Vater nach Cador begleitete. Doch dann ereignete sich etwas Schreckliches. In Cornwall wird die Sonnwendnacht mit alten Bräuchen gefeiert, die aus der vorchristlichen Zeit stammen. Auf unserem Gut lebte eine alte Frau in einer Hütte im Wald, und die Menschen behaupteten, daß sie eine Hexe wäre. In der Sonnwendnacht steckten die Leute ihr Häuschen in Brand, und die alte Frau kam in den Flammen um. Ein Mann, der ein Druidengewand trug, stachelte die Menge auf. Ich nahm an, daß es Rolf war, weil ich die Kutte in seinem Haus gesehen hatte. Dadurch hat sich alles zwischen uns geändert. Mir wurde bewußt, daß ich ihn überhaupt nicht kannte. Ich hatte das Gefühl, daß ich niemandem mehr trauen konnte, nicht einmal Rolf. Am Morgen des Tages, an dem wir heiraten sollten, wurde mir außerdem klar, daß er Cador wollte und nicht mich, und ich konnte einfach nicht mehr seine Frau werden.«

»Hast du mit ihm darüber gesprochen?«

»Wir haben auf der Heimreise auf dem Schiff darüber gesprochen, und er hat mir erzählt, daß er sich an diesem Abend nicht in Cador, sondern in Bodmin befunden hat.«

»Ja, und?«

»Ich brachte es nicht fertig, ihm zu glauben. In diesem Augenblick hatte er mich zwar überzeugt, doch später kamen mir wieder Zweifel. Und dann kam ich auf den Gedanken, daß er mich wegen Cador heiraten will.«

»Und das alles wegen dieses mutwilligen Streichs.«

»Mutwilliger Streich! Die Menschen waren von einer Grausamkeit, die ich noch nie erlebt hatte. Wenn mein Vater dagewesen wäre, hätte er den Mord bestimmt verhindert.«

»Nehmen wir einmal das Schlimmste an: Er hat dich belogen. Er war jung. Junge Männer sind übermütig. Manchmal trinken sie zuviel und handeln dann unvernünftig. Sie tun Dinge, die sie nachher bedauern. Dafür mußt du Verständnis haben. Man muß Jugendsünden vergeben können.«

»Es handelt sich um keine kleine, alltägliche, entschuldbare Sünde. Du hättest das Gesicht der Frau sehen sollen... und was sie ihr alles angetan haben.«

»Die Menschen lassen sich hinreißen. Er ist inzwischen zum Mann gereift, und du liebst ihn. Du kannst nichts Besseres tun, als ihn zu heiraten. Ich bin sicher, daß der Mann, der dein Gut jetzt verwaltet, tüchtig ist. Er muß es sein, sonst hätte ihm dein Vater nicht während seiner Abwesenheit das Gut anvertraut. Doch dein Vater hat bestimmt genaue Anweisungen hinterlassen, wäre im Fall von Schwierigkeiten verständigt worden und notfalls früher zurückgekehrt. Selbst der beste Verwalter braucht eine führende Hand. Anders geht es nicht. Du trägst eine große Verantwortung... all die Pächter, die von Cador abhängig sind. Du hast Pflichten zu erfüllen; du muß dafür sorgen, daß der Besitz, den dein Vater und seine Vorfahren aufgebaut haben, gedeiht. Rolf ist genau der richtige Mann, der dir bei dieser Aufgabe helfen kann. Kehre zurück und heirate ihn, wenn er dich nach allem, was du ihm angetan hast, noch haben will. Doch er wird dich heiraten... um Cadors willen.«

»Du bist ein wirklich erstaunlicher Mann, Onkel Peter. Ich hätte nie geglaubt, daß es zu so einem Gespräch zwischen uns kommen könnte.«

»Sünder sind weit toleranter als Heilige. Auch das mußt du lernen. Ich kenne die Versuchungen, während die guten Menschen sie nie kennenlernen. Deshalb weiß ich auch, wie leicht es ist, ihnen zu erliegen. Höre auf meinen Rat, kehre zurück, sprich mit ihm. Schildere ihm deine Gefühle... wie du sie mir geschildert hast. Ich möchte, daß du endlich zur Ruhe kommst. Wie gesagt, ich fühle mich für dich verantwortlich, weil ich deine Mutter gern hatte. Ich habe auch dich gern.«
Er hob lächelnd sein Glas.
»Auf Annoras Erfolg. Möge ihr in Zukunft nur Gutes widerfahren. Und glaube mir, wenn du entschlossen bist, alles zum Guten zu wenden, dann gelingt es dir auch. Das ist ein Naturgesetz. Denk über unser heutiges Gespräch nach. Und jetzt werde ich Dich nach Hause bringen, weil ich zu einer Sitzung muß.«
»Danke, Onkel Peter. Du hast mir sehr geholfen.«

Er hatte mir wirklich geholfen. Meine Stimmung hob sich. Hatte ich den Ereignissen jener Sonnwendnacht eine zu große Bedeutung beigemessen? Ich versuchte, nicht mehr an das verzweifelte Gesicht der alten Frau und an die Flammen zu denken, die aus dem Dach ihrer Hütte schlugen.
Ein Dummerjungenstreich? Nein, so konnte ich es nicht sehen. Es war eine grausame, gemeine Tat gewesen, und nur ein Mensch, der von Natur aus grausam war, konnte daran teilnehmen. Doch ich mußte ihm glauben, daß er nicht dabeigewesen war.
Und Cador? Onkel Peter hatte recht. Natürlich liebte Rolf Cador. Er hatte es immer geliebt.
Und ich liebte Rolf, ich hatte ihn immer geliebt. Ich hatte andere Männer mit ihm verglichen – Joe, Gregory Donnelly – und hatte immer gedacht: Aber sie sind nicht Rolf. Dennoch hatte ich mich von ihm abgewendet. Ich sah noch, wie er bei unserem letzten Gespräch vor mir gestan-

den hatte – kühl, abweisend, beinahe, als verabscheute er mich. Das war nach allem, was ich ihm angetan hatte, nur zu erklärlich. Was war, wenn ich jetzt zurückkehrte, ihm meine Gefühle schilderte? Angenommen, wir sprachen nicht nur leichthin sondern eingehend über die Sonnwendnacht und seine Liebe zu Cador, sprachen offen miteinander, so wie ich zu meiner Überraschung mit Onkel Peter gesprochen hatte.

Helena fand allmählich zu einer gewissen Zufriedenheit. Sie hatte das kleine Haus in Westminster gemeinsam mit Tante Amaryllis und mir besichtigt. Es war entzückend und es gefiel Helena sichtlich. Sie schmiedete mit leuchtenden Augen eifrig Pläne für die Einrichtung des Speisezimmers und des Salons.

»Jonny wird bestimmt gern in einem solchen Zimmer spielen«, strahlte Tante Amaryllis. Alles entwickelte sich so, wie sie es sich erträumt hatte, und ihr großzügiger Ehemann würde Helena und ihrem Mann dieses Haus kaufen. Außerdem interessierte sich Onkel Peter für die Pläne seines Schwiegersohns, und das bedeutete, daß Matthew Karriere machen würde.

Erst als sie sich mir zuwandte, wurde Tante Amaryllis ernst. Sie erinnerte sich an meine Mutter, an meinen tragischen Verlust, an die Tatsache, daß ich meinem Bräutigam beinahe am Altar davongelaufen war.

Wieder dachte ich: Onkel Peter hat recht. Ich bin ins Grübeln verfallen, bin zynisch geworden, habe in allem, was die Menschen tun, Gewinnsucht gesehen. Ich erinnerte mich, daß meine Mutter von Amaryllis behauptet hatte, ihr würde immer nur Gutes zustoßen, weil sie das Böse einfach nicht bemerkte.

Damit hatte sie zweifellos recht gehabt.

Jetzt waren ihre beiden Kinder glücklich etabliert. Die Widrigkeiten, mit denen sie noch vor kurzem zu kämpfen hatten, als Peters Neider ihn zu Fall bringen wollten, waren vorbei. Niemand konnte Peter ruinieren, auch wenn er ihn noch so erbittert angriff. Bestimmt hatten inzwischen alle Menschen erkannt, was für ein großartiger Mann er war. Ich dachte an Peter, der Amaryllis zur Frau genommen hatte. Er hatte erwähnt, daß er beinahe meine Mutter geheiratet hätte. Ich bezweifelte, daß sie ihn genommen hätte, aber wenn es der Fall gewesen wäre, wäre ihre Ehe stürmisch verlaufen. Er hatte sich für Amaryllis entschieden, weil sie genau die Frau war, die er brauchte. Welcher Mann möchte nicht gern eine Frau haben, die ihn in jeder Hinsicht für vollkommen hält? Solche Frauen sind sehr selten, und es war für Peter typisch, daß er ein solches Juwel gefunden hatte.

Noch eine seiner Behauptungen stimmte. Rolf und ich gehörten zusammen, und Cador gehörte zu uns.

Während ich mit Helena und Tante Amaryllis durchs Haus ging, sagte ich mir: Fahre zurück, sprich mit Rolf. Bitte ihn für alles, was du ihm angetan hast, um Verzeihung und sprich… sprich offen. Erkläre ihm genau, was dich bewegt.

Dieser Entschluß hob meine Stimmung bedeutend.

Als ich Helena mitteilte, daß ich beschlossen hatte, sehr bald nach Cornwall zurückzukehren, bedauerte sie es, klammerte sich aber nicht an mich und bat mich nicht zu bleiben, wie sie es früher getan hatte. Auch das war ein Hinweis auf die Veränderung, die in ihrem Leben eingetreten war. Sie kam Matthew näher. Sie freute sich auf das neue Haus. Sie sprach mit ihrer Mutter darüber, wie man ein gastliches Haus führt und stellte sogar eine Liste der Leute zusammen, die sie einladen würde.

Als ich einige Tage nach meinem Mittagessen mit Onkel Peter zum Frühstück hinunterkam, erwarteten mich zwei Briefe aus Cornwall. Der eine stammte von Rolf, der andere von Yorke, Tamblin & Co., den Anwälten, die die Kanzlei von Rolfs Vater übernommen hatten.

Nach kurzer Überlegung griff ich zuerst nach dem Brief der Anwälte.

»Sehr geehrte Miss Cadorson,
hier ist ein sehr ungewöhnliches und beunruhigendes Problem aufgetaucht. Da es äußerst schwierig ist, es brieflich darzulegen, bin ich der Ansicht, daß Sie sofort nach Cador zurückkehren sollten.
Ich versichere Ihnen, daß Ihre unverzügliche Rückkehr unbedingt erforderlich erscheint.
Ihr ergebener Diener
James Tamblin.«

Der Brief erschien mir rätselhaft. Worauf konnte er sich beziehen, und warum tat er so geheimnisvoll?
Ich griff nach Rolfs Brief.

»Meine geliebte Annora.«
Ich empfand eine tiefe Erleichterung. Er bezeichnete mich als seine geliebte Annora, also haßte und verachtete er mich nicht so sehr, wie ich befürchtet hatte.
»Es handelt sich um eine überaus ungewöhnliche Angelegenheit. Ich kann mir nicht vorstellen, daß sie auf Wahrheit beruht. Ich weiß, daß James Tamblin Dir schreibt. Ich halte es für unerläßlich, daß Du hierher kommst. Du wirst zugeben, daß diese Angelegenheit genau untersucht werden muß.«
Wie kann ich etwas zugeben, dachte ich, wenn ich keine Ahnung habe, worum es geht?
»Ich fürchte, daß ich bei unserem letzten Zusammentreffen etwas verwirrt war und nicht sehr viel Verständnis für Dich gezeigt habe. Wir müssen das Ganze vergessen, Annora. Ich verstehe zwar Deine Beweggründe noch immer nicht, aber ich versuche, damit fertigzuwerden.
Ich möchte Dir versichern, daß ich Dir stets zur Verfügung stehe, wenn Du in dieser Angelegenheit meine Hilfe benötigst. Vergiß nicht, daß ich Jura studiert

habe. Zögere deshalb nicht, Dich an mich zu wenden, wenn Du glaubst, daß ich Dir von Nutzen sein kann.
Mach Dir keine Sorgen. Wir werden weitermachen, als wäre nichts geschehen. Ich bin davon überzeugt, daß sich diese lächerliche Behauptung als falsch erweisen wird.
Ich hoffe, daß wir die guten Freunde bleiben können, die wir immer waren.
Dein Rolf.«

Ich las die beiden Briefe noch einmal. Sie waren aufreizend unklar. Was konnte geschehen sein? Ich mußte unverzüglich nach Cornwall zurückkehren.
Die gesamte Familie war bestürzt, als ich den Brief des Anwalts herzeigte. Die Verblüffung war allgemein.
»Ihr seht doch ein, daß ich sofort abreisen muß?« fragte ich.
Natürlich sahen sie es ein. Onkel Peter fand allerdings, daß ich nicht allein reisen sollte. Er hätte mich am liebsten selbst begleitet, doch es war ihm unmöglich, weil er sich um einige wichtige Angelegenheiten kümmern mußte, die keinen Aufschub duldeten. Er wollte mir Eggham und seine Frau als Begleitung mitgeben. Eggham war einer der Stallburschen.
»Es ist ein Jammer, daß es mit den Eisenbahnen nicht weitergegangen ist. Vor fünfzehn Jahren hat der Zug, der von Stockton nach Darlington gefahren ist, ungeheures Aufsehen erregt. Natürlich waren wir damals alle skeptisch; und danach begannen wir Wunder zu erwarten. Und wenn man jetzt von London nach Birmingham fährt, muß man die Reise unterbrechen und in die Postkutsche umsteigen. Die Kutsche ist bequem, und Mrs. Eggham eine angenehme Begleiterin. Wann willst du abreisen?«
»Morgen.«
Ich verabschiedete mich also von ihnen, und obwohl Helena über die Trennung betrübt war, äußerte sie diesmal nicht den Wunsch, mich zu begleiten.

Die Egghams sollten ein oder zwei Nächte in Cador bleiben und dann nach London zurückkehren.
Die Reise verlief ohne Zwischenfall, und wir erreichten Cador relativ schnell. Ich war noch immer gerührt, wenn die Türme in Sicht kamen – vor allem, seit sie mir gehörten.
Es war später Nachmittag, als wir eintrafen. Man hatte mich bereits erwartet. Isaacs, Mrs. Penlock und die Dienerschaft hatten sich in der Halle versammelt. Auch Bob Carter war anwesend.
Die unterdrückte Erregung war deutlich zu spüren, denn allen war bewußt, daß ein folgenschweres Ereignis eingetreten war.
»Mr. Tamblin hat uns mitgeteilt, daß Sie kommen würden«, berichtete Mrs. Penlock. »Wir wußten zwar nicht den genauen Tag, aber Ihr Bett ist gemacht, und alles steht bereit.«
»Ich habe von Mr. Tamblin einen ziemlich beunruhigenden Brief erhalten.« Ich blickte von Isaacs zu Mrs. Penlock. »Haben Sie eine Ahnung, worum es geht?«
Sie schüttelten die Köpfe. »Wir wissen nur, daß der Anwalt mit Ihnen sprechen will, Miss Cador«, antwortete Isaacs.
»Ich habe schon befürchtet, daß mit dem Haus etwas nicht in Ordnung ist. Das Dach oder etwas Ähnliches.«
»Das Dach ist in Ordnung«, berichtete Bob Carter, »dafür habe ich gesorgt.«
»Unseres Wissens ist auf dem gesamten Besitz alles in Ordnung«, fügte Mrs. Penlock hinzu.
»Mr. und Mrs. Eggham brauchen übrigens ein Zimmer. Sie werden auch essen wollen.«
»Wir haben von vornherein angenommen, daß Sie nicht allein kommen würden, Miss Cadorson«, erwiderte Isaacs.
»Und wir haben alles vorbereitet«, ergänzte Mrs. Penlock.
»Die beiden werden vermutlich zwei Nächte bleiben.«

»Das Essen ist in einer Stunde fertig«, verkündete Mrs. Penlock stolz.

Da die Reise anstrengend gewesen war, ging ich früh zu Bett und beschloß, den Anwalt am nächsten Morgen aufzusuchen.

Ich stand zeitig auf, frühstückte und ritt in die Stadt. Ich kannte das Büro des Anwalts gut, denn es hatte früher Rolfs Vater gehört. Mr. Tamblin war sichtlich erleichtert, als er mich erblickte.

»Kommen Sie in das Büro, Miss Cadorson», forderte er mich auf. »Ich bin froh, daß Sie gekommen sind. Die Angelegenheit ist höchst beunruhigend. Möchten Sie ein Glas Madeira oder Sherry?«

»Nein, danke. Ich möchte lieber sofort erfahren, worum es geht.«

»Natürlich steht noch nichts fest, aber diese Frau könnte vielleicht den Beweis erbringen, daß ihr Anspruch zu Recht besteht, und das würde zur Folge haben, daß sie alles, oder beinahe alles, verlieren würden.«

»Spannen Sie mich nicht auf die Folter.«

»Vor einiger Zeit ist einc Frau hier eingetroffen und im Angler's Inn abgestiegen. Sie erhebt Anspruch auf Cador.«

»Sie erhebt Anspruch? Was soll das heißen? Wie kommt sie dazu?«

»Sie behauptet, daß Ihr Vater ihre Mutter im Jahre 1814 in Australien geheiratet hat und daß sie als seine eheliche Tochter die Erbin von Cador ist.«

»Das ist doch lächerlich.«

»Der Meinung war ich ebenfalls. Aber Ihr Vater hat sich zu dieser Zeit in Australien aufgehalten, und sie behauptet, daß sie Beweise in Händen hat.«

»Beweise? Was für Beweise?«

»Einen Trauschein.«

»Das ist doch Unsinn. Mein Vater hat meine Mutter geheiratet…«

»Sie steht auf dem Standpunkt, daß Ihr Vater bei seiner Rückkehr nach England zwar mit Ihrer Mutter getraut wurde, aber da er zu diesem Zeitpunkt bereits mit ihrer Mutter verheiratet war, ist die in England geschlossene Ehe natürlich ungültig.«

»Das ist einfach unmöglich. Vor so vielen Jahren! Wo hat sie bis heute gesteckt? Warum hat sie sich nicht schon früher gemeldet? Warum hat sie gewartet, bis er tot ist, bevor sie Ansprüche gestellt hat? Was hat sie all diese Jahre getan?«

»Sie sagt, daß ihr sein Aufenthalt nicht bekannt war. Erst als sie in den australischen Zeitungen von dem Bootsunglück las, erfuhr sie, wer er war. Sie hatte nichts von seinem Vermögen und seinem Titel gewußt. Als sie in der *Sydney Gazette* las, daß er mit seiner angeblichen Frau und seinem unehelichen Sohn ertrunken war, stand es für sie zweifelsfrei fest, daß es sich bei diesem Mann um ihren Vater handelte. Die Zeitung hatte nämlich auch berichtet, daß und warum er als Sträfling nach Australien deportiert worden war und daß er nach Verbüßung der Strafe nach England zurückgekehrt war, da er erfuhr, daß dort ein Gut und ein Titel auf ihn warteten. Sie war damals noch ein Kind, aber ihre Mutter erzählte ihr von ihm. Als er durch die Erbschaft zu Reichtum gelangte, wollte er die Zeit in Australien vergessen und fuhr nach England, ohne ihr ein Sterbenswörtchen zu sagen. In England heiratete er dann, und diese Frau besteht darauf, daß diese ›englische‹ Ehe ungültig war.«

»Sie hat in der Zeitung davon gelesen. Glauben Sie...«

»Ich weiß, was Sie meinen, Miss Cadorson. Sie hat die Story in der Zeitung gelesen und ist auf die Idee gekommen, ihr Glück zu versuchen. Dank der Zeitungsberichte verfügte sie über alle Fakten. Trotzdem besteht eine geringe Möglichkeit, daß ihre Behauptungen der Wahrheit entsprechen.«

»Ich glaube kein Wort davon.«

»Ich möchte es auch nicht glauben. Aber sie hat erklärt, daß sie einen Trauschein besitze, aus dem eindeutig hervorgehe, daß ein gewisser Jake Cadorson ihre Mutter geheiratet habe. Cadorson ist ein ungewöhnlicher Name, und die Trauung wurde während der Zeit vorgenommen, in der sich Ihr Vater in Australien aufhielt.«

»Ist der Trauschein echt?«

»Wir werden ihn natürlich prüfen lassen.«

»Was für eine Frau ist sie denn?«

»Jung. Etwas älter als Sie. Das paßt natürlich zu ihrer Geschichte, die dadurch an Glaubwürdigkeit gewinnt.«

»Angenommen, das Gericht gelangt zu dem Schluß, daß sie die Wahrheit spricht. Was geschieht dann?«

»Dann kann sie Anspruch auf das Gut erheben.«

»Sie meinen, daß Cador ihr zufallen würde?«

Er sah mich ernst an. »Man könnte zu einer Übereinkunft gelangen.«

»Was für eine Übereinkunft?«

»Da Sie Ihr gesamtes Leben als die eheliche Tochter Ihres Vaters auf Cador zugebracht haben, können wir vielleicht etwas retten. Die Entscheidung würde beim Richter liegen. Ich würde vorschlagen, daß wir einen weiteren Anwalt hinzuziehen. Sie könnten sich entschließen, die Aussage dieser Frau anzufechten.«

»Ich kann nicht glauben, daß mein Vater eine Frau geheiratet und sie dann verlassen hat, weil er den Familienbesitz geerbt hatte.«

»Es ist auch kaum zu glauben. Doch die Menschen tun oft die seltsamsten Dinge. Er war als Sträfling in Australien und hat vielleicht mit dem Gedanken gespielt, dort zu bleiben. Deshalb hat er Land erworben. Dann erfuhr er, daß er Cador geerbt hat. Vielleicht war er der Ansicht, daß seine Frau – wenn sie das tatsächlich war – nicht in das Haus seiner Väter oder in das Leben paßte, das er von nun an führen würde. Vielleicht wollte er alle Bande zu dem Land, in dem er als Gefangener gelebt hatte, zerreißen.«

»Er hätte seine Frau nie verlassen. Er wäre nicht zurückgekehrt und hätte meine Mutter geheiratet.«
Mr. Tamblin seufzte. »Wir müssen überprüfen, ob der Trauschein echt ist. Davon hängt alles ab.«
»Wo befindet sich der Trauschein?«
»Sie hütet ihn sorgfältig, denn sie weiß, daß ihr Anspruch mit ihm steht und fällt. Wenn es soweit ist, wird sie ihn vorweisen, aber leider nicht mir, denn ich vertrete ja Sie.«
»Was für einen Eindruck haben Sie von ihr gewonnen?«
Mr. Tamblin überlegte. »Sie... na ja... ich würde nicht annehmen, daß eine solche Frau die Tochter Ihres Vaters sein kann.«
»Was müssen wir unternehmen?«
»Ich werde eine Feststellung des Tatbestandes beantragen.«
»Weiß außer uns jemand etwas davon?«
»Ich gestehe, daß ich Mr. Hanson davon unterrichtet habe. Er verfügt ja auch über juristische Kenntnisse. Seit ich die Kanzlei seines Vaters übernommen habe, haben wir gelegentlich über einzelne Fälle gesprochen. Die Streitsachen, mit denen ich befaßt bin, betreffen oft Leute aus der Gegend, die er natürlich besser kennt als ich. Man kann mit den Menschen besser verhandeln, wenn man sie näher kennt.«
»Er hat mir geschrieben.«
»Ja, er hat erwähnt, daß er Sie benachrichtigen würde.«
»Aber er hat nicht erwähnt, welcher Art die Schwierigkeiten sind.«
»Er wollte genau wie ich persönlich mit Ihnen darüber sprechen.«
»Und wir müssen jetzt auf die Feststellung des Tatbestandes warten?«
Er nickte. »Sie kommt morgen mit ihrem Anwalt zu mir und legt den Trauschein vor. Es wäre gut, wenn Sie auch anwesend wären. Hätten Sie etwas dagegen einzuwenden, daß ich Mr. Hanson bitte, ebenfalls herüberzukommen?«

»Ich habe nichts dagegen.«
»Es muß ein großer Schock für Sie gewesen sein, Miss Cadorson. Noch dazu so kurz nach der Tragödie. Andererseits war die Tragödie das auslösende Moment.«
»Wenn wir nichts mehr zu besprechen haben, möchte ich mich jetzt verabschieden. Wir sehen einander ohnehin morgen früh wieder.«
Ich bestieg mein Pferd und ritt nach Cador zurück. Doch dann schlug ich eine andere Richtung ein, denn ich konnte in diesem Augenblick den eindrucksvollen Anblick, den das Haus auf der Kuppe des Hügels bot, nicht ertragen. Ich war immer so stolz auf Cador gewesen, besonders seit es mein Eigentum war. Doch wie lange würde es noch mir gehören?
Konnte die Geschichte vielleicht doch auf Wahrheit beruhen? Nein. Mein Vater hätte eine Frau, mit der er verheiratet war, nie bei Nacht und Nebel verlassen. Er hätte meine Mutter nie unter Vorspiegelung falscher Tatsachen geheiratet. Das war nicht seine Art. Sie log. Mir war klar, was geschehen war. Die *Sydney Gazette* hatte seine ganze Lebensgeschichte gebracht, die Frau hatte sie gelesen, und es war für sie ein leichtes gewesen, eine passende Geschichte dazu zu erfinden. Sie mußte vollkommen skrupellos sein; infolge der großen Entfernung zwischen Australien und England war es sogar möglich, daß sie mit ihrer Klage Erfolg hatte.
Ich hatte keine Ahnung, wie mein Leben in diesem Fall weiter verlaufen würde. Ich hatte meine Familie verloren und diesen Verlust noch nicht überwunden. Dann hatte ich Rolf durch meine eigene Schuld verloren, und jetzt geriet ich in Gefahr, mein Zuhause zu verlieren. Es hatte den Anschein, als wolle mir das Schicksal alles rauben, was mir lieb und teuer war. Ich konnte nicht glauben, daß das alles Wirklichkeit war, es war einfach nicht möglich, daß meine Familie, in deren Schoß ich aufgewachsen war, gar keine Familie gewesen war.

Und doch war Mr. Tamblin der Ansicht, daß diese Frau damit durchkommen könnte.
Ich war mehrere Meilen ziellos weitergeritten und befand mich plötzlich vor Croft Cottage. Es war beinahe, als hätte mich die Vorsehung hierher geführt, denn es brachte mich auf eine Idee. Es war ein entzückendes, kleines Haus, das außerhalb des Besitzes lag; meine Mutter hatte es vor zehn Jahren gekauft. Eines der Dienstmädchen erwartete ein Kind, dessen Vater auf dem Gut beschäftigt war. Sie mußten möglichst rasch heiraten, und meine Mutter hatte das Cottage gekauft, damit sie ein Dach über dem Kopf hatten. Es war daher Eigentum meiner Mutter gewesen und gehörte nicht zu dem Gut. Was für eine seltsame Vorstellung! Wenn die Geschichte dieser Frau stimmte, dann war diese Kate vielleicht das einzige Zuhause, das ich in Cornwall besaß.
Ich ritt um das Haus herum. Es stand leer, weil die Familie kurz vor unserer Reise nach Australien in den Norden von England übersiedelt war. Ein Verwandter des Mannes hatte ihm eine Beteiligung an seinem Bauernhof angeboten, und bisher hatte niemand anderer das Haus beansprucht.
Doch meine Überlegungen waren absurd. Natürlich würde sich herausstellen, daß diese Frau eine Betrügerin war. Ich ritt langsam nach Cador zurück.
Sofort nach meinem Eintreffen ließ ich Isaacs und Mrs. Penlock in den Salon kommen. Sie sahen mich erwartungsvoll an, denn ihnen war klar, daß ein bedeutsames Ereignis eingetreten war.
Ich kam sofort zur Sache.
»In der Stadt hält sich eine Frau auf, die behauptet, daß sie die Tochter meines Vaters sei und daß er bereits mit ihrer Mutter verheiratet gewesen sei, als er die Ehe mit meiner Mutter einging. Sie erhebt Anspruch auf Cador.«
Selbst Mrs. Penlock war sprachlos.
»Sie wird natürlich den Beweis für ihre Behauptungen

erbringen müssen, aber wenn ihr das gelingt, wird es hier zu großen Veränderungen kommen. Dann gehört Cador ihr statt mir.«

Isaacs war blaß geworden und sah mich entsetzt an.

»Wie kann die Frau nur so etwas behaupten?« stammelte Mrs. Penlock. »Das Ganze ist doch erlogen.«

»Das glaube und hoffe ich auch, Mrs. Penlock, aber ihre Behauptungen müssen zuerst überprüft werden. Und Mr. Tamblin findet, daß ihre Geschichte glaubwürdig klingt. Sie sagt natürlich, daß sie Beweise in Händen hält. Es wäre gut, wenn Sie der Dienerschaft alles erklären. Die Leute wissen, daß etwas im Gange ist, und es ist besser, wenn sie die Wahrheit erfahren, statt auf Gerüchte angewiesen zu sein. Vor allem da es Auswirkungen auf ihre Zukunft haben kann.«

»Ich werde es ihnen mitteilen, Miss Cadorson«, versprach Isaacs.

Mrs. Penlock nickte. »Nehmen Sie diese böse Frau gar nicht zur Kenntnis, Miss Cadorson.«

»Leider muß ich sie zur Kenntnis nehmen, Mrs. Penlock, bis sich herausstellt, daß sie eine Betrügerin ist.«

»Das wird sehr bald der Fall sein, davon bin ich überzeugt.«

Ich betete im stillen, daß sie recht behalten möge.

Ich fand keine Ruhe, ging im Haus herum und dachte nur: Es ist möglich, daß ich nicht das Recht habe, mich hier aufzuhalten. Es ist möglich, daß ich Cador verlassen muß.

Am nächsten Tag ritt ich zum Büro des Anwalts. Mr. Tamblin empfing mich im Vorraum.

»Kommen Sie herein, Miss Cadorson, sie ist bereits da, und Mr. Hanson ist ebenfalls anwesend. Folgen Sie mir bitte in mein Büro.«

Als ich das Büro betrat, kam mir Rolf entgegen, ergriff meine Hände und sah mich ernst an.

»Guten Morgen, Annora.« Er war sichtlich beunruhigt und bedrückt.

Es war eine Erleichterung für mich, daß er da war.
Dann erblickte ich sie. O nein, dachte ich, sie ist nicht die Tochter meines Vaters.
Sie war groß und kräftig, hatte ein breites Gesicht, große, kobaltblaue Augen, dichtes, rötlich schimmerndes Haar und wirkte irgendwie aggressiv. Nein, nein, dachte ich wieder, sie kann nie seine Tochter sein.
»Das ist Miss Maria Cadorson«, stellte Mr. Tamblin vor, »und das ist Miss Annora Cadorson.«
Sie lachte kurz und schneidend. »Wir sind Schwestern... oder genauer Halbschwestern.«
Ich antwortete ihr nicht, denn ich war anderer Meinung.
Mr. Tamblin fuhr fort: »Ich habe bereits mit Miss Annora Cadorson über Ihre Behauptung gesprochen. Es fällt ihr schwer, Ihnen Glauben zu schenken, da sie weiß, daß ihr Vater sich nie so verhalten hätte.«
»Ich habe ihn nie kennengelernt«, wandte sie sich an mich. »Als er uns verließ, war ich noch sehr klein. Er hat meine Mutter sitzengelassen, so daß sie mich allein aufziehen mußte.«
»Mein Vater hat sich nie vor einer Verantwortung gedrückt«, widersprach ich.
»Diese eine Verantwortung wollte er offenbar vergessen.«
Mr. Tamblin hüstelte. »Miss Maria Cadorsons Anwalt muß jeden Augenblick eintreffen und den Trauschein mitbringen. Bevor er dieses Dokument vorgelegt und wir es untersucht und auf seine Echtheit überprüft haben, erübrigt sich jegliche Diskussion.«
Die Frau sah mich an, und ihr Ausdruck wurde weicher. »Ich weiß sehr gut, wie Ihnen zumute ist. Es muß ein schrecklicher Schlag für Sie sein. Ich weiß sehr viel über das Haus, denn meine Mutter hat mir immer wieder von ihm erzählt. Obwohl mein Vater damals nicht wußte, daß es ihm jemals gehören würde, konnte er nicht aufhören, davon zu sprechen. Er war davongelaufen und hatte sich den Zigeunern angeschlossen, weil er sich mit seinem

älteren Bruder nicht vertrug. Doch dann kam alles anders, weil sein Bruder starb und er der Alleinerbe war. Er kehrte nach England zurück, um sein Erbe anzutreten, und vergaß einfach, meine Mutter und mich mitzunehmen.«

»Das kann nicht stimmen. Mein Vater hätte sich nie so verhalten.«

»Er hat es trotzdem getan, und meine Mutter mußte für sich und sein Kind sorgen. Zum Glück lebte ihr Vater noch und nahm uns bei sich auf. Doch in Wirklichkeit gehörte sie hierher nach Cador, in das Haus, von dem sie so oft gehört hatte. Mein Vater hatte es ihr so genau geschildert, daß sie das Gefühl hatte, es aus eigener Anschauung zu kennen. Er hatte ihr den Kerker beschrieben, in dem jetzt Lebensmittel aufbewahrt werden, weil es dort unten so kühl ist; die Küche mit den Bratspießen; die Speisekammer und die Waschküche. Am liebsten hatte ich es, wenn sie vom Speisesaal erzählte und die Wandteppiche schilderte, auf denen der Krieg der Rosen und der Kampf des Parlaments gegen Karl I. dargestellt sind. Seither sehnte ich mich danach, das alles selbst einmal zu sehen.«

Ich hörte ihr entgeistert zu; ihre Beschreibung von Cador stimmte bis in alle Einzelheiten.

»Am meisten haben mich die sogenannten Gucklöcher fasziniert«, fuhr sie fort. »Ich kann es nicht erwarten, sie zu sehen, vor allem in dem Sonnenraum. Ich möchte durch die Gucklöcher in die Kapelle und die Halle hinunterschauen. Ich möchte über die Zinnen gehen und auf das Meer hinausblicken. Aber am neugierigsten bin ich doch auf die Gucklöcher.«

Sie kennt das Haus, dachte ich, sie kennt es genau. Das ist unmöglich, wenn sie nicht...

Sie bemerkte, welche Wirkung ihre Worte auf mich ausübten, und ich bildete mir ein, daß ihre Augen boshaft glitzerten.

»Meine Mutter hat sogar versucht, Schiffchenarbeiten anzufertigen«, fuhr sie fort. »Mein Vater hatte ihr nämlich von den Stühlen im Eßzimmer erzählt, und er verstand es, die Gegenstände so zu schildern, daß man sie vor sich sah.«

Mr. Tamblin wirkte besorgt, und auch Rolf war betroffen, denn auch er wußte natürlich, daß nur jemand, der Cador genau kannte, es so beschreiben konnte.

Ich war erleichtert, als ihr Anwalt eintraf, den sie aus Sydney mitgebracht hatte.

Sie stellte ihn als Mr. Trilling vor. Natürlich hatte er ebenfalls in den Zeitungen über den Fall gelesen. Damals hatte ganz Sydney über nichts anderes gesprochen. Mr. Trilling erklärte, daß Miss Maria Cadorsons Aussagen der Wahrheit entsprächen und daß der Trauschein zweifellos echt sei.

Dann kam der dramatische Augenblick, als er den Trauschein vorlegte. Mr. Tamblin griff hastig nach ihm und studierte ihn gemeinsam mit Rolf. Sie schauten einander entgeistert an. »Er sieht aus, als wäre er echt«, gab Mr. Tamblin zu.

Rolf blickte mich so mitfühlend an, daß er damit meine schlimmsten Befürchtungen bestätigte.

»Natürlich wird das Dokument von Sachverständigen untersucht werden müssen«, wandte Mr. Tamblin ein.

»Darf ich es sehen?« fragte ich.

Er reichte mir die Urkunde, und ich las die Namen: Jake Cadorson und Hilda Stillman.

Stillman... der Name kam ihr irgendwie bekannt vor.

»Ihre Mutter hieß also Hilda Stillman?« vergewisserte ich mich.

»Richtig. Mein Großvater hieß Tom Stillman und besaß eine ansehnliche Farm. Der Ort Stillman's Creek ist nach ihm benannt, weil er der erste Siedler in der Gegend war.«

»In welchem Teil von Australien befindet sich dieser Ort?« erkundigte sich Mr. Tamblin.

»Südlich von Brisbane, beinahe an der Grenze zwischen Neusüdwales und Queensland.«

Der Raum drehte sich um mich, denn ich erlebte den Tag wieder, an dem ich im Zimmer meines Vaters seine Sachen durchgesehen hatte.
Ich sah das kleine Notizbuch vor mir, das ich ihm geschenkt hatte. Ich erinnerte mich genau an die Eintragung: Stillman's Creek, an der Grenze zwischen Neusüdwales und Queensland.
Er war also im Besitz dieser Adresse gewesen und hatte sich bei Gregory Donnelly danach erkundigt, wo der Ort lag.
Als mein Vater sie verlassen hatte, war Hilda Stillman in das Haus ihres Vaters zurückgekehrt, und Maria war dort aufgewachsen.
Ich hörte noch die Stimme meines Vaters und Gregory Donnellys Antwort. Mein Vater hatte diesen Ort aufsuchen wollen.
Was hatte das zu bedeuten?
Anscheinend nur eines: daß ihm Stillman's Creek bekannt war, der Ort, an dem das Mädchen zu Hause war, das sich als seine Tochter bezeichnete.
Was hatte er vorgehabt? Sie mit Geld abzufinden? Natürlich hatte er seine Tochter wiedersehen wollen. War das der eigentliche Grund gewesen, aus dem er die Reise nach Australien unternommen hatte?
Sie hatte von Cador gesprochen, als würde sie es kennen. Dafür gab es eine einzige Erklärung: Ihre Geschichte war wahr. Sie war die eheliche Tochter meines Vaters, und ich war ein Bastard. Ich hatte keinen Anspruch auf Cador. Ich hatte nicht nur meine Angehörigen verloren, sondern würde mein Zuhause ebenfalls verlieren.

Entdeckungen

Ich werde die darauffolgenden Monate nie vergessen, denn es war die schlimmste Zeit meines Lebens. Mein Verstand sagte mir, daß Marias Geschichte stimmte, doch mein Gefühl versicherte mir, daß es nicht wahr sein konnte. Mein Vater hätte Maria und ihre Mutter niemals verlassen. Hätte er diese Frau tatsächlich geheiratet, dann wäre ihm irgendwann klar geworden, daß er einen verhängnisvollen Fehler begangen hatte, und daß sie nie nach Cador passen würde. Er hätte bestimmt überlegt, wie er sie loswerden könnte, hätte es aber nie auf diese Art und Weise getan.

Der Fall kam vor Gericht, denn Mr. Tamblin bestand darauf. Ich konnte nicht einfach meinen Besitz nur deshalb einer Frau überlassen, weil sie Anspruch auf ihn erhob. Ein Gerichtshof mußte über den Fall entscheiden, und die entsprechenden Dokumente mußten ausgefertigt werden.

Rolf war mir während dieser Zeit eine große Stütze. Die Ereignisse hatten ihn überrumpelt. Ich hatte das Bedürfnis, ihm alles zu sagen, was ich mir nach dem Gespräch mit Onkel Peter vorgenommen hatte. Es war mir inzwischen vollkommen gleichgültig, was in jener Sonnwendnacht wirklich geschehen war. Doch er blieb zurückhaltend; wahrscheinlich konnte er mir nicht verzeihen, was ich ihm angetan hatte.

Uns trennte eine hohe Mauer. Er half mir, gab mir Ratschläge, stellte mir sein Wissen, sein Mitgefühl, seine Zeit zur Verfügung – doch wir standen einander nicht mehr so nahe wie früher.

Er war ebenfalls der Meinung, daß die Angelegenheit vor Gericht kommen müsse.

Ich fürchtete mich davor.

Die Frau erzählte ihre Geschichte gut. Ihre Mutter hatte

meinen Vater – so stellte sie es jedenfalls dar – in einem Hotel in Sydney kennengelernt, in dem sie als Kellnerin arbeitete. Sie hatten sich angefreundet. Er verbüßte seine Strafe, heiratete sie und erwarb einen kleinen Besitz, den er Cadorsons nannte. Dort kam Maria zur Welt. Dann hatte mein Vater offenbar von seiner Erbschaft erfahren, sie seiner Frau jedoch verheimlicht. Er hatte ihr erzählt, daß er den Besitz an einen Mann namens Thomas Donnelly verkaufen und dann nach Sydney fahren wollte, um mit dem Geld eine größere Farm zu erwerben. Sie waren zusammen nach Sydney gefahren, und dort hatte er sie sitzenlassen. Sie stand ohne einen Pfennig da und konnte nichts anderes tun, als zu ihrem Vater nach Stillman's Creek zurückzukehren. Maria wuchs auf dieser Farm auf. Als dann die Zeitungen seitenlange Berichte über den Tod von Jake Cadorson brachten, wurde ihr klar, daß dieser Mann ihr Vater war, der sie und ihre Mutter verlassen hatte. Sie sprach mit Freunden darüber, und diese rieten ihr, Anspruch auf den Besitz in Cornwall zu erheben, der von Rechts wegen ihr gehörte. Das tat sie nun.

Der Trauschein wurde geprüft, und das Gericht entschied, daß er echt war.

Ihr Anwalt erinnerte das Gericht daran, daß Sir Jake Cadorson Erfolg bei Frauen gehabt hatte. Er hatte eine uneheliche Tochter, die in Kent im gleichen Jahr zur Welt gekommen war, in dem er für sieben Jahre nach Australien deportiert worden war. Fremde Menschen hatten sich des Kindes angenommen, während sich der Vater überhaupt nicht darum gekümmert hatte.

Unser Anwalt wies darauf hin, daß mein Vater von der Existenz dieses Kindes erst bei seiner Rückkehr nach England erfahren habe; vorher hätte er, eben weil er nach Australien deportiert worden war, ohnehin nichts unternehmen können.

Mir wurde sehr bald klar, in welche Richtung der Fall steuerte. Allem, was gegen meinen Vater sprach, wurde großes Gewicht beigemessen. Der Trauschein war echt, Marias Geschichte paßte genau zu allen bekannten Fakten, und es wurde auch darauf hingewiesen, daß mein Vater deshalb deportiert worden war, weil er einen Mann getötet hatte, der laut der Aussage meines Vaters ein Zigeunermädchen vergewaltigen wollte.

Sie verunglimpften meinen Vater, und das konnte ich nicht ertragen: Um zu beweisen, daß Maria im Recht war, beschrieben sie meinen Vater als gewissenlosen Schürzenjäger.

Ich wußte vom ersten Augenblick an, daß wir den Prozeß verlieren würden, Marias Geschichte klang zu echt; ich mußte zugeben, daß sogar ich ihr geglaubt hätte, wenn ich meinen Vater nicht so genau gekannt hätte.

Dann wurde das Urteil gefällt: Sie hätte die Wahrheit gesprochen. Sie hätte bewiesen, daß sie die Tochter meines Vaters, daß seine Heirat mit meiner Mutter ungültig und daß sie die rechtmäßige Erbin von Cador sei.

Nach dem Urteil sprach sie mich vor dem Gerichtsgebäude an.

»Ich will Sie nicht drängen, denn ich kann mir gut vorstellen, was in Ihnen vorgeht. Sie werden natürlich Ihre persönlichen Habseligkeiten mitnehmen wollen. Sie können in dem Haus bleiben, bis Sie etwas anderes gefunden haben.«

»Ich werde auf einige Zeit nach London fahren«, erwiderte ich. »Ich möchte so rasch wie möglich von hier fort.«

Dafür hatten alle Verständnis.

Die Stimmung im Haus war gedrückt, und die Dienerschaft besorgt. Die Vorstellung, daß sie eine neue Herrin bekommen würden, erfüllte sie mit Unbehagen, denn sie hingen an mir.

Kurz darauf trafen Onkel Peter und Tante Amaryllis ein, um mich nach London mitzunehmen. Wir reisten wenige Tage später ab.

Ich wußte nicht, wie es mit mir weitergehen würde.

Zeitweise war ich von glühendem Zorn erfüllt, dann wieder verfiel ich in tiefe Teilnahmslosigkeit.
Daß sie den guten Ruf meines Vaters in den Schmutz gezerrt hatte, machte mich zornig. Ich wußte, daß er in seiner Jugend wild gewesen war. Er war Tamarisks Vater, und sie war die Frucht einer kurzlebigen Affäre. Doch er hätte die ihm angetraute Frau und sein Kind niemals verlassen. Er wäre nie eine Scheinehe mit meiner Mutter eingegangen. Die Beweise sprachen zwar gegen ihn, doch mein Herz war anderer Ansicht.
Tante Amaryllis war sehr traurig, denn ihr Glaube an die göttliche Gerechtigkeit war ins Wanken geraten.
Onkel Peter war nachdenklich; er überlegte bestimmt, wie man das Urteil anfechten konnte. Er hatte sich noch nie mit einer Niederlage abgefunden. Doch aus seinem Verhalten ging klar hervor, daß er die Anschuldigungen gegen meinen Vater für gerechtfertigt hielt.
Wären wir nicht nach Australien gefahren, so wäre dies alles nicht geschehen, dachte ich immer wieder.

Helena, Peterkin und Frances begrüßten mich herzlich. Seit Peterkin und Frances verheiratet waren, gingen sie mehr denn je in ihrer Arbeit auf. Helena hatte sich verändert. Sie war jetzt eine erfahrene Gastgeberin und hatte ihre Schüchternheit beinahe vollkommen abgelegt. Sie war wieder schwanger und sehr glücklich darüber. Matthews Buch war erschienen und hatte – dafür hatte Peter gesorgt – Aufmerksamkeit erregt. Matthew würde bei den bevorstehenden Wahlen kandidieren.
»Dadurch haben wir alle sehr viel zu tun«, erzählte Helena. »Wir veranstalten eine große Wahlkampagne, die von meinem Vater finanziert wird. Er ist davon überzeugt, daß Matthew ins Parlament einziehen wird. Seit dem Erscheinen seines Buches wissen die Menschen, wie gut er ist.«
Sie zeigte sehr viel Mitgefühl für mich.
»Wir haben den Fall in den Zeitungen verfolgt, und Mutter

hätte dich am liebsten nach London geholt, aber du mußtest natürlich der Verhandlung beiwohnen. Vater war der Ansicht, daß der Fall nach London und nicht vor ein kleines Gericht auf dem Land gehört hätte. Er überlegt, ob man ihn noch einmal aufrollen kann.«
Sie blickte mich besorgt an, und ich schüttelte den Kopf.
»Das Urteil ist ergangen und wird nicht geändert werden. Außerdem könnte ich es nicht ertragen, das Ganze noch einmal durchzustehen.«
»Glaubst du wirklich, daß es wahr ist, Annora?«
»Mein Vater hätte so etwas nie getan«, antwortete ich überzeugt.
»Natürlich nicht«, beruhigte sie mich, aber sie war bestimmt wie alle anderen der Ansicht, daß Marias Behauptungen auf Wahrheit beruhten.
»Was wirst du jetzt unternehmen?« wollte sie wissen.
»Das weiß ich nicht», antwortete ich wahrheitsgemäß.
»Irgend etwas wird sich schon ergeben. Du weißt, daß du hier immer ein Zuhause hast. Tamarisk und Jonathan würden sich bestimmt freuen, wenn du nach Eversleigh kämest und meine Eltern ebenfalls.«
»Ich muß alles erst einmal überdenken, Helena. Ich war bis jetzt noch nicht fähig, einen Entschluß zu fassen.«
Auch Onkel Peter sprach mit mir über meine Zukunft, und zwar kurz und sachlich, wie es seine Art war.
Er empfand es als entsetzlich, daß ich Cador verloren hatte. Das erschütterte ihn am meisten.
Als ich erwähnte, daß der gute Ruf meines Vaters in den Schmutz gezogen worden war, tat er diese Tatsache mit einem Schulterzucken ab.
»Das tut ihm nicht mehr weh.«
»Aber du kannst doch nicht glauben, Onkel Peter...«
Er runzelte die Stirn. »Ich kann glauben, daß ihm klargeworden ist, was es für ein Fehler von ihm war, diese Frau zu heiraten, und daß er sie loswerden wollte. Aber ich bin davon überzeugt, daß er für sie gesorgt hätte. Es war nicht

seine Art, sich bei Nacht und Nebel davonzuschleichen. Daß er die Frau geheiratet hat, halte ich für möglich. Er hat geglaubt, daß er sein Leben lang in Australien bleiben würde, und hat sich dort ein neues Heim geschaffen; für Frauen hat er immer etwas übrig gehabt. Ich kann mir gut vorstellen, wie es dazu gekommen ist. Doch wir können nie sicher sein, Annora, warum sollen wir also unsere Zeit mit müßigen Gedankenspielereien vergeuden? Wenden wir uns praktischen Überlegungen zu. Wir müssen an dich denken. Hast du irgendwelche Pläne?«

Ich schüttelte den Kopf.

»Ich würde mich natürlich gern genauer mit dieser Geschichte beschäftigen«, fuhr Onkel Peter fort. »Der Fall ist zu oberflächlich behandelt worden, und das Gericht ist zu rasch zu einem Schluß gelangt. Ich würde am liebsten jemanden nach Australien schicken, damit er sich dort umsieht.«

»Sie besitzt den Trauschein; das Datum und alles Übrige passen zusammen. Damit hat sie das Gericht überzeugt.«

»Es ist sehr geschickt ausgedacht... falls sie es sich ausgedacht hat. Doch es gibt oft ein Hintertürchen.« Er kniff die Augen zusammen und sah mich an. »Es war ein Fehler, die Verhandlung in Cornwall durchzuführen. Sie hätte in London stattfinden und wir hätten die besten Anwälte engagieren müssen. Es ist um ein großes Vermögen gegangen.«

»Ich möchte die ganze leidige Angelegenheit vergessen, Onkel Peter.«

»Also gut. Und was willst du jetzt unternehmen? Du bist nicht mittellos, du besitzt das Vermögen deiner Mutter. An das kann sie nicht heran, denn sie hat nur Anspruch auf Cador und auf das Vermögen deines Vaters. Ein geschickter Anwalt hätte darauf hingewiesen, daß du dein ganzes Leben als Jakes Tochter auf Cador verbracht und an diese Tatsache gewisse Erwartungen geknüpft hast. Man hat ihr Cador bedenkenlos überlassen... mit allem Drum und Dran.«

»Ich habe meinen persönlichen Besitz zusammengesucht... ein paar Möbel, Kunstgegenstände und so weiter. Mr. Tamblin sorgt dafür, daß sie in ein Lagerhaus kommen. Außerdem gibt es Croft Cottage, das meiner Mutter gehört hat. Das wird wohl weiterhin mein Eigentum bleiben.«

»Du verfügst also über einen kleinen Besitz.«

»Ja, der aber leider instandgesetzt werden muß.«

»Beauftrage Tamblin damit, das Haus in Ordnung bringen zu lassen.«

»Ich will nicht darüber nachdenken...«

»Ich werde für dich denken. Es ist klein, aber es gehört dir; du kannst selbst darin wohnen oder es vermieten.«

»Du bist ein so praktisch denkender Mensch, Onkel Peter.«

»Das muß man sein. Du solltest dir eine Beschäftigung suchen, Annora, du mußt deinem Leben einen Sinn geben. Du hast selbst erlebt, wie sehr Helena sich verändert hat.«

»Ja, es ist ein Wunder.«

»Du mußt dich zusammenreißen, du mußt von vorn anfangen. Du hast eine schwere Zeit hinter dir, dich hat ein Schlag nach dem anderen getroffen.«

»Jeder davon war die Voraussetzung für den nächsten.«

»So geht es im Leben zu. Es ist ein Jammer, daß du den jungen Mann nicht geheiratet hast.«

Ich schwieg.

»Dann hätte dich der Verlust von Cador nicht so schwer getroffen. Soviel ich weiß, blüht und gedeiht sein Besitz. Dein Vater hat einmal erwähnt, daß er in wenigen Jahren Cador den Rang ablaufen wird.«

»Du denkst immer an die materielle Seite eines Problems, Onkel Peter.«

»Man darf sie nie außer acht lassen. Davon hängen die Annehmlichkeiten des Lebens ab, und diese Annehmlichkeiten mildern die Pfeile und Schleudern. Wenn du ihn geheiratet hättest, besäßest du jetzt ein Zuhause. Es wäre

Balsam auf deine Wunden gewesen, wenn du deine Nachbarin hättest ausstechen können. Was weiß diese Frau schon von großen Landsitzen?«
»Sie hat ja Bob Carter, der das Gut für sie führen kann.«
»Vom Gutsherrn hängt sehr viel ab. Es wäre genau die Aufgabe gewesen, die du brauchtest, Annora, es hätte deinem Leben nämlich Würze verliehen. Die fehlt dir.«
»Dir hätte diese Rivalität Spaß gemacht, und du hättest bestimmt Möglichkeiten gefunden, sie auszustechen«, meinte ich.
»Und du nimmst an, daß ich ihr gegenüber kaum Skrupel gehabt hätte.«
»Vielleicht.«
»Du traust mir nicht, nicht wahr? Du hat ein gutes Gedächtnis und hast nicht vergessen, wie ich Joseph Cresswell mitgespielt habe. Meiner Meinung nach habe ich richtig gehandelt. Er war nicht der richtige Mann für dieses Amt. Er hatte keine Ahnung von Londons lasterhafter Unterwelt. Ich hingegen kenne mich in ihr aus, und deshalb hatte ich mit meiner Handlungsweise recht. Ich weiß, daß du anderer Meinung bist. Es ist erstaunlich, wie gut du über mich Bescheid weißt. Dann denke aber auch an das Gute, das ich tue. Dank meiner Unterstützung wirkt die Mission Wunder. Das ist doch nicht schlecht von mir, nicht wahr? Es ist ganz gleich, woher das Geld kommt, vorausgesetzt es dient einem guten Zweck.«
»Über diese Frage ist schon oft philosophiert worden.«
»Und hast du eine befriedigende Antwort gefunden?«
Ich schüttelte den Kopf. »Zu mir warst du jedenfalls immer gut, Onkel Peter.«
»Ich habe dir ja schon gesagt, daß ich eine Schwäche für deine Mutter gehabt und sie jetzt auf dich übertragen habe. Und nun höre mir zu. Du wirst Helena und Matthew nach Mobury begleiten. Dort gibt es eine Menge zu tun, denn wir müssen den jungen Mann ins Parlament bringen. Du wirst für seine Kandidatur werben, und das ist Schwerar-

beit. Du wirst den Wählern erklären, warum sie für Matthew Hume, den Reformator, stimmen müssen. Lies sein Buch, es ist aufschlußreich. Er hat gute Arbeit geleistet. Er hat die Sträflinge zum Sprechen gebracht, und manche seiner Geschichten sind ganz schön hart. Das Buch wird dich aufrütteln. Hör auf zu grübeln, ich habe dir schon einmal auseinandergesetzt, daß du wieder auf die Beine kommen mußt, wenn das Leben dich zu Boden schlägt. Denk doch an die armen Teufel, die wegen eines geringfügigen Vergehens oder vielleicht wegen ihrer politischen Einstellung in die Sklaverei verbannt wurden. Dann wirst du begreifen, daß du noch immer für sehr vieles dankbar sein mußt.«

»Ich bin vor allem für dich dankbar, Onkel Peter. Du bist sehr gut zu mir. Es hat mir immer geholfen, wenn ich mit dir sprechen, dir zuhören konnte.«

»Komisch, daß du das von einem alten Bösewicht wie mir behauptest.«

»Du bist ein sehr liebenswerter Bösewicht, und du hast mich beinahe davon überzeugt, daß deine Schurkerei eine Tugend ist.«

»Das ist ja das Wesen der Schurkerei, geliebte Annora.«

In London konnte ich meinen Verlust am ehesten vergessen. Es würde bestimmt interessant sein, mit Helena und Matthew nach Mobury zu fahren. Es war herrlich gewesen, Jonny wiederzusehen. Zuerst hatte er mich nicht wiedererkannt, doch nach einer Weile schien er sich an mich zu erinnern, und wenn ich mit ihm spielte, vergaß ich meinen Kummer.

Inzwischen hatten sich in der Politik Veränderungen ergeben. Die Königin war sehr glücklich verheiratet.

»Sie hat damit Lord Melbourne ganz schön vor den Kopf gestoßen«, meinte Onkel Peter. »Aber er nimmt es ihr anscheinend nicht übel, und wir sind alle froh, daß sie den richtigen Mann gefunden hat.«

Sie war bei der Bevölkerung wieder so beliebt wie vor der Affäre Flora Hastings.
»Für die Leute ist immer noch eine Hochzeit das Allerschönste«, dozierte Onkel Peter. »Über eine königliche Hochzeit vergessen sie sogar die Hofintrigen.«
Jemand hatte einmal davon gesprochen, daß ich in die Gesellschaft eingeführt werden sollte. Es war gut, daß nichts daraus geworden war, denn ich hätte mich entschieden geweigert. Onkel Peter befürchtete, daß dadurch der Skandal um seine Person wieder aufleben konnte, denn er hatte schon einige Male bemerkt, daß der Mann der Königin ausgesprochen prüde war.
Prinz Albert wäre in bezug auf Geldmittel, die aus trüben Quellen stammten und einem guten Zweck zugeführt wurden, bestimmt anderer Meinung gewesen als Onkel Peter.
Kurz darauf herrschte große Aufregung, weil ein Attentat auf die Königin verübt worden war. Der Täter war zwar ein Schankjunge, der als geistesgestört galt, doch die Tatsache an sich war ernüchternd. Die Königin hatte sich genauso großartig gehalten wie die meisten ihrer Vorfahren in ähnlichen Situationen. Doch es war ein Hinweis darauf, daß niemand seines Lebens sicher war.
In Mobury wurde ich vom Wahlkampffieber angesteckt, und es gab für mich nichts Wichtigeres auf der Welt als Matthews Sitz im Parlament.
Ich nahm an Versammlungen teil und hörte zu, wenn Matthew Reden hielt. Er entwickelte sich zu einem sehr guten Redner. Er geriet in Eifer, wenn er von der Gefängnisreform sprach, und überschüttete seine Zuhörer mit Berichten über seine Informationen aus erster Hand. Er wollte die Gesetze drastisch ändern und bessere Lebensbedingungen für die Armen schaffen. Er hatte die Mission besucht, die sein Schwager und dessen Frau führten, und er wußte, wovon er sprach. Die Menschen hörten ihm ergriffen zu.

Helena nahm ebenfalls an den Versammlungen teil und lächelte ihn stets bewundernd an. Sie erinnerte mich an Tante Amaryllis; es war wirklich erstaunlich, wenn ich daran dachte, unter welchen Umständen diese Ehe zustandegekommen war.
Sie war in die Ehe hineingewachsen – und wenn es jemals eine Vernunftheirat gegeben hatte, dann war es die ihre. Doch jetzt war Helena sichtlich zufrieden.
Wenn ich die beiden beobachtete, mußte ich jedesmal an Rolf denken. Wie dumm war ich doch gewesen. Ich hatte wegen eines Traums und wegen eines lange zurückliegenden Ereignisses mein Glück mit Füßen getreten.
Vielleicht sollte ich nach Cornwall zurückkehren und mich in Croft Cottage niederlassen. Dann würde ich öfter Gelegenheit haben, mit Rolf zusammenzukommen; vielleicht kamen wir dann auf die Sonnwendnacht zu sprechen, und ich konnte ihm erklären, wie sehr mich dieses Erlebnis verändert hatte.
Wenn ich Rolf wiedersehen könnte... wenn ich die Mauer zwischen uns niederreißen könnte... wenn wir zusammen sein könnten... wenn ich die Sonnenwende vergessen könnte... wenn ich ihm Glauben schenken könnte... wenn er mich wieder bäte, ihn zu heiraten, obwohl ich Cador nicht mehr besaß... wie glücklich würde ich dann sein.
Ich beschloß zurückzufahren, aber nicht sofort.
Helena tat ihre Schwangerschaft sichtlich gut, und Onkel Peter freute sich darüber. Es war von Vorteil, wenn ein Kandidat ein glückliches Familienleben vorweisen konnte. Wo Joe Cresswell jetzt wohl sein mochte? Und womit beschäftigte er sich? Er hätte sich bestimmt gern an Matthews Stelle befunden, denn er war sehr ehrgeizig gewesen; er war in die Fußstapfen seines Vaters getreten, als er einen Sitz im Parlament angestrebt hatte.
Onkel Peter hatte ihn daran gehindert. Ich fragte mich wieder einmal, warum ich Onkel Peter so gern hatte. Er

war ein gewissenloser, amoralischer Mensch. Doch er hatte immer eine Erklärung für seine Handlungsweise, und die lief stets darauf hinaus, daß auch das Böse seine guten Seiten hat.
Am Wahltag war die Spannung geradezu greifbar. Ich fuhr mit Helena in der Kutsche herum, und wir schwenkten Fähnchen mit der Aufschrift: »Wählt Matthew Hume, den Mann, der ein Herz für die Unglücklichen hat.«
Onkel Peter kam am Nachmittag nach Mobury. Er war mit dem Verlauf der Wahlkampagne äußerst zufrieden.
Spät nachts wurden die Wahlergebnisse bekanntgegeben. Matthew Hume war als Vertreter von Mobury ins Parlament gewählt worden.
War das eine Feier! Onkel Peter führte den Vorsitz. Wir stießen mit Champagner auf das neue Parlamentsmitglied an; Matthew stand zwischen Helena und Onkel Peter und nahm die Gratulationen entgegen. Sogar ich vergaß eine Zeitlang meine Sorgen.

Als wir nach London zurückkehrten, stellte sich von neuem die Frage, was ich jetzt beginnen sollte. Ich mußte einen Entschluß fassen.
Ich besuchte Frances' Mission und staunte über die Veränderungen, die inzwischen vor sich gegangen waren. Sie verfügte jetzt über ein großes Haus mit vielen Räumen, und Frances erzählte mir, daß das alte Gebäude als Obdachlosenasyl diente.
Peterkin und sie arbeiteten Hand in Hand. Sie traten für die gleichen Ideale ein und wußten genau, was sie erreichen wollten. Peterkins sanftes Wesen stand im Gegensatz zu Frances' energischem Auftreten, und die beiden ergänzten einander ideal.
»Du siehst in uns zwei Menschen, die in vollkommener Harmonie miteinander leben«, erklärte mir Peterkin.
Ich beneidete sie, denn sei hatten das Glück gefunden. Nur ich konnte dieses Ziel anscheinend nicht erreichen.

Als ich ihnen vorschlug, ihnen einige Wochen zu helfen, waren sie begeistert.

»Gelegentlich kommen Menschen hierher, die uns ihre Hilfe anbieten«, erzählte Frances. »Oft sind es junge Mädchen aus der guten Gesellschaft, die Abwechslung suchen und Gutes tun wollen. Einige von ihnen sind uns tatsächlich eine Hilfe, aber den meisten geht es darum, von sich sagen zu können, daß sie bei uns mitgearbeitet haben. Mein Vater hat die Mission in Mode gebracht.«

Ich lernte in der Mission Armut kennen, von der ich nicht einmal im Traum angenommen hatte, daß es sie gibt. Ich suchte Dachkammern auf, in denen Frauen den ganzen Tag, oft bei schlechten Lichtverhältnissen, bei der Näharbeit saßen; viele von ihnen mußten Kinder ernähren. Die tiefliegenden Augen der Frauen verrieten mir, daß sie bis spät in die Nacht hinein arbeiteten – und das für einen Hungerlohn, der knapp für das nackte Leben reichte.

»Wir versuchen durchzusetzen, daß sie für ihre Arbeit mehr Lohn bekommen«, berichtete Frances. »Ich lasse einige für uns nähen und sorge dafür, daß sie gutes Essen erhalten.«

Am erschütterndsten waren die Kinder. Ein kleiner Junge, der nicht älter sein konnte als fünf Jahre, hatte seit seinem dritten Lebensjahr bei einem Schornsteinfeger gearbeitet. Er hatte Angst vor den finsteren, rußigen Kaminen und war seinem Meister davongelaufen. Peterkin hatte ihn auf der Straße aufgelesen und Frances hatte sich in ihrer energischen, unsentimentalen Art seiner angenommen. Als ich dort war, half er in der Küche. Der Kleine fühlte sich wie im siebenten Himmel und betete Frances an.

»Solche Erlebnisse machen uns bescheiden«, sagte Peterkin.

Dann gab es den achtjährigen Jungen, der die Straßen gekehrt hatte, überfahren und zum Krüppel geworden war. Frances ließ ihn leichte Arbeiten im Haus verrichten. Es gab Frauen, deren Ehemänner oder Liebhaber sie miß-

handelt hatten. Ich war über ihre Wunden entsetzt. Ich lernte ein wenig Erste Hilfe; ich kochte gelegentlich; ich versuchte mich in allen möglichen Beschäftigungen; und wie Peterkin wurde ich demütig und fühlte mich besser.
Eine junge Frau namens Kitty hatte mich besonders ins Herz geschlossen. Sie kam an einem Tag ins Haus, an dem Frances und Peterkin ausgegangen waren, und ich war die erste, die mit ihr sprach.
Sie war ungekämmt und halb verhungert und befand sich in einem erbärmlichen Zustand.
Sie stammelte, daß ihr jemand gesagt hatte, sie würde bei uns Hilfe finden.
Ich gab ihr Suppe – in der Küche brodelte immer ein Kessel mit Suppe auf dem Herd –, beruhigte sie und versprach ihr, daß wir ihr beistehen würden.
Sie wirkte verwirrt, einsam und verängstigt. Dabei war sie ein wirklich hübsches Mädchen.
Als Frances zurückkam, nahm sie sich ihrer an, und innerhalb von wenigen Tagen war aus Kitty ein anderer Mensch geworden. Sie war intelligent und fröhlich, aber sie hatte Schweres hinter sich. Sie war vom Land nach London gekommen und hatte in einem großen Haus eine Stelle als Aushilfsmädchen gefunden. Sie gefiel dem Herrn des Hauses, die Dame des Hauses bemerkte es und schickte sie ohne Geld und ohne Zeugnis fort.
»Das ist eine alte Geschichte«, meinte Frances.
Ich interessierte mich besonders für Kitty, und sie schien mich auch zu mögen. Sie war sehr tüchtig und führte die Küche beinahe allein.
Das Haus war nur spärlich möbliert.
»Wir geben kein Geld für unnütze Dinge aus«, erklärte Frances. »Obwohl uns mein Schwiegervater sehr viel Geld gespendet hat, reicht es noch immer nicht.«
Es gab einen großen Raum, in dem ein mächtiger, peinlich sauber geschrubbter Holztisch stand, an dem wir am Abend gemeinsam die Mahlzeiten einnahmen – für ge-

wöhnlich zwischen acht und neun Uhr. Meist gab es irgendein Stew, das auf dem Ofen vor sich hinbrodelte, so daß wir jederzeit essen konnten. Nach der Mahlzeit blieben wir sitzen, die Kerzen tropften, wir ruhten uns nach dem anstrengenden Tag aus und sprachen über unsere Arbeit und über das Leben im allgemeinen.

Ich werde diese Abende nie vergessen. Ich erinnere mich an Peterkins Zorn, wenn er etwas besonders Empörendes erlebt hatte, und an Frances sachliche Reaktion; auch die übrigen jungen Leute, die uns halfen, äußerten ihre Ansichten. Wir blieben bis tief in die Nacht hinein sitzen, entweder, weil wir in ein interessantes Gespräch vertieft waren, oder weil wir sogar zu müde waren, um ins Bett zu gehen, auch wenn es bereits Mitternacht geschlagen hatte.

Als ich eines Tages mit Einkäufen beladen nach Hause kam, begrüßte mich Frances in der Halle.

»Heute abend besucht uns jemand, den du kennst.«

»Wer denn?«

»Mein Bruder Joe.«

»Joe? Wie geht es ihm?«

Sie zuckte die Schultern. »Er kommt von Zeit zu Zeit nach London und sieht jedesmal bei seiner kleinen Schwester herein. Gelegentlich bleibt er einige Tage und hilft uns.«

»Ist er jetzt im Haus?«

»Nein, er war kurz hier, erledigt verschiedenes und kommt am Abend wieder. Ich habe ihm nicht verraten, daß du hier bist, denn ich habe nicht gewußt, ob du ihn sehen willst.«

»Warum sollte ich ihn nicht sehen wollen?«

»Ach, nur so.«

Offenbar glaubte sie wie viele andere, daß zwischen Joe und mir eine innigere Beziehung bestanden hatte, die durch den Skandal um Joes Vater und Onkel Peter beendet worden war.

Ich war auf das Wiedersehen mit Joe gespannt.
Beim Abendessen saß er mit uns bei Tisch. Er sah älter und ernster aus. Er schüttelte mir herzlich die Hand.
»Wie schön, Sie wiederzusehen, Annora.«
»Ich freue mich auch. Wie geht es Ihnen?«
»Sehr gut. Es kommt mir so lange vor...«
»Es ist auch lange her.«
»Sie waren inzwischen in Australien.«
»Ja.«
»Sie tuen mir sehr leid: Ich habe natürlich von allem erfahren.«
Ich nickte.
»Bleiben Sie länger hier?« wollte er wissen.
»Ich habe mir nichts Bestimmtes vorgenommen, ich helfe Frances und Peterkin ein wenig.«
»Sie wirken hier wahre Wunder.«
Es war ein triviales Gespräch, denn wir waren beide etwas befangen. Es gab zu vieles, an das wir uns erinnerten.
Wie sehr hatte sich das Leben für uns beide verändert, seit wir uns im Park kennengelernt hatten.
Im milden Kerzenlicht nach dem Essen, inmitten der Gespräche, ließ die Spannung allmählich nach. Joe lächelte sogar gelegentlich, und ich begann, mich über das Wiedersehen zu freuen.
Eine unserer Helferinnen, eine ernste, junge Frau aus dem Landadel, erzählte: »Ich habe heute nachmittag Reverend Goodson getroffen, der mit uns nicht ganz einverstanden ist. Er behauptet, daß aus unserer Tätigkeit nichts Gutes kommen kann, weil der größte Teil unseres Geldes aus einer schmutzigen Quelle stamme. Das waren seine Worte.«
Joe zuckte zusammen, und ein harter Zug trat um seinen Mund. Er dachte bestimmt daran, daß Onkel Peter sich rehabilitierte, indem er so großzügig Geld für wohltätige Zwecke spendete.
Die Frau fuhr fort: »Ich habe ihm erzählt, wie Sie Maggie

Trent dem brutalen Kerl entrissen haben, mit dem sie zusammengelebt hat, und daß Sie ihr das Leben gerettet haben, weil er sie sonst wahrscheinlich umgebracht hätte. Ich habe ihm von dem kleinen, grün und blau geschlagenen Tom erzählt, der bestimmt verrückt geworden wäre, wenn man ihn weiterhin gezwungen hätte, in Schornsteine hineinzuklettern. Er hat eine wahnsinnige Angst davor gehabt, daß er dabei verbrennen könnte. Ich habe dem ehrwürdigen Herrn erklärt, daß wir unzählige ähnliche Fälle hier haben, und daß ihr keinen Grund habt, darüber nachzudenken, von wo das Geld kommt, mit dem ihr Leben rettet.«

»Vielleicht haben Sie ihn dazu gebracht, ein wenig nachzudenken«, meinte Peterkin.

»Die Schwierigkeit bei solchen Leuten besteht darin«, fügte Frances hinzu, »daß sie nicht gewöhnt sind zu denken. Ihre Gedanken bewegen sich in ausgefahrenen Geleisen, denn es ist ja viel einfacher, sich an überlieferte Ansichten zu halten. Zum Glück berührt uns seine Einstellung nicht. Du hast bestimmt bemerkt, Joe, daß wir im Haus eine Menge Veränderungen durchgeführt haben. Wir haben unser Tätigkeitsgebiet erweitert, haben neue Projekte in Angriff genommen. Wir haben Glück gehabt.«

»Dank deines großzügigen Schwiegervaters«, bemerkte Joe bitter.

Frances sah ihren Bruder ungerührt an. Sie wußte, daß er meinen Onkel Peter haßte und ihm nicht verzeihen konnte, daß er seinen Vater ruiniert hatte; sie hingegen war ein ruhiger, vernünftiger Mensch und zog es vor, das Vergangene zu begraben. Ihre Mission blühte und gedieh, und das war ihr das Wichtigste. Sie tat mehr Gutes, als die Kommission für die Bekämpfung des Lasters je zuwege bringen würde. Für Frances waren Taten wichtiger als Worte.

Doch sie liebte ihren Bruder und wollte sich nicht die Freude an seinen Besuchen durch sinnlose Wortgefechte trüben lassen. Daher wechselte sie das Thema.

»Seit Annora hier ist, hat sie unermüdlich gearbeitet. Es wäre an der Zeit, daß sie sich einen Tag freinimmt. Warum unternehmt ihr nicht eine Bootsfahrt auf dem Fluß? Es gibt ein entzückendes altmodisches Gasthaus, das allgemein gelobt wird. Die Fischgerichte sollen dort ganz vorzüglich sein. Ihr beide habt bestimmt vieles zu besprechen.«
Joe sah mich erwartungsvoll an.
»Das würde ich gern tun«, stimmte ich zu.
»Dann werden wir morgen die Bootsfahrt unternehmen«, lächelte Joe.
Damit war Frances zufrieden und sprach wieder über den geplanten Anbau zur Küche.

Auf dem Fluß war es angenehm. Wir ruderten nach Richmond und entdeckten sofort hinter Kew am grasbestandenen Ufer das Gasthaus. Es hieß Sailor's Rest und sah bezaubernd aus. Im Garten, von dem aus man den Blick auf den Fluß hatte, waren Tische und Stühle aufgestellt.
Joe band das Boot fest, und wir gingen an Land.
Während des Essens erkundigte ich mich bei Joe, womit er sich jetzt beschäftigte. Er lebte mit seinen Eltern im Norden. Dort besaß sein Vater eine Baumwollspinnerei, die sie gemeinsam leiteten.
»Befriedigt Sie diese Arbeit?« wollte ich wissen.
»Sie nimmt mich in Anspruch. Ich lerne sehr viel über Baumwolle, und das Geschäft geht gut. Der Umsatz ist in den letzten Jahren deutlich gestiegen. Durch die neuen Maschinen wird die Erzeugung beschleunigt, während die Preise niedrig bleiben. Wir exportieren sehr viel nach Europa. Es ist interessant, aber...«
»Ich weiß, daß Sie eigentlich in die Politik gehen wollten, Joe.«
Nach einer kurzen Pause antwortete er: »Das ist der Grund, warum ich so selten nach London komme. Jedesmal, wenn ich an den Houses of Parliament vorbeigehe, muß ich an meine gescheiterten Pläne denken.«

»Warum versuchen Sie es nicht wieder?« Er sah mich verdutzt an. »Wie könnte ich das jetzt noch tun?«
»Die ganze Geschichte gehört doch längst der Vergangenheit an.«
Er schüttelte den Kopf. »Sobald einer von uns an die Öffentlichkeit tritt, würden sich die Menschen wieder an alles erinnern. Ich kann nicht verstehen, daß Frances sein Geld annimmt.«
»Frances hat gute Gründe für ihre Handlungsweise; sie verwendet das Geld für gute Zwecke.«
»Doch sie läßt sich von dem Mann, der unseren Vater ruiniert hat, finanziell unterstützen.«
»Sie sollten einmal mit Onkel Peter sprechen. Es wäre gut, wenn Sie ihn persönlich kennenlernen.«
»Lieber würde ich den Teufel kennenlernen.«
»Sie müssen das alles ruhig, kühl, vorurteilsfrei betrachten, Joe. Sie müssen lernen, andere Menschen zu verstehen.«
»Ich verstehe die Menschen nur zu gut. Mein Vater hatte die Chance, einen wichtigen Posten zu erhalten, der ihm die Möglichkeit bot, Gutes zu tun, das Laster auszurotten. Für Ihren Onkel war der Posten nur ein Sprungbrett zu ehrgeizigen Zielen. Noch dazu lebt er vom Laster. Es wäre eine Ironie gewesen, wenn er den Vorsitz in der Kommission erhalten hätte. Und um ihn zu erhalten, hat er meinen Vater vernichtet.«
»Dafür haben Sie versucht, ihn zu vernichten. Doch das dürfte niemandem so leicht gelingen.«
»Ich verstehe Sie nicht, Annora. Stehen Sie denn auf seiner Seite?«
»Eigentlich nicht.«
»Und ich verstehe auch meine Schwester nicht, die sein Geld dankend entgegennimmt.«
»Ich verstehe Frances, denn mit diesem Geld kann sie das Elend lindern. Durch ihre Tätigkeit rettet sie Menschenleben.«

»Es ist eine Frage der Moral.«

»Was ist Moral? Onkel Peters Geld stammt von Menschen, die es für ihre Laster ausgeben. Indem sie jedoch das Geld auf diese Art ausgeben, fördern sie das Gute, statt damit Kleider, Häuser, Pferde zu kaufen. Es ist schwierig, diese Frage zu beantworten; doch ich finde, daß Frances und Peterkin richtig handeln, und daß sie überhaupt wunderbare Menschen sind.«

»Vergessen Sie nicht, daß Ihr Onkel das Geld nicht deshalb zur Verfügung stellt, weil er Gutes tun, sondern weil er damit seine Vergangenheit auslöschen will.«

»Damit haben Sie zweifellos recht; wir werden uns nie einig werden. Aber noch einmal: Warum kandidieren Sie nicht wieder für einen Platz im Parlament?«

»Damit der alte Skandal neuerlich auflebt?«

»Selbst wenn Ihren Gegnern das gelingen sollte, wäre es nur für kurze Zeit. Schließlich waren Sie nicht einmal direkt daran beteiligt – jedenfalls wären die Wähler dieser Ansicht.«

»Ihr Onkel hat inzwischen Helenas Mann ins Parlament gebracht. Er wird dem jungen Mann vermutlich vorschreiben, wie er sich bei Abstimmungen zu verhalten hat.«

»Matthew weiß selbst, was er tut. Onkel Peter hat sich während der Wahlkampagne für ihn eingesetzt, und die Menschen wissen, daß er Matthews Schwiegervater ist – trotzdem ist Matthew gewählt worden. Ich glaube nicht, daß Sie wegen Ihres Vaters chancenlos wären.«

»Ich kann das Risiko nicht eingehen.«

»Wenn man Erfolg haben will, muß man gelegentlich ein Risiko eingehen.«

»Sie ahnen nicht, Annora, wie sehr ich mich danach sehne, nach London zurückzukehren und mich politisch zu betätigen. Ich hätte bei der letzten Wahl kandidieren können.«

»Warum haben Sie es nicht getan?«

»Ich hätte es nicht ertragen, wenn die Zeitungen die ganze Affäre wieder ausgegraben hätten.«

»Sie ist vorbei und vergessen.«
»Sie hat sogar das Verhältnis zwischen uns beiden beeinflußt. Wir haben uns sehr gut verstanden, doch seit dem Tag, an dem ich in das Zimmer Ihres Onkels eindrang...«
»Ich weiß.«
»Seither verachten Sie mich.«
»Nein, ich habe Verständnis für Sie.«
»Trotzdem habe ich dadurch Ihre Freundschaft verloren. Sie haben mir nie verziehen, daß ich Sie benützt habe, um in das Haus zu gelangen. Hätten Sie für Ihren Vater nicht das gleiche getan?«
Ich dachte an die Beschuldigungen, die diese Frau gegen meinen Vater erhoben hatte. Ja, ich wäre zu sehr vielem bereit gewesen, um zu beweisen, daß sie unrecht hatte.
»Ich kann verstehen, daß Sie sich für Ihren Vater eingesetzt haben«, gab ich zu.
»Er ist ein guter und moralischer Mensch. Und gerade er wird auf so gemeine Weise in einen Skandal verwickelt. Denken Sie an meine Mutter, meine Familie. Als mir die Rolle Ihres Onkels klar wurde, hätte ich ihn am liebsten umgebracht.«
»Er ist skrupellos und schiebt die Menschen, die ihm im Weg stehen, einfach beiseite. Doch das ist nur eine Seite seines Wesens. Kein Mensch ist ganz schlecht oder ganz gut.«
»Das Böse, das er tut, wiegt schwerer als das Gute in ihm.«
»Er ist ein Manipulator, ein Mensch, der die Macht braucht, um zu leben, der...«
»... die Menschen für seine Zwecke benutzt.«
»Ja, das stimmt, aber der Skandal ist vorbei. Vergessen Sie es, denken Sie an sich und an Ihre Zukunft.«
»Mein Zukunft liegt in der Baumwollspinnerei. Ich werde aufhören, von dem zu träumen, was hätte sein können.«
»So kann man nicht leben, vor allem dann nicht, wenn einem andere Möglichkeiten offenstehen.«
»Ich sehe keine anderen Möglichkeiten.«

»Reißen Sie sich zusammen. Keine Regierung bleibt ewig im Amt. Seien Sie bei den nächsten Wahlen bereit.«
»Damit man mich wieder mit Schmutz bewirft?«
»Es wird den Menschen sehr bald keinen Spaß mehr machen, Schlamm zu werfen.«
»Ich kann es nicht, Annora.«
»Dann müssen Sie sich mit Ihrer Baumwollspinnerei abfinden. – Ach, Joe, Sie müssen mir verzeihen, denn ich habe nicht das Recht, so zu sprechen. Ich kann selbst keinen Entschluß fassen.«
»Das Leben hat uns beiden grausam mitgespielt.«
»Onkel Peter steht auf dem Standpunkt, daß es keinen Sinn hat, sich mit Schicksalsschlägen abzufinden. Man muß kämpfen.«
»Und dabei das Leben anderer Menschen vernichten?«
»Dazu muß es nicht kommen. Sie haben zwar auch versucht, ihn zu ruinieren, Joe, so wie er Ihren Vater ruiniert hat, aber es ist Ihnen nicht gelungen, denn er hat nicht aufgegeben.«
»Ich ertrage es nicht, wenn Sie von ihm sprechen, als wäre er ein siegreicher Feldherr wie zum Beispiel Attila.«
»Sie müssen mit Ihrer Verbitterung fertigwerden. Frances ist es gelungen.«
»Frances nutzt die Situation aus.«
»Damit handelt sie richtig.«
»Frances tut Gutes, um der Gemeinschaft zu nützen, Ihr Onkel tut Gutes, um sich selbst zu nützen.«
»Trotzdem, Joe, stellen Sie sich zum Kampf. Sonst werden Sie Ihr Leben lang keine Befriedigung finden und dem Schicksal grollen, das Ihnen den Weg vermauert hat. Wenn Sie dann alt sind und auf Ihr Leben zurückblicken, werden Sie sich fragen, ob es wirklich das Schicksal war oder ob sie Ihre Chance nicht selbst verspielt haben.«
»Sie sprechen, als wäre es ganz einfach.«
»Das ist es ganz bestimmt nicht. Trotzdem müssen Sie es versuchen. Sie müssen schon verzeihen, Joe, wenn ich

Ihnen eine Predigt halte. Aber ich muß ständig daran denken, wie Onkel Peter mit dem Skandal fertiggeworden ist. Die Zeitungen haben über ihn mindestens genauso viel geschrieben wie über Ihren Vater. Ihr Vater hat aufgegeben, Onkel Peter nicht. Nehmen Sie sich ein Beispiel an ihm.«

»Ich glaube nicht, daß ich dazu fähig bin.«

»Nur wenn Sie es versuchen, werden Sie herausfinden, ob Sie es können. Aber es tut mir leid, daß ich so in Eifer geraten bin. Ich habe Ihnen den angenehmen Tag auf dem Fluß verdorben.«

»Es hat mir gut getan, Sie wiederzusehen und offen mit Ihnen zu sprechen.«

»Ich würde es bedauern, wenn ich zu weit gegangen bin. Sie müssen sich selbst entscheiden. Ich bin der letzte Mensch, der Ihnen Ratschläge geben dürfte.«

»Sie müssen sehr unglücklich sein, Annora.«

Ich antwortete nicht.

»Sie haben nicht nur Ihre Familie verloren, sondern auch Ihr Zuhause.«

»Es ist vorbei, und ich versuche, nicht mehr daran zu denken. Doch es gibt so vieles, was mich an die Vergangenheit erinnert.«

»Im Vergleich dazu wirken meine Sorgen geradezu banal.«

»Sie haben noch Ihre Familie, Joe.«

»Ich weiß. Ich werde über alles nachdenken, was Sie gesagt haben. Und ich möchte mit Ihnen in Verbindung bleiben.«

Ich nickte, dann wechselte ich das Thema. »Frances hat recht, es sitzt sich hier sehr angenehm.«

Helenas Kind sollte in wenigen Wochen zur Welt kommen.

Tante Amaryllis besuchte die Mission, um mich dazu zu überreden, bis zur Geburt des Kindes bei Helena zu bleiben.

»Helena behauptet, daß du ihr bei Jonnys Geburt ein

großer Trost warst. Außerdem sehnt sich Jonny nach dir. Komm zurück und stehe Helena zur Seite.«
Ich erfüllte ihr ihren Wunsch.
Wie anders war die Situation jetzt im Vergleich zu Jonnys Geburt. Helena war ein anderer Mensch geworden. Außerdem brachte sie dieses Mal das Kind ihres Mannes zur Welt, auf den sie stolz war. Seine Antrittsrede war ein Erfolg gewesen, und es stand fest, daß er es in der Politik weit bringen würde. Er würde in absehbarer Zeit erreichen, daß die Deportationen eingestellt würden, denn er setzte sich mit solcher Begeisterung dafür ein, daß er unmöglich scheitern konnte.
Onkel Peter war mit seinem Schwiegersohn überaus zufrieden und tat alles in seiner Macht Stehende, um Matthews Karriere zu fördern. Es würde bestimmt nicht mehr lange dauern, bis er selbst im Parlament säße.
Helena schwankte zwischen Glück und Angst. Sie zeigte mir voll Stolz die Babyausstattung, die sie vorbereitet hatte.
Jonny war nach wie vor mein erklärter Liebling. Ich fertigte für ihn mit Buntstiften Zeichnungen an, und er versuchte, es mir nachzumachen. Er freute sich auf den Neuankömmling und vertraute mir an, daß er am liebsten einen Bruder hätte.
Jeden Morgen kam er in mein Zimmer und fragte: »Ist er schon gekommen? Er ist sehr faul, er sollte schon da sein.«
Als das Baby dann endlich zur Welt kam, herrschte allgemeine Freude, denn Jonnys Wunsch war in Erfüllung gegangen.
Helena war sehr stolz, als die Zeitungen darüber berichteten, daß Matthew Hume Vater eines Sohnes geworden war.
Onkel Peter war begeistert. »Es gibt nichts, was die Menschen mehr lieben als Kinder«, stellte er fest.
Das Kind gedieh, und die Taufe sollte mit großem Prunk in Onkel Peters Haus stattfinden, weil Matthews Haus

nicht groß genug war, um allen Gästen Platz zu bieten. Onkel Peter hatte eine Menge wichtiger Leute eingeladen, darunter zahlreiche Politiker.
Während dieser Feier erfuhr ich etwas, was mich in den tiefsten Abgrund der Verzweiflung stürzte.
Es ergab sich ganz von selbst. Der Salon war überfüllt. Ich stand mit einem Glas Champagner in der Hand unter den Gästen, als mich ein Mann in den besten Jahren ansprach.
Weder er noch ich wußten, mit wem wir es zu tun hatten.
»Ist das ein Gedränge«, stellte er fest. »Andererseits war zu erwarten, daß Matthews Kind Aufmerksamkeit erregen würde. Es ist erstaunlich, was er in der kurzen Zeit seiner parlamentarischen Tätigkeit erreicht hat.«
»Sie sind Parlamentsmitglied, nicht wahr?«
»Ich strebe es an und habe einen Wahlkreis im Südwesten übernommen. Ich komme gerade von einer Reise durch dieses Gebiet zurück, bei der ich vor meinen zukünftigen Wählern Reden gehalten und versucht habe, Stimmen zu bekommen.«
»In welchem Teil des Südwestens?«
»Es ist ein großer Wahlkreis in Cornwall, dessen Siedlungen ziemlich abgelegen und verstreut sind. Man muß mit den Menschen umgehen können – es sind Pächter, Fischer, Bergarbeiter. Ich habe mich auf den Kais und in ihren Häusern mit ihnen unterhalten.«
Er war geschwätzig, was bei einem Politiker nicht verwunderlich ist, und interessierte sich ausschließlich für sich selbst, worüber ich froh war, denn ich hatte keine Lust, Fragen zu beantworten.
»Die Leute sind sehr abergläubisch, und man muß wissen, womit man sie am besten beeindrucken kann. Man muß wissen, wofür sie sich interessieren, was in den kleinen Orten alles vor sich geht, und dann darf man über nichts anderes sprechen und muß die Propaganda vorsichtig

einfließen lassen. In einem der Orte hat es kürzlich einen aufsehenerregenden Fall gegeben... für die Leute dort war er jedenfalls aufsehenerregend... es ist um einen großen Besitz gegangen.«

»Tatsächlich? Wo war das denn?«

»Irgendwo dort unten. Ein Mädchen war aus Australien gekommen und hatte einen Besitz beansprucht. Doch das war nicht die einzige Sensation, denn als ich unten war, sprachen die Leute nur von ihrer Hochzeit...«

»Sie meinen die Hochzeit des Mädchens, das den Besitz beansprucht hat?«

»Richtig. Bei solchen Ereignissen kommt der Tratsch nicht zur Ruhe. Dann muß man so tun, als interessiere man sich dafür, muß gebührend erstaunt sein... damit bekommt man ihre Stimmen. Anscheinend hat diese Frau, die gerade erst das Gut in die Finger gekriegt hatte, den Kerl vom Nachbargut geheiratet, der eine Art Konkurrent war. Die Leute waren darüber vollkommen aus dem Häuschen. Aber ich erzähle Ihnen das nur als Beispiel dafür, wie man sich als Politiker verhalten muß.«

»Wissen Sie vielleicht zufällig, ob der Besitz Cador geheißen hat?«

»Ja, das stimmt. Kennen Sie es?«

»Ich habe es gekannt.«

»Ein großartiger Besitz. Das gilt auch für das Nachbargut. Wahrscheinlich hat zu der Aufregung beigetragen, daß die beiden Güter jetzt zusammengelegt werden.«

Mir schwindelte. Ich bemühte mich, möglichst unbeteiligt zu fragen: »Sie werden also bei der nächsten Wahl kandidieren?«

Er sprach weiter, aber ich hörte ihm nicht mehr zu.

Rolf hat also diese Frau geheiratet, dachte ich. »Der Kerl vom Nachbargut.« Wie konnte er so etwas tun? Doch jetzt herrschten wenigstens klare Verhältnisse. Ich hatte recht gehabt. Er war bereit, für den Besitz von Cador sehr viel zu tun.

Erst dieser Zwischenfall hatte mir klargemacht, wie sehr ich Rolf liebte. Ich sehnte mich trotz allem danach, mit ihm beisammen zu sein. Ich hätte ihn heiraten können, doch das Schicksal hatte anders entschieden. Nein, das stimmte nicht, ich selbst hatte diese Ehe verhindert.
Wie sehr bedauerte ich jetzt, daß ich ihn nicht geheiratet hatte, auch wenn er der Mann in der Kutte gewesen war, auch wenn es ihm um Cador und nicht um mich ging. Ich hatte für Onkel Peter Entschuldigungen gefunden und hatte nicht nur das Böse, sondern auch das Gute in ihm gesehen. Doch von Rolf hatte ich erwartet, daß er vollkommen war.
Ich konnte mit niemandem darüber sprechen. Mir war elend zumute. Ich würde nie wieder glücklich sein können.
Einige Tage lang bemerkte Helena nichts, dann fragte sie: »Du bist blaß, Annora, und siehst unglücklich aus. Ist es wegen der Kinder?«
Ich sah sie verständnislos an, und sie fuhr fort: »Ich weiß, wie sehr du die beiden liebst und wie sehr du Jonny immer geliebt hast. Du hast bestimmt oft bedauert, daß er nicht dein Kind ist. Jetzt habe ich zwei Kinder, und du hast keines.«
»Das ist doch Unsinn, Helena«, widersprach ich. »Ich freue mich so für dich. Du hast soviel mitgemacht, und dann hat sich alles zum Guten gewendet. Durch den kleinen Geoffrey muß dein Glück vollkommen sein.«
»Trotzdem habe ich das Gefühl, daß das Schicksal dir gegenüber ungerecht ist. Ich habe dir nicht erzählt, daß ich vor einiger Zeit John Milward getroffen und mit ihm gesprochen habe. Ich hatte nie gewußt, wie ich reagieren würde, wenn ich ihn wiedersehen würde... aber ich empfand nichts, überhaupt nichts. Ich mußte mir sogar ins Gedächtnis rufen, daß er Jonnys Vater ist. Er versicherte mir, wie traurig er darüber sei, daß alles so gekommen ist. Doch ich empfand kein Bedauern. Er ist ein sehr wankel-

mütiger Mensch, und ich bin mit Matthew glücklich geworden. Er ist wunderbar. Mein Vater ist davon überzeugt, daß er ein bedeutender Politiker werden wird. Das entspricht auch genau Matthews Zielen. Ohne seine Familie hätte es John Milward nie zu etwas gebracht. Matthew hat jetzt vor, ein Buch über Schornsteinfeger zu schreiben, und mein Vater hält es für eine gute Idee.«
»Ich bin so froh, daß sich für dich alles zum Guten gewendet hat.«
»Ich wünsche dir, daß es dir genauso geht. Vielleicht bist du schon auf dem Weg dazu. John Cresswell ist ein reizender junger Mann.«
Aber ich will Rolf, hätte ich beinahe geschrien. Ich habe immer nur ihn gewollt. Es war dumm von mir, daß ich nicht begriffen habe, was er mir bedeutet.
Die Vorstellung, daß er mit dieser Frau in Cador lebte, war mehr, als ich ertragen konnte. Zuerst war ich zornig, dann verzweifelt und unglücklich. Ich traf Joe noch einmal, bevor er in den Norden zurückkehrte.
Wir ruderten wieder zum Sailor's Rest.
»Ich fahre morgen zurück, Annora«, sagte er. »Doch ich komme bestimmt wieder nach London. Ich habe mir gedacht, daß Sie uns vielleicht einmal besuchen könnten. Meine Eltern würden Sie gerne wiedersehen.«
»Vielleicht tue ich es einmal.«
»Man lebt dort oben ganz anders.«
»Davon bin ich überzeugt.«
»Ich habe sehr viel über Sie nachgedacht. Sie halten mich wahrscheinlich für einen Schwächling.«
Ich schwieg einen Augenblick, dann erwiderte ich: »Ich finde, daß man etwas unternehmen muß, wenn man etwas erreichen will. Man darf es sich nicht entgleiten lassen. Wenn man nicht darum kämpft, bedauert man es sein Leben lang.«
Ich sprach aus eigener, leidvoller Erfahrung. Joe hatte noch eine Chance; ich hatte die meine vertan.

»Ich komme ganz bestimmt wieder, Annora«, versprach er. »Vergessen Sie mich bis dahin nicht.«
Ich wußte, was er damit meinte. Wir waren immer gute Freunde gewesen und hatten einander gemocht. Konnte vielleicht mehr daraus werden?
Ich überlegte, ob sich mir damit ein Ausweg bot. Konnte ich in den Norden Englands zu den härteren, nüchtern denkenden Menschen übersiedeln? Es wäre ein vollkommener Bruch mit meiner Vergangenheit.
Ich mochte Joe, doch das bedeutete keineswegs, daß ich ihn liebte. Helena hatte Matthew auch nicht geliebt, als sie ihn heiratete. Aber ich war nicht Helena... und ich liebte Rolf.
Doch Helena hatte John Milward geliebt. Hatte sie ihn wirklich geliebt? Sie hatte kürzlich bemerkt: »Ich glaube, daß ich nicht so sehr John Milward geliebt habe, sondern vielmehr das, was er für mich bedeutete. Er war der einzige Mensch, der mich beachtet hatte, und dafür liebte ich ihn. Er war für mich der Beweis, daß ich auf einen Mann anziehend wirken kann. Wahrscheinlich hing ich deshalb so an ihm. Als er mich seiner Familie wegen verließ, brach mir seinetwegen das Herz... doch das bilde ich mir vermutlich nur ein. Mir ging es eigentlich um das Selbstbewußtsein, das ich ihm verdankte. Matthew habe ich zunächst überhaupt nicht geliebt, aber er war so gut zu mir. Er ist überhaupt ein guter Mensch. Ich kann ihm helfen, ich bin glücklich mit ihm... Ich habe nicht geglaubt, daß ich nach der Trennung von John jemals wieder so glücklich sein würde.«
Es war ein Glück für Helena, daß sie so denken konnte, doch bei mir war es anders. Im Grunde meines Herzens hatte ich immer nur Rolf haben wollen und hatte gefunden, daß sich kein anderer Mann mit ihm vergleichen konnte.
Doch genau wie für Onkel Peter die Macht, war für ihn Cador das Wichtigste auf der Welt gewesen. Beide waren

daran gewöhnt, zu bekommen, was sie wollten, und ließen sich durch keine Hindernisse aufhalten.
John Milward und Joe Cresswell waren in dieser Hinsicht anders.
Doch das Grübeln nützte nichts, ich hatte Rolf für immer verloren, und das Leben mußte trotzdem weitergehen.
Aber wie?
Joe? Ich hatte Joe sehr gern, mir waren auch seine Eltern und seine Schwester Frances sympathisch. Ich konnte mir vorstellen, daß ich mit ihm ein glückliches, zufriedenes Leben führen würde... vorausgesetzt, daß es mir gelang, Rolf zu vergessen. Ich mußte ihn vergessen.
Ich konnte in Frances' Mission mitarbeiten, denn diese Tätigkeit befriedigte mich.
Ich mußte von vorn beginnen. Mir blieb nichts anderes übrig, denn ich hatte in Wirklichkeit die ganze Zeit auf Rolf gewartet. Eigentlich hatte ich immer gehofft, daß er nach London kommen, um mich werben und mich dazu überreden würde, mit ihm nach Cornwall zurückzukehren.

Diese Zukunft hatte ich mir durch meine unverantwortliche Handlungsweise selbst genommen.
Bitte, lieber Gott, laß mich vernünftig sein, betete ich. Ich hatte Joe Cresswell so gut zugeredet; jetzt mußte ich mir selbst zureden.
Dank meiner Mutter verfügte ich über ein Einkommen. Ich war nicht mehr reich, aber ich war auch nicht arm. Ich war in der Lage, frei zu entscheiden, wie ich mein zukünftiges Leben gestalten wollte; ich durfte mich nur nicht treiben lassen.
Ich muß alle Bande zu Cornwall durchschneiden, sagte ich mir. Ich werde Croft Cottage verkaufen, damit ich nicht mehr in Versuchung gerate, dorthin zurückzukehren.
Als ich mit Onkel Peter und Tante Amaryllis über meine Pläne sprach, meinte er: »Du solltest Tamblin schreiben. Er kann alles für dich erledigen.«

»Nein, ich möchte mich selbst um den Verkauf kümmern.«

»Das geht nicht, denn dazu müßtest du unten wohnen. Du willst doch nicht in das Cottage ziehen.«

»Ich bin eigentlich dazu bereit, Onkel Peter.«

»Du würdest sicherlich unglücklich sein, wenn du in unmittelbarer Nähe von Cador lebst«, wandte Tante Amaryllis ein. »Die Erinnerungen würden auf dich einstürmen.«

»Ich möchte dies auf meine Art tun und es nicht Mr. Tamblin überlassen. Ich möchte noch einmal hinunterfahren und Cador auf immer Lebewohl sagen.«

»Dann will ich dich nicht daran hindern«, gab Onkel Peter nach. »Du mußt aber bedenken, daß es vielleicht nicht leicht sein wird, einen Käufer zu finden.«

»Du wirst wahrscheinlich auch die Sachen durchsehen wollen, die du dort gelagert hast«, meinte Tante Amaryllis. »Du wirst bestimmt etliche von ihnen behalten wollen.«

»Damit hast du recht.«

»Du kannst nicht allein fahren«, stellte Onkel Peter fest.

»Daran habe ich auch schon gedacht. In der Mission gibt es eine junge Frau namens Kitty, die ich sehr gern habe. Ich kann sie als meine Zofe anstellen und sie mitnehmen.«

»Ein Mädchen aus der Mission!« Onkel Peters Tonfall war unüberhörbar mißtrauisch. »Was ist das für ein Mädchen?«

»Sie hat es im Leben schwer gehabt. Sie ist vom Land nach London gekommen und hier Dienstmädchen geworden. Der Herr des Hauses hat ihr nachgestellt, und seine Frau hat sie hinausgeworfen. Frances sucht eine gute Stelle für sie.«

»Du mußt vorsichtig sein, wenn du jemanden einstellst«, warnte mich Onkel Peter.

»Ich bin sehr vorsichtig. Ich mag Kitty. Frances hält sie ebenfalls für ein anständiges Mädchen.«

»Frances sieht alle ihre Schützlinge durch eine rosarote Brille.«

»Ich halte Frances für sehr vernünftig«, widersprach Tante Amaryllis.

»Mein Entschluß steht jedenfalls fest», erklärte ich. »Ich werde meinen Vorschlag Kitty und Frances unterbreiten. Wenn die beiden einverstanden sind, werde ich Kitty anstellen und ihr auch ein paar Kleider kaufen. Sie wird sich bestimmt freuen, wieder aufs Land zu kommen.«

Tante Amaryllis nickte mit Tränen in den Augen.

Ich fuhr noch am gleichen Tag zur Mission und sprach zuerst mit Frances über mein Vorhaben.

Sie war begeistert. »Es ist genau das Richtige für Kitty. Sie hat dich vom ersten Augenblick an gemocht. Ich werde sie holen lassen; sie schält gerade in der Küche Kartoffeln.«

Kitty kam, und als ich ihr sagte, was ich vorhatte, strahlte sie auf.

»Wir werden ein sehr ruhiges Leben führen«, warnte ich sie. »Wir werden in einem kleinen Cottage am Rand eines Besitzes wohnen, der einmal mir gehört hat. Außer Ihnen wird es keine Dienerschaft geben.«

»Wann fahren wir, Miss Cadorson?« war Kittys Antwort.

Frances umarmte uns beide – etwas, das sie nur selten tat.

»Ihr habt beide eine gute Wahl getroffen«, stellte sie fest. Und obwohl ich wußte, was mir bevorstand, hob sich meine Stimmung ein wenig.

Kitty und ich legten einen Teil der Reise mit dem Zug zurück, was für uns ein neues Erlebnis war. Es war wunderbar und aufregend, aber um diese Zeit breiteten sich die Eisenbahnlinien bereits über das ganze Land aus. Es war eine großartige Neuerung, doch sie hatte auch ihre Schattenseiten, und viele Kutscher verloren durch sie ihren Lebensunterhalt. Peterkin und Frances konnten ein Lied davon singen.

Wir verbrachten die Nacht in einem Gasthof in Exeter,

und der Besitzer jammerte darüber, daß die Eisenbahn das Ende der Postkutschenstationen bedeutete. Den Rest der Reise legten wir mit der Postkutsche zurück, die uns in der Stadt absetzte. Mr. und Mrs. Tamblin, die ich von meiner Ankunft verständigt hatte, erwarteten uns bereits. Sie begrüßten mich herzlich, und ich stellte Kitty als meine Zofe vor. Sie war schüchtern und sichtlich nervös. Im Gasthof hatte sie mir erzählt, sie habe noch nie etwas so Aufregendes erlebt und hätte nie gedacht, daß sie jemals mit der Eisenbahn fahren würde.

Es freute mich, daß ich in der Lage gewesen war, sie glücklich zu machen. Mrs. Tamblin teilte mir mit, daß sie verschiedene Gegenstände aus dem Lagerhaus nach Croft Cottage hatte bringen lassen, so daß wir sofort einziehen könnten. Ich konnte mir dann überlegen, was ich noch haben wollte. Sie würde persönlich mit mir ins Lagerhaus gehen und mir alles erklären. Aber die erste Nacht müßten wir bei ihnen verbringen; es genügte, wenn wir uns am nächsten Morgen mit den dringendsten Problemen befaßten. Sie konnte sich vorstellen, wie hungrig und müde wir nach der langen Reise waren.

»Und Sie sind sogar mit dem Zug gefahren«, meinte sie bewundernd. Sie war bestimmt davon überzeugt, daß es sich um ein lebensgefährliches Abenteuer handelte.

Wir stiegen in die Kutsche der Tamblins und kamen kurz darauf bei ihrem Haus an. Ich wurde in mein Zimmer geführt, und Kitty sollte in dem angrenzenden Ankleideraum schlafen.

»Waschen Sie sich nur rasch den Staub der Reise ab und kommen Sie dann hinunter, um zu essen«, schlug Mrs. Tamblin vor. »Ich werde dafür Sorge tragen, daß das Essen inzwischen auf dem Tisch steht.«

Zehn Minuten später war ich fertig.

Kitty erhielt ihre Mahlzeit in der Küche, und ich ging mit den Tamblins zu Tisch.

»Ich freue mich, Sie wiederzusehen«, sagte Mr. Tamblin.

»Als Sie mich beauftragten, Croft Cottage instandsetzen zu lassen, hoffte ich, daß Sie hierherkommen würden.«
»Ist jetzt alles in Ordnung?«
»Vollkommen.«
»Es ist ein nettes kleines Haus«, bemerkte Mrs. Tamblin.
»Es war sehr klug von Ihrer Mutter, es zu kaufen«, fügte ihr Mann hinzu.
»Glauben Sie, daß ich rasch einen Käufer finden werde?«
»Im Augenblick ist die Nachfrage nicht allzu groß, und das Haus ist etwas abgelegen. Es müßte ein glücklicher Zufall sein.«
»Vielleicht wird es Ihnen dort so gut gefallen, daß Sie es gar nicht mehr hergeben wollen«, sagte Mrs. Tamblin.
Ich schwieg.
»Ich frage mich, wie Sie sich fühlen werden, wenn Sie so nahe bei Cador wohnen«, fuhr sie fort.
»Das wird sich erweisen.«
»Cador hat sich sehr verändert, und Isaacs macht sich große Sorgen. Ich habe vor einigen Tagen mit Mrs. Penlock gesprochen. Sie war den Tränen nahe.«
»Es geht mit dem Gut sehr rasch bergab«, ergänzte Mr. Tamblin. »Nicht einmal ein großer Besitz hält so etwas lange durch.«
»Was meinen Sie mit ›so etwas‹?«
»Ich habe nur Gerüchte gehört und weiß nichts Genaues. Angeblich werden Hypotheken aufgenommen, und die beiden werfen mit dem Geld nur so um sich. An den Häusern der Pächter und an Cador selbst werden keinerlei Reparaturen vorgenommen. Dabei muß man diese Häuser laufend instandhalten, denn man darf nicht vergessen, wie alt sie sind. Aus einem kleinen Riß wird im Handumdrehen ein großer, und dann gibt es Schwierigkeiten. Man muß sich ständig um diese Dinge kümmern.«
»Ich hätte angenommen, daß Bob Carter dafür sorgt.« Ich hätte am liebsten gefragt, ob Rolf denn nichts unternähme, brachte es aber nicht über mich.

»Bob Carter ist nicht mehr dort.«
»Wo ist er denn?«
»Er arbeitet jetzt in Dorey Manor.«
»Warum denn?«
»Natürlich wegen der Heirat.«
»Aber ich hätte doch angenommen...«
»Er vertrug sich nicht mit Luke Tregern.«
»Das mußte er doch nicht, denn Luke betreut Dorey Manor und Bob Cador.«
Sie sahen mich erstaunt an.
»Sie haben wahrscheinlich nicht von der Heirat erfahren.«
»Sie wurde in London erwähnt.«
»Dann wissen Sie es also«, stellte Mrs. Tamblin fest. »Ich war wie vom Donner gerührt. Wenn man aber bedenkt, wie sie ist, dann wundert man sich natürlich nicht mehr. Es war jedenfalls ein schwarzer Tag für Cador, als sie den Besitz übernahm.«
»So geht es einfach nicht«, stimmte ihr Mr. Tamblin zu. »Man muß dazu erzogen werden, ein solches Gut zu leiten. Man kann nicht nur immer entnehmen und nichts hineinstecken.«
»Ich hätte angenommen, daß Mr. Hanson...«
»Der steht natürlich gut da, wenn man an den Unterschied zwischen den beiden Gütern denkt. Hier hat es immer geheißen, daß Cador der Riese und Dorey Manor der Zwerg ist. Jetzt sieht es ein bißchen anders aus.«
»Ich hätte angenommen...« wiederholte ich.
»Sie wissen doch nicht alles«, stellte Mr. Tamblin fest. »Maria Cadorson, wie sie sich nennt, hat Luke Tregern geheiratet.«
Als mir klar wurde, was er gerade gesagt hatte, erfüllte mich ein ungeheures Glücksgefühl.
»Ich habe geglaubt, daß sie Mr. Hanson geheiratet hat«, stammelte ich.
»Mr. Hanson sollte diese Frau heiraten? Sie machen Witze«, rief Mr. Tamblin.

»In London hat jemand erwähnt, daß sie ›den Kerl vom Nachbargut‹ geheiratet hat, und ich habe angenommen, daß damit Mr. Hanson gemeint war.«
Mrs. Tamblin lachte. »Das würde ihm nicht einmal im Traum einfallen. Nein, sie war vom ersten Augenblick an Luke Tregern verfallen. Und er hat das erkannt und ausgenützt.«
»Er war immer ein schlauer Kerl, der gewußt hat, wie er am besten zurechtkommt«, ergänzte Mr. Tamblin.
»Mr. Hanson war doch der Ansicht, daß er ein guter Verwalter ist.«
»Damals hat er ein fremdes Gut verwaltet. Jetzt ist er außer Rand und Band geraten. Ich habe gehört, daß er eine Menge Hypotheken auf das Gut aufgenommen hat. Er wickelt diese Geschäfte nicht über mich ab, weil er wahrscheinlich nicht will, daß ich zuviel erfahre. Doch solcherlei spricht sich rasch herum.«
Ich hörte ihm nicht mehr zu, sondern genoß die Tatsache, daß Rolf nicht mit dieser Maria verheiratet war.
In der Nacht konnte ich nicht schlafen. Ich befand mich an dem Ort, an dem ich zu Hause war, und ich hatte Rolf unrecht getan. Ich hatte geglaubt, daß er zu allem fähig war, wenn es um den Besitz von Cador ging. Und dabei war die ganze Zeit von Luke Tregern die Rede gewesen.
Wie gut, daß ich zurückgekommen war.
Ich sehnte mich nach Rolf.

Am nächsten Tag fuhren wir zum Cottage. Es sah entzükkend aus. Die Handwerker hatten gute Arbeit geleistet, und Mrs. Tamblin hatte versucht, die Zimmer möglichst wohnlich einzurichten.
Es gab zwei Schlafzimmer; Mrs. Tamblin hatte Betten gekauft und hineingestellt, weil sie erwartet hatte, daß ich nicht allein kommen würde. Sie hatte ein paar Möbelstükke aus dem Lagerhaus herschaffen lassen und Gardinen aufgehängt.

Ich dankte ihr herzlich für ihre Fürsorge.
»Man kann wenigstens drinnen wohnen«, meinte sie. »Ich weiß nicht, wie lange Sie bleiben wollen, aber wenn Sie es verkaufen wollen, muß es wohnlich aussehen. Und Sie können die Einrichtung ja mitverkaufen.«
»Sie denken wirklich an alles, Mrs. Tamblin.«
Ich schwebte auf Wolken. Ich werde ihn wiedersehen, dachte ich, und wenn er mich noch heiraten will, werde ich diesmal vernünftig sein.
Kitty arbeitete eifrig, um das Haus auf Hochglanz zu bringen, wie ich es wollte, und Mrs. Tamblin blieb sitzen und erzählte mir den neuesten Tratsch, ohne zu ahnen, wie wichtig er für mich war.
Sie erwähnte, daß Mr. Hanson verreist war, was in letzter Zeit häufig vorkam. Er war bestimmt über die Veränderungen in Cador unglücklich. Luke Tregern und Bob Carter konnten sich über verschiedenes nicht einig werden, und die Situation war gespannt. Mr. Hanson überließ die Verhandlungen Bob; es sah aus, als wolle er mit seinem ehemaligen Verwalter nichts mehr zu tun haben.
Bereits am ersten Nachmittag besuchte mich Mrs. Penlock. Ich freute mich sehr, sie zu sehen, und sie war ebenfalls gerührt.
»Da sind Sie also, Miss Cadorson. Es ist so schön, Sie wiederzusehen. Ich kann Ihnen gar nicht schildern, was wir alles mitgemacht haben, seit Sie von hier fort sind. Ich könnte ein Buch darüber schreiben. So etwas habe ich noch nie erlebt. Und dabei kann man überhaupt nichts dagegen unternehmen. Ich hatte die Dienstmädchen fest in der Hand, und das Haus blitzte vor Sauberkeit. In dem Eßzimmertisch hätte man sich spiegeln können. Doch darum kümmert sich jetzt niemand mehr. Sie trinken und spielen bis tief in die Nacht hinein, und am nächsten Morgen müssen wir alles wieder in Ordnung bringen. Wenn Mr. Isaacs einen anderen Posten finden könnte, wäre er längst fort. Aber er will Cornwall nicht verlassen.

Und ich kann es ihm nicht verdenken. Wer will schon ins Ausland reisen? Sie haben es zwar getan, Miss Cadorson, aber bei Ihnen ist es etwas anderes. Weder Mr. Isaacs noch ich möchten für Ausländer arbeiten.«

»Es tut so gut, wieder mit Ihnen zu sprechen, Mrs. Penlock.«

»Sie hätten nie fortfahren dürfen«, brummte sie. »Ich spüre es genau, daß sie kein Recht auf Cador hat. Das Ganze ist eine abgekartete Sache. Und mit welchem Recht spielt sich Luke Tregern als der große Herr auf? Er benimmt sich, als wäre er der König. Das ist nicht recht, Miss Cadorson, das geht nicht.«

»Sie haben erwähnt, daß getrunken und gespielt wird. Wer macht denn dabei mit?«

»Das Gesindel aus der ganzen Gegend. Sie kommen von meilenweit her. Ich habe keine Ahnung, wie er sie findet. Lauter Gauner. Und er und sie streiten manchmal wie die Wilden. Man kann sie im ganzen Haus hören. In Cador sind Auseinandersetzungen immer hinter geschlossenen Türen ausgetragen worden, wie es sich für Herrschaften gehört. Ich weiß nicht, wie das enden soll. Bob Carter kommt gelegentlich in die Küche, denn er und Mr. Isaacs sind befreundet. Er achtet darauf, daß Luke Tregern ihn nicht erblickt, denn der will ihn bestimmt nicht hier sehen. Bob bemerkt zuviel, und er findet, daß es böse enden wird. Irgendwann muß es zur Katastrophe kommen, meint er. Das bereitet uns allen große Sorgen, denn was soll dann aus uns werden? Es war ein schwarzer Tag, als Sie uns verlassen haben, Miss Cadorson... und keiner von uns glaubt die Geschichte dieser Frau. Die Sache hat einen Haken.«

»Das Gericht hat ihr Glauben geschenkt, Mrs. Penlock.«

»Das Gericht weiß auch nicht immer, was es tut. Diese Leute können oft nicht weiter sehen als bis zu ihrer Nasenspitze.«

Kitty war ins Zimmer getreten, und ich stellte sie vor. »Ich

habe Kitty aus London mitgebracht. Ich brauche nur eine Zofe, und Kitty sorgt vorbildlich für mich.«
Mrs. Penlock musterte Kitty abschätzend, wie sie es bei allen Mädchen tat, die sie einstellte, und zu meiner Freude fanden die beiden aneinander Gefallen.
»Du mußt einmal ins Haus hinaufkommen«, forderte Mrs. Penlock Kitty auf. »Das gesamte Personal wird sich freuen, dich kennenzulernen.«
»Halten Sie es für klug, wenn meine Zofe bei Ihnen auftaucht?« fragte ich.
»Wenn ich in meiner Küche nicht mehr tun und lassen könnte, was ich will, würde ich noch am gleichen Tag kündigen«, erklärte Mrs. Penlock entschieden.
»Ich würde gern kommen«, antwortete Kitty.
»Dann ist es abgemacht. Ich werde jemanden herüberschicken, um dich abzuholen.«
»Ich habe gehört, daß Mr. Hanson verreist ist«, sagte ich.
»Das stimmt, er ist sehr oft fort. Er weiß, was sich hier abspielt, aber er läßt Bob Carter freie Hand. Bob ist heilfroh, daß er nach Dorey Manor gekommen ist, denn für ihn und Luke Tregern ist auf Cador nicht genug Platz.« Sie sah mich vielsagend an. »Bob behauptet, daß Mr. Hanson in letzter Zeit nicht sehr glücklich ist. Meiner Meinung nach sollte er heiraten.«

Eine Woche, nachdem ich in Croft Cottage eingezogen war, kehrte Rolf zurück.
Ich hatte mich die ganze Zeit in einem beinahe euphorischen Zustand befunden, genauer gesagt war ich seit langem nicht mehr so glücklich gewesen. Ich hatte befürchtet, daß mich hier die Erinnerung an meine Familie wieder einholen und deprimieren würde, doch das war nicht der Fall. Ich hatte das Gefühl, daß meine Lieben um mich waren und mich dazu drängten, meinem Leben endlich Sinn zu verleihen.
Allmählich war ich auf das Cottage stolz. Ich hatte es noch

nicht zum Verkauf angeboten und zögerte diesen Entschluß immer wieder hinaus, indem ich mir einredete, daß keine Notwendigkeit zur Eile bestand. Kitty und ich gingen in die Stadt und kauften allerlei ein, was wir brauchten. Die Leute, die mich kannten, begrüßten mich überaus herzlich. Jack Gort kratzte sich am Kopf und meinte, daß nichts mehr so wäre wie früher – und er bezog sich dabei nicht auf den Fischfang. Mrs. Poldean schüttelte den Kopf und meinte, daß es nicht gut gehen könne, wenn Menschen in Schuhe schlüpften, die ihnen viel zu groß waren.
Sie alle beklagten offensichtlich die Veränderung in Cador, die sich natürlich auch auf sie auswirkte. Mein Vater und seine Vorfahren hatten immer einen wohltuenden Einfluß auf die Gemeinde ausgeübt; sie hatten lokale Meinungsverschiedenheiten geschlichtet und die Rolle liebevoller Eltern gespielt.
»Jetzt ist alles anders«, hieß es allgemein. Die Leute waren beunruhigt, weil nicht zu übersehen war, daß es mit dem großen Gut abwärts ging. Die Pächter jammerten darüber, daß ihre Häuser nicht instandgesetzt wurden; Cador triebe dem Ruin entgegen, behaupteten sie.
Kitty hielt sich oft in der Küche von Cador auf, doch die neuen Besitzer kümmerten sich offensichtlich nicht darum, was dort unten vor sich ging; und obwohl Isaacs und Mrs. Penlock sehr verärgert über die schlechten Sitten waren, die im Haus einrissen, regierten sie in ihrem Bereich weiterhin despotisch.
Kitty hatte sich mit Mabel Tucker, einem Küchenmädchen, angefreundet, und Mabel erwiderte gelegentlich ihre Besuche. Ich war sehr froh darüber, daß Kitty so zufrieden war.
Dann besuchte mich Rolf.
Er sah gealtert aus, und ich entdeckte einige Falten auf seiner Stirn, die vorher nicht dagewesen waren; er wirkte überhaupt ernst. Aber sein Gesicht leuchtete auf, als er

mich erblickte; er ergriff meine Hände und hielt sie lange fest.
»Ich habe erfahren, daß du jetzt hier wohnst. Ich freue mich sehr, dich wiederzusehen.«
»Mir geht es ebenso, Rolf.«
»Ich habe gehört, daß du das Cottage verkaufen willst.«
»Das hatte ich ursprünglich vor.«
»Das würde bedeuten, daß du für immer von hier wegzögest.«
»Ich weiß wirklich noch nicht, was ich tun werde. Soviel hängt damit zusammen.«
Er nickte. »All diese Veränderungen. Ich kann es manchmal kaum glauben.«
»Ja, mir geht es ebenso. Jahrelang läuft das Leben friedlich dahin, und dann brechen die Veränderungen plötzlich über einen herein. Aber komm doch herein, Kitty und ich haben das Cottage sehr wohnlich eingerichtet. Ich habe Kitty aus London mitgebracht, doch sie ist jetzt drüben in Cador. Sie verträgt sich mit den Dienstmädchen sehr gut, und Mrs. Penlock hat nichts dagegen, daß sie auf Besuch in die Küche kommt.«
Rolf sah sich im kleinen Wohnzimmer um.
»Sehr hübsch. Du hast soviel mitgemacht, Annora. Wenn ich doch nur…«
Ich sah ihn flehend an. Ich sehnte mich danach, daß er mich in die Arme schloß, und hätte ihm am liebsten gesagt: Diesmal werde ich nicht davonlaufen. Es tut mir so leid, daß ich mich so unvernünftig verhalten habe.
»Es ist sehr tapfer von dir, daß du zurückgekommen bist«, meinte er.
»Das Leben muß weitergehen. Die Leute unten in der Stadt sprechen von nichts anderem als von den Veränderungen in Cador.«
»Es ist eine Tragödie; sie richten das Gut zugrunde. Ich kann es nicht begreifen. Tregern weiß doch, wie man ein Gut leitet, und hat bei mir immer gute Arbeit geleistet. Ich

habe ihm zwar nie ganz getraut, aber er war ein tüchtiger Verwalter.«

»Warum hast du ihm nicht getraut?«

»Ich habe den Eindruck gehabt, daß er nicht vollkommen ehrlich sei, und bin davon überzeugt, daß er auch für die eigene Tasche gearbeitet hat.«

»Hast du ihn deshalb zur Rede gestellt?«

»Ich hätte es ihm beweisen müssen. Und er hat seine Arbeit wirklich sehr gut gemacht. Es war ja nur ein vager Verdacht.«

»Was hat er deiner Ansicht nach jetzt vor?«

»Ich weiß es nicht. Er nimmt Hypotheken auf Cador auf, als brauche er Geld. Er unternimmt jedoch nichts für die Instandhaltung des Hauses, das rasch zu verfallen beginnt. Ich kann mir nur vorstellen, daß er das Geld verspielt.«

»Ich kann es nicht ertragen, daran zu denken. Mein Vater war immer so überaus gewissenhaft. Sobald auch nur der geringste Schaden auftrat, ließ er ihn sofort beheben.«

»Anders kann man ein solches Haus auch nicht erhalten. Irgendetwas stimmt hier ganz und gar nicht.«

»Und wie steht es mit Maria?«

»Angeblich war sie ihm von dem Augenblick an verfallen, als sie ihn kennenlernte. In bestimmter Hinsicht passen sie zusammen.«

»Ich war sehr erstaunt, als ich hörte, daß sie geheiratet hat. Eine Zeitlang habe ich geglaubt, daß du der Glückliche bist.«

Er starrte mich ungläubig an.

»Ich habe es von jemandem erfahren, der für einen Sitz im Parlament kandidieren will und hier Kontakt mit seinen künftigen Wählern aufgenommen hat. Er hat mir erzählt, daß sie ›den Kerl aus dem benachbarten Herrenhaus‹ geheiratet hat. Natürlich habe ich dabei an dich gedacht.«

»Das wäre unglaublich«, widersprach er. »Wie konntest du nur auf diese Idee kommen?«

»Na ja, ich habe eben geglaubt, daß sie dir gefallen hat...

und ich weiß, daß du immer schon viel für Cador übrig gehabt hast.«
Er sah mich so verblüfft an, daß ich ihm am liebsten gestanden hätte, daß ich ihn liebte. Ich wollte ihm von meinen Zweifeln und Bedenken erzählen, die in der Sonnwendnacht begonnen hatten, und ihm versichern, daß sie keine Rolle mehr spielten. Es war mir gleichgültig, was früher einmal geschehen war, denn ich konnte mit ihm glücklich werden.
Auch er war in Erinnerungen versunken. Dachte er an unseren Hochzeitstag, an dem ich ihn im letzten Augenblick vor den Kopf gestoßen hatte? Ich begriff erst jetzt, wie schrecklich ich ihn damit verletzt hatte, und fragte mich, ob er es je vergessen oder verzeihen konnte.
Ich durfte ihm nicht sagen: Ich bin bereit, dich zu heiraten, Rolf. Er war derjenige, der entscheiden mußte, ob er mich nach allem, was ich ihm angetan hatte, noch haben wollte.
»Cador«, sagte er schließlich. »Ich habe es immer für den großartigsten Besitz auf der ganzen Welt gehalten. Wenn ich als Junge mit meinem Vater zu euch herüberkam, beeindruckte mich der Anblick der Türme jedesmal von neuem. Ich bedauerte zutiefst, daß ich nicht hier zur Welt gekommen war. Natürlich wäre ich glücklich gewesen, wenn es mir gehört hätte. Aber doch nicht auf diese Art, Annora. Du meine Güte, stell es dir doch bildlich vor!«
»Interessierst du dich noch immer für das Althergebrachte?«
»Ja, ich empfinde immer noch die gleiche Begeisterung für alte Sitten und ähnliche Dinge, aber ich könnte diese Frau nicht heiraten, auch wenn ihr alle alten Schlösser in England gehörten.«
Wir lachten, und dann fragte ich: »Möchtest du Tee oder Kaffee?«
»Kaffee, bitte.«
»Ich muß ihn selbst zubereiten, aber mach dir keine

Sorgen. Ich habe in der Mission, die Peterkin und seine Frau leiten, sehr oft gekocht.«

»Ich habe in der Zeitung von dieser Mission gelesen. Dein Onkel unterstützt sie großzügig. Innerhalb so kurzer Zeit hat sich soviel ereignet. Ich habe den Eindruck, daß ich in der hintersten Provinz gelebt habe, während du dich in der großen, weiten Welt herumgetrieben hast.«

Er folgte mir in die Küche und sah mir zu, während ich den Kaffee kochte.

»Die meisten Erfahrungen, die ich in der großen, weiten Welt gemacht habe, waren nicht sehr angenehm, Rolf.«

Er nickte.

»Den Anfang hat der Skandal mit meinem Onkel und den Cresswells gemacht. Doch im Vergleich zu den Ereignissen, die nachher eintraten, war er unbedeutend.«

Er beobachtete schweigend, wie ich die Tassen auf ein Tablett stellte.

»Du bist ja richtig häuslich geworden«, meinte er dann lächelnd.

Er trug das Tablett in das Wohnzimmer, und ich schenkte den Kaffee ein.

»Ich habe aus den Zeitungen erfahren, wie es dir geht. Es kam mir seltsam vor, nachdem... Wir hatten einander schließlich sehr nahe gestanden.«

»Immer... bis...«

»Alles verändert sich einmal.«

»Es tut mir sehr leid, daß ich dir das angetan habe, Rolf.«

»Du hast richtig gehandelt.«

Ich starrte ihn entgeistert an.

»Ja, es wäre nicht das Richtige für dich gewesen. Es war besser, daß du den Bruch vollzogen hast, solange es noch möglich war... auch wenn es im letzten Augenblick geschehen ist... als an einem Irrtum festzuhalten.«

»Aber...«

»Zerbrich dir nicht mehr den Kopf darüber, Annora.«

»Hast du mir verziehen?«

»Ich habe dir nichts zu verzeihen, Annora. Wir hatten damals das Gefühl, daß es richtig und ganz natürlich war, wenn wir heirateten. Wahrscheinlich haben wir uns von Kindheitserinnerungen täuschen lassen. Das ist natürlich nicht die richtige Grundlage für eine Ehe. Wir hätten nicht an die Vergangenheit, sondern an die Zukunft denken müssen. Aber es ist jetzt vorbei. Vergessen wir es.«
Seine Worte klangen wie die Totenglocke für eine Liebe, die gestorben war.
»Schließlich sind wir noch immer gute Freunde«, fuhr er fort, »die besten Freunde, die es gibt.«
Ich fragte mich, wie oft diese Worte schon das Ende einer Liebe besiegelt hatten.
Es ist gut, wenn man Freunde besitzt, wenn man jedoch etwas anderes erhofft hat, schmerzen diese Worte sehr.
»Was ist eigentlich aus den Cresswells geworden?« erkundigte er sich. »Es hat hoch um Joseph Cresswell einen großen Skandal gegeben, der seine Karriere beendet hat.«
»Ja, und dann kam der Skandal um meinen Onkel.«
»Ach ja, seine anrüchigen Geschäfte. Er hat es jedenfalls nicht schwer genommen.«
»Er versteht es, seinen Weg im Leben zu machen, und wenn er auf Hindernisse stößt, dann nimmt er sie einfach nicht zur Kenntnis. Er nimmt an allem, was Helenas Mann tut, regen Anteil und unterstützt ihn auf jede Weise.«
»O ja, Matthew Hume. Sein Buch ist gut.«
»Er hat das Material dazu gesammelt, als er sich mit uns in Australien aufhielt. Er und Helena sind jetzt sehr glücklich. Sie haben ein zweites Kind.«
»Du hast ihr erstes Kind sehr gern.«
»Jonny ist ein entzückendes Kind. Er war mir ein großer Trost, als ich so verzweifelt war.«
»Deine Familie ist mit den Cresswells offenbar gut befreundet.«

»Peterkin hat Frances Cresswell geheiratet, und sie ist es auch, die die Mission gegründet hat. Natürlich hat mein Onkel Peter sehr viel Geld dafür gespendet.«
»Es gibt doch auch einen Sohn.«
»Ja, Joe Cresswell.«
»Du bist mit ihm befreundet, soviel ich weiß.«
»Ja. Als der Skandal ausbrach, verzichtete er auf seine Parlamentskandidatur. Ich habe ihm erklärt, daß es falsch von ihm war, gleich die Flinte ins Korn zu werfen. Er hätte es wie Onkel Peter machen und sich nicht um das Gerede der Leute kümmern sollen. Schließlich ging es ihn nichts an, denn die Affäre betraf nur seinen Vater. Ich sehe nicht ein, warum er darunter leiden soll.«
»Die Sünden der Väter...«
»Das ist sehr unfair. Ich versuche aber noch immer, Joe dazu zu überreden, daß er wieder für das Parlament kandidiert. Er wird erst glücklich sein, wenn er in die Politik geht.«
»Du findest die Tätigkeit im Parlament interessant?«
»O ja. Ich habe Matthew und Helena bei der Wahlkampagne geholfen.«
»Das muß spannend gewesen sein.«
»Das war es auch... es war eine vollkommen neue Erfahrung.«
»Das kann ich mir gut vorstellen.« Er blickte auf die Uhr. »Dein Kaffee war ausgezeichnet, aber ich muß jetzt leider gehen. Es war sehr schön, wieder einmal mit dir zu plaudern, Annora. Ich hoffe, daß du diesmal länger bleiben wirst. Ich muß dir einige Sehenswürdigkeiten zeigen... ein paar Musikinstrumente, die wir ausgegraben haben. Sie stammen vermutlich aus der Bronzezeit. Das Museum schickt jemanden her, der sie in Augenschein nehmen soll.«
»Ich werde sie sehr gern besichtigen, Rolf, und ich werde mich freuen, dich wiederzusehen.«
Wieder ergriff er meine Hände und hielt sie lange fest.

Einige Wochen später wollte Mr. Tamblin wissen, ob ich soweit war, das Cottage zum Verkauf anzubieten. »Noch nicht«, antwortete ich, »ich möchte noch eine Zeitlang den Frieden hier genießen.«
»Es dauert sehr lange, bis ein Verkauf durchgeführt wird«, erinnerte er mich.
»Ich weiß, aber im Augenblick will ich nicht daran denken.«
Ich kam gelegentlich mit Rolf zusammen. Da er wußte, wie gern ich ritt, bot er mir an, seinen Stall jederzeit zu benutzen. Ich nahm dieses Angebot gern an. Wenn ich ausritt, kam es oft vor, daß ich ihn traf, und dann galoppierten wir wie früher gemeinsam den Strand entlang. Ich blickte auf, sah die Türme von Cador und erinnerte mich daran, wie oft wir von den Zinnen auf das Meer hinausgeschaut hatten. Solche Erinnerungen stimmten mich wieder traurig, und ich überlegte, ob ich nicht doch nach London zurückkehren sollte. Rolf hatte mich gern, hatte aber anscheinend den Gedanken an eine Heirat mit mir vollkommen aufgegeben. Ich hatte mir etwas vorgemacht, als ich mir eingeredet hatte, daß aus uns noch ein Paar werden könnte. Wie kommt man nur auf die Idee, daß in dem Augenblick, in dem man etwas bereut, alles wieder gut sei? Natürlich würde er mir nie mehr vertrauen. Woher sollte er wissen, daß ich nicht wieder im letzten Augenblick zurückschrecken würde?
Er lud mich zum Abendessen nach Dorey ein, und ich fuhr erwartungsvoll hinüber. Doch es waren noch andere Gäste anwesend, und obwohl er der perfekte Gastgeber war, wurde es nicht mehr als ein angenehmer Abend.
Er besuchte mich gelegentlich im Cottage, und dann tranken wir Kaffee, den Kitty zubereitete. Es war ihr ein Bedürfnis, mich zu verwöhnen. Ich hatte noch nie eine solche Veränderung bei einem Menschen erlebt. Sie fühlte sich auf dem Land wohl, hatte ihre Freundin Mabel, war in der Küche von Cador ein gern gesehener Gast... Ein

Wunder hatte ihr Leben verwandelt. Ich war entschlossen, sie für immer bei mir zu behalten.
Ich freute mich auf die Morgenritte und hoffte stets, daß ich Rolf dabei treffen würde. Das war auch unweigerlich der Fall, und ich hegte allmählich den Verdacht, daß er diese Treffen absichtlich herbeiführte.
Wir sprachen oft über vergangene Zeiten, und mir fiel auf, wie häufig er auf die Cresswells zu sprechen kam. Auch für Jonny interessierte er sich sehr. Ich erzählte begeistert von dem Kind und den Cresswells und erwähnte auch, daß mir die Wochen in der Mission sehr gut getan hatten.
Ich versuchte, ihm zu schildern, was für eine wunderbare Frau Frances war – so stark, so entschlossen, so unsentimental, und dennoch so bestrebt, Gutes zu tun.
»Ist sie eigentlich ihrem Bruder Joe ähnlich?« fragte Rolf.
»Nicht im geringsten. Sie ist eine durchaus eigenständige Persönlichkeit. Unter ihrem Einfluß ist Peterkin ein anderer Mensch geworden. Ich habe angenommen, daß er niemals eine sinnvolle Tätigkeit ausüben würde. Als er jedoch sie und ihre Mission kennenlernte, fand er dort einen Lebenszweck und verliebte sich auch noch in sie.«
»Obwohl sie eine Cresswell ist.«
»In gewisser Hinsicht erinnert sie mich an Onkel Peter. Sie hat sich durch den Skandal nicht unterkriegen und auch nicht in ihrer Arbeit stören lassen.«
»Und jetzt versucht dein Onkel Peter, mit Hilfe seiner Spenden für die Mission den Skandal vergessen zu machen.«
»Die Cresswells sind eine reizende Familie. Ich habe vor langer Zeit, lange vor all den unseligen Ereignissen, ein Wochenende dort verbracht. Mr. und Mrs. Cresswell waren charmante Gastgeber. Man fühlte sich bei einer so herzlichen Familie sofort wohl.«
»Zu der Frances und Joe gehören.«
»Ja, und auch alle anderen. Ich würde es Joe wünschen, daß er ins Parlament käme.«

»Du wirst ihn zweifellos dazu überreden.«
Es waren glückliche Vormittage, und sie hinderten mich daran, alle Hoffnung aufzugeben. Vielleicht würde mir ein Wort von ihm, eine kleine Geste, Gelegenheit geben, ihm zu gestehen, was ich empfand, und vielleicht würde er dann zugeben, daß es ihm genauso ging.

Dann begannen die Gerüchte. Kitty kam von einem Besuch bei Mabel zurück und erzählte mir, daß ein Stalljunge im Wald gewesen sei und ein Feuer gesehen hätte.
»Es war an der Stelle, an der früher die Hütte der alten Hexe gestanden hat«, berichtete Kitty. »Es war aber kein gewöhnliches Feuer, sondern es sah irgendwie merkwürdig aus.«
»Merkwürdig?« wiederholte ich. »Was kann an einem Feuer schon merkwürdig sein?«
»Es war gespenstisch, als wäre es da und gleichzeitig nicht da.«
»Soll das heißen, daß es immer wieder verschwunden ist?«
»Ich weiß es nicht, denn James war so erschrocken, daß er einfach davongerannt ist und erst beim Stall wieder haltgemacht hat. Er hatte das Gefühl, als wäre ihm der Teufel auf den Fersen.«
Ich erzählte ihr, daß die Menschen seit der Sonnwendnacht, in der sie die Hütte angezündet hatten, abergläubische Angst vor diesem Teil des Waldes hatten.
»Wahrscheinlich war es das Lagerfeuer eines Landstreichers«, meinte ich. »Was sollte es auch sonst gewesen sein?«
»Mrs. Penlock glaubt, daß Mutter Ginny dort spukt. Mr. Isaacs hat erklärt, daß er sich dem Ort nicht einmal für ein goldene Uhr nähern würde... ja nicht einmal für ein ganzes Gut.«
Ich vergaß die Geschichte bald wieder, doch die Gerüchte hielten sich hartnäckig. Jemand sah eine Gestalt, die zwischen den Bäumen auftauchte und wieder verschwand. Er

konnte sie zwar nicht genau ausmachen, aber sie sah aus wie eine alte Frau.
Immer weniger Leute trauten sich in den Wald, und nach Einbruch der Dunkelheit wagte sich überhaupt niemand mehr hin. Die Atmosphäre wurde immer gespannter und erinnerte mich an die Tage nach der Sonnwendnacht. Die Menschen warfen verstohlene Blicke um sich und hatten offensichtlich Angst. Eines Morgens ging ich mit Kitty zum Kai hinunter, um Fische zu kaufen. Jack Gort stand hinter seinen Körben und Bottichen und begrüßte mich.
»Haben Sie einen guten Fang gemacht, Jack?« erkundigte ich mich.
»So – so, Miss Cadorson. Es hätte besser sein können. Der Wind war etwas zu stark, deshalb konnte ich nicht so lange draußen bleiben, wie ich gern gewollt hätte. In letzter Zeit kommt der Wind häufig auf, als stecke etwas dahinter.«
»Tatsächlich?«
»Na ja... im Wald ist es ja auch nicht geheuer. Feuer, Gestalten und alles Mögliche. Da stimmt etwas ganz und gar nicht, wenn Sie mich fragen.«
»Sie glauben doch nicht, daß Mutter Ginny zurückgekommen ist und alle jene verfolgt, die an ihrem Tod schuld sind?«
»Daran war sie selbst schuld, das hätte sie wissen müssen. Aber es gibt Tote, die keine Ruhe finden, und sie gehört wahrscheinlich dazu.«
»Die arme Mutter Ginny hat ein schreckliches Ende genommen, und ich kann mir vorstellen, daß diejenigen, die an ihrem Tod beteiligt waren, jetzt ein schlechtes Gewissen haben.«
»Sie war selbst schuld daran«, wiederholte er. »Sie ist geradewegs ins Feuer gelaufen.«
»Sie waren dabei, Jack?«
»Ja.«
»Und außer Ihnen mindestens die Hälfte der Ortsbewohner.«

»Das kann schon stimmen.«

Es ist nur gut, daß sie beunruhigt sind, dachte ich. Dann überlegen sie es sich das nächste Mal.

Ich kehrte mit Kitty ins Cottage zurück.

Am nächsten Tag besuchte mich Mrs. Penlock.

»Sie haben es hier wirklich behaglich«, stellte sie fest. »Ich nehme an, daß Sie gar nicht mehr daran denken, das Cottage zu verkaufen.«

»Ich fühle mich hier tatsächlich sehr wohl.«

»Trotzdem gehören Sie nicht hierher. Von Rechts wegen müßten Sie im großen Haus wohnen.«

»Das ist vorbei, Mrs. Penlock.«

»Im Leben geht es doch wirklich merkwürdig zu. Aber Sie haben wenigstens Kitty, die sich um Sie kümmert. Sie hätten keine Bessere finden können. Mabel und sie vertragen sich übrigens großartig. Sie erzählt schreckliche Dinge über London; ich finde es wunderbar, was diese Mrs. Frances alles leistet. Sie kommt mir beinahe wie eine Heilige vor. Es wäre nicht schlecht, wenn es mehr solche Menschen auf der Welt gäbe. Kitty betet sie geradezu an. Jedes zweite Wort ist bei ihr ›Mrs. Frances‹. Aber sie lobt auch Sie über den grünen Klee. Sie hat auch von dem Bruder von Mrs. Frances erzählt und was für ein großartiger, anständiger Mensch er ist. Genau der Bruder, der zu Mrs. Frances paßt.«

»Ich merke, daß Kitty Sie auf dem laufenden hält.«

»Ich interessiere mich dafür, was in London los ist. Und ich möchte, daß Sie einen braven Mann finden und glücklich werden. Ich habe Sie immer ganz besonders gern gehabt, mehr als Ihren Bruder, und dabei bleibe ich, obwohl er nicht mehr unter den Lebenden weilt. Ich sehe Sie noch heute vor mir, wie Sie auf dem hohen Schemel am Küchentisch sitzen und mir beim Teigkneten zusehen. Immer, wenn Sie geglaubt haben, daß ich es nicht bemerke, haben Sie schnell eine Rosine oder eine Nuß gegrapscht. ›Ich habe hinten im Kopf Augen‹, habe ich Ihnen gedroht, und Sie haben geantwortet: ›Sie können mit ihnen ja nichts sehen, weil Ihre Haare drüber hängen.‹ Sie waren ein kluges kleines Mädchen. Und heute kann ich es Ihnen ja gestehen, daß Sie der Liebling des Personals waren, und daß nicht wenig Tränen geflossen sind, als diese Madam an Ihre Stelle getreten ist. Niemand wird mir einreden können, daß das in Ordnung ist, und Mr. Isaacs und die anderen denken genauso.«

»Sie haben mich alle so herzlich begrüßt, als ich zurückgekommen bin.«

»Natürlich haben wir uns alle gefreut, daß Sie in Ihr Cottage gezogen sind, aber wenn ich etwas zu sagen hätte, müßten Sie im großen Haus wohnen. Wir freuen uns, wenn Sie hier sind, und wir mögen Kitty, aber am meisten liegt uns Ihr Glück am Herzen. Wir waren alle aus dem Häuschen, als sie Mr. Rolf stehenließen, aber Sie wissen sicherlich, was das Beste für Sie ist. Wir würden uns freuen, wenn Sie einen netten Mann heirateten und Kinder bekämen, auch wenn wir es aus der Zeitung erfahren müßten.«

»Warum sollten Sie es aus der Zeitung erfahren?«

»Na ja, Sie wissen ja, wie das bei Parlamentsmitgliedern ist. Wenn einem von ihnen ein Kind geboren wird, steht es in der Zeitung.«

Kitty hatte tatsächlich sehr viel erzählt. Sie hing an Frances, und das bedeutete, daß sie auch an Frances' Bruder hing; wahrscheinlich war sie bereits davon überzeugt, daß ich Joe heiraten würde, und hatte dem Personal in Cador eingeredet, daß er der einzig Richtige für mich war.

Es hatte keinen Sinn, etwas gegen den Tratsch zu unternehmen. Er war die Würze ihres Lebens.

Allmählich wurde die geheimnisvolle Gestalt im Wald zur fixen Idee. Wenn die Leute sich jetzt überhaupt in den Wald wagten, dann nur zu zweit und zu dritt. Natürlich erblickten sie dann keine Erscheinungen. Das Gespenst machte sich nur bemerkbar, wenn jemand allein war, behaupteten sie.

Ich wollte die Wahrheit herausfinden, deshalb ging ich eines Vormittags in den Wald. Ich setzte mich an den Fluß, in den Digory und ich um die Wette Steine geworfen hatten, und lauschte angestrengt, um Schritte oder das Knacken von Ästen zu vernehmen, das mir verraten würde, daß sich jemand in meiner Nähe befand.

Doch außer dem Rauschen des Waldes, dem leisen Säuseln des Windes im Laub, dem sanften Rieseln des Wassers vernahm ich nichts.

Nach einiger Zeit stand ich auf und ging zur Lichtung, auf der die Ruine der abgebrannten Hütte und der verfallene Schuppen standen. Dahinter lag der verwilderte Garten, in dem Mutter Ginny ihre Heilpflanzen gezogen hatte.

Während ich noch an die Schreckensnacht zurückdachte, ging die Tür des Schuppens langsam und knarrend auf. Ich erschrak. Die Leute hatten recht, hier war jemand. Ich weiß nicht genau, was ich eigentlich erwartete. Mutter Ginnys Geist, wie ich sie zuletzt gesehen hatte, mit schlammverkrusteten Kleidern und wirrem, nassem Haar?

In der Tür stand ein Mann.

Mir stockte der Atem, und wir starrten einander an. Dabei fiel mir auf, daß er mir irgendwie bekannt vorkam. Ihm schien es ähnlich zu gehen. Dann kam mir ein unglaublicher Gedanke. »Du bist Digory«, sagte ich.

»Jetzt erkenne ich Sie an Ihrer Stimme; Sie sind Miss Cadorson«, antwortete er.

»Du bist also tatsächlich zurückgekommen, Digory.«

»Ich habe meine Strafe abgebüßt. Ich hatte immer vorgehabt, zurückzukommen. Ich habe hier noch etwas zu erledigen.«

»Wo wohnst du denn?«

»Hier.«

»In dem alten Schuppen?«

»Ich bin nichts Besseres gewöhnt.«

»Aber wovon lebst du?«
»Von Fischen, Hasen, Kaninchen... der ganze Wald gehört mir.«
»Ich habe oft an dich gedacht, Digory, und mich gefragt, wie es dir geht. Wir sind auch in Australien gewesen.«
Er nickte. »Es hat in der Zeitung gestanden, und alle haben darüber gesprochen. Es tut mir für Sie leid, Miss Cadorson.«
»Danke, Digory. Aber ich kann nicht zulassen, daß du ein solches Leben führst.«
»Ich komme schon zurecht.«
»Was hast du denn überhaupt hier zu tun?«
»Ich muß das mit meiner Großmutter wiedergutmachen.«
»Wiedergutmachen?«
»Bei dem, der sie umgebracht hat.«
»Es war doch kein einzelner Mann, sondern der Mob.«
»Aber einer hat sie aufgestachelt. Die Leute hätten ihren Spaß mit ihr getrieben, aber das hätte ihr nichts ausgemacht. Sie hatte keine Angst vor den Menschen. Er war schuld, ich habe ihn ganz genau gesehen. Ich werde ihn töten oder dafür sorgen, daß er nicht mehr so gut aussieht.«
»Das ist doch verrückt von dir, Digory. Ich nehme dich mit zu mir. Ich wohne jetzt im Croft Cottage und nicht mehr in Cador, denn es hat sich herausgestellt, daß es gar nicht mir gehört. Aber das ist eine lange Geschichte – vielleicht hast du davon gehört.«
»Ich habe überhaupt nichts gehört, sie haben ja alle Angst vor mir. Es ist richtig komisch. Wenn jemand in den Wald kommt, muß ich nur ein bißchen Lärm machen, und er rennt davon, als wäre der Teufel hinter ihm her. Ich jage ihnen Angst ein, wissen Sie. So wie sie meiner Granny und mir Angst gemacht haben. Der Gedanke daran hat mich die ganze Zeit über nicht losgelassen, ich habe mir immer wieder gesagt: Ich werde einmal zurückkommen und allen Angst einjagen, allen, die in dieser Nacht dabei waren und

keinen Finger gerührt haben, um sie zu retten. Aber ihn... ihn hole ich mir, weil er allein schuld war. Er war vermummt... er hat ein graues Ding getragen, das bis über seinen Kopf gereicht hat, so daß man sein Gesicht nicht sehen konnte. Aber ich habe es doch gesehen, denn als sie sie zum Fluß geschleppt haben, hat sich die Kapuze verschoben, und ich habe ihn so deutlich gesehen, wie ich Sie jetzt sehe. ›Macht weiter‹, hat er gerufen, ›sie ist nicht wert zu leben.‹ Und ich habe mir gesagt: ›Und du bist nicht wert zu leben, und einmal bekomme ich dich noch zwischen die Finger.‹«

Ich zitterte. Ich war nicht die einzige, deren Leben von den Ereignissen jener Nacht überschattet war.

Mord stand Digory ins Gesicht geschrieben, und ich dachte: Er will Rolf töten. Er hat es nicht vergessen und nicht verziehen.

»Hör mir mal zu, Digory«, sagte ich. »Du weißt doch, was dir blüht, wenn du diesen Plan ausführst. Im schlimmsten Fall landest du am Galgen, im besten Fall wirst du für den Rest deines Lebens nach Australien verbannt.«

»Das ist mir egal.«

»Es ist Mord.«

»Es ist das, was die Menschen Gerechtigkeit nennen, und weil das Gesetz nicht für Gerechtigkeit sorgt, muß ich es tun.«

»Du darfst nichts überstürzen.«

»Ich denke seit Jahren an nichts anderes.«

»Komm mit mir, du mußt ja halb verhungert sein.«

»Nein, ich habe Geld. Ich habe mir unterwegs Lebensmittel gekauft und hier einen kleinen Vorrat angelegt. Ich habe Tee und Mehl, mache Feuer und backe Fladen. Ich fange Fische und Kaninchen, aber das habe ich ja schon gesagt. Ich kann gut im Freien leben und für mich sorgen. Ich habe mir alles ganz genau überlegt. Wenn ich es erledigt habe, fahre ich nach Australien zurück. Ich habe meine Überfahrt hierher auf dem Schiff abgearbeitet, und ich werde

auch meine Rückfahrt abarbeiten. Niemand wird wissen, daß ich hier gewesen bin... außer Ihnen.«
Er blickte mich ängstlich an. »Ich sollte nicht mit Ihnen sprechen. Jetzt habe ich Ihnen verraten...«
»Wir waren immer befreundet, Digory. Es hat in der Sonnwendnacht begonnen. Mein Bruder und ich haben uns deiner angenommen, und mein Vater hat dir Arbeit gegeben. Wenn du nicht den Fasan gewildert hättest, wäre alles in Ordnung gewesen.«
»Das war kein gewöhnlicher Diebstahl, ich habe es absichtlich gemacht.«
»Es war trotzdem Diebstahl. Ich lasse dich nicht hier, sondern nehme dich in mein Cottage mit. Im Garten steht ein Schuppen, in dem du schlafen kannst. Erinnerst du dich noch daran, wie du im Hundehaus geschlafen hast? Außer mir wohnt nur meine Zofe im Cottage. Sie heißt Kitty, und außer ihr wird niemand etwas erfahren, das verspreche ich dir.«
»Sie stören meine Pläne.«
Er zog eine Pistole aus der Tasche.
»Tu das Ding weg, Digory! Willst du, daß man die Waffe bei dir findet? Willst du wieder nach Australien geschickt werden?«
»Sie stören meine Pläne«, wiederholte er. »Niemand darf wissen, daß ich hier bin. Ich erledige, was ich zu tun habe, und verschwinde. Niemand wird wissen, daß ich hier gewesen bin, außer Ihnen.«
»Ich verstehe. Du glaubst also, daß du mich erschießen und meine Leiche verscharren kannst, und daß niemand etwas merken wird.«
»Sie sind immer mutig gewesen. Ich glaube nicht, daß ich Sie erschießen kann. Sie waren gut zu mir... und Ihr Bruder und Ihr Vater auch. Aber wenn Sie weitererzählen, daß ich hier bin, verderben Sie mir alles. Warum habe ich Ihnen nur meine Pläne verraten?«
»Weil du selbst nicht sicher bist, daß du deinen Plan

ausführen kannst. Du weißt nämlich genau, wie gefährlich er ist. Außerdem bin ich eine alte Freundin von dir... ich habe dir schon einmal das Leben gerettet und werde dich wieder retten.«

»Sie war meine Granny; ich habe sonst niemanden gehabt.«

»Du hast gestohlen, Digory, du warst ein Dieb. Als ich dich das erste Mal gesehen habe, hast du gerade auf dem Kai Fische gestohlen.«

»Ich hätte aufgehört, ein Dieb zu sein. Ich wollte nicht stehlen. Beim ersten Mal war es Fleisch für Ihren Teufelsfleck.« Er musterte mich. »Sie haben ihn immer noch.«

Ich nickte.

»Und beim zweiten mal war es der Fasan. Das war wegen ihm. Ich wollte ihm etwas wegnehmen, als Rache für meine Granny.«

»Das war sehr unvernünftig von dir.«

»Damals habe ich noch nicht gewußt, was ich will. Jetzt bin ich kein Kind mehr. Ich bin ein Mann, und das Leben ist grausam zu mir gewesen. Aber es gibt einen oder zwei Menschen, die gut zu mir gewesen sind, und Sie gehören dazu.«

»Dann vertraue mir wieder und komm zu mir. Ich verspreche dir, daß ich mit niemandem über dich reden werde, wenn du es nicht erlaubst. In diesen Schuppen regnet es ja hinein. Mein Schuppen hat ein ordentliches Dach, und du wirst dich dort wohlfühlen. Ich werde dir Decken und ordentliches Essen geben. Und ich muß vor allem mit dir reden, Digory. Du mußt deinen Plan aufgeben; er kann nur zu einer Katastrophe für dich führen.«

»Aber auch für ihn. Das ist mir wichtig. Mir ist es gleich, was dann aus mir wird. Aber sie werden mich nicht erwischen. Ich habe so viele Jahre Zeit gehabt, es mir genau auszudenken. Ich bin kein kleiner, dummer Junge mehr, ich habe mir alles zurechtgelegt. Ich gehe nach Dorey und werde dort auf ihn warten. Ich war schon einige Male bei Nacht dort, aber er ist nicht herausgekommen. Ich habe Bob Carter dort gesehen, und ich weiß nicht, was der dort zu suchen hat. Aber einmal bekomme ich ihn zu fassen, und dann gebe ich Ruhe, denn dann habe ich meine Granny gerächt.«

»Kannst du dich erinnern, Digory, wie wir am Ufer gesessen und Steine in den Fluß geworfen haben?«

»Ja.«

»Ich habe sehr viel mit dir gesprochen, aber du hast mir nie zugehört.«

»O doch. Ich weiß auch noch, wie Sie mir Ihr Haus gezeigt haben. Ich werde die wunderbaren Dinge in ihm nie vergessen. Ich habe in Australien oft daran gedacht. Ich würde gern dorthin zurückgehen und dort arbeiten.«

»Wenn du nur den Fasan nicht gestohlen hättest, wenn du nur ein anständiges Leben geführt hättest.«

»Er hat meine Granny umgebracht. Ich habe ihn erkannt... und als er mich mit dem Fasan erwischte, sagte ich ihm: ›Sie haben meine Granny umgebracht. Sie haben Ihr Gesicht unter einer Kapuze versteckt, aber ich habe Sie trotzdem erkannt, Luke Tregern, und ich vergesse und vergebe nie.‹«

»Luke Tregern?«

»Er war es, er konnte mich nicht täuschen. Er trieb die Leute an. ›Erledigt sie, so etwas wie sie darf nicht leben.‹ So etwas wie er darf auch nicht leben.«

Die Erkenntnis hatte mich beinahe betäubt, und ich hörte nicht mehr, was Digory sagte.

Luke Tregern war also der Mann in der Sonnwendnacht gewesen!

Jetzt war mir alles klar. Er hatte oft im Haus zu tun gehabt und hatte die Kutte gesehen; vielleicht hatte Rolf sie ihm sogar gezeigt.

»Du willst also Luke Tregern töten, um dich zu rächen... ich habe geglaubt, daß du jemand anderen meinst.«

»Wen denn?« Ich antwortete nicht, und er fuhr fort: »Ich

habe den Fasan genommen, weil er sozusagen ihm gehört hat. Er hat diese Vögel behandelt, als wären sie wertvolle Haustiere, die ihm gehörten. Deshalb habe ich einen gefangen. Ich wollte daraus eine Brühe machen, die diesen Zauber bewirkt, so daß ihm alles mißlingt. Aber er hat mich erwischt. ›Sie haben meine Granny umgebracht, Luke Tregern‹, habe ich ihm auf den Kopf zugesagt. Er antwortete: ›Sag nie wieder so etwas, sonst geht es dir an den Kragen. Wenn du die alte Hexe auch nur mit einem Wort erwähnst, sorge ich dafür, daß du am Galgen landest.‹ Deshalb hat er gegen mich ausgesagt und behauptet, daß ich immer wieder seine Fasane wildere. Er hat erklärt, daß er sich auf die Lauer gelegt und mich mit dem Fasan erwischt hat. Sie haben nur auf ihn gehört und mich nicht sprechen lassen. Dann haben sie mich für sieben Jahre fortgeschickt. Damals habe ich mir vorgenommen, zurückzukommen und mich für all das zu rächen, was er meiner Granny und mir angetan hat.«

Digory hatte mir eine schwere Last von der Seele genommen. Ich hatte Rolf unrecht getan. Er war in dieser Nacht tatsächlich in Bodmin gewesen. Die Erklärung war ganz einfach. Rolf war fortgefahren, und Luke Tregern hatte sich die Kutte geholt. Am nächsten Morgen hatte er sie einfach wieder in die Lade zurückgelegt. Er hatte sich in seiner Rolle wohlgefühlt, denn ihm war klar, daß er sich als Verwalter eines großen Guts nicht unter das gewöhnliche Volk mischen und gemeinsame Sache mit ihm machen konnte.

Die ganze Zeit über ließ mich der Gedanke nicht los: Ich hatte Rolf unrecht getan. Ich war von Natur aus mißtrauisch und hatte es mir selbst zuzuschreiben, daß ich Rolf verloren hatte.

Doch meine unmittelbare Sorge galt im Augenblick Digory.

Ich mußte ihn daran hindern, seinen Plan auszuführen, denn damit hätte er sein Schicksal besiegelt.

»Du kommst jetzt mit mir, Digory, ich muß unbedingt mit dir sprechen. Versprich mir, daß du nichts unternimmst, bevor wir miteinander geredet haben.«

»Das kann ich Ihnen nicht versprechen. Was ist, wenn ich ihn treffe und wir allein sind?«

»Es ist nicht der richtige Weg. Ich weiß genau, wie dir zumute ist. Während deiner Abwesenheit hat sich hier sehr viel ereignet. Ich habe ja erwähnt, daß ich nicht mehr in Cador lebe. Du mußt mir versprechen, daß du nach Croft Cottage kommst, sobald es dunkel ist. Ich werde nur mein Zofe einweihen, denn sie wohnt bei mir und muß es erfahren. Ich werde ihr einschärfen, daß sie darüber schweigen muß, und ich weiß, daß ich mich auf sie verlassen kann. Bitte höre auf mich. Denk daran, daß ich dir schon einmal das Leben gerettet habe. Was hätten die Leute mit dir getan, wenn wir dich nicht versteckt hätten?«

»Wahrscheinlich hätten sie mich genauso umgebracht wie meine Granny.«

»Dann vertraue mir bitte. Wir müssen in Ruhe darüber sprechen. Du brauchst ein Dach über dem Kopf und ordentliches Essen. Eine Zeitlang kannst du ja im Wald leben, aber ...«

»Es wird nicht mehr lange dauern, ich werde ihn mir bald vorknöpfen.«

»Versprich mir, daß du heute abend in den Schuppen kommst. Wir werden dich dort verstecken. Höre auf mich, Digory. Mein Bruder würde dir das gleiche raten.«

»Ich glaube Ihnen, aber ich werde nicht kommen. Ich will nicht, daß noch jemand erfährt, daß ich hier bin. Ich kenne Ihre Zofe nicht. Ich vertraue nur Ihnen. Ich werde ihn finden und ihn umbringen, wenn ich kann. Dann werde ich verschwinden. Aber ich werde nicht zu Ihnen kommen.«

»Du willst im Wald bleiben? Und wenn dich jemand sieht? Es gibt Leute, die dich bereits gesehen haben.«

»Sie glauben, daß sie einem Gespenst begegnet sind, und das ist gut, denn dann trauen sie sich nicht mehr her. Hier fühle ich mich sicher, denn hier hat meine Granny gelebt, und manchmal glaube ich, daß sie mich immer noch beschützt.«

»Soll ich dir etwas bringen? Ist dir nachts warm genug? Ich werde dir Essen bringen.«

»Tun Sie das lieber nicht, es könnte Sie jemand sehen.«

»Ich werde dir helfen, soweit es in meinen Kräften steht, aber ich werde weiterhin versuchen, dich von deinem Vorhaben abzubringen. Was du vorhast, ist viel zu gefährlich. Wenn du Tregern nur verletzt und dann erwischt wirst, ist es dein Ende.«

»Das wäre mir gleichgültig, wenn ich ihn nur erwische.«

»Ich muß jetzt gehen, bevor Kitty sich um mich Sorgen macht. Die Leute sind beunruhigt, weil sie glauben, daß etwas im Wald vor sich geht. Sie haben deine Feuer gesehen. Sie wissen, daß sich jemand hier herumtreibt.«

»Gespenster«, wiederholte er.

»Das glauben einige von ihnen. Andere sind vielleicht nicht so abergläubisch. Ich bin schließlich auch allein hierher gekommen.«

»Ich werde vorsichtig sein. Und Sie werden mich nicht verraten?«

»Ich verspreche es dir.«

»Sie haben sehr viel für mich getan.«

Du weißt gar nicht, wieviel du für mich getan hast, dachte ich.

Auf dem Heimweg mußte ich immerzu daran denken, wie sehr ich Rolf unrecht getan hatte.

Am liebsten wäre ich sofort zu ihm gelaufen und hätte ihm alles gebeichtet. Ich wollte ihm erklären, warum ich mich plötzlich entschlossen hatte, ihn nicht zu heiraten, und ich wollte ihn wegen meines unbegründeten Verdachts um Verzeihung bitten. Doch wenn ich mich dazu entschloß, mußte ich ihm auch gestehen, was mich zu meiner Sinnes-

änderung veranlaßt hatte, und ich hatte Digory doch versprochen, ihn auf keinen Fall zu verraten.
Ich mußte Digory daran hindern, seinen wahnwitzigen Vorsatz auszuführen. Wenn er Luke Tregern tötete, würde man ihn bestimmt hängen.
Ich konnte mir vorstellen, daß er all die Jahre an Rache gedacht hatte. Aus Matthews Buch wußte ich, wie verbittert und verzweifelt die Sträflinge oft waren. Vielleicht hatte nur der Gedanke an Rache Digory die Kraft verliehen, durchzuhalten.
Ich mußte vorsichtig sein, wenn ich Digory retten wollte.

Ich schmuggelte Essen in den Wald, obwohl es nicht so einfach war wie in Cador. Dort war die Speisekammer immer so reichlich gefüllt gewesen, daß kleine Mengen, die verschwanden, niemandem auffielen.
»Ich möchte wissen, wo die Überreste des Huhns geblieben sind«, wunderte sich Kitty.
Das war ein Hinweis für mich, daß ich nicht genügend vorsichtig gewesen war. Ich brachte Digory nicht nur das Huhn, sondern auch Brot und eine Decke.
Er war froh darüber.
»Ich werde Kitty vielleicht doch ins Vertrauen ziehen müssen«, meinte ich, »weil sie bemerkt, wenn Lebensmittel verschwinden.«
»Das will ich auf keinen Fall«, widersprach er. »Dann bringen Sie mir lieber kein Essen. Ich komme schon zurecht.«
»Hast du über alles nachgedacht, was ich dir gesagt habe, Digory?«
»Worüber denn?«
»Daß du ebenso leiden würdest, wenn du ihm etwas antätest.«
»Ich würde mich nicht erwischen lassen.«
Ich hatte Rolf seit zwei Tagen nicht gesehen. Ich ritt nicht aus, weil ich ihn dabei unweigerlich traf, und dann würde

es mir schwerfallen, ihm nicht von Digory zu erzählen. Dabei sehnte ich mich danach, alle Mißverständnisse zwischen uns auszuräumen; doch wie konnte ich das tun, ohne Digory zu verraten?

Ich war seinetwegen sehr besorgt, denn er wirkte äußerst entschlossen, und das konnte nur zu einer Katastrophe führen.

Ich kaufte in der Stadt Käse.

»Ich werde Kitty sagen, daß sie den Cheddar schon mitgenommen haben«, meinte Mrs. Glenn, der der Laden gehörte.

»Das geht schon in Ordnung, ich werde es ihr selbst sagen.«

Es war wirklich schwierig, in einem so kleinen Ort etwas geheimzuhalten.

Was würde Kitty sagen, falls sie erfuhr, daß ich Käse gekauft hatte?

Ich schnitt ein Stück ab und legte es in die Speisekammer, für den Fall, daß sie es doch erfuhr.

»Cheddar!« würde sie sagen. »Warum haben Sie ausgerechnet den gekauft? Sie mögen ihn doch gar nicht.«

Doch als Kitty nach Hause kam, brachte sie so aufregende Neuigkeiten mit, daß ihr der Käse gar nicht auffiel.

»Haben Sie schon gehört? Luke Tregern ist verschwunden.«

Mir wurde übel. »Verschwunden?« stammelte ich.

»Ja, er hat das Haus gestern nachmittag verlassen und ist seither nicht mehr zurückgekommen.«

»Vielleicht ist er geschäftlich verreist?«

»Nein, Mrs. Tregern sagt, daß sie keine Ahnung hat, wo er sein könnte. Sie hat angenommen, daß er nur in den Wald geritten ist, aber er ist einfach nicht zurückgekommen.«

»Gibt es irgendeine Erklärung für sein Verschwinden?«

»Niemand weiß etwas Bestimmtes. Mrs. Tregern ist angeblich vor Verzweiflung halb wahnsinnig. Ihre Zofe Annie behauptet, es habe einen Riesenkrach gegeben.«

»Und daß er sie deshalb verlassen hat?«
Kitty nickte. »Sie sind gestern nachmittag zusammen ausgeritten, und als sie zurückkamen, schrien sie einander in ihrem Zimmer an. Annie hat selbst gehört, wie Mrs. Tregern vollkommen verzweifelt rief: ›Was sollen wir nur tun?‹ Kurze Zeit danach ging er fort und ist bis heute nicht wiedergekommen.«
Gott helfe Digory, dachte ich. Er hat es getan. Und ich habe geglaubt, er habe eingesehen, was für ein Wahnsinn es ist.
»Nehmen die Leute an, daß Luke seine Frau verlassen hat?«
»Was sonst? Als sie von dem Ritt zurückgekommen sind, war sie weiß wie Schnee und vollkommen außer sich. Wahrscheinlich hat er genug von ihr. Andererseits heißt es, daß er sie wegen Cador geheiratet hat... er war ja in Dorey nur Verwalter. Ich weiß nicht, was ich denken soll.«
»Die meisten Leute glauben aber, daß er sie verlassen hat, nicht wahr?«
»Ich möchte nur wissen, wohin er verschwunden ist. Angeblich hat er außer den Sachen, die er auf dem Leib trug, nichts mitgenommen.«
Ich hatte das Bedürfnis, allein zu sein, murmelte etwas von Kopfschmerzen und ging auf mein Zimmer.
Wo war Digory jetzt? Er befand sich bestimmt nicht mehr im Wald, sondern bereits auf der Flucht. Er durfte keine Zeit verlieren, denn man würde Luke Tregern suchen. Zunächst würde niemand an Mord denken, sondern man würde nur annehmen, daß er seine Frau im Stich gelassen hatte.
Offenbar hatten die beiden öfter gestritten, und gestern war es dann zu einem großen Krach gekommen. Er hatte wütend das Haus verlassen.
Ja, dachte ich, er ist in den Wald gegangen, ist dort auf Digory gestoßen, und dieser hat ihn getötet.

Ich fand keine Ruhe, ich mußte in den Wald.
Zu meiner Verblüffung war Digory da.
»Du hast es also getan, Digory«, fuhr ich ihn an. »Du hast nicht auf mich gehört.«
Er antwortete nicht, sondern starrte mich nur verständnislos an.
»Die ganze Stadt weiß, daß er verschwunden ist. Wo ist er, Digory? Was hast du mit seiner Leiche gemacht?«
Er antwortete zunächst nicht, dann sagte er: »Ich kann es nicht glauben. Sie war zu Pferd, und er war bei ihr. Ich habe es nicht verstanden, wieso auch? Sie hat mich erkannt und ist kreidebleich geworden. Ich habe geglaubt, daß sie im nächsten Augenblick vom Pferd fallen wird. Und er war bei ihr. Wenn ich meinen Revolver bei mir gehabt hätte, hätte ich ihn in diesem Augenblick getötet.«
»Wenn du deinen Revolver...« stammelte ich.«
»Dann nannte sie meinen Namen. Sie glaubte wahrscheinlich, daß sie träume. Wie hätte sie auch auf die Idee kommen können, daß sie mich ausgerechnet an diesem Ort wiedersehen würde? Sie hatte mich das letzte Mal vor zwei Jahren gesehen. Ich verließ Australien, sobald ich meine Strafe abgebüßt hatte. In Sydney hat mir dann ein Freund erzählt, daß sich jemand nach mir erkundigt habe und daß er ihn zu Stillman geschickt habe. Der Freund wußte nicht, daß ich nicht mehr dort arbeitete. Es tat mir leid, daß ich nicht länger geblieben war, denn mein Freund sagte, er wisse zwar den Namen nicht, aber es wäre ein richtiger englischer Gentleman gewesen, der mich nach England mitnehmen und mir dort Arbeit geben wollte.«
»Das war mein Vater, Digory.«
»Das ist auch egal, es ist vorbei. Jedenfalls hat mein Freund Ihrem Vater meine Adresse gegeben.«
Ich dachte an die Eintragung im Notizbuch. »Hat diese Adresse Stillman's Creek gelautet?«
»Ja, so hieß sie. Drei von uns Gefangenen sind dort hingekommen. Einer von uns war James, der Ihrem Vater

die Adresse gegeben hat, und der dritte hieß Bill Aske. Er war ein gebildeter Mensch und hatte in einem Anwaltsbüro gearbeitet. Er ist verurteilt worden, weil er Urkunden gefälscht hatte. Wir drei sind bei Stillman gelandet.«

»Bitte erzähl mir alles genau, Digory.«

»Sie war auch dort und hat bei ihrem Vater gearbeitet. Sie war ganz verrückt nach England, und ich mußte ihr ständig davon erzählen. Ich mußte die grünen Felder, den Regen und die Häuser beschreiben. Vor allem interessierten sie die Herrenhäuser. Wenn ich ihr erzählte, konnte ich die Arbeit unterbrechen, deshalb tat ich es gern. Ich habe ihr genau geschildert, wie es in Cador aussieht... Sie hatten es mir ja gezeigt.«

»Sie ist Maria Stillman«, stellt ich fest.

»Richtig.«

»Hast du auch ihre Mutter gekannt?«

»Klar. Sie war die Frau vom alten Stillman. Stillman ist als Siedler hinübergekommen, und sie einige Zeit später auf einem Sträflingsschiff. Sie ist Stillman als Arbeitskraft zugeteilt worden, und er hat sie geheiratet. Sie war eine verdammte Hexe.«

»Maria Stillman lebt jetzt in Cador, Digory, weil sie behauptet, sie sei die Tochter meines Vaters und mein Vater sei mit meiner Mutter gar nicht verheiratet gewesen.«

»Sie ist die Tochter vom alten Stillman. Sie ist ihrer Mutter nachgeraten. Sie hat Aske dazu gebracht, die Unterschrift ihres Vaters zu fälschen. Es ging um Geld. Sie hat immer damit angegeben, daß sie eines Tages nach England fahren und in einem solchen Haus wie Cador leben würde.«

Ich war wie betäubt. Das Ganze war ein verworrenes Geflecht von Lügen und Täuschungen. Wer hätte gedacht, daß Digory damit in Verbindung stand und die Wahrheit ans Licht bringen würde?

»Es tut mir leid, Digory, aber ich kann nicht klar denken. Du ahnst nicht, wie sehr du mir geholfen hast. Warum mußtest du es auch tun? Warum hast du nicht eingesehen, daß es schlecht für dich ist? Wir hätten uns deiner angenommen, dir zu einem Start in ein neues Leben verholfen.«

Ich hörte Pferdegetrappel.

»Es kommt jemand, Digory. Vielleicht sucht man dich schon. Versteck dich lieber.«

Ich wollte ihn zum Schuppen ziehen, aber es war zu spät. Maria ritt auf die Lichtung, glitt von ihrem Pferd und band es an einem Busch fest. Wir starrten einander an.

»Ihr seid ja beide da«, stellte sie fest. »Ich habe Glück, denn dadurch wird alles viel einfacher.«

Ich hatte den Eindruck daß sie mit sich selbst sprach.

»Du hast es ihr erzählt«, wandte sie sich an Digory.

»Ja, er hat es mir erzählt«, erwiderte ich. »Ich habe immer gewußt, daß Sie gelogen haben, aber jetzt kenne ich die Wahrheit und weiß, wie Sie zu den Unterlagen gekommen sind.«

»Sie sind die einzige, die es weiß... das heißt, Sie beide wissen es... und dabei wird es bleiben.«

Sie zog eine kleine Pistole hervor.

»Was tun Sie da?« rief ich. »Glauben Sie, daß Sie ungestraft davonkommen werden?«

»Mir bleibt nichts anderes übrig.«

Ihre Hand zitterte, sie hatte offenbar Angst, und diese Erkenntnis machte mir Mut. Sie will uns nicht töten, dachte ich. Sie ist eine Betrügerin, eine Lügnerin, aber keine Mörderin.

»Die Polizei wird dahinterkommen, und man wird Sie wegen Mordes hängen«, drohte ich ihr.

Ihre Lippen zuckten. »Man wird mich nicht erwischen.«

»O doch.«

»Nein.« Sie schüttelte den Kopf. »Alle wissen, daß sich ein Landstreicher im Wald herumtreibt. Man wird glauben, daß er es war. Und ich muß es tun.« Wieder schien sie mit sich selbst zu sprechen. »Ich kann Luke nicht verlieren.

Ich kann Cador nicht verlieren.« Sie hatte die Hand gehoben. Digory bewegte sich auf mich zu, und in diesem Augenblick fiel der Schuß. Etwas berührte meine Schulter, und dann folgte ein zweiter Schuß. Das Gras stürzte mir entgegen, und dann lag Digory auf mir. Ich sah Lichtblitze, meine Schulter schmerzte... und dann wurde es finster um mich.

Als ich wieder zu mir kam, lag ich in einem fremden Bett. Im Zimmer befanden sich Leute; ich hörte ihre Stimmen nur undeutlich, und sie bewegten sich wie Schatten um mich. Dann umfing mich die Dunkelheit wieder.
Ich erfuhr später, daß ich einige Tage bewußtlos gewesen war.
Als ich erwachte, steckte ich in Verbänden; mein Gehirn registrierte nur Schmerz.
Eine Frau, die ich nicht kannte, trat an das Bett.
Sie berührte meine Stirn. »Schlafen Sie weiter«, flüsterte sie.
Ich schloß gehorsam die Augen, doch die Schmerzen waren zu arg.
Sie gab mir etwas zu trinken, und ich wurde sehr schläfrig.
Als ich wieder erwachte, saß jemand an meinem Bett, und eine Stimme sagte: »Annora, meine liebe Annora.«
»Da bist du ja, Rolf.« Ich war wieder ins Leben zurückgekehrt.

Ich befand mich in Dorey, denn man hatte mich hierher gebracht. Das war zwei Wochen her, und ich war dem Tod nahe gewesen.
Ich wußte nicht mehr, was geschehen war. Irgendwie hatte ich das Gefühl, daß es mit der Sonnwendnacht zusammenhing, was letzten Endes ja auch stimmte.
Allmählich erfuhr ich, was sich ereignet hatte.
Eines der Dienstmädchen hatte uns im Wald gefunden. Sie hatte sich mutig bis zur Lichtung vorgewagt, uns dort

liegen gesehen und war schreiend nach Cador zurückgerannt. Isaacs und Mrs. Penlock hatten zuerst geglaubt, daß sie hysterisch war, doch als sie dabei geblieben war, daß Miss Cadorson und ein Mann in einer Blutlache auf der Lichtung lagen, hatte sich Isaacs mit mehreren Männern auf den Weg gemacht.

Zu ihrem Entsetzen fanden sie uns so vor, wie das Dienstmädchen es geschildert hatte. Bei der Gruppe befand sich auch Bob Carter, der sofort Rolf verständigte; dieser ließ sein Pferd satteln und ritt schnurstracks in den Wald.

»Du bist regungslos und blaß im Gras gelegen, und deine Bluse war blutdurchtränkt«, erzählte er mir. »Digory lag auf dir und deckte dich. Die Kugel hatte ihn im Rücken getroffen und war ihm in die Lunge gedrungen. Der Arzt sagte, er habe dir das Leben gerettet.«

Ich konnte es kaum ertragen, ich hatte so viel für ihn tun wollen. Der arme Digory, der nie eine Chance gehabt und schließlich sein Leben geopfert hatte, um das meine zu retten.

Rolf ließ mich nach Dorey bringen und stellte Krankenschwestern zu meiner Pflege an. Er wollte mich unter seinem Dach haben, und der Arzt hielt es auch für besser, weil Croft Cottage nicht so komfortabel eingerichtet war wie Dorey.

Rolf erzählte mir, daß er jeden Tag an meinem Bett gesessen und mir suggeriert hatte, ich müsse leben.

Die erste Kugel hatte mich unterhalb der Schulter getroffen, und die zweite hatte Digory mit seinem Körper abgefangen.

»Ich erinnere mich«, bestätigte ich. »Er hat sich in dem Augenblick auf mich zubewegt, in dem sie schoß.«

»Er hat dir das Leben gerettet«, erklärte Rolf. »Es tut mir so leid, daß ich nicht die Möglichkeit habe, ihm dafür zu danken.«

»Erzähl mir, was noch alles geschehen ist«, bat ich.

»Die Ärzte haben mir verboten, mit dir darüber zu sprechen.«
»Ich muß es ja doch früher oder später erfahren.«
»Du wirst es erfahren, aber vorläufig brauchst du Ruhe. Die Hauptsache ist, daß du außer Gefahr und von Menschen umgeben bist, die dich lieben.«
»Die mich lieben...?«
»Deine Familie ist gekommen, Annora. Dein Onkel und deine Tante, Helena, Matthew, Jonathan, Tamarisk, Claudine und David... alle sind da.«
»Das heißt, sie haben damit gerechnet, daß ich sterben würde.«
»Sprich nicht so, ich hätte es nicht ertragen.«
»Ist das dein Ernst, Rolf?«
»Du weißt es doch.«
»Du sprichst, als hättest du mich gern.«
»Natürlich habe ich dich gern und habe dich immer gern gehabt. Du hast es auch immer gewußt.«
»Ich habe gelaubt, daß du nichts mehr von mir wissen willst, weil...«
»Vergiß nicht, daß du mich abgewiesen hast.«
»Ich war immer schon unvernünftig. Bitte küß mich, Rolf.« Er küßte mich sanft und sehr zärtlich.
»Ich habe hier gelegen und war doch nicht hier; in diesen beiden Wochen habe ich mich von der Welt und meinem Unglück entfernt«, sagte ich. »Ich habe das alles langsam hinter mir zurückgelassen.«
»Sprich nicht so.«
»Du bist jetzt bei mir, Rolf, siehst mich an, als würdest du mich lieben, und sprichst mit mir, als würdest du mich lieben. Wenn das wahr ist, dann will ich gesund werden und hier bleiben... bei dir.«
Ich genas langsam, obwohl ich noch sehr schwach war und meine Schulter immer noch schmerzte. Der Arzt erklärte mir, daß meine Wunde erst heilen müsse, und daß es seine Zeit dauern würde.

Nach und nach erfuhr ich, was geschehen war.
Trotz allem tat mir Maria leid. Ich sah ihr verzweifeltes Gesicht vor mir, als sie die Pistole abfeuerte. Ich konnte mir ihre Träume vorstellen. Ihr Vater war ein Siedler, ihre Mutter eine Strafgefangene gewesen, und wahrscheinlich hatten sich beide nach einem Zuhause gesehnt. Obwohl Maria Cador nie gesehen hatte, wurde es durch Digorys Schilderungen zu ihrem Mekka. Sie ließ es sich immer wieder beschreiben, und als sie von dem Bootsunglück erfuhr, ergriff sie die Chance. Auf der Farm war ein Fälscher beschäftigt, der einen Trauschein anfertigen konnte, und sie hatte ihn als ihren angeblichen Anwalt nach England mitgenommen.
Als Digory sie dann erkannte, wußte sie, daß alles aus war. Sie hatte es nicht für wahrscheinlich gehalten, daß er nach England zurückkehren würde. Hätte sie eingehender darüber nachgedacht, wäre ihr schon viel früher bewußt geworden, welches Risiko sie einging.
Luke Tregern hatte sie aus Berechnung geheiratet, weil er dadurch in den Besitz von Cador kam. Doch er war nicht so einfältig wie Maria und wußte, wie viele Fußangeln auf sie lauerten. Er nahm nicht an, daß meine Familie den Verlust so einfach hinnehmen würde. Er vermutete auch, daß mein Onkel Peter etwas unternehmen würde, und lag damit vollkommen richtig. Er hatte es bestimmt für möglich gehalten, daß Maria Cador wieder hergeben müßte. Deshalb hatte er auf das Gut Hypotheken aufgenommen und das Geld unter einem falschen Namen bei einer Bank in Australien angelegt. Sobald ihm der Boden hier zu heiß wurde, wollte er sich dorthin absetzen.
Als er und Maria im Wald Digory gegenüber gestanden hatten, war ihm klar geworden, daß es früher als erwartet soweit war. Er hatte bereits vor einiger Zeit Vorkehrungen für den Fall getroffen, daß er plötzlich abreisen müßte, daher war er darauf vorbereitet. Sobald er wußte, daß Digory Maria wiedererkannt hatte, flüchtete er.

Er wurde in Southampton aufgegriffen, wo er auf ein Schiff wartete, das ihn nach Australien bringen würde.
Es war eine Ironie des Schicksals, daß er zu vierzehn Jahren Deportation verurteilt wurde, und daraufhin auf ganz andere Weise nach Australien gelangte, als er vorgehabt hatte.
Als Maria erfuhr, daß ich am Leben war, ging sie an den Strand hinunter und watete in das Meer hinaus, bevor man sie verhaften konnte.
Das war das tragische Ende ihrer Träume.

Ich bekam jeden Tag Besuch. Helena brachte Jonny mit, der mich neugierig musterte und wissen wollte, warum ich ganz verbunden war.
Ich erklärte ihm, daß ich einen Unfall gehabt hatte, und die Verbände bald ablegen könne.
Daraufhin verlangte er, daß ich ihm eine Geschichte erzähle. Rolf platzte mitten in die Geschichte hinein.
»Das ist dein Haus«, teilte ihm Jonny mit.
»Ja«, bestätigte Rolf. »Gefällt es dir?«
»Ja.«
»Möchtest du hier wohnen?«
»Mit dir?«
Rolf nickte.
»Und Tante Annora?«
»Frag sie doch.«
Jonny sah mich an. »Und Mama und Papa und Geoffrey würden auch kommen. Hier könnte ich auch ein Pony haben.«
Helena kam dazu und holte ihn fort. Sie betrachtete mich besorgt. »Du darfst dich nicht überanstrengen.«
Auch Onkel Peter besuchte mich und erklärte mir: »Ich habe alles überprüfen lassen.«
Ich sah ihn fragend an.
»Du hast doch nicht angenommen, daß ich diese Leute einfach davonkommen lassen würde? Wenn du mir das

Ganze überlassen hättest, wäre es nie soweit gekommen. Sofort nach dem Urteil habe ich einen Detektiv nach Australien geschickt. Es hat zwar eine Weile gedauert, aber er hat alles herausbekommen. Sie hat auf der Farm ihres Vaters gelebt. Er hat Sträflinge beschäftigt, und einer von ihnen war Digory. Durch ihn hat sie alles Wissenswerte über das Haus erfahren. Ihre Mutter ist vor einigen Jahren gestorben. Es steht zweifelsfrei fest, daß Stillman Marias Vater war. Die ganze Geschichte war also erfunden. Das hätte dein Anwalt sofort erkennen müssen. Ich habe dir immer gesagt, daß es besser gewesen wäre, wenn ich die Angelegenheit in die Hand genommen hätte.«

»Ich weiß, Onkel Peter.«

»Zum Glück ist es noch einmal gut gegangen. Demnächst wird Cador wieder dein sein, wie es sich gehört.«

»Danke, Onkel.«

»Und sieh zu, daß du bald gesund wirst.«

»Ich werde mein Bestes tun.«

Als Rolf eines Tages an meinem Bett saß, meinte er: »Es geht dir schon so gut, daß wir miteinander sprechen können.«

»Worüber?«

»Über uns. Wir sollten es noch einmal miteinander versuchen. Aber diesmal überlege es dir nicht im letzten Augenblick anders.«

»Bestimmt nicht, Rolf. Ich werde pünktlich in der Kapelle sein.«

»Wir haben so viel Zeit vergeudet. Wieso ist es eigentlich schiefgegangen?«

»Schuld war die Sonnwendnacht vor vielen Jahren, als die Gestalt in der grauen Kutte die Menge aufhetzte.«

»Du hast geglaubt, daß ich es gewesen sei!«

»Die Kutte war dein Eigentum. Obwohl ich es nicht glauben konnte, war ich vollkommen durcheinander und sah von nun an die Welt mit anderen Augen. Ich habe von diesem Tag an keinem Menschen mehr richtig getraut.«

»Aber ich habe dir doch gesagt, daß ich in dieser Nacht in Bodmin war.«

»Ich wollte dir auch glauben, aber ich konnte den Anblick nicht vergessen. Heute weiß ich, daß ich dich auch lieben würde, wenn du der Kuttenträger gewesen wärest. Ich hätte nicht zulassen dürfen, daß meine Zweifel die Oberhand gewinnen. Heute weiß ich, daß Luke Tregern damals der Mann in der Kutte gewesen ist. Digory hat ihn erkannt.«

»Er muß sie aus meiner Lade genommen haben, denn ich hatte sie ihm gezeigt. Er interessierte sich ebenfalls für alte Sitten. Außerdem spielte er gern den großen Herrn. Ich habe ihn einmal dabei ertappt, wie er sich in meinem Mantel und Hut in einem Spiegel bewunderte. Damals amüsierte es mich.«

»Die Erinnerung an diese Nacht hat mich immer verfolgt. In der Nacht vor unserer Trauung habe ich dich im Traum in der Kutte erblickt. Es kam mir wie eine gespenstische Warnung vor. Ich hatte Angst, daß ich nie darüber hinwegkommen würde. Doch jetzt ist alles vorbei, und ich werde bestimmt keine Alpträume mehr haben.«

»Du hattest aber keine sehr gute Meinung von mir, wenn du mich einer solchen Tat für fähig hieltest. Was hast du noch von mir geglaubt?«

»Daß du es auf Cador abgesehen hast.«

»Du hast geglaubt, daß ich dich heiraten will, weil Cador dir gehört?«

»Ich habe dir ja schon erklärt, daß ich nach dieser Sonnwendnacht niemandem mehr glauben konnte. Bitte verzeih mir, Rolf.«

»Auch ich habe gewisse Zweifel gehegt. Warum mißtrauen wir eigentlich jenen, die wir lieben? Warum suchen wir bei ihnen nach Fehlern? Du und Cresswell, Annora...«

»Ja?«

»Ich habe den Tratsch gehört. Kitty hat in der Küche von Cador darüber gesprochen, von dort hat es meine Dienerschaft erfahren, und allmählich ist es bis zu mir durchgedrungen. Sie haben angenommen, daß du Joe heiraten würdest.«

»O nein. Ich mag Joe, und ich wollte ihm helfen. Er hat so sehr unter dem Skandal gelitten, in den sein Vater verwickelt war. Ich könnte ihn nie so lieben, wie ich dich liebe.«

»Ich habe gespürt, daß zwischen euch etwas war, Annora. Wenn du möchtest, daß Jonny hierher übersiedelt und hier aufwächst, würde ich ihn wie meinen eigenen Sohn behandeln.«

»Wie kommst du nur auf eine solche Idee! Seine Mutter würde es niemals zulassen. Helena ist in ihn vernarrt, er ist ihr geliebter Erstgeborener!« Ich starrte ihn an. «O nein... du hast doch nicht angenommen...«

»Ja also... du bist nach Australien gefahren. Jonny kam dort zur Welt. Du warst mit Joe befreundet, und diese Geburt ist von einem Geheimnis umgeben.«

»Du hast geglaubt, daß er mein Kind ist, du warst bereit, mich trotzdem zu heiraten und Jonny zu dir zu nehmen! Ich liebe dich ja so sehr. Jonny ist Helenas Kind, und sein Vater ist John Milward. Matthew, der sie damals kaum kannte, hat sie aus Edelmut geheiratet, damit ihr Kind einen Vater bekommt.«

»Zu welchen Trugschlüssen uns unsere Phantasie doch verleitet!«

»Eigentlich bin ich froh darüber, daß du so gedacht hast, denn jetzt habe ich kein so schlechtes Gewissen mehr. Helena ist mit Matthew restlos glücklich. Ist es nicht wunderbar, daß aus einer reinen Vernunftehe eine Liebesbeziehung werden konnte?«

»Um wieviel glücklicher müssen dann zwei Menschen werden, die einander seit frühester Kindheit lieben? Das stimmt doch?«

»Damit hast du zweifellos recht.«

»Doch wir müssen noch einen Punkt klären. Du wirst

binnen kurzem wieder Besitzerin von Cador sein. Woher willst du wissen, daß ich dich nicht doch nur wegen Cador heirate?«

»Dieses Risiko gehe ich gern ein. Um ehrlich zu sein, ich bin froh, daß du Cador so sehr liebst, daß du mich in Kauf nimmst.«

»Das ist ein faires Angebot. Aber ich muß dir noch etwas erzählen. Luke Tregern hat so viele Hypotheken wie möglich auf Cador aufgenommen. Wir werden zwar einen Teil des Geldes wiedersehen, aber sicherlich nicht alles. Cador wird finanziell nicht so gut dastehen wie früher. Und deshalb will ich dir etwas verraten. Ich habe die meisten Hypotheken gesichert. Deshalb könnte man sagen, daß nicht du mir Cador bringst, sondern ich dir.«

Ich war verblüfft. Man hatte mich darauf aufmerksam gemacht, daß Maria und Luke dem Besitz großen Schaden zugefügt hatten. Bob Carter und Rolf gingen jetzt die Bücher durch, aber ich hatte nicht erfaßt, wie groß der Schaden gewesen war.

Rolf ergriff meine Hände. »Es gibt nur eines, das du jetzt tun mußt, nämlich so rasch wie möglich gesund werden.«

Wir schwiegen eine Zeitlang.

Dann fragte er: »Du hast doch jetzt nichts mehr auf dem Herzen, Annora, nicht wahr? Keine Befürchtungen, keine Mißverständnisse mehr?«

»Nein, es hat sich ja alles aufgeklärt.«

»Dann werden wir am Sonnwendtag heiraten, um die Gespenster endgültig zu vertreiben.«

»Ja, und dann wird die Sonnwendnacht andere Erinnerungen in uns wecken.«